新潮文庫

狂うひと

「死の棘」の妻・島尾ミホ

梯 久美子著

新潮社版

11167

狂うひと——「死の棘」の妻・島尾ミホ

目次

狂うひと——「死の棘」の妻・島尾ミホ

鹿児島県
0 100km
種子島
東シナ海
屋久島
トカラ列島
太平洋
奄美大島
喜界島
加計呂麻島
徳之島
与論島
沖縄県
瀬留
奄美空港
名瀬
奄美市
大和浜
奄美大島
久慈
大島海峡
三浦
古仁屋
瀬相
押角
呑之浦
加計呂麻島
0 10km
大島海峡
北門
第18震洋隊
（島尾隊）
峠道
瀬相←
呑之浦
押角国民学校
押角
大平家
加計呂麻島
0 500m

序章　「死の棘」の妻の場合

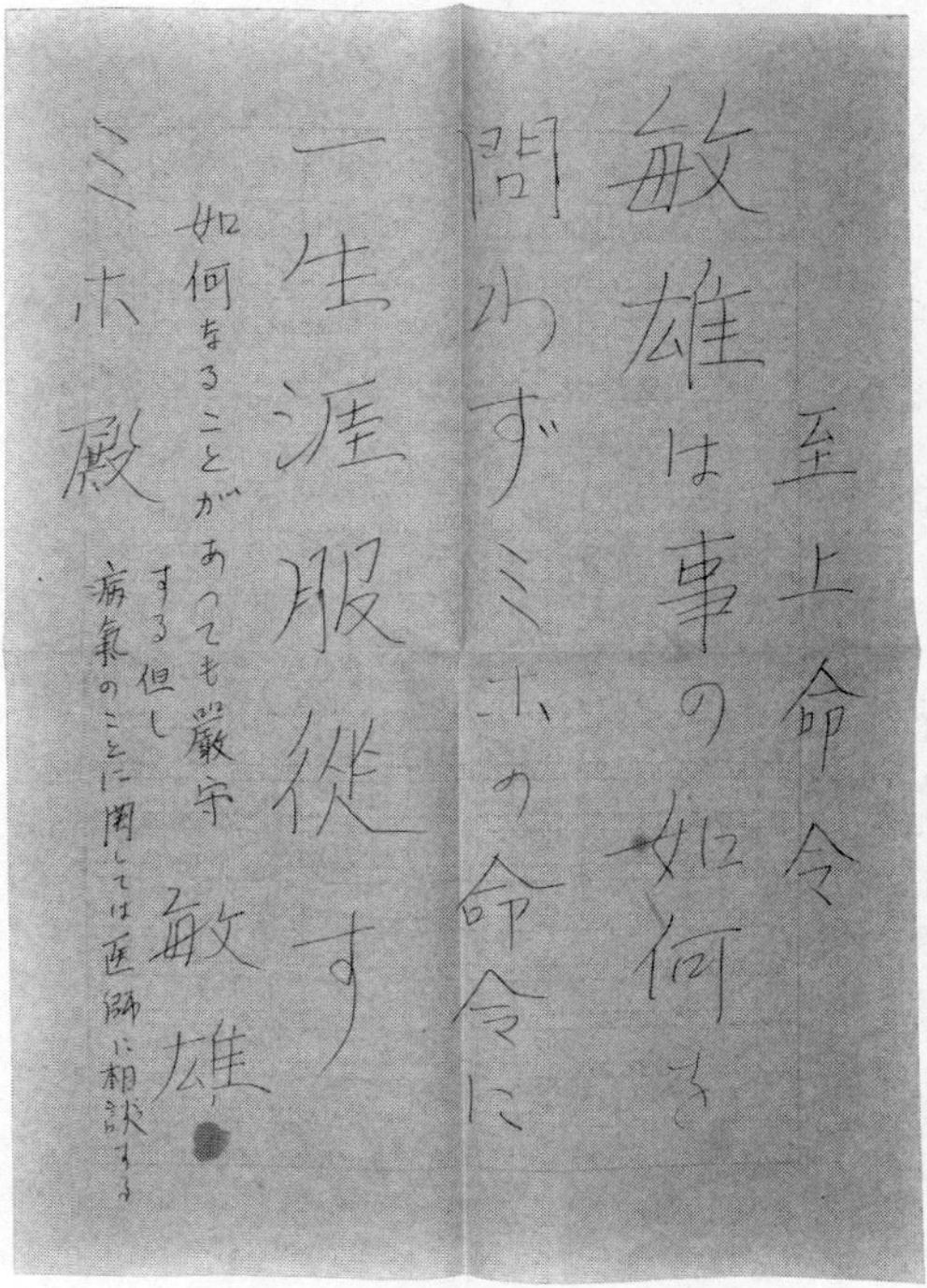
至上命令
敏雄は事の如何を
問わずミホの命令に
一生涯服従す
如何なることがあっても厳守
する但し
病気のことに関しては医師に相談する
敏雄
ミホ殿

ミホが市川市の国府台病院精神科に入院していた
昭和三十年八月十九日、敏雄が書いた血判入りの誓約書。

一

「そのとき私は、けものになりました」

まるで歌うように島尾ミホは言った。細いがよく通る、やや甲高い声。

「ゥワァアーーッと、お腹の底からライオンのような声が出ましてね。そのまま畳にはいつくばって、よつんばいで部屋を駆け歩きました。そして、ハァーッと言って倒れたんです」

折からの風雨に窓を閉め切った薄暗さの中、座卓の上にそろえて置かれた手の甲がほの白く浮き上がって見える。和室の隅にしつらえられた祭壇には、花、十字架、そしてたくさんの小さなマリア像。それらに埋もれるようにして、夫・島尾敏雄《としお》と娘・マヤの遺影が置かれていた。

平成十八（二〇〇六）年二月十七日、奄美《あまみ》大島《おおしま》・名瀬《なぜ》市（現在の奄美市）。島尾ミホがひとりで暮らす自宅で、私は彼女の話を聞いていた。前年の十一月からインタビューに通っており、この日が四回目の取材だった。

ミホはこのとき八十六歳。十九年前に夫を亡《な》くしてから人前ではつねに喪服で通し、この日もチュールのついた小さな黒い帽子に黒いワンピース、真珠のネックレスという姿だった。

彼女がけものになったと回想したのは、昭和二十九（一九五四）年九月二十九日早暁《そうぎょう》、東京・小岩の自宅で、新進小説家だった夫の日記を見たときのことである。そこにはある女性との情事が記されていた。以後、ミホは精神の均衡を失う。家事も二人の幼い子供の世話も放棄して、昼夜の別なく夫の不実をなじり、問い詰める毎日が始まった。

ミホと島尾は戦争末期、鹿児島県奄美群島の加計呂麻《かけろま》島で出会った。ミホ二十五歳、島尾二十七歳のときである。島尾は九州帝国大学を繰り上げ卒業して第三期海軍予備学生となり、訓練期間をへて少尉《しょうい》に任官、特攻艇「震洋《しんよう》」部隊の隊長として島にやってきたのだった。

ミホは島の旧家のひとり娘で、東京の高等女学校に学んだあと故郷に戻り、島尾と出会ったころは国民学校の代用教員をしていた。二人は恋に落ち、いつ特攻出撃の日が来るかわからない中、部隊近くの浜辺で深夜の逢瀬《おうせ》を重ねる。

昭和二十（一九四五）年八月十三日夕刻、特攻戦が下令された。ミホは出撃を見届けて自決しようと、死装束を身につけ、短剣を懐《ふところ》に夜の浜辺で待った。しかし発進の最終命令は出ず、島尾たちは即時待機状態のまま十五日の終戦を迎えたのだった。

死をもって完結するはずだった恋は敗戦によって生の方向に舵《かじ》を切る。ミホは復員した島尾を追い、老いた父を一人残して闇船で島を出た。命がけの航海のすえ鹿児島港にたどりつき、昭和二十一（一九四六）年三月、神戸で結婚したのである。島尾の浮気によってミホが正気を失った背景には、特攻を待つ極限状況の中で出会い、ぎりぎりで死をまぬかれて結ばれたという夫婦の歴史があった。

女性との交渉の細部を夜通し詮索《せんさく》し、問い質《ただ》し、答えを強要するミホ。夜中に家を出て電車に飛び込もうとしたり、首をくくろうとしたりするため、島尾はいっときも目を離すことができない。ミホの問い詰めが始まると、その執拗《しつよう》さに島尾は耐えられず、ズボンのバンドをはずして自分の首を絞めたり、障子やたんすに頭から突っ込んだりと、自身も惑乱してゆく。やがて浮気相手の女性から電報やメモが届くようになり、脅迫されていると思い込んだミホの言動はますます常軌を逸していった。

島尾は小説を書くことはもちろん、非常勤講師をしていた定時制高校に出勤することもままならなくなり、文学仲間との付き合いも途絶えた。夫婦は世間から隔絶された二人だけの世界でひたすら向き合い、互いの内臓をついばみ合うような日々が続く。

島尾に連れられて慶應《けいおう》大学病院を受診したミホは神経科に入院するが、診療初日に施された電気ショック療法への恐怖や医師への不信感から脱走騒ぎを起こし、治療効果のないまま退院。千葉県にある国立国府台《こうのだい》病院精神科の閉鎖病棟に入ることになった。島尾は子供たちを奄美大島のミホの親戚《しんせき》に預け、ミホとともに病棟の中で暮らすことを選ぶ。結婚の日以来の、妻が従順に夫に仕えた関係は完全に逆転した。怒り、ののしり、命令し、ときに夫を平手打ちするミホに、島尾は拝跪《はいき》するようにして仕えた。

国府台病院で四か月あまりの入院生活を送ったあと、二人は昭和三十（一九五五）年十月に子供たちを追って奄美大島の名瀬に移住する。アメリカの軍政下にあった奄美群島が日本に復帰した二年後のことである。それを機にミホの精神状態は少しずつ落ち着いていった。

以後、島尾はミホの状態に絶え間なく気を配り、六十九歳で没するまで、彼女の心がすこやかであることに最大の価値を置いて日々を暮らしたのである。

ミホが日記を見て狂乱したときから二度目の入院の直前までの日々を島尾がのちに綴《つづ》った長篇小説『死の棘《とげ》』（昭和三十五年から五十一年まで順次発表、単行本は五十二年刊行）は、単行本の発行部数が三十万部を超え、純文学では異例のベストセラーとなった。評論家・奥野健男の「私小説の極北」という評はこの作品の代名詞となり、戦後文学の傑作として現在も多くの読者をひきつけている。島尾の没後、平成二（一九九〇）年には小栗康平監督によって映画化され、カンヌ国際映画祭で審査員グランプリを受賞。島尾とミホは戦後文学史に残る伝説的なカップルとなった。

島尾は小学生のころから亡くなるまで欠かさず日記をつけており、それは作家生活を通して創作の源泉となった。『死の棘』もまた日記をもとに書かれている。この時期の日記は島尾の没後に『「死の棘」日記』（平成十七年刊）として刊行されているが、それを読むと、小説に書かれている出来事のほぼすべてが事実に基づいていることがわかる。作品の中でミホや子供たちが発する言葉も日記に書き留められているものばかりだ。

しかし日記も小説も夫である島尾の目から描かれているので、ミホが夫の日記を見たときの状況は書かれていない。奄美の自宅でのインタビューでミホがまさに〝そのとき〟を語り始めたことに気づいた私は、彼女の言葉をひとことも漏らすまいと懸命にノートに書きとった。持参したテープレコーダーが座卓の上で回っていたが、本人が目の前で語っているこのときに文字にしておかないと取り逃がしてしまう気がしたのだ。

「島尾の留守中に掃除をするために仕事部屋に入ると、開いたままの日記が机の上に置かれていました。そこに書かれていた一行が目に飛び込んできて、その瞬間、私は気がおかしくなりました。それはたった十七文字の言葉でした。いまも一字たりとも忘れていません。死ぬまで消えることはないでしょう」

舞台女優が台詞《せりふ》を言うような、よどみのない口調だった。

島尾敏雄が『死の棘』に書かなかった話をいま自分が聞いている。背筋がぞくりとした。ノートにペンを走らせながら、この話をどんな原稿にしようかと頭の隅でもう私は考え始めていた。

しかし結局、この日聞いた話を活字にすることはかなわなかった。私がミホのもとに通っていたのは彼女の半生を本にするためである。あなたのことを書きたいと私のほうから頼んだのだ。彼女は快諾し、長時間のインタビューに協力してくれていた。それが突然、取材を中止してほしいと電話があったのだ。夫の日記を読んだときのことを話してくれた日——結果的に最後のインタビューになった——から半月後のことだった。

二

私が島尾ミホに興味を持ったきっかけは一枚の写真だった。

写真家・上田義彦が三九人の作家を撮影した『ポルトレ』(平成十五年刊)という写真集がある。装幀《そうてい》家の友人の仕事場にあったこの本をぱらぱらとめくっていたとき、一枚の写真が目にとまった。

浜辺に立つひとりの老女。南島とおぼしき背景とは不似合いな、裾《すそ》までの黒いドレスとマントを身につけている。優雅なつば広の帽子とレースの長い手袋も黒。この老女がミホだった。黒一色の洋装はクリスチャンであるミホの喪服であると、のちに知った。

写真の中の彼女が立っているのは、かつて島尾の特攻出撃を見届けようと夜を明かした加計呂麻島の海岸である。生い茂るソテツやアダンを背に、黒ずくめの洋装に身を包んでカメラを見据える老女の姿は異様であると同時に、見るものの胸を波立たせる磁力のようなものがあった。

いま見ると、この写真には、過去と現在、死と生が二重写しになっていることがわかる。

戦争末期、特攻艇の格納壕《ごう》（海岸の崖《がけ》に掘られた横穴だった）を敵の目から隠す役割をした亜熱帯の植物たち。太古からのエネルギーそのままに葉を茂らせ、幹や根を絡《から》み合わせるそれらの木々の陰で島尾とミホはしのび会っていた。特攻隊長と島の娘の運命的な恋は、別の言い方をすれば、特攻という任務ゆえに未来にかかわるどんな責任からものがれることのできた男と、戦争のため適齢期を逃しかけていた女との、破れかぶれの熱情だったと言えなくもないのだが。

それから半世紀以上が過ぎたのち、同じ場所に立つミホの完璧《かんぺき》な喪装からは、男が死者となってなお止《や》むことのない強烈な所有欲が伝わってくる。彼女は結局、夫の死から自身の死までの二十一年間、喪服を着続けた。それは幽明の境をこえて夫とつながり続けるという意思の表明であり、この男は永遠に自分のものだという宣言でもある。いかにも高価そうな美しい喪服をまとったミホは、死者をいつまでも抱きすくめて離さない老いたマリアのようだ。

この写真集の解説文によって私は、ミホもまた作家であることを知った。生前に刊行された著作は『海辺の生と死』『祭り裏』の二冊。いずれも奄美に移り住んで健康を取り戻したのち、五十代から六十代にかけて書かれたものである。これらを読んだ私は、南島を舞台に繰り広げられる世界の驚くべき美しさとおそろしさに、こんな作家がいたのかと衝撃を受けたのだった。

最初の著作である『海辺の生と死』（昭和四十九年刊）は十三の短篇からなり、加計呂麻島で暮らした幼少期から娘時代までの回想のかたちで、南島の自然と古くからの習俗の中で営まれる生と死のドラマが描かれている。中心をなすのは、さかのぼれば琉《りゅう》球《きゅう》の士族につながる古い家系に属し、島の人々の敬慕を受けながら静かに暮らす両親と、島にやってきては去ってゆく人々――沖縄芝居の役者衆、立琴を弾いて歌い歩く樟脳《しょうのう》売り、「征露丸」を売る日露戦争廃兵、白系ロシア人のラシャ売り、辮髪《べんぱつ》を残した中国人の小間物売りなど――の姿である。そして、ミホにとって島を訪れた最後のまれびととなった「島尾隊長」との恋が語られる。この作品でミホは第十五回田村俊子賞を受けている。

二冊目の著作で、七つの短篇からなる『祭り裏』（昭和六十二年刊）も加計呂麻島が舞台だが、一人称で語られるエッセイ風の前作よりずっと物語性が強い。異母弟を殺せと母に命じられる青年（名は「ヒロヒト」）、イキマブリ（生き霊）が見える老人、神が降りる山で逢引《あいびき》をしてリンチにあう男女、海辺の座敷牢《ろう》で暮らす男、夫の弟に犯される妻など、強烈な光の下、あるいは深い闇の中で繰り広げられる暴力と死、性、狂気が、息を呑《の》むあざやかさで描出される。ミホの幼少時、島でもっとも懼《おそ》れられ、一方で聖なる病とも受けとめられていたハンセン病を病む人たちの姿も怯《ひる》むことなく綴られている。『死の棘』に描かれた「狂乱する妻」が、いままで見たこともないようなやり方で、禁忌に満ちた世界の豊饒《ほうじょう》さをありありと現出させていることに私は驚嘆した。そしてぜひこの人に会ってみたいと思ったのだった。

私が入手した『海辺の生と死』は文庫版だったが、その巻末に詩人で評論家の吉本隆明が「聖と俗――焼くや藻塩《もしお》の」と題する文章を寄せている。吉本は「なまなかな修練ではとても書けず、昼は人つくり夜は神つくりとでもいうより致し方のないものがここには生きている」と書き、『万葉集』巻十六の「乞食者《ほがひびと》の詠《うた》」を引きながらミホの作品世界を論じている。吉本は、ミホの描く加計呂麻島の風物や習俗に「古代の遺風」を見出《いだ》しているのだが、これはミホがノロ（沖縄・奄美地方でかつて祭祀《さいし》をつかさどった巫女《みこ》）の家系に生まれたことに示唆《しさ》を受けてのことだ。

吉本は島尾が作品を発表し始めた昭和二十年代から島尾文学を高く評価してきた。長年にわたって書き継いだ作家論、作品論をまとめた『島尾敏雄』（平成二年刊）という著作もある。島尾夫妻とは浅からぬ交流があり、昭和二十九年十月と翌年二月、三月の三度、奥野健男とともに、当時、東京・小岩にあった島尾の住まいを訪ねている。島尾の情事を発端とする夫婦のすさまじい諍《いさか》いがすでに始まっていたころだ。この二度目の訪問の際に吉本は島尾のファンの女性をともなっており、その人はのちに吉本の夫人となっている。

吉本はその後、島尾がミホに付き添って入院した国府台病院の精神科病棟にも奥野とともに見舞いに訪れている。また、昭和三十年十月十七日、夫妻が奄美大島へ発《た》ったときに横浜港で見送った数少ない友人のひとりでもあった。このとき夫妻を見送った島尾の文学仲間にはほかに庄野潤三、吉行淳之介、阿川弘之、奥野健男、武井昭夫がいる。

吉本は、見送りの人たちが投げたテープを島尾がうまくつかむことができないのを見て、テープを手に船腹をつたって甲板によじのぼった。島尾はこのときのことを、吉本の対談集『どこに思想の根拠をおくか』（昭和四十七年刊）の付録冊子「対談者による吉本隆明像」に寄稿した文章の中で、「ひとつの熱い影像が私のまぶたに焼きつけられている」として、こう回想している。

> 出港合図の汽笛も鳴っていて、危い！　と声を出そうとしたとき、彼は手すり越しに私にテープのいくつかを手渡していた。まぢかに彼のあつい皮膚の顔を見た。

私は胸のあたりが立ちさわぐのを覚えた。彼はすぐにのぼって来たようにおりて行ったけれど。

（「回顧」より）

いささか向こう見ずな行動から、都落ちしようとしている島尾に対する吉本の友情が伝わってくるが、島尾のこの寄稿文によれば、吉本はそれまで自宅や病棟に訪ねて来てはいたが、二人でゆっくり話した記憶はないという。

吉本は当初から（そしておそらく最後まで）、島尾とその作品に対して深い敬慕の念を抱いていた。吉本は平成二十四（二〇一二）年三月十六日に死去したが、その前日に病室を見舞った評論家の芹沢俊介によれば、ベッドの傍らのテーブルに『死の棘』のフランス語訳の本が置かれていたという。

吉本には南島を論じた一連の著作がある。私は平成十四（二〇〇二）年から十七（二〇〇五）年にかけて吉本の著作三冊の聞き書きを担当したが、あるとき戦後の日本文学でもっともすぐれた作家は誰だと思うかと尋ねると、島尾敏雄と小島信夫という答えが返ってきた。即答であった。

私が島尾夫人であるミホに興味をもっていると話したところ、吉本は、すでに不自由になっていた足を引きずって書斎へ行き、『南島論』と題された単行本の分厚いゲラ（校正刷り）の束を手に戻ってきた。南島について書いたものをあらためて一冊にまとめる準備をしている最中だといい、「しばらくは手をつけませんから、よかったら持ち帰ってご覧ください」と言って貸してくれた。そこには「聖と俗——焼くや藻塩の」も収録されていた。

そのとき吉本は、自身の南島論には島尾ミホの存在に触発された部分があると話した。そして「あの人は、普通の人には見えないものが見えるらしいですよ」といたずらっぽく言い、「いまのうちにぜひ話を聞いておくといいと思います」と、奄美に行くことを勧めたのだった。

三

私が初めてミホに会ったのは、島尾敏雄の十九回目の命日にあたる平成十七年十一月十二日だった。かつて島尾が分館長をつとめた鹿児島県立図書館奄美分館の敷地内にある文学碑前で「島尾忌」が行われ、その後、ホテルの宴会場に場所を移して懇親会が開かれた。翌日にミホの自宅でインタビューをする約束になっていた私は、彼女の席に挨《あい》拶《さつ》に行った。

ミホは私の顔を見るなり「あなた、ゆうべ私の夢に出てきましたよ。まあほんとうに、夢の中で拝見したお顔とおんなじ」とうれしそうに言った。この夢の話が本当だったのかはわからないが、気難しいところがあると聞いていた彼女が初対面で親しげに笑いかけてくれたことにほっとした。

翌日自宅を訪ねるとミホは名刺をくれた。小さめで角の丸い、女性らしいデザインである。驚いたのは、「はい、これはマヤの」と、もう一枚の名刺を渡されたことだ。ミホの名刺と同じデザインで「島尾マヤ」とある。島尾夫妻の長女であるマヤはその三年前に亡くなっていた。死者の名刺を受け取ったのは、あとにも先にもこのときだけである。

ミホはこの日、四時間あまりにわたって話を聞かせてくれた。もともとは雑誌にインタビュー記事を掲載することを前提に取材を申し込んだのだが、この最初の取材を終えて、私は彼女のまとまった評伝を書きたいと考えるようになった。加計呂麻島での子供時代のことを中心に話を聞いたのだが、細部にわたる記憶力が常人離れしており、聞いていると、まるで映画を見るように情景が浮かぶ。彼女は完璧な標準語を話すが、そこに時折、奄美のシマグチ（島言葉）がはさみこまれる。音楽的ともいえる独特の語りはなんともいえず魅力的で、島尾敏雄が『死の棘』の中に、彼女が発したシマグチ――ワイワイ（気持ちが昂《たか》ぶること）、ウニマ（悪魔）、ムガリ（聞き分けのない状態）、グドゥマ（意固地になること）など――をちりばめた効果を耳で確かめることになった。

戦時中、島尾に捧《ささ》げたという唄《うた》をうたってくれたときは、思わず聞き惚《ほ》れた。

浜千鳥《チドリヤハマ》　千鳥よ《チドリヤヨオ》
何故お前や《ヌガウラヤ》　泣きゆる《ナキユル》
加那《カナ》（恋しき人）が《ガ》　面影ぬよお《ウモカゲヌヨオ》
立ちど泣きゆる《タチドウナキユル》
加那が《カナガ》　面影やよお《ウモカゲヤヨオ》
立ち優り《タチマサリ》　勝り《マサリ》
立ち優り《タチマサリ》　勝りよお《マサリヨオ》
塩焼小屋ぬ煙《シュヤヌケブシ》

これは終戦直前の昭和二十年八月にミホが敏雄への手紙に記した島唄だ。奄美ではよく知られている「千鳥浜《チドリャハマ》」をミホが改作したもので、元唄では千鳥が泣くのは母の面影が立つためであるが、ミホは「母」を恋しい人を意味する「加那」に変えている。

奄美の島唄の歌詞は固定したものではなく即興性が高い。折々の心情を織り込み、元唄の詞を自由に変えて唄われるのである。ミホの「千鳥浜」の後半の四行はオリジナルで、塩焼小屋から立ちのぼる煙を、たえまなく目の前に現われる恋しい人の面影にたとえている。

日本におけるもっとも古い製塩法は「藻塩焼き」で、海藻を乾燥させて塩分を濃縮し、その藻を焼いて作った藻灰を海水に溶かして煮詰めるというものである。ミホが暮らしていたころの奄美でも藻塩焼きが行われており、ミホの唄に出てくる塩焼小屋はそのための建物だった。

岬の突端近くにあるこの小屋を、二人は初めての逢瀬のとき待ち合わせの目印とした。ミホが島尾に宛《あ》てて書いた手紙の中には塩焼小屋の中にいたハブを島尾が退治したことが出てくるものがあり、人目を避けてこの小屋の中で会ったこともあるのだろう。島尾への手紙では、この唄に、「君恋ふは塩焼小屋の煙の如く吾が胸うちに絶ゆる間もなし」との歌が添えられている。

ミホが創作した島唄の後半部分およびこの歌は、藤原定家が百人一首に自撰《じせん》した「来ぬ人を松帆の浦の夕なぎに焼くや藻塩の身も焦《こ》がれつつ」を踏まえていると思われる。ミホもまた、思うように会えない男を焦れる思いで待つ女であった。

定家のこの歌は、知られているように、『万葉集』の「名寸隅《なきずみ》の　舟瀬ゆ見ゆる　淡路島　松帆の浦に　朝なぎに　玉藻刈りつつ　夕なぎに　藻塩焼きつつ　海人娘子《あまをとめ》　ありとは聞けど……」という長歌の本歌取りである。「海人娘子」とは塩焼きに使う藻を採る少女で、ここに歌われている情景も加計呂麻島とミホを思い起こさせる。ミホはこの長歌をも踏まえた上で島唄の後半の詞を創作したのではないだろうか。

いつ出撃になるかわからないままミホと逢瀬を重ねていた昭和二十年八月二日に島尾がノートに書きつけた文章に「私とそのひととは磯づたふ二羽の「浜千鳥」であつた」という記述があり、また復員直後、加計呂麻島からミホがやってくるのを待ちながら書いた小説「島の果て」（発表は昭和二十三年一月『VIKING』）では、ミホが作ったこの浜千鳥の唄を、トエという島の娘（ミホがモデル）がうたう唄として引用している。

島尾は数多い書物の中から『古事記』を携えて島に赴任した。「私はさながら仏教や儒教の倫理観に影響されぬ太古を現世紀に垣間見たと思った」（「奄美大島に惹《ひ》かれて」）、「島の部落を歩いたり、島の人とはなしをしたりすると、「古事記」の世界が現存しているような感受があったんです」（「琉球弧の感受」）などと回想しているように、当時の島尾は加計呂麻島に古代の世界を重ね、そうすることで緊張した日々のなかに慰めを見出していたのだろう。

ミホは敏雄のこうした「感受」の源泉となったに違いない素朴な魅力をそなえつつ、定家の歌、さらにさかのぼって『万葉集』の長歌から島唄を即興的に改作することができる文学的教養の持ち主だった。しかも人目をひく美貌《びぼう》である。戎衣《じゅうい》をまとい、死を約束された者として赴いた南島でこうした女性と邂逅《かいこう》できたことは、島尾にとって奇跡のような出来事であったろう。

どこか野性味を含んだ官能性と、文学少女がそのまま大人になったような雰囲気がない交ぜとなったミホの魅力は私が会ったときも失われていなかった。彼女のたたずまいと語りに強くひかれた私は、それを文字で再現しつつ、南島に生を享《う》け、戦争によって大きく運命を変えられた大正生まれの女性の一代記を書いてみたいと思った。本人もそれを承知してくれたのである。

　ミホは取材に訪れる私をいつも歓待してくれた。私の文章を一度見てもらおうと、初回のインタビューをもとに十五枚ほどの原稿を書いて送ったときは、とても気に入ったと声をはずませて電話がかかってきた。

「さっき、おとうさまに読んで聞かせていたんですよ。いいでしょう、って」

　おとうさまとは島尾のことである。彼女は毎夜、夫の遺骨を抱いて寝ていると言っていた。骨壺に寝間着をかけて添い寝し、さまざまなことを語りかけるのだそうだ。

　初めのうち私には『死の棘』のころのことを知りたい気持ちはそれほどなく、ミホの二冊の著作に描かれた大正から昭和初期にかけての南島の暮らしのほうにむしろ興味があった。夫の日記を見た衝撃をミホが語ったのは四回目の取材のときで、質問に答えてというよりも自分から話し始めた感じだった。ライオンのように咆哮《ほうこう》して畳を這《は》いまわったという衝撃的な話に興奮した一方で、このような話をしてくれるまで信用されたのだと安心もした。

　そう、私は彼女に気に入られているとばかり思っていた。最後となったインタビューのときも終始なごやかな雰囲気だった。なのになぜ突然断られたのか。

その時点で思い当たった理由はひとつだけで、それについてはのちに述べるが、とにかくミホへの取材は中断を余儀なくされた。そしてその一年後、彼女は急死してしまったのである。

四

平成十九（二〇〇七）年三月二十五日、ミホはひとりで暮らしていた奄美の自宅で死去した。八十七歳、脳内出血による突然の死だった。

自宅には島尾の膨大な蔵書と生原稿、日記、手紙などが残された。ミホの生前にも、平成九（一九九七）年から『新潮』編集部が日記を中心に整理に着手していたが、蔵書以外の直筆資料だけでも段ボール箱で千箱以上あり、その大部分が手つかずだった。

ミホの没後、遺族と新潮社の手で本格的な整理が始まった。ミホが亡くなってから初めて私が奄美の島尾家を訪れたのは、その作業が進んでいた平成二十二（二〇一〇）年八月のことである。自宅からは島尾だけではなくミホの日記やノートも見つかっていた。

島尾夫妻の長男である島尾伸三《しんぞう》の了解を得て、それらを見せてもらいに行ったのだ。

最後にミホに会ったときから四年半がたっていた。座卓をはさんで話を聞き、そのあと近くのホテルから取り寄せられたオードブルと次々に栓を抜かれるビールでもてなされた和室には、おびただしい数の段ボール箱が積み上げられている。あのときのままなのは、島尾とマヤの遺影が置かれた小さな祭壇だけだった。

ミホに関するものは大まかに仕分けされ、数十個の段ボール箱に入れられていた。女学校時代の短歌、新婚時代の断片的な日記とメモ、手紙や写真。情事を知ったあとの狂乱の時期に島尾に宛てて書かれた遺書や書き置きもある。島尾敏雄関連の資料の分類と撮影が行われているかたわらで、私は「ミホさん関係」と書かれた段ボール箱を開封していった。

十数冊の大学ノートがまとまって入っている箱があった。日記もあれば創作ノートと思われるものもある。ミホは自分の書いたメモや草稿には必ずといっていいほど日付を入れているが、これらのノートの記述には、古いもので結婚二年後の昭和二十三（一九四八）年、もっとも新しいもので亡くなる前年にあたる平成十八年の日付があった。

ざっと中身をチェックしていると、昭和三十年七月十七日から始まっている日記のノートがあった。島尾とともに千葉県の国府台病院の精神科病棟で暮らしていた時期のものだ。段ボール箱の山の隙間《すきま》に座り込んでぱらぱらとめくっていると、ページの間にはさんであった紙が膝に落ちた。四つ折りにしたB４サイズの原稿用紙である。開くと、大きな文字でこうあった。

至上命令
敏雄は事の如何を
問わずミホの命令に
一生涯服従す
如何なることがあつても嚴守
する但し
病氣のことに関しては医師に相談する
敏雄
ミホ殿

この文面は、そのまま島尾の日記に出てくる。昭和三十年八月十九日の記述である(平成十七年に刊行された『「死の棘」日記』にはミホの手が入っており、原本と異同がある。以下、本書では島尾の日記はすべて原本から引用する)。

六時起床。反応発作。あと床板にすわり、顔面足蹴を受く。至上命令、敏雄は事の如何を問わずミホの命令に一生涯服従す。如何なることがあっても厳守する。但し病気の事に関しては医師に相談する——と書き、ミホそれを壁にはる。（中略）夕方銭湯に行く。行きはよし、帰りはひどい反応。平手打。余、兵卒的態度になる（勾禁反応）。十二時迄ミホの反復訊問。十二時夕食をし就寝の許可を得る。余眠る。ミホ起きていて直哉集Ⅳ全部読む。二時頃起こされる。質問反応はじまる。直哉の「邦子」ミホ読む。三時、雨宮看護婦来て眠薬くれる。のむ。四時半頃迄発作終らず。

（昭和三十年八月十九日）

「至上命令」と題された誓約書の、島尾の署名の下には血判が捺《お》してある。そして血を拭《ふ》いたと思われるガーゼが、書き損じの年賀状に絆創膏《ばんそうこう》で貼《は》りつけられた状態で同じノートにはさまれていた。台紙代わりにされた年賀状には「島尾敏雄の血　指先のけがの為　ミホ記」と書かれている。

ミホの日記の文字と誓約書の島尾の文字はともに万年筆と思われる青インクで書かれ、年月を経て色あせているが、血のついたガーゼの台紙の文字はサインペンと思われるくっきりした黒い文字である。おそらくあとになってミホが書き入れたのだろう。島尾の遺品にはこのようにミホの説明書きが付されているものが多くある。

ガーゼの血は「指先のけがの為」とあるが、誓約書と一緒にノートにはさまれていたということは、やはり血判を捺すために指を切ったと考えていいだろう。年賀状も昭和三十年のもので、国府台病院への入院時期と一致する。

このノートにはもう一通、拇印《ぼいん》の捺された紙がはさまれていた。こちらの文字も島尾のものだが、拇印は血判ではなく万年筆と同じ青インクを使って捺してある。

無効
私は自殺します
絶対に取消しません
　川瀬千佳子にも
　毎日足蹴にされていました
　そしてそれを喜んで
　いました
病院には遊びに来ましたのですから
治療をしないで帰ります
絶対とりけしません

敏雄

ミホ殿

書くと言ったのも

私が言い出したのです

川瀬千佳子とは『死の棘』に「女」あるいは「あいつ」として登場する島尾の愛人の名である（本書では仮名とする。実際には実名が書かれている）。第三者には意味のとれない内容で、この文面は島尾の日記にも出てこないため、これが書かれたときに夫婦間でどのような諍いが繰り広げられていたのかはわからない。

『死の棘』は国府台病院への入院直前で終わっており、ここに引いた二通が書かれたのは、『死の棘』に描かれている時期よりもあとである。だが先に引いた島尾の日記、そして二通の誓約書の文面からは、小説内の時間が終わっても、共狂《ともぐる》いといえるような夫婦の混乱の日々はまだ続いていたことがわかる。この二通がはさまれていたノートに書かれたミホの入院日記にも「（女性との情事の詮索を二十分ほどでやめると）主人ひどく喜ぶ。涙を浮べてよろこびミホを「ありがとう　すぐやめてくれてありがとう」とをがむ恰好をする」（七月十七日）、「例の発作状態、詰問の連発、夜を徹す。トシヲ一晩殆んど廊下に立ってゐる」（七月三十日）などの記述がある。

これらとは別に、『死の棘』にはミホが島尾に書かせた誓約書が二通出てくる。一通は、島尾の両親の故郷である福島県の小高《おだか》町に家族で向かう汽車の中で書かれたもので、文面はこうだ。

「変わらぬ情熱と愛情とサービスを以てミホにトシオの生涯を捧げます。この約束は一時のこころでなく生涯を貫きます」　（『死の棘』第四章「日は日に」より）

この誓約書はミホが文案を作り、島尾に命じて手帳の端に書かせたと『死の棘』にある。島尾の日記を見ると、昭和三十年一月十日のことだとわかる。その手帳の実物は島尾の遺品の中から発見された。そこに書かれていた実際の文面は、「サービス」が「サーヴィス」、「トシオ」が「敏雄」、「こころ」が「心」と表記されているほかは『死の棘』と同じで、「昭和三十年一月十日　常磐線車中　龍田駅」と付記されている。

もう一通は、小高町から戻ったあと（日記によれば一月二十四日）、小岩の自宅で島尾がバンドやコードで自分の首を絞めようとし、ミホは物置で首をくくろうとするなどの騒ぎのあとで書かれたものである。『死の棘』から誓約書の文面を抜き出すと以下のようになる。

……トロヲキカヌコト、マタ手紙ヲ出サヌコト
特定ノ女ト特別ノ関係ニハイラヌコト、例エバ映画、行楽、肉体的交渉ナドヲ共ニセヌコト
不道徳ナウソヲツカヌコト
不道徳ナカクシゴトヲセヌコト
外泊ノ場合ハソノ内容ヲイツワリナク明ラカニスルコト
家庭ノ幸福ヲ築クタメ努力シ、破壊シナイコト
但シ右誓イノ箇条書ヲ作ツテ指ヲ切ルコトハ、トシオガ提案シミホガコレニ賛成シ文案ヲ考エタ
右誓イヲ破ツタ時ハカクサズニ言イ、二人デ考エ処置スル

（同　第六章「日々の例」より）

この誓約書の実物も島尾の遺品の中から見つかった。B4の原稿用紙の裏に書かれている。カタカナではなくひらがなが使われていることと、一番目の項目「……トロヲキカヌコト」の「……」の部分に愛人の実名が入っていること以外、こちらも小説の文面と同じである。

四通見つかった誓約書のうち二通（「至上命令」と「私は自殺します」）をミホが持っ

ていたわけだが、夫婦の修羅場を彷彿《ほうふつ》とさせ、思い出したくないであろう女性の名前が記されたこれらを半世紀以上も取っておいたこと、とりわけ血のついたガーゼがまるで記念の品のように保存してあったことに、私は少なからぬ衝撃を受けた。これはミホが晩年まであの時期に執着していたということなのだろうか。それとも、まったくこだわりがないから捨てずにおいたのか。あるいは島尾敏雄の〝文学資料〟と思ってのことなのか――。

このとき私は改めてミホの評伝を書きたいと思っていた。そのための資料を求めて奄美の島尾家を訪れたのだが、数十個の段ボール箱を開封していくうちに、ここにはまさにミホの人生、とりわけ島尾と出会ったあとの人生のあらゆる記録がつまっていることに気がついた。島尾が日記や手紙をはじめ自分自身に関する記録の保管に偏執的と言えるほどの情熱を傾けた人であることは知っていたが、ミホも同じだった。島尾の習慣に倣《なら》ったのかもしれない。手紙の下書きからちょっとしたメモ、ノートの切れ端への走り書きまで、おびただしい紙類が出てきた。それらの記述の中には私がインタビューで本人から聞いた話と矛盾するものもあった。

思わず手が止まったのは、表紙に「死の棘メモ」と書かれたノートを開いたときである。最初のページにこんな二行があったのだ。

その晩から私はライオンになった

その晩私はライオンになった

思いついたフレーズを書き留めておいたという感じの、メモ風の走り書きである。あの日ミホが「そのとき私は、けものになりました」と言った声がよみがえり、急いでページをめくった。どのページも、びっしりと文字で埋まっている。

数ページ先に、こんな文章を見つけた。

その晩私は野獣に戻った。夫の日記に書かれたたった一行の十七文字を目にした時、突然ウォーウォーとライオンのほう吼が喉の奥からほとばしり、体じゅうに炎に焼かれるような熱気が走り、毛髪は逆立ち、四つ這いになって、私は部屋の中を駈け巡った。

一読して驚いた。あのときミホが語ったこととほぼ同じではないか。この文章には「二〇〇二年一月三十一日」という日付があった。私がミホにインタビューをした日のおよそ四年前である。

これは何のために書かれた文章なのか。手がかりがないかと前後のページを見てみると、少し戻ったページ（一月二十四日の日付がある）の冒頭に、タイトルとおぼしきものが書きつけてあった。

死の棘　妻の場合。妻の側から。

ミホは『死の棘』の時期のことをみずからの手で書こうとしていたのだろうか。心臓の鼓動が速くなった。もし原稿が残されていれば、未発表作品の発見ということになる。はやる心を抑えて残りの箱を開けていく。いくつ目かの箱からコクヨの原稿用紙の束が出てきた。冒頭にタイトルが記されている。

「死の棘」の妻の場合

やはりそうだった。妻の側から見た〝もうひとつの『死の棘』〟をミホは書いていたのだ。

しかし原稿は未完だった。四百字詰め原稿用紙で二十二枚。文章は粗く、叩《たた》き台といった段階のように見える。目を通したところ、夫の日記を見て錯乱したときの描写は「死の棘メモ」と題されたノートに記されていた内容とほぼ同じである。

原稿用紙の右上に記された日付は、「死の棘メモ」ノートの草稿（「その晩私は野獣に戻った……」）にあった日付の約一年後、二〇〇三年一月三日である。この原稿を二十二枚で中断したあと、ミホは『死の棘』の時代を自分の手で書くことを断念したということだろうか。

そうではなかった。あらためて「死の棘メモ」ノートに戻り、日付に注目して冒頭からチェックしてみると、ノートの最後の記述に二〇〇五年六月六日の日付が入っていたのだ。コクヨの原稿用紙に書かれた草稿よりあとの日付である。その記述の内容はこうだ。

その当時私は黒く長い髪の毛をうしろで大きく結っていた。長めのヘヤーピンを数本使ってしっかり止めていた。

ヘヤーピンを全部抜いて壁に投げつけた。ザンバラになった髪の毛が顔にかかり、頭を強く振って畳の上を這い廻り、うなり声（ライオンの声）をあげた。まさしくライオンの姿。

畳に爪をたてかきむしる。指先から赤い血がしたたる！　胸が苦しい。心臓が早鐘のように打ち続く！　喉がひりひり痛む、涙が溢れる。涙と鼻水が口の中に入る！

書きながら気持ちが高ぶったのか、草稿やメモも含めてミホの文章にはまず登場しない「！」が多用されている。夫の日記を見たときの激情は、半世紀をへてなお、ミホの中に生々しく存在していたのだ。

二〇〇五年六月六日といえば死の一年九か月前である。このときまだ彼女には『死の棘』の日々を自分の側から書こうとする意思があったということになる。取材に訪れた私に対して、唐突に夫の日記を見たときのことを語り出したのは、この翌年のことだ。「けもの」「ライオン」「十七文字」などの印象的な言葉も、まるで台詞を言うようだった語りも、何年ものあいだ頭の中で繰り返し練り、反芻《はんすう》してきたものだったのだ。

五

翌日も島尾家で段ボール箱の開封作業をしたが、その中に古い原稿がまとまって入っているものがあった。まず出てきたのは『海辺の生と死』と『祭り裏』の草稿である。これらは第一稿から三稿あるいは四稿まで、推敲《すいこう》の過程がわかるよう整理して保存されていた。

それとは別に、黄ばんだ原稿用紙の束が出てきた。「愛情の記録」というタイトルがついている。インクが薄くなりかけている上に書き込みが多く読みにくいが、冒頭からざっと目を通していくと、「日記」「四つんばい」「ライオン」という文字にぶつかった。またしても、と思いながら、抹消《まっしょう》や書き直しが多いせいで文字が錯綜《さくそう》しているその部分を何とか判読した。

コタツの上に開かれたままになっていた日記に書きなぐられた数行の文字に眼がすいよせられました。何気なくそれを読んだ私は、瞬間、何か強い力の一撃でからだを貫かれたと感じました。それは灼熱の衝動でした。しかしそのすぐあと一転して身体中がガタガタとふるえて立っていられないほどの冷寒に襲われると、私はいきなり四つんばいになって「ウオー、ウオー」とライオンがほえる様なおそろしい声を出し、部屋中をかけ廻りました。

原稿に日付は入っていない。いったいこれはいつ書かれたものなのか。ヒントになるものがあった。原稿用紙の間に「寄稿依頼」と書かれた紙がはさまれていたのだ。そこにはこう書かれていた。

1　島尾ミホさんに書いていただく（島尾ミホの名前で掲載する）

2　題「愛情の記録」　島尾ミホさんが今まで御主人や子供達につくして来られた愛情について
3　四〇〇字詰　十三枚
4　十二月十八日まで　東京中央公論社に必着するように（一、二日はおくれてもよい）
5　婦人公論に掲載する

末尾には原稿の送り先（中央公論社の住所と担当編集者の名前）が記されている。東京に戻ってから調べると、『婦人公論』の昭和三十四（一九五九）年二月号に、「錯乱の魂から蘇《よみが》えって」というタイトルでミホの手記が掲載されていた。特攻隊長として島にやってきた島尾との出会いと結婚、浮気を知って精神の均衡を失ったこと、そしてそこから立ち直るまでを記した内容である。

奄美で見つかった「愛情の記録」と題された原稿と照らし合わせてみたところ重なる部分が多く、日記を読んで衝撃を受けて部屋を駆け回ったときの描写はほぼ同一である。奄美の島尾家に残されていたのは推敲前の草稿で、その後完成させて送ったものを編集部でタイトルを変えて掲載したのだろう。締め切りが「十二月十八日」とあるのは、掲載号から考えて昭和三十三（一九五八）年十二月十八日のことと思われる。これまで見てきた「死の棘メモ」ノートや、原稿用紙に書かれた「『死の棘』の妻の場合」の草稿は、島尾が没してから十数年後に書かれており、それらよりはるかに早い時期だ。

インタビューでミホが「そのとき私は、けものになりました」と夫の日記を見たときのことを語り始めたとき、この話を最初に活字にできるのは自分だと興奮した私は甘かった。半世紀も前に、同じ話をほぼ同じ描写でミホ自身が発表していたのだ。ちなみにこの「錯乱の魂から蘇えって」は、ミホが書いた文章の中でもっとも早く活字になったものだ。

『死の棘』第一章の冒頭は、外泊して帰宅した夫が、情事の詳細を記した自分の日記を妻が読んだことを知る場面である。この小説の核となる場面で、すべてはここから始まるのだが、ミホがこの手記を発表した昭和三十四年の時点では、実は島尾はそのことをまだ一度も文章にしていなかった。

十二章からなる長篇『死の棘』の各章は、昭和三十五（一九六〇）年の『群像』四月号に掲載された「離脱」（第一章）から、五十一（一九七六）年の『新潮』十月号に掲載された「入院まで」（第十二章）まで、それぞれ短篇として発表され、それらをまとめて昭和五十二（一九七七）年に単行本化されている。足かけ十七年にわたって書き継がれたことになるが、注意したいのは第一章の掲載が「錯乱の魂から蘇えって」よりあとの昭和三十五年であることだ。ミホの方が島尾より一年以上も早く、日記によって夫の情事が露見した日のことを書いているのである。

島尾はこの『死の棘』第一章の前に、国府台病院に夫婦で入院していたころのことを描いた「病院記」と呼ばれる短篇群を発表している。ミホの入院中に執筆し、『文學界』の昭和三十年十月号に発表した「われ深きふちより」を皮切りに、「或る精神病者」(『新日本文学』昭和三十年十一月号)、「のがれ行くこころ」(『知性』昭和三十年十二月号)、「狂者のまなび」(『文學界』昭和三十一年十月号)、「治療」(『群像』昭和三十二年一月号)、「重い肩車」(『文學界』昭和三十二年四月号)、「転送」(『総合』昭和三十二年八月号)、「ねむりなき睡眠」(『群像』昭和三十二年十月号)と書き継いでいった一連の作品である(「のがれ行くこころ」までは病院の中で書かれたことが島尾の日記からわかる)。

つまり島尾は、二度目の入院で国府台病院の閉鎖病棟で暮らしていたときの話を「病院記」としてまず書き、奄美に移住したのちに、ことの発端から慶應病院への入退院をへて国府台病院に入院するまでの出来事を『死の棘』として書いたわけで、実際の日々と執筆順は逆になっている。「病院記」は、ミホが『婦人公論』に「錯乱の魂から蘇えって」を発表した昭和三十四年より前に書かれているが、これらの小説の中で島尾はミホが日記を見た件にはふれていない。それどころか妻が神経を病んだ理由が夫の浮気だったことも一切書いていない。入院に至った原因が夫にあることは、妻が夫を責める言葉から類推できるが、それが具体的に何だったのかを読者が知ることはないのである。

また島尾は、小説ではなく手記のかたちで「妻への祈り」（『婦人公論』昭和三十一年五月号）、「妻への祈り・補遺」（同昭和三十三年八月臨時増刊号）の二篇を発表し、精神病院を退院して奄美大島に移住するまでの経緯とその後の生活について書いているが、ここでも発病の具体的な理由にはふれていない。情事を記した夫の日記を妻が見たことをきっかけに夫婦の修羅の日々が始まったことを最初に書いたのは、やはりミホだった。

『婦人公論』がミホに原稿を依頼したのは、「病院記」の作品群で注目されていた島尾が、そのモデルとなった妻のことを手記というかたちでリアルに描いたからで、今度はその妻から見た夫について書かせようとしたのだろう。ただし依頼書によれば、編集部がミホに提示したテーマはあくまでも「今まで御主人や子供達につくして来られた愛情について」であって、夫婦の不和や精神病棟に入った理由まで求めていたわけではない。

しかしミホはそれを書いた。

ミホはこの手記の中で「肉体の愛は聖なる魂の愛を汚すものであるとさえ考え、それを嫌悪していました。このために夫に大罪の上を歩ませた私の罪は償うべくもありません。この世の中に特別の人間は存在するはずもなく、夫もまたやはり一介の男でしかなかったことを知った時、私はかつてない精神のさいなみの地獄に苦悶しなければならなくなりました」と書いている。「病院記」の中で島尾が繰り返し描いてきた妻の狂気の理由が夫の性的な裏切りにあったことを、ミホはこの手記ではっきりと明かしているのである。

刊行当初、『死の棘』は、自身の浮気によって妻を狂気に追い込んだ作家の私小説として話題を呼び、読者を増やした。初版の帯の惹句《じゃっく》には「何が妻を狂気に追いやったのか？――神経を病む妻との地獄さながらの諍いの日々を赤裸に描き、夫婦の絆とは何か、愛とは何かを底の底まで見据えた凄絶な人間記録」とある。

しかし、読売文学賞、日本文学大賞などを受け、純文学の名作として文壇での評価が高まるにつれ、純粋稀有《けう》な夫婦愛を描いた作品として定着していくことになる。とりわけ妻ミホは、無垢《むく》で激しい愛ゆえに狂気に至った女性として聖女のように評されるようになっていった。こうした読み方を一般読者にも広く浸透させる役割を果たしたのが、文芸評論家の山本健吉による文庫版『死の棘』の解説である。

山本はその中で、『死の棘』の第一章にあたる「離脱」が雑誌に発表されたとき、それを評して「相変らず、妻とのいきさつを書いた暗い作品だ。ここには外泊して帰った「ぼく」を、三日三晩寝ないで責めつづける妻の異常心理が克明に描かれ、彼女の精神変調を描いた作品群の序章とも言うべきものである。一つの私小説的主題を追求しつづける作品の執拗さには敬服するとしても、読んでいて少し息抜きが欲しいと思う」と書いたことを、「この時は、私は『死の棘』の作意について全く理解していなかった」とかえりみる。そして、最終章までを読み終えた感想として、「マイナスの札をすべて取りこむことで、それをプラスに転化することに、氏は成功したのだ。そして、ここに描き出されたミホの姿を、そのすさまじい狂態にもかかわらず、あるいはそれゆえにこそ、美しく、可憐で、しかも崇高なものに描き出した」と述べている。

　エウリピデスの『メディア』を例に引いて、「嫉み妻であるメディアもミホも、嫉妬の情念の極限を示しながら、天上の神話的存在にまで昇華している」とし、さらに、ミホとトシオの関係が「日本の古代の神話的世界における理想的男女の愛の葛藤」を思わせるとして、ミホの「古代の神話的な女たちに通う純真さ」を讃《たた》えるのである。

　ミホが加計呂麻島のノロの家系に生まれたことを強く意識しての「古代」「神話的」という表現についてはひとまず措《お》くとして、たしかに島尾が描いたミホ像には、それまでの日本の小説のヒロインにはない魅力がある。誰よりもまず自分自身を苛《さいな》まずにおかない激しい妬心と、欲得のないまっすぐな怒りには、絶対の愛の存在を信じようとする女性の痛々しさがにじむ。一方で、自分を「おまえ」と呼んだ夫に「あなたさま」と言うよう命じたり、愛人に買ってやったパンティの色を全部思い出せと迫ったりするミホには、不思議なユーモアとかわいらしさがある。

『死の棘』の中に、「妻がきもちをおさえたり、うその表情を装ったことを過去に思いだすことができない」という文章があるが、ためらいなく他者に心をひらく性質ゆえに深く傷ついていく妻の姿を、島尾はみごとに浮かび上がらせている。「天上の神話的存在」は言い過ぎかと思うが、夫に書かれたことによってミホの狂気にある種の浄化がもたらされたことは確かだろう。

島尾は『死の棘』や「病院記」のほかにも妻をヒロインとする作品を多数書いており、ミホは作家・島尾敏雄の世界の中心に君臨した。書かれることで夫を支配したと言ってもいい。

それでも彼女は、晩年まで自分の『死の棘』を構想していた。「書かれた女」のまま人生を終えることを拒否しようとしたのである。

第一章

戦時下の恋

昭和十九年夏の敏雄とミホ。この年の十二月、二人は特攻隊長と国民学校の教師として出会う。

一

シマオタイチョウですか？　憶《おぼ》えてますよ、ええもちろん。ざわざわする宴会場の隅でそう言って頷《うなず》くと、彼は手にしていたビールのグラスをテーブルに置いた。そして、顎《あご》の先でゆっくりと上下にリズムを取りながら、その歌を口ずさんだ。

あれみよ島尾隊長は
人情深くて豪傑で
ぼくらの優しいお兄さま
あなたのためならよろこんで
みんなの命を捧げます

七十二歳の宮地正治は、奄美群島の加計呂麻島にある押角《おしかく》という集落の生まれである。

この歌は、戦時中、押角国民学校に通っていた兄に教わったという。兄の担任教師は島尾ミホだった。

私が宮地に話を聞いたのは、平成二十三（二〇一一）年六月、東京で開かれた「押角会」でのことだ。関東に住む押角の出身者が年に一度集まる親睦会《しんぼくかい》で、この日の出席者は数十人。中心は七十代から八十代の人たちだった。

宮地の歌に、何人かが振り向いた。ああシマオタイチョウの歌だ。そう言って懐《なつ》かしげに目を細めたのは、テーブルをはさんで斜め向かいの席にいた田畑守仁《もりひと》である。あなたも歌えますかと訊《き》くと、白毛まじりの眉《まゆ》を持ち上げ、あたりまえだという顔をした。

田畑は宮地の兄と同い年で、ミホの教え子だった。押角で育ったミホは、東京・目黒の日出高等女学校を卒業、しばらく東京で働いたあと島に戻り、出征した男性教師に代わって昭和十九（一九四四）年十一月三十日付で押角国民学校の代用教員となった。三、四年生の複式学級を担当したが、このクラスにいたのが三年生の田畑だった。

島尾が隊長をつとめる部隊が押角と隣接する呑之浦《のみのうら》の入り江に駐屯したのは、同じく昭和十九年十一月のことである。翌二十（一九四五）年二月、部隊を招き、押角の集落をあげての演芸会が二日間にわたって開かれた。押角国民学校の児童たちも歌や踊りを披露したが、その指導をしたのがミホだった。田畑によれば、その後ミホは慰問の名目で子供たちを連れ、何度か島尾の部隊を訪れたという。その行き帰りにみんなで声を合わせて歌ったのが「島尾隊長の歌」だった。

図工の授業で押角と呑之浦の間にある岬に写生に行くこともあった。岬の鼻を回ればそこは島尾隊である。波を蹴立《けた》てて疾走するボートが見えた。島尾が率いたのは、一人乗り（指揮官艇は二人乗り）の特攻艇「震洋」の部隊だった。敵艦に突っ込む訓練をしているのだということを、子供たちも知っていたそうだ。

子供たちに絵を描かせている間、ミホはじっと海を見つめ、ときどき何かを口ずさんでいた。自作の短歌だったのではないかと田畑は言う。

「大平先生の後ろ姿と、そのむこうで真っ白い波を引いていた特攻のボートがいまも目に浮かびます」

大平はミホの旧姓である。彼女が新任教師として最初に教室に入ってきたとき、田畑はお姫さまが来たと思ったそうだ。女性教師がみな紋平をはいていた時代にフレアースカートにヒールのある靴をはいて登校し、悪さをしたガキ大将にあざやかな足払いを決めてみせた。すぐに柔道と剣道の有段者だという噂《うわさ》が立った。

田畑は歌が得意だった。ある放課後、民謡を歌いながら道を歩いていると、どこからか「もりひとくーん！」と名前を呼ばれた。

「もういっかい、う、た、っ、てー！」

川の向こうから大平先生が女学生のように大きく手を振っている。田畑はうれしさで胸がいっぱいになり、母に教えられた民謡を精一杯声を張りあげて歌った。「島尾隊長の歌」は教室で教わったという。ミホが黒板に歌詞を書き、子供たちに歌唱指導をした。この歌を私が聞いたのは、東京の「押角会」のときが二度目だった。一度目は奄美のミホの自宅に取材に通っていたとき、彼女が歌ってくれたのだった。島尾とのことに関してミホは照れるということがない。娘のような高い声で歌い終えると、「これ、うちのクマも歌えるんですのよ。私がいつも聴かせているから」と言った。クマというのはミホが可愛《かわい》がっていたインコの名前である。

ミホが歌うのを聞く前から私はこの歌の歌詞を知っていた。島尾について書かれた解説や評論の中で、島尾隊長がいかに島の人たちに慕われていたかを説明するためにたびたび引かれているからだ。引用元はミホが書いた「特攻隊長のころ」(『海辺の生と死』所収)である。その中でミホは、この歌が片言の幼児にまで口ずさまれるほどに押角で流行《はや》ったと書いているが、それは誇張ではなかったらしい。「押角会」で歌ってくれた宮地正治は、島尾隊が島にやってきたとき、まだ就学前だった。

当時、押角と呑之浦にいた人々は、戦後も島尾隊長を忘れなかった。「押角会」には、敏雄・ミホ夫妻の長男である島尾伸三も参加していたが、この会に出るのは初めてだという伸三が、隣席に座った老婦人に「押角の大平ミホの子です」と挨拶《あいさつ》すると、その人は「じゃあ……島尾隊長の息子さん?」と言って涙ぐんだ。

海軍予備学生出身の士官だった島尾は、軍人らしくない異色の隊長だったようだ。ミホは当時の島尾について「特攻隊長のころ」の中で次のように書いている。

奄美群島加計呂麻島の呑之浦と呼ばれる細長い入江に、震洋特別攻撃隊島尾部隊が駐屯してきた時、今まで軍隊とは怖いものと思っていた島の人々にとってその特攻隊は大変勝手が違ってみえました。奄美群島一帯は要塞地帯となっていましたから、あらゆる面で拘束が多く、要塞司令官はカトリック教徒を集めて、敵国の邪宗を信ずる奴は銃殺だ、十字架に架けるなどと抜刀して威すだけでなく、さまざまな迫害も加えましたので、島の人たちは軍人のむごさを思い知っていて、特攻隊が来たと聞いた時には、どんな理不尽な言掛りで自分たちを困惑させるかも知れぬと怯えました。ところがその特攻隊の指揮官島尾隊長は、部下たちに対しても大変丁重で、士官たちには脇野さんとか田畑さんというように言葉使いも民間人と同じような口調で話していました。

外出の時も従兵を従えない独りの時が多く、山坂に重い荷を背負った老婆の行くのを見れば気軽にそれを代って担いながら峠への道を登り、尾根筋で子供たちの群れに行き会えば一緒に手を繋いで唱歌を歌いながら山道を下りましたので、島の人々は驚きの眼でこの変わった特攻隊長を眺めましたが、彼の指揮の下に隊員も折目正しく親切で、毒蛇のハブに襲われた者があれば駆けつけて手術を施してその生命を救い、隊長自らは、空襲に備えて集落の擬装を指導し、流言蜚語に怯える者があれば、みんなを広場に集めて諭すなど、いろいろと島の人たちへの配慮を惜しみませんでしたので、島の人々は二十七歳の若い隊長を「ワーキャジュウ（我々の慈父）」と呼んで心を寄せていきました。

（「特攻隊長のころ」より）

第十八震洋隊一八三名を率いて加計呂麻島にやって来たとき、島尾は二十七歳の海軍少尉だった。昭和十九年十一月に着任し、翌月、中尉となっている。少尉任官からわずか半年後のことで、この昇進の速さは特攻配置ゆえである。

のちに島尾が「自分のからだを貫き通った或る信号と衝撃を受けた」「私の生存の回帰点」（昭和五十年「加計呂麻島呑之浦」）と回想することになる加計呂麻島は、奄美大島のすぐ南に位置する小さな島である。大島海峡をへだてて向き合うふたつの島の海岸線は不思議に嚙《か》み合う凹凸をもち、島尾の表現を借りれば「離れがたいのを無理に引きちぎったふう」（昭和三十年「加計呂麻島」）にも見える。面積は約七七平方キロ。東西に横たわる島の背骨にあたる部分を標高二〇〇〜三〇〇メートルの山脈がつらぬいている。山がそのまま海に落ち込んだような緑濃い大小の岬と、それらの岬にはさまれた湾や入り江が曲折ある明媚《めいび》な風景を作っているが、平地の幅はせまく、どの集落も海岸にしがみつくように細長く延びている。

耳慣れない響きと万葉仮名を思わせる字面《じづら》の名を持つこの島には、保元の乱に敗れた源為朝《ためとも》が来島したとの伝説があり、滝沢馬琴の『椿説弓張月《ちんせつゆみはりづき》』にも登場する。島はかつて鎮西《ちんぜい》村、実久《さねく》村に分かれていたが、これらの村名は、為朝の別名である鎮西八郎と、この島で生まれたとされる為朝の子、実久三次郎にそれぞれ由来している。

島尾の部隊が駐屯した呑之浦は大島海峡に面しており、入り江が折れ釘《くぎ》のように陸地の奥まで深く切れ込んでいる。そのため外洋から見えにくく、波も静かで、特攻艇の秘《ひ》匿《とく》と訓練に適していた。

この呑之浦に五十隻《せき》配備された震洋艇は、太平洋戦争末期の昭和十九年に開発された特攻艇である。基地への配備はほとんどが昭和二十年に入ってからで、島尾隊は初期の段階に進出した部隊の一つだった。正式には舟艇ではなく兵器の扱いで、海軍内では㊃《マルヨン》金物、㊃艇、あるいは単に㊃と呼ばれた。舳先《へさき》に二五〇キロの炸薬《さくやく》を装塡《そうてん》した全長五ないし六メートルのベニヤ板製のモーターボートで、動力には自動車（トラック）のエンジンが用いられた。舳先に衝撃が加わって凹《へこ》むことで電気回路が形成されて爆発する仕組みである。

潜水艦や母艦ではなく海岸から発進し、多数のボートで一斉に標的に殺到し体当たりする。一隻あたりの命中率は低く見積もられており、回天（いわゆる人間魚雷）の１／３

に対し、震洋は1／10だったという数字もある。同時期に使用された回天や蛟龍《こうりゅう》（特殊潜航艇）に比べて製造が容易だったため、本土の太平洋岸、小笠原《おがさわら》諸島、奄美群島、沖縄、フィリピン、台湾、韓国の済州島などに計百か所以上の基地が作られ、大量に配備された。

奄美群島には、島尾の部隊を含め、五つの震洋隊があった。そのうち一部隊は同じ加計呂麻島の三浦、もう一部隊は大島海峡をはさんだ対岸の久慈《くじ》に基地を作っていた。なお、震洋隊で実際に出撃したのはフィリピンと沖縄のみとされ、戦果はほとんど確認されていない。

島尾の部隊は、大島防備隊本部のあった瀬相《せそう》の港にまず上陸した。呑之浦にはまだ何の設備もなく、海軍設営隊の指導のもと自分たちで兵舎を建て、震洋の格納壕《ごう》を掘らなければならなかった。一か月ほどでそれが終るとようやく訓練が始まったが、ベニヤ板製の震洋艇は破損しやすく、また湿気や衝撃によって回路が短絡（ショート）して大事故が起きる危険もあったため訓練の頻度を少なくせざるを得なかった。そのうちに敵機の来襲がひんぱんになり、上空から艇を発見されるのを怖《おそ》れて訓練は夜間だけになる。そうなると特攻作戦の遂行のみを任務とする部隊にはすることがほとんどない。

特攻部隊であることで、島尾隊は同じ島に置かれたほかの部隊より給与も食料も優遇された。「特攻戦が下令されるまでは、いわばのんきな生活でありました」（『世界』昭和四十二年十月号「特攻隊員の生活」）と島尾自身が述べているように、戦時中とは思えないような穏やかな日々を兵士たちは過ごすことになる。近隣の住民たちを気遣い、親しく交流することができたのも、こうした状況があってのことだった。

空襲があっても、島尾の部隊は応戦しなかった。特攻基地であるため敵に位置を知られてはならなかったのだ。敵機が来襲するや、島尾は山の上の高角砲陣地に駆け上がるのを常としていたが、それは撃墜の指揮をするためではなく、はやる部下を抑え、一発も撃たないようにさせるためだった。しかし住民たちは、集落の近くで敵機が撃ち落とされれば、それは島尾隊の戦果だと信じた。

沖縄に米軍が上陸すると空襲は激しくなり、対岸にある古仁屋《こにや》の町は大きな被害を受けた。加計呂麻島でも死傷者が出たが、押角と呑之浦ではほとんど被害がなかった。人々はそれを島尾隊が守ってくれているためだと思い、ますます島尾隊長に信頼を寄せるようになっていく。

ミホから聞いた話では、押角国民学校のすぐ前の浅瀬に爆弾が落ちた直後、集落の人々がティルと呼ばれる籠《かご》を背負って続々と海に入っていくのが教室の窓から見えたという。衝撃で気絶して浮いてきた魚を捕るためである。

「若い人も年寄りも、みんなはしゃいで大騒ぎでした。安心しきっていたんですね。島尾隊がいるからこの集落は大丈夫、と」

戦時中の加計呂麻島には、瀬相の大島防備隊本部五六〇名のほか、四十七の集落のほとんどに五名から三〇名程度の兵員が配置されていた。さらに二つの震洋隊、魚雷艇隊、対空砲部隊などが置かれた。現在、加計呂麻島が属する行政区である大島郡瀬戸内町の中央公民館が平成元（一九八九）年に発行した体験記録集『わが町の戦中戦後を語る』によれば、二〇〇人以上の住民がいた押角の空襲による被害は、爆風に飛ばされて死んだ牛一頭のみ。死傷者は一人もなく一戸の家屋も焼失していない。機銃掃射も何度か受けたが死者はもとより怪我人《けがにん》も出なかったという。連日空襲を受けた呑之浦では二名が負傷したが死者は出ず、全十九戸の家屋にも被害はなかった。

『わが町の戦中戦後を語る』には、各集落における戦中の状況をそれぞれの区長が記した章が設けられており、「呑之浦」の項には「島尾隊長は住民からよく慕われていた」との一文がある。掲載されている四十七の集落のうち、軍が駐屯した集落では、部隊の規模や兵員の数、徴用の状況や住民との交流などについての記述があるが、このように軍人個人の名が挙げられているのは「呑之浦の島尾隊長」だけである。

島尾が人々の尊敬を集めたのは、特攻という特殊な任務のためもあった。島尾の後ろ姿に手を合わせる老人がいたことを、のちに本人が奥野健男との対談で語っている（『國文學　解釈と教材の研究』昭和四十八年十月号「島尾敏雄の原風景」）。同じ対談にはこんなエピソードも出てくる。人口が多く、役場や小学校、駐在所などのあった押角は周辺の中心的な集落で、島尾隊だけではなく付近に駐屯する別の部隊も野菜などの買い出しにやってきたが、島尾隊びいきの住民は、彼らには何も売ろうとしない。そのため島尾隊だと偽って買おうとする者が増え、押角の人たちは「シ」の文字が書かれた水筒を持っている者にしか売らないことにしたという。「シ」は島尾隊の印である。

ミホの「特攻隊長のころ」によれば、押角の幼児たちは、軍服を着ている人を見ると、それが誰であっても「シマオタイチョウ」と呼んだという。島尾自身も「部落の子供たちはよくシマオタイチョウということをいったけど、それはぼく個人の名前じゃなくて、海軍さん、つまり特攻隊の代名詞だった」と語っている（『風景』昭和四十年七月号、奥野健男との対談「離島の話」）。

戦後、島尾は『死の棘《とげ》』に描かれた時期を経て、昭和三十（一九五五）年に一家で奄美に移住するが、その二年後、ミホとともに十二年ぶりに加計呂麻島を訪れたとき、かつて部隊本部のあった呑之浦のタガンマという浜辺が戦後ずっと「シマオタイチョウ」と呼ばれていることを知る。前出の島尾のエッセイ「加計呂麻島呑之浦」に出てくる話である。そのときの気持ちを島尾は記していないが、「島尾隊長」がよき軍人の代名詞となっただけでなく、軍隊そのものの代名詞にもなっていたことに、複雑な衝撃を受けたに違いない。

先に引いた対談「島尾敏雄の原風景」の中で、奥野は特攻隊長だった島尾を「ヤマトから来た荒ぶる神」「ニライカナイやなんかの神様」「海の向うから島を守りにきた神様」と、繰り返し「神」という言葉を使って定義し、「だから当然、そこの部落の長の娘と稀人《まれびと》との間に愛が生まれるのは、しょうがなかったことだったろう。いや古代からの伝統にかなっていたことだった」と述べている。吉本隆明もまた「島の守護者である武人として、奄美・加計呂麻島へ渡った島尾さん」（『ＵＲ・』vol.3　昭和四十八年「島尾敏雄―遠近法」）と書いている。しかし、ことがそう単純であったはずはない。

復員した約半年後の昭和二十一（一九四六）年三月十日、島尾は神戸でミホと結婚したが、それから十日あまり経《た》ったころの日記にこんな記述がある。

ミホが大島の話をしたり民謡をうたつたりするが、話題が島尾隊のこと、ひいては隊長であつた私のうわさに及ぶと私は救ひ難ひ悒鬱の中につきおとされて不機嫌になる。

（昭和二十一年三月二十一日）

私が島でどんなに私達《ワーキヤ》の隊長さんは好い人《イツチヤンチユ》であつたかをミホが高調子で話すのをにこりともしないできいてゐる。眼玉丈ぎょろ〳〵させて。そんな話は信用出来ない自分が一匹ゐる。（中略）ミホがたのしさうに加計呂麻島でのくさ〴〵を回想して語るのは私には苦さ、一種の悔恨の苦さなしにきくことは出来ない。想起することは出来ない。話題が重なることは私の心が次第にむすぼれて痛んで行く事だ。

（同三月二十九日）

もし島尾が戦時中の自分を、奥野や吉本の言うようなとらえ方で眺めることができたなら、戦後の島尾の作品はまったく違ったものになっていただろう。ミホとの関係もあのようなものにはならず、『死の棘』も書かれなかったに違いない。

この日記の記述は敗戦から間もない昭和二十一年のものだが、それから三十八年後の昭和五十九（一九八四）年に発表され、没後刊行された『震洋発進』（昭和六十二年刊）に収録された「震洋隊幻想」の中に、次のような文章がある。

最近のことに属するがたまたま済州島を主題にしたテレビのルポルタージュ番組を見ていて、海端に切り立った崖に割に大きな黒々と空虚な横穴の入口が幾つか並んでいる風景がいきなり目に飛び込んできたことがあった。私は途端に胸の動悸が早まり、画面を食い入るように見ようとした。しかしその穴はほんのわずかのあいだ揺れ動きつつ写されていただけですぐに画面から消えてしまった。アナウンサーは旧日本海軍の特攻隊が作ったものだと説明していたが、あれは震洋の横穴にちがいないと私は思い、なぜかどす黒い怖れに襲われた感じになり、しばらくは心の動揺が納まらなかった。それは、そのあとで近郷の韓国人の何人かが、戦時中日本軍に強制徴用をされ無報酬で穴掘りをさせられたことやわずかに握り飯を与えられただけだったことなどを或いは淡々と或いはカメラに向かい突っかかるように怒りをぶつけて語っている場面が写されていた所為ばかりでもない。では一体どの震洋隊が基地周辺の人々に荒廃の種子を撒き散らさなかったと言い切れるか、という問いに対して答えに窮する怖れが湧き起こるからである。果たして私はその場所にひとりだけで行くことができるか。私はすーっと暗い奈落に落下するような感覚を覚えつつ早く目をそらしたいと思うと同時に、なおいつまでもその横穴を見つめていたいと願う矛盾を抱かざるを得なかった。

（「震洋隊幻想」より）

この文章を書いた二年後に島尾は死去している。「どす黒い怖れ」「心の動揺」「暗い奈落に落下するような感覚」——。「シマオタイチョウ」であったことの苦さを、島尾は生涯背負い続けたのだった。

先に引いたように、隊長であった島尾を、奥野健男は「島を守りにきた神様」と述べ、吉本隆明は「島の守護者」と書いている。もっとも早くから島尾文学を取り上げて評価し、のちの島尾作品の読み方を方向づけた二人が、そろって島尾を「島を守る者」であったとしているのだ。そのときミホは、守られる者たちを代表する存在として位置づけられる。

島尾とミホの関係について、奥野はこう書いている。

夫は故郷の島を守るために海の彼方ヤマトから渡って来た荒ぶる神であり、稀人《マレビト》である。それ故にユカリッチュの家に生まれ、老いた両親のもと珠のように可愛がられ、島人から唯ひとり「カナ」とまぶしく呼ばれ、ノロ信仰の島を治める巫女の血を引く、この誇り高い島の長の娘が、島人の心を代表して、ニライカナイの神、稀人の妻として仕えた。

(『群像』昭和五十二年一月号　奥野健男「『死の棘』論——極限状況と持続の文学——」より)

「ユカリッチュ」とは琉球士族を祖先とする島の支配階級で、「カナ（加那）」はここでは姫やお嬢様といったような意味、「ノロ」はかつて琉球王朝から権威を与えられ、集落を統制する立場にあった女性の司祭職のことである。

一方、吉本はこう書く。

妻は夫が奄美の加計呂麻島に、特攻基地の隊長であったときの島の少女だった。その位相はニライ神をむかえる巫女のようだ。また島に君臨する最高支配者をむかえる島の上層の神女のようだった。

（昭和五十年『吉本隆明全著作集9――作家論Ⅲ』所収「〈家族〉」より）

奥野と吉本はまったく同じ構図で〈島尾―加計呂麻島―ミホ〉の関係を規定している。海の向こうのヤマトから島を守りに来た「ニライカナイの神」（奥野）「ニライ神」（吉本）である島尾を、島を代表して「仕える」（奥野）「むかえる」（吉本）のがミホだというのだ。そして両者とも「巫女」ということを強調している。

のちに述べるが、押角は空襲で死傷者が出なかったとはいえ、終戦が少し遅れれば、渡嘉敷《とかしき》や座間味《ざまみ》などの沖縄の離島と同じように住民の集団自決さえ起こりかねない状況だった。奥野と吉本が一致して、戦争の現実とかけ離れたロマンティックな見方をしていることに驚かされるが、二人が提示したこの構図はその後も引き継がれ、山本健吉の文庫版『死の棘』の解説によって決定的になるのである。

奥野と吉本はほかの著書でもミホを「南島の巫女」「古代人」などと規定しているが、彼女は代用教員とはいえ教師であり、東京の高等女学校で教育を受けた、当時としてはインテリに属する女性だった。高等女学校卒業後は、病気になって島に帰るまで、日本におけるキノコの人工栽培の基礎を築いた植物学者・北島君三博士の研究所で働いている。

ノロの家系に生まれたことは間違いないが、ノロ信仰は薩摩《さつま》藩の時代に禁止されている。禁制下で祭祀《さいし》を続けた集落もあり、大島本島の大熊《だいくま》地区、加計呂麻島の木慈《きじ》、須子茂《すこも》などでは戦後までノロが存在したが、ミホが育った集落では「どんなおもかげもとどめてはいませんでした」と本人が語っている（『脈』昭和六十二年「島尾敏雄の文学と生活」）。ノロを継ぐ家柄であったことを両親から教えられたことはなく、『死の棘』に描かれた時期をへて昭和三十年に奄美に帰ってきたあとで初めて知ったという。しかし「ミホ＝巫女」というイメージは現在まで一人歩きし、平成二十四（二〇一二）年七月刊行の『コレクション戦争と文学9 さまざまな8・15』（集英社刊、ミホの小説「御跡慕いて」を収録）のプロフィール欄には「巫女の後継者として育てられる」という一文がある。

信仰の面で言えば、ミホは幼児洗礼を受けたクリスチャンである。奄美では明治時代にカトリックが入ってきたとき、有力者および知識階級がまず信者となった歴史がある。ミホの母方は最初期に信者となった家のひとつで、ミホの実母も祖母も敬虔《けいけん》なクリスチャンだった。

確かにミホには一種独特の神秘的な雰囲気があり、夢で見たことが現実になったことが何度かあるという話を私も本人から直接聞いているが、それをもって巫女的な存在であるとみなすことはできないだろう。ノロの家系を強調することで、これまで生身のミホとかけ離れた人物像が形作られてきたことは否《いな》めない。

奥野はミホを「殆んど霊能者であり、自然そのままの古代人」(前出「『死の棘』論——極限状況と持続の文学——」)と書いているが、奄美のノロ制度は琉球王朝が奄美を支配するために整えた政治的な意味合いの強いもので、統治を宗教的な側面から支えるものだった。統治者の女性のきょうだいがノロの役割を担ったのである。大平家はもともと琉球からやってきたユカリッチュとよばれる支配階級であり、そのこととノロの家系であることは切り離すことができない。島尾が「官僚制がくっついているから民間のミコとちょっと違う」と、ほかならぬ奥野との対談(前出「離島の話」)で説明しているように、制度に組み込まれた存在であり、「霊能者」「古代人」という言葉から受けるイメージは実体とはずいぶん違っている。

ちなみに、先に引いた文章で、吉本はミホを「島の少女」と表現している。島尾と出会ったころのミホについて書いたほかの文章でも同様である。奥野もまた「島の長の娘の「カナ」と呼ばれる美しい少女の信頼と愛の中に、彼はのめり込む」(前出「『死の棘』論」)というように、ミホを「少女」としている。しかし島尾と出会ったときのミホは満年齢で二十五歳である。もとより少女といえる歳《とし》ではなく、あの時代では婚期を過ぎた女性とみなされる年齢だろう。事実、戦後に二人が結婚しようとしたとき、島尾の父親が難色を示した理由のひとつは、ミホが歳をとり過ぎていることだった。それでも奥野と吉本の影響力は強く、その後の多くの評論家や研究者がミホを「少女」としてとらえることになる。それは『死の棘』の読み方にも大きく影響していく。

現在容易に入手できるものだけでも、昭和六十三（一九八八）年初版の講談社文芸文庫版『その夏の今は・夢の中での日常』の「作家案内」で、紅野敏郎が「それ（引用者註・戦争体験を描いた作品）は島の少女大平ミホとの恋愛、結婚を内側に深くかかえこんでのものであった」と書いているし、近くは平成二十二（二〇一〇）年初版の講談社文芸文庫版『夢屑《ゆめくず》』の「解説」で、富岡幸一郎が「この少女とのひそかな恋愛は、八月十五日の終戦を経て結婚へと発展する」「特攻の島で出会った可憐な少女が、自らのせいで孤独と狂気へと駆られていった」などとしている。

それにしても、奥野も吉本も島尾と親しい間柄であり、ミホを直接見知っているにもかかわらず、島尾と二歳しか違わない彼女を「少女」としているのはどうしたことか。

ひとつには、「少女」という言葉のもつ処女性や若さといったイメージが、かれらが強調したかった「巫女」につながることからだろう。もうひとつは、〈島を守りにきた神である島尾敏雄〉―〈守られる者としての島の人々〉―〈その代表であるミホ〉という構図の中で、守られる者にふさわしいか弱さ、素朴さ、幼さを、少女という言葉を使うことでミホに付与したということではないだろうか。

しかし神話の枠組みに当てはめることをやめ、現実に即して当時の状況を見れば、島尾は島を「守る」ために加計呂麻に来たのではないことは明白である。特攻隊長である以上、島尾の任務は、上陸しようとする敵の艦艇に体当たりして損害を与えるという部隊の目的を完遂することだった。もちろん自分自身も突っ込んで死ぬ。一八三名の隊員のうち特攻要員は島尾を含む五〇名で、残った隊員は陸戦隊となって上陸してきた米軍と闘うことになっていたが、それは当時の戦況からして玉砕戦、つまり全員の死を前提としていたはずだ。

あえて「守る」という言葉を使うなら、島尾たちが守るべきとされていたのはヤマトつまり日本本土である。昭和十九年の終わりから二十年にかけて、本土の太平洋岸と南の島々に大急ぎで百か所以上も震洋艇の部隊を配備したのは、遠くない時期に予想されていた米軍の本土上陸に備えるためだった。硫黄島や沖縄がそうだったように、奄美群島もまた本土の防波堤の役割を担うことを期待されていたのだ。住民を守ることは島尾隊の任務ではなく、また特攻という任務の特殊性は、陣地や基地を守ることさえ隊員たちに要求しない。呑之浦の島尾隊は恒久的な基地ではなく隊員たちの手で急ごしらえした臨時の特攻基地であり、いずれ誰もいなくなるのだから。

遠からず全員が死ぬ前提で島尾の部隊は島にやってきた。では、自分たちが任務を果たしたあと土地の人々はどうなるのか。島尾はそれをよく知っていた。

もしアメリカ軍が上陸してきたら全滅だという考えは、軍隊だけでなく、一般の島の人たちもそう思いこんでいたんです。だから、そんな気配が見えたら、部落の人たちは一箇所に集まり、あらかじめ準備した防空壕のなかに入って、兵隊さんに爆薬で殺してもらおうと考えていて、実際にその穴を掘っていたんです。いざとなれば自分たちはここで死ぬんだと言いながら、部落の人たちは掘っていました。僕の隊もそれに関係していました。僕の隊には、百八十人ばかりの隊員がいたけれども、五十人は特攻艇に乗って出て行ってしまうわけです。僕は全体の指揮官であるとともに、特攻艇隊の指揮官ですから、もちろん一緒に出て行ってしまうんです。あとの百三十人は残る。それはどういうことになるかというと、根拠地隊の陸戦隊にはいって、そっちの指揮を受けるんです。部落の人たちが死ぬ穴を掘る仕事は陸戦隊の仕事であったわけですが、僕の隊もかかわっていました。

（『新日本文学』昭和五十三年八月号「琉球弧の感受」より）

住民は自決のための穴を掘っていたという。これは、かれらが勝手に集団自決を計画していたということなのだろうか。

そうではないだろう。住民は「兵隊さんに爆薬で殺してもら」うことを前提としていたのだから。さらに「部落の人たちが死ぬ穴を掘る仕事は陸戦隊の仕事であった」とあるからには、軍が関与していたと考えざるをえない。それに島尾の部隊もかかわっていたというのだ。

奄美群島への米軍上陸は結果的になかったが、もしそうした事態になったときに使用するための、自決を前提とした避難壕が各地で掘られていたことを検証した論文がある。菊池保夫「集団自決の場所――奄美諸島から」（『奄美郷土研究会報』第36号）がそれで、こうした壕は非常用防空壕として他の防空壕と区別され、「玉砕の場」「最後の死に場所」などと呼んでいた集落もあるという。軍が主導してそれらを掘っていたという証言はこの論文に出てこないが、米軍上陸が近いという情報にもとづいて、軍の守備隊長がそこへの避難命令を出した例はあることが書かれている。

戦後二十五年が経った昭和四十五（一九七〇）年三月、沖縄・那覇に滞在していた島尾は、あるニュースに接して「身の凍りつく思い」（「朝日新聞」昭和四十五年五月十四、十五日夕刊「那覇に感ず」）に襲われる。そのニュースは、戦時中、渡嘉敷島の陸軍部隊で指揮官をつとめていた元大尉が、慰霊祭に参列するために二十五年ぶりに島に渡ろうとして那覇にやってきたというものだった。それを阻止しようと那覇空港に集まった人々から元大尉に怒号が浴びせられたという。

渡嘉敷島では米軍上陸の翌日、三〇〇人あまりの住民が集団自決した。その命令を出したとされるのが元大尉だった。本人はそれを否定していたが、結局は生き残った元大尉に対して渡嘉敷島の住民の気持ちはおさまらず、激しい抗議が行われた。このニュースに島尾が震撼《しんかん》したのは「私の戦時中の環境が彼のそれに似すぎていたから」(同前)だ。

元大尉が率いたのは、㋹《マルレ》とよばれた兵器による海上挺進戦隊だった。㋹は敵の艦船に接近し、爆雷を投下するモーターボートである。一人ないしは二人乗りの小型艇であったこと、自動車のエンジンを搭載していたことなど、陸軍と海軍の違いこそあれ、震洋とは双子のようによく似た兵器だった。昭和十九年になってから開発され、製造が容易だったため短期間に各地に配備されたことも同じである。

㋹は特攻艇とは位置づけられておらず、爆雷を投下したら反転して退避してよいことになっていたが、実質的には体当たりするほど近くまで行かないと効果があがらないと考えられていた。震洋もまた、目標に近接すれば搭乗員は舵《かじ》を固定し、海に飛び込んで退避してよいと聞かされていたと島尾は小説やエッセイで書いている。しかしそれはほとんど不可能なことで、体当たりが前提の訓練が行われていたという。自分の隊は出撃直前で終戦となったが、たとえばもし終戦が一日遅れていたらどうなったか。島尾は元大尉と自分を重ね合わせずにはいられなかった。

彼は約二百名の海上挺身隊《ママ》を指揮する元陸軍大尉だが、私は約百八十名の海上特攻隊の指揮官だった元海軍大尉ではないか。おなじ琉球列島中の、彼は渡嘉敷、私は加計呂麻《カケロマ》なのだ。その上、私たちの部隊の近くの部落の人たちは、敵軍上陸のあかつきはその中に避難集合しいずれ最後は自爆するための防空壕をそれと承知で掘りすすめていたではなかったか。たとえ、特攻艇出撃のあとの陸上の残存部隊は私の指揮をはなれてしまうとはいえ、そのへんてこな防空壕掘りには、私たちの部隊からも加勢が出て掘りすすめていたのだった。（中略）

しかしなんとしてもへんてこな羞恥でからだがほてり、自分への黒い嫌悪でぐじゃぐじゃになってくるのをどうにもできなかった。なにかが醜くてやりきれない。

（「那覇に感ず」より）

ミホへの取材で戦時中の日常について聞いたとき、彼女はこの自爆のための壕掘りの話をし、「それは楽しゅうございましたよ」と言った。

「不思議ですねえ。自分たちが死ぬための穴を掘っているのに、ちっとも悲壮感がなくて、女友達とおしゃべりをしてケラケラ笑いながら掘ったんです。あのときは、島尾隊と一体といいますか、みんな一緒に死ぬのがあたりまえと思っていましたから」

この話を聞いたとき、私はまだ先に引いた二つの島尾の文章を読んでおらず、押角の人々がそのような壕を掘っていたことを知らなかった。ミホから聞いてそんなことがあったのかと驚き、島尾は当時、住民たちが自決用の壕を掘っていたことを知っていたのかと訊くと、「もちろん知っておりましたよ」と彼女は答えた。

このことで島尾を非難するのはもちろんフェアではない。自分たちがいなくなったあとの住民の運命について配慮するのは島尾の任務ではなかったし、何とかしたいと思ったとしても、できることはなかったろう。しかし彼の中に、死を決定づけられた身ゆえの「あとは野となれ」という気分、死がすべてを帳消しにするとの意識がなかったとは言えない。戦時中、喜んで壕を掘ったというミホだが、のちに別のかたちで、それに気づくことになる。

「絶対に死ぬこと（生きられないこと）が分つてゐてどうして私の家にいらつしてゐたの、あなたは無責任な人ね」

結婚してまもない昭和二十一年三月二十八日の島尾の日記に書き留められたミホの言葉である。このころ、新婚であるにもかかわらず、二人は通常の夫婦生活を送ることができていなかった（同じ日の日記に「常態でない夫婦生活といふものは」とある）。島尾が性病（梅毒）をわずらっていたからだ。

二人が結婚式を挙げたのは三月十日だが、その前月の島尾の日記に、次のような記述がある。自分の父親と、ミホの後見役である京都在住の親戚《しんせき》に結婚を認めてもらうため奔走し、やっと見通しがついたころである。

アベ医院に午後一寸行って見たらワッセルマン氏反応も（十）、輪環試験といふのも（十）で弱陽性であつた。いつからかもうスピロヘータ・パリダ（引用者註・梅毒）に侵されてゐたのです。六六（同・特効薬サルバルサンの俗称）を十五六本、二ケ月半位の見当で毎日通へとの事です。六六一本今日打つた所、五十円支払つた。今回の預金封鎖で支払ふ金も面倒な事になりさう。父には絶対出して貰ひ度くないと思ふし、ルイはミホにも及んでゐよう。（昭和二十一年二月二十日）

一週間後の二月二十七日、結納の手配をした帰り道で島尾は自分の病気を告げ、ミホも検査を受けるように言う。親も故郷も捨て、島尾と一緒になるためにひとり闇船で海を渡ってきたミホの衝撃はいかばかりであったろう。

島尾とミホに加計呂麻島ですでに性関係があったことは、ミホが加計呂麻島からやって来るのを待っていたころの島尾の日記の「ミホのことをどうにも仕方のないほど思ふ。いろ〳〵こまごました細部を。彼女の狂信を、彼女の狂態を、彼女の身体を」（昭和二十一年一月四日）や、ミホと再会したあとの「余がミホを誘惑したときのことをミホははっきり覚えてゐてそれをきくとむねがうづく」（同一月二十日）などの記述からうかがえる。島尾はまもなく死ぬとわかっている身でありながら、ミホとそうした仲になった。もちろんミホも承知の上でのことだが、戦後になって性病のことを聞かされ、熱に浮かされたような島での恋愛から現実に引き戻されたとき、出撃したあとの恋人のことを少しも考えてくれていなかった男の「無責任」にミホは思い至ったのだった。

それでもミホは新妻として懸命に夫に尽くした。島尾は結婚直後から多発性神経痛でほとんど床《とこ》から起き上がることのできない毎日が続いた。ミホは日に何度も島尾を背負って階段を上り下りし、便所に連れて行っている。同居する島尾の父に気に入られようと努力する様子も島尾の日記に書き留められている。

ミホが病院に検査に行ったのは結婚式の翌月のことである。その日の島尾の日記にはこうある。

時々隊長時代のやうに命令口調の大声を出す。(中略)ミホは病院に行つて帰つて来るとぐつたり疲れた顔付で「虫が沢山ゐる」と言つてふとんのはしにごろりと転がつてしまふ。(中略)心配してはいやよとミホは言ふ。弱陽性を示してゐるのである。

(昭和二十一年四月十六日)

ミホも病院に通い、定期的に注射を受けることになった。四月二十五日の島尾の日記には「ミホ病院に行く。病院に行く日はいくらか憂鬱さうに我まゝになる。殊更なはしやぎ。今日はみにくい」とある。この部分と、先に引いた「あなたは無責任な人ね」という言葉以外にミホの心が傷ついていることをうかがわせる記述は島尾の日記にない。病気のことで島尾に対して怒ったり抗議したりした様子も書かれていない。

　このころのミホの心情がわかるものを発見したのは、奄美の島尾家で二度目に資料探索を行った平成二十二年十一月のことである。古い写真やメモ、手紙、請求書などが雑然と入れられている箱が遺品の中にあった。そこに、表紙に島尾の字で「昭和二十一年」と書かれた小ぶりのノートが入っていた。罫《けい》のないタイプで紙質は粗い。島尾が備忘録のように使っていたらしく、本のタイトルや作家名、見た夢の内容、小説のアイデアらしきものなどが記されている。

　ページを繰っていくと、島尾の筆跡とは違う文字があらわれた。私にはすでに見慣れたミホの文字である。

若き看護婦は大たんに梅毒ですか淋疾ですかと云ひ放ちたり

一生ささげ生命ささげし愛夫は梅菌とふ恐しき病吾に与へぬ

夫のあやまち責めまじとちかへど病室の前にたゝずみ涙こぼれぬ

乙女の日思ひ及ばぬ産婦人科の病室の前に佇む人妻となりて

短歌の形になってはいるが、思いをそのまま書きつらねた感じの走り書きで文字も荒い。島尾が使っているノートにこれを書いたのは、精いっぱいの抗議だったのだろうか。『死の棘』の第一章に、「こんな夫婦ってあるかしら。結婚式のその日から、あなたは悪い病気にとりつかれていたのですからね」と言ってミホがトシオを責める場面がある。事情を知って読めば、「悪い病気」とはまさに文字通りの意味だったとわかる。「梅毒ですか淋疾ですか」と看護婦に訊かれた昭和二十一年四月、ミホにとっての『死の棘』のドラマはすでに始まりつつあった。のちに「シマオタイチョウ」と呼ばれることになる浜辺で、島尾の出撃を見届けて自決しようと短剣を懐《ふところ》に待った日から、まだ一年もたっていなかった。

二

加計呂麻島での二人の出会いに話を戻そう。

島尾とミホが互いを見知ったのは昭和二十年一月一日である。場所はミホが代用教員をしていた押角国民学校だった。そのときの話を私はミホから直接聞いている。

「その日私は、白梅の描かれた緋牡丹色《ひぼたんいろ》の中振り袖《そで》に紺色の袴《はかま》をつけ、緋寒桜《ひかんざくら》の花枝を抱えて、父とともに学校に参りました。元日の四方拝《しほうはい》の式のためです。父は来賓のような立場で、黒羽二重の紋服に仙台平《せんだいひら》の袴をはいていました」

校庭では晴れ着の子供たちがはしゃいで駆け回っていた。校庭の隅に目をやると、松の木とガジュマルの木の間に軍服の一団が整列している。近くの入り江に進出してきている海軍部隊の軍人たちだろうと思ったとき、何につまずいたのかミホは前のめりに転んでしまった。

「あっ、先生が倒れた」

「大平先生が転んだ!」

子供たちが口々に声をあげ、軍人たちもこちらを見た。だが彼女はまったく平気で、さっと立ち上がってまた歩き出したという。

「そういうとき私は、恥ずかしいとかみっともないとか、少しも思わないんですね。幼いころから、父のそばにいればこの世に怖れることは何もないと思っていましたから」

職員室で緋寒桜を壺に活《い》けていると大柄な若い軍人が入ってきた。濃い草色の軍服を着て腰に日本刀を吊《つ》っている。がっしりした体軀《たいく》に太い眉、大きな目。写真で見た西郷隆盛に似ていると思った。ミホは「明けましておめでとうございます」と挨拶をしたが、その軍人は黙ったままだった。

「何も言わずに私を睨《にら》んでいるんです。私は目をそらすのが悔しいような気持ちになって、目を大きく開いて見返しました。どのくらい睨み合っていたのか、たぶんほんの短い間だったと思うんですけれど、なんだかとても長く感じました」

その軍人が島尾だった。続いて年配の士官が入ってきて校長の席に歩み寄り、自分たちは島尾隊の者だが、式が始まる前に両陛下の御真影を礼拝させてもらえないかと告げた。校長に案内されて二人の軍人は職員室を出て行ったが、その間島尾は一言も発せず、微動だにしなかった。まばたきさえしなかったようにミホには思えたという。

御真影の礼拝を終えると、軍人の一団は校門を出て行った。それから数日して一人の兵士が大平家にアイロンを借りにやってきた。山城という名のその若者は島尾隊の水兵で沖縄の出身だった。

「私の父は兵隊が大嫌いでした。それまでにも五棟あった家の建物のうち空いている一棟を使わせてほしいという申し出が役場を通して軍からあったようですが、そうした依頼はすべて断っていましたし、私にも兵隊に顔を見せてはいけないと申しておりました」

ところがアイロンを借りに来たその水兵を、父の大平文一郎はミホが学校から帰ってくるまで家で待たせていた。おそらく沖縄出身だったからではないかとミホは言う。

「沖縄や奄美の人を拒む気持ちにはなれなかったのでしょう。当時、軍隊では、沖縄や奄美出身の兵隊は差別的な扱いを受けることもあったと聞きます。大平家は元をたどれば沖縄から来た一族ですし、同郷の若い兵隊を追い返すのはしのびなかったのかもしれません」

水兵の若者がアイロンをかけるために持ってきていたのは、元日に学校の職員室で睨み合った若い軍人が着ていた草色の軍服だった。

「ほかの人は濃紺の軍服でしたが、彼だけが、一見、陸軍のもののように見える草色の軍服を着ていました。山城さんというその兵隊さんが、これは第三種軍装といって海軍士官が陸上で身につけるもので、元日にこれを着ていたのは自分たちの部隊の隊長であると教えてくれました」

たしかに堂々とはしていたが、あんなに若い隊長がいるのだろうかとミホは思った。あの日、職員室にあとから入ってきて校長に御真影の礼拝を申し出た、世慣れた感じの年配の士官が隊長だろうと思っていたのだ。

水兵はその後も何度かアイロンをかけに来た。島尾がその礼を言いに来たのをきっかけに、大平家と島尾の交流が始まった。文一郎は中国語に堪能《たんのう》で、日記を漢文で書き、自作の漢詩を唐音で口ずさむ教養人だった。大平家には膨大な蔵書があり、九州帝国大学で東洋史を専攻した島尾はそれを借りに訪れるようになる。島尾の軍人らしくない態度に心を許したのか、あるいは特攻隊長であることに気持ちを動かされたのか、文一郎は島尾をこころよく受け入れたという。

「あのときアイロンを借りに来たのが沖縄出身の兵隊さんでなければ、父と島尾との交流が始まることはなく、私と島尾が縁を結ぶこともなかったかもしれません。運命というのは不思議でございますね」

そう言って微笑《ほほえ》んだミホは、「不思議といえば、ほんとうは島尾と私の出会いは、元日が最初ではなかったんです。実はその一か月ほど前に、一度顔を合わせておりますのよ」と付け加えた。

昭和十九年十二月上旬の放課後のことだった。教室で学級日誌に目を通したあと職員室に戻ろうと廊下に出たミホは、校庭で若い軍人が女子児童たちと追いかけっこをして遊んでいるのを見た。

「ずいぶん無邪気な軍人さんもいるものだと思いましてね。ネイビーブルーの士官服を着てはいましたが、二十歳そこそこに見えましたから」

職員室に戻ってしばらくしたとき、「失礼します」という声がした。見ると、さきほど校庭にいた若い軍人が入口に立ち、直立不動の姿勢で敬礼をしている。彼は校長の席に歩み寄り、隊員に勉強をさせたいので五、六年生の教科書を貸してほしいという意味のことを言った。

「そのとき〝呑之浦の何とか隊の、シマ何とか少尉〟と名乗ったのですが、声が小さくて聞き取れませんでした」

ミホは校長にうながされ、戸棚から教科書を出して手渡した。若い士官はズボンのポケットから白絹の風呂敷《ふろしき》を取り出して教科書を包み、ふたたび姿勢を正して敬礼すると、踵《きびす》を返して出ていった。短剣は吊らず、略式の艦内帽をかぶって古いズック靴を履いた後ろ姿を見て、海軍は服装にきびしいと聞いたが、あのような無造作な格好でもかまわないのかとミホは思ったという。

「呑之浦の部隊は特攻隊だと聞いていましたので、お国に命を捧げる特別な人たちだから許されているのかしら、などと思ったのを憶えています。それから一か月ほどして元日に島尾と会ったとき、それがあのときのズック靴の士官だとはまったく気づきませんでした。いま思ってもほんとうに同一人だったのかと不思議な気がいたします。十二月に会った士官は色白の肌に幾分ふっくらした頬の、まだ少年らしさの残るような初々《ういうい》しい青年でしたが、元日に会って睨み合った士官は、若くはありましたが落ち着いていて、怖いような雰囲気をまとっていましたから」

島尾は十一月二十一日に少尉として加計呂麻島に着任した。ズック靴を履いて学校にやってきたのは十二月初旬というから、まだ着任間もないころで、ミホの記憶ではこのときはまだ少尉を名乗っている。全集等の年譜では島尾の中尉任官は十二月となっており、おそらくは中旬か下旬、最初の出会いから元日の再会までの間に昇進したのだろう。

島尾は配下に震洋の四個艇隊を持っていた。一個艇隊は十二隻で、予備の艇二隻を加えて計五十隻である。部隊を構成していたのは搭乗員（特攻要員）だけではなく、単独で特攻戦を遂行できるよう通信、整備、医務などの機能を有しており、総員は一八三名に及んだ。この規模の部隊の隊長には海軍兵学校出身の士官が配置されるのが普通で、島尾の部隊も当初は兵学校を出た大尉が来ることになっていた。しかし戦争末期のこの時期は兵学校出身の士官の数が不足しており、なかなか着任してこない。結局、当初は一個艇隊の艇隊長という配置だった島尾が部隊全体の隊長を兼ねることになったのである。

島尾が九州帝国大学を繰り上げ卒業し海軍予備学生となったのは前年の十月だった。約一年間の訓練を受けただけで一個部隊を率いる立場になったわけで、着任当初、学生のような雰囲気を漂わせていたのも無理はなかったろう。兵から昇進してきたベテランの特務士官や下士官を部下に持たなければならなかった葛藤《かっとう》は戦後の小説の中でたびたび語られているが、ミホの話からは、着任一か月で、少なくとも外見上は隊長らしい落ち着きを身につけたことがわかる。

基地周辺の住民から敬慕され、よき軍人の代名詞として戦後も語り継がれることになった島尾だが、本人は大学時代を回想して「当時の言葉で言えば文弱でしたから。まあ戦争とか軍隊とかは恐いわけですよ」と語っている（『中国』昭和四十五年五月号「回帰の想念・ヤポネシア」）。在学中に受けた徴兵検査の結果は第三乙種合格だった。これは現役兵としてはもっとも低い評価である。

当時の兵役法では、徴兵検査によって成人男性を甲乙丙丁戊《ぼ》の五種に分けていた。現役に適する者が甲種・乙種、現役には適さず国民兵役（日本国内で警備などに当たる）に服する者が丙種、体格が劣っていたり身体や精神に障害があるなどして兵役に適さない者は丁種、病中または病後で兵役の適否を判定できない者が戊種である。

乙種は第一から第三まであり、そのうち第三乙種は、本人が「不合格みたいなもん」（同前）、「普通の時なら、もうのがれられたのではないかな」（前出「島尾敏雄の原風景」）などと言っているように、戦場に送り出す兵士を増やすため戦時中に設定されたものだった。それまで乙種には第一と第二しかなく、従来なら丙種とされた者が第三乙種に繰り入れられたのだ。

島尾が第三乙種となったのは、徴兵検査の際に胸部疾患（肺浸潤）が見つかったためだった。しかし第三乙種でも徴兵はされる。学生時代、陸軍に体験入隊した島尾は、自分は体力的にも精神的にも内務班（兵の日常生活の最小単位で、新兵が起居する場）での生活に耐えることができないと感じていた。そこで繰り上げ卒業が決まったとき、召集されて陸軍に入ることを避けるため海軍予備学生に志願したのだった。

……私は幼いときから集団生活におそれをもち、兵役による軍隊の集団生活が避けられないことに暗い思いをいだいていたのですが、徴兵延期のゆるされていた学生生活の終末がいよいよ近づいてきたときに、急に海軍予備学生を志願する気持が起りました。それはそうすることによって、いくらかでも集団性のうすまった軍隊生活ができると錯覚したからです。というのは、そのとき願書を提出したのは飛行科のそれだったのです。大学で専攻の同じ級友の一人から、その飛行科学生が募集中であることを教えられたとき、とっさに志願することを心にきめました。たぶん二人乗り戦闘機などという未熟なイメージが頭をよぎったのです。いずれにしろ軍隊の、そしてその先に戦場の横たわっている生活のなかにまきこまれて行くのなら、たぶん特殊な訓練を受け、小人数で戦闘に出て行くことのできそうなその配置なら、どうにかやって行けそうに思えました。第三乙の私のからだで飛行科にはさすがに合格できませんでしたが、一般兵科になら採用するとのことだったので、その方にとってもらうことにしました。

（『群像』昭和三十八年八月号「キャラメル事件」より）

海軍予備学生制度は、旧制の大学、大学予科、高等学校、専門学校の卒業生から志願を募って採用し、約一年間の訓練期間をへて予備少尉に任官させるというものだった。飛行科と兵科に分かれており、飛行科は昭和九（一九三四）年、兵科は昭和十六（一九四一）年から制度が始まっている。予備役の一種なので有事の際のみ軍務に服するが、この時期は全員がすぐに配置についた。

島尾の学生時代の文学仲間で、『こをろ』にともに参加していた作家の阿川弘之から聞いたところによると、当時、海軍予備学生に志願することを仲間うちで「国内亡命」と呼んでいたという。陸軍の精神風土を嫌った学生たちが、一兵卒として陸軍にとられるよりはと志願したのである。阿川もその一人で、東京帝国大学を繰り上げ卒業し、島尾よりも一年早い昭和十七（一九四二）年に海軍予備学生となった。阿川は兵科二期、島尾は兵科三期である。兵科の採用人数は二期までは四〇〇名程度だったが、戦局が逼《ひっ》迫《ぱく》した三期と四期はそれぞれ三五〇〇名前後と大きく増えている。

旅順にあった海軍予備学生教育部で訓練が始まったとき、島尾はすでに二十六歳になっていた。ほかの学生たちより年上だったのは、学歴がいささか複雑であるためだ。

輸出絹織物商を営む父親を持つ島尾は、尋常小学校を卒業したあと、兵庫県立第一神戸商業学校に進んだ。卒業後は一年浪人して長崎高等商業学校に入ったが、三年間の課程を終えたあと、さらに一年課程である同校の海外貿易科に残っている。これは受験した神戸商業大学（旧制）に不合格だったためで、昭和十五（一九四〇）年、九州帝国大学法文学部経済科を受験し合格した。ところが入学してみると経済学にまったく興味を持つことができない。そこでいったん退学し、翌年、同大学法文学部文科を受験して合格、再入学して東洋史を専攻した。この時点ですでに二十三歳である。退学して文科を受験することを決意したころの日記には「矢張り自分は芸術家になるより仕方なし」（昭和十六年二月六日）と、家業を継ぐことを断念する決意を記している。

島尾がこのように長い学生生活を送ることができたのは、その家業が順調で家が裕福だったからで、大学卒業までに全国のさまざまな土地に旅をし、フィリピン、台湾、満州など海外にも出かけている。文学的経歴としては、十四歳のときに友人らと『少年研究』を創刊してから大学を卒業するまでに、四つの雑誌の創刊にかかわり、それらとは別に五つの雑誌の同人または準同人となっている。親がかりの身で文学三昧《ざんまい》の生活を送っていたわけで、海軍予備学生志願の手続きをした昭和十八（一九四三）年七月六日の日記には、「父がお前もやっと正業につけるわけだと冗談を言はれた事」という記述がある。

旅順海軍予備学生教育部での訓練は、体力のなかった島尾にはきびしいもので、夕食を終えてから自習が始まるまでの一時間ほどの休息時間には、ほかの学生たちが入浴や散髪、別の分隊の友人との雑談などのために散っていく中、濡《ぬ》れ雑巾《ぞうきん》のように食卓に俯《うつぶ》したまま、どうしても上体を起こすことができなかったという。しかし訓練が進むうちに疲労感は薄れ、自分の身体が虚弱から抜け出たことを自覚するようになる。生涯にわたって肺疾患や胃弱、関節炎、鬱症状などに悩まされた島尾は、予備学生から士官となって過ごした戦時中を、人生の中でもっとも身体の状態が健やかだった時期としてのちに振り返っている。

旅順での四か月の基礎教育を終えると、学生たちは術科ごとの専門教育を受けることになる。島尾は第一志望を暗号、第二志望を一般通信とした。どちらも海軍通信学校に進むことになる選択である。しかし廻されたのは、第三志望欄に書いた魚雷艇だった。これは海軍用語で言うところの「潮気《しおけ》のある」、すなわち波をかぶって最前線で闘うもっとも海軍らしい配置で、そのぶん危険も大きかった。

魚雷艇とは、魚雷を装備した六、七人乗りのスピードの出るボートで、帝国海軍は昭和十七年ごろからこの魚雷艇によるアメリカ海軍の攻撃に悩まされた。そこでこれに対抗するため、自軍でも魚雷艇の大量配備を計画し、その指揮官(艇隊長)に海軍予備学生出身の士官を当てることにしたのである。島尾は第一期魚雷艇学生として、昭和十九年二月から横須賀の海軍水雷学校、四月から長崎県の大村湾に作られた川棚《かわたな》臨時魚雷艇訓練所で教育を受け、五月末には少尉に任官している。

一方、魚雷艇の建造はなかなか進まず、指揮官要員が余る事態となった。そこで海軍は魚雷艇学生の中から特攻要員を募る。志願するか否かの決断のために与えられた一日を島尾は追い立てられるような思いで過ごし、思考の整理がつかないまま、「志願致シマス」と書いた紙を提出したのだった。

ふたを開けてみれば、第一期魚雷艇学生二一三名のほぼ全員が特攻を志願していた。そのうち最終的に本来の魚雷艇配置についたのは五〇名で、そのほかの学生は、特殊潜航艇、回天、震洋という三つの特攻兵器に振り分けられた。島尾は震洋に配置され、前述したような経緯で、隊長を務めることになったのである。もともと戦争にも軍隊にも恐怖感を持ち、集団生活を心底厭《いと》った自分が、一八三名もの部隊を率いて最前線の南島に赴くに至った経過を、島尾はのちにこう回想している。

……ちょうど、あっちは恐いからなるべく岸に行こうと思うんだけど、だんだんそっちの方へ引っ張られて行って、気がついた時は滝の真上に来ていたというふうな、そういう感じです、ぼくの場合は。　（「回帰の想念・ヤポネシア」より）

ミホにとっても加計呂麻島の人々にとっても逞《たくま》しく頼りがいのある理想的な軍人だった島尾隊長は、あらがえぬ運命に流されるまま、想像だにしなかった南島の岸辺にたどりついた「文弱の徒」だった。島尾は部隊全体の隊長と四個艇隊の第一艇隊長を兼務したが、配属当初、ほかの三人の艇隊長は一兵卒からの叩《たた》き上げで、いずれも島尾より年上の兵曹長と特務士官だった。大学出であるがゆえにわずか一年の訓練で彼らを飛び越し、兵学校を出た軍人と同じ責任を果たさねばならない不安と気後れが島尾にはあった。

そうした中で彼を支えたのは、自分が全隊員の中でまっ先に、そして確実に死ぬという事実である。第一艇隊の隊長であることは、五〇名の特攻要員の中で第一番目に突っ込んでいくことを意味する。そのことによってのみ、一八三名の集団に命令を発する地位にいることが許されていると島尾は考えていた。

遠からずやってくる死が免罪符になってくれると考える一方で、文筆への思いは止《や》みがたいものがあった。後年、小説家の小川国夫との対談集『夢と現実』（昭和五十一年刊）の中で、島尾は当時の心境について「死ぬことは非常につらかったけれども、しかし気がおかしくなるぐらいにいやだという方向にはゆかなかったですね」と述べた上で、「けれども、この変な生活が書けないで死んでゆくのはもったいないな、という気持があった」「こういう体験は書けるのにな、戦争が済んで、もし命があれば、これを書けるのになというむなしさ、それだけは強かった」と語っている。

加計呂麻島に着任したとき、島尾は海軍予備学生時代の日記をたずさえていた。呑之浦の基地でも日記を書いていたが、昭和二十年三月下旬に沖縄戦が始まると、その日記と自作の詩のノートをミホに預けている。出撃が近いと覚悟してのことだ。しかし沖縄戦が熾烈《しれつ》をきわめ、加計呂麻島にも空襲が頻繁になると、それらを取り戻して焼却する。ミホが軍人に関係するものを所持していると難儀に遭うのではないかと心配してのことである。このため、島尾が終生書き続けた日記のうち、海軍予備学生となった昭和十八年十月から昭和二十年八月までのものは現存しない。

この二年間に経験したことを島尾は晩年まで繰り返し作品にしている。特に評価の高いものだけを挙げても、三十代で書いた「出孤島記」（昭和二十四年）、四十代での「出発は遂《つい》に訪れず」（昭和三十七年）、六十代での『魚雷艇学生』（昭和五十四〜六十年）がある。「出孤島記」は第一回戦後文学賞を、連作短篇集である『魚雷艇学生』は、その中の一篇「湾内の入江で」が第十回川端康成文学賞、短篇集全体が第三十八回野間文芸賞を受けた。また「出発は遂に訪れず」は、島尾の作品の中でもっとも多くの文学全集やアンソロジーに収録されている。いずれも代表作と言っていい作品である。

さらに、絶筆となった「（復員）国破れて」（未完、没後の昭和六十二年に発表）は、敗戦後に特攻隊員を引きつれて加計呂麻島を脱出してから佐世保に到着するまでを書こうとした作品で、一連の戦争ものの締めくくりとなるはずだった。加計呂麻島での「もし命があれば、これを書ける」との思いを、島尾は戦後、長い時間をかけて果たしたのである。

島尾は物語を構築することに興味のない作家だった。筋のある文章は彼にとってはひどく退屈なもので、「ただ機械のように記述していたい」と考え、「目のまえを過ぎて行くものを目のまえでとらえて記録すること」を目指した（昭和四十二年講談社刊『われらの文学　第八巻』所収「どうして小説を私は書くか――私の文学」）。いま摑《つか》まえておかないと過ぎ去ってしまうものを記録するために日記を書き、その記述をよすがとして執筆を行ったのだ。

島尾は『死の棘』に描かれた時期の、自殺や心中を何度も考えた修羅の日々にあっても、欠かさず日記をつけていた。それほど記録することに執着していたといえる。通常の日記とは別に夢日記もつけており、『夢の中での日常』を始めとする「夢の系列」と呼ばれる作品群も実際に見た夢の記録をもとに書かれている。さらにもう一種類、ミホに隠れて別の日記を書いていたらしい（裏日記とでもいうべきこの日記のことはのちの章で触れる）。しかし、よりによってというべきか、海軍予備学生時代から終戦までという、島尾がもっとも書く価値があると考えた時期の記録は失われ、戦後の島尾は記憶に頼って書くしかなかった。

この時期に島尾が書いた文章で失われずに残ったのは、ミホに宛《あ》てたものだけである。島尾は加計呂麻島でミホにおびただしい数の手紙を書いた。またそれとは別に、一冊のノートにさまざまな文章を記して彼女に捧げた。このノートは上質の和紙を綴《と》じたもので、日記、エッセイ風の文章、ミホへの思いなどが細かな毛筆の文字で綴《つづ》られている。

ミホからもらった手紙の文章や、そこに添えられていた短歌を書き写している部分もある。

生前のミホによれば、このノートは彼女が大事に持っていたものを島尾に呈したのだという。島尾はミホも同じノートに何か書くように言ってきたが、彼女は「隊長さまと自分の文字を並べるのは畏《おそ》れ多い」と遠慮した。島尾はこのノートに文章を書くたびに部下の兵曹に託してミホのもとに届けさせ、ミホはそれを読んだのちに島尾に返すことを繰り返した。

遺品の中にあったそのノートを手に取って読むことができた。表紙には「はまよはゆかずいそづたふ」と島尾の文字で書かれた短冊《たんざく》が貼《は》ってある。倭建命《やまとたけるのみこと》の御葬《みはふり》の際にどこからか飛んできた白い千鳥を見て后《きさき》や御子たちが詠《よ》んだとされる「浜つ千鳥　浜よは行かず　磯づたふ」（『古事記』）から採ったと思われる。父である景行《けいこう》天皇の命により何度も辺境の地を守りに赴き、ついに異郷で斃《たお》れた倭建命と、その死を悼《いた》む后を、島尾は自分たち二人に重ねあわせたのだろう。平らな浜ではなく歩きにくい磯を伝っていく千鳥の姿は、岩だらけの海岸を足に傷をこしらえながら自分に会いに来たミホを連想させたにちがいない。

表紙を見ただけでヒロイックな死を予感させるこのノートの冒頭には、二首の短歌が掲げられている。

昭和二十年六月十九日沖縄失陥ノ前日沖縄方面最高指揮官牛島滿中將

秋を待たで枯行く島の青草は皇國の春に蘇らなむ

矢彈盡き天地染めて散るとても靈返りつゝ皇國守らむ

これは沖縄戦を指揮した陸軍中将、牛島満の辞世で、島尾がこのノートを使い始めたのが沖縄陥落後の六月であることがわかる。いよいよ次は加計呂麻島だと島尾は思ったに違いない。日記を書くことは断念したものの、特攻出撃が現実味を帯びたこの時期の心境を、やはり何かの形で書き残しておきたかったのだろう。

ノートの内容についてはのちに詳述するが、「私達ノ民族ノ一ツノ大キナ試練ノ嵐、滅ビルモノハ滅ビテマコト素直ナモノダケガ残ルノダト信ジテヰル。私ハ（私ノ愛スルモノト共々ニ）ソノ過渡ノ時代ニアツテイクラカノオ役目ヲ荷フ。ソシテソレヲ果ス、来ル日ノタメニ、ソレガドンナオ役目デアラウトモ早問フ所デハナイ」と、軍人としての覚悟を述べた文章も見える。戦時中の島尾の正直な心情がわかる貴重な資料であることのノートが失われずに残ったのは、終戦後、ミホが闇船で内地を目指したとき大切に携えてきたからである。

ミホへの手紙とこのノートのほかにもうひとつ、戦時中の島尾の文章が現存する。ミホに捧げた「はまべのうた」と題する童話風の掌編小説である。南の小さな島のニジヌラとよばれる入り江にやってきた部隊の隊長が、ケコちゃんという女の子と親しくなる話で、ケコちゃんの担任のミエ先生と隊長の間にはほのかな恋が生まれる。ミエ先生のモデルはミホで、ケコちゃんという女の子も実在した。のちに活字になったとき、島尾は末尾に「(これは昭和二十年の春に加計呂麻島でつくりました。祝《いわい》桂子ちゃんとその先生のために)」と記している。この祝桂子という女の子がケコちゃんのモデルで、国民学校の三年生だった。島尾の遺品の中にある写真を見ると、おかっぱ頭で大きな目をした愛くるしい少女である。

「はまよはゆかず　いそづたふ」のノートには、この「はまべのうた」の執筆についての記述がある。

　やがて私は或る特攻隊の隊長となつて奄美大島に進出した。私は色々のことを経験した。いろいろのことを見きゝして敵を待つうちに私は不思議なひとたちを得た。それは祝《イハヒ》桂子と呼ぶ初等科三年の女の児とその先生である一人の婦人であつた。私は明日をも知れぬ日日のいのちであるのに奇妙な充実した生命がつけ加へられる思ひをした。私は顫へるやうな悦びのなかで童話を書き綴つて、それに「はまべのうた」といふ名前をつけた。そしてひそかにその先生なるひとにさゝげた。それからといふものは月の満ちかけと潮の満干《ひ》につかれたやうにひきつけられた。

島尾からこの小説を受け取ったときのことをミホは次のように書いている。

あれは一九四五年五月、十七夜の月の美しい晩でした。書院の外縁に正座した私は、庭に咲き盛る南島の花々の芳香の饗宴に与っていました。裏山で夜啼く鳥が二羽優しい声で啼き交わしています。表門の方から土を踏む湿った靴音が聞こえ、濃紺の戎衣の人がゆっくり近づいて来ました。その人は私の近くに立ち止り、挙手の礼をしました。そして白い薄絹の風呂敷包みを私に手渡し、腰に吊り佩《つは》いた海軍士官の短剣をはずして「これは附録です」と添えました。私は両手で拝し受け、彼を表座敷へと招じました。灯火管制下の暗い火影で風呂敷包みを解くと、海軍罫紙に丁寧な鉛筆文字で、

はまべのうた

——乙女の床の辺に吾が置きし

つるぎの太刀　その太刀はや——

と書かれてあり、紙縒《こより》で綴じたのを繙くと二十五枚程の童話風な掌編小説でした。特攻隊長の軍務の合間に書かれた「はまべのうた」は彼の遺書のように思えて、胸がこみあげ涙が溢れました。

私は七月七日星祭の宵に七夕様へ捧げる短冊に歌をしたためて「はまべのうた」へのお返しにしました。

月読《つくよ》みの蒼き光りも守りませ

　加那《かな》（吾背子）征き給ふ海原の果て

月読みの蒼き光りに守られて

　征き征くかなやわだつみの果て

征きませば加那が形見の短剣で

　吾が命綱絶たんとぞ念《おも》ふ

大君の任《まけ》のまにまに征き給ふ

　加那ゆるしませ死出の御供

彼が特攻戦で出撃する時には、この短剣で命を絶ち、彼の黄泉路のお供をと、胸の奥にそっと決めました。

（『文藝春秋』平成十七年七月号「夫・島尾敏雄の遺書として」より）

「はまべのうた」の題名に島尾が添えた「乙女の床の辺に……」は『古事記』から採られており、倭建命の死の直前の歌である。「乙女の床のあたりに置いてきた太刀、ああ、あの太刀よ」という意味で、乙女とは美夜受比売《みやずひめ》、太刀とは草薙剣《くさなぎのつるぎ》のことだ。契《ちぎ》りを交した美夜受比売のもとに草薙剣を置いて戦いに出かけ、倭建命は命を落したのである。「はまべのうた」の原稿に短剣を添えて渡したのは、倭建命に倣《なら》ったのだろう。ここでも島尾は『古事記』の男女に自分とミホを重ねている。

六月初旬、神風特別攻撃隊琴平隊の西村三郎中尉が加計呂麻島に不時着したとき、内地に手紙を運んでやろうと言われた島尾は、『こをろ』の仲間だった眞鍋呉夫宛ての手紙にこの作品を同封した。海軍罫紙二十五枚分の原稿を封書に収めるため、二枚の藁半《わらばん》紙《し》に小さな字で清書したのはミホである。

原稿は奇跡的に、ぶじ眞鍋宅に届いた。島尾にとって戦争をモチーフとした最初の小説である「はまべのうた」は失われずにすみ、島尾はこの作品を、復員後の昭和二十一年に庄野潤三、三島由紀夫らと創刊した同人雑誌『光耀《こうよう》』の第一号に掲載した。このとき島尾は「乙女の床の辺に……」という副題を「あしたはまべをさまよえば昔のことぞ偲《しの》ばるる」に変えて発表している。死を前提にして添えた言葉は、生き残ったあととなってはふさわしいものでなくなっていたのだろう。また戦後の空気の中ではどこか芝居じみて感じられたかもしれない。加計呂麻島での命がけの恋はすでに「昔のこと」になっていた。

ともあれ、戦時下の島尾が書いた文章で残っているものは、ミホのために書かれ、ミホの手を経たものだけだということになる。

ミホから聞いた話によれば、逢瀬《おうせ》のとき二人はほとんど話をしなかったという。島尾は元来無口だったし、ミホのほうは緊張で喉《のど》がからからになって言葉が出なかった。その分、二人はそれぞれの思いを文字にして贈りあった。手紙を運んだのは、島尾の部下の大坪という名の兵曹である。公用使として部隊の外に出る際にミホの自宅か学校に寄って島尾からの手紙を渡し、ミホの手紙を受け取った。当時、島尾が書いた手紙は、彼が人生の中で書いたすべての文章のうちでももっとも抒情的《じょじょう》なものといえるだろう。

ナゼカ怒リガ湧キオコリ、ミホヲイヂメマシタ

怒リハナゼオキタ？

ナンデモナイトコロカラ怒リハ広ガッテ行キマシタ

急ニムラムラト、ミホガヒトニ知ラレルコトガ、タマラナク嫌ニナツタノデス

（カクシテシマッテ置クコトガ出来ルナラ）

キノフ一日気ガタツテヰタ、ヒルマ、ハマベニ行クト、ミホノ坐ツテヰタトコロガ凹ンデヰタ。ヨル、ドウシテモ来ルニ違ヒナイト云フ気ガシタカラ二時半ニ起キ

テ行ツテミタ

ハマベハ闇バカリ、ハゴイタ星ハ大分タカク空ノ上ニ上ツテヰタ。ヤガテ気味ノ悪イ金星ガギラギラ光リ出シタノデ、ヌケガラノヤウニナツテ帰ツタ。敵機ガ来テ機銃ノ音ガシマシタ。星ガ流レル

コンヤハ三時ニオキテ見廻ツテ歩キマス　トシヲ

ミホ

昭和二十年八月十三日の手紙である。この前日、浜辺で会っていたとき、島尾はミホに対して怒りをぶつけたようだ。文面から推測すると、嫉妬《しっと》からくるものだったのだろう。

最前線に近かった加計呂麻島には当時、一〇〇〇名以上の兵士たちがひしめきあっていた。人慣れしていない島の娘たちの中にあって、都会生活を経験していたミホは、誰とでも自然に会話のできる社交性を持ち合わせていた。国民学校の教師という仕事柄、接する人も多くなる。

「(カクシテシマツテ置クコトガ出来ルナラ)」という素直な妬心は微笑ましくもあるが、青年らしい恋情に揺れつつ歩く浜辺は、近い将来、自分が死に向かって出撃していく場

所でもあった。闇に覆《おお》われたその浜辺にはやがて不気味な星が光り出し、ぬけがらのようになって帰途についた彼は、敵機の機銃の音を聞くのである。そして、明け方近い空に流れる星――。まるで詩のような調べをもつ美しい恋文だが、同時に別れと死の予感に満ちている。

この手紙は十三日の午後、学校にいたミホに届けられた。ミホはすぐに返事を書いて大坪兵曹に託している。

大坪さまがおてがみ持つていらつしやいましたので、生き返つたやうな息をはじめてつきました。悲しみに、生きた心地もなかつたのでございます。夕べはきつと御出ると思ひ、ずつと〳〵起きて、とうとう夜を明かしたのでした。御出にならなかつたのでとても〳〵悲しく、ほんとうにどうかなつてしまひそうになつてゐました。

そして、大坪さまが御てがみ昨日持つていらつしやると思つてゐましたのにそれも持つていらつしやらない、ほんとうに御おこりになつておしまひになつたかと、今日は悲しみつづけで、呆んやりしてゐました。而しやはり内心は大坪さまが御通りになるのを悲しみつつもお待ち申し上げつゞけて居りました。御ふろしき包みを持つていらつしやいましたので、とんで行きました。「四艇隊からです」とおつしやつたのでがつかりしましたが、あけて「島尾」の封印がございましたので……
もう何んにも申上げる事はございません。
こんばん磯辺へいつてみませう。

八月十三日午後三時八分　学校にて

南の島の磯辺に
羽子板星の光る頃
私の好きなあのひとは
今宵も必ず来るであろう

島尾とミホの手紙の両方に出てくるハゴイタ星（羽子板星）とは昴《すばる》の異名である。二人が浜辺での逢瀬を約束したこの日の夕方、米艦隊が大島海峡に接近中との情報が大島防備隊本部に入り、特攻戦が発動される。島尾は死を覚悟し、搭乗服に身を包んで部下とともに発進の最終命令を待った。

島尾は特攻出撃、ミホは殉死という形で、それぞれが死の淵《ふち》をのぞき見る地点まで行くことになるこの夜のことはのちにくわしく述べるとして、まずは、特攻隊長という任務が、戦時下の孤島の緊張感とあいまって、ミホにとっての「隊長さま」をいかに崇高な存在に押し上げ、非日常的な昂揚《こうよう》をもたらしたかを、手紙を通してたどっていくことにする。

加計呂麻島での島尾とミホの往復書簡は、これまでに三回、活字になっている。最初は昭和三十八（一九六三）年で、雑誌『婦人画報』五月号の特集記事「島尾敏雄・ミホ夫妻のある発端　隊長さま　ミホより」の中で二十四通（島尾からミホ宛て十五通、ミホから島尾宛て九通）が掲載されている。二度目は昭和四十八年で、出征前の昭和十八年に島尾が七十部のみ自費出版した『幼年記』が弓立社から復刻された際に収録された（『幼年記』はそれ以前の昭和四十二年にも徳間書店から復刻されているが、このときは往復書簡は収録されていない）。この弓立社版『幼年記』には五十通（島尾からミホ宛て二十七通、ミホから島尾宛て二十三通）が収められている。三度目は、島尾の没後の平成二（一九九〇）年、雑誌『マリ・クレール』十二月号で、「愛の往復書簡――昭和二十年一月〜八月まで」として、三十二通（島尾からミホ宛て十七通、ミホから島尾宛て十五通）が掲載された。

三回の中には重複して掲載されている手紙もあり、それを除けば、これまでに公開された手紙は計六十通（島尾からミホ宛て三十二通、ミホから島尾宛て二十八通）になる。

ミホの没後、遺品の中から当時の手紙が見つかったが、活字になっている手紙の原本がすべて出てきたわけではなく、また、活字になっていない手紙もあらたに多数発見されたため、二人の戦中往復書簡が全部で何通あったのかは分からない。なお、発見された手紙原本を活字になったものと比べてみたところ、多少の異同があった（本書では原本のあるものについては原本に依《よ》った）。

「はまよはゆかず　いそづたふ」のノートは、ミホの校訂によって『新潮』平成九（一九九七）年九月号に「加計呂麻島敗戦日記」として掲載されたが、今回、奄美の島尾家で見つかったノート原本と比べてみたところ、いくつかの異同があった（本書では原本に依った）。

現在読むことのできる手紙のうちもっとも古いものは、昭和二十年一月に島尾がミホに宛てて書いた「お変りはありませんでしたか　お伺ひいたします　御老体は御元気ですか　案じ居ります」という文面で始まるものだ。兵隊の教育のために使い古しの教科書を貸してほしいという内容で、昭和十九年十二月上旬に国民学校にやって来たときの用件と同じである。

島尾の部隊には、第二国民兵役から補充された兵が五〇名ほどいた。すでに社会の中で一定の地歩を築いている職業人も少なくなかったが、一方で読み書きや計算に不自由する者もおり、そうした部下の教育に役立てようと思ったらしい。「御老体」とあるのは、ミホの父・大平文一郎のことで、署名は「島尾生」、宛名は「大平先生」となっている。

二月に入って、ミホと島尾は急速に親しくなる。きっかけは、前述した島尾隊の慰問のための演芸会で、婦人会や男女青年団、国民学校、郵便局や役場などの職場会などがさまざまな出し物を披露した。その中で、ミホの振付で一人で踊り、喝采《かっさい》を浴びた女子児童が、「はまべのうた」に「ケコちゃん」として登場する祝桂子である。それまで蔵書を借りる名目でミホの父のもとを訪れていた島尾だが、演芸会のあとは桂子を連れてミホに会いに行くようになる。

本日防備隊ヨリノ帰隊ノ途次桂子チヤンノ家ニ寄リマシタ所　桂子チヤンガ言ヒマシタノデ　ソンナラ第三配備ニナツタラ一緒ニ行カウト約束シマシタラ　夕方第三配備ニナリマシタガ　急ニ仕事ガ出来テ残念ニモ行カレナクナツタノデ　漁船デ呑ノ浦部落ノ桂子チヤンノ所ニ行キ　又仕事ノナイトキニ一緒ニ先生ノ所ニ行カウネト約束シテ帰リマシタ　コノ一冊ノ雑誌ニハ私ノモノ別ノ一冊ニハ私ノコトヲ書イタモノデス　読ミ捨テヽ下サイ　ヒマニナツタラ受取リニ行キマス　隊長室ハ薔薇ダラケデアリマス
クレグレモ御尊父サマニヨロシク

島尾敏雄

大平先生

二月に書かれた手紙である。文中の「第三配備」とは、第一、第二、第三とある警戒配備の段階のうちもっとも下位のもので、第三配備になれば外出が許可されたようだ。「隊長室ハ薔薇ダラケデアリマス」とあるのは、ミホがたびたび島尾の使いの兵士に持たせた薔薇のことで、隊長室が薔薇でいっぱいになった話は「はまべのうた」の中にも出てくる。

大平家の屋敷には文一郎が「百花園」と名づけた庭があり、四季を通してさまざまな花が乱れ咲いた。戦前から戦時中にかけて押角に住んでいた女性に聞いた話では、集落の人々は誰でも自由にこの庭に入り、好きな花を剪《き》ってよいことになっていたという。やはり押角に住んでいた別の男性によれば、とりわけ美しく咲いた花には文一郎が詠んだ俳句を記した短冊が結びつけられていたそうだ。

この手紙ではミホを「大平先生」としているが、四月になると「ミホどの」になる。この月、島尾とミホは、初めて二人きりで会う約束をした。

今夜九時頃浜辺に来て下さい
塩焼小屋の下で待つてゐます

敏雄

ミホどの

塩焼小屋はミホの住む押角から磯づたいに岬を廻ったところにあり、そのすぐ先が呑之浦の島尾隊の北門である。このとき島尾は潮汐《ちょうせき》表を読み間違えており、夜九時は満潮の時刻だった。海岸に出たミホは潮が寄せてきていることに気づいたが、素足になって海に入った。夜の闇の中、海底を足先でさぐりながら、塩焼小屋のある浜を目指したのである。

押角と呑之浦をつなぐ海岸は、そのほとんどが砂浜ではなくゴツゴツした岩場である。干潮のときは大小の岩がむきだしになって風にさらされているが、潮が満ちてくるとそれらは海面の下に隠れ、磯伝いに進もうとする者にとって意地の悪い障害物となる。ミホは胸まで海水に浸《つ》かり、ほとんど泳ぐようにして進むしかなかった。

……棘の密生するアダンの長葉に触れないやうに沖へ寄ると深みになり、波が大揺れに寄せて来てその度に躰《からだ》が浮き上り、亦引く潮に曳かれて沖へ流されさうになり難渋しました。

アダン並木の下を越えたらしく、足先に感じてゐた砂浜が石ころに変り伸ばした両手の先には蠣貝の群がり付いた岩肌が触れ、岩場に来たことがわかりました。手足に力をこめて岩を攀じ登り前後左右に伸ばした手の先にさはるのは棘ばかり、タハンマの山裾にはびこる野棘の中に這入り込んだのでせう。手をあちこちに伸ばして探り這ひながら、この四つ這ひの姿は明りに照らし出されたらさぞをかしい恰好でせうと、思はず笑つてしまひました。でも隊長さまにお目にかかるためならみじめな姿を曝すことも、又蠣や貝殻や荊で肌を傷つけ血を流すことも、物の数ではないと思ひました。

約束の夜の翌朝にミホが島尾に書いた手紙から引いた。ミホは何とか塩焼小屋の前までたどりついたが、雨の上がった空には暁の明星が光り、すでに夜は明けようとしていた。島尾の姿はない。

隊長さま、ミホは参りました。
暗闇の磯を這ひ、方角がたしかめられずに恐ろしい思ひをした夜の海を泳いでも、遂に来ました。
隊長さまのお申し越しを蔑《ないがし》ろにしたのではありません。さう思ひながら明けていく瑠璃色の空を仰いでゐるうちに涙は乾きました。

わが想ふ人も恋うらめ降る降るの
　涙あかるし瑠璃光のそら
瑠璃光に雲照りわたる天《そら》のもと
　朝《あした》の海の光り耀《かがよ》ふ
　　　　　　　　　　　　　いい
此処へ来たことのしるしに岬の松の小枝にハンカチを結びました。爆弾で千切れることのないやうに願ひながら。
その時薩川湾の方角に轟く爆発音と同時に紅蓮の焔が上りました。大変なことの前触れではないかと胸さわぎがしました。
島尾部隊の当直室では隊長室へ届けるのでせうと思ひました。

磐代《いはしろ》の浜松が枝《え》を引き結び
　真幸《まさき》くあらばまたかへり見む

ミホ

隊長さま

約束の時間に遅れたことを詫《わ》びるために書かれた手紙だが、ミホの表現力も相まって、まるで小説の一場面を読むようである。約束の浜辺に確かに来たことを証すため松の枝にハンカチを結んだとあるが、ミホの話では、終戦後の十一月、島尾を追って加計呂麻島を出たとき、七か月も経っているにもかかわらず、船の上からこのハンカチが風に揺れているのが見えたという。

手紙の末尾に置かれている「磐代の……」は、『万葉集』にある有間皇子《ありまのみこ》の歌である。若くして刑死した有間皇子が、処刑地へ向かう途中に和歌山県の磐代という場所を通ったとき、松の枝を結んで詠んだとされる。松の枝と枝を紐《ひも》などで結びあわせるのは、身の安全を願うまじないである。死を予感しつつ、もし命があったならまたこの場所でふたたび松を見ようと詠《うた》った皇子に、ミホは島尾と自分を重ねたのだろう。

まさに手紙の内容にぴったりの歌を最後に添えたミホのセンスは見事だが、松の枝にハンカチを結ぶという行為は、この歌が頭にあって思いついたものだったとも考えられる。ハンカチを結んだあとで、たまたま同じような状況の歌を思い出したのではなく、歌の世界をなぞった行為だったのではないかということだ。それがごく自然になされるような状況下に当時の加計呂麻島はあり、また、古代の悲劇的な恋人たちに自分たちを擬することのできる文学的教養を二人は持ち合わせていた。

序章で紹介した、藤原定家の歌と『万葉集』の長歌をふまえたミホによる島唄の創作も、『古事記』から島尾が引いた「はまよはゆかず　いそづたふ」や「乙女の床の辺に……」も、文学上のモデルに自分たちを重ねたものだった。

島尾とミホの恋愛は、このように『古事記』と『万葉集』から引用した言葉に彩《いろど》られているのだが、これはミホが「古代的」な女性であるからでも巫女の血筋だからでもない。恵まれた教育環境で文学的教養とセンスを身につけ、言葉の力をもって恋愛に昂揚と陶酔をもたらす能力を持っていたからだ。

死の前提のもとで、言葉、それも「書かれた言葉」によって恋愛を盛り上げることにおいて、島尾とミホは共犯関係にあった。そのことは、敗色が濃くなり、死がいよいよ近づいてくる中で書かれたこのあとの手紙を読めばさらによくわかる。二人の関係は最初から、恋と死と文学が絡《から》みあったところで初めて成立するものだったのである。

三

先に引いた昭和二十年二月に島尾がミホに宛てた手紙（「本日防備隊ヨリノ帰隊ノ途次……」）は、弓立社版『幼年記』（昭和四十八年刊）に収録されているが、ミホの遺品の中にあった原本を見て、それが名刺の裏に書かれたものだったことを知った。三百字近い手紙文は、「海軍中尉　島尾敏雄」とある名刺の裏に細かい文字で綴られている。

二人の往復書簡の原本を見ると、島尾からミホ宛てのものはノートから切り取った紙や「海軍」と印刷された罫紙に、ミホから島尾宛てのものはザラ紙の原稿用紙に書かれているものが多い。島尾の死後、ミホが当時を回想して、「戦時中の非常の時のことと て、紙らしい紙もなく、ノートをくずしたものや、藁半紙や和紙の切れ端、七夕の短冊、海軍罫紙、名刺の裏等々、身近にある字の書けるものなら何でも利用して、使い古した鉛筆や筆で書かれてあります」(『新潮』平成九年九月号「島尾敏雄「敗戦日記」に寄せて」)と書いている通りである。文中に「七夕の短冊」とあるが、藤色や草色の和紙の短冊(笹の枝に結ぶための紙縒《こより》ひもがついている)にミホが細かい鉛筆の文字で記した恋文も出てきた。

二人の書簡はどれもびっしりと文字で埋まっているが、島尾が書いた手紙の中に一通だけ絵が添えられているものがあった。ガラスの器の中でおたまじゃくしが泳いでいる絵が大きく描かれている。文面は以下である。

　のみのうらにシリヤトリがとんでゐるよ
手紙はけさみたよ　ゆうべずつと眼をさましてゐたが　ベツト《ママ》にはいつてゐたの

でてがみはけさうけとつたよ　よるだけ咲いて散つてしまふ花はもつて来なかつたよ　えんぎが悪い花だと言はれたのですて丶来たさうだよ
八月おどりのうたがきゝたいよ　文句を大島ことばと標じゆんことばとでかいておくれよ
げきはあたまが散つて考へられない　こまつた　こまつた　をうすのみことがをとめにばけてくまそを退治るところだの　大国主のみことがいなばのしろうさぎを助けるところとかすさのをのみことにいぢめられてすせりひめにたすけられるところだのはどうだらう　むかでが出て来たりのねずみが出てきたり
机の上にサイダー瓶を半分に割つてその中にうきぐさをいれてちひさなおたまじやくしをたくさん飼つて置いてゐるよ
きつと一しよにねつが出たんだ
だから一しよになほるよ
これが全文で、Ａ５判のノートから破り取ったと思われる罫のある紙に書かれている。原本に日付は入っていないが、この手紙を収録した弓立社版『幼年記』では、昭和二十年五月のものとしている。初めての逢瀬に島尾が潮汐表を読み違えて満潮の時刻を指定し、ミホがずぶぬれになって約束の浜辺にやってきたのは四月だったから、その翌月ということになる。

文末に「〜よ」が繰り返される文体は、島尾の世代が聴いて育った「揺籃《ゆりかご》のうた」（大正十年）、「からたちの花」（大正十三年）などの、北原白秋の詞による童謡を思わせる。目の前にいる相手に語りかけているようで、二月の手紙よりもずいぶん親しさが増している。

島尾が絵に描いたガラスの器は、半分に割ったサイダーの瓶だったことが文面からわかる。「うきぐさをいれて」とあるように、絵では浮き草の葉が水面から顔を出し、水中には細いひげ根が広がっている。泳いでいる二十四ほどのおたまじゃくしのうちの一匹だけに足が生え、カエルになりかけている。

島尾の手になる絵で現存するのは、小学生時代のものを除けば、おそらくこれだけだと思われる。絵のまわりには「ミホハカヘルノ子」「一パイウジヤウジヤヰマス」「モット一パイカヘルノ子」といった文字が書かれている（このあとに書かれたと思われる手紙に「お前をかえるの子だなど〻言つたのはつめたいからではありません　おたまじゃくしみたいに可愛いから」というくだりがある）。

冒頭の「のみのうら」は島尾隊が駐屯していた呑之浦、「シリヤトリ」とは白鳥《しらとり》のことである。このころミホが島尾への手紙に書いた島唄に白鳥が出てくるものがあり、それをふまえたものと思われる。

その島唄を以下に引く。他の手紙に書かれた島唄もそうだが、島尾の求めに応じて、島言葉の発音がわかる読みがなが付されている。内地からやってきた軍人の多くは、差別感情も相まって奄美の方言を蔑視《べっし》したが、島尾は「この島独特の長い歳月にさらされてでき上った抑揚とアクセントをもつ典雅な言葉」（「加計呂麻島」）としてこれを愛した。その美しさを教えたのは、島言葉に誇りを持っていたミホであった。

淋しさや《トゥディナサヤ》　識ちぅて《シュニティ》
浜下りて《ハマウリィティ》　見りば《ミリィバ》
白波や《シリャナミヤ》　立ちゆり《タチュリ》
加那《カナ》（恋しき人）はまた《ヤマタ》　参らぬ《メエラヌ》
舟ぬ《フネヌゥ》　高艫に《タカトモニ》
白鳥ぬ《シリュドウリィヌ》　居ちゅり《ヰチユリィ》
白鳥や《シリュドウリィヤァ》　あらぬ《アラヌ》
吾が加那の《ワァカナ》　生霊《イキマブリ》

内地の人《ヤマトンチュウ》と《トゥ》　縁結ぶなよ《エンムスブナヨ》
内地縁結べば《ヤマトエンムスビィバア》
落さぬ《ウトゥサン》　涙《ナダグワ》　流すぞよ《ウトゥシュッドオヨォ》
内地縁とも《ヤマトエンチム》　思い直し《ウメエノシ》　出来ませぬ《キリヤンドォ》
かくまで《カシガディ》　愛しやる人や《カナシャルチュウヤ》
内地縁とも《ヤマトエンチム》　思い直し《ウメエノシ》　出来ませぬ《キリヤンドォ》

恋しい人がやって来るのを待つ女性の唄である。第一連で浜辺に下りた女性は、第二連で、舟の高艫（高くなっている船尾）に白鳥がとまっているのを見る。それは実は白鳥ではなく、恋しい人の身体を抜け出てきた魂（生霊《イキマブリ》）だというのだ。

この第二連は、よく知られた島唄の「ヨイスラ節」が元になっている。「ヨイスラ節」の歌詞は、三行目まではミホがここに書いたものと同じだが、四行目は「姉妹神《ウナリガミ》がなし」である。姉妹神とは霊的な力で男性を守る姉や妹のことで、琉球や奄美において信仰の対象とされてきた。「がなし」は尊称である。為政者を支える巫女であるノロの存在もこの姉妹神信仰にもとづいており、純白の鳥の姿はノロの衣裳《いしょう》に通じるものがある。元唄で姉妹神の化身とされた白鳥を、ミホは「吾が加那の生霊」、つまり恋人の魂に見立てている。これによって、船旅を守る姉妹神をたたえる唄を、恋の唄に作り変えたのである。

白鳥を「生霊」としたのは、根拠のない見立てではない。奄美では、自由に空を飛ぶ蝶や鳥、特に純白のものは人間の魂の化身と考えられている。唄の中の女性にとって白鳥は神ではなく、ままならない身体を抜け出して会いに来てくれた愛《いと》しい男の魂なのである。

島尾が手紙の冒頭で「のみのうらにシリヤトリがとんでゐるよ」と書いたのは、ミホから贈られたこの島唄に応《こた》えて、白鳥をミホの魂に見立てたのだろう。ミホの思いが鳥の姿となって呑之浦まで飛んできたのを見たという意味であり、お前がおれを恋しく思う気持ちはわかっているよ、と伝えているのだ。一見なにげない書き出しに二人にしかわからない意味を込めた、わずか一行の相聞である。

ミホの唄の三、四連目について解説すれば、第三連の「内地の人と縁結ぶなよ　内地縁結べば　落さぬ涙流すぞよ」とは、昔から奄美で言われていた言葉で、ヤマトンチュウ（内地の男）と縁を結べばきっと不幸になるというのである。しかし第四連で女性は、ヤマトエン（内地の男との縁）といえども思い直して別れることはできない、こんなに愛してしまったのだからと、切ない心情を訴えている。

昭和三十二（一九五七）年に発表した「名瀬だより」の中で「島の人々にとってヤマ

トエンムスビ（鹿児島の人ひいては本土の人との縁結び）は不幸のもとと忌みきらわれる」と書いているように、島尾は『死の棘』に描かれた時期を経て一家で奄美に移り住んだのちに、ヤマトンチュウと縁を結んではならぬというこの言い伝えに何度か言及している。自身の浮気が原因で精神を病んだミホの姿を見たとき、かつて彼女が手紙に書いてきた島唄の「ヤマトンチュウ　トゥ　エンムスブナヨ」という言葉がよみがえったに違いない。

「八月おどり」は旧暦の八月に新穀を供えて先祖を祀《まつ》り、翌年の豊作を祈って歌い踊る祭りで、このときにだけ唄われる島唄があった。「げきはあたまが散つて考へられない」とあるのは、国民学校の児童が演じる劇の台本（ミホが島尾に頼んでいたと思われる）のことで、ミホはこの手紙への返信（未発表）の中で、因幡《いなば》の白兎《しろうさぎ》や、むかでや野ねずみの出てくるスセリヒメ（大国主の妻）の話は低学年にはよいが、高学年の児童のためにはもうすこし複雑な筋のものを考えてほしいと書いている。特攻隊長が子供の劇の台本を書くというのは、教師であるミホと親しい仲とはいえ普通なら考えにくいが、島尾ならばありえないことでもなかったようだ。昭和九年生まれで終戦時に押角国民学校の五年生だった池田敏子から聞いた話によれば、戦時中、島尾は敏子の三つ下の弟に絵本を作ってくれたという。

加計呂麻島には料理屋も食堂もなく、駐屯した部隊が宴会をするときは親しくなった家の部屋を借りたが、島尾が部下を連れてよく訪れたのが敏子の家だった。六畳の部屋に車座になり、持参した酒を飲んだという。柱時計の下が島尾の定位置で、柱に寄りかかって座り、静かに盃を口に運んでいた姿を敏子はよく憶えている。座が乱れてきて下品な歌が始まると、「これこれ」と言って部下をたしなめた。

「島では〝これこれ〟なんていう言葉を使う人はいなかったので、ああこういうときに使うのかと思いました。そのせいか、いまでもよく憶えています」

もうひとつ敏子が印象深く憶えていることがある。宴席で必ずと言っていいほど歌われた「同期の桜」を、島尾だけは決して歌わなかったことだ。

「どうしてだろう、この歌が嫌いなのかな、それとも隊長さんは音痴なのかな――そんなふうに弟とよく話したものでした」

押角が空襲されるようになり、子供たちがあまり外で遊べなくなると、島尾は敏子の弟に庭ぼうきで剣道を教えてくれた。絵本を作ってくれたのもそのころだ。習字に使う半紙を紙縒で綴じたもので、集落中で回し読みしているうちにどこかへ行ってしまったというが、最初のページにあった文章を敏子はいまでも憶えている。

「〝あちこちで若葉が出て、小鳥が鳴いて、海はきらきら光って、島はいま一年中で一番美しい季節です――〟。そんなふうに始まっていました。春の加計呂麻島の風景を描写した文章です。島尾隊長の目に、私たちの島は、こんなふうに美しく映っていたんですね」

出撃命令が出るまではすることがほとんどなかったとはいえ、前線にあって住民とこのような交流を持った指揮官は稀《まれ》だったはずだ。国民学校の子供たちの劇の台本をミホが頼んだのも、島尾がこうした人物だったからだろう。しかし、一見のどかに見える日常を過ごしてはいても、島尾たち特攻兵が死を前提として島に駐屯していたことに変わりはない。二月の演芸会で互いを意識し、四月に気持ちを確かめ合った二人だったが、おたまじゃくしの絵を添えた手紙を島尾が書いたころ、ミホは恋の幸福と別れの予感に心乱れる日々を送っていた。この時期のミホの手紙からは、揺れる心情が伝わってくる。

昨日、御目もじ致しましたばかりでございますのに、ずつと、ずつと、前の様に思はれます。そして如何御出遊されますやらと、御身の上が御案じ申上げられてなりません。お机の上では、山からこの前、隊長様が、御持ち遊されました、白百合が匂つて居ります。外の雨やみそうもありません。(中略)
三保は今幸福なのでございませうか、それすらわかりません。
どうぞ御納め遊されて下さいませ。
(昭和二十年四月二十五日付)

赤糸の、縫ひとりは、ほんとうは街頭で千人の女の人に縫って頂くのでございますが、心通はぬ、千人の人の縫ひとりよりも、心こめて、一針、一針、さゝげる、おもひこそ、と存ぜられました。貴方様を御待ち申上げつゝ、宵々、ひとりで、さしたのでございます。どうぞ、このおもひを、この「いのり」を、みそなはせ給へ、と神様に念じつゞけながら……　この白きぬは、亡くなつた母が糸をつむぎ、私が織つたのでございます。（中略）

いろ〳〵の事を申上げたい様な、亦何んにも申上げずともよい様なきがいたします。

もうミホは悲しんではいけないと悟りました。（中略）

ほんとうに、ほんとうに、かなしみません。

よろこびます、よろこびます。

（日付なし　五月初旬か）

ともに未発表の手紙から引いた。二通目の手紙には、赤糸で縫いとりをした千人針のような白絹が添えられていたと思われる。

前述した「はまべのうた」を島尾がミホに献じたのは、二人がこのような手紙のやりとりをしていた昭和二十年五月のことである。

この小説は、「みんなみのある小さな島かげにウジレハマとニジヌラと呼ぶ二つの部落がありました」と書き出される。ニジヌラは島尾隊が駐屯した呑之浦（地元の人は「ヌンミュラ」と発音）、ウジレハマはミホの住む押角（同じく「ウシキャク」）に当たる。

この二つの部落の間にはくちばしのように海につき出た岬が横たわっていて、どちらからもお隣りの部落は見えませんでした。しおがずっとひいた時には岬のはなをいそ伝いにぐるっと廻って行くことも出来ましたが、そうすると大へん時間がかかるので、大ていは岬ののどもとの小さな峠を越して往き来をして居りました。

（「はまべのうた」より）

呑之浦と押角の位置関係と地形はここに書かれている通りである。二人の逢瀬は、ミホが部隊の近くまで行くときは人目を避けて「岬のはなをいそ伝いにぐるっと廻って行」き、島尾がミホの家を訪ねるときは「岬ののどもとの小さな峠を越して」行った。

集落の人々が空襲を怖れ、夜は山の疎《そ》開《かい》小屋へ避難するようになると、ミホは父だけを疎開小屋へ行かせて自分は夜通し島尾の訪れを待った。明け方、島尾が部隊に戻るときは「行って来るよ」「早くお帰りになって」という会話を交していたことがミホの手紙からわかる。

部隊から押角への峠を越えるときに見た風景を、島尾は次のように描写している。

小さいながらも赤土の歩きにくい急な坂や道を横切って流れている小川などを通って峠の上に出ると、眼さきはからりとひらけて近くの島の山々は幾重にもむらさき色にかさなり、遠くの島かげは心に遠くうす墨ではいたようにかなたの水平線に浮び上ってまるで絵のようでありました。そして片方のふもとにはウジレハマが反対の方にはニジヌラが箱庭みたいにちっぽけになって見下せるのでした。かぜのあるときには立さわぐ潮騒や峰の松籟が子守唄のように峠に立った人々を夢の気持にさせるのでした。お月夜のばんなどにはこの二つの部落はまるで青い青い水底に沈んでいるようでありました。浜辺にはアダンゲやユナギの葉がくれに南の海が静かに波打ってときどき青い夜光虫が光って居りました。（同前）

島尾の文章を書き写していると、私自身が加計呂麻島を訪れたときに見た景色を思い出す。現在は呑之浦と押角の間にトンネルが通っているが、峠の山道を歩けば、まさにここに書かれている通りの風景が現前する。戦争から七十年以上が経っても、重なり合った山々と島影は墨絵のようだし、浜に降りれば夜光虫が波間に青く明滅している。

島尾は続けて、ウジレハマ（押角）の集落の様子を描く。

どの家もどの家も外からはのぞけないように高い竹垣をたてめぐらしてあるので、誰かがどこかの家にはいろうと思えば迷路のようにぐるぐる垣根の道を廻って行かなければならなかったのです。部落の通りみちはそれこそ猫の子一匹通らないほどひっそりとなって月の光がしたたるようにこぼれているのでした。（同前）

人目をはばかりつつ集落に入っていくとき（といっても押角の人々は島尾が通っていることを知っていたが）、島尾の目に入ってきたのはこのような景色だった。ミホから直接聞いたところによれば、文中にある「高い竹垣」は、金竹《きんちく》という細い笹竹で仕立てられた生け垣だという。きっちりと四角く刈り込まれた高い垣根にはさまれた道は、満月が影をつくる晩にはことのほか幻想的で、しんとした夜の中をどこまでも歩いていく夢を、東京に暮らした日々の中で幾度も見たものだとミホは語った。

島の自然と風物は、死を身近に生きていた島尾の心に沁《し》み入ったに違いない。遺書の代わりとも言える「はまべのうた」で島尾は、ミホへの思いだけではなく、南の果ての島で出会った奇跡のような風景をも書き残そうとしたのではないだろうか。

不安定な心理状態や他者との関係のゆがみが風景描写に反映されるのが戦後の島尾作品のひとつの特徴である。特に『死の棘』においては、主人公の目を通した外界は近景ばかりで遠景を欠き、読者はクローズアップが連続する映画を見せられているような一種異様な気分にさせられる。「はまべのうた」に見られるような、おだやかで清澄《せいちょう》な風景描写は、その後の島尾の作品に二度とあらわれてくることがない。

島尾はのちに当時を振り返って、こう書いている。

奄美大島はそっとそのまま、南海の果てに眠らせておきたかった。ただ私にはそのとき生への期待は絶たれていた。そのためむしろ感覚は充実していたともいえる。そのとき、その場所場所で見た沿道の家々のたたずまいと、その周辺でちらと見た人々の瞬間の姿態は、思わず気持の深いところにささって、あとあとまで私の心に強く残った。憧憬と信頼とでもいえる現世への執着が、私の貧しいこころをゆさぶり続けた。（『ともしび』昭和三十二年二月・十月号「久慈紀行」より）

「はまべのうた」の結末で、隊長さんとその部下たちはいつのまにかニジヌラからいなくなっており、どこへ行ったか誰も知ることのないまま、浜辺では以前と同じようにふくろうがくほうくほうと鳴き、千鳥がちろちろと飛んでいる。戦争も死も直接には語られることなく、物語は静かに、そして唐突に断ち切られるのである。

これを書いた時期、島尾は沖縄がいきなり陥没し、その渦の中にアメリカの艦隊が巻き込まれてなくなってしまうことを夢想していたと、戦後に繰り返し書いている。当時の島尾にとって、進行中であるミホとの恋愛は、現実とは別次元のメルヘンとしてしか書くことのできないものだったのだろう。

おたまじゃくしの絵のある手紙、および小説「はまべのうた」と同じ月に書かれた一通の書簡がある。神戸在住の父・島尾四郎に宛《あ》てたもので、これまで発表されていないものである。

父上様
大島郡大和村　宇定美穂子を私の妻として御引とり下さいますやう伏してお願ひ申上げます
大島駐留中のこと美穂子より御聴取下さいますやう
父上御老後私に代りお仕へ申上げます
私を御信じ下さいますやう
父上の御無事を念じつゝ
昭和二十年五月二十一日　在奄美大島、敏雄
父上様

自分が戦死したあと、「宇定《うさだ》美穂子」を島尾家の嫁として受け入れてくれるよう頼む手紙である。一読して奇異に思った。この「宇定美穂子」とはミホのことだと思われるが、なぜこのような名前になっているのだろう。先に紹介した四月二十五日付の手紙(「昨日、御目もじ致しましたばかりでございますのに……」)の中で自分の名を「三保」と記しているように、ミホは漢字で署名をすることもあったようだ。女性の名前が場面に応じて仮名と漢字の両方で表記されるのは、当時はめずらしいことではなかった。彼女の戸籍名は片仮名の「ミホ」だが、島尾が本名は「美穂」あるいは「美穂子」ではないかと推測したのはありえないことではない。

しかし姓が「大平」ではないのはどうしたことか。

実は、ミホは大平文一郎夫妻の実子ではなく、幼いころに他家から貰われてきた娘だった。大平姓を名乗り、国民学校でも「大平先生」と呼ばれていたが、大平家に入籍はされておらず、結婚前の本当の姓は大平ではない。

島尾が存命中の昭和五十八(一九八三)年に完結した『島尾敏雄全集』(晶文社)の年譜には、昭和二十一年の項に「三月、鹿児島県大島郡の大平ミホと結婚」と書かれている。島尾の没後に刊行され、ミホも編者に名を連ねる『島尾敏雄事典』(平成十二年刊)でも同様である。そのほかの書籍の年譜や解説、作家案内などにおいても、ミホの旧姓は「大平」となっている。しかしこれは事実とは異なる。彼女の本当の姓は「長《おさ》田《だ》」であった。

島尾が父に宛てたこの手紙を私が目にしたのは、平成二十二年八月、ミホの没後初めて奄美の島尾家を訪れたときのことだ。実を言うとこのとき私は、ミホが大平文一郎夫妻の実子ではないことをすでに知っていた。ミホ本人は生前そのことを決して明かそうとしなかったが、周辺の人たちから耳に入ってきていたのだった。

手紙を見た私は、島尾はこれを書いたときすでに、ミホが養女であり、本名は大平姓ではないことを知っていたのだろうと推測した。奇異に思ったのは、姓が「宇定」になっていたことである。ミホから出自について打ち明けられていたなら「長田」と書いたはずだ。

私の手許《てもと》に、ミホの戸籍謄本《とうほん》の写しがある。ミホの没後、評伝の取材を再開してから入手したものだ。ミホの親類宅に保管されていたものを、長男の島尾伸三を通して提供してもらった。これによって、ミホが結婚まで長田姓であったことが確認できた。

戸籍謄本の記載によれば、ミホは大正八（一九一九）年十月二十四日、長田實之《さねゆき》・マスの長女として生まれている。一歳上に兄・暢之《みちゆき》がいた。本籍地は奄美大島本島の中央部にある大和村《やまとそん》大和浜である。

ミホが大平家の養女となった事情は以下の通りで、主としてミホの母方の従妹《いとこ》である林和子と、ミホの兄・暢之（昭和四十五年に死去）の妻である長田英世《てるよ》への取材からわかった事実である。

ミホの実父の長田實之は警察官で、ミホは父の任地であった鹿児島市で生まれた。生後一週間で幼児洗礼を受けている。実母のマスは、奄美大島本島の北部にある龍郷《たつごう》町瀬《せ》留《どめ》の出身で、一族は奄美にカトリック信仰が入ってきた明治中期からの熱心な信徒だった。カトリックと島尾文学のかかわりについて研究している大田正紀によれば、瀬留の教会が最初に建てられたのは、ミホの母の実家の庭だったという（『南島へ南島から島尾敏雄研究』所収「南島のカトリック宣教と島尾敏雄」）。平成二十一（二〇〇九）年に瀬留カトリック教会が献堂百周年を記念して発行した記念誌には、大正十二（一九二三）年ごろの復活祭のときに撮影されたという写真が載っているが、そこには神父やほかの信者とともに、幼児のころのミホが写っている。

マスはミホを産んで一か月ほどしたころ、ミホを連れて鹿児島から奄美に戻ってきた。夫のもとを離れて帰島した理由は不明である。瀬留の実家に身を寄せたが、まもなく肺炎で亡くなっている。ミホと兄の暢之は、マスの妹であるハル（林和子の母）を母親代わりにそのまま瀬留で育てられ、父の長田實之は、その後東京に出て別の女性と暮らすようになった。

ミホが押角の大平文一郎夫妻に引き取られたのは満二歳のときである。文一郎の妻・

吉鶴《きちづる》はミホの父の姉に当たる。つまりミホは伯母を養母として育ったわけだが、文一郎
とは血のつながりはない。
　文一郎と吉鶴には子供がなく、文一郎の母は、吉鶴を離縁して跡継ぎを産むことので
きる妻を迎えるように勧めたが、文一郎は頑として聞き入れなかった。「子供が産めな
いなら養子を貰いなさい」と文一郎の母から言われていた吉鶴は、ミホが生まれる前か
ら、今度の子供は自分のところにくれないかと弟の實之に言っていたという。

　こうしてミホは大平夫妻の養女となったが、入籍されなかったのは、「成人してから
自分の意志で選ばせるのがよい」という文一郎の考えからだった。当時としては相当に
進歩的な人物だった文一郎は、婿《むこ》を取って大平家を継ぐかどうかの判断をミホ本人にさ
せようと考えていた。他家に嫁ぎたいと本人が思うなら、それでもよいと思っていたよ
うだ。結局ミホは二十歳を過ぎても戸籍上は長田ミホのままだった。

　ミホの小学校時代の友人や、押角国民学校の教え子だった人の何人かに、ミホが大平
夫妻の実子ではなかったことを知っていたか尋ねたところ、多くの人が祖父母と孫の関
係だと思っていたと言った。五、六歳のころのミホが大平夫妻と一緒に写っている写真
がミホの没後に出てきたが、確かに親子にしては年が離れすぎているように見える。

　ところで「宇定」という姓はどこからきたのだろうか。ミホの親戚に宇定姓の家はな
く、調べた限りでは知人関係にも見当らない。「母本人ではなく、誰かほかの人から、

不正確な話が耳に入ったのかもしれません」と言うのは、長男の伸三である。

「母は戦時中、自分の生い立ちについて、父にきちんと話をしていなかったと思います。島での恋愛は盛り上がったけれど、戦後、母が神戸に出て来ていざ結婚となるまで、父は母について、知らないことがたくさんあったはずです」

奄美では、「オ」が「ウ」に近い発音になるので、「オサダ」を「ウサダ」と聞き間違えた島尾が、「宇定」の字を当てたのではないかというのが伸三の推測である。だとするとやはり、本人からきちんと話を聞いていなかったことになる。

この手紙を島尾は父に送ったのだろうか。「はまべのうた」を、眞鍋呉夫への手紙に同封して加計呂麻島に不時着したパイロットに託したとき、もう一通、神戸の父に宛てた手紙も頼んだことを島尾自身が書いており（徳間書店版『幼年記』解説）、この手紙がその現物である可能性もある。手紙には封書の大きさに折った跡も残っている。

ただ、終戦直後の島尾の日記からは、ミホのことを父に打ち明けたのは復員後であった印象を受ける。昭和二十年九月十二日に「夜父ニミホノコトヲ言フ」という一文があり、さらに、見合いを勧める知人が島尾の花嫁候補の写真を持って訪れた十一月五日の日記には「父ニミホノコト　ハッキリ云フノ機ト相成ッタ」と書かれている。父はそれまで、島尾に結婚を考えている女性がいることを知らなかったと思われる記述であり、手紙は書くだけ書いてそのまま自分で持っていた可能性もある。いずれにしても、嫁として家に入れるよう父に頼んでいる女性の正しい姓名さえ知らないというのは普通のことではない。伸三によれば島尾は当時、ミホの年齢も正確には知らなかったらしい。

しかし二人の恋愛はもともと、戦争という異常事態のもとで成立したものだった。死を前提として結ばれた二人にとって、ともに生きる〝戦後〟を想定するのは無意味なことであり、地に足のついた現実的な話をする必要はなかったのだろう。島尾が戦時中にミホに書き送った手紙の中で、戦争が終わったあとのことに言及しているのは、次の箇所のみである。

戦ガスンダラ　ハマベニボクハヒツクリ返ツテ雲ヲミナガラ　ミホニウタヲウタツテモラヒマス　ソノコロボクハ大島弁ガスツカリツカヘルヤウニナツテヰマス

（昭和二十年八月十一日付）

島尾が夢想するささやかな幸福の情景が何ともいえない哀切さをたたえているのは、書いた当人がこのような日が来ることを信じていなかったからだろう。もし沖縄の日本軍が米軍を撃退し、加計呂麻島への米軍上陸がなくなったとしても、自分たちは別の基地に移動させられてそこで特攻作戦を行うことになると島尾は思っていた。この海で死ぬか、あるいはほかの海で死ぬか。当時、特攻要員とされたすべての士官や兵士と同じように、それ以外の運命はありえないと考えていたのである。

昭和三十八年の『婦人画報』五月号に、戦時中の往復書簡とともに掲載された島尾夫妻へのインタビュー記事には、加計呂麻島で島尾がミホに「戦争がすんだら、蒙古に僕と一緒に行ってくれますか」と言ったというエピソードが出てくる。このときのインタビュアーはのちに評論家となった草森紳一で、数回にわたって奄美を訪ね、戦時下の恋物語を聞き出している。二人を説得して往復書簡を借り受け、初めて活字にしたのも草森だった。

ミホと二人で蒙古に行く——それは島尾にとって、浜辺に寝転んでミホの島唄を聴くことよりもさらに非現実的な幸福のイメージであったに違いない。

東洋史を専攻していた島尾が繰り上げ卒業の直前に書き上げた卒業論文のタイトルは「元代回鶻《かいこつ》人の研究一節」という。回鶻とはウイグルのことである。島尾は学生時代を回想した文章の中で「当時私はできれば西域に潜入したいと夢みていました」（『流動』昭和五十四年六月臨時増刊号「元代回鶻人の研究一節——私の卒業論文」）、「……あとさきの見通しのないままに、できることなら日本の島を出て行って蒙古か中央アジアのあたりにもぐりこみたいなどと考えていた」（昭和三十二年『重松先生古稀《こき》記念・九州大学東洋史論叢』所収「重松教授の不肖の弟子たち」）と書いている。

商家の喧噪《けんそう》の中で育ちながら電話の音に恐怖し、父親に「大学にもはいっていて、電話がこわい、などと言うやつがどこの世界にある？　ばかも休み休み言いなさい」と叱《しっ》責《せき》されたほど世間になじめなかった島尾は、「すべてはトルキスタンの砂漠の中で解決されるのだ」（同前）と自分に言い訳をしていたという。蒙古とは、島尾にとって逃避と夢想の地であり、ミホと一緒にそこへ行くという言葉がどんなに現実離れしているかを一番よく知っていたのは、島尾自身であった。

戸籍謄本の写しを入手したことによって大平夫妻がミホの実の両親ではないことを確認したのは平成二十四年一月のことだが、ミホが養女であることを私が最初に耳にしたのはその七年前、平成十七（二〇〇五）年九月に初めて奄美を訪れたときである。

インタビューを依頼する手紙を東京から送り、そのあと自宅に電話をしたが応答がない。何度かけても誰も出ないので、名瀬市（当時）の教育委員会に問い合わせてみた。地方在住の作家の場合、地元の教育委員会が取材等の窓口になっていることがあるからだ。担当者によれば、ミホはその日の気分によって電話に出ないことがあるという。その後も何度か電話をしてみたが通じず、再度教育委員会に相談すると、「とりあえずこちらにいらしてみたらどうですか」と言われた。

東京から奄美までは飛行機で約三時間。直行便は一日に一便である。会ってもらえるかどうかわからない相手を訪ねるには遠い距離だが、このときは行ってみる気になった。

「電話はこちらに来てからまたかければいい。そのうち通じますよ」という担当者ののんびりした言葉に、こちらも何となく鷹揚《おうよう》な気分になり、たとえ会えなくても『海辺の生と死』や『祭り裏』に描かれた奄美の風景を見られればいいと思ったのだ。

奄美空港に降り立ったのは午前十一時。そこから小一時間ほどバスに乗り、名瀬のホテルに着いてミホの自宅に電話すると、すぐに本人が出た。東京から何度かけても通じなかったのにと思いながら取材の依頼をしたところ、いまは体調がすぐれないという。十一月十二日の「島尾忌」までには必ず元気になるからそのときに来てほしいと言われ、島尾忌の翌日にインタビューの約束をした。

奄美にはそれから三日間滞在した。昼間は路線バスに乗って島のあちこちを見て回り、夜は生前の島尾と交流のあった人たちから話を聞いた。ミホと会えないことを気の毒に思った教育委員会の担当者が紹介してくれたのである。そのうちの数人から、ミホが大平夫妻の実子ではないことを聞かされた。ミホに近しい人や押角に古くから住んでいる人は知っていることだという。だがミホの前では絶対にその話をしないほうがいいと、みな口をそろえた。公《おおやけ》になることを極端に嫌がっており、養女であることを口にしたためにミホから口をきいてもらえなくなったり、出入り禁止になった人が何人もいるというのだ。

その後、「島尾忌」の懇親会で初めてミホに会い、翌日、自宅で第一回目のインタビューをしたことは序章で書いた。評伝を書く了承を得たものの、四回目のインタビューのあと、取材を中止してほしいという連絡がミホからあったこともそこで書いた通りである。

断りの電話は、私にではなく評伝を出版することになっていた新潮社の編集者にかかってきた。ミホは「あらためて考えてみますと、生きているうちにそういった本が出ると、親戚などにも迷惑がかかりますので」と言ったという。自分の都合で申し訳ないと謝りつつ、意志は固かったそうだ。もちろん残念だったが、考え直してくれるよう説得することはしなかった。断られた理由に、私なりに思い当たることがあったからだ。それは養女の件と関係がある。

結果的に最後となったインタビューを行ったのは、平成十八（二〇〇六）年二月十七日、場所は名瀬のミホの自宅である。その翌日、私は一人で加計呂麻島に出かけた。名瀬から加計呂麻島に行くには、バスで二時間ほどかけて奄美大島の南端にある古仁屋という港町へ行き、そこから船で大島海峡を渡る。フェリーで約三十分、水上タクシーなら十五分ほどだ。

加計呂麻島は二度目だった。前回は、かつて島尾隊があった呑之浦や海軍の大島防備隊本部のあった瀬相などを廻ったのだが、二度目のこのときは、ミホの実家があった押角の集落に行った。

運転免許を持たない私は、教育委員会の担当者から紹介してもらったガイドの寺本薫子の車で押角に向かった。加計呂麻島を始めとする奄美群島全体の自然と文化に詳しく、戦時中の体験談の聞き取りなども行っている女性である。

押角は戦時中より人口がずいぶん減ったそうで、人家もまばらだった。島尾が「はまべのうた」で描写した金竹の高い生け垣も、もう残っていない。

寺本が大平家の屋敷跡に案内してくれた。大平家の屋敷は母屋《おもや》のほかにトーグラと呼ばれる炊事棟や書院など全部で五棟もあったというが、それらの建物もいまはない。かつて百種類の花が植えられていた敷地は雑草におおわれ、裏手を流れる小川の岸で、風《ふう》鈴仏桑花《りんぶっそうげ》の名がある小ぶりのハイビスカスが、長く垂れ下がった茎を風に揺らしていた。

近くの畑にいた人に聞くと、現在の所有者は大平家の縁者ではないとのことだった。ミホの養母である大平吉鶴は戦時中の昭和十九年に、養父の大平文一郎はミホを神戸に嫁がせて四年後の昭和二十五（一九五〇）年二月に亡くなり、以後大平家は絶えた。

寺本が、近くに大平家の墓があると教えてくれた。せっかくなので墓参りをしようと思い、案内してもらった。集落の背後にある小高い山の石段を上っていくと、緑深い木立に囲まれて大平家の墓所があった。花も線香も持ってこなかったことを心の中で詫びつつ、しゃがんで手を合わせた。加計呂麻島には小さな雑貨店があるのみで、スーパーマーケットやコンビニエンスストアはもちろん、商店らしい商店はない。

そのあと、ミホが教師をしていた押角小学校（当時は国民学校）に行ってみると、児童数が減って小中学校の合同校舎となっていた。校門のところで教師らしい人に声をかけられ、ミホについて取材をしていることを告げると、中を見学していいという。入ってみると、校舎は海に面していて、校庭はほとんど波打ち際《ぎわ》にある感じだった。潮騒が聞こえる中で子供たちがサッカーボールを蹴っている。

ミホ自身もこの小学校の出身だった。創立百年記念誌に彼女が寄せた文章によれば、この校庭は海を埋め立てて広げられたもので、当時三年生だったミホは、児童の親たちがもっこを担《かつ》いだりティルと呼ばれる背負い籠で砂を運んだりするのを見た記憶があるという。

その日は島内の民宿に泊まった。翌日、東京に帰るために奄美空港に向かう途中、ミホの家に挨拶に寄った。押角の大平家の屋敷跡に行ったことを話し、「ご両親のお墓にも参ってきました」と言うと、彼女の顔色が変わった。

「え、行かれたんですか？　大平の墓に？」

なぜそんなことをしたのかと詰問《きつもん》するような口調である。意外な反応に戸惑った。それまでのインタビューで、ミホは大平の両親への愛情と感謝を繰り返し語っていたからだ。ミホを喜ばせるために参ったわけではないが、まさか機嫌を損じるとは思わなかったのである。

大平夫妻とミホは普通では考えられないほど強い絆《きずな》で結ばれた親子だった。それを誰よりもよく知っていたのは島尾である。

私の妻はその父と母について私にはとても想像もつかぬほどの思慕の情を寄せてきた。思慕と言っても適切ではなく、まるで半ばは自分の片身に対する没入のような具合いにであった。子どもが生まれてそちらにきもちが傾くまではジュウとアンマ（島の方言で父と母）の思い出を語ってはさめざめと泣かぬ日とてなかった。それとても、私にはふしぎなことばかり、離島の片隅でおそくまで残っていた封建感情にまぶされた昔気質な習俗が（その中では小王国下で育った南島人のおおらかな生活感情も横溢させて）、生きた化石のように展開されていたのだが、中でも妻がジュウからもアンマからも一度も叱られた記憶がないなどときかされても、急にはそのままに受けとることがためらわれたほどであった。

（『波』昭和五十二年一月号「私の中の日本人――大平文一郎」より）

両親から一度も叱られたことがないという話はミホ自身も書いており、私も本人から直接聞いたことがある。彼女の母（養母の吉鶴）はいつも「あなたはただ元気で生きていてくれればそれでいい」と言い、使用人にも「決してミホを叱らないように。叱って病気にでもなったら困りますから」と指示していたという。

島尾が書いているように、ミホの両親への追慕の念は、常人の感覚では理解しかねるような深さと激しさがあった。それだけに、私の墓参が不快な様子だったことが意外だった。そのあと彼女は気を取り直したように見えたが、私が辞去するまで、それまでとは違う、どことなく冷たい態度だった。取材を中止してほしいという連絡があったのは、その半月後である。

断りの電話があったことを編集者から聞いたとき、墓参りの一件が関係しているかもしれないと直感的に思った。あのとき彼女の顔色が変わったことを思い出したからである。あれはやはり普通ではない反応だった。

ではなぜ墓参りがいけなかったのか。おそらく墓誌などから養女であることが知れるのを怖《おそ》れたのではないだろうか。墓誌には生年と没年が刻まれる。私が大平夫妻の正確な年齢を知ったのもこのときの墓参りで墓誌を見てのことで、大平文一郎は一八六八年生まれ、妻の吉鶴は一八六九年生まれだとわかった。一九一九年生まれのミホと吉鶴との年齢差は五十歳。まず親子ではありえない。

ミホが「墓」に反応したのは、島尾が旅先でよく墓地を巡っていたことにも関係していると思われる。ミホは私とのインタビューの中でこう言ったことがある。

「島尾は大学で東洋史学を専攻し、新婚時代には神戸山手女子専門学校と神戸市立外事専門学校で歴史を教えておりましたので、歴史家の一面がありました。本に書かれていることを鵜呑《うの》みにするのではなく、自分の目と足で調べることが大事だという考えで、ある土地のことを調べるには墓地へ行って墓誌を書きとるのがよいと言っておりました。沖縄の歴史に興味を持っていまして、一緒に彼の地に参りましたときも、古い墓地をずいぶん廻りました」

また、長男の伸三は『小高へ　父 島尾敏雄への旅』（平成二十年刊）の中で、一緒に沖縄旅行に行ったとき、父親が墓石に刻まれた字をノートに書き写して系図を作っていたと書いている。島尾自身も、「名瀬だより」をはじめとするいくつかの文章で、ある地域のことを調べるとき、はっきりした史料が見つからない場合は墓石の碑銘を調べればおおよその見当がつくという趣旨のことを書いている。そうした話を聞かされていたミホはなおさら私が墓に行ったと聞いて警戒心を持ったのではないだろうか。

島尾はミホの意志を尊重し、養女であることを公にしなかったようだ。昭和四十八年の奥野健男との対談に、奥野がミホの実家について話そうとして、「長田さんというのは、あそこの押角の」と言いかけたのを、島尾が「大平だ」とさえぎる場面がある（「島尾敏雄の原風景」）。そのあと奥野は「あっ、長田さんは違うわけか。あれは親戚になるわけですか」と、戸惑った様子で話を合わせている。この対談は奄美大島の名瀬で行われ、奥野が奄美を訪れるのは三回目と書かれているから、ミホの実家が長田家であることをそれまでにどこかで耳にしていたのだろう。

ほかの島尾文学の研究者でも、奄美で聞き取りをした人ならミホが養女であることを知っていたろうが、ミホの生前に発表された文章でこの件に触れているのは、私が調べた限りでは、對馬勝淑『島尾敏雄論——日常的非日常の文学——』（平成二年刊）のみである。

ただ島尾は、加計呂麻島での体験をもとに書いた初期の作品「島の果て」（昭和二十三年、同人雑誌『ＶＩＫＩＮＧ』に掲載されたが、執筆時期は昭和二十年の末から二十一年にかけてで、ミホが奄美からやってくるのを待つ中で書き始められている）の中で、ミホをモデルとしたトエという島の娘について「二、三の年寄たちは、トエがこの部落の生れの者でないことを知って居りました」「トエは本当は貰われ子だったのです。それは年とった二、三の部落びとだけが知っていた秘密でした」と書いている。島尾はこのように、ほかの場所では公にしていない事実を小説の中に紛れ込ませることを、『死の棘』などの作品でもしばしば行っている。

それにしてもミホはなぜ、養女であることをかたくなに隠そうとしたのだろうか。私は最初、大平家が格の高い名家であり、それをミホが誇りとしているからではないかと思った。しかし、土地の人たちから聞いたところでは、ミホの生家である長田家も由緒《ゆいしょ》あるユカリッチュであり、ノロの家系でもある。大平家より格下ということは決してないとのことだった。また、ミホは長田家側の親類と疎遠だったわけではなく、『死の棘』にも登場する、何かにつけてミホとその家族の力になってくれた東京在住の「ウジッカ」（おじさん）は、実父の弟に当たる人物である。

ではどのような思いからミホは「大平家の娘」であることに執着したのか。

ミホは生後一か月で実母と奄美に移って以来、実父と同じ屋根の下で暮らすことはなかったが、上京して目黒の日出高等女学校に通った十代の生活は、東京にいた実父の管理下にあった。この時期のことをミホはまったくと言っていいほど書いたり語ったりしていない。

島尾伸三によれば、ミホの実父は当時、神田の万世橋で「萬世軒」という大衆料理店を共同経営しており、ミホは東京の旧制高輪中学に進学していた兄の暢之とともに、その店の二階に寝泊まりしていた。父は近くで女性と暮らしており、ミホは毎月そこへ出かけていって月謝を受け取っていたという。

東京でのミホは、本名である長田姓を名乗っていた。高等女学校の級友たちから「オサコー」と呼ばれていたが、これは長田という姓からきた綽名《あだな》である。

小説『死の棘』や同時期の島尾の日記に見られるミホは、童女のように純粋な面と、自分から言い出して銀座のバーに勤めたり、探偵社を使って夫の行状を調べるような世慣れた面とを持っている。相反する個性が共存していることはミホの魅力でもあるが、それは加計呂麻島での幼少期と東京で暮らした思春期があまりにもかけ離れた環境であったことと無関係ではない。

加計呂麻島には養父の大平文一郎がおり、東京には実父の長田實之がいた。ミホの精神形成に大きな影響を与えたのは、それぞれの土地を象徴するような「二人の父」の存在だった。

第二章　二人の父

六歳ごろのミホと、養父母の大平文一郎・吉鶴夫妻。

一

ミホの出自を端的に説明するために、評論家や研究者が好んで使ってきたのが「南島の巫女」という言葉だが、もうひとつ「島長《しまおさ》の娘」という形容もなされてきた。この表現を最初に用いたのは奥野健男である。「島長」という語のもつ前近代的なイメージは、奥野が唱え、多くの論者が踏襲した〈島尾＝近代的インテリ、ミホ＝古代そのままの自然人〉という構図を補強する役割を果たしてきた。しかし、ミホが生まれた大正中期の奄美群島における「島長」とは具体的にどのような地位、立場を指すのかといえば、それは曖昧《あいまい》なままで、奄美の歴史や文化にもとづいた説明がなされることはなかった。では言われてきたところの「島長」、つまりミホの養父・大平文一郎は、実際にはどんな人物だったのだろうか。

大正八（一九一九）年生まれのミホは、二歳のとき、実母の実家があった奄美大島の瀬留から加計呂麻島の押角にやってきた。実父の姉の嫁ぎ先である大平家の養女となったのである。

彼女の幼少期と少女期にあたる大正末期から昭和初期にかけての大平家の生活を知りたいと思った私は、最初のインタビューのとき、「ミホさんが子供のころ、お父さまは何をなさっていましたか」と訊《き》いてみた。すると彼女は笑って「なーんにもしておりませんでした」と答えた。

「書院の表座敷に座って、書をしたためておりました。あとは漢籍を読んでいましたね。いわゆる仕事というものをしているところを見たことはありません。若いころは、いろいろな事業に手を染めたようですが」

ミホの養父・大平文一郎は、明治元（一八六八）年、奄美群島の加計呂麻島に生まれた。のちに詳しく述べるが、大平家は琉球士族を祖先に持つユカリッチュの一族である。

郷校と呼ばれた初等教育機関が奄美大島の久慈に開設されたのは文一郎が六歳になったころで、スミスリベ（墨磨《すみす》り係）を連れ、六人の若者が漕《こ》ぐ板付け舟（小型の木造舟）で大島海峡を渡って通ったという。

その後、鹿児島、熊本、長崎で学び、京都に出て同志社大学の前身である同志社英学校に進む。卒業後は奄美大島の名瀬にあった島庁に勤務したが、二十五歳のとき母に乞《こ》われて加計呂麻島に戻った。その後は戸長や村長をつとめながら、さまざまな事業を試みた。ノルウェー人の砲手を雇って捕鯨会社を作ったこともあれば、鰹《かつお》の加工会社を起こしたこともあった。樟脳《しょうのう》を作るために楠《くすのき》を植林し、また島の豊富な森林資源を生かしてシベリア鉄道の枕木《まくらぎ》を輸出する事業を計画してロシアに渡りもした。しかしいずれも利益を上げるところまではいかず、最後に手がけたのが真珠の養殖だった。ミホの記憶にあるのは、物心ついたときわずかに施設が残っていたこの事業だけである。ミホと文一郎の年齢差は五十一歳であるから、文一郎は五十代の後半になるまでにほとんどの事業に挫折《ざせつ》していたことになる。

真珠の養殖事業で文一郎が目指したのは、奄美が生息の北限であるマベ貝を使って真珠を作ることだった。三重県の志摩から技術者を招いて研究を重ね、ときには調査のためにみずから南洋の島々に赴くこともあった。のちにミホが島尾と結婚するため闇船で加計呂麻島を発《た》ったとき、文一郎は袋いっぱいの真珠を持たせて送り出したが、それはこの時代に南洋で買い集めたものだった。

養殖事業は、カフスボタンやブローチなどに使われる半円の真珠は成功したが、真円のものを作ることは最後までできなかったという(マベ貝から真円の真珠を作ることが可能になったのは近年のことで、技術的に難しいため現在もあまり行われていない)。核を植え付けるためのマベ貝を海底から採取してくるのは、沖縄の久高島《くだかじま》から来ている漁師たちだった。その親方であるナベという男から買い取った貝を文一郎が開けてみると、すでに核入れ手術が施してあり、文一郎の養殖場から盗んできたものだとわかった話が『海辺の生と死』の中に出てくる（「真珠――父のために」）。親方はこうした行為を何度も繰り返したが、文一郎はいつも笑って許した。「ナベ親方は狡い人」とミホが言うと、「心のせまいことを言ってはなりません」と言ってミホの胸を撫《な》でてくれたという。

あるとき親方は、ほとんど真珠ができかけた大量のマベ貝を文一郎の養殖場から盗み、大阪からきた商人に売り払おうとして警察につかまった。加計呂麻島の対岸の古仁屋の町にある警察署まで出かけていった文一郎は親方を放免してくれるよう頼み、身柄をもらい下げてきたという。その夜、すっかりしょげかえったナベ親方を、ミホの養母・吉鶴はご馳走を作ってなぐさめ、酒をすすめてもてなした。「父や母はどんな不都合に出合っても、いつもにこにこ笑っていました」とミホは書いている。

にわかには信じかねるような浮世離れしたエピソードは数限りなくあったようで、島尾はエッセイ「私の中の日本人――大平文一郎」（『波』昭和五十二年一月号）の中で、「妻が語る彼女の父についての意表外の挿話は、とてもここで書きつくすことはできないが、それを集成すればおそらく私にとってほかに見かけたことのない一日本列島人の像があらわれてくるのではなかろうか」と書いている。

神戸に嫁いだのち、ミホは昼食時になると決まって両親の話を繰り返し、島を懐《なつ》かしんで涙した。島尾は同居する父や弟、家政婦などに「この人の日課ですから我慢して聞いてやってください」と言っていたという。

では島尾自身の目に、文一郎はどのように映ったのだろうか。戦時中、大平家の屋敷で、初めて向かい合って話をしたときの島尾の印象を、同じエッセイから引用する。

あのあたりの民家に一般の、茅葺き分け棟の造りながら、由緒ありげな書院と呼ばれる建て物の来客用の座敷で文一郎八十翁にはじめて会った時は、何と立派な老人だろう！と私は感嘆したのだった。口のまわりから顎のあたりにかけての白いひげ、鼻梁の高い品のよい顔立ちといい、何よりも目が大きく深く、やさしさにあふれていた。最初の印象で狷介な漢学者か識見の高い読書人だと思った私は、こんな離島のそのまた離れの草深い田舎に住む老人とはどうしても思えなかった。読書人は田舎に住まぬと考えるのもおかしなことだけれど、田舎の土臭さが少しも感じられずにびっくりしたのだった。（「私の中の日本人──大平文一郎」より）

文中に「八十翁」とあるが、これは文一郎が当時、書状などにそう署名していたもので、実際は七十代の後半であった。続く文章の中で島尾は、文一郎とミホの父娘関係について、こう書いている。

そして娘を呼ぶときの愛情にあふれた静かな声音にいっそう驚きを深くした。自分の娘をこんなにやさしく呼ぶ父親の声をきいたことがない、とそのとき私は思った。ややからだを斜めうしろに向けた彼が、ボーイ、ボーイと静かにゆっくりと奥の方に呼びかけると、渡り廊下でつながった別棟の中家をはさんだ遠くのトーグラ（台所の棟）のあたりから、彼の娘がしめった足音をたてて近づいて来るのがわかった。愛情をあんなにかくさずに表わせることを私は知らなかった。しかも彼の体躯は肩幅もがっしりしていて、容貌にも老人ながら男らしいにおいがただよっていた。自分のひとり娘を男の子に見たてていつも坊、坊と呼びかけていたその調子が私には世にもやさしくきこえたのだった。（中略）「ボーイ、ボーイ、タイチョウサンガ、オカワリノゴショモウダヨ」とどこまでもやわらかい、しかし男くさい声でトーグラに居る娘に呼びかけていた声が、そのとき聞き流していたよりももっと深い味わいが加わりまさって甦ってくる。（同前）

この文章を私が目にしたのはミホが没したあとのことだが、一読して、インタビューのとき彼女がなつかしげに言った「父は私を、ボーイ、と呼んでおりました」という言葉がよみがえった。それは英語のＢＯＹでしょうか、と私が訊くと、彼女はそうですと頷《うなず》いたのだった。

「戦時中、島尾が初めて家に来ましたとき、父が奥に向かってボーイ、ボーイ、と呼びかけるのを聞いて、この家ではボーイさんを使っているのかと思ったんですって(笑)。そうしたら私が出てきたのでびっくりしたと言っていました」

ミホから話を聞いたときは、娘に「ボーイ」と呼びかける父親というものをなかなか想像できなかったが、島尾の文章を読んで、なるほど当時の父娘の雰囲気はこのようなものだったのかと思った。島尾が書いているように、「ボーイ」は、「坊」だったのかもしれない。もっとも、このときミホはもう二十五歳になっていたのだが。

大平家の跡継ぎとして引き取られたミホは、男の子のように育てられた一面がある。文一郎は小学校入学前からミホに漢詩を読み聞かせ、記紀の物語を教えたという。食事は父と二人で向かい合ってとり、母はかたわらで給仕をした。ただし厳しく育てられたわけではない。どんなときも父母は優しく、ひたすらに娘をいつくしんだ。両親が声を荒らげるのを聞いたことは一度もないという。

「礼儀作法は教えられましたけれど、それ以外では、ほんとうに甘やかされて育ったんです」

先祖から伝わるノロの衣裳《いしょう》や装身具、祭祀《さいし》の道具などを引っぱり出してままごと遊びに使っても咎《とが》められたことはない。ガラスの勾玉《まがたま》がついた首飾りをぐるぐると首に巻きつけ、魔よけのための三角形の布（蝶を意味する）が縫いつけられたドゥギン（胴着）

の裾《すそ》を引きずって歩いた。

「それでも何も言われませんでしたので、それが貴重なものだということは、ずいぶんあとになるまで気がつきませんでした。……私には、してはいけないことはありませんでしたの」

こんなエピソードもある。東京の高等女学校を卒業して島に帰ってきたころのことだ。

「朝起きて、顔を洗うのに井戸端に行きますでしょ。うちで使っていた人がいつも水を汲《く》んでくれるんですけど、その人がなかなか来ないとき、私、ずっと立って待っているんです。自分で汲もうとは思わないんですね。見かねた父が汲んであげようかと言ってくれても、『いいえ、いいです』って、いつまでもじーっとそこに立っている。そんな調子でした。そのときはもう二十歳《はたち》近かったんですけどねえ（笑）」

何の屈託もなく、わがままいっぱいに育ったとミホは言った。父母と暮らした日々の中で、嫌だと思うことをしなければならなかった経験はただの一度もないという。

島尾はそれまでに知っているどんな親子とも異なるこの父と娘の関係に強い印象を受けたのだろう。のちに文一郎を小説に描くことを試みている。戦後の昭和二十一（一九四六）年一月二十一日の日記に「大平文一郎翁を童話に仕上げることはさう困難ではないやうに思つた」とあり、昭和二十五（一九五〇）年六月から、同人雑誌『VIKING』に「ソテツ島の慈父」と題する小説の連載を始めている。文一郎が押角で没した四か月後のことで、追悼の意味があったのかもしれない。

加計呂麻島を思わせる南島を舞台に、若いころは都会で学問をし、島に帰ってからはいくつもの事業をしたが、いまは隠居の身である文主《ブンシュ》じいさん（文一郎）、文主じいさん夫婦に赤ん坊のときから育てられた理恵（ミホ）、そして島にやってきた軍隊の兵士、修吉（島尾）が登場するメルヘン風の作品である（この作品で、ミホがモデルである理恵は、文主じいさんに引き取られた孤児として描かれている）。連載は二回で中断し、結局は未完に終わったが、島尾が文一郎の存在に心をひかれていたのは確かだろう。

本土では誰も知らないような南の果ての離れ島に生まれた人物が、端倪《たんげい》すべからざる教養人であり、また、次々に手がけた事業がすべて失敗し、他人に騙《だま》されるようなことがあっても「いつもにこにこ笑って」いることのできる人格者でありえたこと。それはそのまま大平家の財力と地位の高さをあらわしている。

文一郎は押角とその周辺の人々から「ウンジュ」と呼ばれていた。「旦那《だんな》さま、というくらいの意味です」とミホは言っていたが、こう呼ばれていたのは、集落で文一郎だけである。戦時中、押角国民学校に通っていた池田敏子に「ウンジュ」のもともとの意味を尋ねると、「漢字で書けば〝恩慈父〟でしょうね。ウンジュのジュは、島言葉で父（ジュウ）のことです」という答えが返ってきた。島尾も同様に慈父の字を当て、日記の中で「上慈父《ウンジュウ》」と表記している（昭和二十一年九月二日）。また、戦時中に島尾の従卒であった沖縄出身の山城漢栄は、戦後の回想記で「ウンジュ」に「雲上」の字を当てている（『新沖縄文学』昭和六十二年三月号「山城従兵の見た島尾隊長の素顔」）。実際の語源はともかくとして、各人が当てた漢字からは、文一郎が集落の中でどのような位置にあったかが伝わってくる。

島尾は大平家について「その家は家内の者が敬称の意味の普通名詞だけで呼ばれるような（それは村落のなかで一軒だけだったが）、そんな家であった」と書いている（『新潮』平成十年二月号「妻のふるさと」）。文一郎が「ウンジュ」であったように、妻の吉鶴はただ「アシェ（母）」と呼ばれた。ミホは「カナ（愛し子《いとこ》）」である。本土の言葉で説明しようとすれば、ミホが言ったように、それぞれ旦那さま、奥さま、お嬢さまというう、ごく普通の敬称になるが、集落の人々にとっては、長い時間の中で地層のように積み重なった敬意と、子が親を慕うような親しみがないまぜになった呼びかけであった。

文一郎の仕事を尋ねたとき、「なーんにもしておりませんでした」と言って笑ったミホの声には、誇らしさのニュアンスがあった。何もせず、何も生み出さなくとも、いるだけで尊敬される存在で父があったことへの誇りである。

「押角会」の集まりで文一郎の話が出たとき、七十代の人たちの何人かが、文一郎の辞世を憶《おぼ》えていたことに驚いた。その場で暗誦《あんしょう》して教えてくれたのは、宮地正治である。

「〝願わくは楠の蔭《かげ》にて永らえん花のかずかず咲き揃《そろ》うまで〟。――ウンジュは樟脳を作るために山に何百本も楠を植えたんです。その林が、私が子供のころにはまだありました。清水が流れていて気持ちのいいところでしたよ」

この辞世を宮地が知ったのは、文一郎が亡くなったとき小学校の教師が黒板に書いたからだ。宮地は、立派な人は死ぬ前に歌を詠むのだと知って感激し、自分もいつか死ぬときが来たら、ウンジュのような辞世を詠もうと子供心に決心したという。文一郎が亡くなったのは昭和二十五年のことである。戦争が終わって五年がたち、民主主義一色の世の中になってもなお、集落の人たちの「ウンジュ」への敬意は失われていなかったことがわかる。

島尾は、大平家の人々が「ウンジュ」「アシェ」「カナ」と呼ばれていたことについて「これは奄美群島のなかでも、より多くの古さを残している場所にだけ目立つ習慣であって、この島々のたどった過去を知らなければとうてい理解しにくい」（「妻のふるさと」）と書いている。昭和の時代になってなお、押角の人々が大平家に寄せていた、どこか昔風の崇敬の念。それを理解するには、島尾が言うように、奄美がたどった特異な歴史を、ひととおり知っておく必要がある。

大平家がユカリッチュと呼ばれる家系であることはすでに書いた。ミホの実父・実母の家系もそうである。奄美独特のこの階層はどのようにして生まれたのだろうか。

沖縄を統一した王家である尚氏《しょう》が奄美に侵攻し、支配下に置いたのは一四四〇年前後のこととされる。それまで奄美では、按司《あじ》と呼ばれる支配層（豪族）が各地域を治めていた。

琉球王国は、奄美を統治するために「間切《まぎり》」という行政区画を設定し、奄美群島全体を十五の間切に分けた。それぞれの間切には、大屋子《おおやこ》あるいは大親《うふや》と呼ばれる長官職が置かれた。任命されたのは、琉球王国から派遣されてきた、親方《うえかた》と呼ばれる士族（サムレー）出身の大名である。祭祀をつかさどるノロも琉球王国によって任命されたが、ほとんどの場合、大屋子や大親の一族の女性がその任についた。そのため、大屋子・大親の家系とノロの家系は重なることが多い。

琉球からやってきた親方の子孫のうち、奄美に土着した人々は、分散して各地域を治めるようになった。もともとの奄美の支配層（豪族）と婚姻を通して混ざり合うこともあったとされる。こうして成立した支配階層がユカリッチュである。

昭和二十九（一九五四）年十一月三日の島尾の日記に「ミホの父系にも母系にも喜志《きし》統《とう》の血がはいっている」という記述があるが、この「喜志統」とは、琉球王国から派遣された親方のうちの一人、喜志統親方のことである。

喜志統親方の一族については詳細な系図が残っている。『奄美大島諸家系譜集』（昭和五十五年刊）の編者・亀井勝信の記述によれば、のちに琉球に侵攻し奄美を支配下に置いた薩摩藩が、元禄《げんろく》六（一六九三）年と宝永三（一七〇六）年に、各家に伝わった系図や古文書を取り上げて焼却したが、喜志統親方の末裔《まつえい》の家に系図を箱に収めて土に埋め隠匿《いんとく》した者がいたため後世に残ったという。

この『奄美大島諸家系譜集』を私が閲覧したのは、古仁屋にある瀬戸内町立図書館である。奄美のおもだった旧家の系図が収録されている本で、喜志統親方に始まる系図はその最初に載っていた。複雑に枝分かれした系図は、いくつもの家系を含み、膨大な数の名前が記されている。辛抱強くたどっていくと、そのうちのひとつの家系の末端に大平文一郎の名を見つけることができた。島尾が日記に書いた「父系にも母系にも」とは、ミホの実父母の家系を指すと思われるが、養父である大平文一郎の家も、十五世紀までさかのぼれば、有力な親方であった喜志統親方にたどりつく家系に属していたことがわかる。

なお、ミホは平成四（一九九二）年のエッセイの中で「父の家の系図を辿り遡れば、その先は南山城主の南山王に辿り着くと聞かされていた」と書いている（『新沖縄文学』第94号「琉球との縁由」）。この「父の家」とは大平家のことだ。南山王国は十四世紀から十五世紀にかけての三山時代に琉球の南部を治めたが、一四二九年に中山王国によって滅ぼされた。一四一六年にはすでに北山王国も滅ぼしていた中山王国がこれによって琉球統一を果たすことになったのだが、ミホはある研究者から、南山王の末裔がのちに中山王に仕え、更にその子孫が奄美大親職として任地に土着したと教えられたという。琉球が支配した時代（那覇世《なはんゆ》という）は、およそ百五十年間続いた。一六〇九年、島津氏が琉球に侵攻すると、奄美は薩摩藩の蔵入地（直轄領《ちょっかつりょう》）となる。公式には琉球王国領のままだったが、実質的には王国から切り離され、薩摩藩の支配下に入ったのである。大和世《やまとゆ》と呼ばれる時代の始まりであった。

薩摩藩からは、二年交替で奉行（のちに代官）とそれに付き従う附役が派遣された。間切はそのまま存続し、それまで間切内の各地域を治めていたユカリッチュや、薩摩からの役人やその末裔などが、与人《よひと》や横目、目指などと呼ばれる島役人に任ぜられた。琉球王国にルーツを持つ支配層だけでなく、薩摩から来た近世以降の支配層や、サトウキビ栽培で富をなした分限者もまたユカリッチュと呼ばれる。

私が押角で墓参りをしたときに見た大平家の墓誌は寛永年間（一六二四〜四四）からのものだったが、明治初期までに没した人の中に「与人」「与人格」という肩書きのある名前が複数あった。大平家が加計呂麻島の押角を中心とする地域の与人をつとめた家系であることがわかる。与人は島役人の最高位で、奄美全体で二八人しかいなかった。

大平家は同時にノロの家系でもあり、行政と宗教の両面でこの地域を治めてきたのだった。薩摩藩はノロ信仰を禁止したが、ノロは集落の守り神として強い影響力を持っていたため、住民の信仰心は容易には消えなかった。薩摩藩は神事を制限するなどしてノロ信仰を弾圧する一方で、ノロの存在を自分たちの支配の枠組みの中に取り込もうとした形跡も見られる。ノロと、薩摩から来た大和人との結婚を認めたのもその一例で、ノロに対する敬意を利用して薩摩への反感を抑えようとしたのである。

薩摩藩がノロ信仰を禁じたのは、琉球王国との宗教的・文化的なつながりを絶ち、薩摩への帰属心を強めるためだったが、ノロの存在が奄美の農業の発展をはばんでいると考えたためでもある。ノロ信仰にはさまざまな禁忌があり、神が座す山や、泉の湧《わ》くところ、特定の浜や川などを聖なる場所として人々の出入りを禁止した。土地に人為的に改良を加えて耕地を広げようとするヤマト的な農業のやり方は、奄美の人々の土地に対する感覚とはなじまない部分があったのだ。

薩摩藩による奄美支配の過酷さは現在まで語り継がれているが、近世以降、奄美が苦難の道を歩まねばならなかった最大の理由は、サトウキビの産地であったことだ。市場価値の高い黒砂糖に目をつけた薩摩藩は、藩の財政を建て直すため、そして幕末には増大する軍事費のため、島尾の言葉を借りれば、奄美を〝砂糖島〟にしたのである。

米ではなく黒砂糖によって税を納めさせる制度（換糖上納制）が始まったのは延享《えんきょう》四（一七四七）年である。薩摩藩は米の生産をやめさせ、傾斜地などを除くすべての農地をサトウキビ畑にさせた。黒砂糖は藩が独占的に買い上げ、自由売買を許さなかった。

文政十三（一八三〇）年、天保《てんぽう》の改革が薩摩藩でも始まると、さらにきびしい政策がとられる。黒砂糖を隠れて売れば死罪、畑のサトウキビの切り株を少し高くしてキビの根本をしゃぶっただけで厳罰に処された。

薩摩藩は金銭の流通を禁じ、黒砂糖に対する支払いを、奄美だけで通用する羽書《はがき》と呼ばれる手形で行うようになる。こうして米やその他の生活必需品はすべて実質的に黒砂糖との交換となった。黒砂糖の買い上げ価格は藩が決めたが、それは不当に安いもので、大坂の市場で取引される価格の四分の一ほどだった。そのためサトウキビが不作になると島民は米が買えず、傾斜地などでわずかに作っていたサツマイモで命をつなぐしかなかった。そのサツマイモも不作の年には、蘇鉄《そてつ》から取れるでんぷんを粥《かゆ》などにして食べた。蘇鉄には毒があり、よく水にさらして処理しないと中毒を起こし、ときには死に至る。古くから飢饉《ききん》食だった蘇鉄だが、それさえも不足して満足に口にすることができず、餓死者が続出する年もあった。

山の多い奄美は耕作地が狭い。課せられた税を納められない者は、裕福な家に身売りして税を肩代わりしてもらうしかなかった。物品同様に売買されるこうした身分を「家人《ヤンチュ》」といい、主家でサトウキビの栽培や黒砂糖の生産に従事した。一種の債務奴隷《どれい》である家人の制度を薩摩藩は公認した。サトウキビ栽培の規模が大きくなるほど藩の収益も上がるからである。幕末には奄美の全人口の三分の一が家人であったといわれている。

こうして薩摩藩は、単一作物を大規模に栽培させて利益を得るプランテーション的な仕組みをととのえ、植民地経営に近い体制を作り上げた。奄美の黒砂糖によって薩摩藩が得た利益は莫大《ばくだい》だった。薩摩が明治維新に大きな役割を果たした背景には、奄美の黒砂糖で得た経済力があったのである。

明治五（一八七二）年に政府は人身売買を禁止し、解放運動を経て家人制度はなくなったが、奄美の窮状は変わらなかった。廃藩置県の際、黒砂糖の権益を失いたくなかった薩摩藩は、奄美を鹿児島県の一部とした。黒砂糖は全国的に自由売買となったが、明治政府に対して大きな権限を持っていた鹿児島県は実質的にこれを認めず、奄美の黒砂糖は県が作った商社の専売となったのである。

奄美の人々は反発し、黒砂糖の自由売買を求めて立ち上がった。のちに「勝手世騒《かってゆ》動」と呼ばれたこの運動のリーダーをつとめた丸田南里は、ミホの実母の家系の人である。鹿児島に請願に行った五五人が投獄される事件（西南戦争で西郷軍に参加することを条件に釈放され、三五人が従軍。戦死や帰途の海難などで死者が相次ぎ、ぶじ島に戻れた者は二三人だった）などを経て、鹿児島県による利潤独占の体制がようやく排除されたのは、明治二十年代以降のことである。その後も島民は、長年にわたる薩摩―鹿児島支配がもたらした高利の借金返済などに苦しみ、奄美の産業の近代化は大きく遅れることになった。

初代鹿児島県令（知事）であった大山綱良の「奄美は一等の産物を有しながら、一等の貧民に属す」という言葉の通り、本来大きな利益をもたらすはずの黒砂糖のために、奄美の人々は百五十年近い間、苦汁を嘗《な》めなければならなかったのである。

明治元年の生まれである文一郎は、新しい時代が来ても一向に変わらない奄美の苦しみを見て育った。富をもたらすはずの特産物サトウキビは、結局はプランテーション化して島民の自立を妨げることになった。また、換糖上納を強いられたことが、日本のほかの地域では見られない人身売買の制度を生み、貧富の差を広げる結果になった。

文一郎が二十五歳で加計呂麻島に帰ってきたあと、いくつもの事業を起こそうとしたことは先に書いた。ノルウェー人を雇っての捕鯨、鰹の加工会社、シベリア鉄道への枕木の輸出、楠を植林しての樟脳作り、マベ貝を使った真珠養殖——。一見すると目新しい事業に脈絡なく手を出したようにも思えるが、奄美の歴史を知れば、サトウキビに頼らない、奄美ならではの新しい産業を何とか生み出そうとする試行錯誤であったことがわかる。

アメリカとヨーロッパで学び、キリスト教の洗礼を受けて帰国した新島襄《にいじまじょう》が設立した同志社英学校は、自治自立、自由と人権、国際感覚の涵養《かんよう》などを理念としていた。設立間もないこの学校でいちはやく近代思想にふれた文一郎は、いまだに旧薩摩藩の圧政のもとで「一等の貧民」に甘んじている故郷の自立につながる仕事をしたいと考えたに違いない。

そう思って見れば、どの事業も、南島ならではの資源を生かして利益を生み出す可能性があるものである。鰹の加工は南洋群島、樟脳作りは台湾と、気候風土の似た島々で成功を収めていた産業だった。また、奄美が生息の北限であるマベ貝は、国内で真珠養殖に利用されるアコヤ貝より大きく、もし成功すれば本土では作れない大型の真珠を生産することができた。シベリアやノルウェーといった外国と取引をしようとしたのは、奄美を収奪してきた薩摩—鹿児島を経由せず、直接海外とつながるべきだと考えた結果だったのではないだろうか。

加計呂麻島には大正の末ごろから、ラシャ売りのロシア人や小間物売りの中国人などの外国人がしばしばやってくるようになり、その中には大平家に泊まって世話を受ける者もあった。ミホの話によれば、東京で高等女学校に通っているとき、目黒の権之助《ごんのすけ》坂を歩いていて、むかし加計呂麻島にやってきたロシア人のラシャ売りに偶然会ったことがあるという。貿易商として成功していたその人は、大平夫妻から受けた親切を忘れておらず、当時のお礼としてしばしばミホを邸宅に招いてご馳走してくれたそうだ。

南島では国境を越えて人や物が行き来した。文一郎の膨大な漢籍は、半分は京都、もう半分は中国から直接買ったものだったという。海に閉じこめられた孤島は、海によって世界とつながってもいたのである。そうした中で、本土の人々とはまた違った国際感覚を文一郎は身につけていた。青年時代の文一郎が抱いていたのは、薩摩—鹿児島に抑圧され続けてきた故郷を、近代という新しい時代に向けて解き放つという夢だったのではないだろうか。結局は挫折し、「何もしない」老後を送ることになったのだが。

ミホが育った時代にあっても、大平家が集落の人々から格別の敬意をもって扱われていたことについて、島尾はこう書いている。

妻の家は加計呂麻島の「良人《ユカッチュ》」（引用者註・ユカリッチュのこと）であった。御一新のあと「家人」の制度は禁止されその構造はくずれて行った。加計呂麻島などのようないっそうへんぴなところでは、その古い気分があとまで残った。一般に島々の「良人」は没落し、いわゆる解放された「家人」はエネルギッシュに向上した。両者のあいだに色々ないざこざが起らなかったわけではないが、幼なかった妻がそのいきさつに気付くことはなかった。父母の人柄もあって、その村落ではほとんど例外的な、良き日があったと考えられる。ウンジュやアシェのむらのなかでの社会的地位は、ほかの場所では考えられぬほどの高さがあった。

（「妻のふるさと」より）

ユカリッチュが権威をもっていた集落はすでに例外的であり、大平家が敬意をもって遇せられていたのは、ひとつには加計呂麻島が奄美の中でも「へんぴなところ」で、古くからの慣習や文化、宗教的な感情などが残っていたこと、もうひとつは「父母の人柄」のためだったという。

集落の人は誰でも自由に大平家の庭に入り、好きな花を剪《き》ってよいことになっていたと前に書いたが、ミホによれば大平家が所有する山も同様で、人々は自由に木を伐《き》り、薪にして売って現金収入を得ていたという。そうした事情について、島尾はこう説明している。

旧藩は島々の耕地をほとんど甘蔗畑にしてしまい、例外的にわずかの土地の私有を「良人」だけにしか認めなかったから御一新以後も私有地のほとんどが「ウンジュ」の所有であった。しかしそれは時としてむら全体の入会地のような性格ももった。「ウンジュ」の山なら、無断で木を伐ってもよかったし、又勝手に耕作し或いは蘇鉄を植えもした。無法な気分の向上者は、勝手にその土地の「筆」をいれて役場に登記した。ウンジュとアシェはそれらを見ないふりをして、真珠の養殖や捕鯨、樟脳製造、漁業等の事業を経営した。(同前)

ユカリッチュの家に生まれたというだけで得た富を、文一郎は多少なりとも集落に還元しようとしていたように見える。土地の登記を勝手に行う者がいた話は、奄美での取材のときに私も何度か耳にした。文一郎の鷹揚《おうよう》さにつけ込む者が少なくなかったことも、それでも文一郎が寛大さを失わなかったことも、当時の集落の人々はわかっていた。そうした人物だったからこそ「ウンジュ」として崇《あが》めたのだった。

十代で奄美を出て九州と京都で学んだ文一郎は、実質的には島にまだ訪れていなかった明治という近代をいちはやく経験していた。時代の階梯《かいてい》をわずかではあるが上った位置から故郷を見たとき、家人の労苦の上にユカリッチュの富が成立する構造の矛盾を痛感したに違いない。それは彼にとって、ひとつの負い目となったろう。

もうひとつ、大平家が重んじられた背景には、薩摩藩からの圧迫に苦しんだ時代が長かった奄美の人たちに、「那覇世」をなつかしむ気分があったことがあげられる。廃藩置県によって鹿児島県に組み入れられてからも、奄美の人々は「シマンシ（島ん衆）」などと呼ばれて鹿児島の人々から蔑視《べっし》されてきた。そのことへの反発も相まって、いわば〝由緒正しい支配者〟である大平家に肩入れする雰囲気が醸成された面もあったと思われる。

奄美の歴史や文化について書かれた島尾の著作は数多く、南島エッセイという一分野をなしている。南島への関心はやがて、後述する「ヤポネシア」の概念を生むことになるのだが、奄美の歴史を知ることは、島尾にとってはもともと、ミホの人格をはぐくんだ精神風土に近づくための行為だった。

死に場所になる予定だった奄美は、敗戦を機に、ともに生きる女性の故郷としてその後の人生で深く関わっていかなければならない場所になった。本土ではまだ奄美出身者が差別的な目で見られることがあった時代である。ミホを妻に迎えることを父親に納得してもらわなければならないという事情もあったのだろう、奄美がどのような歴史を背負った土地であるのかを、島尾は改めて学ぼうとした。その努力は復員直後から始められている。

島尾が神戸の実家に帰りついたのは昭和二十（一九四五）年九月十日だが、その二日後の九月十二日の日記に、五冊の本の書名が記されている。『琉球古代社会の研究』、『琉球神道記』、そして「島カラ持ツテ来タヽ三冊ノ本」であるという『奄美大島概史』、『麓幸雄著秘境の歌』、『大島郡郷土地理』。四冊目の著者、麓幸雄は昭和前期の奄美の社会活動家である。これらの書名を並べたあとに「ミンナミホノ血統ヲ知ルタメノ手ダテ也」と島尾は書いている。

翌二十一年一月二十八日の日記には、西郷隆盛の奄美大島時代の島妻であった愛加那《あいかな》について「どうして諸書はいくらか見下す眼で書いてゐるのか？ 又どうして諸書の記す所不一致なのか。こんなに近い人の事であるのに」とあり、翌二十九日には、林房雄の『西郷隆盛』の八、九巻（奄美大島時代を描いている）を読んだことが記されている。

島尾が愛加那にこだわったのは、彼女がミホの母方の一族の出であったからだ。

ミホと結婚し、『死の棘』に描かれた時期を経て奄美大島の名瀬に移住してからも島尾の奄美の風土と歴史への関心は途切れず、郷土史家の大山麟五郎などとともに「奄美郷土研究会」を発足させている。奄美の島々だけではなく、折々に沖縄や先島諸島を歩いた島尾は、やがて「ヤポネシア」という概念を生み出すに至った。〈日本＝中央集権国家としてのヤマト〉という考えを離れ、さまざまな文化をもつ島々のつらなりとして日本を捉《とら》え直し、それをヤポネシアと呼んだのである。離島だけでなく日本本土も「島」であると考え、本州島、四国島、九州島などと表記するようになる。

日本列島を、狭い海をへだてて大陸の端にくっついている存在と考えれば、つねに大陸と対峙《たいじ》している緊張感から逃れられない。大陸の方を向くのではなく、大洋に向かってひらかれた島々として列島を捉えれば、のびやかで解放された別の日本の姿が見えてくるのではないか――そう島尾は考えたのだった。

ヤポネシアを語るとき、島尾がしばしば言及するのが、南島には、本土の人々のもつ「固さ」がないということである。それは、島尾が南島に魅せられるきっかけとなった発見であった。

もう二十年以上も過ぎたことになるが、あの太平洋戦争の最中私がはじめてこの列島（引用者註・琉球列島）のひとつの島に海軍部隊に属して派遣されたときに、漠然とではあるが、この島々の文化の中には本土で感じられる、緊張と硬化でこねあげられた固さがないことに気づいた。（「奄美――日本の南島」より）

本土の人一般が持つ、表情にとぼしい堅さ（私はそれを近世武士の存在が大きな原因と思うが）を南島の人たちに見かけることはすくない。彼らは感情をすなおに表わし、豊かな表情を持っている。（「奄美・沖縄・本土」より）

このほかにも、本土の「固さ」と南島の「豊かさ・やわらかさ」を対比して語った文章は枚挙にいとまがない。

戦時中の加計呂麻島で、島尾がミホ以外にもっとも親しく交わった島民は大平文一郎である。「私はその晩年をほんのちらっと垣間見ただけの感受だけれども、大平文一郎の中にはヤマトの日本人には見受けることの少ない思いや考えがひそんでいたと思えて仕方がない」（「私の中の日本人」）と書いているように、島尾はヤマトとは違った知性のあり方を文一郎に見た。島尾のヤポネシア論のおおもとには、愛情を少しもかくさず、「どこまでもやわらかい、しかし男くさい声」で、ミホに「ボーイ」と呼びかけていた文一郎の存在がある。

引用した文章にもあるように、島尾は、日本人の持つ「固さ」の原因は近世以降の武士道にあり、それ以前の日本人は挙措にしても考え方にしてももっとのびやかで自由だったはずだと考えた。武士道というと日本独特のものという感じがするが、実は中国の儒教や禅宗などの考え方が入ってきて途中からできあがったものではないかというのだ。それ以前の、もともとの日本の姿を残しているのが南島であり、武士階級の育たなかった奄美の人々のほうがむしろ日本人の原質のようなものを保っているという仮説である。

そうした本来の日本人の姿を夢想しつつ、島尾はヤポネシアを語り続けた。そのとき島尾の頭にあったのは、加計呂麻島で出会った文一郎の残像だったのではないだろうか。

文一郎は集落の人たちにとって自分からは声をかけることのできない雲の上の存在だったが、妻の吉鶴は誰もが話しかけやすい雰囲気を持つ人だったようだ。ミホの『海辺の生と死』に収録された「鳥さし富秀」は、加計呂麻島で暮らす老母と三十過ぎの息子・富秀の話だが、ここに吉鶴のエピソードが出てくる。

富秀は楽器を作ったり鳥を摑《つか》まえたりするのは上手《うま》いが、畑仕事を手伝うわけでもなくぶらぶらしていた。そんな息子をしじゅう甘やかしている母親が、冬の真夜中、大平家の戸を叩《たた》く。

「ワーキャボー(わたしの坊)が砂糖黍を食べたいと申しますので、どうか、一、二本戴かせてください」

寝床から起き出して応対した吉鶴は裏庭から好きなだけ切っていくように言い、鎌のある場所を教えてやる。しばらくして母親が再び訪れ、「恐れ入りますが、ワーキャボーがこんどは黒砂糖を舐めたいと申しますので、どうか黒砂糖をすこし戴かせてください」と言うと、吉鶴は身支度をして提灯《ちょうちん》を持ち、別棟まで行って黒砂糖のかたまりを割って持たせてやるのだ。部屋に戻った吉鶴は、「こんな寒い夜更けに、六十の歳をとうに越した母親が三十の息子のためにねえ、親というものはねえ」としみじみひとりごとを言って床に入る。

ミホは「その頃は自分の家にないものは、よその家へ貰いにいくのはごくあたりまえのことでした」と書いているが、当時の大平家の集落内での地位を考えれば、夜中にわざわざ起き出して老母の頼みをきいてやる「アシェ」の気さくで温かな人柄は印象的である。大平家には島の外からもさまざまな人が訪れたが、吉鶴は分けへだてなく親切に面倒を見た。

文一郎は幼いミホに漢詩を読み聞かせたが、吉鶴は夜ごと添い寝をしながら奄美の昔話を語って聞かせた。歌うようなその抑揚にミホはいつしか眠りに誘われたという。ミホの帰りが遅いときは「ワーキャ、ミホヤ、ミリャンティナー（うちのミホをみかけませんでしたか）」と近所を尋ねて歩いた。その抑揚がいかにもやさしく、吉鶴独特のものだったので、集落の人たちは「アシェ言葉」と呼んでいたそうだ。ミホの島言葉の音楽的な美しさの源には吉鶴の語りがあるのかもしれない。奄美の古いしきたりや言い伝え、年中行事のもつ意味などを折にふれてミホに教えたのも吉鶴で、この養母を通じてミホは奄美の文化を心身に沁《し》みこませ、それに誇りをもつようになったのだった。

機織《はたお》りや縫い物、料理など、あらゆることに長《た》けていた吉鶴は集落の人たちから「アシェはティンゴヌカミ（器用な神）だ」と言われていた。機織りは集落の娘たちを集め、蚕から糸を引くところから教えていたという。裁縫は専門の雇い人がいたが、吉鶴本人も袴《はかま》を仕立てることのできる技術を持っていた。

ユカリッチュの奥様であるにもかかわらず吉鶴が機織りや裁縫に秀《ひい》でていたのは、これらの手仕事が、奄美の上流の女性たちにとって遊びの要素を含んでいたからである。つまり趣味のようなもので、ユカリッチュの女性の皆ができるとは限らないが、吉鶴は生来の好奇心と勘の良さでさまざまなことに興味を持ち、また上達したようだ。

大平家には、三人の住み込みの使用人のほかに通いで畑仕事をする者もおり、吉鶴が畑仕事や庭仕事をする必要はなかったが、彼女は好んで地豆（南京豆）掘りや草引きなどの作業をした。海に入って魚を捕ることも好きで、とりわけ蛸《たこ》を捕るのが得意だったという。海の恵みが豊かな加計呂麻島では、引き潮の浜に出れば誰でも容易に小魚や貝を採ることができる。吉鶴が亡《な》くなったのは昭和十九（一九四四）年七月のことで、貝採りをしていたときに心臓発作を起こしたのだった。見つかったとき、ティル（籠《かご》）を背負った姿で、潮が満ちてきた海の中で立ったまま揺れていたという。

吉鶴が亡くなったのは、四か月後に島尾隊がやってくることになる呑之浦への、海からの進入路にあたる場所である。アメリカの艦隊が加計呂麻島を素通りし、島尾が出撃しなくてすんだのは、母が海に立ちふさがって止めてくれたからだとミホは言った。

「私の幸福のためなら、どんなことでもしてくれる母でした」

インタビューのとき、養父母の愛情に満たされて暮らした日々の思い出を、ミホはいつまでも語りやめなかった。しかし、東京で過ごした十二歳からの高等女学校時代については、自分から語ることはなく、私の質問に言葉少なに答えるだけだった。東京での生活は、ユートピアのような加計呂麻島での日々とはあまりにもかけ離れたものだったのだ。

二

昭和七（一九三二）年春、加計呂麻島の押角尋常小学校を卒業したミホは、東京・目黒の日出《ひので》高等女学校に進んだ。日出高等女学校は明治三十六（一九〇三）年に高輪裁縫学校として開設され、大正十（一九二一）年に高等女学校に昇格した学校である。

東京には兄の長田暢之がいた。大正七（一九一八）年生まれの暢之は、ミホより二年早く上京し、旧制高輪中学に通っていた。ミホとは一歳違いだが、早生まれのため学年は二年上になる。

暢之が暮らしていたのは、暢之とミホの実父である長田實之が知人と経営していた万世橋近くの大衆料理店「萬世軒」の二階で、ミホもここで生活することになった。私がミホにインタビューしたとき、彼女は東京での住まいを「親戚《しんせき》の家」とだけ話し、料理店の二階で暮らしていたことにも、兄と一緒だったことにも一切ふれることがなかった。ミホは大平家のひとり娘ということになっており、実父の存在はもとより兄がいることも公《おおやけ》にしていなかった。

ミホは東京での生活についてほとんど書いたり語ったりしていない。生前に本人が公表しているのは、小学校卒業後、東京の日出高等女学校に進み、卒業後は植物学者の北島君三博士の研究所で手伝いをしたことと、昭和十三（一九三八）年に病気のため加計呂麻島に帰ったことのみである。私がインタビューしたときも、学校生活の思い出については話してくれたものの、どのような日常生活を送っていたかを具体的に語ることはなかった。

東京時代のミホを知る手だてとなったのは、兄・暢之の夫人である長田英世の話である。昭和四十五（一九七〇）年に死去した暢之は生前、ミホと万世橋で生活していたころのことを夫人に語っていた。長崎県佐世保市の自宅を訪ねて話を聞かせてもらったのは平成二十五（二〇一三）年一月である。英世夫人を紹介してくれたのは島尾伸三で、佐世保に同行してくれた彼からも、かつてミホ本人から直接聞いたという東京時代のエピソードを聞くことができた。そこからわかったのは、ミホの東京での境遇が決して恵まれたものではなかったことである。集落の人々から特別な扱いを受け、何不自由ないお嬢様として育った加計呂麻島での日々とはかけ離れた生活をミホは送っていた。

もうひとつ意外な事実がわかった。ミホは病気で島に帰る前に朝鮮半島に渡っていた。そこには婚約者の青年がいたのである。以下に記す東京でのミホの生活は、生前のインタビューで本人から聞いた話と、英世夫人、島尾伸三、および他の親類への取材をもとにしている。英世夫人や親類の家に保管されていた書類や写真、またミホの没後に発見された東京時代の写真も手がかりとなった。

まずはミホが遠く離れた東京の高等女学校に進学した経緯である。奄美に高等女学校がなかったわけではなく、奄美大島の名瀬（現在の奄美市）に大島高等女学校と奄美高等女学校の二校があった。大島高等女学校はカトリック系の私立校で、開校は大正十三（一九二四）年。奄美で最初の高等女学校である。しかし軍部の主導で大正十一（一九二二）年ごろから始まったカトリック排撃運動の標的となり、創立からわずか十年後の昭和九（一九三四）年に廃校に追い込まれた。ミホが小学校を卒業したのはその二年前の昭和七年だが、当時すでにカトリック排撃運動はピークを迎えようとしていた。実母の一族が明治期からの熱心なカトリック教徒で、幼児洗礼を受けているミホだが、養女となった大平家はカトリックではなく、混乱のさなかにあったこの学校にミホが進む選択肢はなかったと思われる。

一方、奄美高等女学校は、大正六（一九一七）年に村立名瀬実科高等女学校として創立され、同十二（一九二三）年に町立に、昭和五（一九三〇）年には鹿児島県立となり、実科高等女学校（おもに家政に関する科目を学ぶ）から高等女学校に昇格している。こちらはミホの進学に適していたはずである。

加計呂麻島の押角から名瀬までは、現在でも船と車を乗りついで三時間以上かかる。当時は山中の村などで一泊していたというから、自宅から通うことはむずかしかったろう。しかし本土に渡るよりは、大島本島の親類宅に寄宿するほうが親子とも安心だったはずだ。それが東京の学校に進むことになったのは、ミホの実父・實之が当時、東京で生活していたためだった。

実母のマスが亡くなったあと、二人を引き取って面倒を見たのはマスの妹の林ハルである。ミホはその後、二歳で大平家の養女となって加計呂麻島の押角へ行ったが、暢之はそのまま瀬留のハルのもとで育てられた。

ミホが生まれたころは鹿児島市で警察官をしていた実父の實之は、マスの没後、東京に移住している。東京でどのような仕事をしていたのかは不明で、ミホが上京したころは萬世軒の共同経営者になっていたわけだが、これが本業だったかどうかはわからない。警察官は辞めておらず、警視庁の特別高等課（のちの特別高等警察）に所属していたのではないかと話す親戚もいる。

　實之は神田で女性と暮らしていた。籍には入っていないが妻同然だったその女性（芸者だったという）が、子供には東京で教育を受けさせたほうがいいと實之に勧め、まずは瀬留の尋常小学校を出た暢之が呼び寄せられて旧制高輪中学に進学した。このとき女性が瀬留まで暢之を連れにきたという。二年後にミホが尋常小学校を卒業すると、「奄美で機織りでもさせておけばいい」という實之を女性が説得し、ミホも東京の学校に進むことになったのだった。

　東京への進学についてミホ自身はどう思っていたのだろう。インタビューの際に、両親から離れて東京に行くのは寂しくなかったかと尋ねると、「そうでもありませんでした」という答えが返ってきた。

「加計呂麻島には上の学校も就職先もないので、島を離れる同級生は大勢いましたから」

　働きに出る者はおもに関西方面に行き、進学する者の多くは鹿児島へ行ったという。東京に進学する者もいたが、それはほぼ男子に限られていた。

「うちの場合は、叔父や従兄弟《いとこ》のほとんどが東京の学校に進んでいまして、そのまま向こうで仕事についていましたから、私が東京に行くのも特別なことではないという感じでした」

ここで思い出されるのは、ミホが男の子のように育てられたことである。満年齢でまだ十二歳だったミホを東京へやることを養父母が心配に思わなかったはずはない。それでも手放すことにしたのは、実父の意向を尊重したことに加え、養父の大平文一郎の中に、家を継ぐ身であるミホにかつての自分のように広い世界を見せたい気持ちがあったからではないだろうか。

六歳のとき奄美にできた郷校に、板付け舟で大島海峡を渡って通ったという文一郎である。いずれは島に戻って跡を継がせるにせよ、ミホの一生を南島だけに閉じこめるつもりはなかったろう。ミホの話によれば、文一郎はミホと話すときはつねに標準語で、方言を使うことはなかったという。養母の吉鶴は、奄美の言い伝えや習慣、行事、民謡などを折にふれてミホに教えたが、かつて故郷の近代化を夢みた文一郎はそうしたものから距離を置いていた。

奄美には現在も続く「浜降《はまお》り（または浜降れ）」という行事がある。もともとは初節句を迎える子供を初めて海辺に連れていき、足を海水につけて健やかな成長を祈ったもので、旧暦の三月三日に一家総出で浜辺に下りて潮干狩りをする。そして、重箱に詰めて持ってきたご馳走と三角形の蓬餅《よもぎもち》を食べるのである。この日に浜に行けばその年の海の恵みには不自由しない、あるいは病気にならないと言われていたが、集落の中で文一郎だけは参加することがなかった。古くからの迷信や因習が人々を縛り、奄美の近代化を妨げているという考えが文一郎にはあったのかもしれない。

「浜降りの日に蓬餅を食べないと馬になり、海水で足を濡《ぬ》らさないと梟《ふくろう》になるという言い伝えが島にはありましてね。幼いころの私は、父がいつ馬や梟になるのかと、ドキドキしながらそっと顔をうかがっておりました。ずっと人間のままなので、母に〝どうしてお父さまは馬にも梟にもならないの？〟と聞いたのを憶えています」

沖縄にルーツを持ち、中国文化に親しんで育った文一郎だが、青年時代には同志社英学校で西洋文化を吸収している。中国語に加えて英語にも堪能《たんのう》で、ミホを「ボーイ」と呼んでいたように、ハイカラ趣味のところもあったようだ。

ミホが東京に進学した昭和七年は、東京の白木屋百貨店で火事があった年である。上階からロープを伝って下りようとした女店員らが、和服の裾がめくれ上がるのを押さえようとして手を離し、一四人が亡くなった。当時、和装の下着は腰巻きだったため、見物人の目を気にしたのだった。この火事をきっかけにズロースが普及したことはよく知られている。それまでは都会でもズロースをはく習慣は定着していなかったわけだが、本人から聞いた話では、ミホは加計呂麻島にいたころから、腰巻きではなくズロースをはいていた。

昭和六十二（一九八七）年に刊行されたミホの二冊目の著書『祭り裏』に収録された小説「潮鳴り」（初出は『海』昭和五十一年二月号）の語り手は、南の島で暮らす小学生の女の子である。「ミホ」という名を与えられたこの主人公は、時代背景や島の様子、家庭環境、両親の描写などからして、少女時代のミホ自身がモデルであることは間違いない。この作品の中で、ミホがズロースをはいていることで同級生の男の子たちからいじめられる場面がある。

島の外からやってきた若く美しい女教師が、村役場に勤める若者と恋仲になり、神が下りるとされる山で逢引《あいび》きをしたことからリンチに遭う。以後、彼女を慕っていた子供たちの空気が変わり、とりわけ男子の様子がすさんでくる。やがて彼らのうちの数人が女教師へ執拗《しつよう》な嫌がらせをするようになり、それが飛び火する形で、家が裕福で優等生のミホに矛先が向かったのである。

一人の男の子が、こんな言葉でミホに因縁をつける。

「ミホヤ《ミホは》　サルマタチュンムン《猿股というものを》　キチュムチユッドヤー《穿いてるそうだ》　サルマタキリベ《猿股穿き》　サルマタキ《猿股穿き》リベ」

ズロースというものを知らない彼らは、それを「女の猿股」と呼ぶ。そして、ハイカラなものであるらしいそれを見ようとするのである。

「ウナグヌサルマタチバ《女の猿股って》　イキャシュンムンカヤー《どんなもんかなあ》　ワーキャヤ《俺たち》　キチャンクトゥムネンドー《聞いたこともないや》　ディ《さあ》　ミチンニョ《見てみよう》　ミチンニョ《見てみよう》」

このあと男の子たちはミホの着物に手をかける。狼藉《ろうぜき》は次第にエスカレートし、ミホを教室に閉じこめて着物の袖《そで》を破り、袴の裾を引き裂くにいたる。ミホが標的にされたのは、地味な島の娘たちの中にあって「町風な際立った装い」で目立っていた女教師と重なるイメージがあったからだった。

ズロースは、島の子供たちの中でミホだけが島の外の都会とのつながりを持っていることの象徴であり、それは父の文一郎がもたらしたものだった。

その頃の男の子は殆ど下穿きは穿かず着物は素肌のまま、また女の子も着物の下は腰に赤い木綿の腰布を巻いていただけですが、私は父が本土の都会へ出かける度に土産に持って帰る絹や木綿、ラシャなどのハイカラな洋服に靴と帽子、それにシャツやシュミーズ、ズロースなどの肌着まで着けさせられていました。白いキャラコやちぢみ地の揃いのシュミーズとズロースには、裾の方にも揃いのレースのフリルが何段にもついていてとても綺麗でしたから、女の子たちは珍しがり、「ニャーリッグヮ《ちょっと》　ミシリヘー《見せてね》」と言っては裾を少し持ちあげて覗いたり、フリルにさわって、「ハゲー《まあ》　イキャナン《なんて》　キュラサー《綺麗でしょう》」と感に耐えぬように言ったりしていたのです。

（『祭り裏』所収「潮鳴り」より）

「ウナグヌサルマタミリヨ」と叫びたてて覆《おお》いかぶさってくる男子たちから身を守ろうとしてあらがい、髪を引っぱられたり叩かれたりしたミホは、用務員の青年に助けられて家に送り届けられる。どんな場合にも気持ちを苛立《いらだ》てたり腹を立てたりすることのなかったミホの父親は、傷ついたミホの姿を見て、校長以下の全教員を呼びつける。そして「あとにもさきにもあの時一度だけ」だったという「激した声」をあげるのである。

あくまでも小説であり、こうした事件が本当にあったかどうかはわからないが、ミホ本人の話からも、島では売られていないのはもちろん、まわりの子供たちが見たこともなかったズロースを、彼女が着けていたことは事実だろう。

「潮鳴り」にはこのときミホは小学校三年生だったとあるから、生年から計算すると、昭和三（一九二八）年の出来事ということになる。白木屋の火事の四年前である。東京でもまだズロースが普及していなかった時代に、南の果ての島でフリルつきのズロースを着けて小学校に通っていた子供がミホなのだった。

ミホが長男の伸三に語った加計呂麻島での幼少時代の思い出に、ヤギの話がある。集落の雌ヤギがみな自分を見ると逃げ出したとミホが言うので、なぜだったのかと訊くと、

「見つけるとつかまえて、お乳を飲んでいたから」と答えたそうだ。嫌がるヤギの乳を無理矢理搾《しぼ》り、直接飲んだという。そうした自然児であった一方で、ミホは都会の風俗にも触れていたのである。

しかし加計呂麻島でミホが接していたのは、養父の文一郎を経由した、いわば濾過《ろか》された東京だった。現実の東京はやがて、まったく別の貌《かお》で彼女の前に立ち現れてくる。

実父の實之は、呼び寄せた暢之とミホを手許《てもと》に置いて養育せず、二人だけで萬世軒の二階で生活させた。その萬世軒とはどのような店だったのか。

ミホの遺品から出てきた写真の中に、裏に「昭和十一年　正月元旦　萬世軒総動員」と書かれたものがある。店の前に二十数名の男女が並んだ記念写真である。写真の中の萬世軒は、ちょっとしたビルと言っていいコンクリートのモダンな建物で、入り口の暖《の》簾《れん》には「天ぷら」と書かれているが、外壁にかけられた大きな看板には「喫茶」「ランチ」などの文字が見える。店の全景は写っていないが、食堂というには大きな構えで、和洋折衷の大衆料理店だったようだ。

東京で外食産業が盛んになったのは大正十二年の関東大震災のあとである。昔ながらの日本料理店は減り、大衆的な食堂や、洋食店、中華料理店などが増えた。女給を置くカフェーや、コーヒーなどを飲ませる喫茶店もこのころから一般的になる。昭和三年の東京市役所の統計「東京市内ニ於《お》ケル飲食店」によれば、日本料理店が六一六軒なのに対し、西洋料理店は一七三三軒あり、喫茶店は九三一軒となっている。いわゆる大衆食堂を指す「めしや」は一四二七軒である。この統計には「和洋料理店」という項目があり、四〇〇軒と記されている。萬世軒は、その外観や看板から見て、ここに分類されるような店だったのではないだろうか。

外食が一般化するのに大きく寄与したのはデパートの食堂である。震災直後に新宿に進出した三越は、昭和五（一九三〇）年に建て替えられて地上八階、地下三階のビルになった。翌年には浅草に松屋デパートが開店、こちらは地上七階、地下一階である。こうした新しいデパートに設けられた食堂には、そばやカレーライスなどのほかに、みつ豆やアップルパイ、コーヒーといったハイカラなメニューもあり、お子さまランチも登場した。デパートの食堂は都市の新しい食文化を形作り、家庭婦人や子供にも外食が根づいていった。天ぷらもあればちょっとした洋食やコーヒーも出す萬世軒は、流行の先端だったデパート食堂に近いイメージの店だったと思われる。

震災後の東京において、飲食店の経営は、将来性のある新しい事業として注目され、新規参入する経営者も多かった。裕福な家の出身であった實之が料理屋に出資し、共同経営者になったのには、こうした時代背景もあったのだろう。

萬世軒前の集合写真に写っているのは、従業員とその家族と思われ、子供も数人いる。

男性の服装は正月らしく羽織袴やスーツが多いが、調理員なのか白い上っ張り姿の者もいる。大人の女性はほとんどが晴れ着の和服姿で、正月らしく髪を結い上げているが、前列の端にいるミホは髪をお下げにして女学校の制服の上にコートを重ねた地味な服装をしている。前列中央には四十代くらいに見える羽織袴姿の男性が写っており、これが實之である可能性もある。だとすれば、隣にいる三十代くらいの和服姿の女性が、一緒に暮らしていたという芸者であろうか。

實之と暮らしていたこの女性をミホは「神田のおばさん」と呼んでいた。女学校時代からおよそ二十年後、島尾や子供たちとともに再び東京で暮らすようになったミホが、この女性のことを口にした記述が島尾の日記にある。『死の棘』に描かれた夫婦の諍《いさか》いが始まって一か月ほど経《た》ったころのことである。家族で秋葉原駅のあたりを歩いていたとき、「カンダのおばさんの生涯をケイベツする」と唐突に言ったのだ（昭和二十九年十月二十六日。なお刊行された『「死の棘」日記』ではミホによって削除されている）。

秋葉原駅は萬世軒のあった万世橋のそばで、近くには戦前まで「講武所」と呼ばれた花街があった。講武所とは幕末に江戸幕府が設置した武芸の訓練所のことで、周囲に発達した遊里も同じ名で呼ばれたのである。花街の中心は現在の明神下あたりで、料亭や芸者置屋が並んでいた。實之が住んでいたのはこのあたりだったと思われる。

ミホは月に一度、月謝を受け取るために實之のもとを訪れていたというから、秋葉原の界隈《かいわい》はよく知っていたはずだ。島尾の日記にあった浮気の記述を見てから間もなかったこともあって、このあたりを歩いていたときに、「神田のおばさん」のことを嫌悪感《けんおかん》をもって思い出したのだろう。

東京でのミホの暮らしは決して豊かなものではなかった。文一郎はミホの学費および生活費として多額の仕送りをしており、暢之を育てた林ハルからも送金があったが、それらはすべて實之が管理し、兄妹のためには最低限の費用しか使われることがなかった。

伸三は子供のころ、母のミホが「新聞紙を身体《からだ》に巻くと暖かいのよ」と言うのを聞いたことがあるという。そんなことをなぜ知っているのかと聞くと、東京での女学校時代、冬の寒い時期には服の下に新聞紙を巻いて登校していたと語ったそうだ。シュミーズと揃いの、フリルのついたズロースを着けて登校していた加計呂麻島時代と何という違いだろう。

カトリック教徒だった兄の暢之は、上京後しばらくは教会に通っていたが、献金の袋が回ってきても入れるお金がないために行かなくなってしまったと、生前、夫人に語っている。父から貰った生活費では足りず、東京に住んでいた叔父（實之の弟）のところへたびたび金を貰いに行ったという。

兄妹が二階で暮らした萬世軒は、階下で中国人の従業員が寝泊まりしていた。学校から帰ったミホが鞄《かばん》を一階に置いておくと包丁で鉛筆をきれいに削ってくれたというが、彼らは夏場は素っ裸で寝るような男たちであり、小学校を出たばかりの少女が暮らすのに適した環境とはいえない。毎月花街に足を踏み入れて父から金を受け取らなければならないような暮らしも、加計呂麻島時代には想像もつかないものだったに違いない。

実父についてミホは生涯語ることがなかったが、小説の中に實之を思わせる人物を登場させている。

「家翳《かげ》り」(『祭り裏』所収、初出は『海』昭和五十二年一月号)は、小学校五年生のミホと、一つ年上の従姉《いとこ》のヒサ(ミホの父の妹の娘という設定)が、ヒサの亡父の後妻の家に泊りに行く話である。主人公のミホは「潮鳴り」と同様に作者自身がモデルだが、これまで明かされていなかったミホの出自を知って読めば、架空の人物である従姉のヒサにもミホの境遇が投影されていることがわかる。

ヒサが生まれてまもなく実の母親は亡くなり、ヒサは子供のない親戚の養女となる。実の父親は別の女性と再婚したがその後死去し、未亡人となった再婚相手の女性は、夫の放蕩《ほうとう》のために没落した家で一人暮らしているという設定である。ミホの実父の實之も、「神田のおばさん」と別れたあと、奄美に帰って昭和十一(一九三六)年に再婚している。戦時中を奄美大島で過ごし、昭和二十一年一月に妻を残して亡くなった。

ミホは小説の中で、實之を思わせるヒサの父・萬寿郎を、次のように描いている。

……この家の萬寿郎おじさまは、ヒサちゃんの母親のナミおばさまが亡くなってからは、島にとどまることは少なく、殆どを東京で遊び暮らすようになり、島の人々が、「フカウラヌ《フカウラの》　マンジリョシュウヤ《萬寿郎旦那は》　ヤマトナンティ《本土で》　アマクマナン《あっちこっちに》
ネングロムッチ《妾を囲って》　スイカマハラ《朝から》　ユル　ガディ《晩まで》　スエヘミショチュティ《酒を飲んで》
アスディベヘリウモユトゥティ《遊んでばかりおいでて》　ガンシシー《そうして》　ビールシドゥ《ビールで》　ハギアラユンフドゥ《足を洗うほどの》
ヌ　ゼイタクナクラシ《贅沢なくらしを》　シーウモユムチュッドヤー《しておいでるそうな》」と噂されるような生活をつづけ、財産を次々に売り払い、後添えに貰ったアグリおばさまを全くかえりみなくなっていたのだそうです。たまさか島に帰って来ても、私の父の処に来て借金の保証を頼みこむのが目的でした。(中略)
そんなわけで語り草の多い萬寿郎おじさまが亡くなる頃は、先祖から受け継いだ財産などすっかり無くしてしまっていたのでしょう。そして奉公人もみんな暇を出してしまったにちがいありません。
(『祭り裏』所収「家翳り」より)

伸三によれば、ミホは實之のことを話すとき、一度も「ジュウ（お父さん）」という言葉を使ったことがなかったという。「ジュウ」といえばそれは文一郎で、實之のこと

は「サンジシューマ」と呼んでいたそうだ。これは「サンジおじさん」という意味で、サンジとは、實之が大人になってからも周囲からそう呼ばれていた幼名である。実母マスのことは「ウマスカナ」と呼んでいた。ウマスのウは敬称で、本土の発音では「オ」となる。花という名の女性をお花と呼ぶのと同様である。「カナ」は「さま」の意味で、「ウマスカナ」はすなわち「おマスさま」である。実母のことも、ミホは生涯「アンマー（お母さん）」と呼ぶことはなかった。

東京に出て初めて実父を間近に見て暮らし、その人となりを知ったミホは、自分の父は實之ではなく文一郎だと思いたかったに違いない。ミホが養女であることを隠し、長田という姓を封印した理由は、この東京時代の実父との関係にあると思われる。

ミホの兄・暢之は、昭和十（一九三五）年に旧制高輪中学を卒業し、大森の郵便局に就職した。成績は優秀で本人は進学を希望したが、父に学費を出してもらえなかったという。翌十一年、暢之は兄のように慕っていた従兄《いとこ》の長田俊一がいた佐世保市に移り、俊一が勤めていた鉄鋼関係の商社に入社した。暢之より十歳上の俊一は、父・實之の兄の子にあたる。この俊一とミホは婚約関係にあったことが、暢之の夫人である英世や、小学校卒業まで暢之を育てた林ハルの娘である林和子の話からわかった。

英世のもとには俊一の写真が残っている。ミホの家系は美男美女が多く、兄の暢之も若いころの写真を見ると映画スターのような美男子だが、俊一もまたすらりとした体軀にスーツを着こなした、いかにも見栄えのする青年である。

従兄と婚約していた話は、私もミホ本人から聞いたことがある。大平家に婿《むこ》に入ってもらうことになっていたという。

「小さいときからお兄さんお兄さんと言って育ってきたので、うちに入ってもらうことが決まったとき、その人は〝きょうだいで結婚するっておかしいね〟と言いました。私も同じような気持ちでした」

そうミホは話した。

昭和十三年、二十歳になった暢之は近衛《このえ》歩兵第四聯隊《れんたい》に現役入営する。前年に盧溝橋《ろこうきょう》事件が起こり、日中戦争が始まっていた。昭和十四（一九三九）年に幹部候補生に合格し、予備士官学校を経て北支派遣軍に配属、その後、大陸を転戦し、中尉として河南省で終戦を迎えている。

ミホは昭和十二（一九三七）年に日出高等女学校を卒業したあとも東京に残り、植物学者の北島君三博士の研究所で手伝いをするようになった。北島博士は、椎茸《しいたけ》等のキノコ類の人工栽培の基礎を築いた生物学者である。ミホの血縁には医師や学者が多く、この就職もおそらく親戚の紹介だったのだろう。

兄はその前年の昭和十一年に佐世保に移っており、ミホは高等女学校の五年次から親戚宅に身を寄せていたようだ。同じ年に父の實之は奄美に帰って再婚しており、その前後に萬世軒を手放している。

北島博士のもとで働くようになったミホは馬術を習い始めた。のちに伸三に語ったところでは、女馬賊に憧《あこが》れ、満洲の平原で馬を乗りまわすことを夢見ていたそうだ。次に習ったのが自動車の運転で、練習をしていて車ごと目黒川に突っ込んだこともあるという。ゴルフや玉突きを覚えたのもこのころである。おそらく研究所の人たちに教わったのだろう。研究所では大事にされ、北島博士や所員たちにも可愛《かわい》がられたようだ。

新聞紙を下着代わりにしていたミホが、馬術や自動車の運転を習うことができたのは、父がすでに奄美に帰っており、文一郎からの仕送りを全額手にすることができたからだと思われるが、父と離れたあとのミホには、金銭面だけでなく精神的にも解き放たれたようなのびやかさが感じられる。ヤギをつかまえて直接乳を飲むような野性的ともいえるエネルギーが消えたわけではなかったことが、馬賊を夢見たり、自動車ごと川に落ちたりするような、当時の女性としてはかなり破天荒なエピソードからわかる。

島尾は昭和三十八（一九六三）年に雑誌『婦人画報』の取材を受けたとき、研究所に勤めていたころのミホについて、記者の草森紳一に「男というのは不幸だ。妻の一番いい時を知らないのだから。他の男がみて知ている《ママ》のだから」と語っている。実父が去った東京で、ミホは生来の活発さを取り戻し、青春を謳歌《おうか》したのである。

ミホが加計呂麻島の養父母のもとに帰ったのは、本人によれば昭和十三年のことである。きっかけは肺炎で入院したことで、一か月ほど注射と点滴だけで栄養をとり、髪がおおかた抜け落ちてしまったという。回復したあと、東京での生活を切り上げて実家に戻ったとミホは説明した。

しかし、兄・暢之の夫人である長田英世によれば、加計呂麻島に帰る前に、ミホは朝鮮に渡ったという。そのころ朝鮮には婚約者の長田俊一がいた。当時の俊一は三十歳そこそこの年齢だったが、優秀さを買われ、勤務していた商社の支店長となって赴任していたのだ。ミホは俊一を頼って朝鮮に行き、しばらく滞在していたらしい。

この話を最初に聞いたときは驚いた。本人が話していないのはもちろん、ミホの周囲からもそのような話は出なかった。本人が公表しなかった事実でも島尾の日記の原本を丹念に読めば、断片的にせよ事情がつかめることが多いのだが、そこにもまったく出てこない。話を聞いても半信半疑だったのだが、英世夫人の家で見せてもらった写真の中に暢之とミホが並んで写っているものがあり、裏に「釜山にて妹とS13・10・14」と記されていた。暢之の入営は昭和十三年十二月で、その前にミホと俊一がいた朝鮮に旅行したものと思われる。あるいはミホと一緒に朝鮮に行ったのかもしれない。

朝鮮行きのことはこれまでどこにも出ていないと書いたが、このときの経験を盛り込んだと思われる小説をミホは書いている。『祭り裏』に収録された「潮の満ち干」（初出は『海』昭和五十四年三月号）である。

主人公はマサミとヤエの夫婦である。加計呂麻島とおぼしき南島から若いころ本土に出て官費の無線通信学校を卒業したマサミは、郵便局に勤めながら大学を卒業し、朝鮮総督府の官吏に採用された。赴任する途中に故郷の島に寄って子供のころから思いを寄せていたヤエに求婚、妻となったヤエを連れて朝鮮に渡ったのである。

そこでの暮らしは、次のように描かれている。

長く裾を引く朝鮮服や家並の屋根一面に干された赤唐辛子の波のような光景など、目にするすべてがヤエには物珍しく、果物にしてもバナナやパパイヤ、バンシロばかり見馴れてきた目には、深紅の林檎や黒光りのする甘栗などの北国の果物がとても珍しく思えました。それに物の値段が安いことにも驚きました。夫に昼の弁当を運んでもらうために雇った通いの娘への賃金は、一ヶ月にわずか五十銭ですんだのです。

京城の生活に馴れてくると、家のことは住み込みの日本人女中にまかせて、ヤエはよく一人で坂を降りて街なかへ出かけて行きました。大門のあたりでは露店の果物売りなどから、

「オクサン　コノリンコオイシイヨ　ヤスイヨ　カッテチョウタイ」

などと呼びかけられましたが、その訛りの強い言葉を聞くとかえって心のなごむ

のを覚えたのです。近所の日本人の主婦たちと挨拶を交わす時など、ヤエは島の訛りの自分の言葉が恥ずかしく、気遅れが先立ってつい口数も少なくなるのでしたが、朝鮮人の日本語を聞くと、異郷で身内の者にでも巡り合った気分になって気楽な受け答えが出来るのでした。それでつい艶やかな大邱林檎や甘栗の詰まった竹籠などを、両腕でかかえ切れないほども買って帰ったりするのでした。

（『祭り裏』所収「潮の満ち干」より）

ミホの小説の舞台はすべて加計呂麻島を思わせる南島で、その自然や風物、人物の服装などの描写は実に細かく、ディテールに圧倒的なリアリティがある。それは、ミホが自分が見たことのある土地や風景しか描いていないからだと私は理解していた。唯一《ゆいいつ》の例外がこの「潮の満ち干」の描写だったのだが、ミホが朝鮮に行っていたことを知って納得がいった。

ミホがどのくらいのあいだ朝鮮に滞在したのかは不明だが、昭和十三年十二月に奄美で撮られた写真が残っているので、このときまでに加計呂麻島に帰ってきたのだろう。年齢でいえば十九歳である。

大都会から帰ってきたミホは注目の的だったようだ。平成二十三（二〇一一）年の押角会で、ミホが帰郷したころ押角小学校に通っていた滝川はるやという女性に話を聞かせてもらったのだが、彼女はミホが髪にパーマをかけていたことが忘れられないと言った。

「華美な服装やパーマの女性は白い眼で見られた時代です。それなのにウンジュのところのカナがパーマをかけて帰ってきたわけですから、そりゃあびっくりしました」

もう一人、ミホのパーマに驚いた人がいる。従妹《いとこ》の林和子である。暢之を小学校まで育てた林ハルの娘である和子は当時六歳。パーマにハイヒール姿のミホを見て、母親に「ミホ姉さんは西洋人ね？」と訊いて笑われたという。奄美でもっともにぎやかな街である名瀬の通りを歩いていたら、物珍しさに大勢の人が後ろをついてきたと、ミホ本人が言っていたそうだ。

押角の養父母のもとに戻ったミホは、特に仕事をすることもなく家にいた。青年団の活動には参加していたようで、昭和十五（一九四〇）年に撮られた皇紀二六〇〇年記念演芸会の写真には、男装したミホが写っている。少し前に流行した「男装の麗人」に扮《ふん》したのだろうか。ほかにギターを持った写真などもあり、同年代の娘たちの中にあってひときわ垢抜《あかぬ》けているのがわかる。

婚約者の俊一は、ミホが朝鮮を去ったあと、召集されて戦地に赴いたという。ミホによれば、婚約の話はなかったことにしてほしいと言い残して入営したそうだ。

「兵隊に行けば死ぬのが当たり前だから、自分の出征中に適当な人がいたら、その人と一緒になって家を継ぐように、と言われました」

ミホが押角国民学校の代用教員になったのは、昭和十九（一九四四）年の十一月である。教師になるまでの六年間は、本人によれば「家で遊んでおりました」ということだが、前出の滝川はるやの話によって、その前に半年ほど押角郵便局で働いていたことがわかった。当時、滝川の父親は押角郵便局の局長をしており、そのためよく覚えているという。戦争も末期にさしかかったころにもかかわらず、ミホは花柄の着物に袴をつけ、にこやかに座っていたそうだ。

「ミホさんのところは働く必要のないおうちでしたけど、何もしないでいると工場などに動員されますから、それで勤めに出たのでしょう」

いわゆる徴用逃れだが、当時は珍しいことではなく、職業を持たず学生でも主婦でもない若い娘は、危険のともなう軍需工場などに動員されるのを避けるため、形だけでもどこかに雇ってもらおうとした。ミホの場合、郵便局に勤めたのは半年だけで、出征した男性教師の代わりに国民学校の教師になった。

島尾の部隊が加計呂麻島にやって来たのは、ミホが教師になったまさにその月のことだ。そして翌十二月に、二人は国民学校の職員室で初めて出会うのである。

第三章

終戦まで

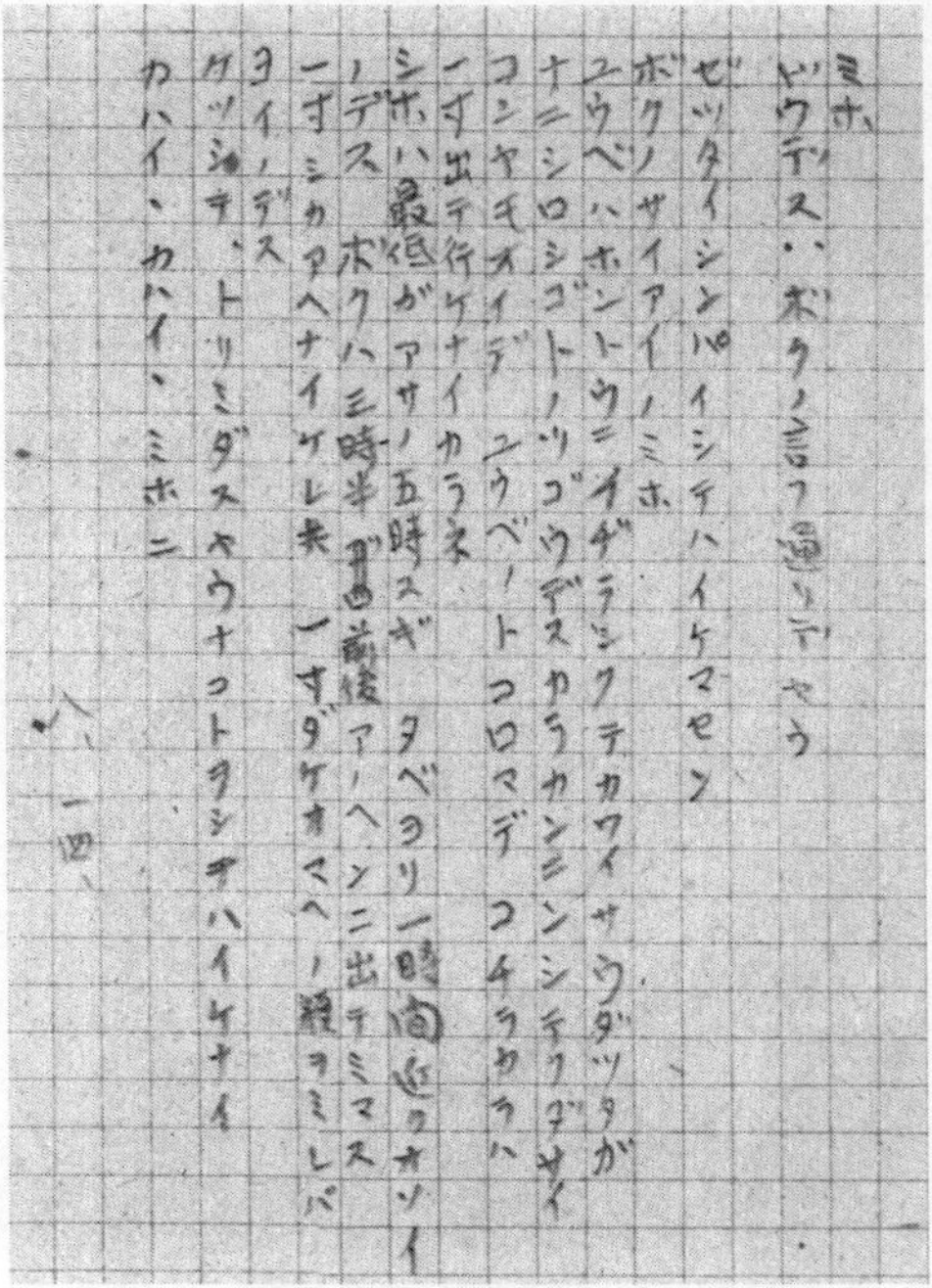

ミホ、
ドウデス・・ボクノ言フ通リデセウ
ゼッタイシンパイシテハイケマセン
ボクノサイアイノミホ。
ユウベハホントウニイヂラシクテカワイサウダッタが
ナニシロシゴトノツゴウデスカラカンニンシテクダサイ
コンヤモオイデ、ユウベノトコロマデ　コチラカラハ
一寸出テ行ケナイカラネ。
ミホハ最後ガアサノ五時スギ　タベヨリ一時間近クオソイ
ノデス　ボクハ三時半ガ四前後アノヘンニ出テミマス
一寸ミカアヘナイケレ共一寸ダケオマヘノ顔ヲミレバ
ヨイノデス
ケッシテ、トリミダスヤウナコトヲシテハイケナイ
カハイ、カハイ、ミホニ
八、一四、

特攻戦が下令された翌日の昭和二十年八月十四日、敏雄がミホに書いた手紙。

一

昭和二十（一九四五）年の七月から八月にかけて、島尾隊のおもな仕事はイモを作ることだった。激しさを増した空襲のため本土との輸送は絶たれ、大島海峡をはさんで対岸にある古仁屋の町にさえ夜陰に乗じて小舟で渡るしかなくなっていた。食糧確保が難しくなる事態が予想され、加計呂麻島の各部隊は自給を目指してサツマイモ畠を作り始めたのだった。

訓練はもうできず、海岸に掘った横穴に格納されたままになっている震洋艇はひどい湿気にさらされていた。ちゃちな作りのこのベニヤボートが果たしていつまで性能を保ったままでいられるのか、島尾にも見当がつかなかった。艇の劣化は進んでいたが、代替の部品を調達する手段はすでにない。エンジンが錆《さ》びつかずベニヤが腐らないうちに艇を使用しないとこれまでの訓練が無になってしまう。その焦《あせ》りと、敵がこのまま奄美群島を素通りしてくれるかもしれないという期待が交錯する中、特攻命令を待つだけの宙ぶらりんな日々が続いていた。

このころの島尾は部隊内の人間関係に心を悩ませていた。隊員の心も荒《すさ》みかけていたのだ。娯楽施設はもとより食堂さえない孤立した小さな島に複数の部隊の隊員たちがひしめき、やることといえば畠でのイモ作り。一方的に空襲を受けるだけで、特攻出撃まで一切の攻撃は禁じられていた。基地の場所を知られ、特攻艇が爆撃されるのを避けるためである。

国のために戦っているという実感はわかず、しかし自分たちはやがて死ぬということだけはわかっている。いつ終わるとも知れないそうした日々の中、部隊内の雰囲気を汲《く》み取った島尾は古仁屋の町から小舟で娼婦《しょうふ》を運び、慰安所を作った。「隊長様の名誉にかかわります」とこれに反対したミホに島尾は「オ前ガ悲シンデヰル例ノ話ハ、俺ノ考ヘデヤル事デ部落ノ評判ガドウアラウト致シ方ノナイ事、俺ノハツキリシタ考ヘデヤルコトナノダ　部落ノ容喙ハ許サヌ」と、強い調子の返事を書いている（昭和二十年七月十日付）。

先に慰安所を作ったのは、隣の隊の海軍兵学校出身の隊長だった。島尾はのちに奥野健男との対談で「隣の隊でそれをやっているのに、やらないというわけにはいかないじゃないの」と語っている（前出「島尾敏雄の原風景」）。無断で設置したことを大島防備隊本部から咎《とが》められて一週間あまりで慰安所は閉鎖、娼婦たちは古仁屋に送り返されたという。

特攻要員とそうではない者の両方を指揮下に置かねばならなかったことも島尾の気苦労の原因だった。島尾隊の一八〇余名のうち特攻要員は五〇名。かれらは死を約束されているがゆえの特権意識を持ち、他の隊員との待遇の差別化を求めていた。初期の代表作である「出孤島記」の中で、島尾は当時の特攻兵について、「既に我々には掌特攻兵というマークがついてしまっていただけでなく、そのような粗い仕事のほかは何も出来ない伎倆しか訓練されなかったし、そういう状態でかなりの期間特権的な生活をして虫食まれていた」と書いている。

第一章で紹介した「はまよはゆかず　いそづたふ」のノートには、「モウ誰モ信ジナイ、広イ世ノ中ニボクノ味方ハオ前ダケダ　ボクニハ　ボクノ任務ト　オ前ダケシカコノ世ノ中ニハナイ（アル怒リノ日ニ）」「命令ヲシタリサレタリスル世界ニ私ハ住ミタクナイ、住ミタクナイ」といった文章も見える。折々の所感や日記が綴《つづ》られ、詩や小説めいた文章もあるこのノートには、書き直しや修正の跡がほとんど見られない（全体に×印が書かれたページはあるが、文章は判読可能な状態である）。思いつくままに書かれた文章だけに鬱屈《うっくつ》した思いもそのまま記されており、戦後になってから戦時中を回想した小説やエッセイとはまた違った当時の島尾の生《なま》な実感がにじんでいる。

あらゆる悪いこと　みにくいこと行き違ひ誤解等は総て何の能力もない私一個の身体で濾過する　さうすることだけが逆に私の唯一の能力であるかのやうに感じられたのだ　私の身体にどんなみにくい腫物が出来ても我慢する　どんなに高熱を生じても黙つてゐる　決して自分以外の者に訴へない　もし少しでもその事をしやべつてしまへば世のみにくいものをみんな自分の身体に吸収しやうとする神通力は失つてしまふやうに思はれたのだ

或ルトキハ鬼ニナツテ怒ラウト思ツタ　触レレバ必ズ斬ラウト心ヲ灰色ニシテ風ヲ蕭々ト吹カセタ　又或ルトキハ月ノ磯辺ヲサマヨウテ　スベテヲ許サウ、スベテニ怒ラズ沈黙シテ笑ツテヰヨウト思ツタコトモアツタ

風強ク岬ノ岩ノ上ニ立ツテヰルト怒濤ガ打寄セ身体ハ吹倒サレサウニナツタ　沖デハ白波ガ牙ノヤウニ歯ヲムイテ幾重ニモ重ツテ岸ノ方ニヤツテ来タ

（部下ニ対シテ、八月一日）

部下の中には島尾より軍隊経験の長い叩《たた》き上げの士官、下士官がいた。また応召兵にも、さまざまな職業で社会経験を積んだ年配の者が少なくなかった。自身の死を覚悟すればよいだけではなく、こうした部下たちに対して酸《す》いも甘いも嚙《か》み分けた人間通とし

て振る舞わなければならなかったのがこの時期の島尾であった。もともとは集団生活を嫌って海軍予備学生を志願した島尾にとって、それは大きなストレスだったはずだ。

そうした中で島尾はミホとの逢瀬《おうせ》を重ねていく。七月になると夜間の空襲が増え、住民のほとんどが山際《やまぎわ》や谷の奥に建てた疎開《そかい》小屋に泊まるようになった。だがミホは文一郎だけを疎開小屋に送り出し、自分は家にとどまった。島尾の訪れを待つためである。それまで海岸で会っていた島尾とミホは屋敷の中で二人きりの夜を過ごせるようになったが、それは戦局の悪化がもたらしたことだった。以後、終末の予感の中で二人は仲を深めていくことになる。

島尾は深夜にミホのもとにやってきて、夜明け前に部隊に戻っていった。この時期の島尾の手紙には、のちの小説のもとになったものがある。

　コノ前ノ晩ニ行ツタトキニハ庭ハ甘ズツパイ花ノ香リト収穫シタバカリノ稲束ノ古里ノ香リデ一パイデシタ　ソノオ庭ノ中ニソツトハイツテ行クトオ縁側ニ　トテモ可愛ラシイイキモノガ眠ツテヰマシタ　犬コロカ知ラント思ツタラ　ミホチヤンチヤンデシタ　ボクハトテモウレシクナツテニツコリ笑ヒマシタ　スルトミホチヤンチヤンモニツコリ笑ヒマシタ　ソノ晩ハナンダカ太ツテ顔モオ目目モマンマルク見エマシタ

今日ノ夜中ハボクノオ月様デソツト寝顔ヲ照ラストオ手手デ顔ヲカクシマシタ

ミホチヤンチヤンハワンピースガトテモ似合ヒマス　カザリモナンニモナイ簡単ナノガヨク似合ヒマス

ミホチヤンハヨク　ナンデスノ　ト言ヒマス　少シ甘ツタレテイヤーントト言ヒマス

花花ノ甘イ匂ヒトオ月様ノケムルヤウナ青イ光　打寄セル潮騒　ミドリノ木蔭

tik-ho ヤソノ他ノイロンナ鳥ヤ虫ノナキ声ノ中ニミホチヤンハヒトリデ眠ツテヰマス　ソシテオ月様ガ一枚アケテアルオ縁ノ戸ノスキマカラサシノゾクト　ソツト笑ツテオ目目ヲヒラキマス

（七月三十一日付）

ミホの家で明け方までを過ごしたあとに書かれた手紙で、綴り方のお手本のようなきちんとした楷書《かいしょ》の文字で書かれている。恋人の姿態、表情、言葉を、愛情を込めて描写したこの手紙を、ミホはうれしく読んだことだろう。「ボクノオ月様」とあるのは島尾の懐中電灯のことで、tik-ho（ティクホー）は梟《ふくろう》の鳴き声である。

干した稲束の匂いのする縁側で、島尾を待ちながら子犬のように眠るミホ。この場面を島尾は数日後、「はまよはゆかず いそづたふ」のノートに記している。「浜百合について」と題された掌篇小説風の文章である。全集未収録でもあり、以下に全文を引用する。

お縁から庭先にはだしのまゝ跳び下りたのです。まるで未だ学校通ひの歳ごろの小娘のやうな身軽さで。庭先には朽葉が一ぱい散り敷いてゐてそれが夜露にぬれて夜光虫のやうに青白い光を放つてゐました。

あなうらがじつとりして気持が悪くないかしらんと気づかひました。そのお庭には年がら年中入れ代り立ち代り色んな花が咲くのだと言ひます。私がはじめてこのお庭を訪れたころは垣根のやうに一ぱい薔薇の花が咲いてゐました。従兵たちは胸にかゝえる程の薔薇を持つて来ることが度重なりました。門の傍に赤い仏桑華が咲いてゐたのもその頃でした。その頃はこの地方にしては寒い日が続く頃だつたのです。春になると百合が咲きました。バナヽの花が咲きました。ばかなす、ウオーターヒヤシンス、大輪の紫陽花などが咲きました。さうかうしてゐる中にも戦争はどんどん進んでゐたのです。沖縄島の失陥が発表されたのもさう近い頃のことではなくなつた。お庭は咲くだけの花はすつかり咲いてしまつて荒廃のすがたさへ現して来たやうに思へました。

東の空にぎらぎら光る星がつめたく光り出すのを確かめるまでは一晩中お縁に出てじつと坐つてゐるやうなひとだつたのです。ある晩に落葉をふみしめてお庭にはひつて行くとむせるやうな稲束の乾したにほひの中にふみ込みました。

幼ないときの田舎の藁小舎を思ひ出したのです。こんなにはげしい戦争のたゞ中で収穫した稲束を庭一ぱいにほしてゐるのです。戸も開け放して板の間一ぱいに。月の光りが不思議な明りの世界をつくつて見せてゐたのです。朽葉の青白い光り、稲束の乾草のやうなにほひ、その中に夜目にほの白くぼーつと大きな頭のやうに白い花が咲いてゐました。通りすぎに何とも言へない甘酢つぱいにほひが心をおだやかにしました。それが浜百合だつたのです。いつのまに咲いてゐたのだらう。それが浜百合といふ名を持つてゐることは後できいたことなのです。ぶつきら棒に太い茎が一本ぬーつと闇につき出てゐるとその先に磯ぎんちやくみたいにきやしやな小さな百合が無数に開いてゐるのです。この浜百合のかをりのたゞよふお縁で子供のやうにうたゝ寝をしてゐました。

お月様がさして来たと思つたの。

とにつこり笑つてさう言ひました。そのひとの魂が抜け出て白いうそのやうな百合のかたまりになつたのだと思つた。さういふこともあつたのです。別の日は磯からどんどん海の中にはひつて行きさうにしました。何をそんなに悲しんで――。浜百合の花に頰をすりよせて太い茎をつかんでゆすぶつて見せるのです。顔中を百合の花粉だらけにしてみせるのです。

（「浜百合について」より）

ほら、こんなに——。

「浜百合」とあるのは島尾の勘違いで、「ぶつきら棒に太い茎が一本ぬーつと闇につき出てゐるとその先に磯ぎんちやくみたいにきやしやな小さな百合が無数に開いてゐる」花とは浜木綿《はまゆう》である。おそらくミホあるいは島の人に教えられた花の名を聞き間違えたのだろう。

のちに書かれた島尾の戦争小説のいくつかに、深夜に部隊を抜け出た島尾がミホの自宅を訪ねる場面が出てくる。それぞれ少しずつ違ったイメージで描写されているが、その原型となっているのがここに引いた七月三十一日付の手紙と「浜百合について」である。

この場面が登場する最初の小説は、終戦直後、ミホが奄美からやってくるのを待ちながら書いた「島の果て」である。

三方に紙の障子をたてめぐらしたその部屋をすきまから覗いてみたら、豪華な机の上にお魚の御馳走が一皿だけのっかっていて、銀製の燭台の蠟燭が大きくゆらめいているのが見えるばかり、人かげはありませんでした。もっとよく見るために廊下に手をつこうとしてびっくりしました。そこに何か寝そべっています。そして百合の蕊の匂いがしたような気がしました。ワンピースの簡単衣を着た娘がひとり宿無し犬ころのように寝ていたのでした。中尉さんは、そうだトエだと思いました。中尉さんは手のひらの中にはいってしまうような小さな懐中電灯を出してトエの顔を照らしました。大きな丸い顔にびっくりしました。頬の辺にうっすらと雀斑のあるのがはっきり写し出されました。トエはまぶしそうに眼をぱちぱちさせると右手で中尉さんをぶつようなしぐさをしてにっこり笑いました。それは口もとが横に細長くきりりとしまる特徴のある微笑でした。そして上半身を起し裾のあたりをおさえて、
「お月様かと思ったの」
と言いました。

（「島の果て」より）

さらに昭和二十七（一九五二）年に発表された二つの短篇の中でも、島尾はこれと同じ場面を描いている。「夜の匂い」と「朝影」だが、読み手に与える印象は「島の果て」とは大きく異なる。

そこは色んな種類の草花が乱れ咲くままにまかせてあった。落葉は敷かれたまま朽ちていた。その朽葉は露をふくみ物のけの眼のようにあやしげな光を発していた。

浜木綿の太い茎の先についた群れ花が、白くひとの顔のように宙に浮いて見えた。その花のにおいも、すっぱさを含んでいた。ランプに覆いをして理恵は待っていた。湯湾の駐在の有川巡査が木慈にそっと耳うちして、理恵は赤ん坊を生んだことがありそうだと言ったことがあった。（中略）……つと理恵が縁側からはだしで庭先にとびおりて、ぼっと白くほの浮いている浜木綿の群れ花をぼきぼき折って、木慈への贈り物にした。

（「夜の匂い」より）

青麻は何に怖れているのか。青麻は縁からはだしで庭の土の上に下りた女の肩を抱く。女の香料が青麻の鼻をつく。それは矢張りその場限りであっても、男を恍惚とさせることが出来るものだ。心なしか爆音がきこえて来る。それは一層男を気負い立たせ、女はそれによって自分を悲劇にしたてて訳の分らない満足感に浸る。男は女の香料を女の肌の匂いだと錯覚している。その匂いが次の逢う瀬までの消えそうで決して消えない女の航跡になる。青麻は自分で勝手に作り上げた女の像を、女にかぶせ、それを軍服の装いで両腕の中にしながら、気はそぞろに峠の赤土道を上っていた。（中略）愚行の繰り返し。真夜中に、部落におりて来て、夜の明け方に、いつもせかせかして帰って行くことの繰り返し。

（「朝影」より）

戦時中の手紙、同じく戦時中の「浜百合について」、そして戦後まもなく書かれた「島の果て」の三つの文章に共通して見られたミホの少女めいた無垢《むく》なイメージは消え、戦後の小説ではミホをモデルとした二人の女性は、「赤ん坊を生んだことがありそうな女、「自分を悲劇にしたてて訳の分らない満足感に浸る」女として描かれている。

ミホの暮らす家のイメージも異なっている。「浜百合について」で「夜露にぬれて夜光虫のやうに青白い光を放つてゐ」た朽葉は、「夜の匂い」では「露をふくみ物のけの眼のようにあやしげな光を発し」ており、浜百合の甘酸っぱい匂いだったものは、「朝影」では人工的な香料の匂いに変わっている。そして女の家を訪ねる行為を男は「愚行」と断じるのである。

この二篇が発表された昭和二十七年は、結婚してからずっと神戸の父の家に同居していた島尾とミホが、二人の幼い子供を連れて上京した年である。神戸市外国語大学の助教授の職を辞し、東京の小岩に買った家に居を移したのは三月のことだった。「夜の匂い」はこの年の『群像』四月号、「朝影」は八月発行の『現在』第二号に掲載されている。大学で教えながら地方都市で作品を書く生活に限界を感じ、専業作家として立つことを決意した時期であり、戦時中のミホとの恋愛を醒《さ》めた目で突き放して書こうとした跡が見られる。

このころのミホとの関係は、結婚前のようなロマンティックなものとはほど遠く、日記には諍《いさか》いの記述が多い。アバンチュールを求める島尾の心が他の女性たちに向いていた時期でもあった。

加計呂麻島で特攻出撃を待つ日々の中で描かれたミホの像には、眩《まぶ》しいものを見つめるような、新鮮な驚きと発見に満ちた島尾の目が生きている。ミホにとって、書かれることが喜びだった時期である。だが戦後数年たって本格的に小説を書き始め、文壇への野心も生まれてくると、島尾は容赦のない筆でミホを描くようになる。ミホのためだけの文章を書いた戦時中とは違って、この時期の島尾が書こうとしたのは文学作品であり、愚かさや醜さも含めた女性なるものを冷徹に描き出そうとした形跡が見られる。古典だけではなく近代の小説にも親しんでいたミホ（戦時中、島尾はミホの本棚から島崎藤村や横光利一の小説を借りていた）は、小説とはそうしたものであると理解していた。島尾が文壇に認められるよう妻として願っていたこともあり、書かれることの痛みを甘受するしかないと考えて耐えていたのである。

「夜の匂い」、「朝影」に続く時期に書かれた「亀甲の裂け目」（『近代文学』昭和二十七年九月号）、「子之吉《ねのきち》の舌」（『文學界』昭和二十八年十月号）、「帰巣者の憂鬱」（同・昭和二十九年四月号）の三作品は、巳一《みいち》とナスの夫婦、そして長男の子之吉を主人公とする連作である。自分とミホ、長男の伸三をモデルに、崩壊しかかった家庭のすさまじさを超現実的な描写をまじえつつ描いているが、これらの作品でナスは「朝から晩まで二十日鼠のようにからだを動かしている」「肩から胸元にかけて肉がそげ落ちて骨の浮いて見える」女（「子之吉の舌」）、「うっとうしい顔付」や「へんなもののけにでも出会ったような醜いゆがめた表情」で夫の気持ちを暗くさせる女（「帰巣者の憂鬱」）として描かれている。

「巳一」「子之吉」という名は、島尾が巳年、伸三が子年の生まれであるところからつけられたものと思われる。ヘビと鼠を意味するこれらの名も奇妙だが、ミホがモデルである「ナス」は人の名前としてさらに不自然で、どこか侮蔑《ぶべつ》的な印象を受ける。南島の習俗について調べていたときたまたま知ったのだが、産むという意味の「ナス（生す）」という語は、昔の奄美では忌《い》み言葉だった。この語を口にすれば子を産んだことが悪神に知れて災いが起ると信じられ、かつては出産のことを言うとき、「探し当てる」の意味がある「トゥムィタ」という語を使っていたという。

このことを私は、柳田国男の弟子であった長田須磨《おさだすま》の著書『奄美随想 わが奄美』（平成十六年刊）によって知った。柳田の指導の下で奄美方言の分類辞典を編纂《へんさん》した長田須磨は、上京後の島尾夫妻の面倒を親身になって見た「ウジッカ」（ミホの実父の弟）である長田広の妻で、島尾はのちに彼女の著書『奄美女性誌』（昭和五十三年刊）に序文を寄せている。島尾はおそらく忌み言葉であることを承知の上で、ナスという名を主人公の妻に与えたのだろう。

ミホは内心傷つき、怒ったに違いないが、この時期の島尾はそうしたことに頓着していない。事情が変わったのは、島尾の情事の発覚によってミホの狂乱が始まってからである。以後、島尾はつねにミホの眼を意識して作品を書くようになり、彼女が気に入るように何度も書き直したものもあることを、島尾自身が認めている。

書かれることが喜びであった時期、書かれることに耐えねばならなかった時期、さらに、書かれることによって夫を支配した時期——「書かれる女」としてのミホの人生は三つの時期に分かれる。それは島尾が描いたミホ像の変容に対応しているのである。

書かれることが喜びだった時期、島尾の文章の中のミホは、死を約束された男の魂を無垢な愛情で救う女性として描かれていた。しかし、のちに二人が陥る関係の兆《きざ》しもわずかに見え隠れする。

縁側に子犬のように寝転んで島尾の訪れを待つミホの姿を描いた昭和二十年七月三十一日付の手紙（「コノ前ノ晩ニ行ツタトキニハ……」）には続きがある。この後半部分では、ミホとともに夜を過ごし、明け方に峠を越えて部隊に帰ったときのことが綴られている。

峠ヲノボルト水ウミノ底ノヤウナ部落ノ中カラ嫋嫋トキコエテ来ル歌声ハ一体何ダラウ

ソレガ耳ニツイテ　ウシロ髪ヲヒキマス　モシカシタラ　ミホガ苦シンデヰルノヂヤナイカ　ミホガケガヲシタノデハナイカ　ソンナ風ニ思フノデス　ケレドモ思ヒキツテ耳ヲフサイデ帰リマス

オデッセイ　ヲヒキツケタ　サイレンノ女神ノヤウニ　モシ振向キデモシタラソノトキ　ボクハ石ニサレテシマフカモシレナイ（之ハウソ――ボクノ身ノ廻リニ起ル不思議ナコトハ　ミンナミンナ miho-chan-chan ノ　ヤサシイ　ヤサシイ心ヅカヒガソンナ風ニ不思ギナ現象ニナッテ　ボクニ見エルノデス）

（七月三十一日付）

峠を越えて帰っていく島尾の耳に聞えてくる、嫋々とした歌声。島尾はそれをホメロスの「オデュッセイア」に出てくるセイレーン（「サイレン」）が、オデュッセウス（「オデッセイ」）を誘惑する歌声にたとえている。セイレーンは上半身が若い女、下半身が鳥あるいは魚の姿をしており、島尾はこの手紙の中では「女神」としているが、実際には海に棲《す》む怪物である。航海中にその歌を聞いた者は心を奪われ、彼女のいる島に引き寄せられて永遠にその歌を聞かされるか、あるいは遭難して死に至る。オデュッセウスはその危険を冒し、あえてセイレーンの声を聞こうとするのである。

手紙の前半に描かれた場面（縁側で島尾を待つミホ）が、小説「島の果て」に出てくることを先に示したが、この小説には、手紙の後半部分に対応する場面もある。

中尉さんがトエをなだめての帰り道、峠の例のガジマルの樹の下に来るときまって峠の下の部落からあやしい音色が耳にまつわりついてきて歩みをさまたげるのです。そしてこんな気持に誘いこんでしまうのです。それは――部落全体が青い沼の底に沈んで、部落の人びとの悲しみが凝り固まり呪いの叫びを挙げているのです。やがて嫋々とした一人の狂女の声音になって沼の底からメタンガスのようにぶつぶつふき出し、峠を越えて部落をのがれて行く青年をとらえて放さないのです。その歌声は長く長く緒をひいて今までのどんな音楽にもきいたことのないようなメロディなのでありました。中尉さんは両手の指で固く耳にふたをして急ぎますが、その音色をきかないわけには行かなかったのです。それはトエがはだしのまま浜辺にとび出してきて歌っているのにちがいないのです。加那《かな》やもう見えらぬ……と。

（「島の果て」より）

「水ウミノ底」が「沼の底」に、「嫋嫋トキコエテ来ル歌声」が「溺々とした一人の狂女の声音」に、「耳ヲフサイデ帰リマス」が「耳にふたをして急ぎます」に――対応する表現を並べてみると、よく似ていながら、小説ではより暗く不気味にイメージの変形がなされていることがわかる。手紙の中で島尾が、ミホの苦しみの声ではないかと考えて後ろ髪を引かれる歌声は、小説では「メタンガスのようにぶつぶつふき出し」て、逃れようとする青年をとらえるのである。

そしてここで衝撃的なのは、「狂女」という言葉が使われていることだ。

先に記したように、この小説は終戦直後に書かれている。発表は昭和二十三（一九四八）年の『ＶＩＫＩＮＧ』一月号だが、昭和二十年の年末、ミホが奄美からやってくるのを待ちながら書き始めたと、「琉球弧から」ほかのエッセイで島尾本人が回想している。

昭和二十年の島尾の日記を調べると、十二月二十五日の頃に「題名なき童話を書き午前二時頃就床（中略）私の主人公の名前を決定した。即ち朔南魚《サク・ナウヲ》」とあり、翌二十六日には「昼童話（青白き月夜と題す）かゝんとすれど筆つゞかず」の記述が見える。そして年が明けて一月二日に「十一時から一時間〈青白い月夜〉を書きつぎ足しました」、翌三日に「十一時頃から（夜）二時間ばかり、〈青白い月夜〉を書いた。（中略）私のミホを求めてオシカクに降りて行く朔中尉を書いてゐる」とある。「朔中尉」は「島の果て」の主人公の名であり、この「青白い月夜」が「島の果て」であることは間違いないと思われる。昭和二十年の年末に書き始めたという島尾の回想通り、十二月二十五日に着手されており、事実上の戦後第一作であることがわかる。

裸足《はだし》で浜辺に飛びだし、愛する男の姿が見えないと歌う「島の果て」のトエ（＝ミホ）。愛を失うことを怖《おそ》れるあまり正気を失う女の姿は『死の棘』のミホに重なる。それが実際に起るのはこれが書かれてからおよそ九年後のことであるが、ミホの狂気は、このとき島尾の作品の中ですでに準備されていたことになる。

あるいはミホの狂気の予兆は、「島の果て」よりも前、加計呂麻島で書かれた手紙文にすでにあらわれていると考えることもできる。ミホの歌声をセイレーン（「サイレン」）になぞらえていること自体、島尾がミホとの関係に、何か不吉なものを感じていたしるしであろう。手紙では、最後に「之ハウソ」としているが、部隊を抜け出してミホのもとに通うことには、部下たちや集落の人々に知られてしまうこと以上の危険があることに、おそらく島尾は気づいていた。自分の中の何かがミホに搦《から》めとられ、ミホの中の何かが、自分とミホの将来に、ある翳《かげ》りをもたらすということにも。

しかし島尾には将来はないはずだった。特攻出撃さえしてしまえば、そこですべては終わるはずだったのだから。

ミホとの恋愛を醒めた目で描いている「朝影」と「夜の匂い」にも、この帰り道の場面が出てくる。ミホの狂気については、当然ながら「島の果て」よりずっとあからさまなかたちで描かれている。まずは「朝影」から引用する。

浜辺には千鳥が飛んでいた。

青麻の思い込みで、それはすぐ女を連想することにつながる。浜辺を追いかけて来はしないだろうか。もう一度ひき返してたしかめてみようか。と同時に、もうこれっきりで、やって来るものかとも思う。今夜あたりに出撃の命令が出て、それっきりになってしまうのだと思ったりもする。女から逃げ出すことだ。もうここまで手に入れたのだから女はもう俺にとって退屈さを表し始めたではないか。そのようなきれぎれの考えが交流する。女は夢中なのか。そうすると俺は危険だ。女は気がふれるかも知れないということがどうして予想出来ないと言い切れるだろう。呪いが青麻をとらえ得るだろうか。この島に生まれたこの女がユタの狐憑の状態にはなり得ないのだという保証もつけられないことではないか。

青麻は深夜に峠を下りて、ひそまり返った海辺の部落のたたずまいを見下ろしながら、いつも、俺はこの部落に魂が奪われる、と少し気どってひとり言を言って見た。

それが奇妙に青麻にしっくりした気持を湧きたたせることに効果があったからだ。

千鳥よ、浜千鳥よ
何故お前は泣きます

あの人の面影が立つから泣くの
あの人の面影が
ゆらゆらと消えずに立つの
塩を焼く煙のように

（「朝影」より）

そう女はうたうのだ。青麻は女に後髪をひかれていた。

引用文中の「ユタ」とは、沖縄・奄美地方の伝統的なシャーマンである。ノロと違って民間の霊能者で、ある日突然神が憑いて霊力を宿すようになる。最初に神が憑くときは、傍《はた》からは錯乱したかのように見えるという。

海をゆく旅人を誘惑するセイレーンの歌は、ここでは、かつてミホが島尾に捧《ささ》げた島唄《しまうた》になっている。男はその歌声に後ろ髪をひかれつつ、逃げなければと考えるのだ。

一方、「夜の匂い」では、帰り道の場面は次のように描かれる。

浜沿いに岬の方にしばらく歩いてすぐ赤土道の勾配にかかった。少しのぼって振り向くと湯湾の部落の全貌が眼の下に見えた。夜の底でかや屋根を寄せ養分を吸収し合っているきのこか何かのように見えた。小学校の瓦屋根が濡れた唇のように光った。月は中天にのぼっていた。木慈は歌声が聞えて来るように思った。それは気のせいかも知れないが嫋々と木慈の弱い心にからみついて来た。木慈は理恵の不吉な狂乱の姿を妄想した。ユタ神に憑かれた理恵が髪ふり乱して夜の浜辺を疾走しているように思えた。

（「夜の匂い」より）

ここでも女の狂気は南島特有の習俗であるユタと関連づけられている。これは狂気の源泉が島にあるとの考えが島尾の中にあったことを意味する。のちに書かれる『死の棘』においては、錯乱状態（島尾はこれを〝発作〟と呼んだ）に陥ったミホは「アゲー、アゲー」と奄美の言葉で苦しみの声をあげ、「ウニマ（悪魔）が来る！」と言っておびえる。かつてはミホのエロスの象徴だった島言葉が、島尾をおびやかす狂気のしるしとなるのである。

男を呪い、恨む女は、島（集落）そのものを体現している。「島の果て」に戻って引用部分をもういちど読み返してみよう。朔中尉がトエの家から帰る途中に耳にする「あやしい音色」は、もともとは「部落の人びとの悲しみが凝り固まり呪いの叫びを挙げている」ものであり、それが「嫋々とした一人の狂女の声音」となって朔中尉をとらえるのだ。

「朝影」では、男は「部落」そのものに魂を奪われ、「夜の匂い」では、夜の部落を「かや屋根を寄せ養分を吸収し合っているきのこ」に、小学校の瓦屋根を「濡れた唇」に例えている。まるで意思のある生きもののような描かれ方である。

ここで思い出されるのは、島尾が基地近くの集落の人々に、ある〝負い目〟を持っていたことだ。「シマオタイチョウ」が、奥野健男や吉本隆明が定義づけたような「島の守護者」では決してなかったことを島尾は自覚していた。島尾の部隊はちっぽけな南島ではなく本土を守るためにやってきたのであり、もし終戦が遅れて米軍が上陸していたら、加計呂麻島は住民の集団自決が起った渡嘉敷島と同じ道をたどったかもしれなかった。住民たちは島尾隊に加勢されて自決のための壕を掘っていたのであり、その作業にはミホも参加していた。

島尾には、いつか島に審《さば》かれるはずだとの思いがあったはずだ。それは怖れであると同時に希求でもあった。その審きを、やがて狂気という形でミホがもたらすことを、島尾は自身の文章の中で先取りしていたのである。

二

空襲が激しくなり、低空飛行の米軍機が機銃掃射を行うこともあった昭和二十年の七月から八月にかけて、島の人々も戦局の悪化を肌で感じるようになっていった。役場では加計呂麻島の非戦闘員全員を奄美大島本島に疎開させる案が検討され、それを知ったミホは島尾と離れなければならなくなるのではないかと動揺した。結局、疎開は希望者のみと決まり、ミホは安堵《あんど》の気持ちを島尾に伝える手紙（未発表）を書いている。そこには、「神様が私達三人ははなれては不可ないと御思し召されたのでございませう。この分ですと、いつまでも、いつまでも、何十年か後までも、三人お一緒にゐられそうな思がいたします。生きたままで。そうでしたら、どんなに、どんなに、うれしいことでございませう。きつと、きつと、そうなります」というくだりがある。何らかのかたちで、島尾が出撃しなくともよい事態になることに望みをかけていたようだ。

文中に「三人」とあるのは、島尾の部下の藤井茂という少尉を含めてのことである。藤井少尉は旧制第六高等学校（岡山）を卒業した、島尾と同じ予備学生出身の士官だった。島尾は兵科三期、藤井は四期である。横井小楠《しょうなん》を曾祖父《そうそふ》にもつ藤井のことを、島尾は「彼と私だけが、准士官以上の中では、順調な生い立ちをもった世間知らずのようであった」と書いている（「震洋隊の旧部下たち」）。

藤井はもともと瀬相の大島防備隊に配置されていたが、志願して特攻隊である島尾隊に転任し、第四艇隊長となった（島尾は第一艇隊から第四艇隊まである特攻隊全体の隊長と、第一艇隊長を兼務していた）。当時、藤井がミホに送った二十通近い手紙が彼女の遺品から出てきたが、それを読むと彼がミホに思いを寄せていたことがわかる。

藤井少尉はミホより歳下で、彼女を「先生」と呼んでいた。手紙文は敬語で書かれ、ミホが大島本島に疎開する可能性が高くなったときの手紙には「先生の居ない押角、先生の居ない加計呂麻。先生の居なくなったその晩に艇で出撃して死にたい」「先生を知らなければこんな悲しみはなかったのに。しかし先生を知らなければ今のやうな聖浄な気持になれなかつた筈です」などとある。藤井は島尾を敬愛することも人一倍で、ミホにふさわしいのは隊長だという思いから、二人の橋渡し役を買って出ていた。

ある夜、島尾は、部隊の近くまで自分に会いに来たミホを舟で押角まで送るよう藤井に命じる。その翌日、藤井はミホにこんな手紙を書いている。


昨夜はほんとに嬉しかつたです。舟をあんなに漕いだのは生れて始めて、流石にグッタリ疲れました。隊長が迎へに来て下さつて居てあの岩の所から隊長に漕いで貰つて白々と夜の明ける呑浦につきました。風が吹いて、隊長が「御苦労さんでした。」と一言卯云つて挙《ア》手げられた手をなか〱下されませんので私もいつまでも手を挙げて敬礼してゐました。涙が出て仕方がありませんでした。胸が一ぱいになつて、私は裸になつて海に入つて力一ぱい泳ぎました。そして皆が起きる前に水浴をしてすが〱しい朝を迎へました。隊長がつかれて神様のやうに美しいお顔で寝つて居られるのを見て頭を下げてソッと「隊長」と呼んでみました。私はまたしみ〴〵とこの隊長の部下であつたことに感謝しました。

そして今日は当直将校でした。

隊長が「きついだらう、少しおやすみ」と云つて下さつたので隊長のそばでコックリ〴〵居睡りをしました。

居睡りをして昨日から僕は舟の漕ぎつゞけだと独りで吹き出した位心は安らかに幸福《ユーモラス》でした。

つかれてかへつていらつしやつても煙草をやらうと僕を探し歩いて下さる隊長、こんな神様のやうな隊長に僕は心配かけて済まないと思ひました。（中略）

どんな悲しい事があつても昨夜先生を舟で送つた絵のやうな詩のやうな夢のやうな現実を胸に懐いて辛抱します。

神様のやうな隊長と先生。僕は幸福者です。（昭和二十年七月十一日付）

手紙の文面からはミホへの思いだけではなく「隊長」に対する思慕も伝わってくる。死出の旅をともにすることになる島尾への、一種同性愛的ともいえる微妙な感情が見え隠れする。

藤井はミホへの手紙の中で自身の母親のことにふれ、「僕は先生の一挙一動の中に母を見、母を感じます」「この殺伐な戦争の最中で母に仕へるが如く先生に仕へてゐるのを母《ママ》の心は和いでゐると思ひます」などと書いている。島尾を父、ミホを母になぞらえることで、死を約束された運命を耐えていた面もあるのかもしれない。丁寧な文字で書かれた手紙には生真面目《きまじめ》なロマンチストぶりがにじんでいて、ミホと島尾の往復書簡とはまた違う、痛々しいような若さが感じられる。

しかし島尾は、藤井とミホが手紙のやりとりをし（ミホも藤井に返事を書いていた）、ときに親しく語り合っていたことが気に入らなかったようだ。島尾が藤井にミホを送らせたのは、実は嫉妬《しっと》からであったことが、島尾とミホの往復書簡を最初に掲載した昭和三十八（一九六三）年の『婦人画報』の記事で明かされている。この記事によれば、島尾は艪《ろ》を漕ぐのが下手な藤井少尉に、わざとミホを舟で送って行くように命じたのだという。

高等女学校を卒業して島に帰ってから、青年団の活動などでもつねに中心にいたミホは、若い男たちから憧《あこが》れと思慕の視線を向けられることに慣れていた。藤井から寄せられる好意についても当たり前のように受け止め、気安く相談ごとをしていたが、島尾は藤井の言動に疑心暗鬼になっていたのだった。

藤井が島尾の内心の嫉妬に気づいていたかどうかはわからない。二人の恋愛の支援者たることを自分に課していたのか、ミホ宛《あ》ての藤井の手紙のほとんどに「隊長」のことが出てくる。

今、腕には当直将校のマークがついてゐます。

文章が非常に支離滅裂のやうです。頭に浮ぶまゝ書いていきます。どんなに苦労をしてもどんなに疲れ果てゝも先生に一目お目にかゝると一切が消滅して元気が回復して又生気を得ます。だから先生が若し本島に渡つて了はれたら今頃本当に頭が変になつてゐるかも知れません。（中略）

午后十一時。

「隊長、先生を迎へに行つてい ゝですか」

「いけない。駄目だ。」

僕は淋しかつた。一人で北門をとび出してズブ濡れになつて膝小僧を怪我して帰つて来て

大坪が来たのでこれで中止

——未完成——

（中略）結論が書けませんが御心配なく。僕はいつもあの花占の晩、指切りして約束した通りの僕です。ほがらかな、先生の顔みれば一ぺんに元気になる僕ですから。

（昭和二十年七月二十四日付）

藤井がミホと二人きりになれるのは、彼女を送り迎えするときだけだった。この手紙にある、彼が飛び出したという「北門」は、押角にもっとも近い場所にある島尾隊の門である。島尾はミホとの浜辺での逢瀬のとき、この門から外出していた。

こんな手紙もある。


今日は当直、何故か淋しい。

隊長も穏やかだけど先生のことは話されない。（中略）

又逢ひたくなつた。さうだお餅のお礼に行かなくてはならない。

何かしら、今日は淋しい。

隊長も淋しさう。先生も恐らく今頃淋しがつてゐるだらうに。

淋しい先生。あの晩はあんなに喋つたりあんなに騒いでゐた先生だけど僕は見てゐて今にも泣き出したくなる程淋しかつた。どんな姿にあつても彼女は、矢張り淋しい。静か。笑つても騒いでも淋しい人。俺も淋しい。今日の当直も実にうらがなしい。


（昭和二十年八月十三日付）

ミホと島尾の手紙だけでは分らない部隊内の雰囲気が伝わってきて、敵の艦隊を待つ日常の中で繰り広げられた三者三様の青春の物語が見えるようだ。のちに伝説化される特攻隊長と島の娘の恋に、若く純情なインテリ将校の存在が彩《いろど》りを添えているのだが、別の見方をすれば、島尾は部下に命じて部隊近くまで女を連れてこさせ、また送らせていたわけで、隊長みずから軍紀を乱していたことは否《いな》めない。島尾の中には複雑な思いがあったはずだが、ミホはただ恋の喜びと運命の残酷さに翻弄《ほんろう》されるだけだった。そして、ともに生きる将来をあきらめきれずにいたミホが、島尾の任務を思い知らされるときがやってくる。

「あなた」、夕べはミホとても悲しゆうございました。悲しくて、悲しくて……搭乗服のあなた!

「あなた」のみ胸にすがりついて、やつと、やつと、涙を抑えて居りました。唇をじつとかみしめて。

「後をふり向かないでかへるからね」つておつしやつて荒磯をズンズン、お歩きになつていらつしやる御姿、フルエ乍《なが》らじつと、じつと、こらへてゐました。しかし、ミホ堪らなくなつて、ワツト泣き出しそうになりました。倒れそうになりましたの、あのまゝひとりになつたら、本当にそのまゝ倒れてしまひそうになりましたの、それで「あなた」の、「あなた」の、あゝ、「あなた」の、みあとを追ひすがつたのでございます。

「あなた」、「あなた」ミホ、あゝ、いまでも涙をボロボロ、こぼし乍らかいてゐます。特攻出撃！　出撃！　出撃！　（昭和二十年七月二十七日付）

ひと息に書いたという感じの乱れた文字である。この前日、ミホは震洋艇の搭乗服を着た島尾の姿を初めて見たのだった。

避けられない別れを覚悟したミホは、ひたすら島尾の訪れを待って暮らすようになる。

夕べはどうしてもいらつしやるやうなきがしておきてゐました。羽子板星が東に表はれだん〳〵空たかくのぼり、やがて永い事してからあの暁の明星が輝きました。あのお星さまがひかると、淋しい諦めのおもひがしのびよります。でも、未だ、未だ――。随分たかくなりましたのでお家の中へはいりました。ほんとうに、〳〵、夕べはいらつしやる様な予感がしましたのに。はまゆうをゆすぶり、朽葉を掌にとり、心うきうきと、ひとりで微笑んだり門まで出たりしましたのに。（中略）
昼間どんなに働いても夜御目にかゝると翌日元気が出ます。御目にかゝると一時間でもぐつすりねむれますから。いらつしやらぬ夜は明けるまで、ネズミの音にはねおきたり、風が戸をゆする音にかけて行つて戸をあけたり、お縁に出て裏門の方をみつめてベソかいたり、戸のすきまが外のあかりで光つたりするとすぐ出てみたり、神経をそばだててゐますので、翌日疲れるのです。なんとかして御目にかかれないかとそればかりねがひつゞけてゐるのです。

いらして下さい。ほんとにお目にかゝりたいのです。（昭和二十年八月八日付）

逢いたい思いを切々と訴えるこうした手紙が何通も残っている。このころのミホの手紙は知り合った当時の丁寧な筆跡ではなく、思いのたけをそのままぶつけたような走り書きに近い文字で書かれている。島尾の手紙の文字は細かく端正だが、ミホのそれは総じて大ぶりで、のびのびと大胆である。

手紙には、ともに夜を過ごした島尾を見送ったあとに書かれたものもある。

今朝のお別れはほんとうに、ほんとうに、かなしゆうございました。学校の前の広場に佇んで、朝もやにつゝまれる赫土道を、人影を求めて、いつ迄も〳〵みつめて居りました。

ウジレハマ　朝ぎり

軍服のお袖に
別れ涙の
別れ涙の紅のあと
敏雄様　亦《また》御出になりませうか。御目にかゝりたくて御目にかゝりたくて、堪りません。
スカマミチィダニ
ヨネヤ　マタ　ミブシヤ
イキヤシ　十日　二十日
ワカレテ　ヲラリヨ
(今朝お逢してさへ
夕べとなれば亦　お逢ひしたうございます
どうして十日、二十日
別れて居られませう)
(日付なし)

文中にある「ウジレハマ　朝ぎり……」の詩は、「はまよはゆかず　いそづたふ」のノートに島尾が再録している。そのあとの「スカマミチィダニ……」は奄美の島唄(恋唄)である。

島尾は集落の人々や部隊の者たちに見られないよう、夜が明ける前に部隊に戻らなければならなかった。ミホの手紙には、空が明るんでからあわてて帰っていった島尾に、引き留めたことを詫《わ》びているものがある。

此の前の朝方、あんなに明るくなつて居りましたので、とても〳〵心配致しました。

中訳なくて、中訳なくて。

あの坂道を、どの様なおもひで御越え遊されましたやらと、大急ぎでかけ登っていらつしやる御姿が胸にやきつき、中訳ないおもひに、泣いて居りました。きつと、〳〵、汗をおかきになつて、「こんな明るくなつて、しまつた！」とかなしく御思ひになりて御帰隊遊されました事でございませう。　（日付なし）

未発表の手紙から引いた。こうした朝帰りの経験も、昭和二十七年の「朝影」には描かれている。夜明けの「無慙な透明な明るみ」を怖れ、「また失敗ったことをした」と後悔しながら帰隊を急ぐ主人公。彼は、同じように女のもとからせかせかと帰隊を急ぐ部下と鉢合わせする。みずからの愚かな姿を眼前に突きつけられた思いで、咎めることもできず「どっちもうまいことをしている同じ穴の貉じゃないか」と自嘲《じちょう》するのである。

いつ出撃命令が下るかわからない状況下で隊を留守にする後ろめたさの中、島尾は明け方近くに帰っては、畠でイモ作りに励む部下たちをよそに、空襲を避けるために作られた壕《ごう》の中のベッドにもぐり込んだ。隊長である島尾は、隊内での位置を当直室に知らせておきさえすれば、昼間から寝ていることも許されたのだ。そんな生活の中、島尾は自己嫌悪《けんお》の念にさいなまれてミホに当たることがあった。ミホの手紙にこんな一節がある。同じく未発表の手紙から引く。

「俺には仕事がある。早くかへれ、また今日もダラシなく昼間ねなければならないから、早くかへれ！」

あの御言葉、「ミホはどうあやまつたらいいんですの、ミホの為に「ダラシなくひるまねなければならない」、そのおことばにどんなに御侘び申上げたらいいんですの。ほんとうに消え入つてなくなつて了《しま》ひ度《た》ひ程悲しかつた。

（昭和二十年八月十二日付）

ミホに帰れと言っているということは、このときは部隊近くの浜辺で逢っていたのだろう。島尾との逢瀬のためだけに生きていたミホには残酷な言葉だったに違いない。手紙の日付を見ると、特攻戦が下令された日の前日である。大規模な空襲や出撃命令がいつあってもおかしくない中、深夜に部隊を抜け出して女に会いに行く生活は、このころになるともう限界に近かったのだろう。

島尾がミホの家に明け方までいることができたのは、前述したように、ミホの養父である大平文一郎が疎開小屋で夜を過ごすようになっていたからだ。そのうちミホは、昼間も文一郎を疎開小屋へ行かせるようになる。


Nは真昼でも、深夜と同じように私を待っているに違いない。Nにとっての生活は、ただ待っていることだけだ。

私もめくらになってしまった。みなしごのNに、此の世の中でたったひとりの孫娘をたよりに生きている年老いた祖父だけを谷の奥の疎開小屋に移させ、Nには部落の中の家に寝起きさせるようにしたのは、私ではなかったか。Nは、年寄りは部落うちは危ないし、危急の時に逃げ出すことが困難だからという理由で、祖父をひとりぼっちにさせてしまった。（「出孤島記」より）

島尾と二人きりの時間を過ごすために、高齢の父を不便な疎開小屋に追いやったことは、あとになってミホに重くのしかかってくる。

『死の棘』の第四章に、ミホが加計呂麻島に帰ってアンマ（母）とジュウ（父）に会った夢を島尾に話す場面がある。昭和二十九（一九五四）年十二月二十七日の島尾の日記にこの夢のことが記されており、内容は小説と完全に一致する。ほかの重要な場面と同様、事実をほぼそのまま書いたと考えていいだろう。以下、その場面を『死の棘』から引用する。

「ゆうべ、あたし、島に帰ってきたわよ。空は青く青くすんでいるのに、あたしはこんなからだになってしまって、家にはどうしてもはいることができないじゃないの」

妻は私の顔をわざと見ないで、ゆっくり、はなして行く――ジョウグチから（と門口を島の方言で言い）庭をのぞくと大きな穴があいていて、人々がたくさんつめこまれていた。蛆虫が穴のふちから外のほうに出てきてぞろぞろはいまわっている。蛆虫がうじゃうじゃ、穴のなかの人もいっぱい。その穴のなかの人々にまざって死んだアンマとジュウの血の気の失せたむごたらしい青い顔が見えた。いきが止まるほどびっくりして、「アンマイ！」と叫び、穴のなかから助け出そうと駈けよると、アンマは「ここに来てはいけない」とついぞ見たことのないこわい顔をして手を振った。「おまえがその苦しみから脱けだせなければ、アンマもジュウもこの穴からはいあがることはできない。おまえはまたどうして島に帰ってくる気になったものか。帰ってくるところではないのにねえ。かわいそうに」ジュウは頬やあごの白いひげがのびほうだいになって、目もとだけは昔のままにやさしかったが、やつれ果てていた。「アンマは疎開小屋に行けと言ったわ。あたしはその意味がよくわかった。あたしはなんとおそろしいことを平気でやっていたのでしょう。あの戦争中のとき海軍基地にいたあなたがいつやってくるかわからなかったし、ジュウがじゃまだったの。だからジュウひとりをあんな不便な疎開小屋に追いやっていたのだわ。死んでもいいと思ったわ。アンマはそこにあたしを行かせたのです。……」

（『死の棘』第四章「日は日に」より）

戦時下の極限状況での恋から十年近くが経《た》ち、夫となった島尾の裏切りが発覚したとき、熱情に目がくらんだ当時の自分がしたことがよみがえったのである。血のつながらない自分を誰よりもいつくしんでくれた父にした仕打ち――夢の中でそれを指摘したのは、父を残して先に逝《い》った母なのであった。その母に言われるままに、ミホは疎開小屋へと向かう。

「……あたしはそこに行って泣きました。泣いても泣いても涙がとまらないの。しまいには目がつぶれてあかなくなったわ。そうしているうちに下半身が腐ってきました。みんな天罰です。みんなあたしがじぶんでしたことのむくいです。あたしがあんな神さまのようなジュウを犠牲にしてえらんだあなたからはこんなひどいめにあわされたのです。……」　（同前）

疎開小屋で下半身が腐ってきたという夢の中の状況は、島尾との性的な結びつきのために父を疎開小屋に追いやったことを暗示している。さらに思い出されるのは、島尾が梅毒をわずらっており、ミホが島でそれをうつされていたという、第一章で取り上げた事実である。私が最初にそれを知ったのは、平成二十一（二〇〇九）年から『新潮』誌上で連載が始まった島尾の終戦後日記（平成二十二年に『島尾敏雄日記――「死の棘」までの日々』として刊行）の昭和二十一（一九四六）年二月二十日の記述によってだが、遺品の中にあった島尾の日記原本でその部分を確認したとき、『死の棘』の中でも特に強く印象に残っていたミホの夢の場面が衝撃的によみがえってきた。

下半身が腐るという不気味な夢――このあとさらに怖ろしい展開となる――は、父を追い出した家で性行為を行っていただけではなく、崇拝していた「隊長さま」から思いもよらぬ病気をうつされていたことからきたものではないかと思い当たったのである。病気のことは自分自身の傷であった以上に、大切に育ててくれた両親への申し訳なさとして、ミホの生涯の悔いとなったに違いない。

親よりも異性を選ぶのは、ある年齢に達した男女にとって当然のことといえるが、このときのミホをさいなんだのは、「神さまのようなジュウを犠牲にしてえらんだあなた」が自分をないがしろにしてほかの女に走り、そのために自分を狂気に追いやったことであった。それはジュウをも貶《おとし》める行為にほかならなかった。

そのジュウ、大平文一郎は、島尾にとって奄美を象徴する存在だった。島尾が裏切ったのは、ミホであると同時に文一郎であり、ひいては奄美そのものだったといえる。ミホがアンマから、ここはおまえの帰ってくるところではないと言われたのは、島を汚した男の妻であり続けているからだ（島尾の日記によれば、この夢を見たあとから、ミホは家を出て行きたいとしきりに言うようになる）。

夢の中で、ミホの両親はたくさんの人々とともに大きな穴の中にいる。蛆虫が這《は》っているのは、中にいるのがみな死者であるからだ。この第四章の草稿のコピーが私の手もとにある。ミホの没後、『死の棘』の各章の草稿が段ボール箱に入って保管されているのが見つかったのだ。この場面の草稿は二種類あるが、どちらにも、両親のいる穴の中だけではなく、疎開小屋へ行ったミホの腐っていく下半身にも蛆が這っている描写がある（完成稿では削除されている）。

また草稿では、下半身が腐り始めたのは、疎開小屋の土間に置かれたベッドの上に仰向けになっていたときであり、性交渉の暗示となっている。ベッドの話も完成稿では削除されているが、ミホが実際に見た夢にはベッドが出てくることを、島尾の日記の記述(のちに引く)から知ることができる。

暗示といえば、ジュウとアンマが押し込められ、はいあがってくることのできない大きな穴は、島の戦時中の自決壕を思い起こさせる。蛆の這う穴の中に死んだ両親がいる描写からまず連想するのは、『古事記』のイザナギが変わり果てた姿になったイザナミに会う地下世界=黄泉《よみ》の国であるが、自決壕のことを知って読めば、ミホの両親だけでなく大勢の死んだ住民たちも押し込められているこの穴には、島尾の部隊が加勢をして住民総出で掘っていた、あの壕のイメージが色濃く投影されていることに気づく。

この夢の話をミホから聞いたとき、島尾は戦慄《せんりつ》したに違いない。ミホの夢は島尾の罪を二重にあばいている。まもなく死んでいく身であるにもかかわらずミホと性関係をもち、しかも病気をうつした罪。そして、守り神として自分をあがめていた住民たちを、集団自決へと導いたかもしれない罪である。

ミホの夢の描写は続く。

「……あたしのからだが腐ってくるぐらい当然のむくいです。そう思ってじっとしているとね、あなた、そこにだれがきたと思う? あいつよ、あいつがやってきたのよ。あたしはおそろしくて声も出なかったわ。あなたとぐるになってあたしをこんなからだにしておきながら、それでもまだ足りないで、島まで追っかけてきたのよ。そして、ぼろぎれにくるんだ何か犬の子みたいな生きものを持っているじゃないの。あたしがなんだろうと思ってたしかめようとすると、あいつはね、口をゆがめてへんな笑いを浮かべたかと思うと、その生きものを高くさしあげて、あたしの目のまえで、土間にたたきつけたわ。それはなんとも言いようのない気味の悪い声を出して動かなくなったわ。あたしは、見たの、それがまだ生まれてまもないあかんぼうだということを見てしまったの」

そう言うと妻はじっと私の顔をのぞきこんだ。そして、ぽつりとつぶやいた。

「あなたの子でしょう、それ」 (同前)

青ざめながら聞いていた「私」は返事をすることができない。『死の棘』全篇の中で、もっとも怖ろしいシーンのうちのひとつである。

ミホが「あいつ」と呼ぶ愛人の女性が妊娠し、島尾が金を出して中絶させたと思われる会話が『死の棘』第二章に出てくるが、島尾の日記やミホの未発表の手記を参照すれば、それが事実であるらしいことがわかる。ミホの夢は島尾の罪を二重にあばいていると書いたが、それは戦時中の罪だった。ここでさらに、戦後の島尾の罪があらわになるのである。

ミホはさらに話し続ける。

「ぞーっとして、そこを逃げだそうと思ってもどうしても足がすくんで逃げられないでいると、悪魔がつぎつぎにやってきて、いろいろのことをささやいたわ。でもその悪魔たちはいつのまにか、ルビコンのお客にかわっていて、どのひともおれとねるのなら腐ったからだをなおしてやると言っていたわ」（同前）

ここで唐突に出てくる「ルビコン」とは、島尾が「あいつ」にのめり込んで朝帰りをするようになったころ、ミホが勤め始めた銀座のバーの名である。ここでミホは「ミヤ」という源氏名で働いていた。ルビコンの経営者は、島尾の小学校時代の恩師で作家でもある若杉慧《けい》の夫人だった。若杉が島尾とのかかわりを回想した「島尾敏雄への私情」（昭和四十七年刊『半眼抄』所収）によれば、ミホのバー勤めは、夫を理解するために男性というものを知ろうとしてのことだったというが、客あしらいがうまくできず、三か月も続かずに辞めている。

『死の棘』では、この場面にいたるまで、店についてもミホのバー勤めについても何の説明もなく、ここでいきなり店名だけが出てくる。同じ章の後ろの方に、若杉（作品中では「Wさん」）の家に夫婦で出かけていく場面があり、「その夫人が経営しているバーの女給に妻をしばらく使ってもらったこともあった」と書かれているが、この部分を読んでも、読者はミホの夢に出てきた「ルビコン」と結びつけることはできないだろう。

本書の第一章で引いた、ミホがトシオに「結婚式のその日から、あなたは悪い病気にとりつかれていたのですからね」と言う場面もそうだが、読者の理解を前提とせず、事実の断片をそのまま小説の中に埋め込むことを島尾はしばしば行っている。「どうして小説を私は書くか」(昭和四十二年)というエッセイの中で、「筋道をつくり、ものがたりを構築しなければならぬ掟を小説の中にかぎつけ、その掟が、式順とからみあって、私にはよそよそしく見えた」「自分では管理できず、検証し分類することができないものなどもみんな含めた領域の中でしか、私は規制されたくない」「私の目のまえを過ぎて行くものを目のまえでとらえて記録することだ。意味づけなどしないで透明にとらえること」などと述べているように、それは物語を構築することを嫌悪し、ただ記録することにこだわった島尾ならではのやりかただった。

なお、ミホが島尾に話した夢の内容は、島尾の日記では以下のように記されている。

こんなになって帰って来た、家にははいれない、庭に大きな穴、人がいっぱいはいっている、うじがぞろぞろ、アンマとジュウがいる、こゝに来てはいけない、アンマとジュウにおしやられて山の家に行く、その中のクライベッド、下半身くさりかゝってうじがはう、アイツが腐った赤ん坊をつれてくる、たゝきすえ、赤ん坊を殺す、色々いやなアクマがくる。ルビコンの客が、交々に来てヤラセレバ直シテヤルという。

(昭和二十九年十二月二十七日)

メモ程度の記述ではあるが、内容は『死の棘』に描かれた通りである。キーワードとなる語はすべてここに出てきており、島尾がほぼ忠実にミホの夢を作品内で再現したことがわかる。

戦時中にしたことを突きつけられるということで言えば、神戸に復員し、ミホが奄美からやって来るのを待っていたころの島尾の日記に、こんな一節がある。

押角で三保が妊しんしたといふ評判がたつたとき余は正体の知れぬ熱病にかゝり、今日このごろの如く食慾進まず、眼まひがし、身体の関節が痛み熱をもち首不快胸部どん痛腹部不消化になつた。

(昭和二十一年一月九日)

命がけのロマンスとして美化されがちな島尾とミホの恋愛だが、こんな噂《うわさ》が流れたこともあったのだ。二人のことは、部隊内はもちろん押角の人々にも知られていた。文一郎が疎開小屋に移り、ミホがひとりになった家に島尾が通っていることを知っていた人も少なくなかったようだ。そんな中、二人の恋をだれもが無条件に祝福していたわけではなかった。奥野健男との対談に、こんなやりとりがある。

奥野　だけれどあの時、ミホさんのところへ行く、――もう、隊員が公認してたわけですか。なんとなく、ミホさんのところへ行くということは。

島尾　そうね。どうなのだろうか。公認するもしないも、とにかくその時の指揮官で、上がいないわけだから、それが出てゆくのだから、しょうがない……。

奥野　だから、みんな便宜をはかったわけね、いっしょうけんめい。

島尾　なかには快く思ってない人もいたね。

（「島尾敏雄の原風景」より）

妊娠といえば、島尾の部下で兵曹長だった脇野素粒という人物が、戦後の手記の中でこんなことを書いている。

隊員の中に何時しか部落の娘と恋を語るものが出来た。それは最初、噂として拡がって来たのであるが後には真実となって、現われた、と云うのはその娘が妊娠したからである。斯うした噂は隊長格の島尾中尉や私達士官の耳にも入って来た。士官の中にはこれを聞いて激怒する者もあったが、隊長格の島尾中尉は平然として笑って聞き流しにしているかのようであった。

（「大島新聞」昭和三十六年六月十日「島尾敏雄を語る」より）

自分も同じように女のもとに通っている身である島尾としては、この部下を咎め立てすることはできなかったのだろう。

地元の娘と恋仲になった兵士は島尾の部下に複数いた。この手記に出てくる部下かどうかはわからないが、基地近くの集落の娘を身ごもらせた下士官がおり、島尾は戦時中、みずから仲人《なこうど》を務めてこの二人に結婚式を挙げさせている。娘は女児を出産したが、復員して故郷に帰った相手の下士官は、それきり島に戻ることも、彼女と子供を呼び寄せることもなかった。彼女は母親の助けを借りて、一人で子供を育て上げたという。

下士官の子供を産んだこの女性の姉にあたる人から話を聞いた。ミホより三歳下のこの姉は、大平家とは子供のころから家族ぐるみの付き合いで、ミホとは晩年まで往《ゆ》き来していたという。島尾の没後しばらくして会ったとき、ミホは開口一番、「島尾は責任を感じて、あなたの妹さんのことを死ぬまで案じていたのよ」と言ったそうだ。

駐留している軍の兵士と地元の娘の恋愛が、きれいごとだけですむはずはなく、島尾の部隊でも、戦争が終わってみれば、無残な現実だけが残ったケースがほかにもある。

震洋隊が基地周辺の人々に撒《ま》き散らしたと島尾が戦後に回想する「荒廃の種子」には、

こうした男女関係にかかわることも含まれていた。復員後、ミホを呼び寄せて結婚した島尾だったが、戦時中は出撃してしまえばすべてから逃れられるという気分があったことは否めず、そうした気分が部隊全体に蔓延《まんえん》していなかったとは言えない。すべてを終わらせ、解決してくれるはずだった特攻戦が下令されたのは、昭和二十年八月十三日の夕刻である。夜が更《ふ》けたころ、島尾が出撃することを知らせに来た大坪という名の兵曹に、ミホはその場で手紙をしたためて託した。

北門の側まで来てゐます。ついてはいけないでせうか。御目にかゝらせて下さい、御目にかゝらせて下さい、なんとかして御目にかゝらせて下さい、決して取乱したりいたしません。

ミホ

八月十三日真夜

敏雄様

鉛筆の走り書きである。これまでに何度か活字化されている手紙だが、ミホの遺品にあった実物を見て、「ついてはいけないでせうか。」の部分が、上から一本線を引いて消されていることがわかった。書いてしまったあとで、告げてはならないことだと思い直したのだろうか。しかし心中では、島尾のあとを追う決意をミホはすでに固めていたのだった。

三

裏庭の井戸端で着ているものを脱ぎ、繰り返し水をかぶって身を清めたミホは、養母の形見の喪服をつけて新しい紋平をはいた。文一郎は疎開小屋へ行っており、家にはミホひとりである。いつもより濃く白粉《おしろい》を刷《は》き、紅皿の口紅を指にとってさす。遠くから、集団自決のために集合するよう住民に触れ歩く声が聞えてきた。ミホはのちに、「その夜」という短篇の中で、このときの呼びかけの言葉を書き留めている。

「皆さーん、いよいよ最期の時が参りました、自決に行く時が来ましたー。家族全員揃ってナハダヌミャーに集まってくださーい。防衛隊員と男女青年団員は握り飯を一食分だけ持って、ほかの人は荷物など何も持たないようーに、必ず部落全員一人も残らないように集まって下さーい」

ナハダヌミャーとは祭りが行われる広場のことである。集団自決には加わらず、ひとりで島尾のあとを追うことを決めていたミホは、島尾から渡されていた形見の短剣を懐《ふところ》に家を出た。海岸に出て、磯づたいに島尾隊を目指す。いまごろは集落の人たちと一緒に自決壕に向かっているであろう文一郎のことを思い、淋しげな後姿が浮かんで胸が痛んだが、きっと父らしい立派な最期を遂げてくれるはずだと自分に言い聞かせた。家には、文一郎がいったん戻ってきたときのために、死出の装束を揃えて置いてきていた。新しい肌着と喪服、仙台平の袴《はかま》をほどいてこの日のために仕立てておいた裁着袴《たっつけ》（膝から下を細く絞ってある袴）である。

自分は浜辺で島尾の出撃を見届けてから短剣で喉《のど》を突き、海に身を投げるつもりだった。北門まで行けば、出撃のエンジン音が聞こえ、震洋艇が立てる艇尾波が、夜光虫のきらめきで夜目にもくっきり見えるはずだ。島尾が搭乗するのは第一艇隊の一番艇で、先頭に立って入り江を出てゆくことをミホは知っていた。

潮に濡れ、ときには岩場を這うようにして暗闇の磯を進む。塩焼小屋の下を過ぎたあたりで、出撃準備のために海岸に引き出された震洋艇が見えた。兵士たちの声も聞こえてくる。身を隠しながら大岩の崖《がけ》が続く難所を越えると、さっき島尾の出撃を知らせに来てくれた大坪兵曹がいた。ミホの姿を認めた兵曹は、北門の側で待つようにと言って駆け去った。

そのころ島尾は、出撃準備をととのえて発進命令を待っていた。エンジンの点検、炸《さく》薬《やく》への電路接続、そして信管挿入。いつでも出発できる態勢で司令部からの電話に備えた。しかしいつまでたっても何も言ってこない。こちらからも連絡してみたが新しい情報はなく、時間ばかりが過ぎていった。

島尾は部下たちをいったん休ませることを決めた。搭乗服のまま各自の兵舎で睡眠を取るよう指示したが、自分は眠るわけにはいかない。当直室にこもり、引き続き司令部からの指示を待った。

一向に動きのないまま真夜中が過ぎ、今夜はこのまま何も起らないかもしれないと思い始めた島尾は、部隊の外の浜辺で待っているはずのミホに会いに行くことを決める。手紙は少し前に大坪兵曹から受け取っていた。

当直の伍長《ごちょう》に、何かあったら北門の番兵塔に向かって大声で呼ぶように指示して当直室を離れた。北門の番兵には海峡の状況を見て来ると告げ、浜辺を走る。砂浜に黒い小さな人影を認めた島尾は速度をゆるめた。

海に向かって正座していたミホの耳に、大股《おおまた》に近づいてくる足音が聞こえてきた。

足音はすぐ側で止まりました。

ふり仰ぐと、飛行帽、飛行服、白いマフラー、半長靴の搭乗姿で背の高い隊長さまがにこにこ笑って立っていらっしゃいました。

「隊長さま!」と思い、涙がどっと溢れました。噴きあがってくる感情をぐっと抑えると、喉の奥から嗚咽がこみあげてきて、私は隊長さまの半長靴の上に頬を押し当てて涙をこぼして泣きました。

「大坪が何を言ったか知らないが、演習をしているんだよ、心配しなくてもいい。さあ、立ちなさい」

隊長さまは私の両肩を持って立たせようとなさいました。柔らかくあたたかな掌の感触をしびれるようなよろこびと悲しみでからだいっぱいに受け止めながら、私はため息ばかり出てきて、手足はぐったりと力が抜け、立ち上がることはできませんでした。

隊長さまが御自分の手に力を入れて立たせようとなさった時、私もようやく力を足にこめましたが、充分に力が入らず、隊長さまも私もよろめいて、お互いにしっかり相手のからだを握りしめました。このままずっと放さずに居れるものなら、私のからだは石になってもいいと思いました。（中略）

今だけ、今のこのひとときだけが、私の目と手で確かめる事ができるのだと、私は隊長さまのからだを両手でしっかりと上の方からしごくように抱きしめて行ったのですが、足もとまできて靴の上にうっ伏すと、たまらなくなって泣きくずれてしまいました。

（島尾ミホ「その夜」より）


Nは坐ったまま私を見上げ、私はつっ立ったまま、Nの、涙で顔は濡れ、唇がはげしく痙攣している有様を見た。

私の心は冷く其処にはなかった。今に及んではNの体臭がせつな過ぎ、当直室を不在にしていることで私は不安であった。今にも、番兵がどなり出しはしないか。発進命令が今にも下りはしないか。

「馬鹿だねえ。誰におどかされたんだ」

Nは煙草のやにのような皮革臭い私の飛行服姿の下肢の方を殆んど放心したのろまさで自分の掌でさわって見ることを繰返した。そして私の靴に彼女の頬をすりつけようとさえした。

「演習をしているんだよ。心配することはない。お帰り、帰っておやすみ」

Nは私の顔を見上げて、ゆっくり首を左右にふった。それは私がどんなに気やすめの嘘をついても知っていますというように見えた。そして静かに私の身体をさわった。私は自分がひょっとしたら幽霊ではないかしらと思う程、もう此の世の中には亡くなってしまったものを追慕している調子がNの様子に表われていた。

私はNを両手で抱いて立たせたが、Nの身体からは力が抜けていて、私はよろよろした。顔はほの白くいくらか濃い目に化粧をしていた。その化粧のせいで百合の花のにおいに似た香りが、私の鼻を打った。黒っぽいかすりの着物を胸元をきつく合わせて紋平をはいていた。

「いいか。之は演習だからね。心配するんじゃない。夜が明けたらすぐ使いの者をやろう。こんなところに居ないですぐ帰るんだよ」

私はNの身体をゆすぶるようにして、そう言った。

Nはこみ上げてくる嗚咽でがまんがしきれぬもののように、「う……」とあふれ出る涙を流した。

（島尾敏雄「出孤島記」より）


ミホと島尾のそれぞれによる、特攻戦が下令された夜の逢瀬の場面である。

島尾はここに引いた「出孤島記」のほかにも、「出発は遂に訪れず」（昭和三十七年）でこのときのことを書いている。「出発は遂に訪れず」は、内容的には「出孤島記」の続編に当たり、二作はまとめて一本の作品として全集に収録されたこともある（昭和四十年刊、集英社『昭和戦争文学全集』第十巻）。「出孤島記」には特攻戦が下令されたものの発進命令が出ないまま夜が明けるまでが、「出発は遂に訪れず」にはそれから終戦までが描かれている。

この二作は八月十三日から十五日までの三日間の経過を順序立てて詳細に追っている。戦争体験を語ったおびただしい数の島尾のエッセイ、対談、インタビュー、さらに日記と照らし合わせても事実関係に齟齬《そご》はなく、三日間の記憶を忠実に再現しようとしたと思われる。ミホについては、「その夜」に書いた内容は事実であることを、私は生前、本人から聞いている。

　この夜の出来事について、ミホが書いていることと島尾が書いていることとの間に事実関係において食い違いは見られず、その分、二人の気持ちの微妙なずれが際立つ。島尾の身体の感触を確かめ、最後の時間を悲しみ尽くそうとするミホ。対して、いつ発進命令が出るかわからない中、隊長の身で隊を脱け出してきた島尾は「私の心は冷く其処にはなかった」と書いている。島尾は、これは演習だと繰り返しミホに言い聞かせる。その嘘をミホは「私を悲しませまいとしての御心遣い」と受けとめるが、島尾にしてみれば、とにかく早くなだめて帰したい気持ちだったろう。

　離れていこうとする島尾にすがり、その身体を抱きしめるミホ。これとほとんど同じシーンが『死の棘』の第二章にある。

　夫婦喧嘩《げんか》の最中、ミホが島尾を平手打ちにする。思わず打ち返した島尾に「よくもあたしをぶった」と目をつりあげてつかみかかるミホ。島尾は玄関に逃げ、家を出て行こうとする。もともとはそんな気はなかったのだが、いきがかり上、近くを走る国電の鉄路に向かって走ってみるつもりになったのだ。それまでも、罵《ののし》り合いに興奮した片方が、自殺すると言って鉄路に駆け出したことが何度かあった。

　三和土《たたき》に裸足で下りた島尾が履き物を探していると、それまで突き放すように島尾を見ていたミホが、「おまえたちのおとうさんが逃げて行くよ。早く起きなさい」と子供たちに大声で叫び、島尾を止めようとしてしがみつく。髪を振り乱し、上衣《うわぎ》のポケットを引き裂いてつかみ合う両親を、おびえて見つめる子供たち。まさに修羅場である。狂気を装う自分にふと白けた島尾が、もみあっていた身体の力を抜くと、ミホは島尾の腕につかまって震え出す。

妻は円柱をかかえるように両手で夫を抱いたままそのからだをしごくようにすべり落ちて、坐ってしまった。(中略)たたきに坐り、夫の足の甲を撫でたあとで頰を押しつけ、そして涙をとめどなく流すので、ふと戦時中のことを思ってしまう。

(『死の棘』第二章「死の棘」より)

「死」に向かって出ていこうとする島尾にすがりつくミホ。十年近いときを隔てて、呑之浦の海岸の情景が、東京の下町の粗末な家の玄関で再現される。島尾の身体を「両手で」、上から下へと「しごくように」抱きしめながらすべり落ちる描写といい、靴(足の甲)に頰を押しつけて泣くことといい、八月十三日を描いた二人の文章とぴったり重なる。ただし今度は、島尾が出てゆく先にある死は、妻に対抗して「気ちがいのまね」をすることを覚えた夫の、しょせんは狂言にすぎない偽物《にせもの》の死である。

八月十三日深夜の逢瀬はごく短いものだった。島尾は夜が明けたら部下に手紙を届けさせるからと言い置いて部隊へ帰った。一人になったミホは、島尾が砂の上に残していった足跡のくぼみに頰を押しつけて泣きくずれた。そして、島尾が踏みしめたその砂を両手で掬《すく》い、喪服の衿《えり》を押し開いて胸の中に入れ抱きしめた。

当直室に戻った島尾は、発進の命令を夜通し待ったが、司令部からは相変わらず何の音沙汰《おとさた》もなく、奄美群島に上陸する公算が大きいとされた敵船団の情報も入らない。やがて千鳥が鳴き、雀《すずめ》が囀《さえず》り出した。太陽にあたためられて海辺の空気が動き出す。出発のときが訪れぬまま、八月十四日の朝がやってきたのだった。

すでに制空権を失っている状況下で、小舟艇での昼間の特攻はありえず、島尾はひとき、「しびれるほどの安堵」にひたった。早朝に司令部から伝えられた指示は、震洋艇に信管を装備したままの即時待機だった。一方、いつ震洋艇が出撃してもいいように、目をこらして入り江を見つめていたミホは、昇りくる太陽を見て、ひとまず家路についた。

十四日の午前、島尾はミホに手紙を書き、押角方面に行く公用使に届けさせた。前夜の約束を守ったのである。ミホが死ぬまで大切に持っていたその手紙は、粗末な方眼紙に書かれており、一辺が五ミリに満たない小さな升目の中に、島尾の几帳面《きちょうめん》な文字がきっちりと収まっている。

ミホ
ドウデス、ボクノ言フ通リデセウ
ゼッタイシンパイシテハイケマセン
ボクノサイアイノミホ
ユウベハホントウニイヂラシクテカワイサウダッタガ
ナニシロシゴトノツゴウデスカラカンニンシテクダサイ
コンヤモオイデ　ユウベノトコロマデ　コチラカラハ
一寸出テ行ケナイカラネ
シホハ最低ガアサノ五時スギ　夕ベヨリ一時間近クオソイノデス　ボクハ三時半前
後アノヘンニ出テミマス
一寸シカアヘナイケレ共　一寸ダケオマヘノ顔ヲミレバ
ヨイノデス
ケッシテ、トリミダスヤウナコトヲシテハイケナイ
カハイヽカハイヽミホニ

八、一四、

前夜、夜が明けたら手紙を書くとミホに告げたとき、死は目前に迫っていた。手紙のことは、空手形に終わるとわかった上での、ミホをなだめるための約束だったのだろう。それが、発進命令が出ないまま朝になり、約束を果たせる状況になったのだ。

ただし特攻戦の下令が取り消されたわけではなく、即時待機は続いていた。夜になってからの出撃はありえたのである。しかし、島尾の手紙を読むと、書かれているのは遺言でも別れの言葉でもなく、「コンヤモオイデ　ユウベノトコロマデ」とミホを呼び出す内容である。これはどういうことなのだろう。

「出発は遂に訪れず」の中に、この手紙のことにふれた部分があり、そこで島尾は「その中に書いたふだんと変らない挨拶のことばが、彼女の心を休めるだろう。たとえかえって彼女の心をさわがせたとしても私にこの上何ができよう」と書いている。前夜の浜辺での「演習をしているんだよ」という嘘と同じく、ミホを一時的になだめるための手紙だったのだろうか。

島尾が指定した時刻は深夜三時半である。そのころにミホが浜辺にやってきたとき、島尾はすでに出撃していることもありえた。それを知ったらミホは浜辺で自決しただろう。島尾はそれでもよいと思っていたのだろうか。

十三日の夜に浜辺で会ったとき、島尾はミホが懐に短剣を持っていることに気がついていた。しかし、自分が出撃してもあとを追ってはいけないとはひとことも言わなかった。この手紙でもそう書いてはいない。
このときまでにやりとりした手紙の中で、ミホは「死ぬ時は、どうしても御一緒に」「ふたりでにっこり笑って、昇天する事を、神様も、人々も、赦して下さると思ひます」などと、島尾とともに死ぬつもりであることを伝えている。決定的なのは「はまよはゆかず　いそづたふ」のノートに島尾が書き写したミホの手紙である。

心をこめて御贈り申上げます　今はもう何んにも申上げることはございませせぬ様に存ぜられます
この白きぬの征き征くところ　海原の果　お天《そら》の果　たゞだまつて三保もお供申上げ逝《ま》いります
どうぞおゆるし遊されて下さいませ
さねさし相模の小野に燃ゆる火の焔中にたちてとひし君はも

「この白きぬ」とあるのは、ミホが島尾に贈った千人針の白絹のことだろう。それを身につけて出撃する島尾のあとを追うという決意を綴った手紙である。『古事記』から引かれた「さねさし……」の歌は、倭建命《やまとたけるのみこと》の后であった弟橘比売《おとたちばなひめ》が、海の神の怒りを鎮《しず》めて夫を救うため、犠牲になって入水する間際に詠《よ》んだもので、倭建命と同じく「武人」である島尾の出撃後、自分も海に入って死ぬつもりであることがほのめかされている。

「はまよはゆかず　いそづたふ」のノートに島尾が転記したミホからの手紙はこれのみで、特に心を打たれた手紙だったということだろう。島尾はこのノートに何かを書くたびにミホに届けていた。島尾の手で自分の手紙が書き写されているのを見て、ミホは嬉しく思ったはずだ。そして、島尾から殉死をゆるされたと感じただろう。

「コンヤモオイデユウベノトコロマデ」という島尾の手紙を読んだミホは、十四日夜、再び喪服姿で浜辺に向かう。島尾は前日と同様に部隊を抜け出し、二人はまた短い逢瀬を持った。「出発は遂に訪れず」にはそのときのことが書かれている。

……北門の外に出ると、トエが白昼をあいだに置いて前の日からそうしていたと思われる恰好で砂浜に吸いつくように坐っていた。私は何度も重ねてきた同じ姿勢で彼女をなだめ、演習は無事に終ったと言いきかせ、早く部落にもどってぐっすり眠ることをすすめ、自分もふたたび壕の寝床にもどり、湿気にからだを刺されながらむさぼるような眠りをつぎ足した。

（「出発は遂に訪れず」より）

島尾は自分が出撃したあとのミホの運命をどう考えていたのだろうか。ほんとうに殉乗服に着替えた主人公が、N（ミホ）の今後を思う場面である。
「出孤島記」から、それについての主人公の述懐を引く。特攻戦が下令された直後、搭
死をうべなう気持ちだったのか、あるいはそれについて考えることを放棄していたのか。

今の私はNが髪振り乱して狂乱している姿をしか想像出来ない。何故か発狂して恥知らずの姿になったNの姿しか瞼に浮ばない。然し恐らく兵火の犠牲になって命を落すこともあるだろう。私はNが死んでしまうことを願った。然し又雑草のようにしぶとく生きていて呉れることも願った。私の後の世の中との唯一の架橋のように思えたのだから。

（「出孤島記」より）

「恥知らずの姿」をさらしてほしくないために死を願う。あるいは、「私の後の世の中との唯一の架橋」として生存してほしいと思う——主人公はここで、愛する女の生き死にを、あくまでも自分の美学や欲望を主体に考えている。
「出孤島記」においても「出発は遂に訪れず」においても、主題は死の直前まで行って引き返すことになった主人公の奇妙な運命であり、はぐらかされた死と何とか折り合いをつけようとする繊細であやうい心理である。異常な時間と空間の中で死と向き合った人間の心の動きを執念ともいえる精密さで再現したこの二作の中で、島尾は自分が死ん

だあとの恋人の運命に対する主人公の無頓着さをそのまま描き出している。

前述したように、昭和二十年八月十三日の夜の逢瀬は、「出孤島記」と「出発は遂に訪れず」の二作に書かれているが、気をつけて読むと、ミホの描かれ方が微妙にことなっていることに気づく。

「出孤島記」には、島尾が兵曹からミホの手紙を受け取る場面がある。そのときの兵曹に対する島尾の態度は、一言でいえば「余計なことをしてくれるな」というものだ。島尾は誰がそんなことを命じたのかと兵曹を詰問《きつもん》し、ある分隊士の指示だったと知る。

私は動揺していた。

おせっかいなことだ。私は分隊士のやりそうなことだと嫌悪した。

腫瘍の原因は私が隣りの部落に女をこしらえていたということ。それが破れて膿が流れている。分隊士は何故部落に主計兵を急行させるような処置をとったのか。目的は違う所にある。私は利用されている。人間事の執着でむんとするものを私は嫌悪している。私を非難している眼。私に同情している眼。そして私のそういうことに気づいていない眼。(中略)

然しNの壺の中での悲しみを放棄する決心はつかなかった。(ばかやろ、何ということだ)

(「出孤島記」より)

ミホとの恋愛は「隣りの部落に女をこしらえていた」と表現され、部隊内に生じた「腫瘍」の原因だとされている。部隊を脱け出してミホと関係していたことへの後ろめたさが、この件で自分の足を掬おうとしているものが部隊にいるという疑心暗鬼につながり、今生の別れに自分に会いに来たミホの存在が、多分に鬱陶《うっとう》しいものとして描かれる。

このあと主人公は浜辺に向かうのだが、別れに取り乱す恋人を前に、「私の心は冷く其処にはなかった」と主人公が感じていることは、先に指摘したとおりである。

一方、「出発は遂に訪れず」では、この逢瀬のことは回想として語られる。

トエには昨夜のことをひそかに知らせる者がいて隊の外浜のところに来て会うことができた。私は胸のポケットに彼女からもらったたよりをたばねておさめていたから、その上にてのひらをあて所在をたしかめる度に効果を得て満足していた。でも彼女がすぐそばまで来ていることを知らされると経験した記憶がよみがえろうとしてひしめき、からだが浮き上るのを覚えた。（「出発は遂に訪れず」より）

主人公は、これまでに恋人からもらった手紙をお守りのように胸ポケットに入れて出撃しようとしている。ここには「出孤島記」に書かれたような葛藤《かっとう》はなく、女が会いに来たことについても、「出孤島記」よりずっと肯定的に書かれている。このあと浜辺で恋人に会い、戻ってきた主人公の心境は、「なぜか勇みたって、からだの細胞の一つ一つが雀躍りしている充実を感じた」「それに彼女の真直ぐ私に向けた凝視を、疑いなく確かめ得られたことが私を有頂天にさせた」と表現される。主人公は最後の逢瀬に満足し、恋人の一途《いちず》な愛情から力を得て闘いに向かうのである。「出孤島記」で描かれたような、女との関係についてのネガティブな要素は、「出発は遂に訪れず」では一切出てこない。

この描かれ方の違いは、それぞれの作品が執筆された時期に関係していると思われる。二つの小説は続けて書かれたのではなく、「出孤島記」は昭和二十四（一九四九）年、「出発は遂に訪れず」は昭和三十七（一九六二）年と、連作としては異例の十三年という長い時間をおいて発表されている。注意すべきはこの間に、島尾の情事によってミホが精神を病んだ時期があったことだ。

「出孤島記」が執筆されたのは、新進小説家だった島尾が野心と将来への不安の間で揺れ動いていた時期である。心は他の女性たちに向き、ミホの存在はないがしろにされた。以前指摘したように、この時期、島尾の作品に登場するミホは、つまらない女、鬱陶しい妻として突き放したような描き方がされている。書かれることにミホが耐えなければならなかった時期である。

対して、「出発は遂に訪れず」は、二人の力関係が逆転したあとの時期に書かれた。昭和二十九年にミホが島尾の日記を読んだことから始まった修羅の時期を経たのち、島尾はすべての文章をミホの眼を意識して書くようになる。この時期以降、島尾がもっとも大事にしたのは、ミホの心の平安であった。ミホが狂乱の発作を起こさないよう、彼女の機嫌を損じるような文章を書くことを徹底して避けたのだ。「出発は遂に訪れず」において、愛情に満ちた筆でトエ（ミホ）が描かれているのは、こうした事情が関係していると思われる。

昭和三十一（一九五六）年に島尾が『婦人公論』に発表した手記「妻への祈り」は、ミホの入院から奄美移住に至るまでを綴ったもので、精神病棟内での夫婦の生活を描いた一連の作品群や『死の棘』の背景がわかる内容である。

二年後の昭和三十三（一九五八）年、島尾は同誌にふたたび手記を寄稿した。「妻への祈り・補遺」と題されたそれは、奄美に移住してからの生活をふり返る内容だが、島尾はその中で、前作の「妻への祈り」はミホを喜ばせるため書いた作品だったことをはっきり記し、「つまり私は妻のこころをなぐさめることができるなら、どんな文章をも書くことができると考えられた。私はあの文章を、妻が気にいるまで何度も書き改めた」としている。

「妻への祈り・補遺」によれば、ミホは「妻への祈り」を読んで非常に喜んだという。「妻は『婦人公論』に発表されたその切抜きをいつ読んでも頬を紅潮させて感動を示した。私は妻のそのすがたに感動し、しかしその度に言いようのない羞恥におそわれないわけにもいかない」と島尾は書いている。感動するのは夫としての島尾であり、羞恥するのは作家としての島尾であろう。島尾敏雄という作家は終生、このような場所で書き続けたのである。

妻に読まれることを意識して表現に規制がはたらいたことは、昭和五十一（一九七六）年の小川国夫との対談の中でも語られている。ここで島尾は、『死の棘』に描かれた日々を経て小説の書き方が変わってきたことを明かし、それ以前の「放恣な姿勢」が、ミホの反応を意識することによって「矯正された」と述べている（『夢と現実』）。

島尾夫妻の長男である島尾伸三は、『死の棘』に描かれたミホの狂乱の時期、ミホが島尾に向かって「これからは私のこと以外書くな！」と言ったのを聞いている。東京・小岩の家の六畳間で、夫婦が立ったまま言い合いをしていたときだったという（罵り合うとき、島尾とミホはいつも立って向き合っていたそうだ）。ミホの言葉に従ってのことだったかどうかはわからないが、確かにこの時期以降、東欧の紀行文やミホと出会う前の軍隊時代を描いたものを除くほとんどの小説にミホが出てくる。昭和四十七（一九七二）年から『海』に連載した『日の移ろい』は、自転車事故に端を発する鬱に苦しめられた一年間を綴り、谷崎潤一郎賞を受けた作品で、島尾が実際につけていた日記がもとになっているが、ミホが出てこない日はほとんどない。

ところで「妻への祈り・補遺」の中にある「私はあの文章を、妻が気にいるまで何度も書き改めた」という記述だが、ミホの反応を気にして筆に制限を加えただけではなく、ミホが望むように原稿に手を加えるようなことがあったのだろうか。

島尾がミホに付き添って国立国府台病院の精神科病棟に入院していた昭和三十（一九五五）年夏の日記を読むと、ミホの助言で原稿を直したり、タイトルを変えたりしたという記述が出てくる。島尾はこのころ、ミホの看病の合間を縫って、入院中のミホを主人公とする一連の小説を書いていた。「われ深きふちより」「或る精神病者」「のがれ行くこころ」などである。日記には、「或る精神病者」の最後の一行をミホの指摘によって変えたことや、「脱柵のこころ」としていたタイトルを、ミホの提案で「のがれ行くこころ」に変え、挿話のひとつを削ったことなどが記されている。

私は生前のミホに取材した際、島尾がミホの意見を容《い》れて原稿を直すようなことが本当にあったのか尋ねてみたことがある。ミホは即座に「ええ、ええ、直してくれましたよ。みーんな私の言うとおりにしてくれました」と答えた。

「初めのころは私も遠慮がちに言っていたんですけど、そのうち大胆になりましてね。島尾の書くものはすべて私が清書しておりましたので、ここは削ったほうがいいんじゃないかとか、この話も付け加えたほうがいいんじゃないかとか、こう、線を引っぱりまして、原稿用紙の欄外に書いておくんです。『死の棘』では、島尾が私に気を遣って曖《あい》昧《まい》に書いているところを、もっとはっきり書いたほうがいいと言ったこともあります」

上機嫌ですらすらと話してくれたミホだったが、翌日ふたたび自宅を訪ねて話を聞いていたとき、唐突に「原稿のことですけれど、私、島尾の清書をいたしましたときは、間違えないよう、ひたすら正確に書き写すことに専念いたしました」と言い出した。

「夫の大事な原稿ですから、緊張しながら、一字一句、その通りに書きましたのよ」

おそらく、前日にあのような話をしてしまったのはまずかったと思い直したのだろう。晩年のミホは、「大作家の献身的な妻」を演じようとしていた。

島尾がミホの要望を容れて原稿を直したことは事実であろう。島尾自身が書いていることでもあるし、日記にもその記述があるのだから。書かれることに耐えていたミホは、今度は書かれることで夫を支配した。島尾の作品世界に君臨するようになったのである。

戦時下の加計呂麻島に話を戻そう。八月十三日、十四日と二晩続けて北門の外の浜辺でミホに会った島尾は、十五日午前、瀬相にある大島防備隊に向かった。前夜遅くに司令部から「各部隊の指揮官は十五日正午、大島防備隊に集合せよ」という命令を受け取っていたのだ。必要なら内火艇を迎えに出すという。内火艇とはエンジンを備えた小舟艇である。特攻戦が発動されている最中に隊を離れよという命令が出たことを島尾は訝《いぶか》った。しかも敵機の目につくであろう内火艇まで出すというのだ。差し迫った状況下で、いったいどんな用件があるというのか。

島尾は内火艇を頼まず、徒歩で防備隊に向かった。そして、練兵場で会った航海長から、日本の無条件降伏を知らされたのである。

正午の玉音放送を聞き、部隊に戻った島尾がミホに書いた手紙が残っている。十四日の手紙と同じ粗末な方眼紙に、「元気デス。」とだけある。戦争は終わり、島尾は生きのびた。二人の戦後が始まったのだった。

第四章　結婚

昭和二十一年三月十日、挙式・披露宴を行った神戸の六甲花壇で。
この結婚写真を、養父・大平文一郎は死ぬまで大切に持っていた。

一

部下のうち特攻兵のみを引率して佐世保へ向かい、解員手続きを取るようにとの命令を島尾が受けたのは、昭和二十（一九四五）年八月下旬のことである。特攻兵に限り、米軍による武装解除を待たずに島を脱出させるという防備隊司令の判断は、進駐してくる米軍による特攻兵への報復的な対応――皆殺しにされるとの噂《うわさ》も流れた――を怖《おそ》れてのことだとされた。島尾自身も戦後長い間これを疑わず、エッセイやインタビューなどでもそのように述べてきたが、実はこの処置は米軍の方針によるものだったことが、遺稿となった未完の小説「（復員）国破れて」（『群像』昭和六十二年一月号）で明かされている。米軍の指揮官が、いまだ殺傷力を備えた特攻兵器とその兵員の威力を怖れたというのである。島尾がこれを知ったのは、戦後三十数年がたち、六十代になってからのことだった。

島を出る日は九月一日と決まった。前々日の八月三十日、島尾は大平家を訪れてミホの養父・大平文一郎に結婚の申し込みをした。

その時父は傍に緊張で頰を紅潮させてさしうつむいて坐っている私を返り見ながら、私の意向をたずねたのです。もとより私には異存などある筈はありませんでした。かすかにうなずいた私を優しい目で見つめていた父は、その申し入れを受け入れる旨の言葉を彼に返したのでした。

（「毎日新聞」昭和六十年八月一日「わが原郷　親と子の原初のかかわり」より）

彼は実に快く受け入れてくれた。彼の妻は一年ほど前に死亡し娘とふたりだけの生活をしていたのだから、娘がよそに嫁いでしまえば彼は島に取り残されてたったひとりの生活を送らなければならないことはあきらかであったのに。（中略）彼は娘が私と結婚することについては、彼女の選択を全く疑わずに支えた。ジュウのことが心残りで結婚を思いとどまるようなら、切腹してでも叶えさせたいとまで言って励ましたのだった。その言葉には娘を信ずるすさまじいやさしさのようなものをさえ私は感ずる。

（「私の中の日本人――大平文一郎」より）

唯一《ゆいいつ》の心残りであった老いた養父に「あの人はお前を守ってくれる稀な人のように思

えるから、是非あの人の処へ行きなさい」とうながされ、ミホは島を出ることを決めた。島尾はいったん神戸に帰り、準備をととのえて迎えに来ることを約束する。特攻戦が発動された日からわずか二週間あまり、死を前提とする恋愛の渦中にいた二人にとって思いがけない運命の変転だった。

翌日、島尾とミホが交わした手紙が残っている。

こんやは明日の準備の後、ゆつくり寝て　明日からの航海にそなへます
ミホにはゆうべゆつくりあつたから
わがまゝを言つてはいけない。
今夜は行きませんヨ　旅立ちは雄々しく
めそめそはだめ
次のたよりのあるまで　毎日働け
内地に帰つたらすぐ　お前のことにとりかゝる　便船などの都合で長びくことあり
ても　すべて神にまかせよ
正々堂々と受取りに来る
戸籍謄本をすぐ用意しておけ
うんぢゆにくれ〴〵もよろしく

お前の夫より

ミホ

明日御立ちでせうか。どうしてもそんな風に思はれません。まだ〳〵加計呂麻島にいらつしやる様に思へてなりません。御出発のときは、大坪さまに何かお書きになつて頼んで下さい。そしたらはまべに出て沖を、洋の彼方をおいのりします。

どうしてもお別れつて思へません。

　いつまでもいらつしやる様にしか。

弱虫になつては不可《いけ》ませんわね。

あなたが内地へいらして　お家をちやんときめて、そして二人の生活が始まるのですから。

明日への首出《かどで》なんですもの。

お待ちします、お手紙を。

海の上はこわいから二度も御航海なすつてはだめです。（中略）　当分小さいお船では生命がけですから、ほんとうに、いらつしやらないで下さいね。おねがひします。

ミホ鹿児島まで行くの大丈夫です。小さい船でも便船があり次第すぐ立ちますからね。

御大事に、御大事に。
御航海の御無事、只管《ひたすら》御念じ申上げます。
くらくなってゆきますから、失礼します。
御元気で、御無理遊されないやうにお願ひします。

八月三十一日夕方

ミホ

敏雄様

ともに未発表の手紙である。ミホの手紙文にあるように、航海途上の危険を心配した彼女は、島尾に迎えに来させるのではなく、自分一人で海を渡って鹿児島まで行く決心をしていた。

九月一日午後、島尾を含めて二一名の特攻隊員が焼玉エンジンの徴用漁船四隻《せき》に分乗して加計呂麻島をあとにした。輸送指揮官となった島尾は出発前、帽子の記章と襟の階級章をちぎり取るよう全員に指示していた。米軍に発見されたとき、民間人を装《よそお》うためである。

吐噶喇《とから》列島の小島の近くでエンジンの故障により四、五時間漂流したが、航海はおおむね順調で、三日朝に鹿児島県の串木野《くしきの》に入港、そこから陸路で佐世保に向かった。途中、煙草《たばこ》屋の主人が、「あんたたち兵隊が日本をこんなにした」と言って、どうしても煙草を売ってくれなかったという。

佐世保に到着したのは四日夜で、島尾たちは佐世保海兵団に仮入団する。翌五日に解員手続きをし、全員が一階級ずつ昇進していることを確かめた。大尉となった島尾は、すでに戦争は終ったにもかかわらず、階級章に桜章をもう一つ縫いつける誘惑に勝てなかったとのちに書いている。

六日に佐世保駅前で解散し、神戸の自宅に帰り着いたのは十日の夕方だった。自宅は戦災に遭っておらず、父親も健在だった。弟の義郎がビルマから復員してくるのは、翌年七月のことである。

島尾は十四日にはもう、三宮の百貨店の書籍部に出かけて新刊本を買い求めている。十七日に九大時代からの友人で文学仲間の庄野潤三が訪ねてきて再会し、二十四日には大阪帝塚山にあった庄野の自宅での読書会に参加した。

このころの島尾の日記には「ミホノコトヲ考ヘヌ日トテナイ」（九月二十六日）、「ミホヲシキリニ恋シク思フ」（十月七日）、「ア、　ミホニ逢ヒタシ」（同二十四日）、「ミホノ身体ガ欲シイ」（十一月五日）など、ミホへの思いが綴《つづ》られている。「ミホトノコトヲ如何ニ表現スルカ」（十一月十七日）との文言もあり、この時期すでに、ミホについて書く意志があったことがわかる。一方で「雅江ノ友達デアル轟利子君ト遊ンデ見タイ彼女ハ混血児デアル」（十月三十日）など、ほかの女性についての記述もある（雅江は島尾の妹の名）。

復員直後から島尾はあちこちに旅をしている。九月から十月にかけて、雅江が嫁いでいた東京と両親の故郷である福島に滞在し、十一月には京都、奈良方面にしばしば泊りがけで出かけている。また十二月には長崎や佐世保へ行き、別府に寄って温泉に入るなどしている。日記には「此処二、三ヶ月休ンデオレト父ハ言ハレル」（十月十七日）との記述があり、島尾家の余裕のある暮らしぶりが垣間《かいま》見《み》える。

島尾の父・四郎は、外国商人に絹織物を売り込む輸出絹織物商である「島尾商店」を神戸市内で経営していた。明治二十二（一八八九）年に福島県行方《なめかた》郡小高村（現・南相馬市小高区）の農家の三男として生まれ、十五歳で横浜の羽二重《はぶたえ》輸出売込専門店の丁稚《でっち》となった四郎は、その後独立して横浜市内に店舗を構えるまでになったが、関東大震災で被災したのをきっかけに神戸に移った。妻のトシは昭和九（一九三四）年に死去したが、二人の娘（美江と雅江）を男手一つで嫁に出し、島尾が復員したときは、空襲で焼け残った六甲の自宅で家政婦と暮らしていた。このとき五十五歳である。

戦時中の統制経済のもとでは国内での織物の配給業務などに従事していたが、戦後はいちはやく事業再開に動き、国内のあちこちに出張していたことが島尾の日記からうかがえる。「父今度ジュラルミンにて一万円もうかりし故二、三千円浮世絵を買はうとの気持もらさる」(十一月二十九日)などの記述もあり、商人としての才覚がうかがえる。丁稚から身を起こして成功した商人らしく世故に長《た》けた人物だったが、島尾が安定した職に就くことを望みながらも文学活動に一定の理解を示していた。この時代の文学青年の父親にしては相当に鷹揚《おうよう》な態度だったといえるだろう。その背景には経済的な豊かさがあった。

島尾が海軍に入る前に自費出版した『幼年記』の費用を出したのは四郎だったし、戦後の昭和二十一(一九四六)年に創刊した同人誌『光耀』(同人は島尾のほか庄野潤三、林富士馬、大垣国司、三島由紀夫。昭和二十二年までに三号を発行)の資金も負担している。島尾の初の単行本『単独旅行者』(昭和二十三年刊)が出たときは、神戸の六甲ガーデンで出版記念会を開いた。新進小説家として文壇に認知され始めたころ、売れる小説が書けるようにとエロ小説を買って来てあてがったというエピソードもある。

父の庇護《ひご》のもと、島尾は復員直後から三宮の百貨店や神戸駅前の丸善などで新刊本や雑誌を買い、旅に出かけ、文学仲間と行き来して酒を酌《く》み交わす生活をしていた。衣食住に不自由はなく、注文していた紋付を京都まで取りに行ったり、背広を誂《あつら》えるために、やはり京都の仕立屋まで出かけたりしていたことも日記からわかる。十月二十二日の日記に「昼ラヂオハ街頭録音、上野公園ノルンペンハ水上特攻隊員ダッタ　彼ノ興奮シテ語ル東北言葉ニ胸ヲツカレタ」とあるが、島尾の境遇は、つい数か月前まで同じ運命にあった彼らとはかけ離れたものだった。

一方ミホは、加計呂麻島でひたすら島尾からの連絡を待っていた。島尾の日記によれば、島尾は九月十三日にミホへの最初の手紙を出しているが、これは届かなかったようだ。二十七日には「ブジ　コウベニヰル」ナイチトコウノビンアリヤ」という電報を打ち、こちらは無事届いている。この電文からは、島尾がこのときすでに、自分が迎えに行くのではなくミホがやって来るのを待つことにしていたことがわかる。奄美への便船を探すのが難しかった事情もあるのだろう。

加計呂麻島と内地は郵便事情も悪かった。もとより電話は不通である。ミホは、島に残った島尾隊の将兵のうち、顔見知りの者が内地に帰還するたびに島尾への便りを託した。そのうち無事に届いた一通を引く。初公開の手紙である。

明日で全部島尾部隊は引揚げますから、明日夕方、ひとり、兵舎を見せて貰ひに行きたいと思つてゐます。(中略)これからは月のきれいな夜はいつも東門を下りて、だれもゐない隊長室へ行つて、それから北門へ廻つてかへりませう。暁の星を仰ぎながら、いろいろのことが思ひ出されるでせう。あの悲しかつた死の直前の出撃の夜のことなどが。月光に濡れて士官室の前のお池の端に佇めば、過ぎし日の士官服の方のまぼろしがなつかしくみえるでせう。北門のはまべで、チドリヤハマをうたへば千鳥がないてとぶでせう。流星がながれるでせう。暁の星がまたたくでせう。秋雨に濡れ乍ら隊長室の前を彷《さまよ》へば雨着のかほりがするでせう。はまべでは夜光虫が光るでせう。みんな、みんな美しいおもひでをもとめて、舞踏会の手帖の女主人公のやうに彷ひつづけませう夜毎に。月の夜に、雨の夜に、隊長さまは、隊の事、兵舎の事、夢にごらん下さい。

(昭和二十年十一月三日付)

島尾に縁談が持ち込まれたのは十一月五日のことで、これを機会に島尾はミホとのことを父にはっきりと告げている。その五日後の十一月十日、大平文一郎から「ソノゴノヤウスオシラセコフ」との電報が届いた。島尾家がミホを嫁として受け入れてくれるのかを心配したのだろう。島尾は「デンミタ　バンジ　ヨロシ　オイデコウ」と返電し、その後も「レンラクトレヌユエ　マズ　オイデコウ」(十一月十五日)、「スグコイマツ」(十一月二十八日)と、ミホに渡航をうながす電報を打っている。

ミホは独力で内地への便船を探さなければならなかった。奄美群島が正式に日本から行政分離されてアメリカの統治下に入るのは翌二十一年の二月だが、敗戦間もないこの時期、民間の船の航行は許可されておらず、内地に渡るには危険を冒して闇船に乗るしかなかった。

大島海峡をへだてた対岸にある古仁屋の町から鹿児島行きの闇船が出ているとの情報

を得たミホは、みずから乗船の手配を整え、父に別れを告げて旅立った。昭和二十年十一月下旬のことである。

このときミホが島から持ってきた荷物の中身を、島尾が日記に書き留めている。

士官室の鏡が出て来た。士官室と書いた木の札。赤い鼻緒。化粧道具。粉ミルク。ふのりの包。くづ粉二袋。落花生二袋。パラソル。赤い鼻緒と粉ミルクがあはれに思へた。これ丈で大島からはる〴〵俺に嫁いで来たミホだ。

（昭和二十一年二月八日）

粉ミルクやくず粉、落花生などは、携帯食料として持っていたと思われる。ミホ本人に聞いたところによると、米軍の監視を避けながらの闇船での航海は、いつ鹿児島に着けるかわからず、難破の次に怖ろしかったのは飢えであったという。実際、島尾たち復員兵が一日半しかかからなかった行程に、ミホの乗った闇船は約一か月を要している。

士官室の鏡と木札は、隊員たちが全員島を出たあと、島尾隊の兵舎からミホが持ってきたのだろう。この鏡は「出孤島記」などの作品にも出てくるもので、島尾はそこに映った自分の顔をしばしば観察した。「はまよはゆかず　いそづたふ」のノートには、「コノ顔ハオ前ノ為ニアルノサ、コノ顔、鏡ノ中ニ写ツテヰル表情ハオ前ニ見テ貰ヒタイ丈サ」という一節がある。

また、島尾が加計呂麻島で書いてミホに捧《ささ》げた小説「はまべのうた」にもこの鏡が登場する。ミホがモデルである「ミエ先生」は、島にやってきた部隊の隊長に毎日のように薔薇《ばら》を届け、隊長室は「薔薇だらけ」になる。これは実際にあったことで、知り合って間もなかったころのミホは家の庭の薔薇を剪《き》って使いの兵士に持たせていた。だが物語の終わり近くで薔薇は隊長室に一つも見られなくなり、「鏡だけがつめたく光つて」いる。それは、まもなく部隊の全員が、どこへ行ったか誰も知らないまま島からいなくなることの予兆である。

部隊が去ったあとの誰もいない兵舎で初めてその鏡を見たミホは、戦時下の恋の形見のように、重たい鏡を携えて島を出たのである。

闇船での航海は、昼間は洋上に浮かぶ島々の陰にひそみ、夜間のみ航行するというものだった。嵐《あらし》に遭ってエンジンが故障し、修理のために喜界島に避難するなど船旅は難航し、鹿児島港にたどり着いたときは十二月の下旬になっていた。ミホは川内《せんだい》市にある実母の親戚《しんせき》の家に身を寄せ、すぐに島尾に手紙と電報で知らせた。島尾のもとにはまず手紙が届いたが、それは年が明けた一月九日のことだった。

なかなか連絡がつかなかったことについて、後年ミホは、島尾の小学校時代の教師で作家の若杉慧に対して、書信はすべて島尾の父が処理し、本人の目にふれなかったと話している（「島尾敏雄への私情」）が、実際にそうしたことがあったかはわからない。ミホからの手紙が着いた一月九日の島尾の日記には、「父に相談すると父十一日から旅行して十五日頃帰宅するからその頃川内に行つて連れて来いと言はる」とあり、父はミホを迎えに行くよう促している。これを読むと、手紙や電報を隠してまでミホとの連絡を阻《はば》もうとしたことは考えにくい。

島尾は父の命に従い、父が十五日に旅から戻ると、翌十六日に川内に向けて神戸を発《た》った。すぐに来いとの電報をミホに何度も打ってはいたものの、父に寄食する生活を送っていた島尾は、自分の意志では何ひとつ決めることのできない身だった。

島尾が川内に着いたのは十七日である。ミホは駅に迎えに来ていた。この日の島尾の日記には「着物を着て襟巻、別の人のやうな気がした」とある。ミホが身を寄せていたのは、母方の祖母の妹に当たる人とその長男夫妻の家で、島尾はここに二泊し歓待される。日記では、赤飯、煮豆、酢のもの、数の子、肉の惣菜などで会食になったとあり、終戦直後であることを考えると、島尾の実家と同様、ミホの親戚の暮らし向きも相当に豊かであったことがわかる。

島尾はこの家で、ミホの実父・實之が奄美大島で亡《な》くなったという知らせがあったことを親戚の一人から聞かされる。ミホにはまだ知らせていないとのことだった。実の親の訃報《ふほう》をすぐには聞かされなかったところに、父娘の複雑な関係がうかがえる。日記にはこのあと實之についての記述はなく、ミホがいつの時点で實之の死を知ったのかは不明である。

一月十九日に川内を発った島尾とミホは、途中、福岡県の船小屋温泉に滞在し、二十二日に神戸に着く。ミホはひとまず尼崎の親戚宅に落ち着くことになった。

ミホを送り届けて帰宅した島尾は、父に経過を話し、ミホが持参した戸籍謄本を見せた。日記によれば、父はミホの実父について「長田實之なる人の戸籍面上の人相といふものは道楽者だ」と断じ、ミホが「孤児の境涯」だと指摘した上で、「可あいそうだから貰つてやらうといふ所だ」「感服せんが本人が好きだといふから先づ致し方ない。兎に角逢つた上できめよう」と言っている。この日の日記には「ミホの肩が少し広すぎてうすいことがしつこく気になり、又ミホが年相応に若さは失つてしまつてゐる顔つき身体つきを思返してゐる」との記述もある。ミホはこのとき満二十六歳になっていた。

父の四郎がミホと面会したのは一月二十七日のことである。一週間後の二月三日、奄美群島が日本から行政分離されることがラジオで報じられた。父は、ミホはしっかりしたよい人のようだが、歳《とし》をとりすぎていること、カトリック信徒であること、小学校の先生をしていたこと、奄美が日本領外になったこと、ミホ側の親族ときちんとした話し合いができないことなどから難色を示す。東京に住む妹の雅江からも結婚に反対する手紙が届いた。

そのころミホは、京都に住む別の親戚の家に移っていた。そこの主人は島尾に対し、ミホとすでに肉体関係があるのではないかと繰り返し質《ただ》し、そうしたことがあとで島尾家に発覚した場合、自分は責任が持てないとして、ミホの親代わりとなって結婚話を進めることを迷惑がった。

商家の長男である島尾も、旧家のひとり娘であるミホも、親の決めた相手と結婚すべき立場である。恋愛結婚であったとしても、両家が相応の手順を踏み、ふさわしい仲人《なこうど》を立てた上で話を進めるのが当然であった。南島の駐留地における土地の娘との恋愛など、平時となってみればただの野合とみなされることを島尾は思い知らされたのだった。

島尾の日記を読むと、ミホの親戚宅の主人は二人に冷淡で、島尾に対して「あなたはミホちやんにそゝのかされてゐるんぢやないの」（二月十一日）とまで言っているが、彼にしてみれば、他家に養女に行ってほとんど付き合いのなかった遠戚の娘が突然、戦時中に知り合った兵隊を追いかけて闇船でやって来たわけで、これが尋常な結婚だとは思えなかったのも無理はない。

死を前提とした恋愛の昂揚《こうよう》のさなかにあったとき、二人は互いの親族のことなど考える必要がなかった。つい数か月前まで「カナ」と「隊長さま」として人々から見上げられる存在だったミホと島尾は、戦後の現実の中では「到る處で犬ころ扱ひを受けてゐる二人」（二月七日）にすぎず、何の力もなかった。

ミホと一緒になるという島尾の意志はゆるがなかったが、父の許可を得られなければ、実質的に結婚生活が立ちゆかない。この時期の日記を読むと、島尾には職を探す意志はまったくみられず、結婚後も経済的に父を頼ることが前提となっている。「どうも父さんとの呼吸がうまくなく、ちらほら無視される傾向あり。何か余に言はれることあるらしく、その機を見てゐるのかとも邪推し、入浴後こたつでうたゝねされたのでお先に失礼して寝たがねつかれぬ」（二月十九日）とあるように、父の顔色をうかがう日々だった。

ミホは肩身の狭い思いで親戚宅で過ごしていた。「（奄美）大島に行つてくらしませう」「ミホさへゐなければいゝのね」（二月十四日）などの言葉が島尾の日記に書き留められている。

結局、ミホがカトリックの信仰を捨てることなどを条件に結婚は許される。「お前はどうしても別れられないやうになつて居るのだらう」「さうです」（二月二十日）という父子のやりとりがあってのことである。

結婚式は三月十日、神戸の高級料亭・六甲花壇で行われた。新郎二十八歳、新婦二十六歳である。両家の関係者以外では、庄野潤三、詩人の伊東静雄、島尾の元部下の藤井茂の三名が出席した。のちにミホは、作家の石牟礼《いしむれ》道子との対談で、京都のカトリック教会の神父に頼んで、ちょうど挙式の時間に祈りを捧げてもらったと語っている。

挙式当日は大雪だった。前出の若杉慧「島尾敏雄への私情」に引かれたミホの談話によれば、京都から花嫁衣裳《いしょう》を背負って神戸に向かう途中で電車が動かなくなり、足もとを泥だらけにして式場の玄関に着くと、闇屋と間違えられて裏口に回るように言われたという。

新居は復員以来島尾が暮らしていた神戸市灘《なだ》区篠原《しのはら》北町一丁目の父の家の二階だった。同居二日目、ミホは義父となった四郎から、食事のときはそばにいて給仕をするように、また夕食後の団欒《だんらん》の際に書物を読まないようにと注意を受ける。

島尾家の一切を取り仕切っていたのは、家政婦の竹内百合子だった。のちに四郎の後添えとなる女性だが、同居が始まってすぐにミホは二人の親密な関係に気づく。ミホに教えられてそれを知った島尾は彼女を嫌悪《けんお》し、敏雄・ミホ夫婦と百合子の間に確執が生まれることになる。

島尾は結婚直後に発症した多発性神経痛で、一時は歩くことさえできなくなり、新婚早々、ミホは看病に明け暮れる毎日を過ごさなければならなかった。島尾は結婚から一年以上も職を探す意志がなく、生活費のほかに小遣まで父から貰う生活が続いた。この時期、特攻で死ぬはずが生き残った虚脱感もあって、島尾の心は陰鬱《いんうつ》に沈み、しばしばミホに当たった。梅毒のことも父や家政婦に知られており、身の置き所がないミホは生来の快活さを失ってゆく。五月には、島尾が夜遅くミホの部屋に電灯がついているのに気づいて襖《ふすま》を開けると、ひとり祈りの姿勢をとっていたこともあった。このころミホは「病む夫へたばこまくさへおろおろと人目はゞかる新嫁われは」という歌を詠《よ》んでいる。

仕事で全国を飛びまわっていた四郎は留守がちではあったが、ミホにとって舅《しゅうと》との同居は負担だったようだ。『死の棘』第一章には、ミホがこう言って島尾を責めるシーンがある。

それから多発性神経痛で動けなくなったとき、あなたがきたながっているおまるを使わないで、神戸のうちのあのお二階からしたのお便所までおぶっておりたりあがったりしたでしょ。それなのにあなたのお父さんはなんというひとでしょ。ひとことでもやさしいことばをかけてくれたかしら。飴を買ってきてもじぶんひとりでなめてるじゃないの。にくいよめのあたしにはどうでもいいのよ。（中略）そのくせねえやにはかげでこっそりやっているんだから。そんなばかなはなしがありますか。その薄情なひとがあなたのお父さんです。あなたはいやがるけど、あなたはお父さんにそっくり。

（『死の棘』第一章「離脱」より）

ミホにインタビューをしたとき、このシーンの印象があった私は、神戸時代に島尾の家族とのことで苦労したのではないかと訊《き》いてみた。するとミホは「そんなことありません。あれは小説ですから。島尾の父からはとても可愛《かわい》がってもらいました」とにこやかに言った。しかし、『死の棘』のもとになった昭和二十九（一九五四）年〜三十（一九五五）年の島尾の日記には、ミホが発した四郎に対する恨みの言葉がいくつも書き留められている。

また、昭和三十四（一九五九）年に『婦人公論』にミホが発表したエッセイ「錯乱の魂から蘇えって」には、神戸時代のことを「夫の家族たちの白い眼におびえ、女中たちにさえ遠慮しながら、夫のかげに小さくちぢこまっていました。私の日常の生活は針のむしろの上のようでした」という一節がある。このエッセイの草稿がミホの没後に見つかったが、そこではこの部分の表現は「夫の家族たちからは「南洋のカナカ族とお前の方の土人とはどっちが上か」などとののしられ、女中たちの白い目にさえおびえて暮さなければなりませんでした」となっており、奄美出身であることで差別的な目を向けられたことが綴られている。

二年後の昭和三十六（一九六一）年に同じ『婦人公論』に掲載されたエッセイ「「死の棘」から脱れて」の草稿も見つかった。そこには「南の離れ島に生れ育ったということだけで「未開のバン人」呼ばわりされ乍らブベツと悪意におびやかされ……」という部分があり、ミホの恨みがいかに根深かったかがわかる。新婚当時の島尾の日記の記述からは、ここまでの差別感情を島尾の父や弟が持っていたようには思えず、本当にこうした言葉を投げつけられたことがあったのかはわからない。しかし、戦前から奄美出身者が数多く暮らしていた神戸で、島の出身者が蔑視され、差別を受けていた事実は確かにある。

島尾もそのことはよくわかっていた。島尾は昭和二十二(一九四七)年五月から神戸山手女子専門学校の非常勤講師をつとめたが、そのときの教え子の一人は、後年、同窓会で島尾と会ったとき、「あのころの神戸には、入口に〝奄美・朝鮮お断り〟という貼《は》り紙をした店や会社があったのを知っているかい」と訊かれた。彼女が「私は見たことがありません」と答えると、島尾は「そうか、それはよかった」と言ったという。

由緒《ゆいしょ》ある古い家系に誇りを持っていたミホだが、神戸の生活でそれが重んじられることはなく、奄美出身だというだけで侮蔑《ぶべつ》の視線を受けた。東京での女学校時代にはなかったことで、その屈辱は一生尾を引いたと思われる。故郷を侮辱されることは、ミホにとって両親を侮辱されることでもあった。のちに『死の棘』に描かれることになるミホの狂乱は、結婚以来プライドを踏みにじられてきたことへの怒りと悲しみの噴出でもあったのである。

二

昭和二十二年一月の島尾の日記に、ミホによる次のような書き込みがある。

夫へ
表面でハ如何様であらうとも
◎失はれた信頼と
心に汚みついた
◎疑惑の影ハ
生涯晴れますまいよ
昭和二十二年一月二十二日午後四時
ミホ

ノートからはみ出さんばかりの勢いの大きな筆文字である。神経質なほどきっちりと並んだ島尾の小さな文字を読み慣れた目に、突然ミホの文字が飛び込んできたときは、思わずぎょっとした。結婚からまだ一年も経《た》っていない時期である。二人の間にいったい何があったのだろうか。

この日の島尾の日記の記述には、大阪の庄野潤三の家へ行き、夫人がこしらえた夕食を御馳走《ごちそう》になったとある。「帰宅すると、店のお客様二人泊、美穂腹が痛いとて二階の勉強室でこたつ寝してゐる　実は僕がどん底を見に行つたこと（切符なくて行けなかつた）をわきの方から言はれて、僕がうそをついたとてむくれてゐたの也」と、ミホが誤解から島尾の言動に疑惑を持ったことが説明されている。しかし、書き込みの文章の烈《はげ》しさから推して、ミホがこの件だけに怒ったとは考えにくい。

実はこのときミホは妊娠していた。二週間ほど前の島尾の日記に、妊娠がわかった日のことが書かれている。病院から帰ってきたミホがちゃぶ台に突っ伏して泣いており、島尾が理由を聞いても答えないので、怒った島尾はちゃぶ台とそこに置いてあった小包を蹴《け》り上げ、そのまま家を出て行く。書店で石川淳の新刊を見つけたが金が足りなくて買えず、家に帰ると怒りがぶりかえして、今度は浴室のバケツや屑籠《くずかご》を蹴り上げた。ミホのいる茶の間に戻ってまた小包を蹴散らすと、ミホは懸命に謝り、医師から妊娠を告げられたことを話したのだった。このときのミホの言葉を、島尾はこう書きとめている。

医者は妊娠確実だといふ　毎日注射をしに行かねばならない　それでみんなに迷惑をかける　あなたはあんなにいつも子供はいやだと言ふし。お前生みたいか？そりやあ生みたいわと泣声なり

（昭和二十二年一月七日）

このとき島尾はまだ無職だった。詩人の伊東静雄を介して知り合った富士正晴の紹介

で、大阪市東区瓦町《かわらまち》にあった日本デモクラシー協会に人生初の就職をするのは三か月後のことで、四月二十四日の日記に「生れて初の出勤（出社会）」とある。この協会がどういうものだったのかは不明で、島尾本人も、のちに「その施設の性格を私ははっきりつかんでいたわけではない」と書いている（「敗戦直後の神戸の町の中で」）。島尾はここで、大阪の財界人である会長のために、進駐軍の軍人とのつきあいの場で英語通訳をするはずだった。だがそれほどの会話力はなく、文書の翻訳や催事の企画、ガリ切りなどを担当したようだ。三十歳にして初めて職についたわけだが、人間関係などに嫌気がさして一か月あまりで辞め、ミホの短歌の師である小島清の紹介で神戸山手女子専門学校の非常勤講師（東洋史担当）となった。小島はミホが加計呂麻時代から投稿していた短歌結社「ポトナム短歌会」所属の歌人で、当時、同校で国文学の講師をしていた。

同年九月からは、神戸市立外事専門学校（現・神戸市外国語大学）で助教授として史学概論と中国文化史を教え始めている。こちらは父の人脈のつてを頼っての就職だった。ようやく得た職だったが、島尾は「僕の講義の何といふでたらめさ加減　歴史の叙述はおろか、研究発表でもない　読書報告の過程でしかない　それに何をしやべらうとするのか　若し自分が学問研究者であるとしての一つの技術も持つてゐない（一つの外国語も利用出来ない）　自分はほかのものに傾斜してゐるのだと納得（自らを）させようとしても、落着かぬ話だ」（昭和二十二年十一月二十一日）という心境だった。二つの教職を得てなお生活は親がかりで、俸給を受け取ったその日に全額使い果たすような生活が、東京に移り住むまで続くことになる。

ミホが日記に書き込みをしたのは島尾がこれらの就職先をようやく探し始めたころだったが、それもほとんど他人まかせであり、妊娠中のミホの体調がすぐれない中、友人と出歩く日々が続いていた。ミホの書き込みの前のページには、古本を売った金五百円を持って大阪へ行き、数日前に再会した魚雷艇学生時代の仲間がやっているバーで遊んだことが書かれている。ここは女性のいる店で、宝塚音楽学校を卒業した娘なども働いていた。日記には、「共産党員のP子などいふお芝居をする女」という一節があり、店の女性のことと思われる。こうした内容もミホを刺激したのだろう。

このあとミホの体調はさらに悪化し、寝込むようになる。しばらくして肋膜炎《ろくまくえん》と診断され、出産を諦《あきら》めざるをえなくなるのである。「夫へ」で始まるミホの文章の暗い烈しさは呪言《じゅごん》のようで、『死の棘』の中でミホが口にする言葉を思わせるが、加計呂麻島で「隊長さま」に切々たる恋文を書いた日から、このときまだ一年半しかたっていない。

実は、島尾の日記にミホが書き込みをしたのはこの日が初めてではない。前年の十一月十一日、「(旅に出し吾脊子をおもひて)家事のあひまに記す」として短歌を四首書きつけている。島尾は結婚後もミホを家に置いてしばしば旅行に出かけており、この日は宮崎、大分、福岡、長崎などを廻る九州旅行に出発した日である。ミホの歌は「ドラの音と煙を残し沖遠く筑紫をさしてゆける君はも」など加計呂麻島での相聞歌に近いものだ。こちらはペン書きのおとなしい文字で、内容も「夫へ」のような衝撃的なものではないが、重要なのはミホが以前にも書き込みをしていたという事実で、これは島尾が、ミホが日記に手を触れている（当然、中身を読んでいる）のを知っていたことを意味する。

考えてみれば島尾は、加計呂麻島で「はまよはゆかず　いそづたふ」のノートに日記や詩などを書くたびに、わざわざ部下に届けさせてミホに読ませていたわけで、結婚後のミホが、島尾の日記を読んだり書き込みをしたりすることに罪悪感がなかったとしても不思議ではない。加計呂麻島では島尾は当初、ノートを返すときはミホも何か書くようにと促していたのだから。ミホは遠慮したが、島尾はミホからもらった手紙の文面や短歌をしばしばこのノートに書き写していた。

新婚間もないころの日記にも、島尾はミホが作った短歌を書き写している。先に紹介したミホの「病む夫へたばこまくさへおろおろと人目はゞかる新嫁われは」は、ミホが別のノートに書いたものを島尾が自分の日記に書き写したものであるし、昭和二十一年十二月二十一日の南海地震のあとにミホが詠《よ》んだ歌も同じく日記に書き写している。こうしたことを知ると、ミホが島尾の日記を自分たち夫婦の共通の記録と見なしていたとしても無理はないと思えてくる。彼らにとって日記というものの持つ意味が普通の夫婦とは違っているようなのだ。

ミホが島尾の日記を読むことが、新婚のころから半ば習慣になっていたことは、『死の棘』の成立過程を知る上でも大きな意味を持つ。ミホを狂乱させたあの日記も、読まれることを意識しつつ書かれたものではないかと考えることができるからだ。

そこに考えが至ったとき、ある人物のことを思い出した。平成二十四（二〇一二）年に亡《な》くなった、作家で俳人の眞鍋呉夫である。眞鍋は学生時代に島尾が参加していた福岡の同人雑誌『こをろ』の仲間で、島尾とごく親しい間柄だった。ミホが死去した翌年の平成二十（二〇〇八）年八月、私は眞鍋に会って話を聞いている。そのとき眞鍋は、「島尾は自分の情事について書いた日記を、わざとミホさんに読ませたのかもしれない」と言ったのだ。

『こをろ』（第三号までは『こおろ』と表記）の創刊は昭和十四（一九三九）年十月で、九大農学部の学生だった矢山哲治を中心に、島尾、眞鍋、阿川弘之、小島直記、那珂太郎、小山俊一などが参加した。創刊時、島尾は長崎高等商業学校を卒業したあと一年課程である同校の海外貿易科に通っており、翌年、九大法文学部に進んでいる。『こをろ』の実質的な編集長だった矢山は詩人で、創刊号の巻頭には、矢山と親交のあった立原道造の矢山宛《あ》て書簡が掲載されている。

文学にストイックな情熱を燃やし、友人たちの作品にも容赦ない批評を加える矢山に、島尾も眞鍋も、ときに反発しながら強く惹《ひ》かれていた。同人の中でも、とりわけ矢山、眞鍋、島尾の三人は深い絆《きずな》で結ばれ、福岡の高宮にあった眞鍋の自宅に集まっては長い時間をともに過ごした。

その矢山は、召集されていた久留米《くるめ》の部隊から病気による兵役免除で福岡に帰ってきた三か月後の昭和十八年一月、西鉄電車の無人踏切で轢死《れきし》する。事故とも自殺ともつかない死だった。やがて同人のほとんどが召集され、『こをろ』は昭和十九（一九四四）年四月発行の第十四号をもって終刊となった。

島尾が戦時中、加計呂麻島に不時着した神風特別攻撃隊の中尉が内地に戻る際に眞鍋宛ての手紙を託し、そこにミホに清書させた「はまべのうた」を同封したことを先に書いたが、遺作になると覚悟した作品を託すほど、眞鍋は島尾にとって大切な友人だった。

島尾の遺品には、出征のときに眞鍋から贈られた書があり、そこには「よきをのこのどには死ぬなひのもとの光の御矢と翔びたつなれは」「すでにして銀河族なる眉黒くその名ささかな島尾瓢平」の二首が記されている。一首目にある「のどには死ぬな」は、「海ゆかば」の終句「かえりみはせじ」のもうひとつのバージョンである「のど（閑）には死なじ」から取ったのだろう。島尾瓢平とは、長崎高等商業学校時代に参加した同人誌『ＬＵＮＡ』と『十四世紀』で島尾が用いていた筆名である。「光の御矢と翔びたつ」「銀河族」といった語は、このとき島尾が志望していたのが海軍予備学生の飛行科だったためで、末尾には「空へゆく瓢ちゃんに　九、二一　呉」と書き添えられている。いかにも文学仲間らしいはなむけである。

陸軍に召集されて下関の重砲兵聯隊《れんたい》に入り、佐賀関沖の無人島に配属になった眞鍋は、島尾から少し遅れて復員し、戦後、新進小説家として注目された。昭和二十四（一九四九）年には芥川賞候補にもなったが、やがて父親の影響で若いころから作っていた俳句に立ち戻り、読売文学賞や蛇笏《だこつ》賞を受けるなどして、俳人としての地位を築いた。

新宿のホテルのコーヒーラウンジで待ち合わせた眞鍋は、白麻のスーツ姿で背筋がぴんと伸び、矍鑠《かくしゃく》としていた。島尾より三歳下で、このとき八十八歳になっていたはずだが、耳はまったく遠くなく、話にもよどみがない。『こをろ』時代の思い出から始まり、話が『死の棘』の時代に至ったとき、眞鍋は、島尾はミホが日記を見るであろうことがわかっていて、彼女にとって衝撃的なことをあえて書いた可能性があると言った。

「何のために、ですか？　反応を観察して、小説にするためですよ」

そう考えるのには根拠があるという。九大時代、福岡市内の島尾の下宿先には若い女中がいた。島尾は彼女に気があるようなことをわざと日記に書き、机の上に広げて学校へ行くことがあったという。部屋を掃除に来る女中に読ませるためである。

「学校から帰って、女中さんがどういう態度をとるかを見るんだそうです。島尾本人から聞いた話ですよ。僕は島尾と旅もしたけれど、旅館の女中さんに対してもこれをやっていた。島尾は旅先にも日記のノートを持ってきていましたからね。ミホさんに同じことをしたとしても不思議はないと思います」

あの島尾敏雄が、本当にそこまでするだろうか――この話を聞いた時点では、私はそう思った。奄美に移住後は、ミホの心の平安のためならどんな文章でも書くことができると言い切り、彼女の望むように原稿に手を入れることさえした彼が、作家的野心のためにミホの狂乱をわざと引き起こしたなどということがありえるのか。

私のそんな疑問を感じ取ったのか、眞鍋はこう言った。

「少なくとも僕が知っているころ、学生時代からミホさんとの結婚を経て奄美に移住するまでの間の島尾は、小説のためならそのくらいのことはする男でしたよ。例の『死の棘』の愛人も、島尾のほうから相当熱心にアプローチしたようですが、それだって、小説を書くためだったかもしれないと僕は思います」

眞鍋は島尾の愛人だった女性をよく知っており、このとき彼女についても話してくれたのだが、そのことはまた別に書く。

眞鍋から話を聞いた時点では、刊行されている島尾の日記は『「死の棘」日記』だけだったが、二年後の平成二十二（二〇一〇）年八月、神戸時代の島尾の日記（終戦直後の昭和二十年九月から東京に転居する直前の昭和二十六年十二月まで）が『島尾敏雄日記――『死の棘』までの日々』として新潮社から刊行された。その直後、奄美の島尾家で、私はこの日記の原本を読む機会を得た。

あっと声をあげそうになったのは、昭和二十六（一九五一）年一月の日記を読んだときである。眞鍋から聞いた、島尾は女中にわざと日記を見せていたという話を裏付けるような文章を見つけたのだ。

この前年の十二月十九日、父の実家がある福島県相馬郡小高町で行われた座談会に出席した島尾は、そのあと宮城県の鎌々《がが》温泉に行き、一月十日まで滞在した。小遣いとして父から五千円、ミホからも五千円を受け取って、年末年始を湯治旅館で過ごしたのだ。その期間の日記に、島尾独特の細かい文字で書かれた便箋《びんせん》八枚がはさんであった。書き出しの部分はこうである。

鎌々の湯の話は小さい時から聴き知つて居たが湯治に来たのが今度が始めてのこと 飯坂や東山に遊び又途中の遠刈田、青根等温泉町を見て居る僕には まさか一軒屋とは思はなかつた（中略）
僕等が湯治に行つたのは十二月も下旬に入つた二十一日のことで 途中遠刈田辺からちらほら雪があり 青根ではもう銀世界 鎌々では五十センチも積つて居た

このあと袰々温泉の宿の描写が続くが、まもなく話は転じ、教育召集で軍隊生活を経験した二十二歳のとき、行軍先の秋保《あきう》温泉の混浴風呂で「生《う》い〳〵しき乙女」に遭遇した思い出が語られる。

読み始めたときはただの日記と思い、次に小説かエッセイの草稿かと思ったが、どうもおかしい。「乙女は裸体を見られるはづかしさに何時迄たつても湯から揚ろうとしない　僕等も豆の様な汗を流し〳〵頑張ること暫し　やがて凱歌は吾に揚つた　乙女は体をふく間もそう〳〵にその豊満な姿を僕達の眼底に胎し湯殿から消えた」といった文章の調子は、このときすでに「出孤島記」『贋《にせ》学生』などを発表していた島尾の文体とはあきらかに違う。

そのあと話は再度転じて、現在滞在している袰々温泉の宿の女中である「梅子」という女のことが語られる。

僕達の身の廻りを何彼と面倒見てくれる宿の女性の名は梅子と言つた　何か気の引かれる女　美人と迄は行かないけど顔立の整つた　やさしみのある　遠慮深い中にも人和つこい　見るからに心をひかれる女ではある　僕はこの女が好きになつた　恋したと言うでもないが恋せずと云うでもない　若し妻以外に愛することを神がゆるしたなら僕はこの女をこよなきものとして末永く愛するかも知れない　思ふ身の

弱さ　彼女の身の上を知りたいが中々知ることも出来ず山形県生れであること迄わかつたのが三日目である　彼女の身上迄もきこうと云気持は恋するものゝ誰もが味はつたであろうことの一つだ　まして彼女の年令等を知るには何時迄かゝることやら　僕が帰る迄恐らくわかるまい……

ここまで読んで、この文章は、この「梅子」に読ませるためのものではないかと思い当たった。眞鍋が言っていた「女中に気のあるようなことをわざと書き、反応を見るための日記」と同種のものだと気づいたのだ。

この直前の文章で、島尾は、滞在三日目に宿の風呂の湯が熱すぎて入れず（「僕は元来熱い湯がきらい」）、男湯にいた「五十年配のおやぢさん」が構わないというので、女湯に入った話を書いている。そこでは一人の女性が湯浴みしており、その人こそが「僕がひそかに恋ひしと思ふたお梅であつた」というのである。

彼女はその豊満な肢体をもう〳〵たる湯気にむしながら、髪を梳いて居たが僕が入つて行くと、羞恥の為かたちまち湯につかつて了つた　そして何時かなあがろうとしない　胸一ぱいの思ひも話すことも出来ず僕は何か罪を犯した気持で浴槽を出た何とはかない僕の恋で有ろう　彼女とはこれ迄幾回となく語り話しもしたけど　然し自分の苦しみを打ち明ける如き言葉は一言も言ひ得ない僕である　先刻のおやぢさんの言葉から云ひば何等意に介せず　話もし親しい間なれば背中等流してもらうもかまはないのに　恋する弱さ　僕は本当に弱い生地なしの男である　堂々と恋をした事のない僕　そして女と云ひば妻より以外に知らない僕　本当に女と云うものは僕には苦手だ　それで居てあのやさしみのある思ひやりのある将又つゝましさはどうしても僕は忘れられない

でも梅子の事はあのやさしい気持や顔でその肉体迄を知ることが出来る　そしてあの一瞬女湯で見た姿ははっきりその心根までも知れる様に思ふ　唯豊かな体つきそれは何時までも〳〵僕のものだ

念のために書き添えれば、梅子が島尾の作り出した架空の女性ということはない。日記本体の文章にも「ウメコの話によると東北大生（二高生トウメコ云ウ）（先日の）一昨日遭難したという」（二月一日）、「使いの者のもたらした郵便物をウメちゃんが持つて来た」（二月七日）など何度か登場している。女湯で梅子に遭遇した出来事も、おそらく実際にあったのだろう。

便箋に書かれているのは、日記本体に書けば帰宅してからミホに見られる恐れがあったからだと思われる。それでも捨てずに保存しておいたところが、草稿はもとより、ちょっとしたメモや手紙の下書きまで決して捨てることのなかった島尾らしい。

学生時代の島尾がそうしていたと眞鍋が言ったように、旅館でも、梅子が掃除に来るとき目につくよう、この便箋を机に置いていたのだろうか。学生時代なら罪のない悪ふざけとも言えるが、このとき島尾は三十代の大学教員で二児の父親である。新進作家として「出孤島記」で戦後文学賞も受けていた。

作家になってからも島尾がこうしたことをしていたからといって、『死の棘』の発端となった日記をミホにわざと見せたということにはならない。しかし私には以前から気になっていたことがあった。ミホにインタビューしたとき、彼女は、島尾の日記は机の上に開いたままで置かれていたと言ったのだ。私とのインタビューだけではない。昭和三十四年に『婦人公論』に寄稿したエッセイ「錯乱の魂から蘇えって」にも、「ついコタツの上に開かれたままになっていた日記に書きなぐられた数行の文字に眼がすいよせられました」とある。また、昭和三十六年五月の『主婦の友』のインタビュー記事「「死の棘」の愛」の地の文にも、「無造作にひらかれたままの日記の上に、ミホさんは、夫が魂までをその悪魔に奪われていることを読みとったのである」とある。このインタビューは島尾夫妻が二人そろって受けており、日記が「ひらかれたまま」であったことを島尾も否定しなかったと理解していいだろう。

島尾がわざわざ日記を開いて外出したのはなぜなのか。しかもそのページには、ミホの心を決定的に傷つけた「十七文字」が書かれていたのである。

三

昭和二十年九月に復員してから、同二十七（一九五二）年三月に妻子をつれて上京するまでの神戸時代、島尾は三冊の小説集を刊行し、新進作家として中央文壇に多少なりとも名を知られる存在となった。昭和二十二年からは教職にも就いたが、心はつねに創作に向かい、小説で身を立てる決意を固めた時期だ。六年半に及ぶ神戸時代の島尾の文学活動を辿《たど》ってみると、二人の人物が大きな役割を果したことがわかる。その一人目が詩人の伊東静雄である。

戦後の島尾の文学的出発は同人誌『光耀』に依《よ》った。創刊は昭和二十一年五月で同人は五名、神戸在住の島尾のほかに、大阪から庄野潤三、東京からは三島由紀夫、林富士馬、大垣国司の三人が参加した。これらの若い文学青年を結びつけたのが伊東で、『光耀』の命名も伊東によるものだった。

伊東静雄は島尾より十一歳年長の明治三十九（一九〇六）年生まれ。二十六歳だった昭和八（一九三三）年に、保田與重郎《やすだよじゅうろう》、田中克己らが創刊した『コギト』に詩が掲載されて注目を浴び、二年後の処女詩集『わがひとに与ふる哀歌』で詩人としての地位を確立した。昭和十五（一九四〇）年には第二詩集『夏花』を刊行し、日本浪曼派《ろうまん》を代表する詩人として、特に学生たちに大きな影響を与えた。

神戸時代の島尾と伊東とのかかわりを知るには、まずは戦時中の出会いにさかのぼらなければならない。島尾を伊東に引き合わせたのは、九大東洋史研究室の一年下で、親しい文学仲間であった庄野潤三である。伊東は詩人として名を知られるようになってからも、生涯にわたって国語教師であり続けたが、庄野は伊東が最初に教鞭《きょうべん》を執った大阪の旧制住吉中学における教え子だった。

庄野に連れられ、南海電車の堺東駅近くにあった伊東の自宅を島尾が初めて訪ねたのは、入隊二か月前の昭和十八年八月のことである。このときまで島尾は伊東の詩を一度も読んだことがなかったという。島尾のエッセイ「私の内部に残る断片――伊東静雄の詩」には、伊東に心酔していた友人への「奇妙な牽引と反発」から、伊東の詩に対して「かたくなに耳をとじ、目をふさぐようなことをした」とある。この友人とは『こをろ』の矢山哲治である。

矢山が無人踏切で電車に轢《ひ》かれて亡くなったのは、島尾が伊東に会うおよそ半年前、昭和十八年一月二十九日のことである。知らせを受けて矢山の自宅に駆けつけた島尾は、矢山の部屋の敷きっぱなしの布団《ふとん》のかたわらに伊東静雄の詩集が置かれているのを見た。島尾は伊東に会うことを最初は渋ったというが、それはこのときの印象がまだ生々しかつたせいもあるだろう。

矢山の死に接した島尾の衝撃は大きかった。死の翌日の日記には「言葉とゞかぬ、むなし。いらだゝし。腹立たし、みぢめ、悲し」とある。島尾はこの日、すでに入隊していて不在だった眞鍋呉夫の家に行って彼の両親に会い、そのまま眞鍋の部屋に泊まった。かつて矢山、眞鍋と三人で語り明かした部屋である。日記には「矢山も泊つてゐた呉ちやんの部屋。電車のおと。風きつし、ガラス戸をたゝく。鳥よ。眠れず」とある。

矢山の死は現在も事故か自殺か不明とされ、島尾の全集の年譜の昭和十八年の項には「一月、矢山哲治が事故死」と書かれている。しかし当時の島尾の日記を読むと、「矢山自殺、飛び込んだ、一辺もひかれた。運転手、警察の帰り飯のどに通らぬ、酒のみに行つたとか」（一月三十一日）とあり、島尾は当初から自殺であるとの情報を得ていたことがわかる。その後、「矢山の死を見てゐた中学生ありといふ。充分通り過ぎられる、当然通り過ぎるだらうと思つてゐたら、そのまゝ動かずに立つてゐたと、かういふ」（二月二十三日）との記述も見られる。

ちなみに矢山の死の二か月後に発行された『こをろ』十三号に、島尾は「矢山哲治の死」と題した追悼文を寄せているが、それは、死の当日および翌日の自分の日記と矢山からのハガキに、追悼の詩を組み合わせたものである。当時の島尾の日記が残っているが、これと照らし合わせると、日記の文章がほとんどそのまま使われていることがわかる。日記を作品化することは、『死の棘』のはるか以前、学生時代からの島尾の方法だったのである。

矢山の死から間もない時期の日記には「僕の身体の内に矢山がゐる」(二月十八日)という傍線をほどこした一文も見え、島尾は矢山の影を曳《ひ》きつつ伊東に会いに行ったと思われる。矢山の思いを引き継ぐように、この日から、戦後まで長く続く島尾と伊東との交流が始まるのである。

初対面の日の伊東の印象を、島尾はのちにエッセイの中でこう書いている。文中の「S」は庄野潤三である。

> とにかく、最初彼の家を訪ねたとき、私とSはほどなく軍隊入りをし、行きつくところ戦場にその身をさらさねばならぬ状態にあった。(中略)伊東静雄は狼の目、自在のひととなって中空をかけりながら、私たちの憂鬱を吹きとばしてくれたと思えた。それはひどく透明な思想に思え、戦場に出ると言っても、うすよごれた泥だらけの軍服をまとったすがたとしてではなく、顔に薄化粧をほどこし下着はまあたらしく、衣服も鎧も華美な装いに覆われた一騎打ちの若武者の群れが敵の方に歩いて行く光景が、私のまぶたには浮かんでいた。
>
> (『季刊芸術』昭和四十三年四月号「伊東静雄との通交」より)

入隊を控えた二人に伊東が与えた「透明な思想」とはどのようなものだったのか。島尾によるこのエッセイと同じ年に刊行された庄野の小説の中に、この日のことが書かれている部分がある。自身と島尾をモデルに出征前の学生たちの姿を描いた『前途』で、島尾は「小高」という名で登場する。

今日は文学のことより戦争についてよく話した。日本人の戦争はドイツ風な悲壮主義ではなくて、痛快なもの、軍記物に出て来る、馬の上でわたり合い、むずと組んでどうと落ちる精神だということ。そういう風に戦争を報告しなくてはいけないということ。凄愴苛烈という言葉はよくないということ。国体観とあわれを兼ねそなえて、痛快な戦いをする日本人のようなものは、世界にほかに類がないことを、いま、はっきり国民に知らせて安心させたらいいのにと、先生は云った。

（昭和四十三年『前途』より）

こうした伊東の言葉に、島尾は「なにやら勇み立ってくる軽やかな調子を注入された」（「伊東静雄との通交」）のである。

伊東のまわりには、庄野や島尾だけでなく、入隊を控えた文学青年たちが集まった。

三島由紀夫もその一人で、詩集『夏花』を読んで伊東に心酔した彼は、昭和十九年五月に本籍地である兵庫県印南《いんなみ》郡で徴兵検査を受けた帰りに伊東を訪ねている。

伊東は若者たちを引き合わせることに積極的で、のちに作家として名を成す人々が伊東のもとで交流を持つことになった。島尾と三島が知り合ったのも伊東を通してのことである。戦後、島尾と三島が一緒に『光耀』を創刊したことは、のちの二人の作風や人生を思えば意外に思えるが、その接点は伊東だった。

庄野とともに伊東を訪ねたあと、島尾は出来上がって間もなかった私家版『幼年記』を伊東に贈り(伊東の家を辞するとき、刊行を知った伊東に「私にも一冊くれませんか」と頼まれたという)、その二か月後の十月、伊東の詩集を持って入隊する。「所持することを許された数少ない書物の中に、彼の第三詩集の「春のいそぎ」があり、それを私はわずかのひまをおしんでくりかえしくりかえしよんだ」(「私の内部に残る断片――伊東静雄の詩」)、「……彼の新しい詩集の「春のいそぎ」が、連日の訓練できしる骨と骨のつぎ目になめらかな油を注ぎ入れる役目を果たしてくれた」(「伊東静雄との通交」)とのちに回想している。

『春のいそぎ』は、島尾が入隊する直前の昭和十八年九月に刊行された、伊東の三冊目の詩集である。いくつかの戦争詩が含まれており、その中にはたとえばこのような詩がある。

海戦想望

いかばかり御軍《みいくさ》らは
まなこかがやきけむ
皎たる月明の夜なりきといふ
そをきけば
こころはろばろ
スラバヤ沖
バタヴィアの沖

敵影のかずのかぎりを
あきらかに見よと照らしし
月読は
夜すがらのたたかひの果
つはものが頰にのぼりし
ゑまひをもみそなはしけむ

そのスラバヤ沖
バタヴィアの沖

刊行時、伊東は三十六歳。出征する元教え子や、自宅に出入りしていた文学青年たちを見送る立場だった。血気にはやる勇ましさとは異なる透明な抒情《じょじょう》をたたえた詩句には、戦争の時代を生きることを余儀なくされたインテリ青年たちの怯懦《きょうだ》や憂鬱、あるいは苛立ちを、美的に昇華させるはたらきがあった。島尾は「軍隊の規則の生活と、やがて行先に待ち受けている未知の戦場の不安な映像にはさまれて、私はいっそう彼の詩にすがりついて行ったと思う」（「私の内部に残る断片——伊東静雄の詩」）と書いている。

島尾敏雄の研究者である寺内邦夫は、「島尾敏雄と大阪」（『島尾紀　島尾敏雄文学の一背景』所収）の中でこの「海戦想望」を引き、軍隊時代の島尾の詩に、詩集『春のいそぎ』の影響が見られることを指摘している。寺内によれば、島尾の軍隊時代の詩は、林富士馬が主宰していた謄写《とうしゃ》刷りの回覧雑誌『曼荼羅《まんだら》』（昭和十九年から二十年まで発行）に掲載された三編しか残っていない。

『光耀』の同人でもあった林富士馬は、佐藤春夫門下の詩人で、島尾より三歳年長である。島尾が林と知り合ったのは庄野を通してだが、林もまた伊東のもとに集った文学青年の一人だった。島尾は海軍予備学生として訓練を受けていた昭和十九年前半に休暇で上京したとき、林富士馬に詩稿を預けた。だがそれらは東京の林の自宅が空襲に遭った際に焼失し、すでに『曼荼羅』に掲載されていた三編だけが残ったのである。この三編は全集未収録だが、昭和四十八（一九七三）年刊行の弓立社版『幼年記』に収録され、同六十二（一九八七）年刊行の『島尾敏雄詩集』（深夜叢書《そうしょ》社）でも読むことができる。そのうちの一編、寺内も前掲書に引いている詩を紹介する。

出　陣

川棚の訓練所を発つ

夕ぐるゝ木の葉がくれに
われらいま出陣
あかねさす浦里かけて
送るらし　われら出陣
いのちふくるゝこの夕べはも

言葉の選び方や調べが似ているだけでなく、内容的にも「海戦想望」に呼応するものがあり、こうして並べてみると返歌のように読めなくもない。島尾自身、伊東の詩集

『春のいそぎ』について、「……ただくりかえし口ずさむと、ひとつの律動が私のからだに乗りうつってくるように思えた」（「伊東静雄との通交」）と書き、伊東の言葉が「私の内部に巣食い、私のことばは食べつくされ、ついに私はそれを自分のことばのように使ってしまう」（「私の内部に残る断片――伊東静雄の詩」）ことになったと振り返っている。

ところで、寺内の指摘によって伊東と島尾の詩の類似に気がついたとき、思い出した一群の歌がある。

ひたひたと震洋艇《みふね》の舷《ふなばた》うちたたき
　胸張り給ふ御姿念ほゆ

海を征く君を祈りて小夜更けの
　月の磯辺に吾が立ちぬれし

月読の蒼き光りもまもりませ
　加那（吾背子）征き給ふ海原の果

大君の醜の御楯を加那（吾背子）と呼ぶ
あめが下なるさきはひ吾よ

戦時中にミホが島尾に捧《ささ》げた相聞歌である（戦後に復刻された弓立社版『幼年記』に収録された島尾とミホの戦中往復書簡から引いた。ミホ直筆の原本は見つかっていないが、二首目の「海を征く……」は、島尾が「はまよはゆかず　いそづたふ」のノートに書き写している）。あらためて読むと、伊東や島尾の詩の世界と共通する雰囲気があることがわかる。

入隊してからの日記や詩のノートを島尾が一時期ミホに預けていたことは以前に書いた。ミホに迷惑がかかってはいけないと、島尾は結局、それらを取り戻して焼いている。林富士馬に預けた詩稿が焼失したあとにも島尾は従軍詩を書いており、それはこのとき失われたのだが、本人以外でおそらくただひとり、ミホはそれらを読んでいた。短歌の素養のあったミホが、島尾の詩に同調して、ここに掲げたような歌を作った可能性は高い。戦後のミホの手記によれば、ミホは島尾の日記や詩稿と一緒に伊東の詩集『春のいそぎ』も預かっていたといい、その影響も受けていたかもしれない。

ミホの歌は巧みではあるが類型的なところがあり、伊東に影響されて島尾が目指したであろう、古典的でありながら清新な詩句とはまた違ったものだ。しかし、日本浪曼派的ムードとでもいうべきものが感じられるのは確かで、類型的であるがゆえに、死の予感に裏打ちされた昂揚感《こうようかん》がよりダイレクトにあらわれているともいえる。

国文学者の磯貝英夫は、島尾の「出孤島記」「出発は遂に訪れず」について、この主人公には恋仲になった娘を後追い自殺を覚悟させるまでに追いこんだことへの自責の念がまったくないと述べている。磯貝はその理由について「そこに、私たちは、終末感にいろどられた日本浪曼派的心情昂揚の残像を見ることができる」と、日本浪曼派の影響を指摘している（『國文學』昭和四十八年十月号「作品論　出発は遂に訪れず」）。続けて「いまからは苦い心でしかふりかえることのできないことだが、主人公が自殺艇をうべなったこと自体、よかれあしかれ、そういう心情昂揚を別にしては考えられないことなのである。肯定否定は別問題として、これもやはり、当時の、死にとりかこまれた異常空間内の心情として、かなり普遍的なものであったのである」と述べているが、これは島尾より六歳下で終戦時二十二歳だった磯貝が、当時の学生たちの間にあった空気を身をもって知っていたからだろう。

島尾ら当時の文学青年と伊東との交流を知り、さらに「出陣」などの島尾の戦時中の詩を読むと、磯貝のこの指摘がよく理解できる。その「死にとりかこまれた異常空間内の心情」に、ミホもまた巻き込まれていったということなのではないだろうか。

ミホは、東京でビリヤードや車の運転を習い、帰郷のついでに婚約者のいる朝鮮に渡って旅行してくるような活動的な娘だった。帰島後はパーマにハイヒール姿で名瀬の街を闊歩《かっぽ》して、奄美の人々を仰天させている。演芸会では男装し、またギターを弾くなど、ハイカラな一面を持っていた。そんな彼女が、水垢離《みずごり》をし、母の形見の喪服に短剣を忍ばせて殉死の場所へ向かうような娘に変身したのだ。島尾とその部下だった藤井少尉が共有していた高揚感と、特攻死をうべなう悲壮な美意識が、恋愛を通してミホに感染したということだろう。

島尾らが駐屯した加計呂麻島で、彼らに影響を受ける素地のあった女性は、養父の蔵書に囲まれて育ち、女学校を出て島に戻ったあとも東京から雑誌や書籍を取り寄せ、また歌誌『ポトナム』に投稿するなどしていたミホくらいだったろう。藤井少尉がミホに宛てた手紙からも、島尾、藤井、ミホの三人の間にあった、島民ともほかの兵士たちとも違う空気がわかる。島尾の部隊では、学徒出身のインテリ将校は島尾と藤井のみだった。三人を結びつけていたのは、世代と文化的土壌を同じくする者たちの、ある種特権的、排他的な絆だったと思われる。

奄美の島尾家に残された島尾とミホの戦中往復書簡の束の中に、『万葉集』などの恋歌を書き並べた紙片が入っていた。筆跡は島尾のもので、すべて女性による歌である。「今日古い女の人のうたをよんでゐてミホのことを考へてかきぬいてみました　すべてのよいうたは全部ぼくとミホのために出来てゐる」という手紙が別にあり、紙片の歌は島尾がミホのために書き取ったものと思われる。こうしたことからも、ミホは「隊長さま」が自分に求めているものを自然に汲《く》み取ったはずだ。

特攻戦が下令された夜のミホの行動には、どこか芝居がかった感じがつきまとう。実は死ぬ気がなかったのではないかと言いたいのではない。特攻出撃が行われていれば、ミホは本当に自決しただろう。

島尾が漠然と期待していた女性像をミホは演じ、そのことに陶酔していた。それがこの夜、最高潮に達したということなのではないだろうか。磯貝のいう「日本浪曼派的心情昂揚」のもとでは、戦死、とりわけ特攻死は、その悲劇性ゆえに特権にも転化する。甘美なエロスを含んだその特権のいわば分け前に、ミホも与《あずか》っていたのである。

終戦後、加計呂麻島からやって来たミホのことを、島尾は日記に「ミホは自分のことをミホと第一人称で言ふが　かん高い声で臆面もなく結婚前のことのすぐ分る話を抑揚をつけて新劇女優のやうな口調で話す」と書いている（昭和二十一年二月八日）。閉口する島尾の顔が見えるようだが、このときミホはまだ、戦時中の陶酔が醒《さ》めきらぬままだったのだろう。「隊長さま」を追って命がけで内地に渡ってきたばかりだったのだから当然といえば当然である。もとはといえばミホをこのような陶酔に誘ったのは島尾だったのだが、特攻という運命に肩すかしを食い、さらに復員後の神戸で戦後の現実に触れた島尾にとって、戦時中の昂揚はすでに遠いものになっていた。再会したミホが色褪《いろあ》せて見えたことを、島尾は日記にたびたび記している。死という裏打ちが失われたとき、エロスもまた失われた。二人の戦後はこうしたずれの中で始まったのである。

『春のいそぎ』のほかに島尾が加計呂麻島にたずさえていった本は、林富士馬の詩集と岩波文庫の『古事記』だったという。伊東は住吉中学で『古事記』の講義をしていた。その影響でこの本を持って行ったというわけではないだろうが、加計呂麻島の自然や風物にあんなにも心を動かされたのは、伊東の詩句を心身に深く刻んだ島尾が、日本浪曼派的フィルターとでもいうべきものを通して島を見ていたためもあるはずだ。そして島尾は、加計呂麻島を『古事記』の世界に重ねることになる。

「……島の部落を歩いたり、島の人とはなしをしたりすると、「古事記」の世界が現存しているような感受があったんです」「「古事記」の世界は奄美に生きていた、という きもちを持ちました」(「琉球弧の感受」)、「私はさながら仏教や儒教の倫理観に影響されぬ太古を現世紀に垣間見たと思った」(「奄美大島に惹かれて」)などと島尾はのちに述べている。この時期の島尾の目はまさに「末期の目」であり、だからこそ島尾が描くところの加計呂麻島は強い吸引力を持った。それに引きつけられた一人が吉本隆明で、彼は島尾の言葉から、古代が息づく場としての南島のイメージをかきたてられた。そしてそれを象徴する〝少女〟としてミホを規定したのである。

「少女の情愛を微妙なところで、近代風の個人と個人との性愛といったところから外れさせているのは、他郷からきた島の守護神にたいするもてなしと尊崇といった、古代的な習俗的な性愛の要素だった」(『島尾敏雄』所収「〈戦争〉」)と書く吉本は、島尾が「感受」した世界に、巫女としてのミホを配することで、南島＝古代というイメージを補強している。

島尾が伊東の詩句や『古事記』の記述を通して加計呂麻島を見ていたように、吉本は、島尾の末期の目に映った加計呂麻島を通して「南島」を発見した。「感受」とは島尾が好んで使った言葉だが、島尾も吉本も、何かを「感受」するには、言葉の媒介を必要としたのである。

それは島尾に恋をしたときのミホも同じだった。二人の恋愛は、言葉、それも会話より書き言葉によって構築されたものだった。二人とも言葉の力で恋愛に昂揚と陶酔をもたらすことに長《た》けていたが、それは同時に、言葉に囚《とら》われていたことでもある。

ミホは島尾の日記に衝撃的な記述を見つけ、それが狂気の引金になるのだが、『死の棘』全編を仔細《しさい》に読めば、日記を見たときすでにミホは相手の女性の存在を知っていたことがわかる。さらに没後に発見されたミホの手記の草稿によれば、ミホは日記を見る前から、その女性の名前や境遇、年齢、住所、そして顔も知っていた。ミホが精神に異常をきたすほどの打撃を受けたのは、島尾が浮気をしているという事実よりも、島尾の手で書きつけられた言葉によってであった。

インタビューのとき、ミホがふいに「隊長さまと、夫である敏雄は別の人なんです」と言ったことがある。日記形式の島尾の小説『日の移ろい』に、ミホが島尾に向かって「島尾隊長に会いたい」「島尾隊長とあなたとはちがうひと」と言う印象的な場面がある。それを思い出した私が、「では隊長さまはもう消えてしまったのですか」と訊《き》くと、彼女は笑って「島へ帰っておしまいになりましたの」と言った。私が「それはいつのことですか」と重ねて訊くと、ミホは即座に「日記の十七文字を見たときです」と答えたのである。

島尾と伊東の交流に話を戻す。戦後、復員してきた島尾は、堺市の北余部《きたあまべ》に居を移していた伊東のもとを頻繁に訪れた。ミホとの結婚が暗礁《あんしょう》に乗り上げていたときは、その苦しみを訴えることのできる唯一《ゆいいつ》の存在だったという。

……敗戦のあとの虚脱が全身に浸蝕しはじめ、戦争中の退廃の潜伏が顕われて来たのだ。そしてひと月に二度か三度の伊東静雄訪問が私を支えだす。それは彼を訪うことによって、はげまされ、そしてことばで刺されるために、であった。（中略）「あなたが傑作を書いたとき、これをあげます」と破れ寺の庫裡に似た北余部の彼の部屋の机の上に二冊だけのこっていた「夏花」を思いきって欲しいと言ったときの彼の返事。「あなたの童話集を出しましょう」。また別のとき、「あなたのは少し読みづらいから気楽にひとつ仕上げなさい。そしてそれをだれそれに送りましょう。あなたは大丈夫ですよ」と私の耳に送りこんだ彼のことば。それに尻込みしはにかみ、でもそのことばにすがりついていたそれらの私の日々。

（「伊東静雄との通交」より）

伊東がオブザーバー的な役割を果たした『光耀』は第三号まで続き、島尾は「はまべのうた」（第一号）、「孤島夢」（第二号）、「夢中市街（のちに「石像歩き出す」と改題）」（第三号）を発表した。三号で終刊となったのは費用面の問題だったという。第三号は、島尾がみずからガリ切りをして謄写版で刷っている。

伊東は当時の島尾にとって一種の精神安定剤の役割を果たしていた。のちに『ＶＩＫＩＮＧ』を創刊することになる富士正晴から「伊東静雄はかげで君のことをペットみたいに言うとるで」と言われても意に介さなかった。この富士正晴が、神戸時代の島尾の文学活動に大きな役割を果たしたもう一人の人物である。

富士もまた伊東のもとに集まった文学青年の一人だった。島尾より四歳年長の大正二（一九一三）年生まれで、野間宏らと同人誌『三人』を発行していた彼は、弟が住吉中学で伊東の教え子だったことが縁で伊東と交流を持つようになった。昭和十九年には、伊東に紹介された三島由紀夫の『花ざかりの森』の出版に尽力している。島尾が富士に初めて会ったのは昭和二十二年一月のことで、伊東に紹介されて就職の斡旋《あっせん》を頼みに行ったのだった。富士の仲介により、島尾が一時期、日本デモクラシー協会に勤めたことは以前に書いた。

富士が『VIKING』を創刊したのは、『光耀』が終刊になった二か月後の昭和二十二年十月である。きっかけは、何度目かに会ったときに島尾が持ってきた『幼年記』を読んだことだった。富士は、「わたしは『幼年記』の初々しい言語感覚が何とも気持よくて、彼のそのような文章を発表する場所としての同人雑誌『VIKING』を彼と共に作ったような気がする」（「図書新聞」昭和三十七年六月三十日「交友的島尾敏雄論」）と書いている。

創刊時の『VIKING』同人には、富士と島尾のほかに、富士正夫、林富士馬、堀内進、井口浩、伊東幹治、斎田昭吉、広瀬正年がいた。昭和六十二年に富士が没してからも発行を続け、現在も健在である『VIKING』は、久坂葉子、高橋和巳、津本陽、久坂部羊など多くの作家を輩出したが、もともとは島尾に惚《ほ》れ込んだ富士が、彼のために作った雑誌だったのである。「島尾の小説が面白くてついわたしも小説を書きはじめた」（同前）という富士は、三度にわたって芥川賞候補になり、映画化された「豪姫」ほか数多くの作品を世に送り出した。

島尾は『VIKING』創刊号と第二号に「単独旅行者」を発表した。富士は義弟（妹・光子の夫）の野間宏に、この作品に注目してほしいと葉書を書き送り、翌二十三（一九四八）年五月、野間の推薦によって「単独旅行者」は雑誌『芸術』（第七号）に転載される。さらに五か月後の十月、同作品を表題とする短篇集が〈アプレゲール新人創作選〉の一冊として真善美社から刊行された。文芸誌『綜合文化《そうごう》』の発行元であった真善美社は戦後の文学運動を支えた出版社のひとつで、〈アプレゲール新人創作選〉のシリーズからは、野間宏『暗い絵』、中村真一郎『死の影の下に』、福永武彦『塔』、安部公房『終りし道の標《しる》べに』などが刊行されている。

この年、島尾は「夢の中での日常」を『綜合文化』に、「徳之島航海記」を『芸術』に発表、野間宏のいた『近代文学』から声がかかって同人となっている。こうして島尾は中央文壇に認められていったのだが、そこには編集者としてもすぐれた手腕を発揮した富士正晴の存在があった。富士は実務能力に長けていた一方で美術的センスにも恵まれ、単行本『単独旅行者』などの装幀《そうてい》も手がけている。

島尾の遺品からは、『VIKING』時代の富士からの手紙や葉書が大量に見つかっている。助言し、励まし、ときに批判の混じるそれらの、びっしりと文字で埋まった文面からは、島尾に対する入れ込みようが伝わってくる。そんな富士の存在が、島尾は次第に重たくなっていったようだ。

昭和二十四年、島尾は二冊目の単行本となる『格子《こうし》の眼』を全国書房より刊行。この年、『VIKING』への出稿は減り、『表現』『個性』『近代文学』『群像』『文芸』など、中央の雑誌に短篇が掲載されることが増えていった。昭和二十五（一九五〇）年になると、年明け早々、『近代文学』に発表した「宿定め」が第二十二回芥川賞候補となる。受賞は逃したが、前年に発表した「出孤島記」で第一回戦後文学賞を受賞した。ミホの養父・大平文一郎が押角で死去したという電報が届いたのは、受賞の知らせがあった二月三日の夜である。夫の初めての文学賞が決まったその日に、ミホは最愛の父の死を知ったのだ。ミホは悲嘆に暮れたはずだが、この日の彼女の様子は島尾の日記に一行も記されていない。

やがて島尾と富士との間にぎくしゃくした空気が流れ始める。この年の島尾の日記からは、富士の存在が煩《わずら》わしくなり、『VIKING』の編集方針や合評会のあり方についても、次第に不満を覚えるようになっていったことがわかる。

新進作家として注目されたこの年、富士との関係以外でも、島尾の心は鬱々としていた。作家と教師の二重生活に疲れ、教師を辞めたい気持ちがあったが、父親に強く反対されていたのだ。島尾の文学活動を容認してきた四郎だったが、大学教師という地位を捨てて作家専業になることには難色を示し、大学を辞めるなら家を出ていくよう島尾に告げていた。

ミホとの関係も険悪だった。昭和二十三年に誕生した長男の伸三に続いて、この年、長女のマヤが生まれたが、九月七日の島尾の日記には「私は遠い所に行きますから伸三とマヤをたのみます」というミホの言葉が記されている。また、同月十五日の日記には、飲食代の請求書を見て高額であることに不満を言ったミホに腹を立てた島尾が「ののしりの言葉をはき散らして、机を投げおろしたりした」ことが書かれている。ミホも仏頂《ぶっちょう》面《づら》になり、古電球の詰まった箱を家の外に持って出て、一つずつ石垣にぶつけて割ったという。

こうした諍《いさか》いの原因のひとつに、久坂葉子の存在があった。この年の七月、「ドミノのお告げ」によって十九歳で芥川賞候補となった久坂は、前年から『VIKING』の同人になっていた。知人から紹介された彼女を同人に推薦したのは島尾である。

ミホが家出を言い出したり、石垣に電球をぶつけたりしたのは、ちょうど久坂が頻繁に島尾の家を訪れるようになったころである。この時期以降、島尾の日記には、久坂葉子、あるいは本名の川崎澄子という名が繰り返し出てくるようになる。久坂の訪問は、島尾に原稿を見てもらい指導を乞《こ》うためだったが、ミホは彼女の存在に神経をとがらせていた。コケティッシュな魅力をもつ若い久坂は、同人の間でも注目の的で、『VIKING』内部では島尾との交際の噂《うわさ》も立った。現在でも島尾と久坂は一時期恋愛関係にあったという説が根強くあるが、事実がどうだったかは島尾の日記を読んでもわからない。ただミホはかなり疑っていたようで、久坂は友人に宛てた手紙に「島尾先生のお家何かしら行きにくいです。あの奥さんコワイ」（昭和二十四年九月三日付）と書いている（『検証　島尾敏雄の世界』所収、柏木薫「久坂葉子」）。一方のミホは、友人の家に泊まったという島尾に、久坂と有馬温泉に泊まってきたのではないかと問い質《ただ》したりしている。

ミホの疑念は故《ゆえ》ないことではなかった。富士正晴記念館（茨木市）の職員で、『VIKING』と富士正晴についての論考を発表している中尾務によれば、初期の『VIKING』同人たちへの取材で、「富士の酒癖、島尾の女癖」という言葉が何度か出てきたという（『脈』84号「島尾敏雄、富士正晴一九四七—一九五〇」）。富士も島尾も、それで身を滅ぼすのではないかと同人たちは思っていた。富士は例会で毎回のように酔態をさらし、暴言を吐いて皆をあきれさせたが、島尾の「女癖」もそれと同じくらい有名だったのだ。

家庭を顧みない島尾に、ミホの不満と寂しさは募るばかりだった。没後、遺品の中から昭和二十五年のミホのノートが見つかったが、そこにはこんな文章が並んでいる。

今日は悲しみの日。うすら寒く氷雨が降つてゐる。心も悲しみにとざされてゐる。だれにうつたへる術もない、こころのかなしみ。夫はおこつて学校へ行つた。最近夫の笑がほをみた事がない。空虚な日々を送つてゐる。子供らをみてもかなしい丈。よろこびはとうに失はれた結婚生活。（中略）いつそ一人でどこかへ逃がれたい。死にたい様な日だ。

（昭和二十五年十月三十日）

側にゐると、いつもうるさそうにしてゐる夫。話しかけてもわずらしそうにされると、つい口をつぐむ。心に殻をかぶる。夫から外出をさそはれる事もない。外出をする時はいつもこちらから何回も〳〵御きげんを伺つてたのみこみ、きげんをそこなはないかとオド〳〵し乍らついてゆく。このひくつなこころ。（中略）自分の生きるすべては夫であるのに、夫からはかへりみられるひとときもなく、やさしいいたわりのおもひもかけられぬ。哀れなるものよ、妻。

（同十一月四日）

同じ時期、島尾は島尾で、文壇への野心の一方で創作への不安と焦燥を抱えて苦しんでいた。「昨夜就寝時失眠して、自分の仕事に、新味なく、独創性なく、創造的でない事、要するに、くだらないあがきと望洋の歎にあけくれていることの絶望と焦騒《ママ》と冷却。毎食後の横臥時にも頭をかゝえている」（十月十七日）と日記にある。十二月には初の書き下ろし長篇『贋学生』が河出書房から刊行されたが、島尾はこの作品の出来に満足できなかったようだ。女中にわざと日記を読ませるなどした嵜々温泉行きは、この年の暮れから翌年正月にかけてのことである。

莪々温泉に発つ前、島尾は富士に、『VIKING』を脱退する旨《むね》の葉書を送っており、この時点ですでに上京の意思を持っていたようだ。さかのぼること二か月前の昭和二十五年十月、島尾の作品を愛読していた開高健と谷沢永一が島尾の自宅を訪ねているが、このとき島尾は「小説、書こ思たら、東京、行かんと駄目ですな」「東京は、文壇、でしょう。文壇、がわからなかったら、書いても、あかん、と思いますね」と言ったという（谷沢永一『回想　開高健』）。

昭和二十六年になると、島尾は東京移住を具体的に検討し始めた。一月にはミホに上京の意思を告げ、生活手段について相談している。ミホは「貧乏で苦労するのはいゝが、女の事で苦労させられるのはいや、何をやるか、自分が分らない」と答えている（一月二十八日の島尾の日記）。

二月、久坂葉子も『VIKING』を脱退する。島尾とミホは上京の決意を固めるが、夫婦の関係は修復できず、六月七日の島尾の日記には「死ニタイ、シンドイ、結婚シタ事ヲクヤム」「ジュウヲ捨テテ来タバチカモ」というミホの言葉が書き留められている。

最晩年、病に伏した文一郎の枕元《まくらもと》には、つねにミホと島尾の結婚写真が置かれていたという。当時押角に住んでいた人から聞いた話である。ミホと島尾が結婚して以来、訪ねてくる人があるたびに取り出して見せていたため、手垢《てあか》まみれになっていたその写真を、文一郎は死の直前まで繰り返し手にとって眺めていたそうだ。自分の幸福を思って島尾のもとへ送り出してくれた文一郎の孤独な死を思うとき、ミホの悲しみと恨みはいっそう深くなったに違いない。島尾夫妻の長男・伸三によれば、ミホはこの結婚写真を見ることを生涯嫌がり、公開も拒んでいたそうだ。

この年、島尾が発表した小説は短篇三本のみで、『改造』や『文芸』に送った作品は掲載を見送られた。行き詰まった状況を打開したい思いもあり、島尾はいよいよ東京移住を決断する。

昭和二十七年三月、一家は東京都江戸川区小岩町四丁目に転居した。富士正晴とは以後、長く交流が途絶え、再会したのは昭和四十年代になってからである。久坂葉子はこの年の暮れに自殺、伊東静雄は翌年三月に病没。こうして島尾とミホの神戸時代は終わる。

東京で新たな文学活動のスタートを切った島尾は、安部公房が中心となって結成された「現在の会」に入会、ここで『死の棘』に「あいつ」として登場する女性と出会うことになる。

第五章　夫の愛人

昭和二十八年十二月、東京・小岩にて、伸三、マヤと。
このころ敏雄は愛人のもとに通い、外泊を繰り返していた。

一

ミホが死去してからおよそ一年半後の平成二十（二〇〇八）年夏、私はある新聞記者と雑談をしていた。私がかつてミホのもとへインタビューに通っていたことを知っているその記者は、思い出したように、「そういえば島尾敏雄の『死の棘』、あの浮気は〝藤十郎の恋〟なんですってね」と言った。島尾と若いころから交流のあった女性作家から聞いたという。生前のミホに取材を打ち切られてから二年半が経《た》っており、当時の私はすでに評伝の執筆をあきらめていたが、「藤十郎の恋」の一言にはっとするものがあった。

「藤十郎の恋」は菊池寛の小説で、上方歌舞伎の坂田藤十郎が不義密通する男の役を演じるため、人妻であるお梶《かじ》に恋を仕掛ける話である。つまりその女性作家は、島尾の情事は小説のためのものだったと言っていることになる。

その女性作家とは、小説『お前よ美しくあれと声がする』で昭和四十五（一九七〇）

年に田村俊子賞を受けた松原一枝だという。戦前、福岡で『こをろ』の同人となり、東京時代の島尾とも交流があった作家だと聞いて、もしかするとその人は『死の棘』の愛人を知っているのではないかと思った。「藤十郎の恋」と言うからには、島尾の情事の経緯を近くで見ていた可能性がある。

『死の棘』に登場する愛人のモデルが誰であるかについては、これまで謎《なぞ》とされてきた。実在する人物であることは島尾本人のエッセイやインタビューなどからわかるが、素性は一切明かされていない。『死の棘』に書かれていることから推測できるのは、文学仲間かあるいはその周辺の女性だったということくらいで、年齢や職業も含め、一切情報がないのである。

もし松原が彼女のことを知っている可能性があるなら、会って話を聞いてみたいと思った。私がミホや『死の棘』について書くことはもうないとしても、「あいつ」がどんな女性だったのか、ぜひとも知りたかったのだ。それは、ミホへの取材で気になる点があったからだ。

ミホは『死の棘』の時期のことについて、避ける様子もなくさまざまに話をしてくれたのだが、その話しぶりは、まるで天災にでも遭ったような調子だった。当時の自分について客観的かつ率直に語り、こちらがミホの〝発作〟について何と表現していいかわからずに言いあぐねていると、自分から「私が気がおかしくなっていた時期のこと？」

「ええ、あのころは気が変でしたから」などと助け船を出してくれたほどだった。しかしその原因となった事件に、もうひとり生身の人間がかかわっていたことについては、気がついていないかのような話し方をした。夫の不倫相手にふれたくないのは当然だが、彼女の話を避けているというより、まるでそんな人間は存在しなかったような感じなのだ。聞いているうちにだんだんと、島尾の「過《あやま》ち」は男女関係ではなく、何か別のことだったように思えてきたほどだ。

『死の棘』の作品内においても、相手の女性の影は薄い。ミホの狂気のきっかけとなった重要な存在でありながら、年齢も職業も容姿も、どこでどのように知り合ったのかも一切説明されず、読者の前に直接登場する場面は、この長大な小説の中で二度しかない。

『死の棘』における愛人の女性像が曖昧《あいまい》であることは、これまで多くの評者が指摘してきたことで、たとえば吉本隆明は、島尾との対談「島尾文学の鍵《かぎ》」（『どこに思想の根拠をおくか　吉本隆明対談集』所収）の中で、『死の棘』に描かれた男女関係を、三角関係ではなく二角関係であると言っている。これは三角関係の一角を欠き、二人の関係だけが終始問題になっているという意味である。また、作家の埴谷雄高は、この女性が『死の棘』における「最大不幸者」であるとして、こう書いている。

いってみれば、ミホとトシオは、凄まじい地獄の山と川と谷を長く長く通りに通った果て、ついに、煉獄を経て、天国へ到達するのであるが、トシオの「恋人役」は、果て知れぬ地獄の果ての誰も見知らぬ何処かで、永劫にそれ以外の何処へも赴けぬまま、衰滅してしまうのである。（中略）作者が、その「恋人役」の同格性を断念して、彼女の存在感を作品の枠の外の闇のなかへ非情に「投げすてて」しまったことによって、ミホとトシオ二人「だけ」のみが緊密な怖るべき深淵のなかへずり落ちゆく驚くべき持続性を保つことができたのである。

（『脈』30号「最大不幸者」より）

作品の外の闇に投げすてられた「あいつ」すなわち川瀬千佳子は、やがて夫婦の歴史からも抹殺《まっさつ》されることになる。平成十七（二〇〇五）年に刊行された『「死の棘」日記』は、ミホが本文の整理・校訂を行ったものだが、これまで指摘してきたように、原文が削除されている部分がかなりある。その多くは千佳子にかかわる記述である。「藤十郎の恋」の話を耳にした時点では、ミホが日記を削除していたことを私はまだ知らなかったが、小説の外側においても内側においても「あいつ」の存在が見えてこないことに、何となくもどかしいものを感じていた。

ミホと千佳子は、ひとりの男をはさんで相対する位置にいた。二人とも「書かれた女」であるという点では同じである。吉本隆明はミホと敏雄の関係を「三角関係」と呼んだが、角がふたつの図形などありえない。たとえ見えなくとも、もうひとつの頂点はたしかに存在したはずだ。隠され、消されてきた三つ目の角をあらわにしなければ、ミホという女性の像も見えてこないのではないかという思いが、生前のミホを取材しているときから私の中にはあった。しかし、「あいつ」がどんな人物だったのかをミホに直接尋ねることははばかられたし、調べる術もなかった。

そんな彼女が「藤十郎の恋」という一言によって、闇の向こうから立ち上がってこようとしていた。彼女はお梶と同じ「騙《だま》された女」だったのだろうか。菊池寛の「藤十郎の恋」では、藤十郎の芸が絶賛されて人気を不動のものとする一方で、お梶は自害してしまうのだが……。

私は、ミホの生前にインタビューのため奄美へ通っていたころに担当してくれていた編集者に、松原一枝のことを話してみた。彼はすでに別の編集部に異動していたのだが、偶然にも現在の部署の同僚が松原の本を作ったばかりだという。大正五（一九一六）年生まれの松原は、大連で少女時代を過ごしており、その思い出を綴った『幻の大連』という本が刊行されてからまだ半年もたっていなかった。

彼の紹介で松原一枝に会うことができたのは、平成二十年七月のことである。晴海《はるみ》のホテルのコーヒーショップで向い合った老作家は九十歳を過ぎているとは思えない若々しさで、白い肌が往時の美しさの名残をとどめていた。ざっくばらんな語り口にときおり辛辣《しんらつ》なユーモアが交じる。「もうこの年で、誰にも遠慮はいらないから」と、率直に質問に答えてくれた。

思った通り、松原は『死の棘』の「あいつ」を直接知っていた。

「彼女とは、安部公房たちが始めた『現在の会』という文学グループで知り合ったんです。島尾さんもそこの同人だった。『こをろ』のときの仲間たちが安部公房の魅力にやられちゃって、こぞって同人になったのね。それで私も何となく入っちゃったの」

千佳子の名前も、「現在の会」のことも、私はこのとき松原に教えられて初めて知ったのだった。

「現在の会」には女性の同人が少なかったこともあって、松原はすぐに彼女と親しくなり、やがて互いの家を行き来するようになった。

「きれいな人でしたよ。派手な美人じゃなくて、大人しくて控え目な感じだった。ええ、人の奥さんです」

松原がそう言ったのを聞いて驚いた。「あいつ」は人妻だったというのだ。

「ただしご主人とは別居中ということで、下北沢駅の南口近くの、洋館の離れみたいなところを借りて一人で住んでいましたね」

その下北沢で、松原は島尾を見かけたことがあったという。島尾は疲れた顔をして、駅のホームの柱にもたれて立っていた。しばらくして千佳子に下北沢駅で島尾を見た話をすると、「実は私のところに来たの」と打ち明けられた。

「そのときはそれ以上のことは聞かなかったんですけど……。二人が付き合っていると いうより、島尾さんが一方的に千佳子さんを追いかけているんじゃないかと当時は思っていました。『現在の会』の会合はいつもお茶の水で開いていたんですけど、あるとき、島尾さんが会には出てこないのに、お茶の水の駅のところにじっと立っているのを見かけたことがあったんです。同人だった眞鍋呉夫さんに言ったら、『女を待ってたんじゃないの』って。それもきっと千佳子さんだったんでしょう。眞鍋さんは当時から知っていたのね」

島尾の情事を「藤十郎の恋」と言ったのはなぜなのかと聞くと、「眞鍋さんから聞いたのよ」との答えが返ってきた。眞鍋は、島尾が若いころ女中に日記を見せて反応を観察していたという例の話を松原にし、そのときと同じように小説のために千佳子に恋を仕掛けたのではないかと言ったという。

「眞鍋さんは必ずしも島尾さんを非難してそう言ったわけじゃないと思います。島尾は昔からもっとも作家的な男だった、あいつは芯《しん》から作家なんだ――そんなふうに言ってたわ。藤十郎の恋、という言葉には、作家としての島尾さんへの評価とか、羨望《せんぼう》とかも入ってたんじゃないかしら」

松原によれば、千佳子を最初に「現在の会」に連れてきたのは眞鍋だという。本人から直接話を聞いてみたらどうかと言って、松原は眞鍋の連絡先を教えてくれた。こうして私は眞鍋に会いに行くことになったのである。

「ええそうです。もとはといえば、『現在の会』に彼女を入れたのは僕なんです」

眞鍋はそう言って、千佳子と知り合ったいきさつを話し始めた。

千佳子に初めて会ったのは昭和二十七（一九五二）年夏、兄事していた檀一雄から「小説を書きたいと言っている女性がいるから面倒を見てやってくれ」と頼まれてのことだったという。石神井《しゃくじい》公園近くの眞鍋の家を、彼女は一人で訪ねてきた。

「その日のことは鮮明に覚えています。ちょうど雨上がりで、通りから玄関までのぬかるみに敷いていた筵《むしろ》がどろどろになっているその上を、真っ白いスーツを着た女性が歩いてきた。腐りかけた筵に靴のヒールをとられて、時折よろけながらね。あの時代に白いスーツにハイヒール姿で、しかもたいへんな美人。はきだめに鶴とはこういうことかと思いました」

我家はまさに陋屋《ろうおく》でしたから、と言って眞鍋は笑った。

眞鍋が福岡から上京して石神井に家を構えたのは昭和二十五（一九五〇）年のことである。最初は六畳と二畳にトイレがあるだけで、炊事は屋外でするしかなかった。冬でも吹きさらしの中で煮炊《にた》きをした妻は、額や頬にしもやけをこしらえ、「しもやけって手や足にできるものだとばかり思ってた」と嘆いたという。千佳子が訪ねてきたころには増築して台所を屋内に作ってあったが、仕事部屋にしていた玄関脇《わき》の二畳を通らないとトイレに行けない作りの小さな家で、そこに夫婦と二人の子供が暮らしていた。

その日、眞鍋はしばし迷ってから、二畳の仕事部屋ではなく、奥の六畳に彼女を通し、ちゃぶ台をはさんで向い合った。

「いったいどんな素姓の女性なのか好奇心をかきたてられましたよ。男としての関心も、もちろんありました。本人は小説の勉強をしたいという話しかしなかったんじゃないかな。檀さんによれば、結婚してはいるが、旦那《だんな》さんとは別居中ということでした」

眞鍋は千佳子を「現在の会」の例会に連れていった。そこで、島尾と千佳子は出会うのである。

「現在の会」は、安部公房をはじめ、眞鍋呉夫、戸石泰一、小山俊一、吉岡達一らを発起人に結成された文学グループで、昭和二十七年三月から準備会を開き、同年六月、同人誌『現在』第一号を発行した。同人として島尾敏雄、阿川弘之、三浦朱門、前田純敬、庄野潤三、安東次男などが参加している。発起人の眞鍋、小山、吉岡、同人の島尾、阿川は『こをろ』の仲間で、「現在の会」で安部に次ぐ中心的なメンバーだった眞鍋の誘いによって入会した。

この会の性格は、当時の時代状況を抜きにしては理解しにくい。この年の四月、前年九月に調印されたサンフランシスコ講和条約が発効し、占領期が終った。同月に国会に提出された破壊活動防止法への反対運動が全国に広がって労働組合のストライキが頻発、五月一日には皇居前広場でデモ隊と警官隊が衝突する。いわゆる血のメーデー事件である。同月九日には、早稲田大学で開かれた教職員と学生の集会に警官隊が突入する早大事件が起こっている。その後も各地で集会が開かれ、新宿の街頭では火焔《かえん》ビン闘争が繰り広げられた。

「現在の会」の結成は、二十代、三十代の文学者が政治的闘争に加わることを宣言するものだった。その中心となった安部公房は、昭和二十五年ごろからコミュニズムに接近し、昭和二十六（一九五一）年に共産党に入党している。同年に「壁——S・カルマ氏の犯罪」で芥川賞を受け、文学的才能だけでなく、そのエネルギッシュな行動力によっても同世代の文学者たちに大きな刺激と影響を与えた。安部はこの時期、記録文学への志向を強めており、現実社会の変革に寄与する文学としてのルポルタージュの実践を『現在』誌上で行おうと考えていた。

「現在の会」は、安部の個性に魅了された人々の集まりだったと言っていい。安部や眞鍋と親交があり、『現在』の発行を引き受けた書肆《しょし》ユリイカの伊達得夫が当時を回想した「ふり出しの日々の群像」「火焔ビン文学者」（『詩人たち　ユリイカ抄』所収）によれば、準備会で『現在』という誌名を提案したのは伊達で、最初はみな一笑に付したが、安部の「いや変っておもしろいかもしれん」という一言であっさり決定を見たという。創刊準備会で話し合われたアピールがガリ版刷りで流されると、会員は急激に増え、創刊までに七十数名に達した。しかし伊達は、この雑誌の出発が「政治意識の重荷によろめきながら」のものであったと述べている。

――「政治と文学というような座談会やろやないか。話合いの中で自分の立場をはっきりさせるんだな」そんな編集プランが目を吊り上げて語られ、じじつ、ある小学校の宿直室か何かをひそかに借りて、日曜日の昼さがり、一台のテープレコーダーを囲んで座談会がひらかれた。一杯のお茶もなしに、雨の降る春寒の日に、それは三時間にもわたった……。（「火焔ビン文学者」より）

伊達は『現在』の編集方針が「政治的に上ずった」ものだったとしている。そこに違和感を持ったのが、阿川弘之、三浦朱門、前田純敬、庄野潤三などの同人である。

「そりゃ、おれだって破防法には反対さ。しかし、そのための小説なんて書かされるのはごめんだ」そういってかれらは次々に退会した。同じような意見だったにも拘らず、島尾敏雄はやめなかった。「おれ政治には興味がないな。しかしいったん始めたものはやめんよ」と言った。

「あんなやつら、いなくってスッキリしたよ。まだ入って来るやつはどんどん居るしな」残ったものたちは、しぜん急激に傾斜していった。
（同前）

戦後文学のもっとも重要な作家のひとりである安部公房が中心となり、当時のそうそうたる若手作家が集まって結成されたにもかかわらず、「現在の会」についての資料や論考はあまり見当らない。当事者によるまとまった文章は、伊達得夫の『詩人たち ユリイカ抄』に収録された二編のエッセイ（「ふり出しの日々の群像」「火焔ビン文学者」）くらいで、ほかには、眞鍋呉夫、吉行淳之介（第一回の会合に出席したが、左翼的な立場に統一しようとする動きを嫌悪《けんお》し入会せず）、安岡章太郎（旧友で河出書房の編集者だった古山高麗雄《こまお》に第一回会合に誘われたが出席せず）、のちに取り上げる針生一郎（安部公房に誘われて入会）などがエッセイや座談会などで断片的に触れているくらいである。

伊達のエッセイの中で、会の方針に反発して退会したと書かれている阿川弘之に当時の話を聞きに行くと、「いったん入会したけれど、会合のときの左翼的雰囲気が嫌で、最初の号が出る前にやめてしまった」とのことだった。入会したのは、発起人の一人で広島の偕行社《かいこうしゃ》附属済美小学校時代からの友人だった吉岡達一に誘われてのことだったが、熱心な左翼活動家になっていた吉岡とは意見が対立した。新宿の飲み屋で、吉岡から政治意識が低いと言われ、「帰れ!」と罵《ののし》られたこともある。そのときは島尾が間に入ってなだめてくれた。この場面に居合わせた伊達は、のちに次のように書いている。

同人会のあと、新宿のある飲み屋にたむろしたとき、Yという同人は酒の勢を駆って阿川にかみついた。「キサマみたいなワカランやつは帰れ」「帰るさ」そう言って、阿川は席を立った。店の隅で小さくなっていた三浦朱門は「ボクなんかもわかりませんねえ」と誰にともなく呟いたが、かれもやがて姿を消した。前田純敬、庄野潤三もつづいた。(「ふり出しの日々の群像」より)

「現在の会」の発起人たちは、のちに安部の影響で共産党に集団入党することになる。島尾は発起人ではなかったが、一号から三号まで、安部、眞鍋、吉岡、戸石らとともに編集を担当しており、主要メンバーだったと考えていい。しかし入党はせず、一貫して政治活動にはかかわりを持たなかった。

では「現在の会」において島尾はどのような存在だったのか。会員だった針生一郎は、会合の際の島尾について、「討論が進んでどうやら帰結がみえてきたのに、島尾ひとりが問題と自分とのあいだの埋めがたい距離にあくまで固執しているため、ニッチもサッチもゆかなくなる場面がしばしばあったが、これも党員グループにたいする彼独特の抵抗だったらしい」(『カイエ』昭和五十三年十二月増刊号「『死の棘』における生活者と表現者」)と回想している。一度始めたことを容易にはやめないが、だからといって迎合や妥協はしないという島尾の粘り強さ、ある種の強靱《きょうじん》さが伝わるエピソードである。

「現在の会」が結成された昭和二十七年は島尾一家が上京した年で、この年、島尾は「現在の会」のほかに、「新日本文学会」と「一二会」にも参加している。都内の定時制高校で週三日、非常勤講師として夕方の授業を受け持つほかは作家としての活動にすべての時間を充《あ》て、執筆だけでなく、多くの作家や評論家たちと積極的に交流した。

戦前のプロレタリア文学の流れを汲む「新日本文学会」は、終戦直後、共産党員を中心メンバーに創立された文学団体（昭和三十九年に共産党と絶縁）で、当時は椎名麟三が東京支部委員長を務めていた。島尾は神戸時代の昭和二十三（一九四八）年に『近代文学』の同人になっており、政治や党派からの自由をうたって創刊された『近代文学』と、政治的立場を明確にする「新日本文学会」という、戦後文学を牽引《けんいん》した二つの文学グループに所属することになった。

「一二会」は、もともとは雑誌『文學界』が主催した若手作家および評論家の定期会合で、メンバーには島尾のほかに庄野潤三、吉行淳之介、安岡章太郎、三浦朱門、近藤啓太郎、結城信一、小島信夫、武田繁太郎、五味康祐、奥野健男、日野啓三、進藤純孝、村松剛、浜田新一がいた。この「一二会」は一年ほどで解散するが、メンバーだった庄野、吉行、安岡、三浦、近藤、進藤、島尾に、服部達、遠藤周作、谷田昌平、阿川弘之らが新たに加わって、昭和二十八（一九五三）年に「構想の会」が結成された。こちらは政治的な背景のない親和的なつながりで、世代的共感や自然な仲間意識によって「第三の新人」と呼ばれるグループを形成することになる。また島尾は同年、奥野健男、吉本隆明らとともに『現代評論』の創刊にも参加している。

神戸時代、自宅を訪ねてきた開高健と谷沢永一に「東京は、文壇、でしょう。文壇、がわからなかったら、書いても、あかん、と思いますね」と語ったように、島尾の上京の目的は、文壇で地歩を固め、職業小説家として立つことだった。そのための模索を続ける中で、島尾は千佳子と出会ったのである。

島尾が「現在の会」のことに触れた文章はごく少ないが、そのうちの一篇に、『死の棘』に描かれた時期を経て奄美に移住し、短篇集『死の棘』で芸術選奨を受けた直後の昭和三十六（一九六一）年四月、『群像』に掲載された「文壇遠望記」がある。東京時代の文壇とのかかわりを回想したエッセイで、所属した文学グループを時系列で挙げ、入会した経緯やそこで知り合った仲間たちについて書いている。登場するのは、順に「近代文学」、「新日本文学会」、「Ｇの会」、「一二会」、「現代評論」、「構想の会」で、唯《ゆい》一《いつ》頭文字で示された「Ｇの会」が「現在の会」である。

「近代文学」及び「新日本文学会」のいずれに於いても、私は固く緊張していたように思う。で自然にその中で誰かをよばなければならないときは「さん」付けで呼ぶことになった。もうひとつの文学グループGの会の中で私はやっとなかばはその仲間を「よびすて」で呼べる場所をもったことになるが、そのグループのことを今はまだ冷静に書くことができない。おおざっぱに言うと、私は生活につまずき、家庭と病院の中だけにとじこもらなければならなくなったときに、まずそのグループとのつながりを切る必要があった。そして今もその状態がつづいている。

（「文壇遠望記」より）

会の名が頭文字で記されているのも、「今はまだ冷静に書くことができない」のも、千佳子がこの会にいたからである。この文章が書かれた昭和三十六年は島尾一家が奄美に移住して六年後だが、ミホはまだ時折発作を起こすことがあった。それを怖れてこうした書き方になったのだろうが、事情を知らない読者には意味がよくわからず、かえって思わせぶりである。

ミホを刺激しないためなら、「現在の会」のことにまったく触れなければよさそうなものだが、これまで見てきたように、本人とその周囲のごくわずかな人間にしかわからない話を、細かい説明抜きで小説やエッセイに入れ込むことを島尾はしばしば行っている。それは島尾独特の記録性へのこだわりであると考えることもできるが、もうひとつ、特定の「わかる人」に対するメッセージを込めているとの推測も成り立つ。この文章の場合でいうと、「現在の会」の関係者に向けた事情説明なのではないかということだ。受賞の直後でテーマが文壇となれば、「現在の会」のかつての仲間たちも読むに違いない。しかもこの文章が掲載されたのは、文壇の関係者ならだれもが目を通すであろう『群像』である。

日記を読んだミホによる夜を徹しての糾問が始まった昭和二十九（一九五四）年の秋以降、島尾は「現在の会」の編集会議や同人会にふっつりと顔を見せなくなり、そのまま会には何の音沙汰《おとさた》もなく、一年後に奄美に移住した。芸術選奨を契機に、当時の事情をかつての会の仲間に伝える意図がエッセイのこの部分にあったとすれば、その仲間の中には、千佳子も含まれていたはずだ。深く親密な関係でありながら、ある日を境に一方的に関係を断ち切られ、説明なしで放り出され、受賞作の中で一方的に「あいつ」として書かれることになった彼女も――。

島尾と千佳子の出会いの場となった『現在』とはどんな雑誌だったのだろうか。島尾の遺品の中にあった『現在』を手にとったとき、まずその美しさに驚いた。サイズは縦一八三ミリ、横一七八ミリのほぼ正方形。表紙は二色刷りで、全面にイラストが使われている。島尾の没後に書庫から見つかったのは三号、四号、五号の三冊だが、三号の表紙のイラストは安部公房夫人である安部真知、四号と五号は画家の稗田《ひえだ》一穂《かずほ》によるものだった。デザインを手がけた伊達が「火焔ビン文学者」の中で「雑誌はスマートな出来ばえだった」と書いているが、本文の文字組みも端正で、いかにもユリイカらしい洒落《しゃれ》た雑誌である。

ほかの号も見てみたいと思って探してみると、日本近代文学館に一号から十四号（昭和三十年九月発行）までのバックナンバーが揃《そろ》っていることがわかった（一部の号は原本がなくコピー）。閲覧したところ、先に述べた判型とデザインは五号までで、六号からはごく普通のA5判に変更されていることがわかった。さらに七号からは活版印刷ではなくガリ版刷りとなり、頁《ページ》数も減っている。

発行所も途中で変更されていた。一、二号は「書肆ユリイカ」だが、三号からは「現在の会」となっている。伊達得夫の「火焔ビン文学者」によれば、これは二号目が出たあと、刑事が伊達のところに「現在の会」について聞き込みにやってきたからで、急遽《きゅうきょ》、発行所を「現在の会」に変え、住所は取引先の製本屋にしたという。「そのころから編集会議には細胞会議めく切迫した空気が漂い、同人会には炭坑の組合や共産党からアジテーターが出席しました、有志の間でスターリン言語学の読書会が持たれた。下町の工場地帯に会員たちで「メリーちゃん」という一幕物の芝居をしに行ったことさえあったが、あれは何のためだったのだろう」と伊達は書いている。

伊達が「現在の会」を離れたのは、五号が出たあとに起きた、会の主要メンバーとの確執が原因だった。これは、昭和二十八年の内灘《うちなだ》闘争（米軍試射場建設のための土地接収に対する反対闘争）をルポしたパンフレットをめぐるトラブルで、伊達は眞鍋とともに内灘まで取材に行って出版の準備をととのえたが、眞鍋の原稿は遅れに遅れた。やっと書き上がった原稿を印刷所に回すと、「現在の会」の編集委員たちから呼び出され、いますぐ印税契約をしないと発行を許さないと詰め寄られた。そして、定価の二割という「驚くべき高率の印税契約」を飲まされたという。刊行の遅れで時機を逃したパンフレットはまるで売れず、ゾッキ屋からも買い取りを拒否された。赤字を一人でかぶるはめになった伊達は、編集委員たちの態度に嫌気がさし、以後「現在の会」とは距離を置くようになったのである。

ちなみに伊達を呼び出したメンバーの中には島尾もいた。会議の間、一言も発言せず部屋の隅でじっと膝《ひざ》を抱えていた島尾は、伊達に印税の件を了承させた委員たちが部屋を出て行くと、伊達のそばに寄ってきて「みんなムチャいいよるなあ」とつぶやいたという。

六号目以降の『現在』が、それまでの瀟洒《しょうしゃ》なデザインから一変したのは、伊達が会を離れたことによるものだが、このころからデザインだけでなく中身も変わっていった。一号から五号までは、安部公房、庄野潤三、開高健らの小説が掲載され、二号には島尾も「朝影」を発表している。しかしその後、誌面は政治的アピールや活動報告で埋まるようになっていく。会員だった柾木《まさき》恭介は、当時を回想して「……つぎつぎに起る社会的事件に「会」は参加していった。炭労の大ストには眞鍋が九州の炭坑に行き、松川事件第二審の抗議集会には眞鍋、柾木、稗田が仙台に行き、その際に東北地方のサークルと数カ所で話し合つた」と、会が政治活動に傾斜し、文学から離れていった様子を記している（『新日本文学』昭和三十二年十一月号「現在の会」）。

千佳子が檀一雄の紹介で眞鍋の家にやって来たのは昭和二十七年の夏だったというから、「現在の会」の会員になったのは、二号目が発行された八月前後のことだったと思われる。小説家志望だったというが、『現在』には彼女の小説は一本も掲載されていない。

二

眞鍋は私に、当時の千佳子と親しかった女性を紹介してくれた。「現在の会」の同人だった稗田《ひえだ》宰子《さいこ》である。真鍋から教えられた電話番号の市外局番は大分県のものだった。

竹田市にある佐藤義美記念館の名誉館長をしているという。

稗田は「現在の会」を辞めたあと、「いぬのおまわりさん」などで知られる童謡詩人、佐藤義美に師事した。佐藤の没後は著作権の管理などを引受け、彼の故郷である竹田市に私費を投じて記念館を建設したのだった。

電話をして眞鍋の紹介であることを告げ、島尾敏雄と川瀬千佳子の関係について知りたいと切り出すと、稗田は言った。

「川瀬さんはあの小説の犠牲者だと私は思っています」

このとき稗田は八十二歳。声は穏やかだが、決然とした調子があった。

「あんな書かれ方をしてどんなに傷ついたか。夫婦してアイツアイツと言うだけで、彼女がどんな人だったのかは一行も書かれていない。あんまりな扱いです」

さっぱりした性格の家庭的な人だった。別居している夫からの仕送りはあったようだが、なんとか自立して生きようとしていた。小説はその手だてのひとつだった。手に職をつけるために職業訓練所にも通っていた──そんなふうに稗田は千佳子のことを語った。

「小説を書いていたといっても、久坂葉子さんのようなエキセントリックなタイプではありません。ミホさんとくらべても、よほどノーマルな人でした」

受話器を耳にメモをとっていた手が思わず止まったのは、「料理が上手《うま》くて……お子さんたちにとっても、いいお母さんだったと思います」と稗田が言ったときだ。千佳子には子供がいたというのである。

「男の子と女の子で、どちらも当時、小学生でした。ご主人のところで暮らしていたようですが、川瀬さんの住まいにときどき来ていて、私も何度か会いました。二人ともきれいなお子さんでね。坊ちゃんの方はちょっと陰のある感じで、子供ながら芸術家肌というんでしょうか、部屋の隅で横笛を吹いていたのを憶《おぼ》えています」

小学生の子供が二人と聞いて、千佳子は何歳くらいだったのだろうと思った。眞鍋も松原一枝も年齢のことは言っていなかった。『死の棘』を読んだ感じでは、漠然と三十歳前後かと思っていたのだが。

「寅年《とらどし》生まれだと言っていました。私と同じ干支《えと》なので印象に残っているんです。私よりひとまわり上の寅ですね」

稗田は大正十五（一九二六）年生まれだという。すると千佳子は大正三（一九一四）年生まれで、島尾より三歳上ということになる。ミホが島尾の日記を見た昭和二十九年には四十歳だ。これも意外な話だったが、千佳子の年齢を知った上で『死の棘』を読み返すと、なるほどと思う記述に出会う。たとえば第三章で、トシオがミホと子供たちを連れて電車に乗り、都心の出版社に原稿を届けに行く場面。

妻は眉根をしかめて暗い顔つきを追い払おうとしないだけでなく、外に出ると足もとがたよりなく、四十を過ぎた年配の女を見ると視線を吸いつかせるようにそのすがたを追うことをやめようとしない。（『死の棘』第三章「崖のふち」より）

そして第九章で、ミホの発作は家の中に「フジョウの場所」があるためだと言われ、四十代と思われる拝み屋の女を訪ねる場面。

四十を過ぎた年ごろの女に示す妻の嫌悪は次第に私にも移り、その反応はそのまま伝わって胸もとに悪くわだかまっている。（同　第九章「過ぎ越し」より）

どちらも四十歳すぎの女へのミホのこだわりが描かれているが、作品内でその理由が明かされることはない。これらの記述の意味がわかる読者は、ミホを除けば、島尾と千佳子の関係を知るごく少数の文学仲間、そして、書かれた当人である千佳子くらいだろう。

次に稗田に尋ねたのは、島尾と千佳子は『死の棘』に書かれている通りの関係だったのかということだ。稗田は「私は島尾さんが一方的に彼女を追いかけていると思っていました」と言った。松原一枝の見方と同じである。

「でも本当のところはわかりません。島尾さんは昔から挙動不審な人でしたし」

挙動不審？　昔から？　思わず問い返すと、稗田は答えた。

「ややこしい人と言うんでしょうか……。神戸にいらしたころから、私、島尾さんを知っていますから」

大阪に住んでいた稗田は、昭和二十四（一九四九）年ごろに島尾と知り合い、彼に誘われて『ＶＩＫＩＮＧ』の例会にも何度か出たという。最初に久坂葉子のことを引き合いに出したのも、神戸時代の島尾とその周辺の人々を知っていたからだったのだ。

「島尾さんの一家と前後して私も上京したので、小岩のおうちもときどき訪ねていました。昭和二十七、八年ごろですね。ミホさんが七輪で焼き鳥を焼いてもてなしてくれたり、お土産に持っていったウイスキーを島尾さんがとても喜んで、さっそく開けて三人で飲んだりしました」

入学前だった伸三や、その妹のマヤともよく遊んだ。島尾から「マヤはあなたに似ている気がする。大人になったら、あなたのような女性になるんじゃないかな」と言われたこともある。当時二十代半ばだった稗田は、七歳上のミホからも可愛《かわい》がられたが、ミホが島尾の女性関係に敏感であることに気づき、警戒されないよう注意していたそうだ。

眞鍋の言うところの「もっとも作家的な男」であった島尾。その島尾に、加計呂麻島での出会いからずっと「書かれる女」だったミホ。戦後の東京で、もう一人の「書かれる女」になる千佳子。そして、それぞれの子供たち。稗田はかれらをごく近くで見ていたのだ。

ぜひ会って話を聞かせてほしいと頼むと、稗田は了承してくれた。竹田市を訪ねる日時を決めて電話を終ろうとしたとき、彼女が遠慮がちに言った。

「あの、島尾さんの、ゲツウン、という小説をご存じですか？　あれを読んだとき私、川瀬さんとのことじゃないかと思ったんです。彼女のイメージと重なって……」

ゲツウン――島尾にそんな小説があっただろうか。

「月のかさ、と書いてゲツウン。『夢の中での日常』に入っています」

稗田はそう言って電話を切った。受話器を置いた私は、ゲツウン、ゲツウン、と唱えながら本棚の前に立った。ミホに取材を断られてから開いていなかった島尾の全集を、一巻目からチェックしていく。すると四巻目に「月暈」というタイトルがあった。

島尾の主要な作品は読んでいたつもりだったが、「月暈」は未読だった。この小説について誰かが論評している文章を読んだ憶えもない。

初出は『近代文学』昭和二十八年一月号とある。島尾と千佳子が「現在の会」で知り合ったのは昭和二十七年の夏ごろだから、出会いから数か月のうちに書かれたことになる。あとで調べたところ、この作品が最初に収録された単行本は、稗田の言った通り昭和三十一（一九五六）年刊行の『夢の中での日常』であることがわかった。

全集で読んだ「月暈」は、十ページほどの短編だった。書き出しはこうだ。

ぴりっと空気が引き裂かれ、引き裂かれたすきまから全然別の内容が現われて来るような感じの中で、ぐーっと大地が傾いた。Sはあわてて大地にへばりついて、大地が傾くめくらめきから自分を切り離そうとした。

（「月暈」より）

主人公のSが遭遇したのは大地震である。だが読み進むとまもなく、これが現実の世界の話ではないことがわかる。Sがしがみついている地面は、なぜかどんどん細くなり、ついには小川にかけられた細板の橋のようになってしまう。

島尾には、夢の中の出来事のように非現実的で不条理な体験を描いた「夢の系列」と呼ばれる一連の作品がある。この「月暈」もそのカテゴリーに属する小説なのだ。

Sは、大地震のために地上が廃墟《はいきょ》と化したことを知る。そのとき頭の中に閃《ひらめ》いたのは「Z夫人の所に駈けつけたい」という考えだった。

夫人などという言い方だとその人の感じに遠くなるが、M・Z氏の奥さんで、しかしSはM・Z氏を見たことはない。とにかくそのZ夫人のところに駈けつけたい願望で胸の中が一ぱいになった。家の梁の下敷きになった夫人が白い脛をあらわにして助けを求めている姿がはっきり見えた。もともと夫人の羞じらいを含んだ悲し気な横顔にSは参っていた。その横顔を見ていると、Sの肉体を構成している分子がばらばらに解体して夫人の横顔の磁場にどんどん吸いつけられて行くのを感じた。しかし正面を向くと、肉付きのいいあごの線や物おじしない眼、そして少しきつい感じを与える輪郭のはっきりした高い鼻などにぶつかり、横顔の悲し気な感じは、ふっと消えてその跡を残さない。やはり年齢相応に世なれた女がそこに居た。Sは夫人の正面の顔に不満を持つ。どうして横顔ばかりで接してくれないのだろう。Sは夫人から正面の顔で翻弄されながら、時々横顔を見せられることによって、あきらめきれずに通う。すると夫人はつと正面を向いて、何事も分らないようなそぶりをする。　（同前）

千佳子のイメージと重なると稗田が言ったのは、この「Z夫人」のことに違いない。夫がいることや、その住まいに主人公が通っているらしいことも一致する。「年齢相応に世なれた女」という箇所は千佳子の年齢を思い起こさせるし、おそらくは容貌《ようぼう》もここに描写されているような女性だったのだろう。もしこれが本当に千佳子をモデルとしているなら、『死の棘』で愛人の境遇にも容貌にも一切ふれていない島尾が、ミホに日記を見られて騒動が始まる前には、こんなに大胆に彼女を描写していたことになる。

島尾の読者なら、「家の梁の下敷きになった夫人が白い脛をあらわにして助けを求めている姿がはっきり見えた」という部分を読んで、『死の棘』のクライマックス、夫妻のもとに「あいつ」が訪ねてくる場面を連想するかもしれない。そこで描かれるのは、激昂《げきこう》したミホによって地面に引き倒され、よじれたスカートの下から足をむき出しにして島尾に助けを求める姿である。だがもちろん、「月暈」が書かれた時点ではまだこの事件は起っていない。

続いて描かれるのは、Z夫人に対するSの欲望と執着である。

何がはばんでいるのだろう。夫人がM・Z氏の妻であり、Sにも妻子がいるということか。夫人はM・Z氏を愛しSは自分の妻と子を愛する。だが、大地はひっくり返って、地上の一切は崩壊した。(中略)何はさて置いてもZ夫人の所に駈けつけること。そこに駈けつければ未知が確かめられる気がする。夫人は駈けつけたSの両腕の中に身をまかせるかも分らない。Sは夫人の白い横顔に自分の燃えた頬を重ねることが出来るだろう。それがSやZ夫人にとってどれ程の意味があることなのかは分らないのに、Sはそういう瞬間を猛烈に獲得したい渇きにさいなまれる。(同前)

「夢の系列」に属する作品群では、次々と展開する奇妙なイメージが因果律を破り、読者は筋を追うことも、主人公の言動に意味を見出すこともできなくなっていく。しかしこの小説では、主人公をとりまく世界は条理を超えて変転するものの、この世が終る前に女を自分のものにしたい、こうした状況の下でなら自分に身をまかせるかもしれないという主人公の心情と行動は、読み手に容易に理解でき、ありきたりでさえある。

読んでいくうちに気づくのは、これがまるで求愛のような文章であることだ。「S」を「私」、「Z夫人」を「あなた」と書き換えれば、そのままラブレターである。ふと、島尾は千佳子が読むことを意識してこの小説を書いたのではないかと思った。書かれた時期も、島尾が千佳子を「追いかけていた」（松原も稗田もこの表現を使った）ころか、あるいは交際が始まって間もないころである。

ただしそれは、Z夫人のモデルが本当に千佳子だったとしてのことだ。一読した印象としては稗田の推測が正しいように思ったが、この時点では確証はなかった。

Z夫人が千佳子であることをほぼ確信したのは、稗田に会うために竹田市に向かっていたときである。眞鍋に話を聞いた二週間ほどあとの、平成二十年八月下旬のことだ。飛行機と鉄道を乗りついでの道中、私は刊行されたばかりの『「死の棘」日記』の文庫版を読み返していた。「月暈」という語が目に飛び込んできたのは、熊本駅から乗った豊肥本線の車中である。

ベッドでうとうとしていると加藤医師よってくれる。ミホすぐ眼を覚ます。うたうような調子でミホ医師としゃべる。医師来てくれるととても安心だという。加藤先生は安心を与えてくれる、あなたは不安を与えるとミホ言う。それから寝つかず、四時半になるとミホぐったりなる。食事をのばして眠らせる。その間ミホの肌衣洗濯。ミホを目覚めさせぬよう部屋に入らず廊下をあっちに行ったりこっちに来たり。六時ミホを起して食事。珍しく妄語を云わぬ。沢山食べる。食器片付けなどする間イヤミの妄語。外は月夜だというと、月暈云々でからんでくる。

昭和三十（一九五五）年七月五日の日記の一部である。この約一か月前の六月六日からミホは千葉県市川市にある国府台《こうのだい》病院の精神科に入院、島尾も病棟内でミホと生活をともにしていた。ミホは長時間の睡眠によって神経を休ませる治療を受けるが、効果はほとんどみられず、島尾への糾問はますます激しくなっていた。

言うまでもなく、糾問の内容は「あいつ」つまり千佳子との情事に関することである。同じ日の日記には「あの女にはあんなにしたのに何故自分には何もしてくれないの」というミホの言葉が書きとめられている。延々と続くそうした会話の中で、ミホが「月暈云々でからんで」きたというのだ。

この「月暈」が、Z夫人が登場する小説を指していることは疑いがない。ミホはモデルが「あいつ」であることを知っていたからこそ、「月暈」を持ち出して島尾を責めたのである。私はこのときまでに『「死の棘」日記』を複数回通読していたが、稗田の示《し》唆《さ》がなければ、この部分の意味に気づくことはなかっただろう。

後日、島尾家に遺《のこ》された島尾の神戸時代の日記原本を見てからのことになるが、私はこの「月暈」が、島尾が峩々温泉で書いた文章に似ていることに気づいた。宿の女中「梅子」に見せるために書かれたと思われる、あの文章である。

受ける印象はずいぶん違うが、中身は「月暈」とほぼ変わらない。相手の容貌と魅力を描写し、恋情を打ち明け、向い合ったときの心情を語る。そして自分に妻がいることが障害であることを記し、それでも忘れられないと訴えるのだ。「胸の中が一ぱい（月暈）―胸一ぱいの思ひ（日記）」「羞じらい（月暈）―羞恥（日記）」と、似たような表現が使われていることも目をひく。ちなみに「月暈」が書かれたのは、峩々温泉滞在の約二年後である。

「月暈」のSはこのあと、Z夫人のもとに行きたくとも地上のすべてが目茶苦茶になっているために辿《たど》りつけないことに思い至り、そのときやっと、妻や子がすでに死んでいるかもしれないことに気づく。しかしそれに対しては何の感情も湧《わ》かず、このような事態になっても自分がZ夫人への欲情を保っていることを自覚する。そしていまや身一つで行動できる状態になったことに喜びを感じるのである。

こうして「月暈」のSは、大地震という天災によってZ夫人のもとに駆けつける自由を得る。これは峩々温泉で書かれた「若し妻以外に愛することを神がゆるしたなら僕はこの女をこよなきものとして末永く愛するかも知れない」という部分と符合している。文章のレベルに差はあるが、考えの道筋は同じである。

ちなみに「月暈」とは、月のまわりにできる光の輪のことである。作品中に月暈そのものは出てこないが、大地の裂け目に入り込んだSが小さな花を見つけ、両の掌でその花を囲うようにする場面がある。花そのものには触れないこの掌を、月暈のイメージに重ねているのだろう。月になぞらえられた花は「血の気を失い透き徹った皮膚の感じのその花びらに淡い匂いがあり唇を開いて待つようにも見える」と、女性を思わせる描写がなされており、Z夫人の比喩《ひゆ》ともとれる。

「月暈」は小説であり、温泉宿で書いた文章のように女に読ませるためだけに書かれたわけではないが、千佳子へのメッセージを込めたのは確かであるように思われる。女を口説くために書かれた小説と言うと俗っぽく感じるが、愛する女性に捧《ささ》げられた小説と言い換えれば、それは古今東西の作家がしてきたことだ。『死の棘』はまさにそのような評価を受けてきた作品で、「妻への絶対の愛の絆の証し」（奥野健男「『死の棘』論――極限状況と持続の文学」）、「ミホへの、鎮魂の歌」（山本健吉『死の棘』解説）など、一人の女性のために書かれたことが肯定的にとらえられてきた。

島尾自身も「私は妻のこころをなぐさめることができるなら、どんな文章をも書くことができると考えられた」（「妻への祈り・補遺」）と書いているが、それが事実なら、島尾は特定の人物のために小説を書くことがありえる作家であるということになり、その相手はミホ一人とは限らないはずだ。島尾は旅館の女中に読ませるために、その本人についての文章を記していたし、ほぼ毎日ミホが登場する神戸時代の日記はミホが読むことを前提に書かれていた。特定の女性のことを書いた文章をその当人に読ませることによって関係性を作っていくことは、島尾が以前から行っていたことだったのである。

千佳子が読むことを意識して書かれた小説が存在することは、『死の棘』を違った角度から読み替える可能性を示している。『死の棘』ははたして、ミホのためだけに書かれた小説だったのだろうか。稗田が「アイツアイツと言うだけで、どんな人だったのかは一行も書かれていない」と憤《いきどお》り、埴谷雄高が「（島尾が）作品の枠の外の闇のなかへ非情に「投げすてて」しまった」と憐《あわ》れんだ千佳子。彼女がどこかで読んでいることを前提に書かれたということはないのだろうか。

この問題はのちに改めて取り上げるとして、まずは稗田が語った島尾とミホ、そして千佳子の人物像に耳を傾けてみよう。

佐藤義美記念館は、豊後竹田駅から徒歩で五分ほどのところにあった。佐藤が晩年を過ごした家を再現したという木造の洋館で、こぢんまりした明るい館内には生前の書斎が再現され、肉筆原稿や、童謡や詩を発表した雑誌などが展示されている。

迎えてくれた稗田は、ほっそりとした小柄な老女だった。化粧はほとんどしていないが、よく光る大きな目が印象的で、年齢よりずっと若く見える。つややかに白粉《おしろい》の乗った肌がたっぷりとした貫禄《かんろく》を醸《かも》し出していた松原一枝とは対照的に、どこか少女っぽさの残る雰囲気があった。

記念館の中にある会議室で話を聞くことになった。部屋の外では若い女性スタッフが立ち働く気配がし、ときおり稗田に質問や相談をしにやってくる。

まず島尾との出会いから尋ねると、「もともとのきっかけは、塚本邦雄さんが始めた同人誌だったんです」という答えが返ってきた。大阪の女学校時代に文芸部にいた稗田は、卒業後、短歌をやっていた妹の紹介で奈良の前川佐美雄の歌会に参加し、そこで塚本邦雄と知り合う。のちに前衛短歌で一時代を画し、後進に大きな影響を与えることになる塚本は、このころ商社に勤めながら歌を作っていた。昭和二十四年に塚本は雑誌『メトード』を創刊、稗田も誘われて同人となった。塚本二十九歳、稗田二十三歳の年である。

「塚本さんともう一人、杉原一司さんという人が中心の同人誌でした。創刊の翌年に杉原さんが亡《な》くなってしまって、『メトード』は短命に終わるんですが、創刊のとき、塚本さんが当時文壇で注目されていた作家たちに雑誌を送ったんですね。その中に三島由紀夫、安部公房、島尾敏雄がいた。この三人は全員が感想を書いた返事をくれました」

しばらくして稗田のもとに島尾から「短歌もいいけれど、あなたは小説を書いてみたらどうですか。いちど神戸にいらっしゃい」と連絡がくる。稗田は神戸の島尾宅を訪ね、交流が始まった。

当時の島尾の行動には、稗田にとって理解しかねるものがあった。たとえば、大阪の稗田の自宅をいきなり訪ねてくる。

「何の連絡もなく、ひょこっとやってきて待っているんです。ちょっと出ませんかと言われて淀《よど》川の近くまで歩いたことがあるんですが、〝僕は胃が悪いから〟と言って、焼いたバナナを持ってきている。で、〝ものを食べたらすぐに横にならないと駄目なんだ〟なんて話をするんです」

のちに親しくなった千佳子から「このごろ島尾さんが家のまわりをうろうろしたり、突然訪ねてきたりする」という話を聞いたとき、相変わらず一方的な人だと思ったという。

稗田は島尾から『ＶＩＫＩＮＧ』に入ってはどうかと勧められ、例会に連れていかれた。ここでも島尾の行動は不可解で、会のメンバーに稗田を紹介するでもなく、ただ自分の横に座らせておくだけだった。例会には二度行ったが、二度とも同じである。

「挨拶《あいさつ》のしようもなくて困りました。一応、自分の書いたものを持っていったんですが……。最近になって当時の『VIKING』を見たら、後記のところに〝稗田という人が例会に来たが、この人の正体は島尾にしかわからない〟という内容のことが書いてありました。私は結局、入会はしませんでした」

同じころ、やはり島尾に誘われて『VIKING』に入ったのが久坂葉子である。久坂は島尾一家が上京した昭和二十七年の大晦日《おおみそか》に自殺しているが、島尾は翌年の春、久坂がモデルの「矢板康子」という女性が登場する小説「死人の訪れ」を発表している（『新潮』四月号）。自殺した矢板康子の遺稿集を出そうとしているS（「僕」）のもとに康子の幽霊が現われ、さまざまな会話をするという内容だ。Sは康子に自殺の原因を聞き、かつて彼女に関するエロティックな夢を見たことを思い出す。そのあと、自分の家の中に康子と二人でいることに気づいたSは彼女を抱くが、「康子の足が棒のように突っ張って」うまくいかない。「月暈」と同様、「夢の系列」に属する小説で、発表時期も三か月しか違わず、同じく単行本『夢の中での日常』に収められている。

「これを読んだとき、久坂さんが亡くなった直後にこういう小説を発表するのは、ちょっとどうかな、と思いました。私は久坂さんと島尾さんは恋人ではなかったと思っているんですが、この小説の描写はすごく思わせぶりでしょう？」

確かに小説中のSと康子は、かつて関係があったともなかったともつかない書き方がされている。二人の間には「いつかは片を付けなければならない問題」があったが、「片を付ける機会などというものがやって来ないうちに」康子は自殺する。その知らせを聞いたとき、Sは「頬に白い手で平手打ちを食った」ように感じるのである。死んで幽霊となった康子は「だって、せんせいもいけないのよ」とSに甘え、Sが康子の夢を見たというと「あら、どんな夢かしら」と、うれしそうにうわずった声を出す。

「実在の人をモデルに、こういうことを書いてしまう。島尾さんって、そういうヘキのある人なんです。だから川瀬さんとのことも、実際には奥さんがおかしくなってしまうような関係ではなくて、島尾さんが川瀬さんを追いかけたあげくに、一方的にああいう小説を書いたんじゃないかと思っていました」

昭和二十六年の末、稗田は俳優座に入ることになった妹と一緒に上京する。その三か月後に妻子をつれて上京してきた島尾から「現在の会」に入るように勧められたのだった。

千生子は稗田の少しあとに入会してきた。眞鍋が強い印象を受けたという白いスーツのことは稗田もよく憶えていた。

「ハイヒールも白で、あの時代ですから目立ちました。でも川瀬さんは決して浮ついた人ではありませんでしたよ。容貌ですか？　額が広くて知的な感じの……。そうですね、女優の三宅邦子さんの若いころに似ていたかしら」

千佳子は『現在』に小説を発表することはなかったが、稗田は彼女が書いた小説を読んだことがあるという。

「ちょっと読んでみてもらえないかしら、と言われて、冒頭の一、二枚だけ読みました。くわしい内容は忘れましたけど、お便所が出て来る話で、女の人がそういう話を書くのは珍しいし、面白いな、と思ったのを憶えています。島尾さんの小説については、よく分らないと言っていましたね。もっと分りやすい、普通の小説のほうが好きだと」

稗田は当時、毛糸を使った織物を制作して生計を立てていた。大阪にいるときから、ネクタイやマフラー、バッグなどを作って神戸の店で売っており、最低限それで食べていけると考えて上京した。東京では新宿の洋品店に卸していたが、そのことを稗田から聞いた千佳子は、自分も編物で生計を立てられないかと考えて職業訓練所に通ったという。

千佳子と親しくつきあう一方で、稗田は小岩の島尾の家にもたびたび遊びに行っていた。

「ミホさんは潔癖な人で、家の中に蠅《はえ》が一匹いるのも許さない。蠅叩《はえたた》きを持っていつまでも追いかけていたのを憶えています。私のことは気持ちよく受け入れてくれましたが、『現在の会』の男の人たちが、島尾の女房は戦時中に夜な夜な通っていた相手だとか、密航までして追いかけてきたとか、そんな話をするのを聞いて、ちょっと怖いな、とも思っていましたね。ミホさんが神経を病んだことを知って、島尾は内心いい素材ができて喜んでいるんじゃないか、と言った人もいました」

小学校入学前だった長男の伸三は来客を喜び、稗田が行くと彼女のまわりを駆け回ってはしゃいだ。長女のマヤはまだ二歳くらいだったが、長い睫毛《まつげ》が目もとに影を落とし、どことなく暗い感じに見えたという。

そのうちに島尾は例会に顔を見せなくなり、しばらくして千葉県に引っ越したという話を聞いた。ほどなくして千佳子も「現在の会」を辞めていった。そのころ稗田は、「現在の会」の主要メンバーから事務局の運営を頼まれる。住んでいたアパートの家賃の半額を支払うと言われて引受けたが、会はますます左傾化していった。政治活動が主になる中で、稗田は精神的にも肉体的にも疲弊していく。

「私は資本論も読んでいませんでしたし、男性たちの議論についていけない。そんな私に厳しいことを言う人がいて萎縮《いしゅく》したというのもありますし、松川事件の被告の支援のためにあちこち駆け回ったりして、とにかく疲れきってしまった。ノイローゼにかかり、死にたいとまで思うようになって……。ぼろぼろの状態で会を離れたんです」

その後、会では内部対立が激しくなり、脱退者が相次ぐ。昭和三十二（一九五七）年には、いったん解散した上で再編されることになった。新しい会員名簿が同年の『新日本文学』十一月号に載っているが、それを見ると、結成時の発起人の中で会に残っているのは安部公房と眞鍋呉夫の二人だけであることがわかる。

「現在の会」を離れる前後から童話を書き始めていた稗田が出会ったのが、童謡詩人の佐藤義美だった。明治三十八（一九〇五）年生まれの佐藤は、早稲田大学在学中から童謡詩人として知られ、昭和九（一九三四）年に発表した詩「グッドバイ」に曲がつけられてラジオやレコードで人気となった。二十代から三十代にかけて東京府立第三商業学校で国語と作文を教えたが、このときの教え子には、のちに詩人として活躍する北村太郎、田村隆一などがいる。

北村の自伝『センチメンタルジャーニー　ある詩人の生涯』（平成五年刊）によれば、当時の佐藤は長身瘦軀《そうく》で髪を長く伸ばし、しゃれたモダンな服装で異彩を放っていた。生徒たちが付けた綽名《あだな》は「西洋お化け」。作文の課題で北村が提出した詩を「まあまあね、出来はね。でもね、きみ、古すぎるよ、古すぎる」と評し、軍事教練のために配属されてきた軍人や、生徒に暴力をふるう同僚教師のことを、「あいつはね、バカ、野蛮。知性の知の字もないのよ」と悪口を言った。

モダンな作風が災いし、戦時中は作品のほとんどが「米英的」という理由で発禁になったが、戦後には「いぬのおまわりさん」「アイスクリームのうた」などでふたたび広く知られるようになった。

権威が嫌いで金銭にも無頓着な佐藤は、売れっ子でありながら稼ぐそばから使ってしまい、稗田が出会ったころは、童話作家や画家を志望する若者たちとともに貧乏暮らしをしていた。持病の喘息《ぜんそく》が悪化して寝ついた佐藤の代わりに出版社に原稿料を貰《もら》いに行ったり、佐藤が請け負った外国童話の翻案原稿を代わりに書いたりしているうちに、「現在の会」で傷ついた心が不思議と癒《いや》されていったという。

「駅員さんに切符代を借りて汽車に乗るような人で、佐藤先生を見ていると、ああこんな暮らしかたもあるんだと、どんどん気が楽になっていきました。先生からは『ものを書くなら、健康のために書いたほうがいい』と言われました。あまりムキになって一生懸命やりすぎないほうがいいということですね。書くという行為の怖さや危なさを、先生はわかっていらしたんだと思います」

以後十数年間、稗田は弟子として佐藤の仕事を献身的に支えつつ、自身も童話を書く生活を送った。昭和四十三（一九六八）年、佐藤は癌《がん》のため六十三歳で死去。それから五年ほどして、稗田は晩年の佐藤が仕事場を持っていた神奈川県の海辺の町を訪れた。死の前年、佐藤は若いころからの憧《あこが》れだったヨットをようやく手に入れ、最後の夏をこの町で過ごしたのだった。思い出の地に久し振りに立った稗田は、なんていいところだろうとあらためて思い、ここで暮らそうと決心した。

川瀬千佳子と思いがけず再会したのは、その町に引っ越して間もないころだった。郵便局で「稗田さん！」と声をかけられ、振り向くと懐《なつ》かしい顔があった。千佳子も東京を離れ、この町で暮らしていたのだ。稗田の記憶では昭和四十八（一九七三）年か四十九（一九七四）年のことだというから、島尾とのことがあってから二十年近くが経っている。

このころの島尾はといえば、五十代半ばにさしかかり、作家としての地歩を固めていた。昭和三十五（一九六〇）年から書き継いできた『死の棘』は、第十一章となる「引越し」までがすでに発表され、完結まで最終章を残すのみになっていた。

三

「川瀬さんと再会したのは、ここでした」

小規模な商店が並ぶ通りの角で稗田宰子は立ち止まった。駅から十数分ほど歩いたところにある郵便局の前である。

「同じ町に住んでいたなんて、とお互い驚きました。川瀬さんは『現在の会』のころと同じように、おうちに招いてご馳走《ちそう》してくれて。あのころ小学生だったお嬢さんはもう三十歳くらいになっていましてね。川瀬さんは再婚はしていないようでした」

稗田に案内されてその町を歩いたのは、竹田市で話を聞いた日から一か月半ほど経《た》った十月初旬のことである。東京に戻ったあと、私は稗田と何度か電話で話をした。その中で、千佳子の手がかりを探すため、彼女の住んでいた町に行ってみるつもりだと言うと、稗田は「よかったら私もご一緒します」と、上京した際に時間を作ってくれたのだった。

　千佳子がすでに亡くなっていることは竹田市での取材のときに稗田から教えられていたが、できれば縁者を探して話を聞きたいと思っていた。ミホが死去してから評伝の執筆をほぼあきらめていたと書いたが、「藤十郎の恋」という言葉を耳にして松原一枝に会いに行って以来、実質的には取材を再開していたわけで、ミホの話からすっぽり抜け落ちていた「あいつ」が次第に像を結んでいくことに興奮していたのだろう。

　稗田に記憶を辿ってもらいながら、郵便局を起点に、かつての千佳子の住まいを探して歩いた。おおよその場所はわかったが、当時の家は残っていないようだった。稗田が千佳子と再会したときから三十年あまりが経っている。おそらく新しい建物が建ったのだろう。住宅街を歩きまわったが、川瀬という表札の家は見つからなかった。

「現在の会」を辞めてから文学にも文壇にもかかわることなく市井《しせい》の人として暮らした千佳子の情報は乏しかった。後半生をたどることも、縁者を探すことも難しそうだとあきらめかけたが、稗田はもうひとつ手がかりになりそうな場所があるという。

「たしか役場の近くだったはずなんですけど……」

そう言って先に立って歩いていた稗田が、「多分ここじゃないかしら」と立ち止まったのは、小さなビルの一階にあるこぎれいなブティックの前だった。ガラスのドアを押し「すみません、以前ここに、布地や布小物のお店がありませんでしたか」と尋ねる。奥から出てきたのは明るい色のスーツを着こなした中年の女性だった。

「あったかもしれません。うちが借りる何代か前だと思いますが」

「その店を経営していた方のことが分りませんか。できれば連絡を取りたくて……」

稗田の年齢から、古い友人か親類でも探していると思ったのだろう。店主らしきその女性の応対は親切で、ビルの持ち主に電話をかけて問い合わせてくれた。その後、いったん店の奥に引っ込んでからまた戻ってきた彼女は、古びたノートを手にしていた。

「これ、家主さんの住所録で、ここを借りていた方たちが載っているんですが……この中のどなたかではないですか？」

彼女が開いたページを見て、稗田は「ああ、あった。この人です。このお名前です。ありがとう」と頭を下げ、私を見て「川瀬さんの娘さんです」と言った。

住所を書き取らせてもらい、店を出た。道路を渡ったところで、ビルを振り返りながら稗田が話し始める。

「ここで川瀬さんの娘さんが小さな洋品店をやっていたの。川瀬さんが亡くなったことを、私はここで彼女から聞いたんです」

郵便局で千佳子と再会してから二年ほどしたころのことだったという。この通りを歩いていた稗田は、千佳子の娘とばったり会った。

「ここが彼女のお店だと聞いて、店頭にあった布のバッグをひとつ買わせてもらいました。そのときはあまり話はしなかったんですけど、しばらくしてここを通ったとき、また彼女に会ったので、ところでお母さんはお元気？　と訊《き》いたんです。そしたら……」

母は亡くなりました、と千佳子の娘は答えた。驚いた稗田が、思わず「どうして？」と訊くと、うつむいて黙り込んだ。顔色が変わったように見えたという。訊いてはいけないことを訊いてしまったのだと気付き、稗田自身も動揺した。うつむいたままの彼女にそそくさと別れを告げてその場を去り、以後、一度も店に足を向けなかったという。

「死因を尋ねた私が不躾《ぶしつけ》だったんですけど、娘さんの反応が、なんというか、普通ではなくて……。もしかすると不幸な亡くなり方だったのではないかと、ずっと気にかかっているんです」

最初に稗田と電話で話したとき、彼女が「川瀬さんはあの小説の犠牲者だと私は思っています」と言ったのは、このときのことが頭にあったからだという。

「川瀬さんは、自分が「あいつ」として登場する島尾さんの作品を当然読んでいたはずです。その中で彼女は、たくさんの男性と関係し、島尾さん夫妻に脅迫まがいの電報を打ったことになっている。あげくに夫妻の家を訪ねていってミホさんに地面に引き倒され、島尾さんからも暴行を受ける。ミホさんに「あいつのパンツを脱がせろ」と命令されて、島尾さんが彼女の下着に手をかけるシーンまであります。あそこまで書かれて平気でいられる人がいるでしょうか。彼女には反論のすべもなかったんです」

一度は小説家を志した千佳子が、自分が描かれている島尾の小説を読まなかったはずはなく、「書かれたこと」が彼女を追いつめたのだと稗田は言う。

長篇『死の棘』が新潮社から刊行されたのは昭和五十二（一九七七）年九月である。千佳子が亡くなったことを稗田が聞いたのは、郵便局での再会（昭和四十八年あるいは四十九年）から二年後というから、昭和五十（一九七五）年から五十一（一九七六）年ごろであり、『死の棘』が単行本として世に出たとき千佳子はすでにこの世にいなかった。

では千佳子が、自分が「あいつ」として登場する小説を読むことができなかったのかというと、そうではない。『死の棘』というタイトルで刊行された島尾の単行本は、実はもう一冊ある。昭和三十五年に刊行された短篇集『死の棘』がそれで、「家の中」「離脱」「死の棘」「治療」「ねむりなき睡眠」「家の外で」の六篇が収録されている。このうちの「死の棘」に、主人公のトシオが、千佳子がモデルである愛人の家を訪ねる場面が出てくるのである。

短篇集『死の棘』の刊行は、島尾と千佳子が別れた六年後にあたり、千佳子は健在だった。つまり千佳子は自分が登場する島尾の小説を読むことができたことになる。

彼女が実際に短篇集『死の棘』に収録された「死の棘」を読んでいたことを証言したのは、「現在の会」で千佳子と親しかった松原一枝である。あるとき家を訪ねてきた千佳子が、いつもと違う押し殺したような声で、「死の棘」を読んだかと聞いてきた。松原が読んでいないと答えると、そこで自分がひどい描かれ方をしていると言ったという。

「その小説の中に、川瀬さんがモデルとわかる愛人が、島尾さんとの関係を仲間に言いふらし、島尾さんは贈りものに煙草《たばこ》一箱しか持ってこないと言って笑いものにしている話が出てくるというんです。川瀬さんは、事実ではない、あんな書き方はひどすぎると言って動揺していました」

この煙草のエピソードは、ミホの口から語られた話として小説の中に出てくる。「あいつ」がどんなにひどい女であるかをミホがトシオに説いて聞かせる中で言ったことであり、注意深く読めばミホの妄想と取ることもできるのだが、そこは曖昧《あいまい》な書き方になっている。

千佳子が読んだという短篇「死の棘」の初出は、雑誌『群像』昭和三十五年九月号で、同年十月に出た短篇集『死の棘』に収録されたのだが、その十七年後、長篇『死の棘』に、第二章として繰り入れられることになる。

長篇『死の棘』は書き下ろしではなく、足かけ十七年という長期にわたって間歇《かんけつ》的に文芸誌に発表した短篇をまとめたもので、短篇集『死の棘』に収録した作品と一部だぶっている。いささか複雑になるので、それぞれの内容を以下に整理しておく。カッコ内は初出である。

●『死の棘』（短篇集）　昭和三十五年十月　講談社刊
「家の中」（『文學界』昭和三十四年十一月号）
「離脱」（『群像』昭和三十五年四月号）
「死の棘」（『群像』昭和三十五年九月号）
「治療」（『群像』昭和三十二年一月号）
「ねむりなき睡眠」（『群像』昭和三十二年十月号）
「家の外で」（『新日本文学』昭和三十四年十二月号）

●『死の棘』（長篇）　昭和五十二年九月　新潮社刊
第一章「離脱」（『群像』昭和三十五年四月号）※短篇集『死の棘』所収の「離脱」と同じ
第二章「死の棘」（『群像』昭和三十五年九月号）※短篇集『死の棘』所収の「死の棘」と同じ

第三章「崖のふち」（『文學界』昭和三十五年十二月号）
第四章「日は日に」（『新潮』昭和三十六年三月号）
第五章「流棄」（『小説中央公論』昭和三十八年四月号）
第六章「日々の例」（『新潮』昭和三十八年五月号）
第七章「日のちぢまり」（『文學界』昭和三十九年二月号）
第八章「子と共に」（『世界』昭和三十九年九月号）
第九章「過ぎ越し」（『新潮』昭和四十年五月号。掲載時のタイトルは「過越し」）
第十章「日を繋《か》けて」（『新潮』昭和四十二年六月号）
第十一章「引っ越し」（『新潮』昭和四十七年四月号。掲載時のタイトルは「引越し」）
第十二章「入院まで」（『新潮』昭和五十一年十月号）

昭和三十五年刊の短篇集『死の棘』は、翌年、芸術選奨を受けている。現在は絶版で、刊行されたときの形で読むことはできないが、作家の情事が引き起こした妻の狂気を描いた私小説として注目された。純文学では異例のベストセラーとなった長篇『死の棘』には及ばないにしても、当時、雑誌『婦人公論』が妻であるミホの手記を載せ、『主婦の友』や『婦人画報』の記者がわざわざ奄美までインタビューに来たことからも、それまで文壇の中でしか知られていなかった島尾の名を世間に知らしめた作品であることがわかる。

一方、昭和五十二年刊の長篇『死の棘』は、現在も新潮文庫で読むことができる。島尾敏雄の『死の棘』といえば一般にこちらを指し、小栗康平監督の映画『死の棘』の原作となったのもこれである（本書では昭和五十二年刊の長篇を〝『死の棘』〟、芸術選奨を受けた昭和三十五年刊の短篇集を〝短篇集『死の棘』〟として区別している）。

『死の棘』の各章の発表時期と媒体をこうして並べてみると、定期的な連載ではなく、初出誌もばらばらであることがわかる。実際には一年に満たない期間に起った出来事を、足かけ十七年にわたって書き続けた持続性は、島尾敏雄という作家の粘り強さとテーマに対する誠実さの証しとして好意的に評価されてきた。古今東西、小説のモデルになった女性は数多いが、ミホと千佳子ほど長期間にわたって書かれ、読者の目にさらされ続けた存在はまれだろう。

「死の棘」を読んだという千佳子は、その後に続く同じテーマの短篇群も読まずにいられなかったのではないだろうか。完結までの歳月は、ミホにとっては、書かれることによって夫の世界に君臨した時間であった。しかし、千佳子からすれば、思い出したくない経験を一方的に、これでもかというほど執拗《しつよう》に書かれ続けた時間であり、それに耐えるのは容易ではなかったに違いない。文学との関わりを絶って普通の人になっていた彼女には、稗田が指摘したように、反論する術《すべ》もなかったのである。

まとまった長篇としてではなく、いわば細切れの形で一章ずつ発表されたことも、書かれる側にとっては蛇の生殺しのようなものだったろう。複数の雑誌に不定期に掲載されるため、次はいつどこに書かれるかわからない。島尾のそばにいて内容をある程度コントロールしていたと思われるミホとは違い、何をどう書かれるのか、心が休まらなかったに違いない。

『死の棘』のほとんどの場面において、愛人が読者の前に直接には姿を現わさないことは以前にも指摘した。「私（トシオ）」の回想や、ミホによる嫌悪と非難の言葉の中で語られ、ときに島尾家に届く脅迫的な電報の主として現われるだけだ。作者が直接彼女を登場させている場面は二つだけで、その一つ目が、第二章「死の棘」（＝短篇集『死の棘』収録の「死の棘」）で、トシオが彼女の家を訪ねる場面である。ミホの狂乱が始まって間もないころのことで、ミホが愛人を殺しに行ったのではないかという不安にとりつかれたトシオは彼女の家へ行く。ミホは来ておらず、トシオは彼女に「もうここには来られない」と別れを告げるのである。

もう一つの場面は、第十章「日を繋けて」にある。ミホが愛人に電報で脅迫されたと思い込んで怯《おび》えたため、一家は小岩の家を引き払って千葉県の佐倉市に引っ越す。そこに文学仲間たちからの見舞金を持って愛人がやってくるのである。ミホは彼女に摑《つか》みかかり、地面に引き倒して痛めつける。『死の棘』全篇中でももっとも有名な場面だが、書かれた千佳子にとってはさぞ屈辱的であろう描写が続く。この「日を繋けて」の初出は『新潮』の昭和四十二（一九六七）年六月号である。千佳子がまだ健在のころであり、これも読んでいた可能性がある。

稗田はこの場面を描かれたことが決定的に千佳子を傷つけたのではないかと言っていた。千佳子の死が不幸なものだったというのは、あくまでも死因を訊いたときの千佳子の娘の反応からの稗田の推測であり、島尾と別れたあとの千佳子の人生がどのようなものだったのかはわからない。だが、稗田の話を聞いたとき、私はあることを思い出した。吉本隆明が、『死の棘』の愛人のその後について話したことがあったのである。

平成十六（二〇〇四）年春、恋愛をテーマにした著作の聞き書きのために吉本の家に通っていたときのことだ。吉本は、恋愛というものをとことん突き詰めた数少ない日本の現代小説として『死の棘』を挙げた。その際、島尾のことを「大変な作家であり、大変な小説を書いたと思います」と評しつつ、こう言った。

「でも、この愛人の女性がその後どうなったのかを島尾さんは書いていない。僕がいつも考え込んでしまうのは、島尾さんほどの作家でも、そこまでは書けないものなのか、ということです」

吉本がここで問題にしているのは、『死の棘』の中で愛人の影が薄いことではなく、小説内の時間が終ったあと、つまり島尾と完全に別れたあとの愛人の人生について、島尾が書かなかったことである。

このとき吉本が話したことは、『超恋愛論』（平成十六年刊）として刊行されており、以下はそこから引用する。

しかし島尾さんは、愛人のその後にはまったく触れていない。さっきの、玄関先で島尾さんが奥さんと一緒にその女性を殴ったりなどしたというエピソードも事実ですから、本人はそうとうな精神的ダメージをこうむったと思われます。その後、かなり悲惨な人生を送ったという話もあるようなのですが、島尾さんはそれについてはぜんぜん書いていないんです。ほかの作品でも触れていません。これはいったい何なのか、とぼくなんかは思ってしまいます。（『超恋愛論』より）

吉本が「玄関先で島尾さんが奥さんと一緒にその女性を殴ったりなどしたというエピソード」と言っているのは、第十章「日を繋けて」に出てくる例の場面である。吉本はこれを「事実です」と断言しているが、それは、実際にあった出来事であることを島尾本人に確認してのことだという。

吉本は続けて「ぼくがいつも考えさせられ、わからないなあと思うことは、文学というものはそこまではやれないものなのか、ということです」と述べ、「では、そこまで書くのが文学だとおまえは考えているのかと訊かれたら、ぼくはそうだと答えたいと思います」「文学に対する考え方は人それぞれでしょうが、ぼくだったら、それを書かないということは、文学が現実に負けたということであり、社会に負けたということであると理解します」と、私小説論とでもいうべきものを展開させていて興味深いのだが、ここではそれはひとまず措《お》き、「（愛人の女性が）そうとうな精神的ダメージをこうむった」「その後、かなり悲惨な人生を送ったという話もある」という言葉に注目したい。千佳子が不幸な亡くなり方をしたのではないかと稗田が言ったとき、私が思い起こしたのはこの言葉である。

吉本のほかにもうひとり、『死の棘』の愛人のその後に言及している人がいる。文芸誌『海』の編集者時代に島尾を担当した安原顯である。安原は『乱読すれど乱心せず』（平成十五年刊）に収録した『死の棘』の書評の中で、「浮気相手は自殺、と聞いたことがあるが、後日談も読みたかった」と書いている。

吉本に話を聞いた当時の私はミホの評伝の取材を始めておらず、それ以上つっこんで訊くことをしなかったが、吉本は愛人のその後の消息をどこからか耳にしていたのだ。もしかすると、どのように亡くなったのかも知っていたのかもしれない。

もうひとつ気になることがある。吉本は、島尾は愛人のその後を書くべきだったと言ったわけだが、知らないことを書けるはずはなく、吉本のこの言葉は、島尾が自分と別れたあとの彼女の人生を知っていたことが前提となっているはずだ。島尾は千佳子がその後、どのような人生をたどり、いつどのように死んだのかを知っていたのだろうか。

かつて千佳子が住んでいた町を稗田と歩いた翌日、私はブティックで教えてもらった千佳子の娘の住所のあたりを探してみたが、それらしき表札はなかった。

その後、稗田を紹介してくれた眞鍋呉夫に報告の電話をした。千佳子の娘が母親の死因を語らなかったことを話し、「稗田さんは、川瀬さんの亡くなり方が不幸なものだったのではないかと言っていました」と言うと、眞鍋は「うーん」と唸《うな》った。

「そうか、それで少し腑《ふ》に落ちたなあ」

眞鍋によれば、昭和六十一（一九八六）年に島尾が没したあとしばらくして、ミホから電話がかかってきたという。島尾が「現在の会」のメンバーを遠ざけて以来、眞鍋は島尾夫妻とほとんど交流がなく、突然の電話に驚いたが、ミホの用件はさらに意外なものだった。

「川瀬千佳子さんのお墓がどこにあるのか知りませんか、と訊かれてね。眞鍋さんならご存じじゃないかと思いまして、と言うんだ」

眞鍋が知らないと答えると、では結構です、とミホは電話を切ろうとした。

「墓を知ってどうするんですかと僕が訊くと、お参りをしたいという。では調べてみましょうかというと、いいえ教会でお祈りするからいいです、と。そのときはいったいどうしたんだろうと思ったんだが、いまの稗田さんの話を聞くと、川瀬さんの亡くなり方について、ミホさんは何か知っていたのかもしれないね。それで気になって、お参りしたかったのかもしれない」

墓参りをしたいと言ったミホの気持ちは、一体どのようなものだったのだろうか。自分と同じ「書かれる女」であった千佳子のその後の人生を、ミホは気にしていたのか。取材のときのミホは、『死の棘』に描かれた日々を、夫婦の絆を強固にするための神の試練であったかのように語り、もうひとりの生身の女がいたことなど気づいていないような話しぶりだったのだが——。

受話器を持ったままそんなことを考えていると、眞鍋が言った。

「ミホさんは電話の最後にこう言ったんです。眞鍋さん、私は川瀬さんにやきもちを焼いたことは一度もなかったんですよ、と」

え？　と思わず聞き返すと、眞鍋は「何でわざわざ僕にそんなことを言ったのかわかりませんが、何十年ぶりかの会話にしては、ずいぶん変わったやりとりだと思いませんか」と言って低く笑った。

自分たちの愛は絶対であり、千佳子などはじめから問題ではなかったとミホは言いたかったのだろうか。だとすると『死の棘』で島尾が描いたミホの烈《はげ》しい嫉妬《しっと》は虚構だったのか。
そうではなかった。ミホが島尾の情事にどんなに傷つき、千佳子のことをどんなに憎んでいたかを示す資料を、私はのちにミホの遺品の中に見つけることになる。平成二十二（二〇一〇）年八月、奄美の島尾家で、晩年のミホが書いていた『死の棘』の妻の場合」の草稿を発見した同じ日のことだ。別の段ボール箱から、古びた原稿用紙の束が出てきた。島尾の原稿の書き損じである。何気なく裏を返すと、ミホの文字があった。

電車に揺られていったい夫は日毎何処へ行くのでしょう。外には引きつけ乍らも苦しめている一体何があるというのでしょう。私は一体どうすればいいのでしょう。途方にくれた私は或る日そっと私立探ていの扉をたたきました。数日して私の手許にひろげられた数葉の写真と記事に私は夫の外での生活の一端を知る事ができました。下北沢の駅のホームに背の低い女の人を抱きかかえるようにして立っている夫、九段靖国神社で女の人にカメラを向けている夫、井之頭公園のベンチで抱きあっている夫、東京駅の横須賀線ホームで一緒にその人の子供らしい女の子を見送っている大きく引きのばされた写真。数枚のけい紙には相手の前歴と現在の夫との情事が細かい文字でぎっしり書き込まれ、「世田谷区北沢〇―〇―〇　△△方　川瀬千佳子」（四十二才）とその名前と四十二才の年令が記されてありました。

ミホは「私立探てい」に頼んで夫の行状を調べたという。そして、その報告書と写真によって、千佳子の姓名はもとより、その容姿や年齢（ここに書かれているのは数え年か）、住所、さらには子供がいることまで知っていたというのだ。

これを読んだときは驚いた。千佳子が四十歳を過ぎていること、最寄り駅が下北沢駅であること、家主がいて間借りをしていること、別居している女の子がいることなど、私がそれまでの取材で知った千佳子に関する情報がすべて正確に書かれていたからだ。当時の千佳子の住まいの場所は、そこを何度も訪ねていた松原一枝や稗田宰子によれば、ミホがここに書いた住所と一致し、家主の名前も正確なものだった（ここでは〇〇、△△としたが、実際には番地と家主の名が記されている）。

原稿用紙は十七枚あった。上京して小岩に住むようになってから島尾の生活が荒れ、外泊を繰り返すようになったこと、ある女に心を奪われていると知って苦しんだことなどが切々と綴《つづ》られている。

「ミホ、僕とお前はひとつなのだ、僕が苦しむ時はお前だって苦しむのは当り前だ、「カサイゼンゾウ」だって、「カムライソタ」だって、みんな芸術のためには戦場にしたんだ。芸術をするものは安楽になんて暮せないんだ。岩の上でも、地獄の果てまでも、お前と子供は僕と一緒なんだ、芸術の女神はしっと深いからね」

こういっていた夫の言葉をそのまゝに信じ、務めなら私はよろこんでそうしよう、それはむしろ妻の誇りとさえ思えたのです。夫が外でどのような生活を送っているにせよ、それは芸術の女神への奉仕であって、その苦行に堪えることによって、夫はやがて立派な芸術作品をこの世に残すことができるのだと自分にいいきかせ、それは唯一の私の生きがいであり、願いであり、祈りでさえあったのに。

Ｂ４サイズのコクヨの原稿用紙は、名入りの原稿用紙はもとより、有名文具店の原稿用紙を取り寄せるようなことも生涯しなかった島尾が、晩年にいたるまで愛用したものだ。その裏面にびっしりと、ミホにとっての『死の棘』の時代が綴られている。内容は『死の棘』の妻の場合」の草稿に近いが、それが記されていたノートや原稿用紙とくらべて、ずいぶん古びて黄ばんでいた。

これはいったいいつ書かれたものなのか。ヒントになったのは、原稿用紙の表に書かれていた島尾の文章である。それは「日は日に」（『死の棘』第四章）と「文壇遠望記」の書き損じだった。「日は日に」の反古の中には、いくつものタイトル候補——「日は日、夜は夜に」「苦い日日」「血の月」「世世にいたるまで」「世の悲しみ」など——が書きつけられたものもあった。

「日は日に」は『新潮』昭和三十六年三月号、「文壇遠望記」は『群像』の同年四月号に掲載されたもので、ミホの文章もこの年に書かれたものと推測できた。十七枚の原稿をチェックしていくと、余白にミホの文字で「フジ　ンコウロンノタメゲ　ンコウカイテイマス二〇ヒシメキリデ　ス」ミホマヤ」と書かれているものがあった。旅行中だった島尾に宛《あ》ててミホが打った電報の文案らしい。『婦人公論』のための原稿というのは、昭和三十六年五月号に掲載されたミホの二篇目の手記「「死の棘」から脱れて」のことだろう。島尾の原稿の反古《ほご》の裏に書かれた文章は、このときの手記の草稿らしかった。

しかし、『婦人公論』に掲載された手記と照らし合わせてみると、ここに引用した部分を含め、草稿の大部分は使われなかったことがわかる。掲載された手記もかなり率直な内容で、慶應病院や国府台病院への入院体験などが綴られているのだが、この草稿にくらべれば、やはりよそゆきの感じがある。

草稿は走り書きのような荒い筆跡で書かれ、抹消線《まっしょう》で消した部分や、追加の書き込みなどもかなりある。心に浮かんだことをそのまま書いたと思われ、その分、生々しいリアリティがある。昭和三十六年といえば奄美に移り住んで六年後、ときおりではあるがミホがまだ発作を起すことがあった時期である。

この草稿の中でミホが書いている「私立探てい」については、『死の棘』第二章に、ミホとトシオのこんな会話がある。

「また、うそをつく。じゃあたしが教えてあげましょうか。そうすると、忘れていたと言うんでしょう。あたしはね、すっかりしらべてあるんですよ、その女のことだって。あるひとにたのんで七万円も使ってしらべさせたの。その調書を焼いてしまっておしいことをした。あなたは本気にしないでしょうけど、あいつはね、おそろしい女ですよ。あなたには、はたちぐらいのうぶな娘のように見えたでしょうけどね。あたしが七万円もの大金をどうしてこしらえたかわからないでしょ。気になる？ たんすをあけてごらんなさい。あたしの着物なんか、もう一枚だって残っちゃいないから。でもあなたのものは、襦袢一枚も手をつけていませんからね。なぜ、そんなおそろしいことをしたか知ってる？ みんなあなたのためよ。あ、な、た、の、た、め。その女の素性をしらべて、よさそうなひとなら、あたしはそっと身を引こうとまで思っていました。でもしらべてみて気が変わったの。その女にまかせておけばあなたを殺してしまいます。あたしはうそを言っていると思う？」

「思わない、きっとその通りでしょう」 （『死の棘』第二章「死の棘」より）

この部分はミホの妄想か、あるいは島尾の創作なのではないかと、私は当初考えていた。島尾の情事が発覚したのは昭和二十九年である。当時の普通の主婦が探偵（興信所のことか）を雇うことは考えにくいと思ったのだ。島尾の一連の作品やミホ自身のエッセイ、奥野健男や吉本隆明の評論などを通して形作られてきた、世間から隔絶した環境で育てられた無垢《むく》な女性というミホの人物像と結びつかなかったこともある。しかしミホの草稿を読んで、これが事実だったことがわかった。

そういえば、先に触れた、トシオが愛人の家を訪ねていく第二章の場面で、彼は玄関先で愛人の顔を見るや「妻が来なかったかしら？」と言っている。これは、ミホが愛人の住まいをすでに知っていることが前提になった言葉であろう。さらにトシオは愛人に「あなたとのことを妻はとっくに知っていた」と話している。

のちに島尾の日記の原本を詳細に調べていたとき、この件を裏付ける文章を見つけた。情事が発覚し、ミホの絶え間ない糾問が始まっていたころの記述である（刊行された『「死の棘」日記』からは削除されている）。

ミホの事実追求行為、探偵社（？）利用、現在の会員訪問、による事実の明確化。（中略）夜床の中でミホに女の行状言動、正体を話される、現在の会のこと。

（昭和二十九年十月十九日）

ミホは、千佳子と島尾のことを探偵を雇って調べさせただけではなかったようだ。

『死の棘』第二章の終わり近くには、こんな一節がある。

（ミホは）女に会わぬことを誓え、ちかえ、ちかえ、と言って誓わせ、すずりに水を入れて持ってきて、墨字で誓書を取ってから拇印をつかせ、また新しく出てきたギモンだと思うことを責めて答えさせたあと、夫が女に近づいた当初からそのことを感づき、探偵社を利用し、その連絡で尾行もし、時には自分で夫が泊まりこんでいる女の家の床下に夜を明かし、そのグループの仲間を尋ね歩いて、夫や女についてのかげ口やうわさやさげすみをきき集め、事件のすがたを妻自身の目と耳で、はっきりつかんだのだと言った。それは今までのおりおりの妻のことばのはしで、大凡の見当はついていたが、妻の口からじかにそのいきさつのすべてを教えられると、あらためて異様な気分になってきて、振りかえってみた過去や仲間のすがたは、自分が見て通ってきたときのものとへんにちがっていて、自分が人々や世のなかについて何を見、何を受け取ってきたのかわからなくなり、きもちはなえ、からだも魂もうつろになってしまった。（『死の棘』第二章「死の棘」より）

関係者に話を聞いて回った話はともかくとして、尾行したり女の家の床下で夜を明かしたりという行為はにわかには信じがたい。しかしミホの草稿の中にも、次のような文章があるのだ。

暗闇にまぎれ私は女の人の間借している家の壁にしっかりやもりのようにへばりつき、中からもれる言葉のやりとりに全神経を集中した。数ヶ月かかって此の眼で視、この身体で感じ取った事はやはり、夫は「してやられている」ということでした。

ミホがこの草稿に書いたことが百パーセント事実である保証はなく、虚構を交えたこともありえないことではない。しかし、探偵を雇って夫の行状を探り、さらにみずから尾行までするというのは、一般的には文章にして世間に公開するのがはばかられることであるはずで、実際、活字になった手記からはこのことは削られている。では草稿の時点でこうした文章を書いたのはなぜか。

それは、ミホの中に、夫ではなく自分自身の言葉で事実を語りたい欲求があったからではないだろうか。この草稿には、結婚当初、島尾が「悪い病気」を持っていたために「奇妙な新婚生活」を送らねばならず、以後「心と肉体の不一致」に苦しんだことなども書かれている。晩年に書こうとしていた、妻の側から見た『死の棘』の原型と見ることもできる赤裸々な内容である。このときすでに、ミホは「書かれる女」から一歩踏み出しかけていたのかもしれない。

この草稿が島尾の「日は日に」と「文壇遠望記」の書き損じの裏に書かれていることはすでに説明したが、その内容がミホを刺激したとも考えられる。「私立探てい」の調査結果についてミホが記した紙の表側には、島尾による以下の文章があった。

「アンマは疎開小屋に行けと言ったわ。私はそこに行った。とてもおそろしかった。あのとき海軍基地にいたあなたがいつやってくるかわからなかったし、ジュウがじゃまだったの。だからジュウひとり、疎開小屋に追いやったのだわ。あたしはなんてむごたらしいことをしていたのだろう」

草稿の段階なので活字になった決定稿とは違っているが、これは「日は日に」の中にある、ミホが自分の見た夢を島尾に話す凄絶《せいぜつ》な場面（本書の第三章で引用）である。

島尾は『死の棘』の執筆中、ミホがその内容に反応してしばしば発作を起したり、精神のバランスを崩したことを「その気になって何か書くと反応は起こしました」（小川国夫との対談『夢と現実』）、「……家内は清書までしたんです。だけど、ちょっとおかしいところになると家内は狂乱しますからね」（つかこうへいによるインタビュー『現代文学の無視できない10人』）などと語っている。このときのミホも、島尾の書いた場面を読むうちに、当時のことを思い出して感情があふれ、それを書きとめたい衝動が生まれたのかもしれない。また「文壇遠望記」は、先述したように「現在の会」（文中では「Gの会」）のことに触れたエッセイだ。これも千佳子を思い出させ、ミホを刺激したのではないだろうか。

ところで、ミホが島尾の行状を調べて千佳子との情事を知ったのは、島尾の日記を見る前のことである。つまり、日記を見たときはすでに、島尾に女がいることも、その女の素姓も、すべて知っていたことになる。けもののように咆哮《ほうこう》して畳を這《は》い回るほど衝撃を受けたのは、浮気の事実によってではなく、日記にあった言葉——半世紀たってもありありと眼前に浮かぶとミホが言った十七文字——によってだったのだ。

戦時中の加計呂麻島で、おびただしい数の手紙を交換していたころから、二人の関係は「ことば」を抜きには成立しえないものだった。戦後になると、島尾の文章の中でのミホの描写は次第に冷たく突き放したようなものになり、「亀甲の裂け目」（昭和二十七年）、「子之吉の舌」（昭和二十八年）、「帰巣者《きそうしや》の憂鬱」（昭和二十九年）といった小岩時代の作品群の中では「ナス」という侮蔑《ぶべつ》的な名前を与えられるなど、書かれることに耐えなければならない時期が続いた。それでも日記の十七文字を目にするまで、ミホの精神は何とか均衡を保っていたのである。

言葉によって狂気の淵《ふち》をのぞきこむことになったミホを引き戻すには、やはり言葉によるしかなかった。『死の棘』を書き続けた十七年間（正確には、ミホに付き添って精神病棟内で暮らしていた昭和三十年に書かれた「われ深きふちより」からの二十一年間）は、ミホを決定的に傷つけた十七文字に拮抗《きっこう》する言葉を紡《つむ》ぐための歳月だった。天秤《てんびん》量りの片方の皿に、あの十七文字が載っている。それと釣り合う重さの言葉をもう片方の皿に載せるために、あの長大な小説を、島尾は書き続けなければならなかったのである。

第六章　審判の日

廃棄されたと思われていた昭和二十七〜二十九年の敏雄の日記の一部。ミホの没後、遺品の中から発見された。

清書しながらしばしば狂乱しつつも、島尾に『死の棘《とげ》』を書き続けることをうながしたミホ。それはミホ自身が、あの十七文字を帳消しにする膨大な量の言葉を島尾から捧《ささ》げられることを求めていたからに違いない。

　　一

際限のない糾問が始まった小岩の家で、ミホが島尾に「これからは私のこと以外書くな！」と言った場面を長男の伸三が見ていた話は以前に書いたが、奄美に移住して三か月ほど経《た》った時期の島尾の日記にも、「ミホの要望、妻への奉仕の姿をかけ」という記述がある（昭和三十一年一月十四日）。

島尾がこの一文を記した前月、精神を病んだミホを初めて主人公にした短篇集『われ深きふちより』（河出新書）が刊行されている。収録作のうち「われ深きふちより」「或る精神病者」「のがれ行くこころ」の三篇は、島尾がミホに付き添って国府台病院の精神病棟で暮らしていた時期に書かれたもので、病棟の中での出来事が綴《つづ》られている。描かれているのは、狂乱の発作を起こす妻ミホと、罵《ののし》られ足蹴《あしげ》にされながらミホに仕える「私」の姿である。

入院中の自分たちをほぼリアルタイムで書いたこれらの小説について島尾は「発作を誘い出さないためには、病院の中を書くより方法がなかったんです」（小川国夫との対談『夢と現実』）、「書いたものを、すみからすみまで知っておきたいという気持ちを家内がどうももっているんですね。自分の知らない世界を、ぼくが、つまり自分の夫がもっているということにたえられなかったようですね」（『内にむかう旅』所収の上総英郎との対談「たまらない自分を負って」）と語っている。男としてだけではなく作家としても、島尾が外の世界に目を向けることをミホは許さなかった。

短篇集『われ深きふちより』の巻頭には「ミホに」という献辞がある。献辞と向かい合うページは図版になっており、島尾一家の写真が印刷されている。キャプションには「著者と家族」とあるだけだが、この写真は、昭和三十（一九五五）年六月、ミホの従妹《いとこ》の林和子が、奄美の親戚《しんせき》に預けられることになった伸三とマヤを連れて国府台病院に面会に来たときのものだ。撮影場所は病院の中庭である。小説集に作家が自分と家族の写真を載せるのは異例といっていい。しかも、収録作品に描かれたまさにその場所で、描かれた時期の家族が写真におさまっているのだ。

奄美に移り住んで最初に出版した本にミホへの献辞と家族写真を掲げたことは、これからは妻のために書いていくという決意表明にほかならないが、見逃すことができないのは、この献辞と写真が、作品世界が実生活とイコールであることを読者に印象づける役割を果たしていることだ。

「ミホに」という献辞の下にある〈著者略歴〉には、「夫人の病のため本年十月奄美大島に渡る」との一文がある。巻頭の見開きにワンセットで絶妙に配置された〈献辞〉〈写真〉〈略歴〉の三要素によって、小説のヒロインである精神を病んだ妻ミホは実在すること、それはこの写真に写っている著者の妻その人であることを読者は理解する。のちに発表される『死の棘』を、多くの読者はドキュメンタリーのように読むことになるのだが、もともと島尾の小説には、そうなる仕掛けがほどこされていたのである。それが島尾本人の意志だったのか、それともミホの要求を容《い》れてのことだったのかはわからない。編集者の意図があったことも考えられるが、確かなのは、『死の棘』以前にすでに、ミホを描いた島尾の小説は、現実と混同して読まれるのを前提としていたことだ。

では、日記の中の十七文字によってミホの狂乱が始まり、夫婦の関係が逆転したその日は、どのようにやってきたのか。ミホの側から見た東京での暮らしをたどってみる。

一家が住んだのは、小岩駅から放射状に延びた商店街にはさまれた裏路地で、いかにも東京の下町らしい住宅地だった。裏には鉄工所があり、近所にはよく紙芝居が来た。八畳、六畳、四畳半に台所の小さな一軒家は、島尾の父が買ってくれたものだった。この家を訪ねたことのある開高健は、「商店街や町工場のあるごみごみした低湿地帯の小さな、薄暗い家だった」(『人とこの世界』所収「流亡と籠城《ろうじょう》　島尾敏雄」)と書いている。

上京以来、島尾の生活は乱れ、外泊を重ねるようになっていた。昼近くに帰宅して眠り、夕方また家を出て行く。ミホは外出する島尾を、子供たちを連れて必ず駅まで見送った。夜は子供たちを寝かしつけてから駅へ行き、終電まで改札口で待ったが、ほとんどが待ちぼうけで、駅員から同情の目を向けられた。やがて夫を待つ夜、はげしい腹痛と頭痛を起こすことが増え、さらに頭がふくれ上がったようでものを考えられなかったり、鉄釜《てつがま》をかぶったような感覚に襲われたりするようになっていく。

島尾は都立向丘高校定時制の非常勤講師として世界史と一般社会を教えていたが、授業は週に三日のみで定期的な収入は少なく、生活は楽ではなかった。ミホは加計呂麻島を出るときに養父の文一郎が持たせてくれた真珠(奄美での真珠養殖計画のために南洋で集めたもの)を少しずつ売って生活費の足しにした。造花作りなどの内職をしたこともある。眞鍋呉夫は、このころ家に来たミホが、色とりどりの小さなはぎれが入った小箱を妻にくれたことを憶《おぼ》えていた。

「それは内職の余りぎれでした。うちもそうでしたが島尾のところも金がなく、僕の家内へのせめてもの手土産にと思ったんでしょう。箱にはきれいな千代紙が貼《は》ってありました。何とも健気《けなげ》な感じがして、忘れられません」

不摂生がたたって島尾の体調はすぐれなかった。やせて顔色も悪く、仲間うちでの綽名《あだな》は「インキジノフ」。ミホは何とか夫に栄養をつけさせようと、マヤを背中におぶい、伸三の手を引いて駒込《こまごめ》の女子栄養大学の講座に一年間通った。遺品からは惣菜《そうざい》の作り方を記したノートが見つかっている。しかし島尾の健康はいっこうに回復せず、「眼ばかりぎょろぎょろと臆病に光り、いらいらして落着かず、子供や私を叱りとばし、家に居つかず、いつも行方知れずになっていて、ひょっこり帰宅したかと思うと、口もきかずに自分の部屋にとじこもり、苦しげにうなっているのです」（昭和三十四年のミホの手記「錯乱の魂から蘇《よみが》えって」）という状態だった。

島尾は胃下垂のため、外出のときも自転車のチューブを腹にぐるぐる巻きにして胃を持ちあげていた。このチューブについては、吉行淳之介の回想がある。

当時、吉行は島尾と連れ立って何度か赤線に行ったという。それから二十年以上を経て島尾と対談したとき、そのチューブの話になった。チューブを装着するには、壁際《かべぎわ》で逆立ちをして胃を正常な位置に戻し、そのままの姿勢で巻かなくてはならないと島尾が言うのを聞いて、吉行は、では娼家《しょうか》では大変だったのではないかと訊《き》いた。一度チューブをほどいてことに及んだあと、帰る前に逆立ちして巻き直さなければならないからだ。するとと島尾は、小さく丸めて手にもって出ると答えた。それでは家に帰るとき困るだろうと吉行は重ねて訊いた。外で何をしてきたか妻にばれてしまうだろうという意味である。すると島尾は「そのころは、ぼくは暴君だったから……」と言ったそうだ（『カイエ』昭和五十三年十二月臨時増刊号「赤線地帯の島尾」）。島尾が娼家やその他の場所で女と交渉を持っても、ミホは耐えるしかなかった。

「錯乱の魂から蘇えって」には、終電車で島尾が帰ってこなかった明け方、小岩駅近くの線路に入り、レールに横たわって貨車がやってくるのを待った話が出てくる。長男の伸三はこのころ、妹のマヤとともにミホに連れられて線路に入ったことを憶えている。ミホは実際に線路上に身を横たえた。三人で死ぬのだと言われ、六歳だった伸三は、母がそう言うなら仕方がない、一緒に死のうと思ったという。

「そのときマヤが『シミタクナイ』と言ったんです。母はそれを待っていたようにすばやく起き上がり、線路から離れました。芝居がかったことの好きな人でしたから、本当に死ぬ気だったとは思いませんが……」

加計呂麻島でミホと同じ小学校に通っていた二歳下の友人で、東京に嫁いでいた芹沢和子はこのころ、ミホが突然、巡査に連れられて家にやってきたのを憶えている。ミホはマヤをおぶい、伸三の手を引いていた。駅近くの踏切で遮断機の下りた線路にふらふらと入っていこうとしたところを保護されたという。所持品の中に差出人が芹沢和子となっている葉書があり、巡査はその住所を見て連れてきたということだった。

ミホは放心状態に近かった。夫の家族と同居していた芹沢は、母子三人を婚家に泊めることはできず、旅館を探して泊らせた。

「うちは練馬区の大泉学園でしたから、小岩からはかなり距離があります。そこを、葉書の住所だけを頼りにやってきたようでした。くわしい話は聞きませんでしたが、よっぽどのことだったんでしょう。その途中で、つい踏切に入ってしまったんでしょうかねえ」

こうした日々の果てに、そのときはやってきた。一家で上京して二年半後の昭和二十九（一九五四）年秋のことだ。没後に見つかったミホのノートには「事件の発端は九月二十九日早暁」とある。

島尾の帰りを待ちわびて眠れぬ夜を明かしたミホは、夫の仕事部屋に入り、開かれたままの日記の一行を見て、けもののように咆哮《ほうこう》し、四つん這《ば》いになって畳を這い回った。このときのことをミホは「錯乱の魂から蘇えって」の中で「そのとき私の人間としての智慧と意識は失われ、錯乱に落ちて行ったのです」と書いている。晩年に記されたミホのノートには「それは全く心臓を刃物でさされるより耐え難い言葉であった」「机の上のインク壺もペンも日記もみんな壁に投げつけた」とある。

島尾が帰宅したのは昼を過ぎてからだった。『死の棘』の第一章「離脱」はその場面から始まる。

その日、昼さがりに外泊から家に帰ってきたら、くさって倒れそうになっているけんにんじ垣の木戸には鍵がかかっていた。胸がさわぎ、となりの金子の木戸からそっと自分の家の狭い庭にまわって、玄関や廊下をゆさぶってみたが鍵ははずれそうでない。仕事部屋にあてた四畳半のガラス窓は、となりとの境の棒くいを立てただけの垣のすぐそばで、金子や青木のほうからまる見えだが、ガラスの破《わ》れ目に目をあててなかを見ると、机の上にインキ壺がひっくりかえったままになっている。いきがつまり裏の台所にまわった。二羽だけの鶏が卵を生んでいたが、取り出す気にもならない。裏は小さな町工場でからだをななめにしないと通れないほどの路地をへだてているだけだ。機械のまわっている振動をからだに受け、鉄をさくときの突きささる音響を耳にして、そのへんにありあわせた瓦のかけらで台所のガラス窓を一枚叩き割ると、自分の恰好が犯罪者のそれとかさなり、足の底からふるえがのぼってきた。ながしには食器が投げ出され、遂にその日が来たのだと思うと、からだもこころも宙吊りにされたようで、玄関につづく二畳のまから六畳を通って仕事部屋に突っ立った私の目に写ったのは、なまなましい事件の現場とかわらない。机と畳と壁に血のりのようにあびせかけられたインキ。そのなかにきたなく捨てられている私の日記帳。

（『死の棘』第一章「離脱」より）

まもなく家に戻ってきたミホは、外泊はしないでくれと夫に哀願していた前日までとは別人のようになっていた。その日から、「どこまでつづくかわからぬ尋問のあけくれ」が始まる。

『死の棘』は、読者を主人公とともに異界に踏み込んだような気分にさせる独特の文体で書かれている。書かれている出来事は日記にもとづいているが、文体は日記とはまったく異なる。外界を語り手の内面に巻き込むようにしてえんえんと続く息の長い文章、平仮名を多用した文字遣い。たとえば引用文の冒頭の一文に「くさって倒れそうになっているけんにんじ垣」という表現が出てくるが、「けんにんじ垣」は普通に書けば「建仁寺垣」で、細い割竹を密に並べ、太い割竹を横方向に渡して押さえた、どこにでもある竹垣である。京都の建仁寺に由来するところからこの名があるのだが、あえて平仮名で書くことで、ありふれた日常の事物を、どこか現実ばなれした奇妙なものに感じさせている。

こうした文体の力のため気づきにくいが、注意深く読めば、この冒頭部の「私」の行動と心情には不自然なところがある。

木戸と玄関に鍵がかかり、仕事部屋の机の上でインキ壺がひっくりかえっているのを家の外から見た「私」は、それだけで「いきがつまり」、台所のガラス窓を叩き割る。

「足の底からふるえがのぼって」くるような感覚をおぼえながら——。普通に考えればこれは、ずいぶんと性急で大げさな反応である。さらにその後、流しに食器が投げ出されているのを見た「私」は、「遂にその日が来たのだと思」い、「からだもこころも宙吊りにされたよう」になるのだが、これもいかにも唐突である。この時点で語り手はまだ、インキが浴びせかけられた部屋の中も、うち捨てられた日記帳も見ていないのだから。

インキ壺がひっくり返り、流しに食器が放置されているのを見ただけで、なぜ「その日」が来たと思いこむのか。そもそも、ここでいきなり出てくる「その日」とは、いったいどんな日なのか。

それは「私」の浮気を妻が知り、夫婦の修羅場が始まる日であることを、この小説について(あるいは島尾敏雄・ミホ夫妻について)多少なりとも予備知識がある人間なら知っているが、まっさらな状態で読み始めた読者は、もう少し先を読むまで、それを知ることはない。作中の「私」も、この時点ではまだ知らないはずだ。なのに彼の反応は、すでに何が起きたかを知っている人のそれであり、普通に考えれば、この冒頭の語りは破綻《はたん》している。もし破綻していないとすれば、それは「私」が、(ここには書かれていない何らかの理由によって)妻に秘密が知られるであろうことを予期していた場合である。

そうなのだ。近いうちに「その日」がやってくることを予感しつつ外泊を繰り返していたというのなら、「私」の言動は不自然ではない。ここで思い起こさざるを得ないのは、眞鍋呉夫が「島尾はわざとミホさんに日記を読ませたのかもしれない」と言っていたことである。そして「あの日、日記は開かれたままになっていた」というミホの言葉。やはり島尾は意図的に、ミホが日記を見るように仕向けたのだろうか。その反応を見て小説にするために——。

『死の棘』で起きる出来事のほぼすべてが事実であることは、島尾の日記によって裏付けられているが、それをもって主人公の「私（トシオ）」が、その心理においても島尾とイコールであるということはできない。しかし、戦後の島尾が生活においても文学においても閉塞感《へいそくかん》のなかにあり、変化を待ち望む気持ちをもっていたことは確かだ。

島尾が作家としてコンプレックスに感じていたのは、みずからの「業の浅さ」である。昭和二十四（一九四九）年、島尾は『近代文学』からのアンケートに答えて、次のように書いている。

> 此の度の戦争も亦あの震災と同じように、するりと私の横をすり抜けて行ってしまった。
>
> 何ということだろう。私の業の浅さ。私は私のそのような過去への依存性の為に、

徹底した考え方と行為に対してエトランゼの寂しさを持っている。私には悪や滅亡さえ訪れては来なかった。
此の上私は何を書こうとしているのか自分には分らない。ただ、この時でさえ、あのつぶやきに襲われる。これでもない。これでもなさそうだ、と。
(『近代文学』昭和二十四年十月号「今後の文学、というアンケートへの答え」より)

震災も戦争も自分をすり抜けていったという話を、対談などでも島尾はしばしば口にしている。四年後の昭和二十八(一九五三)年の島尾のエッセイにはこうある。

関東震災の時私は病気療養のために横浜の居住地を離れていて被害者となることができなかった。今度の戦争では、私は将校を選び、特攻隊長となったが、出撃もせず、戦闘の経験も無く無傷で生き残った。
私は長いこと、それがどんなことであるかに気付かなかった。幾重もの特権生活が眼を曇らせてしまった。戦争の台風の眼が私をよけて通り過ぎた。(中略)
自分は小説を書く必然的な立場が無いと、何となく思っていた時、私は本能的に、私の本質的な欠陥に気付いていたのかも知れない。何が突然やって来るかも知れない、ということは生きることをはげまして呉れる。

（「東京新聞」昭和二十八年十一月二十八日「跳び越えなければ！」より）

どちらもミホに日記を見られて騒ぎが起こる前の文章である。業の浅い自分には悪や滅亡さえ訪れず、だから「小説を書く必然的な立場が無い」という。しかし、「何か」が突然やって来れば、それは変わるかも知れないというのだ。このエッセイの末尾は次のようになっている。

私の理性は私の小説家としての資格を否定しているが、今からだって何がやって来るか知れたものではない！（中略）こそこそした過去の作品。その罪障と共に、私は生者の書を書くことに成功したい。と言ったところでこいつは自分にとっての呪文のようなものだ。はっきりひとに分ってもらうには、もっと犠牲が必要だ。（同前）

「もっと犠牲が必要だ」との一節は、その後に何が起こったかを知る読者の胸をざわつかせる。葛西善蔵《かさいぜんぞう》も嘉村礒多《かむらいそた》も芸術のために家庭を戦場にしたのだ、地獄の果てまでお前と子供は僕と一緒だ——以前に引いた、島尾の原稿の反古《ほご》の裏に書かれたミホの手記の中にあったこの言葉を島尾が口にしたのは、生活が荒れていたこの時期のことだ。

ミホが日記を見て狂乱したのは、この文章が書かれた十か月後である。島尾は今度こそ、なまなましい手応《てごた》えのある悲劇を手に入れることができた。ミホはみずからの正気を犠牲として差し出すことで、島尾が求めた以上のものを提供したのである。

島尾が意図的に日記を見せたのかどうかは、いまとなっては分らない。ミホは手記やインタビューの中で、一貫して日記は机の上に開かれたままになっていたと述べているが、本棚や引き出しから取り出して読んだこともありえなくはない。そうしたことはそれまで夫婦間で行われていたし、もしミホが事実と違うことを書いたり言ったりしていても、『死の棘』の事件以後、ミホに逆らうことを一切しなくなっていた島尾は、あえて咎《とが》めなかったろう。

重要なのは、逃れようのない事態が起こることを島尾が求めていたことである。神戸時代の島尾をごく近くで見ていた『VIKING』の富士正晴は、島尾の文学を「永遠につづく不安定志向の文学」であるとして、「島尾は世界が安定していると窒息しそうになり、それに裂け目が出来そうになると、不安に満ちた息づかいになりつつも、それで却って落ち着く（安心するという意味ではない）というところがあるようである」（『極楽人ノート』所収「庄野潤三と島尾敏雄」）と書いている。破綻の中で初めて見えてくるものがあるはずだという期待が作家としての島尾の中にあり、この時期、それを見たいという強い欲望を持っていたのは確かだろう。

ミホはミホで、自分が存分に狂ってみせることが、よどんで閉塞した状況に風穴をあけることになると、無意識のうちに気づいていたかもしれない。甘やかされたモダンガールだった二十代のころの彼女が「隊長さま」の望む女性像を自然に汲《く》み取り、悦《よろこ》びをもって殉死に踏み出そうとしたように。

ある女性像を演じながら、それが自分そのものであると、ごく自然に信じこむこと――戦時中も『死の棘』のときも、それは命がけの行為だった――は、ミホのひとつの才能だった。だからこそあのような壮絶な狂い方をし、献身する妻から狂気によって夫を支配する妻へとあざやかに変身を遂げることができたのである。

そして島尾は、ミホの精神状態にもともと不安定なところがあり、何か決定的なことが起これば錯乱状態になるかもしれないことがわかっていた。

　Nは縁先にとび出して来た。みけんに皺をこしらえていた。その皺は私を脅した。それは平凡な日常の生活を始めたなら、Nはきっとその皺を発作の度毎につくり出すに相違ない。その皺に私は果てのない退屈の魔の姿をちらと垣間見たと思った。

（「孤島記」より）

この文章は、これまでにも何度か引いた初期の代表作で、加計呂麻島での特攻隊長としての経験をもとにした「出孤島記」の中にある。Nとはミホをモデルにした島の娘のことだ。書かれたのは神戸時代の昭和二十四年で、『死の棘』の事件が起こる五年前だが、島尾はミホの中に狂気の萌芽《ほうが》を見ている。『死の棘』に頻出する「発作」という言葉がすでに使われていることにも驚かされる。

そして、こちらも以前に引いた「帰巣者《きそうしゃ》の憂鬱《ゆううつ》」。小岩時代に書かれたこの小説には、外泊に出てゆく夫を引き留めようとし、振り払われて正気を失う妻の姿が描かれている。その描写はこうだ。

ナスはぴょこんと立ち上った。

黙って巳一の顔を見つめた。

それは瞬間のことであった。

急にくるりと背を向けると、うわーっ、と奇声をあげ、ガラス戸をあけて外にとび出そうとした。

巳一の気持はさっと冷えた。反射的にナスのからだをうしろから抱きかかえた。抱きとめられると、ナスは両手でガラス戸を無茶に叩き、「アンマー」と叫んだ。妙に幼い声であった。ナスの故郷の島では母親のことをそう呼んだ。ナスは巳一の腕を振りもぎろうとした。

それには馬鹿力があった。巳一は真剣になって押えようと抱きしめた。

「アンマイ、ワンダカ、テレティタボレ」

とナスは言い、巳一の顔を見ると、へんなもののけにでも出会ったような醜いゆがめた表情をして、腕の中から逃げようとした。

「ナス、ナス、おれだ、おれだ。分るか、おれだよ」

巳一は気持がすっと立って、ナスの顔をのぞくようにゆさぶり、前向きに抱き直して一層強くかかえた。それでいてナスの焦点の合わないうつろな瞳を認めても、狂言ではあるまいなと考えている自分を感じた。（「帰巣者の憂鬱」より）

「帰巣者の憂鬱」が書かれたのは、ミホが日記を見て狂乱する半年ほど前のことだが、ここに描かれたナスの様子は、『死の棘』におけるミホの発作に近い。狂気の予兆はすでにあったのだ。このときまだ「暴君」であった島尾の筆にミホへの配慮はなく、妻の描写は『死の棘』と比べものにならないほど辛辣《しんらつ》である。同時に、島尾が『死の棘』においてミホの狂気をいかに魅力的に造形したかが改めてわかる。

ナスの錯乱はやがて鎮《しず》まる。すると「私」は、ことが起こらずにすんだことに物足りなさを感じ始める。

或いはついそこまで、違った面貌の生活が顔をのぞかせにやって来ていたのかも知れなかったのが、そいつは向きを変えてあちらに行ってしまった。どっとばかり、顔なじみの生活が古いむっとしたにおいと共に、そのうつろな気持の中に甦り拡がった。（中略）

つい先程の当惑とはうらはらに、巳一は、ことが起らずにすんでしまったことに不満を持った。

又前からの続きにつじつまを合わせなくてはならない。そうではなく、もっと苛酷な現実に襲われるべきではなかったか。（同前）

やはり、島尾は心のどこかで待ちのぞんでいたのではなかったか。ことが起こるのを、ある期待と怖《おそ》れをもって。ただ、ミホがあそこまで見事に狂うことは予想していなかったかもしれないが。

眞鍋が言った「藤十郎の恋」についても、おそらく同じような事情だったのではないだろうか。小説のためだけに川瀬千佳子に恋を仕掛けたわけではないにせよ、日常に裂け目を作り、そこでしか見えないものを見たいという欲望が、島尾の中にあったことは確かだろう。

私たちはその晩からかやをつるのをやめた。どうしてか蚊がいなくなった。妻もぼくも三晩も眠っていない。そんなことが可能かどうかわからない。少しは気がつかずに眠ったのかもしれないが眠った記憶はない。十一月には家を出て十二月には自殺する。それがあなたの運命だったと妻はへんな確信を持っている。「あなたは必ずそうなりました」と妻は言う。でもそれよりいくらか早く、審きは夏の日の終わりにやってきた。

（『死の棘』第一章「離脱」より）

これは『死の棘』の第一章「離脱」の書き出しである。このあとに、先に引いた「私」が外泊から帰ってくる場面が続く。思わせぶりなこの書き出しは、いわばイントロダクションとして、これから何かが起こることを読者に告げる役割を果たしている。没後に発見された「離脱」の最初期と思われる草稿（「家の塀」というタイトルがつけられている）にはこの文章はなく、主人公が家に帰ってくる場面から始まっている。あとから付け加えられたらしいこの段落は、改めて読むと、周到な計算のもとに書かれていることがわかる。

インキ壺がひっくり返っているのが見えただけで激しく動揺し、自分の家の窓ガラスを割って侵入するような主人公の行動を読者がそれほど不審に思わないのは、この冒頭の段落の最後にある「審きは夏の日の終わりにやってきた」という一文の効果である。

これによって読者は、このあと展開するのが「審き」という言葉に見合うような、重大かつ啓示的な出来事であることを予感するのである（直前に「運命」「確信」「必ず」といった語が配されているのも効果的である）。
この「審き」という語は『死の棘』におけるキーワードで、作品中に繰り返し出てくる。

あたかも深夜の大気が、私のつまずきを吸収してしまい、そのせいか、妻のめんめんとつきない表白はひとつの長い叙事詩のようにきこえはじめ、もう審きは終わりを告げたという思いが満ちてくる。それまで気がつかなかった妻の苛烈にうちのめされて、立ち直れないことを認めてしまった安らぎ。（同前）

記録が私のあいまいな真実とくい違って痕跡を残すと、それは次から次に、別のくいちがいを呼び寄せずにはおかない。「うそつき」と妻は審き、私はあせって、不在証明を呈出する度に、うその深さが深くなる。もうどうしてものがれることはできない。（同前）

……離れるとき女が吸いつけてよこしたたばこを私もプラットフォームで吸い、

女の火を見ると、ほたるが浮遊しているように思える。おなじほどのまを置いて点滅するその火は、都合が悪くなりあたふたと背中を見せて逃げて行く男を、どう審いてやろうかと思案している女の意志のように見えてきた。

（同　第二章「死の棘」より）

私が審かれている場所は、すべてのきずなから切りはなされてではなく、妻とこどもふたりの日常をかかえこんだところだ。

（同　第三章「崖のふち」より）

注目すべきは「審き」という言葉の宗教的なニュアンスで、「裁き」ではなく「審き」となっていることで、絶対者による審判がイメージされる。

『死の棘』は、多くの評者に宗教的な読み方をされてきた小説である。その代表は奥野健男で、長篇『死の棘』が完結した直後に発表した評論で、この作品を「妻への愛というか、妻への絆の深さの証しの書であり、神への告解の書」であるとし、作者が長年にわたってひとつの作品を書き続けたバイタリティのみなもとを「妻を通しての神の試しに絶対の愛の絆を証したいという己れを無にした意志力」であると書いている（「『死の棘』論――極限状況と持続の文学――」）。

奥野に限らず、『死の棘』を取り上げた評論で特徴的なのは、神、贖罪《しょくざい》、受苦、救済、復活、祈り……といった語彙《ごい》が頻出することだ。小説の宗教性を直接問題にしていなくても、キリスト教を連想させるこうした語が実にしばしば使われている。これは、『死の棘』というタイトルが聖書からとられていること(「コリント人への第一の手紙」第十五章に「死は勝利にのまれてしまった。死よ、おまえの勝利は、どこにあるのか。死よ、おまえのとげは、どこにあるのか。死のとげは罪である。罪の力は律法である」という部分がある)、そして何よりも、長篇『死の棘』を書き始めたとき、島尾がクリスチャンになっていたことが大きい。

島尾は小学生のころキリスト教に興味を持ち、一時期、神戸のプロテスタントの教会に通ったが、それ以外は信仰と無縁の生活を送ってきた。それが、昭和三十年十月に奄美に移住した直後からミホとともに教会に通うようになり、翌年の十二月にはカトリックの洗礼を受けている。山本健吉は、長篇『死の棘』の新潮文庫版解説で、この作品が島尾がクリスチャンになったあとの「敬虔に贖罪の生活を送っていた時」に書かれたことが重要であると指摘し、奥野も前出の評論で、「カトリック信者としての何らかの信仰の意志が、発想の根源にあるに違いない」と書いている。

では「審き」という語も、クリスチャンになった島尾の、妻を通して神の審きを受けているという自覚のあらわれなのだろうか。

おそらくそうではないと私が考えるのは、ことが起こって間もないころの島尾の日記に次のような記述が出てくるからである。

九時前後から「審判の日の記録」という小説を書きはじめることができた。

（昭和二十九年十月八日）

『死の棘』第一章の「審きは夏の日の終わりにやってきた」という文章から考えても、この「審判の日の記録」とは、ミホに日記を見られ、騒ぎが起こった日を題材にした小説であることは間違いない。

十月八日といえば、ことが起こった日からまだ十日も経っていない。『死の棘』に描かれた夫婦の極限の日々はこれから十か月にわたって続き、『死の棘』の第一章が実際に書き始められるのはこの約五年後なのだが、この時点で島尾は早くもその原型となる小説に取りかかろうとしていたことになる。

「審判の日の記録」と題された草稿は残念ながら見つかっていない。しかし、このタイトルからは、浮気の発覚とミホの糾問を、単なる家庭内のもめごとではなく、「審判」としてとらえるような小説を、島尾がこのときすでに構想していたことが推測できる。

発覚直後、三日三晩にわたってミホの追及を受けてはいたが、修羅の日々が本格的に始まるのはこれからである。このときの島尾が、ミホの狂乱を神の審きと考えるほど重く受け止めていたとは思いにくい。何より、このときの島尾はまだクリスチャンではないのである。

日記のこの部分はミホによって削除されることなく、平成十七（二〇〇五）年刊行の『「死の棘」日記』にそのまま収録されているが、私がその意味するところに気づいて衝撃を受けたのは、眞鍋呉夫から、島尾は小説を書くためにわざと日記を見せたのではないかという話を聞いたあとのことである。

ことが起こった直後、まるで待っていたかのように原稿用紙に向かい、浮気の発覚を「審判」として書き綴る島尾。その姿を想像したとき、「あいつは芯《しん》から作家なんだ」という眞鍋の言葉がよみがえった。

島尾が「審判の日の記録」に着手した前後には、どんなことが起こっていたか。日記によれば、前日の十月七日には、連絡が取れなくなったことを不審に思う千佳子からの手紙が届いてミホにそれを読まれている。当日の八日は、四歳の娘マヤが人形遊びをしながら「おとうちゃんは、ばかだから、おうちがいやくなって、よしょのおうちに行っちゃったの」と、ひとりごとを言った。どちらも、のちに『死の棘』の第一章に書かれることになるエピソードである。翌日の九日には、都心の出版社を訪ねて眞鍋や庄野潤三と会い、帰宅するとミホの姿がなく、島尾は子供たちを置いて探しに出ている。日記にはそれ以上のことは書かれていないが、島尾が探しに行った先は千佳子の家で、ミホが彼女を殺しに行ったのではないかと不安になってのことだった。
こうした中で島尾は「審判の日の記録」を書き続けようとしていた。この小説に着手した十月八日から二週間がたった日の日記にはこうある。

〝むかで〟のけずった部分を二つに分けて見た、そして次に八日に一寸書き出した〝審判の日〟を続けて書いてみた。ぐっと文学の世界（?）しごとの世界に引戻された感じもある、とにかく12時過迄仕事をして寝た、ミホもぐっすり寝ているようだ。
（同十月二十二日）

この時点で島尾は、ミホによる追及はじきに収まるものと見くびっていたのかもしれない。しかし実際にはますますひどくなり、家庭内は地獄の様相を呈してくる。島尾はそれでも、この小説を書くことをあきらめなかったようだ。二か月が経った十二月の日記には、執筆を続けていることがわかる記述が三度出てくる。

〝審判の日〟一枚書き一時半過就床。
（十二月二十四日）

12時より審判の日二枚、眠くてたまらぬ。
（十二月二十五日）

〝審判の日〟七行ばかり書いた。（十二月二十六日）

年末年始、島尾とミホの関係はますますもつれ、一月十日に島尾の両親の故郷である福島県相馬郡小高町に一家で向かう。そこで一時は二人で心中することを決心し、縊死《いし》のための松を探すなどした。

小岩に戻り、一月三十一日にミホは慶應病院に入院、三月三日に退院するが四日後に再入院し、三月三十日まで病院で暮らした。島尾は向丘高校の非常勤講師を辞め、四月七日、千佳子からの電報に怯《おび》えるミホを落ち着かせるため、小岩の家を売りに出して一家で千葉県佐倉市に転居する。新しい家に訪ねて来た千佳子にミホが摑《つか》みかかって地面に引き倒し、警察沙汰《ざた》になったのは、その十日後のことである。

こうした先の見えない毎日の中で、さすがに島尾は「審判の日の記録」を書き続ける意志を失っていったようだ。昭和三十年一月以後、この小説についての記述は日記に出てこなくなる。完成を見ることなく途絶したものと思われる。

ところで、『死の棘』の本文を参照しながら島尾の日記を細かく読んでいくうちに、私はあることに気がついた。

第一章「離脱」の原型である「家の塀」と題された草稿が見つかった話は先に書いた。

家に帰ってきた「私」が、仕事部屋にインキがまき散らされているのを見る場面は、決定稿では「机と畳と壁に血のりのようにあびせかけられたインキ。そのなかにきたなく捨てられている私の日記帳」となっているが、草稿「家の塀」では次のようになっている。

机から畳や壁にかけてまだなまなましいインキの液がむざんにひっかけられ、机の上に置かれた日記と友人の詩集がインキの飛沫できたなくよごれ詩集はひきさかれてある。

インキがかけられていたのは日記帳だけではなかった。そこには「友人の詩集」もあり、ミホはそれを引き裂いていたのだ。別の草稿にも「インキの飛沫を受けている、というより、インキ瓶が日記と詩集に投げつけられたにちがいない痕跡がある」という抹《まっ》消《しょう》線で消された一文があり、やはり詩集の存在が示されている。この詩集が吉本隆明のものであることに気づいたのは、この事件が起こった直後の島尾の日記を読み直していたときである。

夜は雨を聴きながら（便所の晦冥）次の仕事の事を考える。堀辰雄アルバムや、吉本隆明の詩（この詩集もミホは引き裂いた）〃絶望から苛酷へ〃などゝいう語彙。
（昭和二十九年十月八日）

〃絶望から苛酷へ〃は、吉本が前年九月に私家版で出した『転位のための十篇』という詩集に収められている詩のタイトルである。ミホが引き裂いたのはこの詩集であると見て間違いないだろう。

なぜミホは吉本の詩集を引き裂いたのか。ミホは当時、「現在の会」のメンバーに強い反感を抱いていたが、吉本は「現在の会」とは無関係であり、ミホが吉本を嫌っていたことは考えにくい。このあと十月二十七日に奥野健男と吉本が小岩の島尾宅を訪れているが、奥野が「『死の棘』論――極限状況と持続の文学――」に書いているところによれば、ミホはハムを山盛りにして二人を歓待してくれたという。翌年二月と三月にも奥野と吉本は島尾宅を訪ね、夫妻が国府台病院に入院してからは見舞いにも訪れている。「現在の会」にいた眞鍋や安部公房に対するミホの嫌悪《けんお》や非難の言葉は、島尾の日記にたびたび書きとめられているが、吉本や奥野に対するそうした言葉は一切出てこない。奄美移住後も、吉本と奥野は島尾一家と家族ぐるみの交流があり、島尾の晩年まで親しい関係が続いている。ミホが詩集を引き裂いたのは、吉本個人へのこだわりではなく、たまたま机の上にあったそれが、自分から夫を奪おうとしている文学というものの象徴に思えたからかもしれない。

吉本の詩集がミホによって引き裂かれたのはおそらく偶然からだが、偶然とは思えない符合が、詩集『転位のための十篇』と『死の棘』の間にはある。この詩集には「審判」というタイトルの詩が収められているのだ。

実は、吉本の詩集をミホが引き裂いたという記述が日記にある十月八日は、島尾が「審判の日の記録」という小説を書き始めた、まさにその日である。日記では、ここに引いた「夜は雨を聴きながら（便所の晦冥）次の仕事の事を考える。堀辰雄アルバムや、吉本隆明の詩（この詩集もミホは引き裂いた）〝絶望から苛酷へ〟などゝいう語彙」という一文に続いて、先に引いた「九時前後から「審判の日の記録」という小説を書きはじめることができた」という一文がある。つまり、「審判」という詩が収録された吉本の詩集を脇《わき》に置いて、島尾は小説「審判の日の記録」を書き始めているのだ。

詩「審判」は次のように始まる。

苛酷がきざみこまれた路のうへに
九月の病んだ太陽がうつる
蟻のやうにちひさなぼくたちの嫌悪が
いいい
あなぐらのそこに這ひこんでゆく

黄昏れのはうへ　むすうのあなぐらのはうへ
ぼくたちの危惧とぼくたちの破局のはうへ
太陽は落ちてゆくように視える

『死の棘』の発端となる事件が起きたのは九月末だった。苛酷、九月の病んだ太陽、あなぐらのそこ、破局、といった語は『死の棘』の世界を連想させ、こうして見ると、まるで『死の棘』に捧げられた詩のようだが、言うまでもなくこの詩が書かれたのは、島尾とミホの間にことが起こる前である。
「審判」という語は、最後から二番目の連にまず出てくる。

ぼくたちはぼくたちの病理を審判にゆだねる
なぜ　美しいものと醜いものとがわけられないか
なぜ　未来の条件のまへに現在を捨てきれないか
なぜ　愛憎をコムプレックスによつておしつぶすか
なぜ　本能に荒涼たるくびきをかけるか
おう　その威厳と法服とを歴史のたどられたプロセスからかりるだらう
ぼくたちの法定者よ

ぼくたちを裁くために嗤ふべき立法によるな
ぼくたちを裁くためにけちくさい倫理をもちひるな

さらに、最終連には「ぼくたちはすべての審判に〈否〉とこたへるかもしれない」という一行があるのだが、ここにも『死の棘』との符合が見られる。数種類残されている『死の棘』第一章の草稿に、「否み」という題が附されたものがあるのだ。「家の塀」と題された草稿に、完成稿の書き出しの段落（「私たちはその晩からかやをつるのをやめた」〜「でもそれよりいくらか早く、審きは夏の日の終わりにやってきた」）が入っていないことは先に書いたが、この部分が、完成稿とほぼ同じかたちで入っている草稿が、「否み」なのである。「審判」—「否み」という組み合わせは、吉本の詩句に触発されたものと考えることもできる。

吉本は島尾の人物と文学を愛し、『死の棘』を高く評価していた。吉本が死去した病室には『死の棘』のフランス語版が置かれていたと先に書いたが、その冒頭に描かれた場面に若い日の自分の詩集があったこと、そしてその中の詩が『死の棘』に影響を与えたかもしれないことを知ったら、吉本はどう思っただろうか。

『死の棘』におけるキーワードである「審き」と「審判」だが、島尾のほかの小説をあらためて読み直してみると、戦後間もないころの作品にこの二つの語が出てくることに気づく。それはこれまでも何度か取り上げてきた「出孤島記」（昭和二十四年）である。島尾は多くの戦争小説を書いたが、中でも評価が高く、全作品を通しての代表作にもなっているのがこの「出孤島記」と「出発は遂に訪れず」（昭和三十七年）、「その夏の今は」（昭和四十二年）で、「特攻三部作」と呼ばれることもある。

作品内の時間としては、「出孤島記」が昭和二十（一九四五）年八月十三日午後から十四日朝まで、「出発は遂に訪れず」は同十三日夕から十五日夜まで、「その夏の今は」は同十六日朝からの四日間で、いずれも主人公「私」の独白のかたちで時間軸に沿って語られている。執筆時期でいうと、一作目から二作目までの間には十三年、二作目から三作目までの間には五年の歳月が流れており、ミホの発病前に書かれたのは「出孤島記」のみである。

「出孤島記」の中には、「審判の日」「審かれる」という語がそれぞれ一度ずつ出てくる。「審判の日」という語が使われているのは、特攻隊長である「私」が、駐屯地の隣村に住むNという女(ミホがモデルである)のもとを訪ねるために引き潮の海岸を歩いていく場面である。

干潟の或る日の午後。

私は何を考えていたことか。審判の日の近づいた不吉な不安の幾日かのその一日に。然し島の部落の人々は、その干潟の中でいつもの日の干潮時と変りなく、いっぱい出て来て貝ひろいをしていた。

(「出孤島記」より)

ここでは「審判の日」は特攻出撃の日を指しているが、それは生命が終る日であると同時に、死を前提にした特権的な日々の中で不問に付されていたことがあばかれる日という意味が含まれていることがやがてわかってくる。

そして、「審かれる」という語が出てくるのは、特攻戦が発動されたあと、部下の主計兵がNにそれを伝えに行ったことを「私」が知る場面である。Nに出撃を知らせるよう指示したのは、「私」が隊長をつとめる部隊の分隊士だった(この分隊士は実在する人物で、現実にも島尾隊に出撃命令が下ったとき、ミホに知らせに行くよう主計兵に命じている)。

私は動揺していた。

おせっかいなことだ。私は分隊士のやりそうなことだと嫌悪した。

腫瘍の原因は私が隣りの部落に女をこしらえていたということ。それが破れて膿が流れている。（中略）私を非難している眼。私に同情している眼。私のそういうことに気づいていない眼。私は審かれていなければならない。そして私のそれに対しては私は説明は無い。私はいつもの状態から、引きちぎられて南海の果てで身を引きさかれたかった。（同前）

隊長の身にもかかわらず——というより隊長しか持ち得ない特権を行使して——部隊近くの村に女を作り、通っていたこと。なかば公然の秘密であったそのことが、特攻出撃を機に、あらためて白日の下にさらされようとしている。死に向かって走り出した部隊の殺気立った厳粛さの中にあって、命がけのロマンスなどというきれいごとは、誰よりもまず自分自身に対して通用しなかったことだろう。

審かれていなければならない、という主人公の思いは、そのまま島尾の思いであったはずだ。これまで見てきたように、戦後の島尾の中には隊長であった自分への嫌悪があり、加計呂麻島とそこに暮らす人々への後ろめたさがあった。

本土を守るという目的のために南の島々が捨て石になると知りつつ、「隊長さま」として島の人々に慕われていたこと。自分たちが出撃したあとに島民が自決するための壕《ごう》を掘らせていたこと。部下や自分自身が、まもなく死ぬとわかっていながら島の娘たちと関係をもち、子を孕《はら》ませたり、病気をうつすなどして「荒廃の種子」をまき散らしたこと。終戦のわずか半月後に特攻隊員が島を脱出し、さらに残りの軍人がすべて引揚げたあと、島は本土と切り離されてアメリカの領土となったこと――。晩年に至るまで島尾はこうしたことへの罪悪感を持ち続けたが、終戦直後は特にそれが強かったようだ。

特攻隊員が戦後に荒れ、反社会的な行為に走るなどした、いわゆる「特攻くずれ」には、多くの戦友が戦死した中で生き残ってしまったという思いや、信じていた価値の崩壊、国民の軍人を見る眼が戦後に一変したこと、また経済的な窮乏などの事情がある。しかし自身の部隊から戦死者を出さずに済み、復員後の環境にも恵まれていた島尾の戦後には、これらの要素はほとんど感じられない。一方で、日記や戦後の数年間に書かれた小説から伝わってくるのは、加計呂麻島やその住民に対する複雑な思いであり、そこには島尾独特の潔癖さと倫理観があるように思われる。

戦後の島尾の気持ちを暗くさせたのは、ひとつには隊長という管理者の立場にあったことだ。隊長の性格で部隊の性格が決まってしまうことの怖ろしさを、島尾は繰り返し書き、また語っている。島に慰安所を作ったことも心にかかっていたようで、戦後のごく早い時期にその顚末《てんまつ》を「肉体と機関《エンジン》」という小説にしている。掲載は『午前』の昭和二十二（一九四七）年一月号で、これは戦後に発表された島尾の三作目の小説にあたる。慰安婦を「空母」と呼んでいたことを、島尾は奥野健男との対談「島尾敏雄の原風景」で明かしているが、「肉体と機関」には、島尾がモデルである小高中尉（小高は島尾の本籍地の地名）と先任指揮官の「……私も決心しました。基地に制式空母を入港させます」「そして毎晩轟沈か。貢物の大島紬が泣くぞ」などという会話をあえて書いている。

戦争末期にもかかわらず穏やかな日常の暮らしが続く土地に島尾の部隊は進出した。特攻出撃を待つ日々の中で、島の自然や風物に心惹《ひ》かれ、島民たちの素朴な好意に慰められた思い出も、島尾の罪の意識を深くしたに違いない。しかも戦後の島尾の目の前にはつねに、旧《ふる》き良き加計呂麻島の象徴のような養父・文一郎を島尾のために捨ててきたミホがいたのである。

「肉体と機関」とほぼ同時期に書かれた小説に「孤島夢」があるが、ここには戦後まもない島尾の心情がよりはっきりと現われている。「孤島夢」は、昭和二十一（一九四六）年十月発行の『光耀』第二号に掲載された短篇で、戦後に島尾が発表した二作目の小説である。ここで島尾は、隊長であった自分を痛烈な筆致で戯画化している。

「孤島夢」は、「私」の夢の中の話である。小型の戦闘艇の艇長である「私」は、南海のある小島に上陸する。この島の住民は、「我々の列島」に住む人々と見た目はほとんど変わらず、使っている文字も同じなのに、話す言葉は通じない。また、姓が一文字で表されることが多い（独特の方言があることと一文字姓が多いことは奄美の特徴である）。「私」はこの島を避けようとするが、なぜか艇はどんどん島に近づき、上陸せざるを得なくなる。

その島を私は歩いている。私の心の内奥にはかなり驕傲な分子がないでもない。というのは此の近海一帯の島嶼は総て私の手中に握られているのだというような一種の気分を払拭することが出来なかった。どこの島々でも私は「おお我等の艇長さん」と言われているのだと思うようになっていた。私は島嶼の守護者として現われていた。だからこの島でもその間の事情は恐らくそんなに違ってはいまい。

（「孤島夢」より）

島には老婆《ろうば》しかいなかった。「私」は、男と若者はどこかへ連れて行かれ、若い女は別のところに集ってある仕事をしているのだろうと考える。それがわかるのは「此の辺の島嶼に関しての私の勘はこわい程に適確」であるからだ。言うまでもなくこの部分は、戦時中に広まった、戦争に負けたら男は連行されて強制労働をさせられ、若い女はみな妾《めかけ》か売春婦にさせられるという噂話《うわさばなし》を取り込んだものだ。「島嶼の守護者」であり「艇長さん」であるところの「私」は気づいていないが、すでに戦争は終っているのだ。

小屋の前に老婆が集まっている。彼女たちはなぜかみな口ひげを生やしており、「私」は珍妙なひげのある女ばかりの島を、自分のペンとカメラで「我々の列島」に紹介したい欲望を感じる。しかし、兵隊言葉で言うところの「娑婆」とは絶縁された身分にある自分にはそれは不可能だと思い、絶望するのである。島尾は隊長であった自分の傲慢さだけでなく、戦後、本土にはない南島の風物や習俗を作品にして評価されようとしている自分の作家的野心をもここで暴《あば》いている。

「私」は、「この島は必ず近い中に濤に洗われて此の世の中から姿を没してしまう予感」を抱く。そして、「そうではないまでもこの島はいつも同じ経度と緯度の上にあるものではないということをはっきり予知」するのである。

前者の「予感」は、米軍の爆撃あるいは自決によって島の人々が死に絶えること、後者の「予知」は、島がアメリカ領となり日本から切り離されることの比喩《ひゆ》であろう。「私」はそのことを島の人たちに教えようと思うが実行できず、この島は永久にここにあると少しも疑っていない者のような顔つきをして島を歩き回る。

その時がやって来れば、潮が満ちこの島は陥没してしまうであろう。その前に私は例の戦闘艇を発動させて何処へか避難しなければならない。私はこの島に限りない愛惜の情を抱き続けるであろう。然し私の力ではどうすることも出来ないのであった。私はこの島に私の名を以って名づけるだろう。（同前）

これから島がたどる運命をわかっていながら、知らないふりをして「守護者」としてふるまい、最後は「どうすることも出来ない」と自分に言い聞かせて、島民を残して戦闘艇で逃げ去る「私」。その描写からは、自分が加計呂麻島に対して何をしたかを告白したい欲求と、自分は審かれるべき者であるという認識が見てとれる。

そして、「私はこの島に私の名を以って名づけるだろう」という一文は、『死の棘』に描かれた時期を経て奄美に移住したあと、加計呂麻島を訪れた島尾が、島尾隊の本部があった浜辺が戦後ずっと「シマオタイチョウ」と呼ばれていることを知るエピソード（前出「加計呂麻島呑之浦」）を思い起こさせる。この「孤島夢」を書いたとき島尾はまだ、自分の名が地名となっていることを知る由《よし》もなかったのだが、そうしたことがあってもおかしくない存在であった自分への苦い批判が読み取れる。

これは、夢の形式をとって、島尾が自らを審こうとした小説なのだ。「夢の中での日常」に代表される「夢の系列」の作品群を高く評価する人は今日でも多いが、その最初の作品がこの「孤島夢」である。「孤島夢」は、ここで見たように夢の中の出来事の現実への翻訳が容易で、「夢の中での日常」のような不条理で大胆な展開には乏しいが、その分、執筆当時の島尾の心情がわかりやすく吐露されている。

奥野健男らによって、日本的な私小説を脱した作品群と位置づけられた「夢の系列」だが、その最初期の作品の根底にあるのは、私的な経験と心情の、相当にあからさまな告白だといえる。

「孤島夢」の主人公は、島に対しておそれの感情を抱いている。避けようとしたのに引き寄せられて上陸せざるを得なかったとき、「私」は総毛立ち、「この島こそ、人の噂にきいていたあの島ではないか」と思うのだ。


私は前々からその島は呪咀を受けている島のように考えていた。（中略）その島の近くを航海するならば、私は必ずその島にひきよせられて、私の宿命は固定されてしまうであろうという不安があった。

（「孤島夢」より）


「呪咀」という語が不穏にひびく。戦時中に加計呂麻島を裏切ったように、戦後の島尾は、その島から来たミホを裏切ることになる。執拗《しつよう》に責めるミホの言葉は、島尾には島そのものが発した呪咀のようにも聞こえたことだろう。『死の棘』において、発作を起したときのミホは、しばしば島言葉で嘆き、怒り、哭《な》くのである。

『死の棘』よりあとに書かれた戦争小説についても見てみることにする。まずは特攻三部作の残り二作、「出発は遂に訪れず」と「その夏の今は」だが、この二篇にも「審く」という語が出てくる。

「出発は遂に訪れず」では、特攻戦が下令されたものの最終的な出撃命令が出ないまま夜が明け、防空壕で仮眠を取った「私」が目覚める場面に「寝不足な覚めぎわの、審かれたのかも知れぬと疑う惑いのあとで、自分のからだが身動きならぬほどこわばっていることが分るが、どうにも動かせない」という一文がある。この「審き」は、「出孤島記」の「審判の日」と同様、特攻出撃による死を意味している。

「その夏の今は」では、それまで軍に協力的だった島民が、敗戦を知るや、部隊に貸していた板付け舟（小型の木造舟）を返せといって部隊にやってきたことに「私」がおそれを感じる場面に、「今ひしと押し寄せてくる生活の、厚い壁に似た掟。昨日まで影うすく四散してしまったと思えたそれは、戦闘状態が取りはずされてみると、かたくなに根を張っていて、無視した者へ厳しい審きの顔つきを向けていた」という文章がある。

ここでは、戦争によって嵩上《かさあ》げされた身分に甘んじていた自分に注がれる、生活者としての島民の視線が「審き」と表現されている。単身乗り込んできた島民の男は、「彼の顔に昨日までの笑顔は見られず、自分だけに頼る者の自信があらわれ、昨日も今日も、彼の頼るものは微動もしていない、と思わせるものがあった。今日となってもまだ私は日本刀を帯び、彼は匕首一本呑んできたわけでもないのに」と描写されている。

昨日まで幾重もの特権によって守られていた「私」は、今日、別人のような強さを見せて権利を主張する男にたじろぎ、「急に居場所を失ったたよりなさ」で視野がかすむのを感じる。これは『死の棘』の妻ミホが、献身し哀願する妻から、夫を責めたて、支配する妻にたった一晩で変わったのと同じで、圧倒され、うろたえるしかない「私」の姿もまた、『死の棘』と相似形をなしている。

男がみずから喜んで差し出したものと思いこんでいた板付け舟が、実は男にとっては軍に奪われたものであったかもしれないことに「私」は初めて思い至る。それを取り返しに乗り込んできた男は、島民による「審き」の象徴ともとれる。同様にミホの人生も、彼女がよろこんで差し出したように見えて、その実、自分が奪い取ったものかもしれないことに、これを書いたときの島尾はすでに気づいていたはずだ。

もう一篇、戦時中のことに関して「審き」という語が使われている小説がある。「廃《はい》址《し》」(『人間専科』昭和三十五年一月号)がそれで、執筆時期で見ると、特攻三部作の「出孤島記」と「出発は遂に訪れず」の間に位置する作品である。

かつて特攻隊長だった「私」が、戦後十年経って、かつて基地のあった「K…島」の「N浦」を、精神病院から出て来たばかりの妻と一緒に訪ねる。これは言うまでもなく「加計呂麻島」の「呑之浦」である。

「私」が、戦時中に撃墜されたアメリカ兵の死体を埋葬した場所を探していると、部落長だという男が話しかけてくる（島尾は戦時中、実際に敵兵を墓地に葬《ほうむ》り、ウィットレッジというその兵の名前を書いた墓標を立てている）。「私」は話しかけてきた彼に対して次のように思う。

でも私は警戒の心持をほどくことができない。戦争中の部隊の行動が部落の人たちにどんな陰影を与えていたかを正確につかみ取ることはできない。もしかしたら、この精悍なやせた無精髭の男が、かつての部隊の責任者に物言いをつけようとしているのではないか。それを私は受けきれるか。戦争中から敗戦にかけての部落の憎悪のすべてをぶちまけられても、避けるわけにはいかない。（「廃址」より）

この部落長の態度は思ったより穏やかで、「私」は、「彼は私をあからさまに審くつもりはないらしい」と安堵《あんど》する。ここで「審く」という言葉は、戦時中の自分たちの行為が島の人々の憎悪や怒りを買い、それがいまも続いていることを前提として使われている。

このあと「私」と妻は部落長の家へ行き、島の娘に子を生ませたが終戦で内地に復員したきり島には戻ってこなかった兵曹の話を聞かされる。それは「私」が怖れていた話題だった。

しかしそれはやはり待ちかまえていたように切り出された。おそらく私の顔はみにくいかげりを持ったにちがいない。そのことはそのとき部隊に起った小さな事件として葬られた。しかし今それを小さな事件だと片づけてしまうことはできない。信濃という掌機雷の一等兵曹が、度々部隊を脱柵した末に部落の娘と結婚の約束をしたことが発覚した事件があった。その娘の父親は癩病をやみ、人眼をさけて部落の外れにとじこもって居り、そして又信濃兵曹の方は悪疾のジフィリスで治療を受けていた。それは言いようのない暗い事件のようにも思われた。信濃は先任将校に本部下の広場で動けなくなるまで打ち据えられた。私は見ぬふりをした。

私はさりげなく話題をかえた。もしその話をおしすすめて行けば、部落長が何を言い出すか分らない不安があった。それは自分のからだの腫瘍にさわられでもしたような不快を伴った。（同前）

これに近い「事件」は実際にあったようだ。ジフィリス＝梅毒である。信濃という兵曹の事件を通して、ここでも「私」が審かれる。管理者であるにもかかわらず「事件」を見ぬふりをした「私」、そして、兵曹と同じく「脱柵」して女のもとに通った「私」。

現実に、島尾はミホに梅毒をうつしているし、部隊周辺の集落でミホが妊娠したという噂が立ったこともあったのだ。

「出孤島記」で「審き」という語が使われている箇所の「腫瘍の原因は私が隣りの部落に女をこしらえていたということ。それが破れて膿が流れている」という文章を先に引いたが、この「廃址」でも、島尾はミホとのことを「腫瘍」と表現している。

昭和二十四年に書かれた「出孤島記」から、この「廃址」までには、ミホの発病をはさんで十年の歳月が流れている。しかし、島尾が加計呂麻島でミホとの間に起ったことを「腫瘍」と捉《とら》えていることは変わっていない。

この二作の間に、島尾は奄美に移り住むことになった。「孤島夢」の主人公に語らせた「必ずその島にひきよせられて、私の宿命は固定されてしまう」という不安は、ミホの発病によって奄美移住を余儀なくされるというかたちで現実になったのである。

もし島尾とミホの間にある問題が、「あいつ」との情事だけだったとしたら、あれほど長く激しい修羅の日々が続くこともなかっただろうし、『死の棘』が書かれる必要もなかっただろう。自分の外出中に留守宅で何かが起ることを、おそれつつ待ち望んでいた島尾。ミホの審きを待っていたということは、すなわち、加計呂麻島による審きを待っていたということである。

もしも島尾が、ミホが日記を見るよう仕向けたのだとすれば、それは一方では小説のためであり、もう一方では、意識下にあった「自分は審かれるべき存在だ」という考えを現実化するためだったろう。

戦争で人を殺さずにすみ、部下を死なせることもなかったことを考えると、島尾の罪悪感は大きすぎるようにも思えるが、おそらく島尾の資質の中に審きを希求するものがあったのではないだろうか。長男の伸三が「どんな試練がきても、それに耐えることで、彼は自分の魂を浄化する方法に換えることができた」(『魚は泳ぐ』)と書いているが、審かれる痛みは島尾にとって生きていることの確かめであり、その痛みに耐えることによって、ある種の安定を得ることができたのかもしれない。

三

そのノートの表紙には、青いインクで「昭和27年」と書かれていた。真ん中が大きく破れて穴が開き、はらわたがはみ出るように、中のページがいくつもの紙片となって顔を出している。びっしりと並んでいる細かい文字は島尾のものだ。

奄美の島尾家で見せてもらったミホの遺品の中に古い紙箱があった。紳士服店やデパートで背広を買ったときに入れてくれる平たい大きな箱で、側面にマジックペンで「主人洋服」と書かれている。ふたを開けると一番上に入っていたのがこのノートで、中身を見ると、昭和二十七（一九五二）年の三月から八月までの日記であることがわかった。箱の中にはほかにも数冊のノートが、ぼろぼろの状態で重なり合っていた。

遺族の許可を得て、ほかのノートも確認した。まず、表紙に「1952の（貳）」と書かれたノート。中身は昭和二十七年の日記の続きで、九月から十二月までのものである。そして、表紙に「1953」と書かれたノート。こちらは昭和二十八年の日記だった。もう一冊は大判の手帳で、表紙は失われているが、最初の方のページに「MEMO 1953」と印刷されており、昭和二十八年のものだとわかる。この手帳も日記として使われていた。

このときに確認し、中を読むことができたのはこの四冊だが、のちにかごしま近代文学館による修復が行われ、昭和二十九年七月から九月までの日記のノートもあることがわかった。ミホが日記を読んで狂乱したのは二十九年九月二十九日であるから、その直前までの日記が発見されたことになる。

これらが入った箱のふたを開けたときの衝撃は忘れられない。ノートでも本でも、紙類がこのような状態になっているものを見たのは初めてだった。

それぞれがかろうじてノートの形をとどめてはいるが、全体の三分の一ほどは破片になっている。ただし人間の手で破ったりちぎったりした形跡はない。点々とある虫喰いの穴、水濡《ぬ》れのしみ……。まるで、風雨にさらされて自然にくずれていったかのように見える。それでいて、失われていないページのインクの文字ははっきりと残っており、そこだけが風化を拒んでいるようだった。

衝撃を受けたのは外観だけではない。この時期の島尾の日記の存在が判明したこと自体が、驚くべき「事件」だった。この箱が出てくるまで、昭和二十七年（島尾一家が神戸から上京した年）から二十九年九月二十九日（ミホが島尾の日記を見た日）までの日記は、現存しないとされていたのだ。それは、島尾またはミホの手で廃棄されたからだと思われてきた。島尾自身もそう書いている。

日記はいざというときへんな証拠となって自分を縛ってくる。日記にとらわれた私にしてもなお日記を欠いた年月を何度か持っているのは、そのことを恐れて事前に処分したか、またはそれが実際にひどいくびきとなったあとで破棄したことによるものだ。たとえば昭和十六年のあとさきとか軍隊生活のあいだとか奄美に移住するまえの三年ばかりがそれに当たる。ふりかえってみると、事件の多いときにこそかえって日記は残らない。

（昭和五十年一月二十日「朝日新聞」夕刊「日記から――複合観念」より）

島尾が五十七歳のときのエッセイから引いた。小学校高学年からずっと日記をつけてきた島尾は、「そのことに何らかの意義を託してそうしてきたのではない。むしろ自分のその姿勢を恥じてきた」と同じ文章の中で書いている。しかし、日記ぬきで日を送ることを試しても半年も続かず、「今では私はあきらめて毎日日記をつけるが、それをひとにはかくしておきたい」のだという。島尾にとって日記は創作の源泉だったが、それ以前にひとつの宿痾《しゅくあ》であった。どうしても書かずにはいられないのである。日記が現存していない時期はあるが、それは書かなかったのではなく、書いたあとで「処分」「廃棄」したとこの文章で述べている。

日記を処分したのは、「昭和十六年のあとさき」、「軍隊生活のあいだ」、そして「奄美に移住するまえの三年ばかり」の三つの時期だという。事実、死後に遺《のこ》された日記の中にこれらの時期のものはない。

まず「昭和十六年のあとさき」だが、この時期の日記を処分した事情は、戦後の昭和二十一年五月二十七日の日記に書かれている。昭和十六（一九四一）年十二月九日、『こをろ』の仲間で島尾と同じ九大生だった矢山哲治が、大学新聞部の活動にかかわることで特高警察に拘引された。拘引前、留守中の矢山の下宿の部屋が特高によって何度も点検されていたことを知った島尾は、同じようなことが起こった場合の用心のため、自分の日記を焼いたのだ。

次に「軍隊生活のあいだ」とあるのは、島尾が第三期海軍予備学生となり、旅順の海軍予備学生教育部に入隊した昭和十八（一九四三）年十月から、加計呂麻島で終戦を迎えた昭和二十年八月までの間である。この時期の日記は、すでに述べたように、昭和二十年春にいったんミホに預けたが、取り戻して処分している。

　そして、「奄美に移住するまえの三年ばかり」。「現在の会」で千佳子と知り合って関係を深めていった時期である。その日々を記録したために、「ひどいくびき」となって「破棄」したはずの日記が、今回出てきたことになる。いったいこれはどういうことか。そのうち昭和二十九年の日記には、ミホを狂わせたあの十七文字が書かれていたはずなのだ。

　箱の中の日記はなぜ残り、誰がどのように保存していたのだろうか。日記をめぐる夫婦の闘争をたどりつつ、それを探っていくことにする。

　島尾の留守中にミホが見て壁に投げつけた昭和二十九年の日記が、その後どこに置かれていたかがわかる場面が『死の棘』第二章にある。

「あなたは日記に、なんとかが守りきれず妻にどうとかと書いたでしょう？　それはどういう意味？」

　ときくので、そんなことを書くはずがないし、また書いた覚えがないと返事すると、たんすの引き出しに鍵をかけてしまっていた私の日記を持ってきてその箇所を示すので、見ると私の字でまぎれもなくそう書いてあるが、そのときと今のきもちがちぐはぐで結びつかず、自分の確かな行為も忘れて否定していることに、おそろしくなる。ふた言三言、その弁解をしかけると、平手打ちを受けた。今度は前にこりて打ちかえさなかったが、私は血迷い、いきなりたんすに頭を持って行ってぶつけた。

（『死の棘』第二章「死の棘」より）

ミホが見た日記は、「たんすの引き出しに鍵をかけてしまっていた」とある。『死の棘』のこの部分に該当する記述が、昭和二十九年十月二十五日の島尾の日記にある。

別居しようと思っていたぼくの心の究明、日記の文句（……を守りきれずミホを云々）の究明。右頬平手うちを受け、ぼくはたんすに頭をぶっつけて突入。

（昭和二十九年十月二十五日）

ここではミホの見た日記の保管場所については言及されていないが、前日の十月二十四日の記述に「日記をたんすのひき出し（鍵は便所にすてる）に封ず」と書かれている。『死の棘』に書かれているように、やはり日記はたんすの引き出しにしまってあったのだ。

そのたんすに「私」（島尾）は頭をぶつけている。「私は血迷い、いきなりたんすに頭を持って行ってぶつけた」（『死の棘』）、「ぼくはたんすに頭をぶつけて突入」（日記）と、どちらにも同じことが書いてあるので、実際にあったことなのだろう。

日記にある「突入」とは、自分もまた狂気の中に身を投じることを意味している。自傷でもありミホに向けたパフォーマンスでもあるこの行為はその後も繰り返されるのだが、それが日記のしまってある場所に向かってなされることは象徴的だ。島尾の身体はひとつのベクトルとなって、自身の宿痾であり、同時に作家としての命綱でもある日記を指し示しているのである。

その日記がいま「証拠」として自分を糾弾し、「くびき」となって縛っている。それは、日記をつけずにはいられないという幼時からの島尾の性癖、審かれたいというひそかな願望、そして、ものを書く必然性を獲得したいという作家としての野心が相まって生み出した状況なのだ。

自傷パフォーマンスともいうべきこの島尾の行為（『死の棘』第三章の冒頭に「きちがいを装うことを私は覚えてきた」とある）は、ミホに問い詰められて窮すると、電気コードで首を吊ろうとする、あるいは革バンドで自分の首を絞めるといった行為にエスカレートしていく。こうしたことは、多くの場合、子供たちの見ている前でなされた。

家庭内で繰り広げられる夫婦の諍《いさか》いのすさまじさは、『死の棘』で「地獄絵」と表現されているが、それはミホの発作のせいだけではない。よく読めば、詰問《きつもん》に耐えられなくなった島尾の過激な反応によって、ミホの行動が常軌を逸していったことがわかる。

「ほんとうは電報を打ったのでしょ。あなたはなんでもかくす人。うそつき」私は日課のようにだまって起きあがり、これまでなん度もおかした首をくくる仕草をまたやる。妻が私を責める気配が見えさえすればすぐそうしないではいられないし、妻はまたきまってそれを止めにかかる。「伸一、早く来て！　早く、早く。おとうさんが死のうとする！」と叫び、ふたり一緒になって手ぬぐいや紐を巻きつけて引っぱっている私の腕にかじりついてくる。そうはさせまいとするから私と妻はどうしても組み打ちになる。くりかえしにあきてくると、もっと危険な革バンドやコードを用いることをえらび、首のしまりがいっそう強く、だんだん限界がぼやけてくる。ここで、もう少し力を入れたら向こうがわに渡ってしまうかもしれないと思えるところまでしめると、妻も力が加わり、組み打ちもひどくなった。

（『死の棘』第六章「日々の例」より）

この出来事は、以下に引く日記の記述と一致している。

電報を打ったのだろう、かくす人、うそを言う人。起きて首をくゝろうとする(?記憶ふたしか)伸三とミホととめる。くんずほぐれつ、二回?コードバンドを首にまく　ミホや伸三にじゃまされる。
(昭和三十年一月二十四日)

このあとミホと「私」はいったん休戦し、そのあと客が来るが、家族だけになるとまた続きが始まる。

ちょっとした妻のことばをつい引っかけて、それまでに似ない乱暴なことばや態度が湧きあがってくる。すると妻はおびえ、私が投げつけることばもだまってきくだけで、うずくまったまま泣きじゃくった。それはいかにもじめついて見え、私はいっそういらだち、畳の上にねじ伏せて何かを白状させたいきもちさえ起こる。白状しなければならぬのは私のほうで妻ではないのに、ぎりぎり拷問すれば妻の体内にはいりこんだ悪鬼らが逃げ出して行くような気がしだすのがへんだ。

妻はしばらく畳にそうやって泣いていたが、やがて「ああーあーあ」と尾を引いた声をしぼり出すと、たんすの小ひきだしから紐を取り出し、台所のところから裏の工場とのあいだの路地に出て行った。からだをななめにしなければ歩けぬほどの狭い場所だが、まきや炭俵などを入れておく物置きがあって、そのなかはうす暗くて人目にもつかない。しばらくはどすぐろいきもちの渦巻くままにほうっておいてから、きもちを取りなおしてそこに行くと、案のじょう妻は紐を手ごろな梁に引っかけて首をくくろうとしていた。だまって紐をほどいてやめさせると、ふたたび声をしぼり出して叫んだあと、さめざめと泣くのでまたそのままにするより仕方がない。ひとしきり泣いたあとで、「あたしは悪い人だ。あなたをこんなに苦しめて悪い人だ。ごめんなさい、ごめんなさい」と言っていた。「あたしに電気ショックをしてください。いろんなこと、ぜーんぶ忘れてしまいたい！」

（『死の棘』第六章「日々の例」より）

こうしたことの繰り返しが、ミホの狂気を増幅させていった。島尾はやがてミホの要求をすべて受け容れ、徹底して従うことになるのだが、それはミホが精神病棟に入院してからのことで、それまでは島尾の行為がミホの発作を誘発した面が確かにある。平凡な生活に何かが起ることを待ち望んでいた島尾は、「きちがいを装う」ことでミホの病を深くしたのだ。

夫が首をくくろうとして妻が止め、今度は妻が同じことをしようとして夫が止める――こうした夫婦の駆引きには、片方が線路に飛び込もうとしてもう片方が止めるというパターンもある。繰り返されるそれは、次第に夫婦間の官能のゲームの様相を呈していくが、そこに立ち会わされる子供たちはどんなに怖ろしく、また不安だったことだろう。

両親の激しい諍いをまのあたりにした子供たちの言葉を、島尾は『死の棘』の中に取り込んでいる。

四歳のマヤがまわらぬ舌で言う「マヤハ、シミタクナイ」（第二章）、「オトウシャン、ジサツ、シュルノ？」（第六章）。六歳の伸一が言う「もうぼうや、いろんなことを見てしまったから仕方がない。生きていたってしようがないから、おかあさんの言う通りになる。ぼうや、おかあさんといっしょに行って、おかあさんが死のうと言えば、いっしょに死ぬよ」（第二章）、「おとうさんまたキチガイになるのか、いやだなあ」（第四章）、「カテイノジジョウをしないでね。すこやかにね」（第六章）。これらの言葉はみな島尾の日記の中にある。「地獄絵」の中で書きとめた子供たちの言葉を、島尾は何年もたってから、作品の中で正確に再現したのだ。

繰り返し出てくる「カテイノジジョウ」とは、長男が両親の諍いをそう呼んだ言葉だが、これは戦後に人気を博したコメディアンのトニー谷が昭和二十八年に流行《はや》らせたギャグからきている。『死の棘』が評判になると、この小説を「家庭の事情小説」と呼ぶ評者が現れるようになった。主人公たちが繰り広げる悲惨とも滑稽《こっけい》ともつかない修羅場はそれまでの小説にはないもので、既存の言葉で言い表すことが難しかったのだろう。

「カテイノジジョウ」の発端が、ミホに見られた日記の中の言葉だったにもかかわらず、島尾はその後も日記をつけることをやめなかった。私がインタビューしたときミホは、「私がおかしくなって、昼も夜もなかったあの日々、特に奄美に移住するまでの一年あまり、いったいいつどうやって島尾が日記を書いていたのかわかりません」と語っていた。当時、島尾が日記をつけている姿を見た記憶はないという。

しかし島尾は日記を書かずにはいられず、また書き続けたからこそ、のちに『死の棘』を書くことができた。ミホが日記を見て衝撃を受け、壁に投げつけたその翌日、島尾はもう新しいノートに日記をつけ始めている。それから一年後に奄美に移住するまでの間で、島尾が日記を書かなかった日は全部で十日に満たない。

ミホを狂乱させた十七文字が書かれていた昭和二十九年の日記のことに話を戻そう。ミホに見られた直後には、日記はたんすの引き出しにしまわれていたことがわかった。では それからどうなったのか。

『死の棘』の第四章に、次のような一節がある。

その夜もまた、首をくろうとし、はだかになって対峙したあげく、妻は去年の八、九月のころの私の日記の写しを出してきた。日記はかわやに投げ棄てたが、妻はその部分をいつのまにか写し取っていた。それを一緒に読もうと言い、拒んだが妻はそうすることを要求してきかない。仕方なく、こたつのなかで並んで読むと、それはとても自分が書いたものとは思えない。（同　第四章「日は日に」より）

これは年が明けた昭和三十年一月のことなので、文中の「去年の八、九月のころの私の日記」というのは、ミホに見られた例の日記である。ここに引いた文章によると、かわや、つまり便所に投げ棄てたという。ミホが文面をひそかに書き写していたというのもすさまじい話だが、これが事実であることは、同じ月の日記の記述からわかる。

ミホ台所片附け出し、ぼくウイスキー一ぱいのんでいゝ気持になっていると言葉がからみ合ってまたいがみ、ぼく首をくゝろうとし、又対峙する。（中略）八、九月頃の日記（ミホが写して持っていたもの）を二人で読み……

（昭和三十年一月九日）

この日の日記はここで途切れている。『死の棘』にある「かわやに投げ棄てた」という話は出てこないが、この日から二か月ほど前の、前年十一月十一日の日記に「27年来の日記（タンスヒキダシに入れて鍵をすてた）ミホ便所に投棄」という記述がある。また十二月十三日の日記には、「夢の記録綴りをさがすがない、27年〜29年の日記と共に糞壺に投棄したように思う」と書かれている。昭和二十七年から二十九年の日記はミホが便所に捨てたというのだ。

　しかし、島尾家に遺された箱の中の日記は、確かに昭和二十七年から二十九年のものだ。これはいったいどういうことなのか。

「父は小岩時代、母に見られてもいい日記とは別に、もう一冊、日記をつけていたんだと思います。いわば裏日記ですね」

　そう言うのは長男の島尾伸三である。

「だから、母があの騒ぎの中で父の日記を捨てても、同じ時期の日記がもう一種類残っていたんでしょう。小岩の家にいたとき、母がおかしくなるまでは、父は仕事部屋で一人で寝ていました。もともと台所の流しがあったところを改造して、狭い寝床を作ってあったんです。本をいっぱいに入れたリンゴ箱を重ねてベッドのようにして、その上に寝ていました。〝潜水艦みたいだろう〟などと言っていましたね。寝床のまわりにも本棚がわりのリンゴ箱が積んであって、その一番上の箱と天井の隙間《すきま》にノートを隠していたのを私は見ています。それが裏日記だったんじゃないかと思うんです。寝床の近くに大事なものを隠すのは祖父もやっていたことで、それを見ていた父は、自分も同じことをしたのでしょう」

何と、島尾は日記を二種類つけていたというのだ。

「奄美に引っ越してからは、父はそれを仕事部屋の押し入れに隠していました。最初は上の段に置いていましたが、台風のときに雨漏りがして濡れてしまい、その後は下の段に移したんです。なぜ知っているかというと、夜中にごそごそと取り出して読み返していたのを何度も見ているから。妹のマヤも見ています。父はそういうところが迂闊《うかつ》というか、抜け目なく敏捷《びんしょう》に行動するということのできない人だった。母も同じです。二人とも女中や使用人のいる家で自分は何もせずに育ったので、注意深さに欠けるんです」

風化したようにぼろぼろになっていたのは、雨漏りで濡れ、さらに鼠に齧《かじ》られたせいではないかという。たしかに箱の中の日記のノートには、虫喰いの小さな穴だけではなく、もっと大きな穴もあいている。

「それを、あるとき母に見つかって取り上げられた。たしか昭和三十三年か三十四年にそんな騒ぎがありました。私はそのとき小学校四年くらいで、こんなふうにして他人に見られるくらいなら捨てたほうがいいと思って、自分の日記を焼いたのを憶えています」

背広の箱に入れてあったぼろぼろの日記のノートはおそらく、このときミホが取り上げて保管しておいたものだろうと伸三は言う。

「何のために、ですか？　証拠としてでしょう。父を責めるときのための」

島尾が二種類つけていた日記のうち、あの十七文字が書かれていたのは、ここまで見てきた日記の記述と『死の棘』の内容からして、「便所に投棄」されたほうの日記であると思われる。ミホを狂わせた十七文字の内容を知ることは、やはりできなかった。だがこちらの日記にも、『死の棘』に至る夫婦の日々が記録されているはずだ。

書かれたときから五十年以上の歳月をへて、衝撃的な姿で現代にあらわれた日記の謎《なぞ》を完全に解くことは、いまとなっては誰にもできない。傷口からはみ出したはらわたのように、ページの破片がこぼれ出ているノートは、「書かれた言葉」をめぐる二人の闘争のいわば記念品である。朽ち果てることによって他者の介入から身を守っているようにも見え、一方で、記録への島尾の執念をあらわすように、破損をまぬがれた部分の文字は、いまも判読可能なまま残っている。

その中味については次章で見ていくが、それにしても島尾は、ミホに見つかる危険を冒してまで、なぜ日記を保管しておいたのだろうか。その答えを彼は、『死の棘』の「私」に言わせている。

主人公が日記のほかに「女とのこまかな動作を書きしるした手帳」を隠していた話が第六章に出てくる（「書庫の奥の本棚がわりのりんご箱のかさねて並べた裏の、ふだんは見ることもない書物のあいだにはさんで置いた」とあり、伸三が言っていた隠し場所と一致する）。この手帳は現実に存在したもので、島尾の日記に「交渉のノートの記録」

として出てくる。前後の記述から、昭和二十七年から二十九年の日記とともにミホによって便所に捨てられたと思われるが、それを隠していたことがミホにばれて追及される場面で、捨てずにとっておいた理由がこう説明されている。

……あとでほどきようのない疑惑のたねになることにこりてはいたけれど、それを隠したままにしたのはそのためではなかったようだ。三、四十年もたってからとでも考えたか、自分の経歴のなかの資料などと思ったのか、或いはくりかえしになずんだ反射的な防禦から、それを思わず隠しこんだのだったか。

（『死の棘』第六章「日々の例」より）

「三、四十年もたってからとでも考えたか」とあるが、三、四十年後に島尾はこれをどうする気だったのだろうか。

書くつもりだった、としか考えようがない。この手帳を「資料」として小説を書こうとしていた――それ以外の解釈ができるだろうか。

「すべての人を不幸にしても、書きたい人だったんですよ」

伸三はそう言う。

「あの人は死ぬ順番を間違えた。母より先に死ぬべきじゃなかったんです。そうしたら、何だって自由に書けたのに」

第七章　対決

小岩から千葉県佐倉市に転居して間もない昭和三十年四月十一日、印旛沼のほとりで。この六日後、自宅に「あいつ」が訪ねてきて騒ぎとなった。

一

ぼろぼろの状態で見つかった昭和二十七（一九五二）年から二十九（一九五四）年の日記には何が書かれていたのか。箱の中に保管されていたノートを慎重に調べた。

伸三によれば台風のときの雨漏りで水をかぶったというが、現在では紙は硬く乾いており、ページをめくることが可能だった。破れたりちぎれたりしてノート本体から失われた部分は無数の破片と化しているが、残りの部分は判読可能な箇所が多く、青いインクでその日の行動や体調がこまかく記されている。

ただ、ことが起こる直前の昭和二十九年七月から九月の日記は損傷が激しく、読むことができる部分はごくわずかである。その中で川瀬千佳子の名前が確認できるのは数か所で、彼女が言ったかあるいは手紙に書いたと思われる「ゴマカシガナイカモットヨクカンガヘタイトオモヒマス」という言葉が書きとめられているページもある。また「久坂葉子がふとなつかしい」との記述があったりもする。

もっとも興味深いのは最後のページで、そこには「のガラス戸割って入る」「破局」などの文字が確認できる。日付の部分は破損しているが、直前のページに「9月28日」とあるので、これは九月二十九日の記述と考えていいだろう。九月二十九日は、早暁《そうぎょう》にミホが島尾の日記を見て狂乱した日である（前章で見たように、そのときミホが見たのはこの日記ではなく、島尾がもう一冊つけていた日記と思われる）。この日の昼さがり、外泊から帰ってきた島尾は、仕事部屋の机の上のインキ壺《つぼ》がひっくり返っているのを家の外から見て、台所のガラス窓を破って中に入る。そして、インキのかけられた日記帳がうち捨てられているのを見るのだ。『死の棘』の冒頭に描かれたまさにその場面を記録した日記が現存し、ぼろぼろに破損しながらも、キーワードとなる言葉が判読可能な状態で残っていたことに、私は震えるような思いを味わった。

この日の日記には「ミホ貧血で倒れ」との文字も見える。また、「子の手紙を見せる」「の手紙一通あった」という、前後の文字が破損して判読できない文章もあり、千佳子からの手紙を見せるようミホに命じられたことが推測できる。

昭和二十七年と二十八（一九五三）年の日記は、これにくらべて判読可能な部分が多い。この両年は島尾が千佳子と出会い、仲を深めていった時期であると同時に、ミホがないがしろにされ、妻としての苦しみを味わわなければならなかった時期でもある。

まずは昭和二十七年の日記から見ていくことにする。この年は、一家が神戸から東京の小岩に引っ越してきた年である。神戸時代は島尾の父親の家に親子四人で居候《いそうろう》していたようなもので、生活費は父親が負担し、島尾は大学教師としての収入のほとんどを自分の小遣いとして使っていた。それが、上京して初めて家族の生活を支えなければならなくなったのである。小岩の家は父親が買ってくれたもので家賃はいらなかったが、日々の生活費は稼がなくてはならない。しかし定時制高校の非常勤講師の給料と原稿料のみの収入では苦しく、この年の日記には蔵書を売る話が何度か出てくる。

昭和二十七年六月十七日の記述に「売る本をさがす時の内攻的な一種のニヒル」とある。この日、家の引出しに百円しかなく、そこから米代を払わなければならないので、駅前の古本屋に本を売りに行ったのだ。同じ日に「庄野に電報を打つ事を決心」と書かれており、「〇ツカヌ　テハ、イタノム、シマオ」との電文がメモされている。庄野とは九大時代からの友人の庄野潤三のことである。庄野は当時、朝日放送に勤めながら小説を書いており、定期的にラジオ放送用の掌編小説を書く仕事を島尾に回してくれていたのだ。「〇」とは原稿料のことだろう。

電報を打ったあと、島尾は定時制高校で授業をするために出かけていくが、「学校へ行く」という記述の下に、小さく「所持金65円（往復交通費60）」と書かれている。授業を終えて帰宅すると、庄野から「キョウオクッタ」カカリノフチュウイデ　オクレテイタ　アシカラズ　ショウノ」という電報が届いていた。

金銭的にぎりぎりの生活を送っていたことがわかるが、一方で島尾は、同じ月の終わりに一週間の旅行に出ている。日記にはさまれていたミホの手紙（旅先に書き送ったもの）によると、これは神戸への里帰りで、関西方面の友人らに会う目的もあったようだ。上京したのはこの年の三月なので、東京での生活が始まってまだ三か月ほどしか経《た》っていない。若いころから旅を好んでいた島尾は、思うようにならない東京での暮らしから離れて息抜きをしたかったのだろうか。ミホの手紙には「子供達と楽しく毎日朗かに過してゐます。どうぞ御心安う過し召されます様に」「久し振りにお父さんの側でゆっくり甘へて」など健気《けなげ》な言葉が並んでいる。

日記からは、昭和二十七年から二十八年の島尾が鬱屈《うっくつ》したものを抱えていたことがわかる。昭和二十七年には、「朝鮮戦乱が気持の上に大きくかぶさっている」「登校気がすまない」（六月二十六日）、「何かゞみたされていないという感じの持続」（七月二十日）、「話の筋など考えたが、枯渇していて自分の才能に絶望的、夜のくらさ」（十月、日付不明）などの記述がある。加えて、胃の不快感や不眠、背中や肩の痛みなど、体調の悪さについても頻繁に記されている。

『死の棘』の「あいつ」、川瀬千佳子が初めて日記に出てくるのは、昭和二十七年七月二十八日の記述で、この日に開かれた「現在の会」の会合の出席者を列記した中に名前がある。

千佳子を「現在の会」に入れた眞鍋呉夫の話では、彼女が最初に眞鍋宅を訪ねてきたのは昭和二十七年の夏だったというから、おそらくこの日が最初の参加だったのではないだろうか。この会合で、『現在』第三号の編集担当五名が決まり、島尾と千佳子もその中に入っている。島尾は入会したばかりの千佳子と一緒に編集作業をすることになったのだ。

一週間後の八月四日には「現在の会」の総会が開かれ、千佳子も参加している。散会後に千佳子を含む数人で御茶ノ水駅近くの店に寄ったことが書かれている。同月二十二日の欄には「下北沢、川瀬不在」とあり、下北沢にあった千佳子の家を訪ねたことがわかる。「現在の会」にいた松原一枝と稗田宰子は、最初は島尾が千佳子を一方的に追いかけ、たびたび家を訪ねていたと話していたが、この時期すでにそれは始まっていたということか。

次に千佳子の名前が出てくるのは一週間後の八月二十九日で、「気分的にすっかり安心している（?）、川瀬、渇の呼吸、涼風」という一行がある。その約二か月後、十月二十七日に「『月暈《げつうん》』完成」という記述がある。第五章で紹介した、川瀬がモデルと見られる小説である。十一月四日には「川瀬より手紙」と書かれており、これが千佳子側の行動を記した最初の記述だ。同じ日に「ミホ初出勤」と書かれているのは、ミホが銀座のバー「ルビコン」に女給として勤め始めたことを指す。「いよいよとなると何かいやな気もする」と島尾は書いているが、ミホが働き始めてしばらくしたころ（日付不明）には「川瀬訪問、11時帰る」との記述があり、ミホが勤めに出ている時間に千佳子の家に行っていたものと思われる。「月暈」の執筆や千佳子から手紙が来ていることを考え合わせると、このころから二人の交際が始まっていたのだろう。

バー勤めについて、ミホは「なんとかして夫を本当に理解したい。そのためには男を知らねばならない」と思ってのことだったと書いている（「錯乱の魂から蘇えって」）が、日記の記述から推測すると、経済的な事情も大きかったと思われる。

バーに勤める前、ミホが洋裁の講習を受けに行っていたことも日記からわかる。このころミホは造花作りなどの内職をしていたが、収入を増やすために洋裁の技術を身につけようとしていたのだろう。そんなとき島尾の恩師の妻がバーを経営していることを知り、稼ぎの多いバー勤めを選んだのだ。

日記には、勤めに出る日にミホが島尾に宛《あ》てた置き手紙がはさまれていた。「あなたへ　涙をポロポロこぼし乍ら」と書き出され、「あなたの留守に子供達を残して出かけて行くのは、堪まらないおもいです。伸三も摩耶（引用者註・長女マヤのこと）もよくねてゐます。ねてゐるうちにソット出て行き度い、でも、マヤが、「母ちゃんは、母ちゃんは」とさがし廻る姿や、伸三が淋しさを抑えて、さわぎ廻る姿を思へば、やはり、出て行く時に、云いきかせて行きませう」などと記されている。このとき伸三は四歳、マヤは二歳だった。

以後、この年の日記にも、翌二十八年の日記にも、千佳子の名前は数えるほどしか出てこない。それも「川瀬に会う」「一寸川瀬を誘う」「川瀬に新日文（引用者註・雑誌『新日本文学』のこと）一月号」など簡潔で、いずれも文学仲間たちの名前に紛れるようにして姓のみが記されている。簡単な記述にとどまっているのは、ミホが便所に投げ棄てたもう一冊の日記や、情事を記録した手帳（「交渉のノート」）に詳しく記していたからなのだろうか。

箱から見つかった日記には、前後の時期に比べてミホに関する記述はごく少ない。神戸時代や情事の発覚以後の日記のように、ミホの言葉を書きとめることもほとんどしていない。昭和二十七年七月十二日の日記に「早く帰宅した時のミホのよろこびよう」とあるが、ミホの心情がわかるこうした記述も、解読できる範囲ではあまり見当らなかった。

千佳子との関係が深まったと思われる昭和二十八年の日記には、「モラルの声とデーモンの声」（日付不明）、「ミホトノ家庭ハ感謝シテイルガ、一方打ッコワシタイ」（十月）、「デーモンの声をきゝたいのに、それが出来ない」（十月三十一日）といった記述が見られ、家庭を呪縛《じゅばく》と考えていたらしいことがわかる。

日記には小説のアイデアらしき断片的なメモも記されているが、この年の後半には、

「三角関係」「単純な姦通物語」といった文言が見え、「月暈」のほかにも千佳子とのことを小説にするつもりがあったことをうかがわせる。

同じく昭和二十八年の日記には、千佳子の言葉と思われるものが書きとめられている。前半はちぎれていて判読不能だが、最後の三行は以下である。

コノママデイルワヨ
ドコニモイカナイデ　コノママデ
コトシジュウ（？）コノママデイル

ミホに日記を見られて家庭内が修羅場と化してからは、子供たちが発した言葉を数多く書きとめていた島尾だが、この二年間の日記には、子供たちの言葉はほとんど出てこない。一箇所だけ、言葉を覚えたてのマヤが発したと思われる「オジャギ　キャマメル（キャラメル）　オナメ（マメ）　インテリデンシャ」というメモがあるだけである。波《は》瀾《らん》のない平凡な家庭生活の中では、書きとめておく価値のある言葉に出会わなかったということか。

この時期、島尾はみずからの作家的野心を刺激するものを家の外に求めていた。そちら側の生活を記録したのが、千佳子との情事を記した「交渉のノート」だったのだろう。

しかしそれは失われた。もっとも、もし残っていたとしても、ミホが生きている限り、島尾がそれをもとに小説を書くことはなかっただろうが。

千佳子との恋愛に心を傾けていた島尾だが、幼いマヤのことは気にかけていたようで、昭和二十八年の日記には、一ページ全体を使って、次のような詩を記している（〈不明〉としたのは、ページが破損して失われている部分である）。

やさしいマヤ
そのやさしさはどこから出てくるのか
おれは それをお前に教えはしなかった
おれたちはお前を美しくなく生み
むずかり泣くときも
放って置いて
くたびれてひとりでに泣きやむのを待った
熱が出ても、せきが出ても
お前のときは、なぜかほってておいた
ぼろをきせられ
見たところ かわゆ気でなく

出来ないことでも、お前は自分ですませようとして
かえってぶちこわし、
叱られると恥じ入り悲し〈不明〉をし
ひとりで黙って遊んだ
汚れた人形を背中にくゝり
おできの出来た足で
鼻水をたらし、
どこの家にも〈不明〉
何かを貰って食〈不明〉

島尾がこれを書いたとき、マヤは三歳になっていた。ほとんど家庭に目を向けず、家族のことは最低限のメモ程度しか日記に書いていないこの時期の島尾だが、幼い娘の姿をじっと見つめて言葉にしている。感傷に傾く寸前の哀切さは、わが子への愛情のあらわれであると同時に、それをくびきとも感じている自分への嫌悪《けんお》の痛みゆえだろう。

『死の棘』に登場するマヤは、この詩が書かれたときから一、二年後のマヤである。『死の棘』の読者ならば、この詩を読んで、両親の不和に押しつぶされていくマヤの痛々しい無邪気さを思い出すに違いない。このとき島尾が記した幼いマヤに対する思い

は、まるで将来の悔恨を先取りしているかのようだ。「少しも手のかからない子供」（昭和二十九年の掌編小説「マヤ」）だったマヤは、小学校三年生のころから言葉を発しなくなった。言葉によって結ばれ、言葉をめぐって闘争を繰り広げた夫婦の娘は、長ずるにつれて言葉を失っていったのである。

箱の中の日記の記述からは、結局、川瀬千佳子の具体的な像は浮かび上がってこなかった。昭和二十九年十月以降、つまり『死の棘』で描かれたミホの狂乱の時期の島尾の日記にも、千佳子の名はミホの口から何度も出てくるものの、その姿が直接描かれることはない。「交渉のノート」が失われ、島尾も世を去ったいまとなっては、彼女の存在は『死の棘』の中にしか残されていないことになる。

『死の棘』で、「あいつ」つまり千佳子が直接登場するのは二回だけであることは以前に触れた。第二章「死の棘」で、夜になってもミホが帰宅せず、「あいつ」の家に行ったのではないかと不安になった島尾が彼女の家を訪ね「もうここには来られない」と別れを告げる場面と、第十章「日を繋けて」で、小岩を引き払って移り住んだ千葉県佐倉市の家に、「あいつ」が文学仲間からの見舞金を持ってやってくる場面だ。

『死の棘』の中で起こる主要な出来事は、ほとんど島尾の日記に書かれているが、この二つの場面は日記にはない。前者は昭和二十九年十月九日のことだが、日記には「帰宅するとミホ不在。暗くなって石川邦夫に来て貰う。ミホを探しに出る」とあるだけで、そのあとに起こったことは省略されている。

後者は昭和三十（一九五五）年四月十七日の出来事で、日記ではこの日、二人で生長の家（小説では「近くの寺」）の講話会に出かけようとしたが、ミホが「パンツの事から発作状態に」なったと書かれている。「パンツの事」とは、『死の棘』にある「下着を代えるときに妻の発作は頭をもたげ、女にやった下ばきの色を隠さずに全部言えと言う」という事態のことだ。ミホは、「私」が女に色違いの下ばきをダースの揃《そろ》いで買い与えているのを見たと言って島尾を責める。

そのあと、新聞の通信員が書評欄に載せるための写真撮影にやってくるが、通信員が帰ったあと、夫婦の争いは再開される。

……発作状態は続き、夜も尚。一度は駅に行きなどして、風雨の中。ミホは応接室、ぼくは八畳という状態でねようとするがねつかれずそこに事件起る。

（昭和三十年四月十七日）

この日の日記はここで終わっており、「そこに事件起る」の「事件」の内容は書かれていない。島尾が二つの場面を日記に書いていないのは、ミホに読まれるのを意識してのことだと思われる。

「あいつ」が直接姿を現わすこれら二つの場面、特に第十章で起きる「事件」は、夫婦の諍《いさか》いが少しずつ様相を変えつつ延々と続く『死の棘』にあって、一気に緊張が高まる山場である。おぼろげだった三角形の頂点の最後の一つが、初めて姿を現わすのだ。吉本隆明が「『死の棘』の死命を制している場所」と評したのを始め、多くの評者が言及してきた重要な場面である。

この場面が、実は島尾よりも先にミホの手によって書かれていることを知ったら、『死の棘』の読者は驚くだろうか。昭和三十六（一九六一）年の『婦人公論』五月号に掲載された手記「「死の棘」から脱れて」で、ミホはこのときのことをみずから描写しているのである。

島尾が『死の棘』第十章でこの場面を書くのは昭和四十二（一九六七）年なので、ミホのほうが六年も早かったことになる。島尾・ミホ・千佳子の三者が顔を合わせる、小説においても実人生においてもただ一度の場面、しかもミホが千佳子を地面に引き倒して痛めつけ、それに島尾が手を貸すという衝撃的な場面を最初に文章にしたのは、ミホだったのだ。

まずは『死の棘』でこの場面がどう書かれているかを見ていこう。

新聞の通信員の前では普段と変わらない様子を見せていたミホだが、彼を送り出して部屋に戻ると、また発作状態に戻る。「女にやった下ばき」にこだわり続け、「あたしも死ぬまでにいっぺんそんな色とりどりのパンティーをはいてみたい」などと言いだしたミホに「私」は耐えられなくなり、「いつまでもそんなきたないことばかり考えているのは、おまえのほうじゃないか」と言い返す。

そうやって諍いを続けている最中に、門のあたりで若い男が呼ぶ声がした。電報かと思って「私」が出て行くと、「Sさん」と、あたりをはばかる女の声がする。訪ねてきた女が、青年に頼んで「私」を呼び出したのだった。

「私」がとっさに踵《きびす》を返し、ミホのいる部屋に戻ろうとすると、「Sさん、待って、おはなししたいことがあるんです」と女の声が追いかけてくる。

「Sさん」

ともう一度呼んだ女の声が、追いだしたつもりの重い過去を目ざめさせ、私を抜けだしたもうひとりの私が、鍵をあけて女のほうに歩いて行くようなめまいがあった。女が乱暴な男たちを連れてきたかとも思ったが、妻の反応が何より気がかりで、わななく両足をふみしめ、ついの裁き、などとあらぬ思いでもどってくると、猫みたいな恰好で闇をすかしていた妻が、

「あいつ？」

とわりに落ち着いた声で言った。

「うん」

と返事をすると、はだしのまま庭にとびおり門に駈けだしながら、

「早く、早く。逃がしちゃいけない、つかまえるんだ」

と叫んでいた。

（『死の棘』第十章「日を繋けて」より）


ここで「ついの裁き」という言葉が使われている。ミホに日記を見られた日を島尾は「審判の日」と呼んだが、女とミホが対面するこの日は、島尾が最終的に審《さば》かれる日なのである。この章の島尾の草稿が残っているが、そこでは「ついの審き」と表記されており、「審」の字が使われている。

ミホは女の腕をつかまえて戻ってくる。「なにしに来たのです」とミホが問い詰めると、女は、包み紐《ひも》に封筒がはさんである菓子包みを差し出し、文学仲間からの見舞金を持ってきたと言う。

ミホは、本当は自分たちを脅迫にきたに違いないと言って怒り、部屋から出て行こうとする女をつかまえるよう「私」に命令する。「私」が言われたとおりにすると、ミホは「トシオ、ほんとにあたしが好きか」と問いかける。

「好きだ」

と答えると、

「その女は、好きかきらいか」

と追及してくる。女の目を見かえしながら、

「きらいだ」

と低い声でやっと答えた。

「そんならあたしの目のまえで、そいつをぶんなぐれるでしょ。そうしてみせて」

と妻は言った。試みは幾重もの罠。どう答えても、妻の感受はおなじだと思うと、のがれ口はだんだんせばまってくる。私はこころぎめして、女の頬を叩くと、女の皮膚の下で血の走るのが見えた。

「力が弱い。もういっぺん」

と妻が言えば、さからえず、おおげさな身ぶりで、もう一度平手打ちをした。女はさげすんだ目つきで私を見ていた。

「そんなことぐらいじゃ、あたしのキチガイがなおるものか」

妻は女をつかまえ部屋の奥に引っぱって行った。（同前）

妻に命じられて愛人を平手打ちする夫。これだけでも衝撃的だが、さらにすさまじい

場面が続く。このあと、女は隙《すき》を見て逃げだし、はだしで門へと走るが、ミホにつかまってしまう。「私」に命じて門に鍵をかけさせたミホは、足をからませて女を倒し、髪の毛をつかんで地面に顔をこすりつける。

「こんないなかにこんなにおそく、どんな魂胆があってやってきたかぐらい、あたしにはちゃんとわかっているんだ」

と左腕で首をしめつけたらしく、

「苦しい、苦しい、助けてえ」

と女はつまった声を出した。雨でしめった黒土にじかに倒れこんでいるから、ふたりともよごれほうだいになっているはずだが、暗くてはっきりは見えず、でも頬やひたいに着いた泥はねばっこい血のようだ。荒々しく女をきめつけても、妻の呼吸のあえぎは隠せない。女が動くとそれにつられて進むから、いつのまにか隣家との塀近くまで移っていた。そのあいだ私はだまって突っ立ち腕を組みそれを見ていた。

「Sさん、助けてください。どうしてじっと見ているのです」

と女が言ったが、私は返事ができない。

「Sさんがこうしたのよ。よく見てちょうだい。あなたはふたりの女を見殺しにするつもりなのね」

とつづけて言ったとき、妻は狂ったように乱暴に、なん度も女の頭を地面に叩きつけた。

「助けてえ」

とまた悲鳴をあげた女は、両足を突っ張りからだを反らせて反撃に出た。スカートはよじれ、白い下ばきを着けた見覚えの足が、私の目の下にあった。

「トシオ、こいつの足をしっかりおさえてちょうだい。あたしの指はもうこわばって動かない。あなた、まさか、こいつの身方をするんじゃないでしょうね」

と妻に言われ、かがみこんだが、おさえるとやましい気がし、そうしないと妻の意に添わぬへんな背きとためらいのなかで、しぶしぶ女の両足の上にかぶさるようにしておさえた。ふれてならぬものにふれるときの快さが伝わるのをどうしてよいかわからぬ。わずかに残されている支えまで、崩れてしまいそうなあやしい感覚だ。

「そうだ、こいつのスカートもパンティーもみんなぬがしてしまおう。トシオ、はやく、はやく」

妻が本気で言っても、それは私の耳が勝手につくりあげた声のようだ。

「なにをぐずぐずしているの。こいつがそんなにかわいいの」

とせかされ、そうする気になり、女の腰に手をのばしたとき、下ばきの下にかたいものが指先にふれたと思ったら、思いきり蹴とばされていた。なぜか女はされるままと思っていたから、私を蹴とばしたはずみに女が妻の手から脱けて立ちあがっても、事態の把握ができなかった。　（同前）

ミホに組み伏せられて顔を泥に押しつけられ、首を絞められる女を、「私」は突っ立ったまま、腕を組んで見ている。女に助けを求められても返事をしない。

そのとき彼女が放った言葉は、『死の棘』全篇に響きわたる、島尾への審きの言葉である。

「Sさんがこうしたのよ。よく見てちょうだい。あなたはふたりの女を見殺しにするつもりなのね」

ここで読者は初めて、リアルな「あいつ」の声を聞く。どのような女性なのか一向にわからなかった愛人の姿が焦点を結ぶただ一度の場面である。男の妻にひどい辱《はずかし》めを受けながら、この男はいま、自分だけではなく妻をも見殺しにしているのだと喝破し、それを言葉にできる女——人間を見る醒《さ》めた目と知性をそなえた女であることがわかる。

ミホにとってみれば、愛人と同格の位置に引き下げられたことになり、屈辱を感じたことだろう。事実、夫は何の決断もできず、ただなりゆきを眺めている。正鵠《せいこく》を射ていたからこそミホは逆上し、狂ったように女の頭を地面に叩きつけたのである。

三角形のもうひとつの角である「あいつ」は、ミホと同様、島尾に「書かれる女」である。作家を中心に二人の女が相対する構造をあらわにした女の言葉は、書かれる者から書く者への告発のようにも聞こえる。その意味で、この言葉は、ミホが発してもよかった言葉なのだ。

あまりに核心を突き、結果的に作品の鍵となる言葉なので、島尾が創作したのではないかとつい疑いたくなるが、そうではない。前述したように、この場面はミホが島尾に先んじて書いている。そこには、女が発したこの言葉が書きとめられている。

ミホがこの夜のことをどう描いているのかを見てみよう。女が突然やってきて、ミホが逆上するまでの場面は以下のように書かれている。

五月初めのなまあたたかい夜更けのことでしたが、ひとりの女が、新しい生活をはじめたばかりの私たちのその家に、いきなりやってきたのです。子供たちは、ちょうど恒孝と和子につれられて東京の叔父の家に行って留守でした。その女こそ私たちの生活をこんな状態におとしいれた当の女です。私は恐怖の実体を目のまえにして、怒りと混乱ではげしい感情におそわれました。それと察した女は急におそろしくなったらしく、私をつきとばし、ドアの外に逃げましたので、私はとびかかっていってつかまえ、折り重なって地べたにたおれました。そのあとは二人とも庭の土にまみれ、髪の毛をむしり、洋服をひき裂き、お互いを傷つけ合ったのです。私は対手を組み伏せ、顔を泥の中におしこみながら、この女を真実に殺してしまおうと思いました。

（「「死の棘」から脱れて」より）

『死の棘』のように詳細な描写ではないが、起った出来事は島尾が書いていることと同じである。ミホの視点で書かれているため、当然のことながら女は「私たちの生活をこんな状態におとしいれた」存在として描かれる。『死の棘』ではミホが一方的に女を痛めつけているように書かれているのに対し、ここでは「お互いを傷つけ合った」ことになってはいるが、逃げようとする女にとびかかってつかまえ、組み伏せて泥の中に顔を押し込むなど、自分がふるった暴力はそのまま書いている。

圧巻は「この女を真実に殺してしまおうと思いました」という部分だ。この手記は、ミホが書いたうちで二番目に活字になったもので、一番目はこの手記から二年前の昭和三十四（一九五九）年に同じ『婦人公論』に掲載されている。もちろん当時のミホはまだ作家ではなく、二篇ともあくまでも作家の妻として依頼を受けており、ここまでの内容は求められていなかったはずだ。

『死の棘』に出てくる女の言葉が記されているのは、これに続く文章である。

夫は、「ミホ、もういい、追い出せばいい」と言い、その女は、「島尾さん！　たすけて！　たすけて！　あなたは二人の女を見殺しにするのか」と叫んだが、夫は腕を組んでじっと立ったままです。その女は、人殺し！　人殺し！　たすけてえ！　たすけてえ！　とさけんでいました。（同前）

千佳子が島尾を断罪した「二人の女を見殺しにするのか」という言葉。「書く人」である島尾の本質を突くキーワードともいえる女の叫びを最初に文字にしたのは、ほかならぬミホであった。殺してしまおうと思うほど憎い存在である千佳子の言葉をミホは書き残したわけで、言葉をめぐる〈千佳子―ミホ〉のこの関係性は興味深い。この言葉はミホが発してもおかしくなかったと先に書いたが、ともに島尾によって「書かれる女」であるミホと千佳子は、ときに交換可能な存在なのである。二人の違いは、ミホが「書かれる女」であると同時に「書く女」でもあったのに対し、千佳子はただ書かれるだけの存在だったことだ。その千佳子が発した言葉を、彼女に代ってミホが書きとめたのだ。決定的なこの言葉を紙の上に再現することは、ミホにとっても夫を断罪することだった。ミホがこれを書いたことによって、島尾は二人の女から審かれたのである。

それにしても、乱闘のさなかの混乱した状況で、相手の発した重要な一言をのがさずに摑《つか》まえ、手記の中で再現したことは見事というしかなく、言葉に対する握力とでもいうべきものの強さがわかる。実際の出来事からこの文章が書かれるまでには、六年という時間が経過しているのである。

ミホが摑まえたのは言葉だけではない。「腕を組んでじっと立ったまま」である夫の姿も見逃すことなく描いている。『死の棘』で島尾はこのときの自分を「私はだまって突っ立ち腕を組みそれを見ていた」と描写している。主語が「私」であるにもかかわらず、外側から自分を見ているような印象を与えるのは、島尾が、先に書かれたミホの文章の中に見出した自身の姿を描いたからかもしれない。

ところで『死の棘』では、島尾を断罪する言葉を女が発したあと、ミホが「そうだ、こいつのスカートもパンティーもみんなぬがしてしまおう。トシオ、はやく、はやく」と「私」に命じ、言われるままに「私」は、女の腰に手をのばす。読者の多くが、この夫婦はこんなことまでやったのか、と衝撃を受ける場面である。

『婦人公論』のミホの手記にこの場面は出てこない。ではこれは島尾の創作の可能性もあるということだろうか。

そうではないことがわかったのは、ミホの死後に見つかった、この手記の草稿を読んだときだ。そこにはこんな一節があった。

私は宿敵を前に怒りにもえ、じっと腕をくんで立っている夫も又いっしょにはづかしめてやろうと思った。女をくみふせ顔をどろの中に押しこみ乍ら「トシオ、女のパンツをぬがせろ」と私は叫んだ。その頃私の命令は絶対であり、その命令の前に拝跪していた夫は、のろのろひざまずいて女の足に手をかけようとしたが、女の激しい一蹴にあって後によろ〳〵とよろけた。それは演技として私の目に映った。

先に引いた『死の棘』のこの場面には、「女の腰に手をのばしたとき、下ばきの下にかたいものが指先にふれたと思ったら、思いきり蹴とばされていた」という一節があるが、この「かたいもの」とは月経帯だという。島尾文学の研究者である比嘉加津夫が、島尾本人から聞いた話として「「死の棘」論」（昭和六十二年刊『島尾敏雄』所収）の中で明かしていることだ。清書をするミホを意識して表現を抑えたと島尾は言ったそうだ。

ミホのこの草稿は整った文章ではないが、内容は『死の棘』で島尾が描いた通りである。島尾を断罪する「あいつ」の言葉だけでなく、この衝撃的な場面もまた、ミホによって先に書かれていたのだ。最終的には活字にしなかったとはいえ、「女のパンツをぬがせろ」という、普通なら隠しておきたいような自分の言葉をあえて書きとめているところに、このときから十年以上経って開花することになるミホの作家性が垣間《かいま》見《み》える。

千佳子の発した言葉といい、自身のこの言葉といい、それが自分のプライドや現実の生活をおびやかしかねない言葉であっても、いったん原稿用紙に向かえば、ミホは書き残すことをためらわなかった。夫といっしょに女を「はづかしめて」やりたい（あるいは夫と女の両方を辱めようと思ったともとれる）というみずからの嗜虐性《しぎゃくせい》をあからさまに描き、当時の自分が夫を支配していたこと、女に蹴られてよろけた夫の姿が「演技」に見えたことも文章にしている。ミホもまた島尾と同じように、「書くこと」に魅入られた人だったのである。

二

ミホの詰問《きつもん》と、それに答えることに耐えられない「私」の混乱と絶望がひたすら繰り返される印象がある『死の棘』だが、「私」の両親の故郷である相馬行きや、小岩から佐倉への引っ越し、入院などの出来事によって状況は少しずつ変化しており、そのきっかけにはつねに「あいつ」の存在がある。彼女からの脅迫めいた電報や、しばしば郵便受けに投げこまれる紙片に書かれた言葉に、ミホが過敏に反応し、「あいつ」の影に追われるようにして一家は相馬行きや引っ越しを余儀なくされるのである。そして、転居先の佐倉の家に彼女が訪ねてきて騒ぎが起こるに至って、ミホの状態は悪化し、精神科の閉鎖病棟への入院という事態になる。

島尾の日記を読むと、これらの出来事（相馬行き、引っ越し、入院）の際の事情はそれぞれ小説にある通りで、作品化のために虚構を用いることはしていない。この時期、実生活においても、「あいつ」すなわち川瀬千佳子の存在は島尾夫妻にとって大きなものだった。

にもかかわらず、「あいつ」がいったいどういう人間なのかは、小説からは具体的に浮かび上がってこない。ミホに痛めつけられながら発した「Sさんがこうしたのよ。よく見てちょうだい。あなたはふたりの女を見殺しにするつもりなのね」という鮮烈な言葉を除けば、「あいつ」の姿は読者の前にリアルな像を結ばない。

これは、生身の彼女が小説の中で二度しか姿を現わさないせいだけではない。描かれている彼女の人物像が一貫せず、ぶれがあるのだ。

全体としては、「あいつ」は複数の男を手玉に取り、別れた男を脅迫してくるような女として描かれている。島尾夫妻と子供たちを追いつめる「敵」である。だがその一方で、全篇を通して数か所ではあるが、常識をわきまえ、あたたかい雰囲気をにじませた女性として描かれている部分もある。このように、分裂した女性像として現われてくることが、『死の棘』は愛人の女が描けていないと評されるひとつの理由だった。

愛人の描写について、島尾はつかこうへいのインタビューに答えて「ですから、女がなかなか出てこないという指摘ね、あれは、テクニックではなくて、そういう関係の、相手のもう一人の女のことを書けば、家内がもっと狂っちゃう。だから、それはやめようと思ったわけです。できるだけ切り捨てようと思って。そうせざるを得なかったわけですね」（『現代文学の無視できない10人』）と話しているが、問題は、少ない描写の中身に分裂がみられることである。それはなぜなのか。

『死の棘』は、ミホの目を意識しつつ書かれた小説である。精神を病む前と同じように自分が清書をするとミホが言い出したとき、島尾は内容に刺戟《しげき》されてミホの症状が悪化することを怖《おそ》れたが、どうしても清書したいと言われて折れた。

清書の作業が始まると、ミホはしばしば発作を起こしたが、「ここはもっとはっきり書いたほうがいい」と、自分の狂乱の様子をぼかさずに書くよう求めたこともあった。ときには島尾の文章を直させたことを、私とのインタビューでミホ自身が認めている。

執筆時の島尾がクリスチャンになっていたこともあり、『死の棘』を「告解の書」であるとする見方もある。たしかに全能の存在への告白の衝動が、島尾の中にあったかもしれない。しかし実際には、島尾の書くものはそれ以前に、ミホによる検閲を通過しなければならなかった。

では島尾は、ミホの目だけを意識してこの小説を書けばよかったかというと、ことはそれほど単純ではない。島尾はおそらく、もうひとりの目を想定していた。『死の棘』における二人目の「書かれる女」千佳子の目である。島尾によって描かれた「あいつ」の像にぶれがあるのは、ミホの検閲をくぐり抜けつつ、千佳子に向けても書かれた作品だったからではないか。

ミホによって地面に顔をこすりつけられ、頬やひたいを泥で汚されながら（島尾はその泥を「ねばっこい血」に例えている）、「あなたはふたりの女を見殺しにするつもりなのね」という言葉を発した千佳子は、ミホとはまた違う場所から島尾を断罪している。「審き」をテーマに据えた小説である以上、もう一人の「審く女」である千佳子のまなざしに晒《さら》されつつ書かれることが、『死の棘』にはどうしても必要だった。

『死の棘』における「あいつ」は、他人の家庭を壊す悪女であるが、これはミホの側から見た真実であり、ミホが清書をしているため、千佳子を擁護するような内容を書くわけにはいかなかった。そこで島尾は、大方はミホの意向に添った書き方をしつつ、ところどころに本来の千佳子のイメージをすべり込ませた。その結果、「あいつ」の像がわかりにくくなったのである。

島尾はそのわかりにくさを逆手に取り、テクストを複雑で重層的にする戦略をとったのかもしれないが、いずれにせよ、『死の棘』における「あいつ」の人物像の曖昧《あいまい》さは、〈書く―書かれる〉をめぐる夫婦の闘争の結果であるといえる。

島尾はこの小説を千佳子が読むはずだと思っていただろう。もともと小説家志望だった彼女が、自分のことが書かれている小説を読まないはずはない。実際に千佳子が短篇「死の棘」（『死の棘』第一章）を読んでいたことは、第五章で見たとおりである。

島尾と千佳子を最初に結びつけたものは文学だった。別れたあとも、女はどこかで自分の小説を読んでいる——それは島尾の願望でもあったろう。日記を読んだミホの狂乱が始まったあと、千佳子の家に行った島尾は、「これだけは約束できる」と言って、もう会えないし手紙も書けないが、どこかに小説を書いたらその度に掲載誌を送ると約束している。そして、あれほどの狂乱の日々の中で、ミホの目を盗んで二度も雑誌を送っている。

のちにミホは作家になるが、島尾と千佳子が交際していたとき、文学の側にいたのは千佳子の方で、ミホは家庭の側にいた。そして島尾は、ミホに日記を見られるまでは、家庭を捨てて文学の側で生きることに傾いていたのだ。

ミホが出会って恋に落ちたのは、「隊長さま」であった島尾だが、千佳子が出会ったのは作家・島尾敏雄だった。戦後、作家として生きようともがく島尾に傷つけられてきたミホは、島尾の相手が文学仲間であったことを知って、憎しみを増幅させたに違いない。このときのミホにとって千佳子は、島尾を逞《たくま》しく頼りがいのある隊長から青白く不機嫌で経済力のないインテリに変質させ、家庭から引き離したもの＝「文学」の象徴でもあった。

『死の棘』第一章の冒頭近くに、小岩の家の台所での場面がある。真夜中に板敷きの床に座り込んだミホに、そこは冷えて身体《からだ》に悪いと言う「私」。するとミホは、ためこんでいた恨みつらみを語り始める。

「おかしいじゃないの。急にあたしのからだの冷えるのが心配になったのかしら。あたしにはね、ここにこうしているのが似合っているの。この二、三日あなたにいろいろなことを言ってきました。しかしそれはまちがっていましたわ。あなたに悪いところはひとつもありません。あなたは深い深い考えでひとつのことを追求してこられたのです。妻とこどもを犠牲にして、じぶんじしんのからだをこわしてまで、じぶんのしごとを大事にしてきたひとです。今さら俗人のあたしが何を言うことがあるでしょう。そうでしょ、あなた。だからあなたはこんなぼろきれみたいなあたしにかまわなくてもいいのよ。おすきなように今まで通りなきたない文学的な生活をつづけたらいいでしょ。あたしにはこの板のまがちょうどいいのです。こうまいな芸術生活はわかりません。ここはあたしが押し入れをこわしてつくった台所です。あたしがじぶんでつくりました。あなたはちっとも手つだってはくれませんでしたからね。そうそう、おかねはみんなあなたのものでしたわ。あなたの大事なおかねを使ってごめんなさいね。でもあたしはあなたの妻じゃなかったのだから、そうでしょ、妻の扱いをしてくださらなかったのですから、女中のお給金だと思って、あたしが使った分は、あたしが自由に使ってもよかったでしょ。こんな安い女中が、世界中どこをさがしたってみつかるものですか」そして雑巾がけをする恰好で板のままをなでさすり、「ここであたしは三度三度のごはんごしらえをし、お洗濯をし、あなたが帰らない晩はこうして坐りつづけていたのです」

（『死の棘』第一章「離脱」より）

押し入れだった場所をミホが台所に改造したというのは、島尾夫妻の長男の伸三によれば事実で、近所の大工の手を借りて自分で作ったという。ミホは鶏小屋も自分で建て、鶏料理をこしらえるときは自分の手で鶏を絞めて羽根をむしった。加計呂麻島で「ティンゴヌカミ（器用な神）」と呼ばれた養母をもつミホは、お嬢さん育ちながら、こうしたことも自分ですることができた。それに対して島尾は、文学以外のことは一切できない人だった。

ミホが一日のほとんどをそこで過した台所は、島尾への献身の象徴である。家庭の側に立つミホが島尾を断罪するのは、その場所からでなければならなかった。「きたない文学的な生活」という非難、「俗人のあたし」「こうまいな芸術生活」という皮肉は、「あいつ」が文学の側にいる人間であることを念頭に置いてのものだ。

ただし、読者には「あいつ」が文学仲間であることはこの時点では明かされない。それがわかるのは、第十章で彼女が佐倉の家を訪ねてきて、ミホと乱闘になる場面に至ってからだ。この場面で、なぜ家まで来たのかとミホに詰問された彼女は「Zさんからたのまれて」と言う。「Zさん」とは第二章にちらりと出てくるだけの人物で、注意深い読者でないとそれが誰だか気づかないだろうが、「私」の属する文学グループの仲間（「現在の会」の眞鍋呉夫がモデル）である。

この場面でミホが敵意をむき出しにして向かっていったのは、「あいつ」であると同時に、戦中の「隊長さま」を否定しミホを置いてきぼりにしようとしている戦後的なるもの＝文学である。それを島尾は、どちらを選ぶこともできず、ただ腕組みをして眺めていたのだ。「あいつ」の存在が戦時中の島尾を否定するものだったことは、インタビューの際にミホが、日記の十七文字を見たとき島尾隊長はいなくなったと語ったことに対応している。

繰り返された発作は、文学仲間との浮気を知るという形でようやくミホに訪れた「戦後」に対する拒否反応でもあった。ミホが日記を見て狂乱に陥ったのは昭和二十九年だが、その前年に奄美群島は日本に返還されている。本土より遅れて奄美にやっと戦後が訪れたとき、ミホもまた、彼女にとっては陶酔そのものであった戦時下という時間に決別しなければならなかった。

ここで、『死の棘』の中で「あいつ」がどのように描かれているかを改めて検証してみる。

最初に「あいつ」の人物像が読者の前に提示されるのは、第二章で、「私」が彼女を訪ねていく場面である。外出先から帰宅したがミホの姿が見えず、女を殺しに行ったのではないかと不安になった「私」は、次のような妄想にかられる。

しっかりにぎった出刃をかたきに向け、水平に突き刺して、女の間借りしている離れのせまい部屋を血溜りにし、すでに女はこと切れて横たわっている情景が目にうつる。妻は必ず、とどめを刺し、半殺しにはしないだろう。しかしそのあと妻がどんな行動をとるかは皆目見当がつかない。当面の敵を殺して、歓喜するか、しかし或いは女が反抗し、そこに来ていた別の男の介添えで妻が傷つけられるかもわからない。女には別の男がひとりだけでなく居たのだと、その名前はあかさず妻は私に告げたことがあった。

（『死の棘』第二章「死の棘」より）

「別の男がひとりだけでなく居た」というミホの言葉がここで明かされる。「あいつ」はそのうちの誰かを家に入れているかも知れず、その男と一緒になってミホを傷つけるかもしれないというのだ。

このあと「私」は女の家に着く。生身の彼女が描写される最初の場面である。玄関先に出て来た女に、「私」はいきなり「妻が来なかったかしら?」と訊《き》く。何が起こったのかと女が問い返すと、「もうぼくはここに来ませんから。妻があなたを殺しにくるかもわからない」と唐突に別れを切り出すのである。戸惑う女に対して「私」は、別れの理由をこう説明する。

「妻が家出をしたんだ。もうここには来られない。いきさつをくわしく話してはいられないけど、あなたとのことを妻はとっくに知っていた。それで今ぼくの生活はめちゃくちゃなんだ。こうしているあいだに、家がどんなことになっているかわからない。破滅しかけているんだ。妻は自殺しているかもしれない」

二年近くもつきあってきた相手に対してずいぶん勝手な理屈のように聞えるが、女の態度は穏やかである。

引き続き玄関先で、「私」と女は以下のような会話を交わす。

「ねえ、もっとよく説明をしてちょうだい。そんなところに立っていないで、おあがんなさいな」
「ここでいいです。もう帰ります。もう来ませんから」
「いいわ、わかったわ。じゃ、あたしのこと、きらいになったのね」
「きらいになったのじゃない」

「すき？」

「うん、すきだ」

言ってしまってから、自分でおどろき、涙がとめどなく出てきた。すると女は私の手を取り、同じように涙をあふれさせて、

「あたしも、すきよ」

と言ったのだ。

「ひと月に一度くらいは来て」

「来られない」

「じゃおてがみをちょうだいね」

「それもできない」

「あたしのほうから、てがみを書いてもいい？」

「そうしないほうがいい」

と押し問答になりながら女は瞳を左右に動かして、私の瞳の動きを追い、何かをはかるふうに考えたあとで、

「あたしにできることなら、どんなことでも言ってちょうだいな。あなたのお役に立ちたい」

と言う。


（同前）

この会話から女の個性といったものはあまり見えてこないが、冷静な大人の対応をしていることはわかる。最後に「あなたのお役に立ちたい」と言っているのは、健気な印象さえ与える。あえてそう振る舞うのが海千山千の女のやり方だと解釈できないこともないが、ミホの言うような崩れた女の気配は、この会話からは感じられない。

それに対して、一方的に別れを告げながら、女をまだ好きだと言って泣き出す「私」の態度には、子供っぽい甘えが見え隠れする。女の穏やかさも「私」の身勝手さも、作者である島尾がそのように書いているのであり、ミホによって読者に与えられた女に関する情報を裏切る描写がなされていることがわかる。

このあと、女は電車の駅まで「私」を送る。書かれていないが、この駅は下北沢駅である。二人の別れはこう描写される。

「じゃさようなら、元気でいてください」

しばらくは手をにぎっていて、あとで小舟を岸から沖のほうへ放しやるように離れ、閑散な駅のプラットフォームにのぼると、踏み切りの裸電球の光の輪の外の闇のところに、女が黒く立っている。たばこを手に持っていたから、それを吸う度に赤い火が大きくなって、顔の輪郭がぼんやり見える。離れるとき女が吸いつけてよこしたたばこを私もプラットフォームで吸い、女の火を見ると、ほたるが浮遊しているように思える。おなじほどのまを置いて点滅するその火は、都合が悪くなりあたふたと背中を見せて逃げて行く男を、どう審いてやろうかと思案している女の意志のように見えてきた。（同前）

握り合った手を「小舟を岸から沖のほうへ放しやるように」離したという。片方が後ろ姿を見せて去っていくのではなく、互いに見つめ合ったまま思いを残して離れていく男女が見えるようだ。別れをこんなに美しい比喩《ひゆ》で表現していたのかと改めて驚かされるのは、第十章で、ミホに命じられるままに女の頬を叩き、下着に手をかけて蹴飛ばされる「私」の姿の印象が強いためだ。

駅前で別れた女はすぐには帰らず、「私」の乗る電車を見送ろうと、踏切の近くに立っている。「私」のいるプラットフォームと、そこから見える踏切近くの闇で、互いに呼応するように光るたばこの火。「私」が吸っているたばこは、別れ際《ぎわ》に女が自分で吸って火をつけ、渡してくれたものだ。

ここまでの場面で女が島尾に対して発した言葉は、おしなべて類型的で体温を感じさせないが、彼女が吸いつけてよこしたたばこにはなまなましいリアリティがある。続いて、点滅する女のたばこの火が描写されるが、ここでも「ほたるが浮遊しているよう」

という美しい比喩が使われている。この別れの場面は、島尾が本来の千佳子のイメージをすべり込ませた部分とも考えられる。抒情《じょじょう》的ともいえる

しかし、続く一文では、同じその火が、「都合が悪くなりあたふたと背中を見せて逃げて行く男を、どう審いてやろうかと思案している女の意志」に例えられている。それまで女らしくやさしい雰囲気をにじませていた女に、「私」は一転して審く者の顔を見るのだ。かなり唐突な印象を受けるが、これを書いているときの島尾はすでに、家を訪ねてきた千佳子が「あなたはふたりの女を見殺しにするつもりなのね」と断罪するのを聞いている。千佳子がこの言葉を発したのは、現実の時間では、下北沢駅で千佳子と別れた半年後で、島尾がこれを書いた昭和三十五（一九六〇）年の時点から見れば五年前の出来事ということになる。

この先「あいつ」がどのような行動を取るのか読者にはまだわからない初登場の場面で、作者が「審く」という語を使っているのは、主人公の「私」を、ミホだけでなく「あいつ」からも審かれる存在として描く意志が当初からあったということなのだろう。

女に別れを告げて家に帰ってきた「私」は、その夜、夫の行動に不信感を持つミホから「あいつのところに行ったのでしょう？」と責められる。それを否定する「私」との激しいやりとりの中で、ミホは「あいつ」がどんな女なのかを言いつのる。

「その女自身あなたとのことを吹聴して歩いていることを知らなかったでしょう」

「いい気なものね。あなたはかたわだとも言われているのよ。おくりものにたばこ一箱しか持ってこないってあなたの仲間の誰彼に言って笑いものにしているのよ」「あなたは本気にしないでしょうけど、あいつはね、おそろしい女ですよ」

ついさっきの別れの場面で、やさしい情のある女として描かれた「あいつ」が、今度は「私」との関係を仲間に言いふらすような悪女として語られる。探偵を使って女の周辺を調べさせたというミホが、「あたしはうそを言っていると思う？」と問うと、「私」は「思わない、きっとその通りでしょう」と答える。

次に女の像が読者の前に現われるのは、電報および郵便受けに投げ込まれた紙片の文面を通してである。

最初に来た電報には、「ミホイツダスカハナシツケニ一ヒユク」とあった。この電報は島尾の日記にこのままの文面で出てくる。ミホに日記を見られて騒ぎになった昭和二十九年の大晦日《おおみそか》のことである。翌日（昭和三十年元日）には「ヒキヨウモノ、アスカナラズハナシツケル、マツテオレ」と書かれた紙片が郵便受けから見つかる。これも島尾の日記にある。

この紙片を見た「私」は、「事件はなるほどこういうように展開するのかと納得するきもち」になり、その夜はミホと固く抱き合って眠る。脅迫してくる女に対し、家族を守る姿勢を取り始めるのである。しかしその翌日、女が押しかけてくるのを怖がるミホのために、家族でWさん（小学校時代の恩師である若杉慧）の家に泊りに行き、出された酒で酔いが回ると、こんな考えが浮かぶ。

女が予告通りに来るとしたら、もう来ていていい時刻だ。女がその自分のうちからいくつも電車を乗りかえて、東京のはずれの小岩にようやくたどりつき、通ってきていた男の、戸はしまりカーテンもひかれて鍵がかかった不在の家を見て、百匁蠟燭を持って男の家のぐるりをあいた入り口がないかと物すごい形相になって探しまわったという毎夜墓場を抜けだしてくる昔ばなしのなかの老婆のように荒れているありさまが浮かんでくる。しかし女一般の気配はあっても、なじんだ女はそこにかさならずに、頭のなかで考えだした、男をおどしにかかっている見たこともないあやしげな女だ。感覚に残っている女は妻と子をかえりみずに愛欲に落ちた男の居場所を認めることができた女で、妻を追いだせ、話をつけに行くと書いてよこす女とは結びつかない。私は自分のからだから抜け出して、いくつも電車を乗りかえたあとでたどりついた場所から動悸をおさえて女の部屋に近づいて行くもうひとりのうすい影の私を感じ、思わず妻のほうをうかがわずにはおれない。

（同　第四章「日は日に」より）

　ここで「私」は、「妻と子をかえりみずに愛欲に落ちた男の居場所を認めることができた女」として「あいつ」を思い返している。

「あいつ」の人物像は、全篇を通して、おもにミホの言葉と脅迫的な電文によって形作られているが、ごくまれにあらわれるこうした肯定的な述懐は、ミホだけでなく千佳子の目をも意識してこの作品が書かれたことのあらわれなのではないだろうか。

　ミホに加えて千佳子という二人目の検閲者を島尾が想定したことは、『死の棘』を複眼的な小説にし、その結果、ピースが多すぎて完成できないパズルのように、読者を困惑させ、もどかしい混沌の中に置き去りにすることになる。

　探偵社に調べさせたという「あいつ」の正体は事実なのか。ミホの妄想ということはないのか。脅迫の電報は本当に「あいつ」が打ったのか。ミホの自作自演ではないのか――。注意深く読むほどに浮かび上がるそうした疑問の答えは、結局、最後まで明かされないのである。

第八章

精神病棟にて

昭和三十年八月、国府台病院精神科の病室にて。
敏雄はミホに付き添い、閉鎖病棟の中でともに暮らした。

一

　ミホが島尾の日記を見た日から、川瀬千佳子が家を訪ねてきて騒ぎが起こるまでは、およそ半年。この間に起きたことをざっと記せば次のようになる。島尾はミホの神経を休めるため、家族を連れて東京を離れ、両親の故郷である相馬に一時滞在した。だがミホの症状はおさまらず、疲弊した島尾は、その後、ミホを慶應病院の神経科に入院させた。しかしほとんど治療効果のないまま二か月ほどで退院、直後に一家は小岩から千葉県の佐倉市に引っ越した。

　それからまもなく千佳子が家にやってきて、逆上したミホは彼女を痛めつけ、警察沙《ざ》汰《た》になる。この事件によってミホの症状は悪化し、千葉県の国立国府台病院精神科の閉鎖病棟に、島尾とともに入院することになった。

　『死の棘』に描かれているのはこの入院の直前までで、入院中のことは、執筆時期が『死の棘』よりも早い「われ深きふちより」「或る精神病者」「のがれ行くこころ」「狂者のちに「病院記」としてくくられることになる一連の作品群である。

国府台病院への入院中にミホがノートに日記をつけていたことがわかったのは、奄美の島尾家でミホの遺品や遺稿を調べていたときである。段ボール箱の中にあったノートを何気なく開いて驚いた。序章でも触れたが、ページの間に、島尾の血判が捺《お》されたミホへの誓約書（「至上命令／敏雄は事の如何を問わずミホの命令に一生涯服従す」）と、血のついたガーゼ（島尾の指の血を拭《ふ》いたものと思われる）がはさまれていたのだ。

中身を読んで、入院中の日記だと気づいたときはさらに驚いた（ごく普通の大学ノートで、表紙には何も書かれていなかった）。入院中に島尾が書いたものとしては、当時の日記が残っており、また前記の「病院記」のうち、「われ深きふちより」「或る精神病者」「のがれ行くこころ」は、病院の中で執筆されている。だが、この時期にミホが書いたものが存在することは、これまで知られていなかった。

『死の棘』やその他の作品で、精神に変調をきたしたミホの姿は（清書するミホの「検閲」を経ているとはいえ）、島尾の側から描かれている。今回見つかったミホの日記には島尾の言動も書き留められており、書かれる者が書く者を見返す目が存在したことを伝えている。

ミホの日記は入院期間のすべてではなく計十九日分で、島尾の日記の記述によれば、治療の一環として医師から勧められて書いたもののようだ。文章は、『死の棘』や一連の「病院記」から受けるミホのイメージからすると驚くほど冷静かつ明晰《めいせき》で、自身の心の動きを客観的に記している。

入院中、島尾に悪罵《あくば》を浴びせ、ときには足蹴《あしげ》にするなどしていたミホだが、日記を読むと、それが異常な状態であることへの自覚が生まれ、自制の意志が働き始めたことがわかる。もとの自分に戻りたいと願いつつ、島尾への疑念と怒りを止められず葛藤《かっとう》するミホの姿がリアルに浮かび上がってくる。

入院は昭和三十（一九五五）年六月六日から十月十七日までおよそ四か月半に及んだが、ミホの精神状態は入院を経て完全にもとに戻ったわけではなく、退院して奄美大島に引っ越してからも、島尾に対する怒りの発作は長く続くことになる。だがこの入院時期に、自分は病気であり、それを治さなければならないと自覚したことは、治癒のためのひとつのプロセスであったと思われる。ただし、果たしてミホがほんとうに医学的治療を必要とする〝病気〟であり、最終的に〝治癒〟したのかはまた別の問題である。

『死の棘』は、ミホの狂態を描くことで、全身全霊で男を愛した女の無垢《むく》な美しさを際《きわ》立《だ》たせた小説であるという評価がなされてきた。では、島尾によって書かれたミホの「狂気」とはどのようなものだったのか。ミホが自分の精神状態を見つめた入院日記の中身はのちに詳しく見ていくとして、まずは、『死の棘』の最大の読みどころでもある、島尾が描き出した「狂える妻」としてのミホの姿を、改めてたどってみることにする。

ミホが島尾の日記を見た日から二度目の入院に至るまでのおもな出来事を時系列で整理すると、以下のようになる。

○昭和二十九（一九五四）年九月二十九日
ミホが島尾の日記を見る。ミホの糾問が始まる。
○同十月八日
島尾が「審判の日の記録」と題する小説を書き始める（未完）。
○同十月九日
島尾が千佳子の家を訪ねて関係の解消を告げる。
○同十二月三十一日
千佳子から来たという電報（「ミホイッダスカハナシツケニ一ヒユク」）をミホが島尾に見せる。以後、脅迫めいた電報や紙片が届くようになる。
○昭和三十年一月十日
一家四人で島尾の両親の郷里である福島県相馬郡小高町（現在の南相馬市小高区）に行き、二十日まで親戚《しんせき》宅に滞在。

○同一月二十八日
島尾がミホを慶應病院に連れていき、神経科を受診。入院を勧められ、電気ショックを施される。
○同一月三十一日
ミホ、慶應病院に入院。
○同三月二十日
ミホ、病院を脱走して帰宅。翌日、島尾の説得で病院に戻る。
○同三月三十日
ミホ退院。
○同三月三十一日
島尾、ミホと一緒に千葉県佐倉市に借家を見に行く。
○同四月七日
佐倉市並木町85に転居。
○同四月十七日
佐倉の家に千佳子がやって来る。
○同四月二十日
ミホ、千葉県市川市の国立国府台病院を受診。

○同六月六日
ミホ、同病院精神科に入院。島尾も付き添って病棟内で生活する（入院期間はおよそ四か月半）。

三日にあげず外泊し家庭を顧みない夫に耐えていたミホは、日記を見た日を境に、家事も育児も放棄し、夜昼となく夫を責める妻へと変貌《へんぼう》した。

最初の三日間、ミホは島尾を寝かせずに質問責めにした。延々と続く問いは、次の三点に収斂《しゅうれん》していく。自分を愛しているのか。愛しているならなぜほかの女とまじわるのか。いままで千佳子やそのほかの女と、どのような交渉を持ったのか。『死の棘』で最初から最後まで繰り返されるのは、この問いのバリエーションである。

罵倒や暴力よりもずっと深く島尾をさいなみ、疲弊させたのは、島尾が「尋問」「糾問」と呼び、搾《し》め木《ぎ》にかけられることにも例えたこの質問責めだった。『死の棘』では、最初のころのミホの問いの様子がこう書かれている。

「たしかにそれだけなの。かくしているのじゃないの」

「いいえ、隠してなんかいない。いまさら隠したってどうなるもんじゃない」と私はいなむ。「ほんとうね、うそ言っちゃいやよ」「うそは言いません」「ぜったいに？」「ぜったいです」私はまたいなむ。ひとつを言えばふたつを言うも、同じなのに、ふたつめを言うときに、気づかれなければふたつめは言わずに通り過ぎたいきもちの起こってくるのをどうしても払いきれない。でも別のところで必ずそれをあらためて言わなければならなくなることがおそろしい。妻はそこを突き、私はどもって二枚の舌を使い、訂正しようとして、きたない顔つきをこしらえた。長い夫婦の生活のなかで妻のこの追いつめのすぐれた技術にどうして私は気づかなかったろう。断定を単純に言いきって、必ず相手の言い分をあいまいな立ち場に追いこんでしまうみごとなロジック。三日のあいだのもつれあった不眠のとりしらべのあとで、私は妻の疲労のない顔に見とれ、自分をどうしても弁解する余地のない、いやしい男と思いはじめた。

（『死の棘』第一章「離脱」より）

ミホは「みごとなロジック」によって夫を追いつめる。こうして三日間が過ぎたあとの「私」は、自分が抜けがらになったか、あるいは大きな手術を施されたように感じ、ミホてすっかり「調教」されてしまうのである。

それまでとは立場が逆転し、夫を支配する側に立ったミホだが、一方で、おかしな言動が現れ始める。言い争いの途中で突然台所の板の間に座り込み、「あたしに水道の水をぶっかけてちょうだい」と言い出したのは、日記によれば十月三日の出来事である。

「私」がその通りにすると、「もっと、もっと」と言って繰り返させ、さらに自分の頭をぶつように命じる。

「頭に重い大きな鉄のおかまをかぶったようになるの。あなたが家をあける夜はいつもこうなるのよ。早く早くぶって」私はこぶしをかため、ほんきになって打つと、にぶい肉の音がして、軍隊で下級者をなぐった手がかさなる。ふたつ三つそれをくりかえすと、手はしびれ、妻は「あわわわわ」と女の子が長い水浴びから唇をむらさき色にしてあがってくるときそっくりの欲得のない顔つきをして、「もういいわ、風邪をひくといけないから、あたし着がえる」と言う。（同前）

そのあとミホは「こんどは鉄の輪が頭をしめつけてくるわ」「顔がだんだんふくれてくる」と言い出し、「あなた、またぶってちょうだい」と頼む。すると「私」はまたミホを打つ。今度は家の中ではなく、家々が寝静まった路地での出来事である。

何度も打っているうちに、「私」は自分を止められなくなる。さっきは打たれて正気に返ったミホだが、今度は「ここはどこなの」とあらぬことを言い出す。ミホだけでなく「私」の行動もすでに尋常ではなく、共狂いとでも言うべき夫婦の関係が始まっていることがわかる。

ミホの様子は始終おかしいわけではなく、何らかのきっかけで夫への疑惑がわくと、どこまでも問い質《ただ》さずにいられなくなる。そこから執拗《しつよう》な糾問や狂躁状態が始まるのだが、時間がたてば収まるため、島尾はこれを「発作」と呼ぶようになった。

穏やかな状態のときのミホは、「もう決してムガリ（聞きわけのない状態になること）ません」「（発作を）ハジメない」「もとのミホになる」と約束するが、結局はまた同じことを繰り返す。ただ、家族ではない者がいる場面で発作を起こすことはなく、発作の最中であっても、訪問者があると急にまともになった。

「ひとつだけききたいギモンが出てきたの」という言葉から始まるミホの糾問の中で島尾がもっとも耐え難かったのは、「あいつ」との交渉の細部を問われることだった。

「これからも、ぜったいに、うそはつかないわね」

と妻が言うので、承諾のしるしにうなずくと、

「あたしまたひとつあなたにききたいことができちゃった。こまっちゃったな」

と言う。

「ひとつひとつって、おまえのギモンはきりがないんだけどなあ」

とふんぎりのつかないきもちでいると、

「あなた、あいつを喜ばせていたの？」

とうつむいて言う。私は今朝方のことを思い悪い予感におびえた。

「ねえ、喜ばせることができた？　あたしはちっともたのしくないわ」

「…………」

「どっちだったの、言いなさいよ」

「そんなことぼくにはわからなかった」

私は逃げ出したいきもちをおさえ、やっとそれだけ言った。

「うそつき！　うそはつきませんて今誓ったばかりじゃないの。ほーら、ごらんなさい、うそつき！」

妻が大きな声を出したので前を歩いていた買い物籠を持った女の人がいやな顔つきをして振りかえった。

「あなた、あたしのときはわかっているはずよ。あいつのときのことがわからないなんて、そんなことうそよ」

「でもわからなかった」

「またしらばっくれる。じゃほかの女のときはどうだったの。あなたはきたない人だからいろいろの女を知っているんでしょ」

「…………」

「お言いなさいよ」

「わからない」

「うそ、うそ、うそ。大うそつき」　　　（同　第三章「崖のふち」より）

ミホが要求しているのは、すべてを言葉で説明することだ。一般的な妻ならば謝罪を求めるところだが、ミホは一度も謝れとは言っていない。事実を隠さず正確に述べ、そのときの心情を詳しく説明せよと言っているのだ。このこだわりは一見異様に思えるが、二人の関係が最初から言葉によって構築されてきたことを思い起こせば腑《ふ》に落ちる。ミホが狂乱したのも、千佳子との情事を「知った」からではなく、日記に書かれた十七文字を「読んだ」ためだった。ミホの発作が糾問のかたちをとるのは当り前のことなのだ。

吉本隆明はこの場面を例に挙げ、『死の棘』は「仕てはならないことを仕、言ってはならないことをいう人々の物語り」（「『死の棘』の場合」）であるとしている。たしかにここでのミホの問いは、一般に「言ってはならない」とされていることだろう。しかし、浮気をされた妻または夫がもっとも聞きたいこと、夫婦にとって核心であることを、ストレートに問うているだけともいえる。ミホは「発作」と称される状態の中に身を置くことで、「本当のこと」を口にする特権を得たのである。

『死の棘』のミホの糾問の中心にはつねに性の問題がある。愛情と性行為を分けて考えることのできないミホにとって、「あいつを喜ばせていた」のは許しがたいことであり、もしいま夫が「あいつ」より自分を選ぶのなら、それは性をともなう愛情でなければならない。その論理に従ってミホは、島尾を糾問すると同時に、愛情を性行為によって証明させようとする。それを島尾は「ためし」と受け止める。

妻は夫をからだでためそうとし、夫は強い緊張があってこころが安まらないから、あせって失敗しがちなのだ。するといっそう猜疑のこころが起こり、夫から確かめを得るまではなんどでもためそうとする。つまずきはどんなところにも待ち伏せていて、火がつくと発作にはいることをくりかえす。（同　第二章「死の棘」より）

妻は全身を感じやすいためしの機械と化して私をつかまえ私はそれにかけられてつまずき、妻を飢えの砂漠のなかに取り残す。そうしてとにかくふたりは眠った。目がさめると、裏の工場の機械が動いていて、こどもらもまだ眠っていたが私はかされて妻のためしを受けた。（同　第六章「日々の例」より）

右に挙げた二つの引用文のうちの前者（第二章の文章）に続く場面に、「あなたのノートに妻、不具と書いてあったが、あれ、どういうことなの」というミホの言葉が出てくる。島尾の日記にも、昭和二十九年十月十八日の項に「妻・不具というメモの文字についてのtrouble」とあり、実際にミホが言った言葉であることがわかる（刊行された『「死の棘」日記』では削除されている）。

『死の棘』のこの場面の前後では、ミホが「あたしだって、あなたから満足を与えられたことはないのよ」（同じような言葉が十月二十七日の島尾の日記にある）と言うなど、性生活についてのやりとりが続いており、島尾がノートに書いたという「不具」という語も性的な意味だったと思われる。

言葉による説明を要求し、夫の愛情を身体で試そうとするミホ。その言葉が明晰で、欲望が率直であるほど、島尾は混沌《こんとん》に落ち込み、今度は自身の言動が常軌を逸していく。先に引いた第三章の、ミホが「あいつ」を喜ばせていたのかと問う場面のあと、追及に窮した「私」は、突然「うわあー」と大声で叫んで走り出し、川に飛び込もうとする。「気がちがったふり」をすればミホの発作を鎮《しず》められるのではないかと思ってのことだったが、自分の狂言に気持ちが高ぶり、快感を覚え始める。そして、ミホの顔が不安におびえるのを見ると、「もっといじめつけたいきもち」になって、今度は線路に向かって駆け出すのだ。

「おとうさん、行っちゃいけない。そっちに行っちゃいけない！」と叫んで追いかけ、通りかかった青年に「助けてください。このひとは電車にとびこもうとするんです。おねがいです。助けてください」と哀願するミホ。「私」は「もうとびこまない」と言い、ミホとともに家路につく。

目論見通りに糾問を中断することができたにもかかわらず、「私」は歩きながら声を出して泣き始める。そして、あやすように「泣かなくてもいいのよ」と言うミホに腕をとられながら、嗚咽《おえつ》を止められないまま歩き続けるのだ。

ミホを正気に戻すためというより、進退窮まった自分を救うために、「私」は「気がちがったふり」をする。ミホの狂気が限りなく言葉を求めるのに対し、島尾は狂気をよそおうとき、まず言葉を放棄するのである。


妻が尋問の口調になれば、からだのしんのところから何かが突きあがってくるから、そばの障子に頭をぶつけて破いたりしてしまうが、すぐそのあとで、正気を取りもどして繕いにかかる。妻は料理をつくりながらそれをだまって見ていて、しばらく間合いを見たところでまたあらためて何か問いつめのことばを出す。私は反射的に玄関の壁に頭を啄木鳥みたいに叩きつけ壁土をごっそり落としてしまう。勢がついて、ガラス戸にぶつけかねなくなり、妻がやっと止めにかかり、私の手首をふたつながらつかんで、畳の上に引き据えると、

「手錠をしないでください！　手錠をしないでください！」

と泣き声で叫んだ。妻ははなさず（ふしぎなことにいくらもぎとろうとしても妻

の手ににぎられた自分の手首が取りはずせない)、

「ノモトとかネモトとかいう男を知っているか。自動車の運転手を知っているか。なんて言ったっけ、そうそうツムラという大学生を知っているか。あなたはまぬけだから、なんにも知らないだろう。みんなあいつの男の名前だよ。まだまだ教えてやろうか」

とほかにいろいろな男の名前を挙げるから、私は妻が刑事に見えてきて、

「こわいよう、こわいよう、手錠をはめられるう! 助けてください、手錠をはめられるう!」

と大きな声を出した。

「ばかなことを言いなさんな」

と妻がおさえつけるように声をころして言いながら私の手首をつかまえていると、廊下の縁先のところに、マヤが近所のこどもを三、四人連れてきて、

「フラネ、フラネ、アタチノオトウシャン、キチガイデショ」

と言っている。にこにこ笑って、まるで威張っているように見えた。

「こどもは見るんじゃない!」

と妻がどなったら、こどもらはびっくりして逃げて行った。

(同　第四章「日は日に」より)

ミホの尋問とワンセットになった「私」のこうした惑乱は何度も繰り返されるが、島尾の日記を参照すると、それが実際にあったことだったとわかる。ここに引いた「手錠をしないでください！」と「私」が叫ぶ場面も、昭和二十九年十二月二十四日の日記にある。日記では、このとき島尾は翌日が締め切りの原稿十九枚を破り捨て、そのあと「ミホ、どうしたらいい、どうしたらいい、頭をしばってくれ」と泣きついている。

ところがこうした日々の中で、それまで体の不調に悩まされていた島尾はなぜか健康を取り戻していく。いつも胃の具合が悪く食欲がなかったのに、ミホとともにしばしば鯛焼きを買い食いするなどして、どんどん太っていくのだ。島尾は風呂屋に行くたびに体重を測っていたが、その数字も増えていった。「すっかり肥えた（はずかしいほどに）」（昭和二十九年十一月二十日）、「14貫８００、このふとり方は一体何だ」（同十一月二十三日）などと日記にはある。島尾は世界が安定していると窒息しそうになると言ったのは富士正晴だが、停滞していたものが動き出し、潜在的に求めていた「審き」がやってきたとき、翻弄《ほんろう》され、もがきつつも、活力を取り戻していくのである。

十二月十一日の夜には、ミホの詮索《せんさく》のしつこさから逃れるため島尾が首をくくろうとし、止めようとしたミホが馬乗りになって絶叫するという騒ぎになったが、翌日の島尾の日記には、「昨今充実した生だとミホに言う、いのちのぶつけ合い」との一節がある。

抑圧を解いて裸で向きあったことで、夫婦の間に一種の解放が訪れたということなのか。

だが、家の中で一対一で対峙《たいじ》していた時期が過ぎ、このあとミホが病院で治療を受けるようになると、二人の闘いはエネルギーを失い、やりきれない暗さに落ち込んでいく。

二

年末から年始にかけて、千佳子の名前で電報が届き、郵便受けに紙片が投げ込まれると、ミホは「あいつが来る」と、尋常でない怯《おび》え方をするようになる。ミホの発作に耐えられない島尾は家を離れるしかないと考え、子供のころよく訪れた両親の故郷・相馬にしばらく滞在することを思いつく。そして一月十日、玄関の戸を釘《くぎ》で打ちつけて家族四人で出かけていくのである。だがミホの病状は相馬でも好転せず、十日後に一家は小岩の自宅に戻ってくる。

相馬滞在中の島尾の日記は、帰ってからまとめて書いたものと思われ、一日一行程度の記述しかない。どこに泊り、親戚の誰に会ったかが簡単に記されているだけだが、一か所、目をひく部分がある。相馬に来て五日目にあたる一月十四日の「ミホと岡田の墓参り。縊死の松を探す」という記述である。

「縊死」という語にはっとさせられるが、それ以上のことは書かれていない。日記では欠落している相馬滞在時の出来事が詳細に書かれているのは、『死の棘』の第五章「流棄」で、一章すべてが相馬でのことに充《あ》てられている。

『死の棘』と日記を照らし合わせていくと、日記に記述のない部分は、小説において詳述されていることに気づく。島尾が千佳子の家を訪ねて別れを告げる場面も、引っ越し先の佐倉の家に千佳子が訪ねてきてミホと衝突する場面もそうである。リアルタイムで書かれる日記には記述がないが、小説では丁寧に描写されている。日記と小説を交互に読む作業を続けていると、ふと、記録の不在に耐えられない島尾が、日記を補完するために小説を書いたのではないか、という思いにとらわれたりもする。

日記に「縊死」の文字がある一月十四日に何が起こったのか。それは、『死の棘』に詳しく書かれている。日記に「岡田」とあるのは島尾の母方の在所名である。この日、島尾とミホは、母方の墓地に墓参りに出かけたのだが、本当の目的は心中だった。

相馬に出発する前、十二月下旬ごろから島尾の自殺願望は強くなっていた。日記には「フレムン」（奄美の言葉で、気がふれたような状態の人）になって首をくくろうとする場面が繰り返し記され、また一家心中という言葉を何度か口にしている。相馬において も、心中を言い出したのは島尾だった。

『死の棘』の第五章「流棄」は、「私」が、ミホと連れだっておじの家を出るところから始まる。日記によれば、相馬に来て五日目のことである。

「もう決心しました。四箇月ものあいだ、ひとつのことをはなし合ってもなお、おまえがぼくをゆるすことができなければ、ぼくはこの先一緒に生きて行くことはできない。でもぼくはおまえと一緒にくらすことをきめたのだから、それができなければ死ぬより方法がない」

「あなたが死ぬんなら、あたしも死にます」

「別々に死ぬの？」

「いっしょに死にます」

「それもいいだろうさ。とにかく今まで十年ちかく一緒に暮してきたんだから。でも今までのように、いざというときになってやめようなどと言わないでほしいな。あーあ、もうなにもかもいやになった。今度こそ本当にやるよ」

（同　第五章「流棄」より）


ここで「私」は、自分が死ぬ決心をしたのはミホが浮気を許してくれないからだと言っている。つまり、ミホに向かって、死ななければならない理由はおまえにあると告げているのだ。

島尾の日記を読むと、相馬に来るまでのミホは、死にたいと口にしたり発作的に鉄道に飛び込もうとしたことはあっても、島尾が心中を言い出せばそれを止めている。一家心中のような状況になるのを避けるため、それぞれが子供を一人ずつ引き取って別居することを提案してもいる。

だが、このときのミホは「あたしも死にます」と言うしかなかったろう。以前の自分に戻りたいのに、どうしてもそれができずに苦しんでいたミホにとって、おまえが変わってくれないから死ぬしかないのだという言葉は脅迫に等しい。

ただ、「私」のこの理屈には逃げ道がある。「ゆるしてくれないから死ぬ」というのは、つまり「ゆるしてくれるなら死ななくていい」ということだ。そして案の定、「私」すなわち島尾は、死を回避するのである。

家を出た二人は、「私」の母方の墓へ行く。日記にある「岡田の墓参り」である。「私」は縊死するための松を探して墓山とその周辺をうろつくが、なかなか手ごろな木が見つからない。「早く適当なところですませたほうがいい」と思った「私」は、人家に近い林の中で、オーバーのポケットから細引きを出す。

家を出るとき古カバンをくくっていたのをす早くはずして持ってきたが、いざとなると輪をつくる結び方さえはっきり知らないことを思い知った。縄の結び方さえ知らずに生きてきたことがうそのようで残念だ。

（同前）

ここまできて、首をくるための縄の結び方がわからないという。そして、それを知らないまま生きてきたことが「うそのようで残念」だという。このあたりから、「私」が主導する道行きには、どこか調子の外れた、滑稽《こっけい》な感じが漂い始める。

縄の話は日記には出てこないが、日常生活においてはほとんど無能者であった島尾が、縊死に適した形状に縄を結べなかったのはおそらく事実だろう。このあと「私」は、妻なら結び方を知っていると思い、細引きを見せながらミホを振り返る。

たしかにミホは器用だったし、島尾は母親に頼るように、生活に関することはすべてミホにしてもらっていた。しかしいまの彼女は、見知らぬ土地で心中に同意させられ、「頼りなげな面持ち」に「恐怖のかげり」を付け加えてここまで夫のあとをついてきていたのだ。そんな妻に、彼女の方がうまくできるからという理由で縊死のための縄を結んでもらおうと考える感覚は異様に映るが、一方でいかにも島尾らしくもある。

夫から細引きを見せられたミホは、「あなた、ほんとうに死ぬつもりですか」と、「力のない幼い声」で問う。

「だってふたりでそうきめたんだろう」

「伸一やマヤはどうなるんです」

「どうなる、……それはぼくにはわからない」

「そんな無責任な……」

「いや、あのねえ。もう四箇月もはなし合ってだね。そしてあなたは納得できないんですよ。またおんなじくりかえしになるだけなんだがなあ。とにかくふたりはどうしてももとにもどれないとわかったから、ぼくは死ぬより方法がないとそう言ったんだ。おまえ（とことばがまた乱暴になり）さえハジメなければなにも問題はないんだ。でもそれはだめなんだろう。ぼくはこれっぽちも死にたくなんぞないよ。おまえも知っての通り、臆病者のユキツキなんだから。おまえがいつまでもしつこくぼくを責めるから首でもくくらなければ居れないじゃないか。あとのことまで知るものか、伸一やマヤだってどうにかなるさ。親は死んだって子は育つんだから」

（同前）


本当は「これっぽちも死にたくなんぞない」が、「おまえがいつまでもしつこくぼくを責めるから」死ぬしかないという。そしてそれは「ふたりできめたこと」だというのだ。子供のような理屈であり、島尾の甘えはここに極まっている。

この言葉を聞いたミホは「あたしは（死ぬのを）やめます」と言う。そして、それなら自分ひとりで死ぬという「私」に、「おねがいです。やめてください」と哀願し、「あたしもうハジメなーい」と言って泣きじゃくるのだ。

すると「私」は「古いことはほじくりかえさないね」と勝ちほこったように言い、ミホはだまってうなずいた。こうして「私」はミホに、浮気のことを水に流すと約束させた。そして、先ほどまでの死の覚悟をあっさりひっくり返し、「ミホさえその気になってくれたら、ぼくはとてももうれしい。もりもりキバッテはたらくぞ」と言うのである。

この章の最初では、「私」はたしかに死を決心していたはずなのだが、ここに至って読者は彼がほんとうに死ぬ気だったのかわからなくなる。作者の島尾自身もわからないにちがいない。わからないことがわからないままに描かれているのが『死の棘』なのだ。

作者はミホを理解できないままミホを描いており、だからこそ、得体の知れない他者としてミホの存在が、読者の前に衝撃をともなってせり出してくる。『死の棘』のミホが、凡百の小説と段違いの存在感を見せるのはそのためである。作中の「私」と同じように、読者はミホを怖《おそ》れ、不気味に感じ、うんざりし、そしてこの上なく可愛《かわい》く思うのだ。

さらに、分身である「私」の心理と行動についても、作者は支配下に置くことをしていない。ミホ同様、自分自身の得体の知れなさについても、説明や理屈なしにそのまま描き尽くしている。主人公の卑小さや愚かさは存分に描かれているが、それは容赦なく自己を暴《あば》いた結果というのではなく、場面場面でモノを観察するように自分を見つめる目が働いているためである。「私」の心情は風景描写のひとつのように描かれ、倫理によって裁かれることがないし、小説上、説得力のある人物像として造形することも放棄されているように見える。

島尾は『死の棘』を第十一章まで発表した時期に、奥野健男との対談で、この小説はどこで終わっても構わないという意味のことを言っているが、それはこうした書かれ方とかかわっている。登場人物を支配下に置かず、小説全体についても構成する意志を放棄している以上、どこで終わっても構わないし、書こうと思えばどこまででも書くことができるのだ。

三

茶番劇に等しい心中未遂によってミホが元に戻るわけはなく、東京に戻ったあと、ミホの発作はさらに烈《はげ》しくなっていく。

千佳子の写真や彼女との交渉を記したノート、男名前で来た手紙などを島尾が隠し持っていたことが、ミホの追及によって暴露されたのは、相馬から帰って二日後の一月二十二日のことである。

翌二十三日には、文学仲間の小島信夫と庄野潤三の芥川賞受賞が発表になった。ミホと島尾はそれぞれに心を暗くする。そして一月二十四日、島尾は前日に続いて首をくくろうとし、ミホの言葉に逆上して下駄を投げつけ、つきとばす。言い争いの中でミホは、千佳子が島尾の文学仲間二人とも関係を持っているとしてその名前を告げる。これらは日記にも『死の棘』にも出てくる出来事である。

そして、あなたのことをもう信じられないというミホに、島尾は指を切って証文を書くと言い出す。夕食後、子供たちが寝たあとに二人で鉈《なた》を買いに行き、ミホが六箇条の文案を考えて敏雄がそれを清書した。

生涯を通じての誓い

一、川瀬千佳子（引用者註・実際には本名が書かれている）と口をきかぬこと、又手紙を出さぬこと

一、特定の女と特別の関係にはいらぬこと

例えば映画、行楽、肉体的交渉を共にせぬこと

一、不道徳なうそをつかぬこと（言語、行動共）

一、不道徳なかくしごとをせぬこと

一、外泊の場合はその内容をいつわりなく明らかにすること

一、家庭の幸福を築くため努力し破壊しないこと

但し右言葉はミホが考え、誓いの箇条書を作って指を切ることは
敏雄の提案也
右誓いを破った時は二人で考える
昭和三十年一月二十四日
島尾敏雄
島尾ミホへ

本書の序章にも引いた証文である。『死の棘』第六章に出てくるこの証文の原本を、島尾は自分で保管していた。小説では平仮名の部分がカタカナになっているが、最初の項の女の名が「……」になっている以外、文面は原本と同じである。奄美の島尾家で、B4の原稿用紙の裏面に島尾の字で書かれたこの証文を手にとったとき、小説の世界から現われ出てきたような錯覚を覚えて一瞬混乱した。言うまでもなく、現実の世界で書かれたこの原本が先にあって、それを島尾が八年後に小説に使ったのだが（第六章の発表は昭和三十八年）。

島尾はこの証文の文面を日記にも書き写しており、『死の棘』の執筆時を含めると、同じ文章を全部で三度書いたことになる。一度目はミホとの現実の生活の場面で、二度目はそれを記録する（せずにいられない）場面で、三度目は小説を執筆する場面で。

同じ文章が、本人にとっては三つの場面でそれぞれ「必要」であり、かつ「有効」であるところに、作家として人間としての島尾の特異さがある。ミホをなだめるためには言葉を捧《ささ》げることが必要であり、それを記録することは島尾がどうしてもせずにいられない宿痾《しゅくあ》のようなものである。そしていずれ必ず、島尾はその記録を小説のために役立てるのだ。

この証文を手にとったときに私が感じた混乱は、一枚の紙に書かれた言葉が虚実の皮膜をつきぬけて往還しているようなイメージからくるものだったと思う。現実の生活の中で書かれたもの、現実の複製である記録（日記）、そして記録を元にした小説。その三つのうち、いま自分が接しているのはいったいどの位相の言葉なのか。島尾の書いた膨大な文章を読んでいると、だんだんその境目がわからなくなってくる。そして思うのだ。書かれる当人であったミホや子供たちは、混乱しなかったのだろうか、と――。

相馬行きのあと、ひどくなったのはミホの発作だけではない。島尾の反応もさらに烈しくなり、家庭内は救いのない状態になっていく。

「あたしはギモンがこわい。ギモンがおきてくるとあいつの顔が出てきたり声がきこえてきてキチガイになりそうだ。地獄のあたしを救ってくれるのはあなただけなの。だからギモンをただして、疑惑をすっかりなくそうと思ってあなたにきくのに、どうしてそんなにこわい顔をしていやがるの？　どうしてキチガイのまねをしてさわいであたしをぶったりするの？　それがあたしにはどうしてもわからない」と言われるとかえすことばがないが、疑問だと言って問いただされることがらは、女との具体的なかかわりをひとつずつかぞえたてることになり、同じことをくりかえすと嫌悪がふきだし、自分がとどめられない。ここが大事なところだと唇をかみ、胸をなでおろして、くりかえし口にしたことを、あらためてまた口にする。婦人科の病院に連れて行ったことをはなすと妻のまなじりはつり上がるが、それをはぶくこともできない。(中略)「あたしもニンシンしたらしいわ。一万円ちょうだいよ」と妻が言ったとき、つい起きあがって、そばのズボンからバンドをはずして自分の首に巻いて力を入れて引っぱった。「伸一、伸一、おきなさい。おとうさんがキチガイになったからおきなさい」と妻は伸一を起こし、いきなり目をさまされてきょとんとしていた伸一も、私が顔を充血させのどをぜーぜーいわせているのに気づくと、立ちあがってきて私のうしろからしっかり抱きついた。そうして妻も私の腕にしがみつき、バンドをはずさせようと邪魔をするので、つい力が抜けてゆるんでしまった。妻は赤子をあやす手つきで私をふとんのなかに入れると、「クヘサ、クヘサ、アンマー」と、郷里のことばで死んだ母親に訴え、声をしぼって泣きつづけた。私はくら―いきもちの底で、どうしても妻を医者に見せねばならぬことを、やっとさとった。

（『死の棘』第六章「日々の例」より）

こうして「私」はミホを病院に連れて行く。ここに書かれた出来事は日記にも記されているが、それを読んでも、やっていることだけ見ればミホよりもむしろ島尾の方が異常である。だが島尾は、自分がそうなってしまうのはミホに原因があり、彼女が過去をほじくり返すのをやめさえすればすべては収まるという心中未遂のときの理屈を手放していない。そして、その理屈にのっとって、ミホに医学的な治療を受けさせようとするのである。

島尾がミホを慶應病院（『死の棘』では「K病院」）の神経科に連れて行ったのは、ここに描かれた騒ぎのあった二日後、昭和三十年一月二十八日である（『死の棘』では二十七日となっている）。島尾は以前、従弟《いとこ》から、不眠に悩んでいた妻がこの病院の神経科で注射をしてもらったらすっかりよくなったという話を聞いていた。ミホも不眠であることから、眠れるようになれば神経が休まって自分への追及もやむのではないかと思って受診を決めたのだった。

その日の日記には「七時に起き慶應病院行。四時帰宅。電気ショック、帰宅してミホ眠る。夜飯たき、ミホよく食べる。食後から一時近く迄センサク」とある。これが全文だが、『死の棘』では、この日一日の出来事に、第七章がまるごと費やされている。

診察の際、「私」はミホの不眠の理由として、自分が外に女を作っており、がまんしていた妻がある日爆発したこと、妻は自分の行動の一部始終を調べさせており、女との間のこまかなことまで知っていたことなどを自分から話す。それまで他人のいる前では発作を起こさなかったミホだが、このときは「じぶんたち夫婦の恥を、得意になってべらべらしゃべるような夫が、どこの世界にあるものですか」と怒り、「私」を平手打ちにした。これを見た医師は「いくらなんでも自分のだんなさんを叩いちゃいかんな。これはどうもひどい」と言い、「私」に向かって「これは錯乱だな。早く病院に入れたほうがいいよ」と入院を勧める。

その後、「あたしがさっきさわいだから、あの先生はきっとあたしに電気ショックをするというにちがいないわ」というミホの言葉通り、嫌がるミホに電気ショック療法がほどこされた。

電気ショック療法は精神疾患の治療法のひとつだが、当時は興奮状態にある患者を従順にするための手段としてしばしば使われた。この日のミホに対する処置も、医師の「これじゃ手がつけられん」、看護婦の「ああいう患者さんはこのまま入院させたほうがいいですよ」「とても手こずりますよ」などの言葉からして、ミホの言ったとおり、治療というより興奮する患者をおとなしくさせる目的で行われたと思われる。

ミホは極度に電気ショックを怖れていた。看護婦にも「電気ショックをかけないでください」とくりかえし頼んだが、いきなり注射をされ、別室に連れていかれて処置を受けることになったのである。

やがて、電気ショックをほどこされたミホが、意識を失ったまま戻ってくる。

小柄な看護婦が押してきた担架の車の上に、妻は横たわっていた。異相の出るのを心配したのにそれは少しも認められない。顔の血色がよく皮膚が濡れたようにつやを増し、若がえったみたいだ。妻が正気づけば、ショックのあとでもとてもきれいな顔をしていた、と告げてやろうと思い、しかし目ざめたとて通じないかもしれぬと思うと、かさを増した思いが胸にうまくおさまらずに肉が引きつり痛みが広がってくる。(中略)紅潮していた顔の色も次第に落ち着き、広いひたいが白く沈んで見え、顔全体に幼さがあらわれていた。時折り口の端に蟹がするようにあぶくをこしらえるので、私はそれをそっとふき取ることをくりかえした。

(同　第七章「日のちぢまり」より)

口から泡をふいているような状態にもかかわらず、ミホの姿は美しく描写されている。「若がえった」「幼さがあらわれていた」とあるように、その美しさとはすなわち、庇護《ひご》されるべき存在であることの好ましさである。このあと、眠り続けるミホを前に「私」は、「このまま妻がさめずにいれば、私はそばで介抱しながらおだやかなきもちで彼女と自由な会話をつづけていられるだろう」と思うのだ。

ミホが医師たちの前で興奮したのは、夫婦間のごくプライベートなことがらを、夫があからさまに話そうとしたためである。夫に怒り、平手打ちをしたミホを従順にさせるために電気ショックは行われた。失神状態は究極の従順さである。その状態を、「私」は無惨《むざん》と感じるのでなく、愛すべき無力さとして捉《とら》えている。

この日の診察には島尾夫妻の子供たちも立ち会っていた。『死の棘』には診察室の中で騒ぎまわって医師から追い出される兄妹の姿が描かれている。当時小学校入学直前だった長男の伸三は、このときのことをよく覚えているという。

「いまでも私は、あのとき母の電気ショックを拒否しなかった父を許せない。父と母はあの少し前に、親戚が電気ショックをほどこされる場に立ち会っています。昔の電気ショックというのは、それは怖ろしいものだった。母がおびえたのも無理はありません。自分の女にあんなことをするのを許すなんて、普通の神経ならとてもできるものじゃないでしょう」

『死の棘』の「私」は、医師に「あの、電気ショックをとてもこわがっていますので、やらないでいただけませんでしょうか」と言っているが、ほかのカルテに目をやっている医師を見て取りつくしまがないと思い、あきらめてしまう。そしてそれ以上の働きかけはせず、傍観者としてなりゆきに任せてしまうのである。

目がさめて帰宅してからのミホの精神状態は、電気ショックの効果で落ち着くどころかいっそう荒れ、これまでのような詰問だけでなく、「自分が所望してこしらえさせたみそ汁を私にぶっかけ、茶碗もはしも投げつけて、ふとんの上で牢名主のように下知をくだし、目はどこかあらぬあたりに据え、髪もさんばら、たてつづけに抑揚のない声音でしゃべりつづけてやめようとせぬ」という状態になる。「私」はブロバリンを買ってきて飲ませ、ようやくミホを眠らせるのである。

初診の日から三日後、ミホは入院する。入院後も電気ショック療法は行われた。『死の棘』には、見舞いに行った「私」が、電気ショックの影響で別人のように生気をなくしている妻の姿を目にする場面がある。

把手をまわし手前に引くと、ベッドに寝た妻のからだのふくらみの低くたよりなげなようすが、私の目にとびこんできた。疑いの目つきで暗い表情を沈ませ私を審こうと待ち受けているいまわしい発作のすがたを予想していたのに、妻は小さな頭を幅広のまくらにうずめて、絶えいりそうな風情に見えた。日にあたらぬせいか顔は青白くすきとおり、目もとが涙でうるみ、たよりなげだ。あきらかに、ふだんと変わってしまった妻の別の顔が、夫やこどもがたずねてきたのに反応も示さずに、この世のものでない考えを追いかけているすがたに見えた（中略）入院前、目をひからせ、かまきりのようにやせたからだの背筋を伸ばして夫を糾明することにあけくれていたこれがその妻だとは思えないほどだ。髪をなぜかおさげに編んでいるので、悩みに耐えられずに押しひしがれた幼いたよりなさがいっそうにじみ出ている。もしかしたら、と私は考えてもみた。たぶん電気ショックなどの治療で、躁鬱の根が折れてしまったのかもしれない。すっかり自信を失い、からだを小さくしてしおれている妻のすがたは、私の目に刻みつけられ、今まで妻のなかに見たことのない美しさと写ったのがへんだ。それは発作の状態にはいる以前の妻にも認められなかったし、そのときの、こころを外に奪われ家をかえりみぬ夫におずおず仕えながらどうしてよいかわからずいっそう身を屈めてやつれ果てていた妻ともちがっている。

（同　第八章「子と共に」より）

「たよりなげ」「たよりなさ」という語が三回も使われ、初診の電気ショック後の描写と同じく、「幼い」という形容も出てくる。このあとに続く部分には「もろ手をあげて妻のほうに近寄りたい感情がおのずと湧きあがってきた」とあり、自我が失われたような妻の姿に、ここでも主人公は美しさといとおしさを感じている。夫や子供が訪ねてきても無反応な妻を見て、それまでにない魅力を感じている自分を、島尾はそのまま描いている。

初診時、島尾は医師から、ミホに精神分裂症（統合失調症）の疑いがあると言われていたが、入院後の主治医の診断は「心因性反応」だったことが二月十一日の日記にある。心因性反応とは、精神的なストレスや葛藤によって引き起こされる精神障害で、遺伝によるものや脳の器質性のものではない。何らかの心理的なきっかけがあり、その反応として生じる不安、不眠、妄想、抑うつ、あるいは躁症状などを包含した診断名で、原因にも症状にもかなり幅があるが、分裂症が否定されたことでひとまず島尾は安心した。

だが文学仲間の安岡章太郎に紹介され、慶應大学医学部教授の林髞《たかし》（探偵小説家の木々高太郎、『死の棘』では「Y教授」）に電話したところ、やはり分裂症の疑いが強いと言われ、暗に離別を勧められて動揺する。二月十六日のことである。

入院してからのミホは初診のときのように興奮することはなくなったが、島尾が見舞いに来るたびに、自分のことをないがしろにしていると不満を言い、自分は病気ではないと言い張った。その後、主治医から改めて分裂症ではなく心因性反応であるとの診断を受け、治癒には時間がかかることを言われる。

主治医の方針でしばらく面会も手紙も禁じられるが、三月十六日、病院を抜け出したミホから、これから遠いところへ行くと電話がかかってくる。島尾は病院に戻るよう説得し、自分も急いで病院にかけつけた。すると廊下でミホがうしろからいきなり「コラァー」と叫び、振り向くと笑いをこらえて島尾をにらんでいる。電話は、島尾に会いに来てほしいがゆえのミホの計略だったのだ。

主治医は島尾が許可を得ずに病院に来たことに不機嫌になり、これで治療方針が崩れてしまったと言う。この日の島尾の日記には、主治医が「後手《ゴテ》に廻ってばかりいてはいけない。ゴシュジン、ダンナサンがしっかりして貰わないと」と島尾を責め、「今日治療しましょう。とても神妙だったので間遠にしていたんだが」と、懲罰的な電気ショックをほのめかしたことが書かれている。『死の棘』ではこのとき、主人公が医師から「あなたが奥さんをすっかりおさえたとき、奥さんの病気はなおります」と言われており、患者を医師や保護者の支配下に置くのが病院の方針だったことがわかる。しかしミホはこうした方法ではよくならず、逆に症状は悪化していった。

計略をもちいて島尾を病院に呼び出した四日後、ミホは本格的な脱走騒ぎを起こす。寝巻きにオーバーをはおり、足元はスリッパという姿で病院を抜け出し、タクシーをつかまえて家に帰ってきてしまったのだ。おこらないでと泣き、病院に戻るなら死ぬと言うミホを島尾は何とか説得し、翌日病院に連れていったが、扱いにくい患者だったミホは、この脱走によって決定的に病院から見放されることになる。

もうミホを預かれないと言われた島尾は、文芸評論家の奥野健男から、文学仲間の村松剛の父親で精神科医の村松常雄を紹介され、相談に乗ってもらう。村松はサイコセラピー（精神療法）が効くかもしれないとアドバイスし、適当な医師を捜すと約束してくれた。

三月三十日にミホは慶應病院を退院する。二か月間の入院は結局、何の効果ももたらさなかった。その翌日、不動産屋を回った島尾とミホは、千葉県の佐倉市に貸家があると聞いて見に行った。小岩の家は、これ以上住み続けるのはミホの精神状態によくないと考えた島尾が、ミホの入院中に売却を決めていた。

四月七日に佐倉市に引っ越しをし、十三日には村松医師から紹介された国立国府台病院神経科の医師で神経科医長の加藤正明に会いに行った。国府台病院は戦時中は陸軍病院で、当時から精神科があった。

ミホは今度は興奮したりせず、穏やかに面接は進む。まもなく自由連想によるセラピーが通院で始まった。家では以前より烈しくなった詰問《きつもん》が繰り返されたが、島尾はサイコセラピーによる治療に希望を感じていた。そんなときに千佳子が佐倉の家を訪ねてきて、例の事件が起こったのである。ミホはますます不安定になり、妄想にも脅《おびや》かされるようになった。

国府台病院の精神科に入院したのは六月六日のことである。慶應病院と違い、ここは閉鎖病棟だった。このとき島尾も一緒に病棟に入ったことが、愛情の証《あかし》として美談のように語られることがあるが、これはあくまでも加藤医師の指示によるものだ。

長期治療を前提として入院した国府台病院でミホが受けたのは、サイコセラピーと持続睡眠療法である。持続睡眠療法とは、睡眠薬を用いて患者を一日十二〜十六時間眠らせることを長期間続けるもので、鬱病や強迫性障害の患者に効果があるとされた。

この療法が始められたのは入院から三週間が過ぎた昭和三十年六月二十七日で、七月十日まで約二週間にわたって続けられた。島尾は当初、この治療の間、ミホはおとなしく眠り続けるものと思っていたようだ。

しかし実際にはそうではなかった。確かに昼間でも眠っている時間が多くなったが、目ざめているときの発作は以前よりいっそうひどくなった。延々と詰問を続け、激しく島尾をののしる。ときには憑《つ》かれたように一時間以上も恨み言をしゃべり続けた。

療法が始まって五日目、島尾は「持続睡眠治療というものは予想したようなものではない」と日記に書いている。また、当時のことを題材にした小説「治療」には、「持続睡眠の治療にはいった妻の様子は、前にひとからきいたようではないことが不安であった。治療期間のひと月がまるでただの一晩の熟睡のように感じたともきいたのに」とある。

おそらく島尾は、坂口安吾が東大病院で受けた持続睡眠療法のことを聞いたか読んだかしたのだろう。安吾が鬱病および催眠薬アドルム中毒の治療として持続睡眠療法を受けたのは、昭和二十四（一九四九）年三月のことで、同年の『文藝春秋』六月号に「精神病覚え書」としてこのときの経験を寄稿している。そこには「一ヶ月睡つて目覚めた時、一晩睡つたとしか思はない。はじめは、一ケ月の時日のすぎてゐることが、どうしても信じられないものである」などと書かれている。

入院して間もないころ、以前マヤのためにぽっくり下駄を贈ってくれたことのある武田百合子（武田泰淳夫人）にミホが出した手紙の下書きが残っているが、そこには「現在精神分析をしてゐますが間もなく坂口安吾氏が東大でなされた持続睡眠療法とかをするそうです」という一節があり、ミホも島尾も安吾の手記をもとにこの療法をイメージしていたと思われる。

この療法は、睡眠薬で眠らせるといっても昏睡《こんすい》状態のようにするわけではない。島尾が保存していたミホの睡眠表（病院が作成した就寝および起床時刻の記録）を見ると、基本的に夜の九時ごろに就寝して朝六時ごろに起き、昼の間は午前と午後にそれぞれ一、二時間ずつ睡眠をとるという日課だったことがわかる。

起きている間に食事や排泄《はいせつ》をすませなければならず、島尾は食事の介添え（小一時間かかったという）から大小便の処理、下着の洗濯まで身の回りの世話のほとんどを行った。小用のときはベッドサイドでガラス容器に排尿させて量を記録しているし、みずから浣腸《かんちょう》をしてやったあと背負って便所に連れていくなどもしている。しかしミホは満足せず、やり方がおざなりだ、お義理でやっていると絶えず文句を言った。
島尾の日記には、持続睡眠療法中のミホと、介護する自分の様子が細かく記されている。

五時ミホの小便に立つ気配で起る。小用させる。
起るとすぐ妄語がはじまる。しかしそれは意味を持っている。しかしそれに堪えることは苦しい。バク発しそうになる。ぼくに残された余地のない論法。
手許によびよせて口の上げ下げに女の名前を云う。朝食後小用の時ひっくり返す。便所に行って帰ると眠っている。深い安堵。自分のシャツとミホのパンツ洗濯してくると十時過にミホ眼をさましてしまう。そして又もや——。昼食後一時間ほど眠って又すぐ眼を覚す。誰が来たか、何と言ったかを何遍も同じ事をきく。三時前寝つき（その前看護室に検温をしらせると云って帰ってくると）浅いような眠りだが夕方迄つゞく。トシオ、ニゲチャイヤ（しかしそのあとですぐいやみのかたまりになる、一個の象徴的な——それからぼくは逃がれられない）。ベッドからわざと落ちようとする。二度落ちる。（中略）
6時にミホを起して食事、食事時はじめてムガリをしなかったが夕食後やはりはじまる。（中略）食器を洗っている間にベッドからわざとおちる。

持続睡眠療法が介護する人間に負担を強いることを、島尾は身をもって知る。この療法が始まれば一人の時間を持つことができ、原稿を書く仕事もできるのではないかと思っていたが、それは甘かった。

（昭和三十年七月二日）

10時に眼を覚まし、トシオ、トシオと云いはじめる。11時半迄こんなに好きなのに何故そんなにレイタンにするか、あの女にはあんなにしたのに何故自分には何もしないか、アンマやジュウがやったようにせよ、一時間以上もくり返しくり返し言う。ぼくは今日虚脱したようにからだがだるく眠い。（中略）果してこの療法効果があるのだろうか。物を書いて収入を得なければならぬが今とても書く余裕がない。昼間ミホの世話及びミホの眠りは浅く、夜ミホを眠りにつかせる一苦労のあとはぐったり疲れてしまうし、又ぼくの起きている気配はすぐミホを眼覚めさせてしまいそうで不安である。しかし何とかして書き始めねばならぬ。

（同七月五日）

ミホは薬のために目がよく見えず、ベッドに座って食事をするのもむずかしい状態だったが、詰問し、皮肉を言い、ののしることはできるのだった。もともと島尾がミホに医学的な治療を受けさせたのは、とにかく詰問と追及をやめさせたかったからだ。しかしそれは収まるどころか和らぐ気配さえない。薬によって抑圧のはずれたミホが、野性的な明晰さとでもいうべきものを備えはじめたことを、島尾は「治療」の中で次のように書いている。

医師は持続睡眠療法の薬がきいているのだから正気のようでいてもあとで何ひとつ覚えていないのだと言うが、果してほんとにあとで分らないのかどうか私は疑わしく頼りない気持でいる。妻の言葉にひとつとしてとんちんかんな所はない。むしろ治療前の狂躁の状態の中でもなお圧えていた意志が、薬のせいで抑圧がとれ、願望が野性を取り戻して跳梁しはじめたとも思えた。それに勘がいっそうするどくなって、薬のために眼がかすんでしまっているのに、暗幕を張ったうす暗い部屋の中の私の所在をたちどころに見つけてしまう。それは嗅覚の鋭敏な一匹のけだもののようなものでもあった。私は彼女のそばから、わずかの間でもその了解なしに離れることはできない。実際に離れるばかりでなく、離れようとするどんな気配も彼女は見のがさない。気配どころか、こころの奥底でそう思ってみることさえ彼女は許さない。つと地獄耳を立てかまくびをもたげるふうに、いぶかしげな恰好つきになって私を探り糾明しようとする。

（「治療」より）

薬が効いていながら「言葉にひとつとしてとんちんかんな所はない」という明晰さと、「嗅覚の鋭敏な一匹のけだもののよう」な野性――ここに描かれたミホには独特の魅力がある。養父の影響からくる開明的な知性と、南島の自然にはぐくまれた野性味が並存していることは、出会ったころに島尾を魅了した個性だった。それが狂気によって増幅され、ミホの存在の輪郭をさらに濃くしているのだ。

島尾の日記には、このころのミホの言葉も書きとめられている。

アナタハミホノモノダカラドウシタッテイインダ。コンナニスキナノダ理解シテクレ。コレカラアナタニ嫉妬スルコトガオソロシク絶望的ニナルガ理解シテ。

(昭和三十年六月二十九日)

トシオガ遠クニハナレル、キチガイニサレテモマダハナレラレナイデイル、ミホハバカダ

(同七月二日)

何故ニゲル、コンナオソロシイ人ガ何故私ノ前ニ現ワレタ。アナタハ一体何ナノ

(同七月三日)

ナキタイ位ニ求メテイルノニ、ツッパナス。寄ッテ来ナイ。何故区別スルンダ、ソンナニジャケンニシナイデ、ドンナニツッパナサレテモスキナンダ。ソンナニキライナラキライナ理由ヲハッキリ云ッテクレ　（同七月三日）

アンマ、ジュウ、サビシイ、ダレモイナイ、オトウサン、ドッカニイッチャッタ、ムナシイ、ナゼアンナムゴイ人（ぼくの事）ヲコンナニ思ッタンダ　（同七月四日）

アイツノヨウニナルカラシンセツニシテ　（同七月七日）

これらを読むと、ミホの詰問と非難は、すなわち求愛であったことがわかる。これからもずっと嫉妬しなければならないことがおそろしい、「キチガイ」にされても離れられない、どんなに突っ放されても好きなんです、といった言葉には、ミホの素直な心情があふれている。

持続睡眠療法は七月十日で終了するが、その前日の島尾の日記には「持続睡眠法はミホにきかなかったのか」とある。外界から隔絶された世界で抑圧を解いて自我をむきだしにし、夫にわがままをぶつけたことは、このときのミホに必要なことだったのかもしれない。だが少なくとも島尾が期待したような効果——しつこく詰問をしなくなる——をもたらすことはなかった。

ミホが入院日記を書き始めたのは、持続睡眠治療法が終わって一週間後の七月十七日である。島尾の日記に「加藤医師よりあらいデッサンの日記をつけるよう言われている」とあり、医師の指示で書き始めたものだったことがわかる。

日記には、初日にさっそく、島尾への詰問（「センサク」）のことが出てくる。

今日一日とても気分よく、夕食前に二十分ばかり例の事件のセンサク始めたがすぐそれた。すぐミホ台風が本土上陸せずに三陸沖へそれたといつて主人ひどく喜ぶ。涙を浮べてよろこびミホを「ありがとう、すぐやめてくれてありがとう」とをがむ恰好をする。（中略）こんな日々がつゞきます様に自分で祈るこころが出て来た。これは全く、全く珍らしいこころの動きなり。（昭和三十年七月十七日）

発作を「ミホ台風」と呼び、それが三陸沖にそれたと言って、涙を浮べてミホをおがむ島尾。こうした姿は島尾本人の日記からは見えてこない（同日の島尾の日記にもこの話は書かれていない）。

センサクの話は以後も毎日のように出てくる。

ベッドにやすんでうちわを使つてゐる時ふつと例の事に襲はれ、以前の様なセンサク始る。全く以前の発作状態と同一なり。そして、トシオを憎くなる。一時間位つゞく。トシオ「御手洗に行かせて下さい」と出て行く。そのあとこの日記つける。(中略)最近トシオに対し、チヨイ〱サイギのこころおこる。文通してゐるのではないかと思つたりする。そして、それは急に、ヒヨイ〱と思い浮んで来る。おそろしい猜疑のこころなり。

(同七月二十七日)

昨夜よりの、発作と、不眠のつゞき。朝食二人共少し戴く。食後心和み、トシオと打ちとけ、食器洗ふ。

ウト〱してゐるトシオをみて、昨夜の事気の毒に思ふ。そして、やはり、病気を早く克服し、こんな異常な精神状態から立ち直らねばならぬと思ふ。

今日、一日、心和やか。二時半にトシオを外のオフロと散髪に行く様すすめて出す。(中略)

留守中、フツト例の猜疑心がヒヨイ〱とあらわれる。しかし信じなければならぬ。

(同七月二十八日)

発作をやめられない自分を、ミホが意外なほど冷静に見つめていたことがわかる。日記の文字にも乱れはない。

神経を病んでいたときのミホの心情は、これまで島尾によって書かれた日記や小説から推測するしかなかったが、入院時の日記が発見されたことで、ようやくその一端に触れることができるようになった。

当時のミホには、自分は病気だという自覚が生まれていた。前出の武田百合子宛《あ》て書簡の下書きには「前はなぜ自分が病院へ入れられてゐるかわからずに、つき添看護婦の目をはなしたすきに慶応病院を寝巻にスリッパをはいて逃げかへつて病院側と主人をひどくあわてさせたりしましたが、最近は自分が病気であるといふ事が分つて来ました」という一節がある。

ミホの精神状態はまるで振り子のようで、落ち着きかけてはまた乱れることを繰り返したが、それを大きく左右する要素があった。ミホが入院していたのは精神科だったが、隣の神経科に新しく来た看護婦が「あいつ」によく似た顔立ちだったのである。その看護婦を見かけるたびに、ミホは千佳子のことを思い出して激しく動揺した。

九時半神経科へ行く。今日御引越しとて、てんやわんや、先生汗びつしよりになつて指揮していらつしやる。医長先生御みずから陣頭指揮をしていらつしやる御姿に深く心打たれて二人で語りつゝ精神科へかへりかける。例の似てゐるいやな看護婦が引越しのお部屋の掃除をしてゐたので二人非常にいやな気持になつて逃げ帰る。

（中略）

治療後すつかり忘れてゐて、遠い事の様にぼやけて来てゐたのに、似てゐるあの神経科の看護婦をみてから再燃したのだ。とにかく似てゐる人に会ふ事は一番おそろしい、恐しい。一番つけ火になるのだ。

又あの看護婦の口は全くそつくりだ。感んじも全く似てゐるのでよけいにいやな思いをする。

（同七月三十日）

この日の夜、ミホはひどい発作状態になり、夜を徹して島尾に詰問を続けた。それは翌日も尾を引き、「トシヲへの悪言の限り。ミホ病院を出て死に度いとしきりにいふ」（ミホの日記）、「死ぬというような事、悪罵の限り、ミホ写真を破ったり、ぼくはノート、本など全部捨てようとしたり」（島尾の日記）という騒ぎになる。この日を境にミホの精神状態は目に見えて悪くなった。

今日も一日中発作状態、つゞく。夜二時近く迄詰問つゞく。

眠薬をトシオがもらつて来たが飲まず額にのせてねる。

トシオへの猜疑心をどうする事も出来ぬ。不信のこころ、不潔感、愛憎の葛藤。
（同八月二日）

昨日庶務に、小包受取りに行く時、娯楽室にて又似た看護婦に逢い、打ちのめされる。それは尾を引き、今朝もなほつゞく。（中略）再燃、苦しさの極み。
（同八月三日）

島尾の日記によれば、ミホは「ウニマが来る」と言っておびえるようになった。ウニマとは奄美の言葉で悪魔のことで、ミホは千佳子のことをしばしばこう呼んでいた。入院前、『死の棘』に描かれた時期には、こう言って妄想におちこむことがあったが、入院後はそうしたことはなくなっていた。再び「ウニマ」と口走るようになったのは、千佳子と似た顔の看護婦を見て以後のことである。

似ている女をちらりと見ただけで、ミホはこれほどまでに混乱し苦しんだ。『死の棘』には、「あいつ」のことを悪《あ》しざまに言うミホの姿が描かれているが、こうしてミホ本人が書いた言葉で読むと、千佳子の存在がいかに深くミホを傷つけていたかが改めてわかる。

憎しみや怒りだった千佳子への感情が、入院後に恐怖に変わったのは、ミホが自分が病気であると認識し、何とかもとに戻ろうとしていたためで、千佳子を思い出すことによってふたたび狂気におちいることを怖れたのだ。

このころミホは日記に「（看護婦の顔を見たことによる）妄想は連想を生み、又トシオへの憎しみとなり、しばらくして亦、例の詰問状態へと陥ち込んで行く」（八月三日）と書いている。錯乱したかのように見える行動とはうらはらに、発作に至るプロセスを分析し、理解していたのだ。みずから「妄想」という言葉を使っていることからも、自分の精神状態を客観的に見る目を持ち始めていたことがわかる。ミホの入院日記の最後の記述は「もう発作やめて、トシオに仕事させようと思ふ。伸三やマヤのところへ帰りたいと思ふ。しかし自信はない」（八月四日）というものである。

ところで、ミホが「顔」にここまで強く反応していることには、彼女の視覚的な記憶能力の高さもかかわっていると思われる。ミホは過去に見たものを忘れず、いつでもフィルムを回すように頭の中で再現できる能力の持ち主だった。そのため嫌な記憶も消し去ることができず、意識下に押さえ込んでいても、何かのきっかけで、くっきりとよみがえってしまうのだ。

千佳子の顔の記憶はミホをさいなんだ。ミホは晩年まで女性の顔に好き嫌いがあり、あるタイプの容貌の女性を嫌ったというが、おそらくそれは千佳子を思い起こさせる顔だったのではないだろうか。

千佳子に似た看護婦を見たのをきっかけにミホは島尾の行動を疑うようになり、島尾は外出はもちろん、病室から自由に出ることもままならなくなった。ミホの遺品のおびただしい紙類の中に、便箋《びんせん》に書かれたメモが二枚あった。八月三日から六日までの日付があり、「昼食あげおろし　よし　みほ」「ゴミかごの紙くずすてにいつてよし　美ほ」「くすりのむ水くみに行つてよし　ミホ」などという文言が並んでいる。最初に見たときには何のことかわからなかったのだが、その後ミホの入院日記が発見されたことでようやく意味がわかった。

似た看護婦をみて以来急にトシオに対し不安を持つ様になり、猜疑心強まる。そして一人で外へ出る事に対していやがる。それで、食器の上げ下げ、御便所、ゴミ捨て、とにかく部屋を出る時は必ず一緒、そうでない時は、必ずトシオは後が恐しいといつて、外出許可の証明書をミホに貰つている。（同八月四日）

便箋に書かれたメモは、この「外出許可の証明書」だったのだ。

許可した内容をいちいち書いておくように頼んだのは島尾だった。あとでミホの追及の種になることを怖れてのことで、あらゆることを文字にして残しておかなければ不安な島尾の性質がここにもあらわれている。誓約書のたぐいをたびたび書いていることからもわかるが、島尾にとって信頼に値するのは、まず第一に紙の上に文字で書かれたものなのである。

メモの文字は鉛筆書きで、罫《けい》からはみ出し、重なり合っている。端正な日記の文字とは対照的に、まるで幼い子供が書いたように不揃《ふぞろ》いで稚拙なのは、ベッドに寝たままで書いたからだろうか。

「牛乳　一人でとりに行つたことは文句いわぬ　みほ」「夕べの御茶わん洗つて、配膳室へをさめてよし」「ウンチよし　みほ」。そのうちミホも面倒になってきたのか、八月五日のところには、「オールよし　みほ」とだけ書かれている。

ありふれたコクヨの便箋に書かれたこの「証明書」は、夫婦がくぐった修羅の日々の記録に違いないのだが、一方で奇妙なおかしみを感じさせる。それは『死の棘』の世界に通じるもので、一見救いがないように見えながら、夫婦という関係が内包する愚かさ哀しさが、読み進むうちにある滑稽さとなって、あぶり出しの絵のように浮かび上がってくるのである。

ミホの発作がひどくなると、島尾もそれに反応し、二人は入院前の共狂いの状態に逆戻りしていった。八月十日の島尾の日記には、ミホに平手打ちされた島尾が、かっとなってミホを抱えて尻《しり》を叩き、収拾がつかなくなって首をくくろうとする様子が記されている。そして同じ月の十九日、島尾はミホから顔を足蹴にされるのである（日記には「床板にすわり、顔面足蹴を受く」とある）。

ミホの入院日記は八月四日で終わっており、このときの記述はない。だが、本書の序章にも書いたように、ミホの入院日記のノートに、島尾がこの日ミホに宛てて書いた誓約書がはさまれていた。

Ｂ４サイズの原稿用紙の裏に「至上命令／敏雄は事の如何を／問わずミホの命令に／一生涯服従す」と大きな字で書かれ、傍らに「如何なることがあつても厳守／する但し／病氣のことに関しては医師に相談する」との但し書きがある。島尾の署名の下には血判が捺されており、その血を拭いたと思われるガーゼが、書き損じの年賀状に絆創膏《ばんそうこう》で貼《は》りつけられた状態で同じノートにはさまれていた。

島尾は例によって、自分で書いたこの誓約書の文面を日記に書き写しており、そこにはミホがこの誓約書を病室の壁に貼ったことも書かれている。

ミホの入院日記のノートからは、もう一通、島尾の拇印《ぼいん》が捺された紙が出てきた。誓約書と同じくＢ４の原稿用紙の裏に書かれている。こちらの拇印は血判ではなく、インクを指につけて捺したものだ。

「私は自殺します／絶対に取消しません」という文言が線で消され、右横に小さな字で「無効」とある。そして「川瀬千佳子（引用者註・実際には本名が書かれている）にも

／毎日足蹴にされていました／そしてそれを喜んで／いました」「病院には遊びに来ましたのですから／治療をしないで帰ります／絶対とりけしません」と書かれ、署名捺印《なついん》がある。「ミホ殿」という宛名の斜め下には「書くと言ったのも／私が言い出したのです」と添え書きしてある。

足蹴という言葉があることから、ミホに顔面を蹴られた日、つまり先の誓約書と同じ日に書かれたと思われるが、島尾はこちらに関しては文面を日記に書き写すことをしていない。第三者にはよく意味の取れない内容だが、この日夫婦間に起こった諍《いさか》いの内容と関係しているのだろう。それが何だったかを知る術《すべ》はないが、ミホにとりついた千佳子のイメージが、二人に大きく影を落としていたことは確かだと思われる。

なかなか病状が好転しないミホに、冬眠療法と呼ばれる治療がほどこされることが決まったのは、八月末のことだ。冬眠療法とは、薬剤を投与して人工的に体温と血圧を下げ、安静を保つことで代謝を抑制するもので、精神病に効果があるとされていた。もと、持続睡眠療法が効かなかった場合に行う予定になっていたようで、子供たちを預けてある奄美に帰りたがっていたミホは、この治療を受けてから引っ越すことを島尾と話し合って決めている。

治療が始まったのは九月六日で、十月六日まで一か月にわたって続けられた。それまでミホの病室で寝泊まりしていた島尾は向かいの部屋に移り、ミホの病室には光を遮るための暗幕が取りつけられた。完全に島尾と隔てられたわけではなく、自由に行き来はできるが、ミホは昼間もじっとベッドに寝ていなければならない。島尾はミホの側を離れている時間が長くなり、原稿を書く仕事が少しずつできるようになった。

　ちなみにこの時期、編集者時代の山口瞳が病院まで訪ねてきて島尾に原稿依頼をしている。当時、山口は河出書房の雑誌『知性』の編集部にいた。日記によれば山口は、掲載するしないにかかわらずすぐに『知性』の稿料を出すと言い、それとは別に、当時河出書房で刊行していた小説の新書にも短篇集の企画を出してみると言って帰っていった。九月九日のことである。ミホの病のため一年近くまとまった仕事ができていなかった島尾は心強く思ったに違いない。

　山口の依頼に応え、島尾は『知性』に「のがれ行くこころ」を発表した。これは山口が来た二日後から書き始め、病棟の中で完成させた小説で、入院中のミホを描いたものだ。奄美移住後の十二月には、本書の第六章で取り上げた短篇集『われ深きふちより』を河出新書から刊行しており、山口が約束通り企画を通してくれたことがわかる。

　冬眠療法中のミホの状態は、最初は波があったが徐々に落ち着いていった。少し前から、ミホは朝夕にカトリックの祈禱《きとう》文をとなえ、祈りを捧げる時間をもつようになっており、それによって支えられた部分もあったようだ。島尾もしばしば一緒に祈り、ミホは島尾もカトリックに入信してほしいと頼んでいる。

医師から、冬眠療法のための投薬をやめると言われたのは十月五日である。島尾はそれを聞いてがっかりしたことを日記に書いている。島尾にしてみれば、ミホが病院の管理の下で大人しくしてくれている状況はありがたく、安心して小説を書くことのできる時間をもう少し引きのばしたかったのだろう。

十月八日、島尾は医師から「もう安定した。冬眠の半ば頃よりぐっとよくなった。もう一いきだ」(日記より)と言われ、奄美への移住の準備を始める。そして十月十七日、子供たちの待つ奄美大島の名瀬に向けて、夫婦で出発するのである。

その後のミホは完全にもとに戻ったわけではなく、奄美でも発作は続いた。しかし国府台病院での四か月あまりの入院を経たミホの状態は、一年前とははっきりと変わっていた。

ミホの入院日記には、短歌を書きつけた紙がはさんであった。「外出許可の証明書」と同じコクヨの便箋に、青鉛筆の拙い文字で、数首の歌が記されている。

狂ひたる吾れにもやさしすゞめの子　朝毎に来て起きよとて鳴く

脳やみて狂ひし吾れの眠にも光やさしき秋の夜の月

「私は狂ひたる吾れ」「脳やみて狂ひし吾れ」——武田百合子宛て書簡の下書きには、「私は昨年から脳が変になり……」という表現もある。入院によってミホが得たのは、自分は狂者であるという自覚と、意志の力ではどうしようもない場所におちこんでいることへの怖れだった。

医学的な治療の下に置かれたことで、『死の棘』に描かれたような、奔放不羈《ふき》に狂うミホは消えつつあった。戦後の島尾の生き方を「きたない文学的な生活」として断罪し、憎い女に摑《つか》みかかって泥の中を引きずり回し、忍従する妻であることに全身で抵抗したミホ。その輝かしい狂気は影を潜め、底知れぬ不安によって精神の均衡を失った妻が残った。そうなって初めて、医学と世間が言うところの「治癒」への道を、ミホは踏み出したのだった。

第九章　奄美へ

奄美に移住して三年あまりが経った
昭和三十四年一月、沖永良部島への船上にて。

一

昭和三十（一九五五）年十月十七日午前、島尾とミホは国府台病院を出た。荷物は大小のトランクに布団、風呂敷包みがいくつかとリュックサック。入院前に住んでいた佐倉の借家はすでに解約しており、移住先である奄美大島へは、病室から直接向かうことになった。

午後四時、二人を乗せた沖縄航路の船、白龍丸が横浜港の高島桟橋を出航した。奄美大島の名瀬港までは七日間の船旅である。夫妻の現住所が病院となっていたことから、司厨員《しちゅういん》が気を利《き》かせて二人だけの個室を用意してくれた。

航海中のミホは一度発作を起こしただけでおおむね機嫌がよく、食も進んだ。ところどころ海は荒れたが、そうするとミホはかえって元気になり、船酔いに苦しむ島尾を介抱さえした。島尾は、鹿児島まで鉄道で行くことをせず、行程のすべてを船旅にした判断が正しかったと胸をなで下ろした。世間から隔てられ、出会う人も少ない船上では、ミホを恐怖させる「あいつ」に似た容貌《ようぼう》に出会う危険が少ない。二等船室に乗り合わせた乗客は三人だけで、沖縄と宮古島の人たちだった。そのうちの一人は若い女性だったが、東京で服飾の勉強をしてきたという彼女は那覇の出身だった。

島尾はこの航海の半年ほどあとに執筆した手記「妻への祈り」(『婦人公論』昭和三十一年五月号)の中で、こう回想している。


私は彼らがみな本州島や九州島の人でなかったことを感謝した。妻はすでに敏感に或る類型の容貌に厭離し、それを認めると嘔吐する。私らはそのためにそれらの場所を離れたのだ。妻の、そして私の心も安らかな気持にさせる容貌は、南西の孤島群の、強烈な潮風と多雨と暑熱にさらされたあの贅肉のない彫の深い顔付だ。

(「妻への祈り」より)


「あいつ」すなわち川瀬千佳子の顔は、女優の三宅邦子の若いころに似ていたと「現在の会」にいた稗田宰子が言っていた。ミホの気持ちをかき乱したのは、色白でうりざね顔の和風な顔立ちだったようだ。そうした容貌の女性に出会うと嘔吐するほどに、当時のミホの神経は過敏になっていた。

移住のもっとも大きな理由は、千佳子の影を振り切ることだった。彼女を思い出させるものがひとつもない場所でなければ、ミホの回復は望めなかったのだ。加えて、東京には危険な場所が多すぎた。島尾が千佳子と待ち合わせた駅や一緒に訪れた場所をミホはすべて把握しており、そこに近づいたり、地名を耳にするだけで発作を起こした。そのひとつである水道橋駅を迂回《うかい》するために、電車やバスを乗りつぎ、疲労困憊《こんぱい》しながら一家で目的地まで行く様子は、日記にたびたび書かれているし、『死の棘』にも出てくる。

いくら島尾が心を入れ替えても、その裏切りは、島尾が女とともに踏んだ土地に刻印され、消えることがない。禁忌にとりまかれた東京を二人はどうしても離れなければならなかった。

奄美のほかに移住先の候補にあがっていたのは、島尾の父祖の地である福島県の相馬である。一月に家族で相馬に行ったとき、島尾にはすでにそうした思惑があったようで、福島県内に教師としての就職先があるかどうかなども調べている。

最終的に相馬ではなく奄美に決めたのはミホの意向を尊重してのことだった。島尾の日記を見た直後は、ひとりで家を出たいがこんな落ちぶれた姿で故郷の島に帰るのはいやだ、佐世保の兄のところに行く、などと言っていたミホだったが、病気を自覚し始めたころから奄美に帰りたいと口にするようになった。

移住先は、奄美群島全体でもっとも大きな都市である奄美大島の名瀬市（現・奄美市）で、そこには慈愛のかたまりのようなミホの叔母（実母の妹）、林ハルがいた。幼いミホを遺《のこ》して実母が病死したあと、しばらくミホを手許《てもと》に置いて育てた人で、移住後の島尾一家の面倒を見た。林ハルと夫の林恒敬は、自宅の敷地内にもう一軒あった家――そこはもともと自分たちの長男のために用意したものだった――に島尾の一家を住まわせ、親身に世話を焼いた。

島尾は移住翌年の昭和三十一（一九五六）年四月、名瀬市の二つの高校（大島実業高校定時制と大島高校）の非常勤講師となった。また昭和三十二（一九五七）年十二月からは奄美日米文化会館に館長として勤務するようになる。この日米文化会館には、のちに鹿児島県立図書館奄美分館（現・奄美図書館）が併設され、島尾はこちらの分館長にも就任した。以後、定職について生活の糧《かて》を確保しつつ小説を書き続けることになる。

一家が新しい生活を始めた奄美は、ミホの故郷であるとともに、二人が出会った場所である。いたるところに島尾の裏切りの跡がしみついた東京とは違って、命の期限が迫る中で一切の打算なく愛し合った土地であり、その意味では再出発にふさわしいように思える。だが実際のところ、それぞれの心中ではどうだったのか。二人にとってそこは、本当に無垢《むく》な土地だったのだろうか。

島尾の生前には発表されなかったエッセイがある。タイトルは「妻のふるさと」で、原稿に記された日付から昭和三十二年十一月に執筆されたことがわかる。島尾が没して十二年が経《た》った平成十（一九九八）年に、他の未発表作品（「後姿」「過程」）とともに『新潮』一月号に掲載された。三篇とも全集には収録されていない。

このエッセイには、東京から奄美大島に転居したいきさつと転居後の生活が描かれている。移住前後のことを書いた文章には、先に引いた「妻への祈り」（昭和三十一年）と、その二年後に同じく『婦人公論』に発表された「妻への祈り・補遺」がある。ともに『死の棘』で描かれた時期以降の島尾夫妻を知る資料としてしばしば引用されるものだ。「妻のふるさと」は昭和三十二年の執筆なので、ちょうどこの二篇の中間の時期に書かれたことになる。

ここで「妻のふるさと」を取り上げるのは、その中で島尾が、自分たちが暮らし始めた奄美を「審きの場所」と表現していることからだ。

「妻のふるさと」ではまず、自分たちが精神病院から直接、奄美大島の名瀬に転居してきたこと、また奄美群島内の加計呂麻島が妻の故郷で、自分は戦争末期に海軍部隊の一員としてそこで過したことが説明される。それに続く文章は以下である。

　敗戦が一切の行きずま《ママ》りをときほぐし、私は死ぬ必要がなくなって神戸のじぶんの家に帰った。そして長いあいだ島は私にとって死ととなり合ってくらしたなつかしい場所であると同時に、そこで戦争のあいだじぶんたちが何を行ったかの審きの場所でもあった。

（「妻のふるさと」より）

戦後間もない時期に島尾が書いた複数の戦争小説に「審き」あるいは「審判」という言葉が繰り返し現われ、キーワードになっていることはすでに指摘したが、それらの作品から十年近くを経て、この「妻のふるさと」でまた「審き」という言葉が使われている。「そこで戦争のあいだじぶんたちが何を行ったかの審き」とここには書かれているが、では島尾は、審かれるべきどんなことをしたと思っていたのか。

すでに検証したことを改めて記せば、島が本土のための捨て石になることを知りつつ「隊長さま」として島の人々から特別な待遇を受けていたこと、まもなく死ぬとわかっていながら島の娘と関係をもったこと、米軍が進駐してくる前にいちはやく島を逃げ出したことなどである。

漁民に擬装して脱出したときから十年を経て、ふたたび島に戻ることになった島尾は、心のどこかで、審かれるべき場所に戻ってきたと思っていたのではないだろうか。終戦翌年の小説「孤島夢」の中で、「必ずその島にひきよせられて、私の宿命は固定されてしまう」と書いた通りになったと。

南島を体現したような人物だった文一郎の娘ミホ（養女ではあるが実の娘以上の存在だった）の狂気によってすでに審かれていた島尾だが、奄美に居を定めたことで、今度は直接、島とそこに住む人々から審きを受けることになった。それがあくまでも島尾の主観だったとしても、奄美は彼にとって審きの場だった。だからこそ『死の棘』は、東京ではなくこの地で書かれなければならなかったのだ。「妻のふるさと」はこう続く。

今や、戦争のときに明らかに認められた私と島の人々のあいだの眼のなかのうつばりはなくなった。彼らにうつる私の戦争のときの姿は別の意味をもちはじめているにちがいない。で、私にとって、加計呂麻島ひいては奄美大島は緊張の場所であった。

しかしどうしても、ふたたび、奄美大島でくらさなければならないことになった。そして現在の名瀬での生活がはじまった。戦争のときに感じていた島と、今生活の場所となっている現実の島の感じは、そのままでは重ならない。あのときは、やわらかく、しかし今はかたい。（同前）

「眼のなかのうつばり（梁）」とは聖書にある言葉だが、ここで島尾が言っているのは、当時の島民の目に映っていた自分の姿は、島を救ってくれるという期待と感謝、死を約束された者への同情などによって嵩上《かさあ》げされており、実像とは異なっていたということだ。

戦争に負けると、特攻隊長だった島尾は真っ先に島を出た。そして、加計呂麻島を含む奄美群島は、本土から分断され米軍の占領下に置かれた。島の人々は昔とは違うきびしい目で自分を見るはずだという思いが島尾にはあったろう。彼にとって、奄美は決して無垢な場所ではなかったのだ。

島尾とミホが移住から二十年間を暮らした奄美は、傷ついた二人を癒《いや》し、家族を再生させた救済の地として語られてきた。確かにここで島尾は一切の放蕩《ほうとう》をやめて家族に尽くし、職場をはじめとする地域社会においても誠実に役割を果たした。かの地での島尾の評判はすこぶる良く、いまも人々に敬愛されている。それは、島尾自身がここに書いているように、つねに緊張して暮らしていた結果でもある。

ここに引いた部分だけではなく、「妻のふるさと」には全体としてある暗さが漂っている。たとえば自分たちの暮らす名瀬についてはこう書かれている。

　小さな離れ島のなかに、そこだけに忽然と、憂うつなざわめいた近代都市が未完成のすがたをむき出しにして建設されつつある。かくさずに云えば、官公庁と学校をのぞけば、それはいわば近代的な建築ともいえようが町の大部分は迷路をかかえて、ひしめき重なりあった狭い町々があるばかりだ。私はふと、ある日再び忽然と名瀬市の建設は中止され、捨て去られた果てに崩れ落ちてしまうすがたを、白昼夢にうなされて幻覚することさえある。
四季を通じて気温は変化が少ないのに一日のなかでは激変する多雨的で晴れまの少ない空模様。不順な季節風。ひんぱんにおそってくる台風。風土病と毒蛇のおそれ。私がそこに見るものは貧困から生れてくるあらゆる暗いものだ。(中略)十年の時の経過をはさみ再び奄美大島(具体的には名瀬の町)に来て、私が直面したのは、町自体の持つひとつの言いようのない空虚である。名瀬の町は日増しに近代都市の装いをまといつつあるが、その底に淀むのは暗さと貧しさだ。かつて救済と感じられた、やわらかさが、今は負荷となり重くのしかかってくる。(同前)

奄美に対することまで否定的な描写は、発表された島尾の文章にはない。この文章が発表されなかった事情は不明だが、ミホへの配慮があったのではないかというのが私の推測である。

「ミホの要望、妻への奉仕の姿をかけ」――これは、奄美移住から三か月後の昭和三十一年一月十四日の島尾の日記にある一文だ。「妻のふるさと」と同じ時期のことを描きつつ、それとは対照的に前向きな「妻への祈り・補遺」は、まさにミホが求めた「妻への奉仕」に満ちている。

「ミホ、というのは私の妻の名だが、彼女は気が狂うまでその夫を愛した。そのことは

「はなはだしく愚鈍な私の心にも、迂遠な曲折のあとで、するどくつきささった」

「私はあやまちに満ちていて妻を発病に導いた」

「私の仕事は、妻とそして子どもら二人のこころのなかに私が植えつけたしこりを完全にときほぐすことなのだ」

いずれも島尾の読者や研究者の間ではよく知られ、引用されることの多いフレーズである。このエッセイ全体がミホに宛《あ》てた恋文のようなもので、「妻のふるさと」とはポジとネガのような関係になっている。

「妻への祈り・補遺」の冒頭近くには、「私は妻のこころをなぐさめることができるなら、どんな文章をも書くことができると考えられた」とあり、前作「妻への祈り」をミホが気に入るまで何度も書き直したことが書かれている。自分がミホのいわば検閲下で書いていることを明かしているのだが、検閲を通らなかった「妻のふるさと」の方に、当時の島尾の心情がより正直に現われていると考えるのは、あながち間違いでもないだろう。

では、ミホにとっては奄美はどんな場所だったのだろうか。『死の棘』に描かれた時期、ミホは狂乱の中で何度も両親の幻影を見ている。そんなミホが帰りたかったのは、両親のもとで子供時代を過した幸福な場所としての奄美だった。

しかし奄美はまた、ミホが老いた父を置き去りにしてきた場所でもある。神戸時代の島尾の日記には、絶望の中でミホがつぶやいた「ジュウヲ捨テテ来タバチカモ」（昭和二十六年六月七日）という言葉が書きとめられている。

そして、小岩の家でミホが島尾に語って聞かせた、かつて暮らした屋敷の庭に掘られた穴の中に両親がいる夢。蛆《うじ》にまみれた父母、腐っていく下半身、叩《たた》きつけられた赤ん坊——これらは、なつかしい島の大地が汚されてしまったことの象徴でもある。それをしたのは、ほかならぬ自分自身と、自分が選んだ男である島尾なのだ。

ミホにとっても奄美はすでに無垢な場所ではなくなっていた。だがそれでも、ミホが帰る場所は奄美のほかにはなかった。

とうとう帰って来てしまった。と女は思った。それもこんなみすぼらしい身なりで。土産物どころか身の廻りのもの何も持たず身ひとつで帰って来た。

とうとう古里に帰って来てしまった。私はこんなみじめな恰好をして帰るべきではなかった。

この痩せさらばえた異様な姿を見たら父や母は何と言うだろう。私は父や母にめのめと会わせる顔はなかった筈だ。否父や母はもう死んでしまったのだ。古里の家に居る筈はない。すると私は何のために帰って来たのだろう。父や母が私をどんなに叱りつけようと、私の最後に帰って来る処はこゝより他にないことが、今度こそはっきり分ったことはない。父も母も私をあんなに大事に育てゝくれた。私の本当の生みの親でもないのに。私は私の実の親たちのことなど、今もつゆほどもなつかしく思ったことはない。私はこの私の父や母の外に生みの父や母が居るということがどれほど呪わしかったか。

父や母は私を叱るなどということはなかった。私がどんなことをしようと父と母は私を許した。そして私はそれを当然と思った。当然と思うことが私の、父や母に対する愛情だと思った。

だから私が父や母に叱られるだろうと思い始めたということは、異常なことであった。母は貝拾いをしていて海に溺れて死んだ。そして私は父一人の古里の家を捨てた。父は一人で寂しく死んで行った。それでも私は父は私のことについてはそれで満足だったのだと思うことが出来た。いやこんなからだになるまでは。

あの、大都会の片すみの狭い部屋のよごれた壁にかけられた写真の父と母の眼付は、次第に私を離れて行くように思えた。それまでは、こんなになってしまってねえ、とあわれみのまなざしで眺めていたのに。

私はどうしてこうして古里に帰って来てしまったのだろう。私は私がしただけの報いは甘んじて受けるつもりでいたのだったのに。私は古里の家に父を一人残して来ることは父をどんなに悲しませることか知り過ぎる位知ってはいたが、しかし父の本心は、私が思うまゝに振舞うことを望んでいるのだという確信にゆるぎはなかったのに。父は私のすべてを許しているというその考えに疑念はなかったが、しかも私のとった行動はおそろしいことであったということが分って来た。私にそむかれた父の孤独はどんなであったろう。

（「舟こぼれ」より）

島の土を踏んだときのミホの中には、故郷に帰ってきたという安堵《あんど》とともに、こうした複雑な思いがあったに違いない。帰島に際しての心情を縷々《るる》述べた、ミホの肉声が聞えてくるような文章だが、実はこれを書いたのはミホではなく島尾である。

ミホの没後、奄美の島尾家から、「舟こぼれ」と題された島尾の未発表原稿が発見された。分量は四百字詰め原稿用紙十枚で、未完である。

「舟こぼれ」というタイトルには見覚えがあった。島尾の日記ではなかったかと当たりをつけて探してみると、昭和三十年五月十三日の項に「午後（文芸のための）小説書きはじめる。舟こぼれ。」という一文があった。その後、締め切りを延ばしてもらったという記述があるが、『文芸』にもその他の雑誌にも掲載された形跡がなく、全集にも収録されていない。書き終えられないまま中絶してしまったのだろう。ここに引いたミホの独白のような文章は、その「舟こぼれ」の冒頭部分なのである。ちなみに「舟こぼれ」とは、舟から海に落ちて遭難することを言う奄美の言葉である。
島尾がこれを書き始めた昭和三十年五月十三日は、慶應大学病院の退院（三月三十日）と、国府台病院への入院（六月六日）の間の時期に当たる。住んでいたのは佐倉の借家で、前月に千佳子が訪ねてきて騒ぎが起こっている。それもあって、この時期すでに島尾は奄美への移住を考え始めていたのかもしれないが、現実に先んじて、帰島の際のミホの心情をリアルに描き出していることに驚かされる。実際に移住したのは、島尾がこれを書いてから五か月後のことである。

この「舟こぼれ」の中で島尾はミホに「私がどんなことをしようと父と母は私を許した。そして私はそれを当然と思った。当然と思うことが私の、父や母に対する愛情だと思った」「父の本心は、私が思うまゝに振舞うことを望んでいるのだという確信にゆるぎはなかった」と語らせている。これと同じ意味の言葉を、私もミホ自身から聞いたことがある。

ミホが何をしても許されるのは、それによってミホ本人が幸福になることが前提だった。自分が不幸であることは、ミホにとって唯一《ゆいいつ》最大の親不孝なのだ。ミホは発作の中でしばしば「ジュウ」「アンマー」と、いまは亡い父母を呼びながら島尾を責めているが、これは、自分がないがしろにされることはすなわち両親が貶《おとし》められることだからだ。
父を捨ててまで選んだ男がその価値のない人間であったことは、ミホにとってもっとも耐えがたいことなのである。

島尾の没後、ミホは島尾を聖人のように語り、自分たちの夫婦愛を神話化するのだが、その背景には、最大の負い目である「父を捨てたこと」を正当化したい気持ちがあったのではないだろうか。世間に対してよりも、むしろ死んだ両親に対して、ミホは自分たちが至上の愛で結ばれた完璧《かんぺき》なカップルであることを示さなければならなかったのだ。

未完作品ではあるが、これまで一度も活字になっていないこともあり、「舟こぼれ」から続けて引用する。


私はどんなことがあっても二度と再び古里の土を踏むまいと決心した。私は大都会の陋巷《ろうこう》に窮死しようと、父母の眠っている島の姿を見ようという弱気は起すまいと心に決めていた。

それなのに私はこうして古里に帰って来てしまった。私は長い船旅をどのようにして送ったかも覚えがない。

私は怖れと期待とで気が遠くなりながら、海草のように萎え果てた足を引きずって、かつて煩い思うことなく勝手気儘に振舞い、父や母の愛を限りなく受けて生活していたその家の方に近ずい《ママ》て行った。

部落の顔見知りに会わなかったのはもっけの幸であった。

小さな粗末な港湾設備のある向いの島のK町から、離島の古里のあたりの緑を眺めたときの、あの胸のつぶれるような衝動は何であったろう。

それは喜びやなつかしさとばかり言えない固いかたまりを含んでいた。にがい悔恨の、取り返しのつかぬ身のけがれ、拭うことのできないその意識、もうかつての父と母と三人で暮したときに何気なく眺めていた空の青さを再び自身にとり戻すことはできないと考えたときの絶望のようなもの。魂が悲し気な鳴き音をたてゝ蛾の姿に変りながら身内をとび出して行くときの、いやなもどしそうな酔いの気分。空が低く垂れこめて来て、暗くて暗くて、かなわない寂しさ。

いや空はあくまで青く、島の姿は鮮明な緑に、浜辺の砂は白く輝いていても、女の心にはそのまゝにはうつらなかったのだ。

私は怖れを知らなかった、と女は回想した。

すると発作の衝動が来た。（同前）

本人からいつも聞かされていた話がもとになっているのだろうが、それにしてもまるで手にとるようにミホの心情が伝わってくる。

観察され、造形され、巧みに描かれる。それが、作家・島尾敏雄の文学的ミューズたるミホの役割だった。それはミホ自身が望んだことでもある。書かれることで島尾を支配しようとしたのだ。

しかしやがて、ミホはみずから筆を執ることになる。審きの地である奄美で島尾が『死の棘』を書き始めたように、ミホもまた、自身の愛執によって父母を裏切った場所から、作家への道を踏み出すのである。

二

故郷へ帰ったからといって、すぐにミホの状態が好転したわけではない。ささいなきっかけで以前のような詰問を始めることがしばしばあり、そのたびに島尾は暗澹たる気持ちになった。移住前とほとんど変わらない諍いの様子が日記に綴られている日もある。

気持もつれ、ぼくはこゝにおれない、コジキする気で他国に行こうというようなことを言い、ミホはあいつに金を出させろと言い（マヤがそわそわ）ぼくの罪が露出され、死ぬ為に出て行くと言うとミホはやめなさいと言い玄関の所でこう着する。

（昭和三十年十一月十四日）

ぼくは絶望し死の旅の方へ出かけるそぶりが出る。するとミホは狂乱する。赤い崖の山の方に走り出す。つれ戻しに山に登る。風の中で家の屋敷が見下ろせる。伸三とマヤが手をつないで出たりはいったりしている。（同十一月二十一日）

島尾にとって東京を離れることは、ようやく築きかけていた文壇での地位を捨てることでもあった。日記には、「新刊雑誌を見ると、胸にいらだちの小波が起る」（十一月十六日）、「文学界はやはり暗い気持をぼくに与える。ぼくは自らをきずき又世界を切りひらくことができぬのではないか」（十一月十七日）など、焦《あせ》りの気持ちがたびたび記されている。

だが、まずはミホの精神状態を落ち着かせ、家庭を立て直さなければならない。最初のころは以前と同じようにミホの発作に巻き込まれていた島尾だが、やがてミホを刺激しないことを第一に、顔色をうかがいながら暮らすようになる。それは幼い子供たちも同じだった。

私にしても子どもらにしてもミホのこころの動きにはどんな小さなかげりにでも気がつき、そのとたんに、たとえその日が寒い北風の吹く日であったにしても、私と子どものからだに冷汗が流れた。そのとき私と子どもらとは、親子というような間柄ではなく、まるで同囚の仲間のような気分にふきよせられた。（中略）私たちの家で、もし妻のこころがかげれば、その日は家じゅうの雨戸をたてまわして、陽の通らぬ暗い部屋で一日中でもじっとしていなければならないし、反対にもし妻が明るい顔付をしているなら、薫風につつまれた生き生きした一日が私を訪れてくることになる。私と子どもらの間には言葉をかわさないでもひとつの共同作戦の態勢ができていて、お母さんがいらいらするようなことはどんなことでも避けて通ろうとこころみる。それは一つの掟のようなものだ。少くとも私と子どもらは、このことで掟というものの現実の顔付を理解しているようだ。そしてその掟に従っていれば、どんなにみんながしあわせであるかということも知っているのだ。ミホのすることは無条件で、いいことだということが、私の家の中での掟となった。彼女のすることにはまちがいはない。

（「妻への祈り・補遺」より）

ミホに対する島尾の気の使いようは大変なものだったようだ。県立図書館奄美分館時代に島尾の部下だった人の夫人に話を聞くと、彼女は「島尾先生は、こわいくらいにミホさんにやさしかった」と言った。

「道を歩くときでも、こう、ミホさんを抱きかかえるようにして、かばいながら歩くんです。島尾先生は誰にでも親切な方でしたけれど、ミホさんのことは本当にいたわって大切にしていらした。何かにつけて『ミホ、ミホ』と呼びかけるんですが、その声が本当にやさしくて……。こんな旦那《だんな》さんがこの世にいるのかと思いました」

当時のミホは暗い淵《ふち》にひきずりこまれるようにして発作を起こしてしまう状態で、島尾への疑惑をどうしても払いのけることができないことで自分自身が傷ついていた。ただ一方で、島尾からかしずくように大切にされ、家族に君臨することに満足してもいたようだ。インタビューのとき、島尾の昔の部下の妻が、島尾がミホにいかに優しかったかを語ってくれた話をするとミホの表情は華やぎ、「名瀬の奥さんたちが島尾を見て、自分の旦那さんに、あんなふうにあなたも私を大事にしてよ、と言い出して大変だったそうですよ」と言った。

「島尾はとにかく私のことばかりで、台所でお湯か何かをこぼして、あっ、と言っただけで、ミホどうした！ と飛んでくるんです。それは亡《な》くなるまでずっとそうでしたね」

両親から一度も叱られることなく育った自分は、本来とても我儘《わがまま》で自分勝手な人間なのだとミホは説明した。それを理解し、許容してくれた唯一の人間が島尾だったという。

「私、気に入らないことがあるとすぐに怒る人なんです。ええ、お腹がすいても怒るんですのよ。教会の御《ご》ミサの帰りなどに、島尾がまだ小さかった伸三とマヤによく申しておりました。少し早く歩いてください、お母さまがお腹がすくと怒り出しますから、って。おかしいでしょう？」

うれしそうに言って、こう付け加えた。

「そして島尾は、こんなふうに子供たちに言いきかせました。お母さまはとても心の温かい人だけれど、ちょっと我儘なところがあって、ときどき癇癪《かんしゃく》を起こす。でもどうかお母さまを理解してあげてくださいね、と」

ミホが忍従する妻だったのは結婚からの十年間だけであり、『死の棘』に描かれた時期をへて、夫婦の関係は逆転した。ミホのすることには間違いはないというのが家族内での掟であったと島尾は書いているが、ミホにとってはそれが生れながらの地位だった。狂ったことによって彼女は、本来あるべき自分を取り戻したのである。

島尾は移住から一年二か月が経った昭和三十一年十二月二十三日にカトリックの洗礼を受けているが、それもミホのためだった。島尾の一家を敷地内に住まわせてくれていた叔母の林ハルの一家は熱心なカトリックである。国府台病院に入院していたとき、改めて聖書を読むようになっていたミホは、ハルの一家とともに子供たちを連れて毎週日曜日に教会に通うようになった。島尾もついていったが、実は気が進まなかったことを、のちに、同じくカトリックの作家である小川国夫との対談で、「あの環境ではとても教会に行かないということは主張出来なかった」「ミサの間、ずっと黙って立ったり坐ったりしていたわけですけれども、ま、非常につらかったですね。心の中でいろんな葛藤があった、周囲が全部グロテスクに見えたりしてね」と語っている（『夢と現実』）。

受洗についても葛藤があった。「半ばひっさらわれるように……まだぼくの心は悪魔がいっぱいだからなどとわけのわからないことを言ったりして（笑）抵抗を試みたんですけれども、ま、洗礼を受けたんですね」「羊が首輪をつけられて洗礼の場所へ引っぱって行かれるようにして（笑）受けたんです」と言っている。一緒に受洗した長男の伸三によると、洗礼の数日前に「どうして洗礼を受けるの？」と訊《き》いたところ、「外交だよ」という答えが返ってきたという。

しかし島尾の中に信仰を求める気持ちがなかったわけではなく、小川国夫に「ぼく個人にとっては洗礼を受ける前の非常につらい日々がありましたので、やっぱり誰か助けてくれという叫びを上げていたわけで、何か大きな力にまかせてしまいたい、自分で考えるのはもう出来ない、という気持があったからでもあるんですけどね」とも語っている（同前）。

島尾はその後の人生をクリスチャンとして生きたが、キリスト教と正面から向き合った小説は残していない。島尾にとって入信はミホとともに生きる決意であり、少くとも当初は、その信仰はミホを通してのものだった。「妻への祈り・補遺」には「妻は私にとって神のこころみであった。私には神が見えず、妻だけが見えていたと言ってもいい」という一節がある。また、洗礼を受けて二年ほどたったころの日記には、以下のような記述がある。

私は聖書が神の書であるということを、どこまでほんとうに考えているのだろうか？　そこのところを考えると、自分のみにくさがあらわになり、カトリック信者としてのただしさが急速に剝がされて行くような、空虚を感ずる。日々のあらゆる行為の基準は「ミホのために」ということで論理付けようという意志。そしてミホの位置は神への祈りの中に。（昭和三十四年一月二十九日）

信仰に対する迷いや葛藤は、受洗後の日記に何度か記されている。島尾は信仰による救いをなかなか信じることができず、カトリックを何とか理解しようと聖書や福音書、神学書を読みあさった。奄美におけるカトリックの歴史についても調べている。だが、そうした格闘の先に何が見えたのかについては、生涯、明示的に著わすことはなかった。

島尾とキリスト教の関係について、長男の伸三は、「どんな試練がきても、それに耐えることで、彼は自分の魂を浄化する方法に換えることができたわけです。彼が神を信じていたかどうかは別として、そういう自分を抽象的なものへ昇華していく希望を持てたわけです」（『魚は泳ぐ』）と述べている。また、鹿児島大学名誉教授の石田忠彦は、あるときなぜカトリックに入信したかを島尾に問うたところ、「ああいうところに入っておかないと、私は何をしでかすか分からないから」という答えが返ってきたと書いている（『島尾敏雄とミホ　沖縄・九州』所収「微《かす》かな記憶のなかの島尾さん」）。この「何をしでかすか分からない」という言葉で思い出したのが、眞鍋呉夫が言っていたことである。

「島尾はわれわれの仲間の中でもっとも性的に早熟だったし、『死の棘』の事件が起こるまで、性的に放縦な生活を送っていました。でも、それがいいことだとは決して考えていなかった。女性に対する欲望の問題は島尾にとっては大きなもので、つねに葛藤やコンプレックスを抱えていたと思います」

放蕩の一方で、島尾にはそうした自分を見る倫理的な目があり、だからこそ神を必要としたのではないか、というのが眞鍋の見方である。

島尾にとって信仰と文学はどんな関係にあったのか。そしてそれは『死の棘』にどう影響しているのか。本人はそれについてほとんど書いたり語ったりしていない。だが、見過ごされそうな小文の中で、「罪」と「償い」について、ごく短くだが触れている。西欧のキリスト教文学のアンソロジー『キリスト教文学の世界　第七巻』（昭和五十二年刊）のために書いた解説文である。この巻にはフランツ・カフカの小説が収録されており、島尾は「カフカの癒し」と題した文章を寄せている。

カフカの言葉は自分にとって救いと言っていいほどの慰めを含み、心のむすぼれを解きほぐしてくれると述べたあとで、島尾はこう書いている。

……心のひだの奥に眠っている、言ってみれば罪というようなものが突き刺されそれがあばかれて告解を求められるというのではなく、罪のかたちが物のようにそこに置かれている状態の観察を強いられる具合いに、つい償い得たきもちにさせられていたにちがいないのです。

（「カフカの癒し」より）

人間の罪を、観察可能な「物」として、目の前に提示してみせること。それはまさに、『死の棘』という小説によって島尾が行おうとしたことではなかったか。全能の作者としてミホの内面に入り込んで描くことをせず、理解の及ばぬ他者として描き続けた姿勢、そして現実生活においては何があってもミホの傍を離れようとしなかった生き方の底には、自分の罪をひたすら見つめ続けることが償いにつながるというこの感覚があったのかもしれない。

三

島尾とミホが移住以来初めて加計呂麻島を訪れたのは、島尾が洗礼を受けた翌月にあたる昭和三十二年一月のことである。ミホの発作が目に見えて減るきっかけとなったのがこの旅だった。島尾は「妻への祈り・補遺」、「妻のふるさと」、「久慈紀行」（未完）の三篇のエッセイと、小説「廃址」の中でこの旅のことを取り上げている。

ある日島尾は、奄美大島南岸の久慈湾で特攻兵器の発掘工事が始まったという新聞記事を目にする。大島海峡をへだてて加計呂麻島と向き合う位置にある久慈湾には、戦時中、海軍の特攻基地が置かれていた。呑之浦にあった島尾隊と同じく震洋艇を擁する部隊である。

久慈の基地では、敗戦の年の春に震洋艇の爆発事故が起こり、十数名の整備兵とともに隊長の三木十郎中尉も爆死した。三木中尉は島尾と同じ海軍予備学生の出身で、旅順の教育部と横須賀の水雷学校で一緒に訓練を受けた間柄である。事故の知らせを聞いた島尾はその夜、三木中尉の遺体と対面するため、米軍の夜間戦闘機の横行する海峡を渡って久慈を訪れている。

新聞記事には、爆発で崩れて震洋艇が埋まったままになっている隧道《ずいどう》艇庫（格納壕《ごう》）を発掘し、危険物を回収する工事が行われるとあった。そこへ行ってみたいという気持ちが抑えられなくなった島尾は、ミホに相談する。すると、それまで人に会うことを怖れて、教会に通う以外はほとんど家に引きこもっていたミホが、意外にも自分も一緒に行くと言い出した。

久慈まで行けば、加計呂麻島はすぐ目の前である。どちらから言い出してのことだったのかを島尾は書いていないが、二人は久慈を訪ねたあと、加計呂麻島に渡ることにしたのだった。

一月十七日、名瀬の自宅を出た二人は、奄美大島南端の港町である古仁屋までバスに乗り、そこから発動船で久慈を訪れた。「危険な作業のあとで、やっとはいることができた隧道のなかには、十二年前がそのままになっていると思わせる何か凍りつくような「確かさ」があった」(「妻への祈り・補遺」)と島尾は書いている。爆発で崩れ落ちた隧道は、杭木が白骨のようにもつれあい、震洋艇のベニヤ板の艇体は腐食して土と化していた。

発掘現場を見学したあと、二人はふたたび発動船に乗って大島海峡を渡り、加計呂麻島の瀬相の港に着いた。瀬相はかつて大島防備隊本部があったところで、島尾が昭和十九(一九四四)年十一月に震洋隊の隊長として着任したのも、同二十(一九四五)年八月十五日に呼集を受けて敗戦を知らされたのもここである。

島尾の部隊があった呑之浦は、岬をはさんで瀬相の南東に位置している。二人は山道を歩いて越え、呑之浦に入った。基地跡は草が生い茂るままになっていたが、震洋艇を格納していた海岸の十二の隧道艇庫は、コンクリートで固めた入口の部分が崩れずに残っていた。入り江に向かってうつろに開かれているその穴を見て、島尾は戦慄《せんりつ》に襲われる。自分たちはここに来るのが早すぎたのではないかと思ったのだ。

日が暮れてから二人は押角へ向かう峠道を上った。戦時中の島尾がミホのもとに通うために何度も越えた峠である。押角に入ると、まず墓に行った。大平家の墓所は、海岸線に沿ってひらけた集落の背後、小高い山の中腹にある。ミホは慟哭《どうこく》した。「私は妻がその父と母の墓石と土まんじゅうに頬ずりして泣き叫ぶのを見た。私は妻を墓地から引きはなすことに絶望を感じたほどだ」(「妻への祈り・補遺」)と島尾は書いている。

その後、大平家の屋敷跡に行ったが、そこはすっかり荒れ果て、昔の面影はなかった。この場所に立ったときのミホの様子を島尾は描写していないが、ミホ自身による文章が残っている。『婦人公論』の昭和三十六(一九六一)年五月号に掲載された「「死の棘」から脱れて」である。これは昭和三十四(一九五九)年の「錯乱の魂から蘇えって」に続いて同誌に発表された手記で、慶應病院と国府台病院での入院生活、退院と奄美への移住、そして短篇集『死の棘』で島尾が芸術選奨を受けるまでが綴られている。本書の第七章で詳しく見た、「あいつ」が佐倉の家にやってきて対決する場面もこの手記に含まれている。

以下、「「死の棘」から脱れて」から引用する。

勝手知った門を中にはいって、明るい月の光の中に見たものは、バナナと砂糖きびが雑草とともに植え捨てられたように茂っている、荒れはてた空地だけでした。呆然となった私は、涙も出ず、あたりをうろうろ歩き廻りました。書院《しゅいん》、中屋《なはんや》、トーグラの棟を中にして、そのまわりをとりまいていた、高倉《たはぐら》、馬屋《まんや》、ヤドリ等の建物はどこに行ってしまったのでしょう。裏門の石垣際に、鍵屋《さしんや》だけが、うらぶれた姿で残されていました。父が「百花園」と名付けて数多い花々を植えてたのしんでいた庭のおもかげは、いたずらに繁茂した雑草に覆われてしまって、思い起すことさえ困難な有様です。父はその日咲く花の種類をかぞえるのをたのしい仕事にしていましたのに。ただ父と私と二人で植えた千年木や桜や梅の木が、いたずらに大木となって夜空に高くそびえていました。私が小学校の時に父が南洋のどこかから取り寄せて植えたコーヒーの木の下に行ってみると、それはもう見上げるほどの高さになり、紅い果実を鈴なりにつけて、枝は柳のように垂れていました。父が最も愛したこの木、土の上に残された植物ほどのいのちもない人の運命のはかなさ、私はその実をいっぱい取ってポケットにいれ、荒れはてた屋敷を出ました。私はひどく興奮しているのを感じました。懐しい部落のうちを歩きながら私は気持のたかぶりをどうすることもできませんでした。

（「「死の棘」から脱れて」より）

屋敷はもとより田畑も山林も人手に渡り、大平家のものではなくなっていたのだが、それをミホが知ったのは、実はこのときではない。国府台病院に入院していたとき見舞いに来た従兄《いとこ》からすでに聞いていたのだ。ミホが入院中につけていた日記の昭和三十年七月二十二日の記述によれば、文一郎の没後、屋敷その他は文一郎が生前に養子にした人物が相続したが、その人は屋敷を売り払い、他の財産も売ってよその土地に移っていったという。

この入院日記には、医師の指示により、ミホが見た夢の内容も記されている。その多くが故郷の夢で、養父母が登場する。従兄が見舞いに来た前日にも、ミホは押角の屋敷の夢を見たばかりだった。その屋敷がもうないと聞いて衝撃を受けたが、ミホは懸命に感情を抑えた。日記にはこうある。

ふつと涙わきかゝるのを、ここで涙をこぼすと、又以前の様な激しい性情のミホにかへると思ひかえし、涙をとどめる。涙をとどめ、じつと他人事の様にきく。遠い事の様にきき流そうとつとめ、そうする。（昭和三十年七月二十二日）

このときのミホは病気であることを自覚し、みずからの激しい感情を怖れていた。自分をコントロールできないことへの不安の中で、発作に陥るまいと苦闘していたのだ。ミホはこの日の日記の中で、父母と暮らした故郷の家を「生涯を貫いてゐる心の糧」と書いている。それが失われたことを正面から受け止めれば、自分を保つことができなくなると思ったのだろう。

しかし、実際に加計呂麻島に渡り、なつかしい住まいが荒れ果てている様子を自分の目で見ると、平静ではいられなかった。屋敷跡を出たミホは、気持ちのたかぶりのままに、かつての大平家を知る人たちの家の戸を叩いて回る。年寄りたちはミホを見て驚き、ウンジュ（旦那さま）とアシェ（奥さま）がいまはもう亡いことを嘆いて泣いた。かれらの中には大平家の人々を慕い、敬う心がまだ残っていた。

だが、ミホが昔と同じくカナ（お嬢さま）としての扱いを受けたのはここまでだった。

ふたたび「「死の棘」から脱れて」から引用する。

私は夜もすっかり更けてしまってから、今は私の家の管理をしているという人の家に行きました。そこにいくまでに示された遠い日と同じ気分の中にいた私は、ここではっきり現実と対決しました。（中略）

父の死後のいきさつはよくわかりませんが、現に私の家についてのすべては、むかし祖父や父が使っていた家の人が管理することになってしまっているのでした。いやそれは管理というのではなく、全財産が実質的にはすでにその人のものとなっているようでありました。父は死ぬまぎわまで私の名前を呼びつづけ、「ミホが帰る日のために、部屋の様子も変えてはいけない」と強く言い残したというのに、私はそれを見ることができませんでした。しかしお墓をみてもらっていることの感謝の気持で、その人を訪ねましたが、その人は、父のこと、家のことなどについては一言も私に話してはくれませんでした。私は寂寥にうちのめされ、だまってその家を去りました。

（「『死の棘』から脱れて」より）

ミホが島を出て島尾のもとへ嫁いだあと文一郎が養子を迎えたことは、私も奄美で取材したときに何人かの人から聞いている。その人物は養子になったときすでに妻帯しており、夫婦で大平家に入ったが、文一郎が死去すると屋敷を壊してその材木を売り払い、家族で福岡へ転居してしまったという。これは入院日記の中の従兄の話と一致しているから、押角でミホが会った人物——大平家の財産を実質的に自分のものにしているという人——は、文一郎の養子から土地を買い取ったか、あるいは管理を任されていたのかもしれない。

いずれにせよ、あれほど慕われ、尊敬されていた文一郎を偲《しの》ぶものは、押角には何も残っていなかった。そこがすでに自分が心の中で大切にしてきた土地ではなくなってしまったことをミホは思い知らされる。しかもそれは自分がしたことの結果であった。跡継ぎとなるために養女になったにもかかわらず、老いた養父を一人残して島を出たのは自分なのだ。

ミホも島尾も、文一郎の財産を相続することを考えていた形跡はまったくみられず、所有権にこだわりがあったわけではないことは確かである。ミホにとって衝撃だったのは、島を離れて以後、どんなときも心のよりどころとしていた故郷の家が、跡形もなく消えていたことだ。

しかも現在の持ち主の態度は冷たかった。島尾は未発表の「妻のふるさと」の中で、「昔の日々を知っている年寄りたちは突然そこに現われた「カナ」を見て驚愕して泣いた。しかし今はむら有力者となった墓地監理者のひどく警戒した仕打ちが妻の感情をたかぶらせて彼女の軽い発作を誘った」と書いている。このときの様子について、ミホの没後に見つかった「「死の棘」から脱れて」の草稿には、「男は、はっきりと私と対等の言葉を使い、身構え、私からの切込みに防御の姿勢をとり、自分の方からは一言も話しかけませんでした」という一節がある。

全集には収録されていない「妻のふるさと」を、私が掲載誌を探して読んだのは、ミホの没後のことだった。養父母の墓石と土まんじゅうに頬ずりして泣き叫んだこと、大平家の墓地を監理している男の態度に感情が高ぶって発作を起こしたことを知ったとき、本書の第一章に書いた、墓参りがミホの不興を買って取材打ち切りにつながった件を思い出した。墓誌によって大平夫妻が実の両親ではないことが知れるのを恐れたためだとあのときは思ったが、それだけではなかったのかもしれない。あのとき私は、墓だけではなく大平家の屋敷跡に行った話もしている。ミホは沈んだ顔で「もう何もなかったでしょう？」と言った。大平家の屋敷跡と墓は、ミホの悲しみと悔恨、憤《いきどお》りの象徴であり、そこに誰かが足を踏み入れることは、ミホにとって、いわば〝負の聖域〟を侵されることだったのではないだろうか。

ミホは島尾の没後、本土から取材に来る人があると、しばしばみずから呑之浦に案内した。島尾の出撃を見送って自決しようとした浜辺に、当時と同じように正座している写真を撮らせることもあった。しかし、大平家の屋敷跡や墓のある押角に案内することはなかったという。

その夜、ミホと島尾は加計呂麻島に泊まった。島尾はミホを連れてきたことを後悔し、彼女がふたたび混迷におちこむことを怖れた。

さて、あくる日の朝まだき、みすぼらしい宿屋のかたい寝床で浅い眠りをまどろんでいた私は、妻のうわごとで眼がさめた。「あたしはどこにいるの？　早くジュウ（父）のところに帰らなければ……」そう言いながら彼女は焦点を失った頼りなげなひとみになってしまっているではないか。私は妻をゆさぶった。そして一刻も早くこの部落を去るべきだと考えた。

（「妻への祈り・補遺」より）

だが不思議なことに、名瀬に帰ったあと、ミホの病的な反応はおさまっていった。「妻はこの旅行のあとで、ほとんど日常生活に障りのない程度に、反応をうすくしてしまった」（「妻のふるさと」）、「妻はおこりが落ちたように、しっかりした挙措をとりもどした」（「妻への祈り・補遺」）と島尾は書いている。またミホの「「死の棘」から脱れて」にも、「名瀬に帰った私は、うそのように発作を起こさなくなりました」とある。実際には、ミホの発作はこの先も断続的に続くのだが、押角での経験が契機となって、頻度も激しさも小さくなっていったことは確かなようだ。喪失感に打ちのめされたに違いない経験が、発作を起こさなくなることにつながったのはなぜなのだろうか。

ミホの発作は、文学仲間の女性との情事を知るという形でミホに訪れた「戦後」に対する拒否反応でもあった。戦時下での命がけの恋の続きのつもりで結婚生活を始めたミホだったが、戦後の島尾はそんな妻を置き去りにして文学にのめり込んだ。ミホだけがひとり戦時下の時間にとどまっていたのだ。

「現在の会」の同人だった川瀬千佳子は、たくましく頼りがいのある隊長を不機嫌で生活力のないインテリに変質させ、家庭から引き離したもの＝文学の象徴でもあった。彼女の登場によって、ミホは戦時下の時間から決定的に引き剝がされ、「戦後」という時代に直面させられることになった。それを拒もうとするエネルギーが、狂乱の発作としてあらわれたと考えれば、「戦後」を受け入れることでしかミホの発作は終わらないことになる。

押角での経験は、ミホにとってそこだけは戦中までのイメージのままだった加計呂麻島にも「戦後」が押し寄せ、すでに定着していることを突きつけるものだった。しかも奄美群島は、終戦から八年間アメリカの軍政下に置かれていた。すべてがめまぐるしく変化した「戦後」の時間は、「ウンジュ」への敬意を支えていた古くからの意識を押し流したのだった。

ミホが喪失したのは、養父母と過ごした屋敷だけではない。ユカリッチュの権威もまた失われ、ミホが誇りにしていた家系は意味がなくなっていた。もと使用人だった男性が自分と対等の言葉を使うことにミホは衝撃を受けたが、それは時代が変ったいまとなっては当たり前のことで、どんな特権もすでにミホにはなかった。

ミホは押角で、もはや拒み得ない「戦後」に直面させられた。それを受け入れざるを得ないことに気づいたとき、発作を起こすエネルギーも失われたのだろう。島で一晩を過ごし、港から船に乗ったときのことを、ミホは「『死の棘』から脱れて」の中で、「父が真珠の養殖をしていたクバマの沖を通った時、私ははっきりと過去に訣別を告げることができました」と書いている。このときようやく、ミホの戦後が始まったのである。

注目すべきは、この旅の直後にミホが初めての小説を書いていることだ。ミホの没後、おびただしい草稿が詰まった段ボール箱の底から、B4サイズの分厚い茶封筒が見つかった。中に入っていたのは、「妻よ再びわれに」と題された四十枚ほどの小説の原稿だった。

茶封筒の表には「東京都千代田区西神田一の三　主婦と生活社　編集局『読物募集係』」という宛名が記されており、出版社の小説募集に応募するつもりで書かれたと思われる。だが中身を読んでみると、抹消《まっしょう》や訂正だらけで文字も荒く、草稿の段階であることがわかる。封筒には赤字で「書留」「速達」と書かれているが、切手は貼《は》られておらず、結局は応募しなかったようだ。

切手が貼られるべき位置には、「昭和三十二年　五、六月」と書かれている。おそらく執筆時期なのだろう。加計呂麻島へ行ったのはこの年の一月だから、それから数か月のうちにミホはこれを書いたと思われる。

主人公はミホと島尾を思わせる夫婦で、戦争末期に爆発事故が起きた特攻艇の格納庫の発掘作業を二人が見に行くところから物語は始まる。そこから戦時中の回想になり、特攻隊長と島の娘が恋に落ち、ぎりぎりで特攻出撃をまぬかれて戦後に結婚した経緯が綴られる。その後、精神を病んだ妻のために故郷の島に移住したこともほぼ事実の通りに書かれている（妻の発病の原因が夫の情事だったことにはふれていない）。最後は、故郷の島の屋敷跡にたどり着いた妻が、父はすでに死に、屋敷が売り払われてしまったことを知る場面で終わる。

文章は粗く完成度は低いが、途絶せずに最後まで書き終えている。『婦人公論』の手記もまだ書いていない時期であり、これだけの長さのものを書き上げたのは初めての経験だったはずだ。久慈を経て押角に行った体験がほぼそのまま出てくることから、この旅が初めての小説の執筆の契機となったことは確かだろう。

原郷ともいうべきよりどころを失い、戦後を受け入れざるを得なくなったとき、ミホは初めて自分の人生を客観的に見る目を獲得し、書くことへの一歩を踏み出した。しかし、この最初の小説を仔細《しさい》に読むと、島尾の作品の中で見たことのある表現がときおり出てくることに気づく。

このとき『死の棘』はまだ書かれていなかったが、戦時下での恋愛や、精神に変調をきたしたミホを描いた作品のいくつかは発表されていた。それまでの人生の中でもっとも書く価値のある出来事は、すでに島尾の筆で書かれてしまっていたのである。しかもきわめて巧みに。

自分自身の経験であるにもかかわらず、いざ書こうとすると、ミホは島尾によって書かれた言葉をなぞっていた。語るべき言葉を、作家・島尾敏雄によって先取りされ、奪い去られた状態から、ミホは出発しなければならなかったのだ。

「妻よ再びわれに」の中で、ミホがほぼそのままなぞっている島尾の表現には、たとえば「その瞳を見たときに中尉さんは自分が囚われの身になってしまったことを知りました」(「島の果て」)、「もう此の世の中には亡くなってしまったものを追慕している調子がNの様子に表われていた」(「出孤島記」)などがある。前者は加計呂麻島で出会った二人が惹《ひ》かれ合う場面、後者は特攻戦が下令された夜にミホが部隊近くの浜辺まで会いに来る場面に出てくる表現である。

また、島尾が戦時中に記していた「はまよはゆかず　いそづたふ」のノートの文章からもミホは〝引用〟している。「私は明日をも知れぬ日日のいのちであるのに奇妙な充実した生命がつけ加へられる思ひをした」「私とそのひととは磯づたふ二羽の「浜千鳥」であつた」といった表現である。

これらはいずれも、ミホにとって書かれることが喜びだった時期の作品だ。島尾によって書かれたミホ像は、いつしかミホ自身を覆いつくし、本人にとっても生身の自分と見分けがつかなくなっていた。最初の小説を草稿のまま投げ出してしまったのは、間違いなく自分が経験したことであるにもかかわらず、その自分の中から出てくるものが、島尾によってすでに描かれたミホ像でしかないことに気がついたためではないだろうか。ミホが自分の作品といえるものを書くまでには、このときから十二年の歳月を要することになる。

十二年後、五十歳のミホが描いたのは、島尾が登場しない世界だった。まだ島尾によって書かれていない自分、つまり島尾と出会う前の自分を主人公にしたのだ。

昭和四十四（一九六九）年、ミホは鹿児島市の同人誌『カンナ』第五十三号に「鳥九題」という小品を寄稿する。幼少期の思い出を南島に生息する鳥たちに託して綴った作品で、このあと四年間にわたって同誌に計十本の短篇を発表することになる。いずれも加計呂麻島での両親との暮らしを回想したものだ。この十篇に三篇を加えて昭和四十九（一九七四）年に創樹社から刊行されたのが、田村俊子賞を受けた『海辺の生と死』である。

『カンナ』は、中勘助の研究で知られる鹿児島大学の渡辺外喜三郎《げきさぶろう》名誉教授が昭和三十年から平成九（一九九七）年まで発行していた季刊の文芸誌である。同人は二〇人ほどで、毎号一〇人前後の執筆者による創作や随筆、評論などを掲載していた。

この『カンナ』にミホが寄稿することになったのは、生前のミホから聞いた話によれば、島尾の入院がきっかけだった。昭和四十四年二月、島尾は自転車に乗っていて道から川原に転落、右足骨折と頭部打撲で半年間入院する。その間、約束していた『カンナ』の原稿が滞り、ミホに穴埋めを頼んだのだという。あくまでも島尾の代わりだったとミホは話したが、それ以前から書きたい気持ちはあったのだろう。『海辺の生と死』は南日本文学賞も受けているが、その受賞インタビューの中で、「両親に大事に育てられたせいか、父母に対する気持ちは口では言い表せないほど深い」「いつかはこれらの思い出を何かの形で書き止めておこうと思っていた矢先〝カンナ〟に書くチャンスがきたのです」などと語っている（「南日本新聞」昭和五十年二月十一日）。

島尾の入院によって「書くチャンスがきた」とき、彼女は島尾と知り合う以前の幼年期を題材に選んだ。そして四年間をかけてゆっくりと、両親と暮らした日々を書き継いでいった。

荒れ果てた屋敷跡を見たとき、永遠に失われたことを思い知った旧《ふる》い懐かしい時代。書くことによってそれをもう一度この世に存在せしめることは、恋した男のために捨てた父と、父を捨てたことによって背いた母への鎮魂であり贖罪《しょくざい》だった。そしてもうひとつ、加計呂麻島での幼少期を描くことは、島尾を選んだことによって狂うほどの苦しみを味わわなければならなかった自分を、過去の幸福な時間の中でもういちど生かす試みでもあった。

ミホが『カンナ』に寄稿した十の短篇は、エッセイや小説といったカテゴリーにあてはめにくい独特の作品群である。主語は一人称の「私」で統一され、南島の自然と独特の習俗を背景とした父母との暮らし、また島を訪れては去ってゆく物売りや旅芸人などの思い出が語られる。だが個人の回想にとどまらない、ある普遍的な世界がここには展開されている。

これらの作品が『海辺の生と死』として刊行されたとき、吉本隆明は「昼は人つくり夜は神つくりとでもいうより致し方のないものがここには生きている」として『万葉集』の歌を引き合いに出しながら論じ、「遊行して南の小さな島に訪れて去ってゆく〈聖〉であり同時に〈俗〉である人々、〈貴種〉であり同時に〈卑種〉である人々の姿を、迎えるものの内部から描破している」「もちろん、これは五十年とは遡れない奄美諸島の加計呂麻島の少女の心に写ったものとしてだが、どんなに遡ってもそれほど変りはあるまいとおもえるほど、永続的な描写をふくんでいる」と述べている（前出「聖と俗――焼くや藻塩の」）。また、先に引いた南日本文学賞受賞時の「南日本新聞」掲載のインタビュー記事では、島尾が『海辺の生と死』のミホの文章を、小説でもエッセイでもない〝近代民話〟と名づけたことが、記者による地の文に記されている。

自分が見聞きしたものを描いて、それが神話や民話に擬せられるような普遍性を帯びる――そんなミホの作品世界とは、ではどのようなものなのだろうか。

昭和四十九年に刊行された『海辺の生と死』は次のような三部構成になっている。

Ⅰ

旅の人たち――沖縄芝居の役者衆

旅の人たち――支那手妻の曲芸者
旅の人たち――赤穂義士祭と旅の浪曲師
旅の人たち――親子連れの踊り子
Ⅱ
真珠――父のために
アセと幼児たち――母のために
鳥九題
茜雲《あかねぐも》
洗骨
海辺の生と死
Ⅲ
特攻隊長のころ
篋底《きょうてい》の手紙
その夜

Ⅰでは、加計呂麻島を訪れては去ってゆく人々と、かれらを迎える島人たちとの交流が描かれる。

本土から見れば辺境である奄美群島だが、旧《ふる》くから海上の交通路によって大陸や東南アジアの島々との往来があった。海に閉じこめられた小島は、海を媒介に世界と直接つながっている土地でもあったのだ。

どんな人たちが島にやってきたのかについて、ミホはこう記している。

その旅の人々は、沖縄芝居をする役者衆、支那手妻をしてみせる人たち、親子連れの踊り子、講釈師、浪花節語りなどの旅芸人や、立琴を巧みに弾いて歌い歩く樟脳売りの伊達男、それぞれ身体のどこかに障害を持った「征露丸」売りの日露戦争廃兵の一団、それに帝政時代には貴族将校だったという白系ロシア人のラシャ売り、辮髪を残した「支那人」の小間物売り、紺風呂敷の包みを背中に負った越中富山の薬売りなどでした。（「旅の人たち——沖縄芝居の役者衆」より）

沖縄、中国、日本本土、そしてロシア。なんとさまざまな土地から人々はやってきたことか。

旅人は、遠くからだけやってきたのではない。近い距離にいながら、生活の場を異にする人々もまた訪問者としてあらわれた。

それに旧暦の朔《ついたち》と十五日には必ず朝から夕方まで続く、癩病患者の物乞いの群れもありました。手先のなくなった腕に櫂を褄布でしっかりくくりつけ、丸木舟や板つけ舟を上手にあやつりながらやって来るのですが、集落を家ごとに巡り歩いてお金や味噌、黒砂糖、米など生活に必要な品々を、首の両側から吊した二つの三角袋に恵んで貰っては、また何処かへ漕ぎ帰って行きました。（同前）

文中の「癩病」という語は現在では使われることがないが、ハンセン病のことである。感染力はごく弱く、特効薬も開発されて、治癒する病であるという事実が現在では広く認識されているが、ミホの幼少期である大正末期から昭和初期にかけては、忌避され差別される病であり、また身近な病でもあった。感染への恐怖と、この病を負った人々への畏怖《いふ》はミホの中に長く残り、二冊目の著作である短篇小説集『祭り裏』の表題作や未完に終わった長篇『海嘯《かいしょう》』に主要なテーマとしてひきつがれていく。だが、この『海辺の生と死』ではそれほど深くふれられてはおらず、おもに取り上げられているのは、沖縄芝居、支那手妻、浪由師、踊り子といった旅芸人たちとの交流である。

印象的なのは、かれらの描写の細密さだ。たとえば「支那手妻の曲芸者」に出てくる、十歳くらいの双子の男の子たちの舞台上の姿はこう書かれている。

黒繻子の木綿服は肘のあたりに継ぎ当てがしてあり、ズボンの膝のうしろは蛇腹のようにたくさんの横皺がよりその分だけ膝頭がふくらみ、足がそのあたりで前曲りになってみえました。髪の毛はみんな剃ってあるのに、額のあたりにひとつかみだけ残しているのが不思議に思えましたが、相手のそこのところを握り合って二人はもつれあいながら呼吸のあった曲芸をさまざまに演じました。

そのしなやかな身のこなしは骨を抜かれて筋肉だけになっているのではないかと思えるほどに前に曲り後に反り頭と足がからみあい、またある時は二つの肉体がひとつの毬のようにまるくなってかすかな砂ほこりをたてながら地面をくるくるところがりました。そしてひとつの演技が終る度に足を前に高くあげて自分の頭を蹴るようにしたあと、右手で額に残った髪の毛を引っぱってお辞儀をするしぐさを繰返してにっこり笑いました。あれほど激しく動き廻ったあとなのに息の乱れひとつ見せず、透き徹るかと思えるほどに夜目にも白い頬をいくらか紅潮させただけで、篝火の前にすっくと立った姿は少女のようにたおやかに見えました。

(「旅の人たち──支那手妻の曲芸者」より)

幼いミホが目にした少年たちの舞台上の姿が、読者の眼前にあざやかに立ち現れてくる。こうした描写が「旅の人たち」の四篇には随所に見られるが、ミホはまた、かれらを迎える自分の姿も描写している。

> その夜母は私に木綿の節糸で織った、紺地に赤絣のはいった着物を着せましたが、それは裏庭に繁る藍の葉を水をはったハンドー（甕）に入れて腐らせ、石灰をまぜて色を冴えさせたその藍汁に、芭蕉糸で絣を括った糸を入れて染めあげたものですから、藍の香が未だふくふくと匂っていました。また締めた赤い帯も母の手染めでした。今はもうなんという木だったか名前も忘れましたが、遠い南の国から黒潮に乗って島の浜辺に流れついた寄り木の木片を煮出した汁で、父のお古の白ちりめんの帯を染め直してつくってくれたのです。深く沈んだくれないの色が心に染みるようでした。
>
> 羽織は、三角に切った布切をつぎ合わせた綿入れの袖無しを着せられました。三角はハベラ（蝶）のかたどりで人間の魂だと言われていますので、おそらく母は三角を縫いこんだものを常日頃私に着せることで、お守りのつもりにしていたのでしょう。（同前）

着ているものひとつから、母の愛情、そして島の暮らしが見えてくる。さらにその背後には、土地の歴史がある。奄美では蝶は人間の魂が身体から抜け出たものとされる。

三角形は蝶をあらわし、魔除《まよ》けとして使われたことを私はミホから教えてもらった。ミホの家に伝わっていたノロの衣裳《いしょう》にも、三角の布が縫いつけてあったそうだ。

ミホにとって、作品の中で自分を描くことはそのまま、自分を愛し支えてくれていた父母を描くことでもあった。そしてその後ろには、琉球からやってきた貴人として人々の崇敬を受けていた祖先の存在がある。

「旅の人たち――沖縄芝居の役者衆」には、旅籠屋《はたごや》に舞台をしつらえて行われた沖縄芝居を見に行ったミホが、役者たちの衣裳に目を奪われる場面がある。

また私の家の納戸にある朱塗や黒塗の蒔絵の櫃と衣装箱の深蓋《フカフタ》の中に香袋や木の実といっしょに仕舞い込まれた「朝衣《チョウギン》」とか「胴衣《ドギン》」とかの奇妙な衣装を、その役者たちが着て出て来たときには胸の底から深い親しみがわきおこりました。「髪は唐《トウ》結びにたかく結いあげてギファ（簪）をさし、広袖のゆったりした着物の上に縫いとりをした厚ぼったい広幅帯を前に大きく結びいつも文机の前に正坐なさって、若い頃長崎で学んだオランダ語の本をツーピンシャラリーと読んで居られました」と母が度々話してくれた祖父の姿が、役者の姿と重なって、私に先祖の面影をおもい偲ばせてくれるのでした。

（「旅の人たち――沖縄芝居の役者衆」より）

歴史という大きな織布から一本の糸を引くように、自分につながる過去がすっと引き出されてくる。少女のミホが立っている足もとの時間の層が、ふとその厚みを垣間見せ《かいまみ》る瞬間である。故郷の地と父母、そしてその祖先は、遠い東京の地で夫の裏切りに苦しんだとき、ミホが助けを求めたよりどころであり、自分を保つための誇りの源泉であった。

それにしても、着物の色柄から舞台上の演者の動きまで、ミホの文章が幼少期の記憶を細部にわたって再現していることに驚かされる。これは以前にも触れた、一度見たものを忘れることがないというミホの能力のためで、ある場面を思い出そうとすると、映画のフィルムが廻っているかのように、そのときの情景が目の前に見えてくるのだという。

Ⅱでは冒頭に両親を描いた二作が置かれ、そのあとに、島の自然や風物の中での暮らしを描いた短篇群が続く。『海辺の生と死』は刊行から十三年後の昭和六十二（一九八七）年に中公文庫に入ったが、その際、章の順番が変わっている。ⅠとⅡが入れ替えられ、その結果、両親それぞれの思い出を綴った「真珠――父のために」「アセと幼児たち――母のために」が巻頭にくることになった。文庫版の『海辺の生と死』には、文庫化にあたり著者の希望にそって編集をし直したとの断り書きがあり、章の入れ替えはミホの意向だったことがわかる。両親への贖罪と鎮魂というこの本の意味を明確にしようとしたのだろう。

おそらくミホは、最初からこの構成にしたかったのではないだろうか。だが単行本として刊行されたときは、最初の本であることもあり、出版社の意向をくんだのではないか。確かに作品としては、吉本隆明が紙幅を割いてくわしく言及した「旅の人たち」の連作の方が完成度が高い。だがミホとしては、父と母に捧《ささ》げる文章をまず巻頭に置きたかったに違いない。

Iの「旅の人たち」の連作で見られた精密で正確な描写は、IIに収録された作品群でもなされている。ミホにとって、ありありと眼前に浮ぶように書くことは、失われた過去をよみがえらせ、父母のいた世界をいまここに現出せしめるための行為だった。細密なタペストリーを織るようにして組み合わせられた言葉のつらなりは、まるで呪文《じゅもん》か連《れん》禱《とう》のようだ。

単行本のタイトルにもなった「海辺の生と死」は、その一部が中学校の教科書に採録されるなど、ミホの作品の中でもっともよく知られているものだ。大勢の子供たちで山《や》羊《ぎ》の出産を見守る「誕生のよろこび」、珊瑚礁《さんごしょう》に腹這《はらば》いになって卵から孵《かえ》る魚を見つめる「海中の生誕」、海岸で屠《ほふ》られる牛と目を見交わす「浜辺の死」の三篇からなる連作で、各篇は原稿用紙にしてそれぞれ一、二枚ほどの掌篇である。共通しているのは対象を無心に見つめる目だ。

……私は牛のまんまえに立ってかすかな口のうごきさえわかる近さで、まじまじとその顔を見ていたのです。牛は優しい眼つきで私の眼を見ていました。涙がこぼれそうなぐらい胸にひびくあたたかい眼でした。斧を持った阿仁おじが何かに区切りをつけるように、「がんば」と言って私の側にきて立ちました。私は「ああ、まき（眉間）を打つのだわ」と思ったんです。でもちっとも怖くはありませんでした。ただ「さようなら」だと思っていました。牛も私も目をそらさず互いにみつめあっていました。この時の牛の眼を私は生涯忘れることができません。口元近く手綱を持っていた万太おじが両手でそれを抑えて「うれ」と言った時、身構えていた阿仁おじは斧を振りあげ、刃と反対側のところを牛の眼のあいだに打ちおろしました。牛は前足を二本いっしょに曲げてのめり、続いて後足も曲げながらゆっくりうずくまりました。　（「浜辺の死」より）

このあと幼い「私」は、死んだ牛が枯れ木の束の上に載せられ、毛を焼くために火をつけられるのを見る。そして「勢よく燃え上る焔の上に横たわった牛は、眼を半眼に開き、赤く血走ってはいましたがそれでもまだやさしく語りかけているかのように見えました」と、屠り終った牛と、まなざしを通して最後の交歓を行うのである。

ミホは「見ること」にタブーを設けない。島尾が奄美での日々を昭和四十七（一九七二）年四月から同四十八（一九七三）年三月までの日記形式で綴った『日の移ろい』の中に、捕鼠器にかかった鼠をミホが殺す場面が出てくる。ホースの水を勢いよく浴びせかけられて瀕死《ひんし》となった鼠を正視できず、その場を立ち去ろうとする島尾にミホは言う。

「見て、見て、ほら、よく見て。奇麗な色でしょう。鼻と足のうらの色があんなにあざやかなピンク色」

「もっと近くによってよく見て下さい」

だが島尾は見ることに耐えられない。逃げるように家に入り、しばらくしてもう一度出て行くと、ミホは「もう死んじゃった」と、「やさしい表情」で言うのである。

横たわって動かない鼠を「妻だけに属したもののように見えた」と書く島尾は、見るものと見られるものとの間に成立するひそやかで親密な関係を鋭敏に察知している。その間に自分は入り込めないことも。

戦時中の島尾にこんなエピソードがある。部隊が食肉用の牛を一頭買い入れ、浜辺で屠ることになった。近所の人たちが見物に集まってきたが、その中には小学生たちもいた。島尾はその子たちに帰るように言い、子供たちの姿が浜辺から完全に消えるまで待った。そして、ツワブキの葉を摘んで牛の目に目隠しをさせたという。島尾の部下だった脇野素粒による回想である（「大島新聞」昭和三十六年六月掲載「島尾敏雄を語る」）。死にゆく牛と目を見交わし、屍体《したい》となった牛がなお語りかけてくるものを受け止めたミホとの違いがきわだつ。

この部下は、島尾の行為を礼儀あるいはやさしさとして捉《とら》えているが、島尾の感受性は死にゆく牛の目を見る（あるいは見られる）ことに耐えられなかったのだろう。〈殺す―殺される〉という関係を直視することがタブーである文化の中に育った島尾には、ミホのような感覚は持ち得ないものだった。

『日の移ろい』には、飼い始めたばかりの小鳥が死ぬ場面もある。仮死状態になった小鳥をミホが掌に包んであたためると、一度は息を吹き返すが、結局は息絶えてしまう。するとミホは両手で小鳥の羽を広げて吊り下げ、鷲《わし》の徽章《きしょう》のようなかたちにして、島尾に向かって掲げてみせるのである。そして「あ、もう硬直をしはじめた、ほらこんなに硬くなった、もうだめ、さっきとはちがう」と言う。

こうしたミホを島尾は淡々と描いているが、その姿はおそろしく魅力的で、『死の棘』に描かれた時期が過ぎ奄美に移住してからも、ミホが島尾の文学的ミューズであり続けたことがわかる。

島尾夫妻をよく知る作家の若杉慧は、ミホが鼠を殺す場面は志賀直哉の「城の崎にて」にも匹敵するとして、『日の移ろい』自体にフィクショナルな要素があるのではないかと述べている（『國文學』昭和四十八年十月号「「日の移ろい」を読む」）。だが島尾の日記原本を確認すると、鼠の件も小鳥の件も記されており、創作ではなく事実であることがわかる。

人と人ならざるもの、生者と死者の境界をやすやすと超えるミホの世界を、島尾は畏《おそ》れつつ、まぶしい思いで見ていたに違いない。『日の移ろい』からは、独特の野性味があるある種の官能性を醸《かも》し出すミホの個性が浮かび上がってくる。こうした個性は、あれほどの修羅を経ても島尾がミホを離さなかった理由のひとつでもあると思われるが、『海辺の生と死』からは、それを生んだものが何であったかが見えてくるのである。

第十章　書く女

昭和五十九年ごろ、執筆中のミホ。すでに『海辺の生と死』（田村俊子賞）を刊行し、文芸誌『海』に長篇「海嘯」を連載していた。

一

一年間の出来事を日記形式で綴《つづ》った『日の移ろい』は、昭和四十七（一九七二）年四月一日から始まり、翌四十八（一九七三）年三月三十一日で終わっている。初出は文芸誌『海』で、四十七年の六月号から連載をスタートし、当初は実生活とほぼ並行するかたちで一回につき一か月分を掲載する予定だった。ちょうど十二回で一年間の日々を書き終えるはずが、途中でたびたび中断し、結局は完結までに四年以上かかっている。

奄美に居を移して十七年がたったこのころ、島尾とミホの生活はかなり落ち着いたものになっていた。島尾が分館長を務めていた鹿児島県立図書館奄美分館が移転し、一家が敷地内に新築された分館長官舎に引っ越したのは昭和四十（一九六五）年のことである。当時、長男の伸三は熊本市のマリスト学園高校で寮生活を送っており、長女のマヤとの三人暮らしでのスタートだった。のちにはマヤも鹿児島市の純心女子学園の中学・高校に進んで寄宿舎生活を送ることになる。『日の移ろい』の舞台となったのはこの官舎で、島尾とミホは、昭和五十(一九七五)年に奄美を離れて鹿児島県指宿《いぶすき》市に転居するまでここで暮らした。

ミホが同人誌『カンナ』に断続的に短篇を寄稿していたのは昭和四十四(一九六九)年から四十八年までなので、島尾が『日の移ろい』を書いていた時期、ミホもまた、のちに『海辺の生と死』として刊行される作品群を執筆していたことになる。

『日の移ろい』の登場人物は、島尾とミホのほかは、高校卒業後に東京へ進学し、気まぐれに顔を見せにくる伸三、鹿児島市の寄宿舎からときおり帰省するマヤ、島尾の勤め先である図書館に遊びに来るキミヨちゃんという小学生の女の子くらいで、作品世界はミホを中心に廻る。

庭のささやかな畑で野菜を育て、日曜ごとに教会に通う。死にかけた小鳥を掌であたためて生き返らせようとする一方で、捕鼠器にかかった鼠を殺すところを島尾に見せようとする。いつか小説の参考になるかもしれないと、豚の解体の見学に島尾をしきりに誘い、いやがられて一人で出かけて行く場面もある。帰ってくると自分が見たものを熱心に話し、「あなたに見せたかった。いっしょに行けばよかったのに残念だったわ。ばかねえ」と息をはずませて言うのである。かと思うと、突然「島尾隊長に会いたい」と言い出して島尾を「へんな気持ち」にさせ、翌日には「島尾隊長とあなたとはちがうひと」と言って島尾を寂寥《せきりょう》の中に置き去りにしたりもする。

実際の日記と照らし合わせてみると虚構はなく、出来事はみな事実にもとづいていることがわかるが、あくまでも小説として書かれており、単行本として刊行後、小説あるいは戯曲に与えられる賞である谷崎潤一郎賞を受賞している。『死の棘』と違って事件らしい事件は起こらないが、夫婦で向き合う日々が延々と描かれるのは同じである。妻ミホのふるまいや言葉は当時と比べものにならないほど落ち着いてはいる。だがそこにはやはり、ある異様なものが含まれており、そのためミホの像はかえって鮮やかだ。

『日の移ろい』の中で、島尾は徳之島や鹿児島に何度か船旅をしている。生前のインタビューでミホは、島尾が船に乗っているときは一晩中眠らず、家の廊下に座って身体《からだ》を左右に揺らしていたと言っていた。いまも印象深く覚えている話だが、それが『日の移ろい』の六月九日の項に出てくる。徳之島から戻った島尾を名瀬港まで迎えに行き、家に帰ってきたあとの場面である。

留守のあいだ妻は庭の畑の手入れと家の中の片づけを、それとわかるほどきちんと形づけていた。そして夜は廊下に坐ってからだをゆすっていたのだという。それは旅に出ている私の身になって船ゆれをまねるおこないだ。それをきく私はからだも胸もきゅっと痛んできた。

（『日の移ろい』より）

この話を私がミホから聞いたのは奄美の島尾家だった。三時間近くに及んだ取材のあいだ一度も膝《ひざ》を崩さずに正座していたミホは、「一晩中、こんなふうに……」と言いながら、そのままの恰好《かっこう》で膝に手を置き、ゆっくりと左右に身体を揺すってみせた。旅から帰ってきた島尾の前でも、同じようにして〝実演〟してみせたに違いない。離れた場所にいる人と同時刻に同じ動きをするという愛情表現は、どこか呪術《じゅじゅつ》的なものを感じさせる。島尾が「からだも胸もきゅっと痛んできた」というその痛みには、ミホへの愛《いと》しさだけでなく、おそれのような感情も含まれているのではないだろうか。

ミホと二人きりで暮らしている島尾のもとに、夏休み、伸三とマヤが帰ってきた。すると島尾は「苦戦中の孤塁に援軍が到着した気持ち」(七月二十六日)になる。そして、思ったより早く伸三が去ってしまうことになると、「せっかくの援軍に急に引きあげられてしまうような気持ち」(八月六日)になるのだ。淡々と綴られた『日の移ろい』の日常の底に、ぴんと張った糸のような緊迫感があるのは、家庭がいまも戦場であるからなのだろうか。『死の棘』と同様、島尾はそこから逃げることをしない。じっととどまりながら、観察し、記録し、それを小説にするのである。

『死の棘』に描かれた時期と違うのは、いまではミホも「書く人」になっていることだ。このときのミホは、同人誌とはいえ、すでに作品が活字になっている。同じ屋根の下に、書く人が二人いる生活が始まったのである。

『日の移ろい』の雑誌連載がたびたび中断したと書いたが、それはこの時期の島尾が鬱《うつ》状態にあったからだ。もともと神経質で不安感の強い気質だったが、昭和四十二（一九六七）年の暮れごろから徐々に鬱が始まり、昭和四十四年二月に自転車で川原に転落する事故に遭ったのをきっかけに、心身の不調が仕事に支障をきたすほどになった。ささいなことに苛立《いらだ》つ一方で、深い無力感におちいって気力を失う。体調もすぐれず、風に当たっただけでも身にこたえるような状態だった。事故翌年の昭和四十五（一九七〇）年七月十三日の日記には、「朝から昼間のあいだは胸のつかえ、胸におののく小鳥が一羽巣食っていて故のない不安にかかとを嚙みつかれ追い立てられている」という記述がある。

事故での怪我《けが》は右下腿脛骨骨折《かたいけいこつ》で、名瀬の病院に五か月間という長期の入院を余儀なくされた。慣れない入院生活のストレスは大きく、退院後、頭部の違和感や胃の不調に悩まされるようになる。頭を打ったせいではないかと心配が募り、奄美から上京して国立東京第二病院（現在の国立病院機構東京医療センター）に入院、一か月かけて再検査を受けた。異常は見つからなかったが不調は続き、この年の十二月まで、山梨県の下部《しもべ》温泉、群馬県の老神《おいがみ》温泉、鹿児島県の霧島温泉などに滞在して静養している。しかし好転することはなく、以後数年間にわたって鬱に苦しめられることになった。

島尾の事故から三か月後に島尾の父・四郎が死去しており、このことも島尾の精神状態に影を落としたかもしれない。ミホが嫁いだとき神戸の家で家政婦をしていた竹内百合子と昭和二十八（一九五三）年に再婚して一子をもうけた四郎は、ほどなくして島尾商店を整理し、京都に移り住んでいた。亡くなったのは七十九歳、死因は肺炎である。伸三によれば、四郎が死去した報《しら》せが奄美に届いたとき、ミホは入院中だった島尾にそれを伝えなかった。退院してから父親の死を知った島尾が風呂場でひとり泣いていたことを、伸三はあとになってミホから聞いたという。

小岩時代、四郎は送金するなどして一家の生活を援助していた。だがミホのわだかまりは消えなかったようだ。伸三の話では、奄美に移住して間もないころ、四郎が奄美までやってきたことがあったが、島尾には会えずに帰っていったという。四郎は連日家を訪ねてきたが、ミホが島尾と子供たちに命じて全員で家の中に籠城《ろうじょう》し、会わせないようにしたというのだ。伸三とマヤは最後の日にようやくミホの目を盗んで、雨戸の破れ目から四郎と手を握り合った。

実の父親と引き裂かれるような目に遭っても、島尾はミホに逆らわなかった。ミホの仕打ちよりもむしろ、島尾の服従のほうが壮絶といえるかもしれない。

島尾の鬱のきっかけとなった事故は、川べりの道で自転車に乗っていたとき、向こうから来たライトバンをやりすごそうとして停まったところ、足をついた部分の土が崩れて土手から転落したというものだった。道が狭かったので安全のために停車したのが裏目に出たわけで、「島尾さんには《不幸》を招きよせる特異な能力があるのではないか」という吉本隆明の言葉（『UR.』vol. 3　昭和四十八年「島尾敏雄―遠近法」）を思い出すが、自動車とすれ違うときには必ず停止してやりすごすようにと、普段から繰り返し島尾に言いきかせていたのはミホである。奄美の自宅でのインタビューのとき、私は本人から直接そのことを聞いた。

「そうなんですのよ。島尾は私の言うことはすべて、拳々服膺《けんけんふくよう》しておりましたのでねえ。それで事故に遭ってしまって」

打ち明け話をするようにミホは言った。不運を嘆くというより、夫が自分の言うことにいかに誠実に応えてくれていたかに満足している口調だった。

「拳々服膺と言えばね……」

ミホはそう続けた。

「島尾が分館長の仕事や対談などのためによその土地に行って泊まるとき、私、いつもロープを持たせましたの」

万一ホテルで火事に遭ったら、ロープをベッドの脚に結んで窓からたらし、それにつかまって脱出するよう島尾に言っていたという。

「ロープをすべり降りるとき、摩擦で手を火傷《やけど》してはいけませんでしょ。それで私、必ず軍手もいっしょに荷物に入れておりました」
島尾は言いつけを守り、旅先で枕元《まくらもと》にロープと軍手を置いて寝ていたそうだ。
自転車事故後の鬱は昭和四十六（一九七一）年が最も絶望的な状態だったと『日の移ろい』のあとがきにある。この年の秋、『海』の編集者だった安原顕が奄美を訪ねてきて執筆を依頼し、翌昭和四十七年から「日の移ろい」の掲載が始まったのだった。島尾は同じ文章の中で、日記形式になったのは安原の慫慂《しょうよう》に従った結果であるとしつつ、「そういうかたちがそのときの私が書けるぎりぎりのもの、と私も観念していた」と述べている。

安原が訪ねてきたとき、島尾はすでに二年以上も小説が書けない状態が続いていた。昭和四十四年二月の事故のあと、四十七年六月号で「日の移ろい」の連載が始まるまで、東欧の旅行記を除けばまとまった分量の文章を書いておらず、発表されたものはほとんどがエッセイである。書籍の刊行はあったが、いずれも雑誌などですでに発表した作品をまとめたものだ。昭和三十五（一九六〇）年から一章ずつ雑誌に書き継いできた長篇『死の棘』も、昭和四十二年に第十章に当たる「日を繋《か》けて」を発表したあと、四十七年に第十一章「引っ越し」を発表するまで、五年間の空白がある。

興味深いのは、島尾の作家人生の中で最大の停滞期だったこの時期に、ミホが自分の作家活動をスタートさせていることだ。先に述べたように、『海辺の生と死』に収録された作品が最初に同人誌『カンナ』に発表されたのは昭和四十四年で、以後、四十八年まで断続的に寄稿している。

この時期、島尾が『死の棘』の執筆を中断していたことは重要だと思われる。島尾が『死の棘』を書けば、ミホは清書せずにいられない。かつて自分が発した言葉や狂乱するさまを描いた文章を一文字一文字書き写し、追体験しなくてはならないのだ。加えて、手紙や日記、誓約書など、書かれた言葉に拘泥《こうでい》し執着してきたミホは、現実の世界のそれらがほぼそのままのかたちで出てくる作品世界に深く没入したことだろう。清書しながらしばしば発作を起こしたと島尾は語っているが、それも無理はない。

ミホにとって『死の棘』を清書することは、過去の自分をもう一度生き直す経験だったはずだが、それはあくまでも島尾の目を通した自分である。だが、島尾が小説を書けなかった期間は、ミホは島尾によって書かれた自分と対面せずにすんだ。そのとき初めて、ミホは本当の意味で書くことをスタートできた。自分の表現にむけて踏み出すことができたのである。

前章で書いたように、ミホが『カンナ』に寄稿することになったいきさつは、本人が私に語ったところによれば、入院によって同誌への原稿が滞った島尾から穴埋めを頼まれたというものだった。田村俊子賞を受賞した際の南日本新聞のインタビュー記事にも、島尾のピンチヒッターとして書かされた、とある。

だが調べてみると、昭和四十四年には島尾はまだ『カンナ』の同人ではなく、その時点では一篇も同誌に作品を発表していない。昭和四十三(一九六八)年に発行人の渡辺外喜三郎と知り合ってはいるが、同人になったのは四十七年で、この年に初めて二篇の短篇(「兄といもうと」「遠足」)を寄稿している。つまりミホの方が三年も早く『カンナ』への寄稿を始めているのだ。

単行本『海辺の生と死』には島尾による序文があるが、そこにはミホが作品を書き始めた当時のことについて、「鹿児島市の渡辺外喜三郎、美恵子夫妻が編集発行している「カンナ」から原稿のすすめが妻にもたらされた」と書かれている。またミホによるあとがきには、「二人(引用者註・子供たち)の思い出のためにいくらかでも書き残して置きたいと思っていたところへ「カンナ」からの誘いがきっかけとなって、このようなものを書き綴っておりました」とある。

これらのことから、『カンナ』への作品発表は島尾の代わりではなく、もともとミホ自身に書く意志があり、それを知った渡辺から執筆を勧められたか、あるいは島尾が仲立ちして寄稿することになったのではないかと推測される。

島尾の穴埋めだったとミホは言ったが、実際には逆の局面があったことを示す資料も存在する。昭和四十八年七月九日の島尾の日記に「ミホのかわりにカンナの原稿として夢日記九枚清書する」という一文があるのだ。この年の九月、島尾は『カンナ』に「夢日記」を発表しているので、「夢日記九枚」とはその原稿のことだろう。ミホが何らかの事情で寄稿できなくなり、代わりに島尾が誌面を埋めたことがわかる（この「夢日記」は九回にわたって掲載、その後「続夢日記」が二十一回掲載された）。ではなぜミホは島尾から穴埋めを頼まれたと説明し、ピンチヒッターだったことを強調したのだろうか。

それはおそらく、書くことへの野心をあらわにするのを避けたかったからだと思われる。ミホには表現への欲求があり、その能力もあった。作家の妻にはおさまりきれない自分を自覚するようになっていたはずだが、外に対しては、自分を無にして夫に献身する妻として振舞っていた。

奄美に移住して五年半後に島尾が短篇集『死の棘』で芸術選奨を受け、その後アメリカ国務省からの招待旅行や日ソ文学シンポジウムへの出席など作家としての名声が高まるとなおのこと、ミホは文学活動を陰で支える妻を演じるようになる。『カンナ』の原稿も、あくまでも夫の窮地を助けるために「書かされた」のであって、自分から前に出ようとしたのではないということにしたかったのではないだろうか。

短篇集『死の棘』の受賞で、ヒロインであるミホの存在も注目され、依頼されて手記を書いたり、来島した記者のインタビューに答えたりするようになった。そうした中で、作品からイメージされるような嫉妬《しっと》に狂って夫を責め立てる妻ではなく、愛情にあふれた貞淑な妻としての自分を印象づけたい気持ちもあったろう。

のちに長篇『死の棘』が完結し、複数の賞を受けて評価が定まると、ヒロインのミホは、激しい愛情ゆえに神経に異常をきたした純粋無垢《むく》な女性としてある種の理想化が行われる。だがそれ以前には、ミホは狂える妻として描かれた自分が世間からどう見られるかを意識せざるを得なかったはずだ。

さらに、移住した奄美の共同体の中での、自分たち夫婦の位置の問題もある。移住当初、島尾がまだ作家としてそれほど有名でなかったころは、ミホを描いた島尾の作品に対し、何もあそこまで書かなくても、という空気がミホの親類の間にあったことを、奄美での取材の際に耳にした。精神を病む者が身内にいることは恥だという意識が現在よりずっと強かった時代である。その恥をなぜあえて世間にさらすようなことをするのかという批判が、実父母も養父母も奄美有数の旧家の一員であったミホの一族から起こるのは当然のことだったろう。

さらに島尾は、島の外から来た「ヤマトンチュ」である。移住まもない昭和三十二(一九五七)年に島尾が書いた「名瀬だより三　町の人々と背後の歴史」には、「島の人々にとってヤマトエンムスビ(鹿児島の人ひいては本土の人との縁結び)は不幸のもとと忌みきらわれる」という一節がある。島尾がかつて「隊長さま」として慕われた加計呂麻島なら状況は違ったかもしれないが、一家が居を定めたのは、奄美大島本島の名瀬だった。

仲三の話では、親類が集まって祝い事をするようなとき、上座に座らされるのは奄美人の血を引く長男の仲三で、ヤマトンチュである島尾は玄関の上がり框《かまち》に近い末席に座らされたという。この話を聞いて思い出したのが、島尾の「琉球弧の感受」というエッセイだ。そこには「正月に家内の親類が集まって、島の風習に従ったお祝いをした時のことですが、ふだんは僕にとってもやさしい家内の叔父が、酔ってしまうと、「あそこにヤマトンチュが一人いる」と言ってさわぐんです」というエピソードがある。

よそ者の夫と、その夫に気のふれた姿を書かれた妻。それが帰島当初の島尾とミホだった。そんな二人が島の共同体の中で居場所を定め、さらには敬意をもって遇されたいと思ったら、夫は立派な作家でかつ人格者であらねばならず、妻は控え目で常識をわきまえた良妻でなければならなかった。

島尾は作家として業績をあげるとともに、共同体のよき一員となるために努力をかさねた。「奄美郷土研究会」を組織して世話人となり、進んで会報の編集をしているし、奄美群島を含む琉球弧の歴史や習俗を調査・考察して「ヤポネシア」という概念を提唱し、南島文化に関する多くの作品を著わした。そうやって島に居場所を築いていったのである。ミホが書くことへの野心をあらわにするのをためらったのは、ものを書く女であるよりも、立派な作家を支える妻である方が島では体面がよく、共同体に受け入れられやすいと考えたせいもあったのではないだろうか。

昭和三十六（一九六一）年に短篇集『死の棘』で芸術選奨を受けたとき、島尾は県立図書館奄美分館の分館長をしていた。当時の部下だった人の夫人から聞いた話では、受賞の報せがあった日の夜、大島紬《つむぎ》の着物を着たミホが島尾とともにハイヤーで親類や知人宅を廻り、受賞の報告をしたという。作家の夫を支える妻としての、それはひとつの晴れ舞台だった。

こうした外向きの意識だけではなく、ミホ自身の中にも、書くことへの欲求を抑圧するものが存在したように思う。自分の名前で世に出て評価されるよりも、地位ある夫に愛され、献身する妻のほうが好ましいという価値観である。

明治期に京都の同志社英学校で当時最先端の教育を受けた文一郎を養父にもったミホは、旧習の色濃く残る大正時代の南島で生まれ育ちながらも、外の世界の文化にふれる機会の多い環境で成長した。学芸会で歌って喝采《かっさい》を浴びたミホを見て、文一郎がこの子は将来オペラ歌手にしたらどうかと言ったという話があるが、これは集落の崇敬を集めた謹厳な文一郎もやはり親馬鹿だったという微笑《ほほえ》ましいエピソードであると同時に、ミホが、自分の才能を伸ばしていいのだというメッセージを受け取りながら成長したことを示してもいる。

だが一方でミホは、夫に献身的に仕えた養母・吉鶴の姿を見て育っている。吉鶴はあらゆることに秀でた女性でありながら、決して表立つことなく文一郎とミホに生涯を捧《ささ》げ、それを幸福として人生を終えた。ミホにとって誇りであり、理想の女性像でもあった吉鶴の生き方は、ミホを縛ったに違いない。

私はミホに、島尾さんはあなたがものを書くことを喜んでいましたか、と質問したことがある。するとミホは笑って言った。

「いいえ、ぜんぜん」

何か書いてみたらどうかと勧められたことはなく、書き始めてからも、自分からアドバイスしてくれたり、もっと書いたらどうかと言われたことは一度もなかったという。伸三も、ミホがものを書くことを島尾は喜ばなかったと話す。

「私の見たところでは、はっきりと嫌がっていました。迷惑だったんだと思います。母が書けば、父は読まないわけにはいかないし、感想やアドバイスを求められる。いいかげんに扱って機嫌を損ねたら大変ですし」

『海辺の生と死』一冊だけで十分だと島尾は考えていたようだ。郷愁にみちた幼時の回想に、のちの夫との出会いと恋の物語を加えたこの本は、作家の妻が上梓《じょうし》するのにふさわしい範疇《はんちゅう》にあるといえる。だがミホは書くことをやめなかった。『海辺の生と死』とはまったく異なる世界を、今度は本格的な小説として書き始めるのである。

ミホに小説を書くよう強く勧めたのは、文芸誌『海』で島尾の担当編集者だった安原顕である。ミホによれば、単行本として刊行された『海辺の生と死』を読んだ安原が「あなたは天才です」と言って、『海』への寄稿を依頼してきたという。「締め切りもないし、枚数も何枚でもいい、と。とにかく書きたいように書いてくださいと言ってくださいました」

ミホの作品が『海』に掲載されたのは、『海辺の生と死』が田村俊子賞を受けた翌年の昭和五十一（一九七六）年のことで、二月号に「潮鳴り」、五月号に「あらがい」、八月号に「祭り裏」と、ほとんど立て続けに三篇を発表している。それぞれ三十枚前後の短篇とはいえ、文芸誌初登場のミホの作品を、一年間に三篇も掲載しているところに、安原のミホに対する心酔ぶりがあらわれているが、それにしても驚かされるのは、ミホが短い期間にこれだけの作品を書き上げたことだ。

『海』への執筆は翌年以降も続き、昭和五十二（一九七七）年一月号に「家翳り」、五十三（一九七八）年九月号に「老人と兆《きざし》」、五十四（一九七九）年三月号に「潮の満ち干」を発表する。すべて加計呂麻島が舞台の小説である。これら六篇に、昭和五十年に雑誌『伝統と現代』に発表した「柴挿《しばさし》祭り」を加えて刊行されたのが『祭り裏』（昭和六十二年　中央公論社刊）である。

このころの『伝統と現代』は、かつて『日本読書新聞』の編集長をつとめた巌浩が編集人および発行人を務めており、民俗学にかかわる特集をしばしば組んでいた。「柴挿祭り」は、奄美の年中行事のひとつである柴挿祭りの一部始終を綴ったものだ。『海』への寄稿を始める前に書かれたものであり、『祭り裏』の収録作の中で、これのみが前作『海辺の生と死』に近いエッセイ風の作品になっている。

『祭り裏』は、第二十七回女流文学賞の候補になった。この回の候補は、塩野七生『わが友マキアヴェッリ』、金井美恵子『タマや』、岩橋邦枝『迷鳥』という錚々《そうそう》たる顔ぶれで、塩野と金井の二人が受賞している。彼女たちと並んで候補となったミホは、受賞は逃したとはいえ、一人前の作家として認知されたといっていいだろう。

収録作品中、物語の陰影がもっとも濃く、またミホ自身の人生が投影されていると思われるのが、「祭り裏」と「潮の満ち干」で、作品としての質もこの二篇が傑出している。小説としてすぐれているというだけではなく、両作とも仔細《しさい》に読んでいけば、『死の棘』の世界が二重写しになって見えてくるのだ。特に「祭り裏」には、島尾とミホ、そして「あいつ」の関係が、何重にもねじれたかたちで投影されている。まずはその「祭り裏」から読んでいくことにする。

二

季節は旧暦の八月、「十五夜祭り」と呼ばれる行事の日の夕暮れどきである。語り手の「私」（ミホを思わせる加計呂麻島の旧家の少女。小学校三、四年生くらいか）は、両親と住む屋敷の離れの裏手にいる。そこは隣家との境界で、丈の高い孟宗竹《もうそうちく》が生い茂った、真夏でもひんやりと心地のいい場所だった。

外の目からさえぎられたその空間で、遠くから響いてくる祭り太鼓の音を聞いていた「私」は、裸身の若者があわてふためいた様子で隣家に駆け込むのを目撃する。それは隣家の長男、トウセイだった。だがそれっきり、家の中からは物音ひとつ聞えない。気味悪く思って母屋《おもや》に帰りかけたところに、隣家の門口から入り乱れた数人の足音とただならぬ人声が聞えてきた。「私」はとっさに竹群の陰に身をひそめて息をこらした。

すると八月衣《ギン》（八月の祭りのために新しく仕立てた晴れ着）の裾を端折り、桃色の腰巻きの裾から白いふくらはぎを見せた裸足のウスミおばが髪振り乱し、端正な面長の顔を蒼白にして、右手に研ぎ澄ました出刃包丁を持ち、左手では腰に真新しい晒木綿のまわしを締めただけの裸身の息子のヒロヒトの腕をしっかり抱えて駈け込んで来たではありませんか。そしてヒロヒトのもう片方の腕は、ウスミおばの弟の癩病やみのニジロおじが、からげた紺絣の単衣の裾を腰に挟んだ恰好でがっしりと抱え持っていました。

（「祭り裏」より）

出刃包丁を持った母親と、「癩病やみ」の叔父に抱えられるようにして隣家に入ってきたもう一人の裸身の若者ヒロヒト。トウセイはこの三人に追いかけられて、自分の家に逃げ込んだのである。

トウセイの家族は祭りに出かけており、家には誰もいない。ウスミおばとその弟のニジロおじは、トウセイを家から引きずり出して庭先に引き据え、両腕を棕櫚《しゅろ》縄で縛りあげた上で動けないよう押さえつける。そして、ヒロヒトに出刃包丁を持たせ、「ウレキリ《それ斬れ》 ウレキリ《それ斬れ》 キリチョ《斬るんだ》」とけしかける。

トウセイとヒロヒトはともに二十歳の青年である。今年徴兵検査に合格し、来年は本土で入隊することが決まっていた。子供のころから仲のいい友人だった二人が、豊年を祝う祭りの日に、なぜこんな怖《おそ》ろしい状況の中にいるのか。話はその日の昼間の出来事にさかのぼる。

この日、広場で、十五夜祭りの最大の呼び物である相撲大会が行われた。もっとも盛り上がるのが青年組の相撲で、その一番を決める最後の取り組みで対戦したのが、トウセイとヒロヒトである。二人とも、体格にも容貌《ようぼう》にも恵まれて人柄もよく、誰もが認める模範的な若者だった。

観客を沸かせた熱戦の末、勝利したのはウスミおばの息子ヒロヒトだった。ウスミおばは見物人の中から走り出てきてヒロヒトに抱きつき、はにかんで顔を赤らめている息

子の軀《からだ》にカラカラ（酒器）から酒を注ぎかける。そして、

シマジョ《島中で》　イッチャ《一番は》
ワークヮージャ《私の子だ》
シマジマ《島々》　ゼントウ《全島で》　イッチャ《一番は》
ワークヮージャ《私の子だ》

と節をつけて歌いながら、狂ったように土俵の周囲を踊って廻った。その姿には、じっとしていられない母親の喜びがあふれていて、見ている人たちも、

シマジョ《島中で》　イッチャ《一番は》
ナークヮージャー《あなたの子だ》
シマジマ《島々》　ゼントウ《全島で》　イッチャ《一番は》
ナークヮージャー《あなたの子だ》

と手拍子をつけて歌い、彼女に和したのだった。

ウスミおばが衆目の中で喜びを爆発させたのには理由があった。彼女は未婚のまま十七歳でヒロヒトを産み、二十年間ひとりで育ててきた。父親の名前は誰にも告げなかったが、それが同じ集落のテッタロであることを、ある年齢以上の者はみな知っていた。身ごもったことを告げたウスミおばをテッタロは鼻であしらい、別の女と結婚してしまったのだ。そして、ヒロヒトが生まれてからも自分の子ではないと言い張り、これまで一切関わりを持たずにきた。

女の意地なのか、ウスミおばは何も言わず、集落のはずれに粗末な小屋を建て、親の家を出て子供と二人で暮らし始めた。器量がよく働き者のウスミおばには、子連れでもかまわないという結婚話が数々あったがすべて断り、布織りの賃仕事で生計を立て、苦労してヒロヒトを育てたのだった。

一方、テッタロの妻も結婚後まもなく身ごもり、生まれたのがトウセイである。テッタロは抜け目なく出世して、島の分限者《ぶげんしゃ》（金持ち）となった。家に蓄音機を置き、妻子には本土から買ってきたきれいな着物を着せて暮らしている。

同い年のヒロヒトとトウセイは、自分たちが異母兄弟だとは知らされずに育ち、仲のいい友人になった。二十歳になったいまも二人は本当のことを知らないのだという人もいれば、そうしたことは親が教えなくても自然と耳に入ってくるもので、実は知っているに違いないという人もいる。

徴兵検査では二人とも甲種合格で、トウセイは近衛兵に選ばれ、ヒロヒトは海軍に入ることが決まった。集落から近衛兵が出るのは名誉なことで、人々は喜び祝ったが、トウセイに勝るとも劣らない立派な青年であるヒロヒトが近衛兵になれなかったのは、やはり「父無し子」であるからだろうと噂《うわさ》した。そして、入隊前の最後の夏、十五夜祭りの青年相撲の決勝で、同じ父親を持つ二人が対戦することになったのだった。白熱した取り組みのあと、勝ったヒロヒトはトウセイを助け起こして砂を払ってやり、トウセイはヒロヒトの肩を叩《たた》いて互いの健闘をねぎらった。

「私」は観客の中にいた。女だてらに人前で踊り狂うのはみっともないという男、いや、ウスミおばのこれまでの苦労を思えば、トウセイを負かして一番になった息子を見てじっとしていられなかったのは当たり前だと主張する女。大人たちのおしゃべりの内容から、「私」はウスミおばとテッタロのいきさつや、ヒロヒトとトウセイのかかわりを知る。

相撲の終った広場は、酔った男たちの大声や、顔を真っ赤にしてブサケン（拳相撲）に熱中する人たちなどで沸騰《ふっとう》するような賑《にぎ》わいとなる。八月踊りや綱引きなど、祭りの醍醐味《だいごみ》はこれからだったが、酔った人の乱れた姿や言葉使いにふれさせたくないという父親の意向で、「私」は早々に家に帰らなければならなかった。

祭りの喧噪《けんそう》から離れて屋敷に戻り、ひとり離れの裏手にいた「私」が目撃したのが、冒頭で語られた、隣家に駈け込んできたトウセイと彼を追ってきたウスミおばたちの姿だった。そのあと「私」は、竹藪《たけやぶ》越しにすさまじい光景を目にすることになる。

息子のヒロヒトに出刃包丁を握らせ、トウセイを斬《き》れと命じるウスミおば。だが、ヒロヒトは軀をわなわなとふるわせるだけで行動を起こすことができない。繰り返し命じられて足を踏み出したが、トウセイの頰を包丁で二、三回、ちょいちょいと突つくことしかできなかった。いらだつ母親に「ムネティキ《胸突け》　ムネティキ《胸突け》」と叱咤《しった》され、ヒロヒトはようやくトウセイの胸に向けて包丁を突き出す。だが力が入っていなかったとみえて、乳の辺りに花びらのような形の血が滲《にじ》み出ただけだった。

ウスミおばは高ぶった声を出しました。

「キリヨ《胆力を出せ》　イジャスィ　ワンナ《私は》　チュンナハナンティ《人の中で》　アンハジ《あんな恥を》　カキチドゥ《かけと言って》
クントゥシ《此の年に》ナリガディ《なるまで》　ウナグダチシューティ《女暮らしをしていて》　ウラチューリ《お前ひとりを》　フダチ《育てて》　チャンム《来たのでは》
ンナ　アランドー《ありません》、インガタラムンヌ《男たる者だ》　チュンナハナンティ《人の中で》　アンハジ《あんな恥を》　カカサッ《かかされてい》
トゥ《て》ティ　イリエムヌム《仕返しも》　シーキリヤングゥトゥシ《することが出来ないで》　イキャーシュル《どうしますか》、ワンナ《私は》　ニ《二》
ジューネン《十年》　クネティ《こらえて》　クネティ《こらえて》　チャンバム《来たけれども》　ニャー《もう》　キューチイュン《今日という》　キュー《今日は》

ヤ　クネヤナランドー《こらえられません》　イキャシ《如何に》　スェヘヌ《酒の》　ウィーチ《上とは》　イチャムチ《言っても》　アガンシュ《あんな》ンクトゥヌ《ことが》　クネラリンニャ《こらえられるものですか》」

震え声でそう言うとウスミおばは大きな目から涙をはらはらと溢れさせました。

「ト《さあ》　クワーヌ《子の》　ティミバチヤ《罪罰は》　ウヤドゥ《親が》　カブリュンムン《被るもの》、アンマガ《母さんが》　イジドゥロハチ《出る所へ》　イジティ《出て》　カナラッ《必ず》　ティミバチヤ《罪罰は》　カブリュンカナン《被るから》　シワスィラングウトゥ《心配しないで》　ウメキチ《思い切って》　スィリー《殺れ》」　（同前）

ここで初めて、ウスミおばが息子にトウセイを殺させようとしている理由が語られている。それは「人の中であんな恥をかかされ」たことへの「仕返し」だった。相撲のあと、衆目の中で侮辱されたということなのだろうが、それが具体的にどんなことであったのか、ウスミおばは口にしない。

監獄に繋がれる覚悟までして前途ある若者を斬り殺さなければならないほどの屈辱とは何だったのでしょう。祭りの広場でどんなことがあったというのでしょう。しっかり者ではありますが、気立ての優しいあのウスミおばが、あとさきも考えずに気でも狂ったかのようになるどれ程の心の痛手を受けたのでしょう。私にはうかがい知るよしもありませんでしたが、涙を流しながら息子に人殺しをさせようとしているウスミおばの一念を恐ろしいと思いました。（同前）

単なる若者同士のいざこざなら、ウスミおばがここまで激昂《げきこう》するはずはない。息子に対する侮辱が母親を狂わせたのは、それが母子の両方にかかわること、つまり出自についてのことだったからだと推測できる。勝負のあと、酒を飲んで気持ちのゆるんだトウセイが、ヒロヒトに向かって不用意な言葉を吐いたのだろう。

だがこの小説の中でその言葉の内容が明かされることはない。「私」も最後までそれを知ることはない。肝心のところが空白のまま、読者はウスミおばの怒りと憎しみが引き起こすすさまじい復讐《ふくしゅう》劇を、「私」の目を通して見物させられるのである。

包丁を突きつけられたトウセイが蒼白になりながらも取り乱さずにいたのに対し、母親から殺せと繰り返し命じられたヒロヒトは恐怖におののき、ついには泣き声とも悲鳴ともつかない叫び声を上げ、包丁を振り回しながら門の外に駆けて行ってしまった。孟宗竹の根元にかがみ込んで、はらはらしながら見ていた「私」は、ほっとして立ち上がろうとする。しかし、復讐の劇はまだ終らなかった。

「アゴ《姉さん》　イイフン《うまく》　ティカディ《摑んで》　ウモレヨ《居なさいよ》」

ニジロおじはふがふがとこう言うと、その足と片手ではトウセイをしっかり押えつけ、天に向けた顔の前に片手を立てて祈るような仕草をしながら、何やら口の中でごもごもと唱えごとをしてはぺっぺっぺっとトウセイの頭上に唾を吐きかけ、彼の若々しく肉の締まった肌に自分の癩の膿汁をこすりつけ始めたのです。ニジロおじが唱えて祈ったのは、あのおそろしい「ムレヌタハベグトゥ（癩者の呪文）」だったに違いありません。　（同前）

「ムレヌタハベグトゥ」は、呪われた者を呪った者と同じ姿にする力があるといわれる呪文である。悲惨な境遇におちた者だけに神が与えた力を行使して、ニジロおじはウスミおばの復讐に手を貸したのだ。

ヒロヒトに顔を切られても、胸を刺されても、心に何かを決めてしまったかのように、引き締めた顔を屹と上げ、ひと言も声を発しないで毅然とさえ見えていたトウセイの、此の世のものとも思えない激しい絶叫が聞こえました。

「ウギャーッ　ウギャーッ　ウギャーッ」

それは全身を引き絞るような悲痛な声でたけり狂った獣の咆吼のようにも聞こえ

ました。あのような悲鳴を私はあとにもさきにも聞いたことがありません。ニジロおじはトウセイの頭をぐいと片手で抱え込み、彼の顔の上に自分のあの奇妙な顔を重ねてこすりつけているのです。トウセイは軀をよじって必死に避けようとしましたが、両腕はうしろ手に縛られている上に、足も二人に押えつけられていますから、それは空しい抵抗でしかありませんでした。（同前）

トウセイに顔をこすりつけるニジロおじ、泣き叫ぶトウセイ。その二人を、トウセイの足を押さえつけながら、ウスミおばはじっと見ている。

恨みを晴らして狂女のように笑うウスミおばの姿を描写して、「祭り裏」は終わる。

たて続けにあげるトウセイの鋭い悲鳴を聞きながら、ウスミおばは血の気のひいた顔を一層蒼白にして唇をひきつらせ目は宙に浮かせて、

「アハハ……、アハハ……」

とうわずった声で笑い出しました。空ろな笑い声は薄気味悪くあたりに広がり木霊し、

「アハハ……、アハハ……」

次第に甲高くなったその笑い声は、いつしか夕闇が降りてすっかり暗くなった孟

宗竹の藪の中に響きわたって行きました。

祭りの広場からは八月踊りの太鼓の音と歌声が、此の事の行われていた間じゅう高く低くずっと聞こえていました。（同前）

引用した部分だけを読んでも、この小説における奄美方言の表記法が独特なものであることがわかるだろう。発音通りのカタカナを本文に記し、脇《わき》にルビのようにして日本語訳を添えるという、おそらくはそれまで誰も試みなかったであろう方法である。相撲が行われている広場で「私」が耳にすることになる、ウスミおばとテッタロの噂をする集落の男女の会話は、五ページ以上にわたってほぼ全行がこの形式で書かれている。ミホは、助詞や語尾で方言らしさを出しただけの標準語では、言葉に込められた奄美の人々の感情は伝わらないと考えたのだろう。

この小説を書いたころすでに奄美の昔ながらの話し言葉は廃《すた》れつつあったとミホは私に話した。昭和三十（一九五五）年、十年ぶりに帰島したとき、話されている言葉が以前と変わったことを感じたという。年寄りたちの言葉さえ戦中までとは違っていた。戦後の島の暮らしの大きな変化、とりわけ米軍の占領下にあったことが、島の人たちの話し言葉を変えたのではないかというのがミホの推測だった。

「長く島を離れていたのに、あなたはなぜ旧《ふる》い島言葉を自在に使えるのかと聞かれたことが何度かあります。でも、離れていたから、かえって昔の言葉をそのまま憶《おぼ》えていられたんですね」

ゆっくり少しずつ変化していく言語環境の中に身を置いていると、自分でも気がつかないまま、もとの言葉が失われていってしまう。まったく別の言語環境にいたほうが、冷凍保存するように、旧い言葉を身体の中にとどめておけるのではないかというのだ。

ずばぬけた記憶力もあいまって、自分が子供だった時代を舞台に書こうと思ったとき、当時の言葉を再現することがミホには可能だった。あえて耳で聞こえる音の通りに表記したのは、奄美方言を何らかのかたちで残しておきたいと思っていたこともあるのだろう。そこには、小岩時代に島尾一家の面倒を見てくれた叔父、長田広の夫人である須磨（ミホたちは「スマおば」と呼んでいた）の影響もあったと思われる。

長田須磨は奄美方言の辞典を作ったことで知られる人物である。ミホの実父と同じく奄美大島の大和浜という地区の出身で、実家は先祖が琉球王国の女神官「大アムシラレ」だったといわれる旧家だった。若くして上京したが、生まれ故郷について学びたいと思い、柳田国男の女性民俗研究会に参加する。そこで柳田に勧められて奄美方言の収集を始めたのだった。

昭和二十九（一九五四）年ごろ、東京大学教授で言語学者の服部四郎が、須磨の発音をもとに奄美方言の音韻的表記法を考案したことで収集と記録が一気に進むことになった。ちょうどそのころミホは小岩に住んでおり、加計呂麻島の押角の方言を記録したいという須磨に協力したことがあった。

戦時中、島尾に島唄《しまうた》を歌って聞かせ、手紙にも書いて送ったように、ミホはもともと島言葉に誇りをもっていた。著名な学者らとともに学術的な研究を進めていた須磨を見て、奄美方言の価値を再確認したにちがいない。

それにしても、小説の中にここまで大胆に奄美方言を取り入れるというのは相当に実験的な試みで、読みにくいといえば読みにくい。だがカタカナで延々と綴られた、ぱっと見ると異国語かと錯覚するような文字列には、まじないめいた不穏なエネルギーがある。

不穏といえば、狂気に陥る女を母にもつ「父無し子」の名がヒロヒトであることにも、一瞬どきりとさせられる。この名を持つ人物を小説に登場させた作家がほかにいるだろうか。これについては、なぜ作中人物にこの名を与えたのかと直接尋ねてみたことがある。ミホは屈託のない顔で、「あら、変かしら？　そんなような名前の人が、島にもいたように思いますけど」と答えた。

さらに、ハンセン病を負った人物を登場させ、衝撃的なかたちで復讐に加担させていることにも驚かされる。ミホの幼少時、島の人々はこの病をもつ人々と共存していた。怖れられ、差別を受けることはあったが、強制的に隔離されることはなかった。『海辺の生と死』にもあるように、集落のはずれや海岸でひとかたまりになって暮らしたり、近隣の小島に住んでときおり小舟に乗ってやってきたりしていたのだ。この小説の中のニジロおじも、単なる弱者としては描かれていない。忌避され差別される者だけに与えられた力を容赦なくふるい、姉を傷つけた者に鉄槌《てっつい》を下すのである。

二十年間黙って耐えてきたウスミおばは、祭りの日、ついに爆発する。男に捨てられても泣いてすがったりせず毅然と生きてきた女が、突然、理性を捨てて鬼女と化すのだ。静かだった熾火《おきび》が急に爆《は》ぜるような感情の噴出に読者は息を呑《の》む。人間の胸奥に潜んでいるものの底知れなさに衝撃を受けるのだ。

プライドゆえの忍耐が、たったひとつの言葉でくずれおち、正気を失う——考えてみればそれは、ミホ自身がかつて経験したことと同じである。作中の「私」は、ウスミおばが狂気に至った心中をこう推し量る。


　普段は何気なくよそおっていても、彼女の心の奥深いところに自分の運命の惨めさを呪う心根が宿っていたのでしょうか。人間は思い極まった時に気が狂うと言いますが、ウスミおばも二十年間の怨念が堰を切って噴出した途端にとうとう狂人になってしまったのでしょうか。　　(同前)

まるで、ミホ自身がかつて狂気に至ったときの心情を分析したかのような文章である。恨み言を言わず、他の男に嫁ぐこともなく、ひとりで健気《けなげ》に子供を育てていたウスミおばは、トウセイが放った言葉で別人のようになった。ミホも同じである。島尾の情事を知り、相手の女を突き止めてもなお押さえていた怒りが、島尾の日記の十七文字の言葉を見た途端に決壊し、狂気に陥ったのだ。

ウスミおばは、ヒロヒトがトウセイからどんな言葉で侮辱されたのかを口にせず、読者はその内容を知ることができない。これも、十七文字の中身を決して誰にも言わなかったミホに重なる。二人とも、言葉によって狂い、しかもその言葉は決して明かされることがないのだ。この点において、ウスミおばは、『死の棘』のころのミホ自身と重なる。

それだけではない。小説の中で描いたものと実人生との関係は、ミホにおいてはさらに複雑である。言葉によって狂気に陥ったウスミおばには、かつてのミホが反映されていると書いたが、「妻」なのか「外の女」なのかという観点で見れば、〈テッタロの妻＝ミホ〉〈ウスミおば＝千佳子〉という構図が成り立つ。今度はミホではなく、千佳子がウスミおばの位置にくるのである。

ここで思い出されるのは、千佳子が島尾の子を妊娠していたらしいことだ。『死の棘』の第六章に、トシオが「あいつ」を渋谷の婦人科の病院に連れていったことを告白させられたあとで、ミホが「あたしもニンシンしたらしいわ。一万円ちょうだいよ」と言う場面がある。この言葉は島尾の日記にも書かれており、その少し前には、その婦人科の病院に島尾が一万円払ったことがわかる記述がある。また、第四章には、「あいつ」が生まれてまもない赤ん坊を土間にたたきつけて殺す夢をミホが見る場面がある。これも島尾の日記に出てくる、実際にあった出来事である。

ミホが「祭り裏」を書いた昭和五十一年は、東京を捨てて奄美に移住してから二十一年後だった。もし千佳子があのとき子供を産んでいたとしたら、その子は二十歳を過ぎるくらいの年齢だ。ウスミおばの子、ヒロヒトと同じである。

ウスミおばは、ミホであると同時に千佳子でもある。約三十枚の短篇の中で、ミホは加計呂麻島の祭りの様子を書き、幼いころの自分を書き、『死の棘』の時代の自分と千佳子を書いた。さらに、意図してのことかはわからないが、生まれなかった千佳子の子供をそこで生かしたのである。

三

「祭り裏」の後日談あるいは続編ともいうべき小説に、短篇「老人と兆」がある。

主人公は、粗末な小屋に一人で暮らすギンタおじと呼ばれる老人。籠《かご》や笊《ざる》を作ってほそぼそと生計を立てている彼は、集落でただ一人のコウマブリだった。コウマブリとは、人の生き霊や死霊が見え、死の前兆がわかる人である。

死神に見込まれた人間は、その現《うつ》し身からイキマブリ（生き霊）が抜けだして、夜中に墓所通いをする。その姿がギンタおじには見えるのだ。

ギンタおじは、墓地に向かう道のそばに住んでいて、墓所通いをするイキマブリがいると、道に立ちふさがっておしとどめる。放っておけば、日をおかずして死んでしまうからだ。

何とか家に戻すことができても、イキマブリは繰り返しやってくる。そのたびにギンタおじに止められて最後には墓所通いをあきらめ、その後も何年となく生きながらえた者もあるが、ギンタおじの腕をかいくぐって墓地へ足を踏み入れてしまったらどうしようもない。イキマブリは墓地にたどりつき、ある場所にじっとたたずむ。現実の肉体は、まもなくそこに掘られた墓穴に葬《ほうむ》られることになるのである。

ギンタおじはこのところ、トウセイのイキマブリの墓所通いを止めるのに必死だった。「祭り裏」で、腹違いのきょうだいであるヒロヒトの母ウスミおばの怒りを買い、ウスミおばの弟のニジロおじから呪いをかけられた、あのトウセイである。

トウセイがイキマブリとなって、父であるテッタロが新しく建てた家から出てくる様子は、こう描写されている。

集落の東南のはずれの谷あいに、昔遠島人が鍛冶屋をして住みついたとかで、カッジャと呼ばれている場所があり、裏山は鬱蒼と樹木が茂り、島の人々からカムダハサントゥロ（禁忌の場所）といわれて、そのあたりにはめったなことでは足を踏み入れてはならないとされている所ですが、無頓着なことにテッタロは、「必ずよくないことが起こるから」と親しい人たちがとめるのもきかずにそのすぐそばに山裾の小川から樋で水を引き庭に泉水や築山などもこしらえ、集落で一軒だけというこけら葺きの屋根を葺いた新しい家を建てていたのですが、その家の中から息子のトウセイのイキマブリが、宿っていた肉体とそっくりの姿でさまよい出て来たのです。雨戸も開けずにすーっと外に突き抜け、音もなくゆっくりと、門口から小川沿いにサトヌミャー（ノロ祭りの広場）に出ました。集落の道はそこを中心に延びていますが、夜目にも白く浮き上がって見えるその道をひたすら通り抜け、別な小川の土橋を渡り、マブリイシ（道角の守護石）の前を過ぎ、ナハダヌミャー（ノロ祭りのもう一つの広場）を横切り、墓所に向かってやって来るイキマブリの姿が、ふしぎなことにギンタおじの目にはっきりと写ったのでした。普通なら家々の庭に植えられた樹木や丈の高い金竹の生垣などのために、そんなにすっかり見えるはずはないのですが。

（「老人と兆」より）

さまよい出たイキマブリがたどる道筋の風景に、作者のミホは南島の習俗や信仰のあり方を示すもの――カムダハサントゥロ、サトヌミャー、マブリイシ、ナハダヌミャー――を点在させ、生き霊の存在が信じられている世界へと読み手を巧みに誘いこむ。

遠景がほとんどなく、ブレの多いクローズアップの映像をつなぎあわせていくような島尾の風景描写は、語り手の眼の中に閉じこめられた感覚に読み手を追いこむが、ミホは対照的に、世界を一度に視野に収めるような視点から南島の風景を描いている。

ミホの作品が、因習や貧困を背景に、閉鎖的な共同体の中での怨念や狂気、病、死といったものを描きながら、『死の棘』のような息苦しさを感じさせないのは、こうした描写の効果が大きい。外界を切り取るのではなく、呼吸するように自然に外界と呼応しあう感覚が、ミホの文章にはあるのである。

このあと、トウセイのイキマブリとギンタおじの対決は、次のように描かれる。

紺地に白あがりの太い格子柄の真新しい浴衣に白いさらしの帯を前に結んだトウセイのイキマブリが、怒ったような顔付きで両手を広げ道の真ん中に突っ立っているギンタおじの前まで来ると、つとからだを傾け、すーっとすり抜けようとしました。ギンタおじはすかさずその前に立ちはだかると、太い声に力をこめて叱るように言ったのでした。

「トウセイ《トウセイ》　ウラヤ《お前は》　ヌーガ《どうして》　ウンワハサシ《その若さで》　アガン《あんな》　ハゴサントゥロハッチャ《いやーな所へ》
カヨユン《通うのだ》　アマヤ《あそこは》　ウラガ《お前が》　イキュントゥロヤ《行く所では》　アランドー《ないのだよ》　トートー《さあさあ》　ヘーク《早く》
ヤーハチ《家へ》　ムドレ《戻れ》　ムドレ《戻れ》」

　トウセイのイキマブリは黙ってうつむいたままなおもギンタおじの横をすり抜けようとしました。

「トートー《さあさあ》　ヘーク《早く》　ヤーハチ《家へ》　ムドレ《戻れ》　ムドレ《戻れ》　トウセイ《トウセイ》　ヌーガ《どうして》　ウラヤ《お前は》
アタラシャン《勿体ない》　クンユースィティティ《この世を捨てて》　マタ《又》　カナシャン《なつかしい》　ウヤンキャム《親たちも》　スィテ《捨てて》
イティ　シンイショガリヤシュンヨー《死に急ぎをするんだね》　ドーカ《頼むから》　ドーカ《頼むから》　ヤーハチ《家へ》　ムドティクリ《戻っておくれ》
リー」　　（同前）

　ギンタおじは叱責から懇願に切り換えて、必死でイキマブリを追い返そうとするが、相手はあとに引かない。言葉による説得をあきらめたギンタおじは、今度は身体を張って止めようとする。

これは死神とコウマブリだけの戦いでした。イキマブリを通すまいとして両手を広げ、息をはずませながら、道をあっちへ行きこっちへ戻りしているうちに、次第に追いつめられ、つい橋もない狭い小川のふちまで押しつめられると、小石につまずき、両手を広げたままふた足み足横によろけてしまいました。イキマブリはこの時とばかり、姿勢の崩れたギンタおじの右腕の下をさっとすり抜け、小川の上をふわーっと越えて、墓所への道端に奇怪な枝を広げて鬱蒼と覆いかぶさるガジュマルの木の、枝から垂れた不気味な長い気根のからみ合う真っ暗闇の中へ、ぼーっと白いそのうしろ姿を吸い込ませるように消えて行きました。

ギンタおじはからだじゅうの力が急に抜け、へなへなとその場に坐り込みそうになるのを堪えて立っていました。上弦の月がとっくに西の山蔭に姿を沈めたあとの夜空はどこまでも青く、満天の星の光りは地上にけむるように降りそそぎ、道端の露草に降りた夜露に宿って、小さくきらきらと光っていました。　（同前）

トウセイのイキマブリを止められなかったギンタおじは、夜が明けるころ、カッジャの裏山あたりの方角から「ミャオー　ミャオー」という声をきく。猫とそっくりに鳴くミャーティコホー（梟《ふくろう》の一種）の声だ。

ミャーティコホーは、死人の出る家の近くに来て鳴くとして忌み嫌われている鳥である。ギンタおじは、この鳥はきっとトウセイの家の裏の松の枝で鳴いているに違いないと思う。そして、鳥やけだものにまで定めを知られているのなら、死の運命からもう逃れられないのだろうと、無力感をかみしめるのである。

まもなく夜明けを告げる一番鶏が鳴き、直後に「ウワーッ」という悲痛な女の絶叫をギンタおじは聴く。それは、身ぶるいするほど苦悩に満ちた恐ろしい声だった。

それから五日たって、カッジャの裏山で、トウセイが老松の下枝に縊《くび》れてこときれているのが見つかる。発見したのはヒロヒトだった。

仰天したヒロヒトが山を駈け降り、急を知らせますと、気も転倒して現場に駈けつけたテッタロ夫婦は、変わり果てた我が子の亡骸に取りすがって嘆き悲しみました。殊に母親は悲痛な大声をあげて身も世もなく泣き叫んだということです。あとでそのことを聞いたギンタおじは、それはあの早暁に聞いた女の叫びにちがいないと思ったのでした。　(同前)

コウマブリのギンタおじは、トウセイの死をあらかじめ知っただけでなく、それを嘆く母親の絶叫までも、先んじて聞いてしまっていたのだ。

「祭り裏」が、八月踊りの太鼓の音とウスミおばの狂笑で終わるのに対し、「老人と兆」

は、ミャーティコホーの鳴き声とテッタロの妻の絶叫で終わる。テッタロをはさんで対置する二人の女は、重なりながら表裏をなし、ここでも島尾をはさんだミホと千佳子の関係を思わせる。

ミホと千佳子が泥にまみれて組み合うのを両腕を組んで眺めていた島尾のように、テッタロもまた為《な》す術《すべ》をもたず、もとはといえば自分が原因で引き起こされた修羅場を前に、ただ立ちすくむしかない。

雨戸を突きぬけ、広場を横切り、ギンタおじを小川のふちに追いつめてその腕の下をすり抜けていくトウセイのイキマブリの描写は、この世ならぬものが醸《かも》しだす幻想味をたたえているが、一方で奇妙な実在感がある。「老人と兆」を初めて読んだとき、もしかするとミホ自身がコウマブリということはないだろうかという思いがよぎった。

まさかとは思ったが、ミホに最初にインタビューをしたとき、私は本人にそのことを訊《き》いてみたくなった。吉本隆明が言った「あの人は、普通の人には見えないものが見えるらしいですよ」という言葉が頭にあったこともある。多くの資料に接し、奄美の親族にも取材をした現在の私は、いまだにミホの紹介文に用いられることのある「巫女の後継者として育てられる」という記述が誤りであることを知っており、彼女を「南島の巫女」と規定して霊能者のように扱うことをよしとしない立場をとる。しかしこのときはまだ、ミホを神秘的な存在として描きたい気持ちがどこかにあった。

奄美の家の客間で、持参した『祭り裏』の単行本にサインをしてもらいながら、私は「もしかしてミホさんも、ここに出てくるギンタおじのように、イキマブリが見えたりするのでしょうか」と尋ねてみた。するとミホは笑って、「いえいえ、私には見えませんよ」と答えた。生き霊も死霊も見たことがないと言って、こう付け加えた。

「うちの集落でイキマブリが見えたのは、マンタおじだけでしたから」

小説中のギンタおじに実在のモデルがいることを、私はこのとき知ったのである。

あとになって気づいたことだが、このマンタおじのことをミホが島尾に語る場面が『日の移ろい』の昭和四十七年四月二十三日の記述に出てくる。ミホが「老人と兆」を書く六年ほど前のことである。

その日、座談会に出た島尾が夜おそく帰ってくると、待ちあぐねていたミホが、堰を切ったようにおしゃべりを始める。その場面を以下に引くが、文中の「マンタウジ」が、ミホが私に話したコウマブリの「マンタおじ」のことである（奄美方言では「お」が「う」に近い発音になる）。

ユシウジとマンタウジのはなしがまた出てきた。しゃべっているうちにことばにいきおいがつき、声が熱気を帯びてくるから、ときには「そんなに力を入れてしゃべると疲れるぞ」と注意をしてやらなければならない。でもすぐまたむちゅうになって力んだしゃべり方になってしまう。心臓をきたえる運動になってかえっていいのかもしれないと思ってみる。妻は男模様のパジャマを着てベッドの上にあぐらをかいていたが、子どものような感じであった。畳の上のふとんに横たわった私はだから妻をななめ下から見上げるかたちになった。マンタウジは部落ではイキマブリを見るたったひとりのひとだと思われていたという。みんな妻が幼いころのことだ。誰かのイキマブリがうしろの山の墓場への道を通いはじめると、それがマンタウジだけにははっきり見えるというのだ。彼の茅葺き小屋は墓場への道の途中にあった。通いはじめたイキマブリが若い者のそれのときには彼は邪魔をして墓場に行かせないようにした。もしそうしないで、通うままに放っておけばそれほども日を置かずに死んでしまうのである。部落の者はそれをみんなが信じていた。妻をもう寝かせなければいけないと思いながら潮時をつかみかねて私は合い槌を打ちながらきいていた。

（『日の移ろい』より）

ここでミホが島尾に語っているマンタウジは、「老人と兆」に出てくるギンタおじそのままである。生き霊が見えるコウマブリの老人は、創作ではなく実在したのだ。『祭り裏』に収録された小説はみな、このように事実と虚構を巧みに織り交ぜながら綴られている。

普通の人には見えないものが見えるマンタウジの存在は、幼いミホの心をよほど動かしたとみえて、彼をモデルとするギンタおじは、『祭り裏』所収の「潮の満ち干」、さらに未完に終わったミホの初の長篇『海嘯』にも登場する。

ではあらためて、コウマブリとはどういうものなのか。加計呂麻島出身の民俗学者である金久正は、柳田国男が深く関わっていた雑誌『旅と伝説』に寄稿した文章をまとめた『奄美に生きる日本古代文化 増補版』(昭和五十三年刊)の中で次のように説明している。

人が死ぬ前には、その人の葬られるべき墓場所で、イケ(墓穴)を掘る音などがするのが聞える。これは普通人にも体験されることであるが、特に「コウマブリ」と称する霊能の発達した人には、葬式の行列の旗が見えたり、または、墓掘り人衆の姿まで見えるといわれる。

ここでおもしろいのは「コウマブリ」という語である。平安時代にできた栄花物語に「かうなぎ」(巫者のこと)という語があるからには、このコウマブリは、これと同系の語であろう。「かう」は「かむ」(神)の音便であろうからコウマブリは、「かむまもり」(神守)が、その語源であろう。

（『奄美に生きる日本古代文化 増補版』より）

鹿児島民俗学会が編纂《へんさん》した『奄美の島 かけろまの民俗』（昭和四十五年刊）では、「コーマブリシャ」として解説され、「霊魂を見ることのできる者というくらいの意味」「ユタと同じものであるが、若干低級な者」とある。

ユタとは卜占《ぼくせん》や口寄せ、呪術などを行う民間の霊能者で、公的な性格をもつ巫女であるノロと違って家柄や血統は関係ない。あるとき突然、巫病《ふびょう》といわれる症状（頭痛、不眠、ヒステリーなど）を呈し、その治癒のための儀式や修業を経て霊能力が身につく。コウマブリはこのユタに近いが、その中でもとくに死にかかわることを担《にな》っていたようだ。「低級」とされているのは、死者に近しい存在であったことが関係しているのかもしれない。

ユタは奄美や沖縄にいまもおり、奄美で私も訪ねてみたことがある。ミホに初めて取材をした平成十七（二〇〇五）年のことである。

地元の人にユタのところへ行きたいというと、たいていの人が何人かのユタを知っていて紹介してくれる。地元では「ユタガミサマ」「カミサマ」などと呼び、若い人でも、就職や結婚などの相談ごと、あるいは悩みごとがあると気軽に訪れるようだ。謝礼金は高くなく、私のときは日本酒一合に三千円を包んで添えるように紹介者から言われた。

私が訪ねたのは、名瀬の九十代の女性のユタだった。普通の主婦といった感じの気さくな人である。招き入れられた自宅は、入ってすぐの部屋に祭壇がしつらえてあり、その前で運勢などを見てもらった。住んでいる土地の不浄を祓《はら》う方法を教えられ、口入れ（呪文をとなえて息を吹きかける）をした清めの塩をもらって帰った。ユタが行う呪術については、非常に強い力があり、人を害する呪いをかけることのできる者が現在もいるという話を耳にする。

このように、ユタはいまも人々の暮らしの中に生きているが、コウマブリのほうは「現在では絶えてしまっている」と前出の『奄美の島　かけろまの民俗』には書かれている。この本の発行年は昭和四十五年であるから、ミホが『祭り裏』収録の小説を書いていたころには、コウマブリは存在していなかったと思われる。

自分が育った時代の奄美を描くとき、ミホがコウマブリを繰り返し登場させ、丁寧に描写したのは、奄美はもともと死者とともにある土地だという自覚があったからだろう。『海辺の生と死』に収録された「洗骨」という作品がある。洗骨とは、土葬にした遺体が土に還《かえ》ったころに掘り返し、骨を海水や川の水で洗い清めて改葬することである。

洗骨は、土葬してから三年後、七年後、十三年後のいずれかに行う。きれいになった骨は、頭蓋骨《ずがいこつ》を一番上にして甕《かめ》に入れ、墓におさめる。長田須磨の『奄美女性誌』によれば、奄美では洗骨が最後の親孝行とされており、これによって「マブリカンが立つ」

(霊に守られて幸先がよくなる)と言われているそうだ。

「洗骨」は幼いミホが遠縁の女性の洗骨に参加する話で、母の袖《そで》の下に隠れるようにして、男たちが石棺を掘り起こすのを見ているところから始まる。洗骨を待つ遺体は、珊《な》瑚礁《ばんいし》石でできた石棺に入って埋められている。

三人の男が珊瑚礁石に手をかけゆっくり横にずらせた時、一瞬冷気が立ちのぼり素足の爪先から身内を貫き、頬を逆撫でして吹き抜けたように思いました。染みた冷気を払いのけるように頭とからだをひとゆすりして、身を乗り出しそっとのぞいた深い墓の底から、真新しい土の匂いが漂い、頭蓋の骨が丸くくっきりと目にうつり、それを囲んで大きい骨や小さい骨が散っているのが見えました。珊瑚礁石をもうすこしずらせた時、墓を覆った松の大木からの葉洩れ陽がひとすじ暗い穴に射し込んできらりと光をはねかえしました。すると女の人がお骨にティダガナシ(太陽の尊称)の光は禁忌だと言いながら男物の蝙蝠傘を墓の上にさしかけたのです。光のかげった黒土の上で人骨は白く浮き上り、太陽や雨風に曝されて山の背にそそり立つ立ち枯れの古木の枝のように見えました。

(「洗骨」より)

土と一緒に竹籠《たけかご》に入れられて穴の底から上がってきた骨を、身内の者たちが念入りにふるいわける。手や足の指らしい小さな骨を掌にのせた「私」は、使い古された象牙《ぞうげ》の箸《はし》の折れ端のようだと思う。土の底から現われ出た死者の骨を見つめる「私」の目はまっすぐで、恐怖や禁忌によって汚されてはいない。
墓地の横を流れる川に入って骨を洗うのは女たちの役目だった。ミホが描く彼女たちの姿はのびやかで、ふりそそぐ陽光の下、一種の祝祭空間を作り出す。

小川の中に着物の裾をからげてつかり、白くふくよかなふくらはぎをみせてうつむきながら骨を洗っていたひとりの若い娘が、「おばさんが生きていた頃私はまだ小さくてよくおぼえていないけど、ずいぶん背の高い人だったらしいのね」と言いつつ足の骨を自分の脛にあててくらべてみせました。私はそのお骨の人もかつてはこのようにして先祖の骨を洗ったことでしょうと思うと、「ユヤティギ世《ゆ》は次《ぎ》ティギ次《ぎ》」という言葉が実感となって胸にひびき、私もまたいつかはこのようにしてこの小川の水で骨を洗って貰うことになるのだと、子供心にもしみじみと思いました。しかし女の人たちは屈託なく笑い、久方振りの沐浴だからきれいにしてさしあげましょうなどと話しあって、綿花を持つ指先をたえずうごかし洗い続けていました。流れに浸って洗われているさまざまな骨の、大きなものは八重の潮路のまにまに漂い流れた果てに岸に打ちよせられた流木の白っぽい肌のように、また小さなものは海底か

ら波に揉れて白浜に打ちあげられた白珊瑚の骨片のように、それぞれ澄んだ水の中で濡れ光って見えました。（同前）

人々が死者と接するときの、何ともいえない親しさとやわらかさが伝わってくる。コウマブリは、生者と死者が境界を越えて交歓する、こうした世界の中にこそ存在した。それは、ミホの人生と文学の基盤をなす世界である。

ミホがコウマブリに魅かれ、繰り返し描いたもうひとつの理由は、それが「見る」ことを宿命として負っている存在であるためではないかと私は考える。

ミホは八十二歳になる年に、生前の島尾と親しかった作家の小川国夫と対談しているが、その中に生と死をめぐるこんなやりとりがある。

小川　奄美の風習をミホさんのエッセーで読んでいますと、我々とは大分違うなというところが出てきますね。生と死をひっくるめた風景があるんですね。死のほうがはるかに大きくて、人々の生は死の中に包みこまれているんでしょう。洗骨のこともそうですけれど、『日の移ろい』でしたっけ、あれは島尾さんの夢に、ミホさんが豚を屠殺するのを見に行くところが出てきて……。

島尾　あっ、それは夢じゃなくて、実際に見に行きました。

小川　えっ、実際なんですか。
島尾　はい。
小川　ああいうことは、本土だって肉を食べているんだから、あったはずですが、タブーになっていました。
島尾　島では日常のことで、牛でも豚でも山羊でも解体は海岸で致しますし、そのときは子供たちはみんな見に行って、お肉をもらって帰ります。ミリダマスィーといって、どんな小さい子供でも見物した者への賜り物として。
小川　見れば得るものがある、そういう意味ですね。
（『新潮』平成十三年十月号「死を生きる」より）

ここで小川が話題にしているのは、『日の移ろい』の昭和四十七年八月二十三日の記述に出てくる話である。もともとは豚を解体するところを島尾に見せたいと考えたミホが計画したことだったが、戦時中に部下たちが牛を屠《ほふ》ったとき、その牛の目を見ることに耐えられず目隠しさせた島尾がそうした場所に行くはずがなく、ミホは一人で出かけていく。
帰ってきたミホは、島尾が勤務する図書館の窓の下に来て、「とってもすごかった。あなたに見せたかった。いっしょに行けばよかったのに残念だったわ。ばかねえ」と息をはずませて言う。

その夜、ミホは自分が見たものを語るのだが、その内容を島尾は微に入り細をうがった描写で延々と綴っており、ミホの語りに圧倒され困惑しつつも、それに強く魅せられていたことがわかる。

ミホとの対談で、小川は最初、この部分を島尾が自分の夢を綴ったのだと勘違いしている。これは、『日の移ろい』にしばしば島尾の夢の話が出てくるせいもあるだろうが、対談で本人が語っているように、小川の中に解体の描写そのものがタブーにふれるという感覚があったことが大きいだろう。島尾もまた、禁忌を感じていたからこそ惹《ひ》かれるものがあったにちがいない。

だが、ミホの育った土地では、それは日常のことだった。ミホは豚が解体される情景に郷愁さえ感じている。『日の移ろい』の八月二十三日の記述から引く。

> なんともたよりない命の切断。それを百人に近い男たちがひとこともものを言わず、鋭い包丁を使って肉塊と骨とをさくさくさくさく切り分けている。するとその音が幼い日の潮騒を喚起し、島の浜辺での豚殺しの場景とかさなって、なつかしい思いに満たされてきた。その日一日じゅう正月のために飼っていた家ごとの豚が殺され、部落の中はざわめきに満ち、おとなの豚殺しを見るために子どもたちは浜辺に集ま

っていた。捨てられた臓物にありつく鴉もいっぱい舞いおりてきて、にぎやかな気配があたり一帯にただよっていたのだった。

（『日の移ろい』より）

子供たちが海岸に家畜の解体を見に行ったことを、ミホは小川との対談の中でも語っている。幼いころのミホがいた世界では、その一部始終を見ることは、忌むべきことでも何でもなかった。それどころか、見に来た子供たちは「賜り物」として肉をもらったという。見たというそのことに対して、褒美《ほうび》が与えられたのである。

それは「ミリダマスィー」と呼ばれていたとミホは言っている。「ミリ」は「見る」の意味だろうが、では「ダマスィー」とは何か。

ミホが育った集落である押角の歴史や風習を地元の郷土研究家・押井彬が調査・収集した『生活史　押角《うしきゃく》ばなし』（昭和六十二年刊）には、漁で得た獲物の配分を「タマス」と呼んだことが書かれている。タマスには、船の所有者への配分である「フナダマス」など、いくつかの種類があるが、漁を見に来た人への配分が「ミイダマス」であるという。「ミリダマスィー」は、この「ミイダマス」のことだと考えていいだろう。

民俗学研究で知られる谷川健一の『妣《はは》の国への旅』（平成二十一年刊）を読むと、ミホの言うところの「ミリダマスィー」の意味と由来がさらによくわかる。

狩猟や漁撈の獲物の配分を南九州から奄美・沖縄にかけてタマスと呼んでいる。ひとタマスといえば、一人分の分け前のことである。ここで興味があるのは、タマスは当事者だけに与えられるものではないということである。狩や漁の現場にたまたま居あわせた者もタマスにあずかることができる。それを「見ダマス」という。見る者に与えられるタマスのことである。（中略）

柳田国男はタマスという語は「賜う」「賜う物」に由来し、霊魂《タマシヒ》とも根本は一つだと云っている。

（『妣の国への旅』より）

ミホが対談で語ったとおり、「タマス」すなわち「タマスィー」には「賜り物」の意味があった。つまり天や神から与えられるものなのである。しかもそれは「タマシイ（霊魂）」と根本は同じだという。

タマスという概念の根本には、獲物はもともと神から授かったものだという考えがあるというが、それを受取る権利は、見ただけの者にも生じるのだ。古くからの南島の文化において、「見る」という行為には、それほどの重みがあるのである。

見るという行為が意味するものの大きさと、見た者に与えられるものが「タマシイ」と関係しているということを知ったとき、私は以前ミホから聞いた話を思い出した。

養母の吉鶴はミホに、あらゆることをよく見るようにと教えたという。料理でも裁縫でも、見さえすれば自分のものにできる、と。

「心をこめて見れば、見たものが自分の中に入ってくる——母はそう言いました。以来私は、何でも一生懸命に見る人になりました。そうすると、見ているものと自分がひとつになる感じがあります」

見ることで対象が自分の中に「入ってくる」という感覚を身につけて育ったミホは、おそらくは生まれつきの資質もあって、見たものを鮮明に記憶し、忘れることがないという特性をもつ人になった。

思えば、ミホの狂気は島尾の日記を「見る」ことから始まっている。そしてさらに、見てしまった「あいつ」の顔が自分の中から消えずに苦しむのである。

見ることは恵みであると同時に呪縛でもあり、賜るものは良きものとは限らない。イキマブリが見えてしまうギンタおじは、その能力ゆえに孤独なまま老いていく。当たり前の幸福を手に入れられないのである。しかし、「見る人」であることはギンタおじそのものであり、自分自身である限りその能力からは逃れられない。

見るという宿命を負っているのはミホも同じである。ミホの作品に一貫しているのは、作者の「目」の存在だ。読者の前に細密なタペストリーを広げるようにありありと情景や人物を再現できるのは、対象を自分の裡《うち》に取り込んで一体化してしまう「目」のおかげだが、それはときに、見ないほうがよいものを見、取り込むべきでないものを取り込んでしまう。祝福され、かつ呪われた目なのだ。

『死の棘』の時代、島尾の日記を見て精神の均衡を失ったミホは、その後、外出時にしばしば黒眼鏡をかけるようになった。それは、他人の視線を避けるというよりは、見えすぎる目を、少しでも見えなくするためだったのではないだろうか。

「見る」ことは、ミホの人生においてもっとも重要なキーワードのひとつであり、そのことは彼女の作品にも、はっきりとあらわれているのである。

四

「潮の満ち干」は、「祭り裏」の二年半後に『海』に掲載された。単行本『祭り裏』に収められた七つの短篇のうち、発表時期がもっとも遅い作品である。

「祭り裏」と同様、この作品でも狂気におちいる人の姿が鮮烈に描かれる。「祭り裏」で描かれた狂気は、長いあいだ抑えてきた恨みつらみが極まったもので、ミホ自身の経験が反映されていた。それに対して「潮の満ち干」の狂気は、ゆっくりと心身をむしばんでゆくもので、奄美への移住後に島尾を苦しめた深い気鬱を思わせる。

「潮の満ち干」で狂気に堕《お》ちるのは、マサミという男である。

旧暦の三月三日は、大人も子供も蓬餅《よもぎもち》と弁当を持って浜に行き、潮の引いた海で貝や魚を捕って遊ぶ「浜降り」の行事の日だった。日の出から日没まで煙を立てることが忌まれているこの日、ウシキャク（押角）の集落で火事が出る。妻に出て行かれ、老いた祖母と暮らしていたマサミが自分の家の屋根裏に火を放ったのだ。巡査がマサミの家に駆けつけてみると、近所の人によってすでに火は消されていたが、紋付き袴《はかま》姿のマサミが鉢巻きを締め、出刃包丁を握りしめて床の間を背に正座していた。巡査が出刃包丁を取り上げようとして棒で打ちかかると、「ヤエー　ヤエー　ヤエー」と泣きながら妻の名を呼んで、部屋の中を駆け回る。畳の上には「ヤエ殿へ遺す」と墨で書かれた封筒が落ちていた。

妻のヤエが二人の幼い子供を連れて実家に帰ったのは、気鬱のため長いこと家に閉じこもっていたマサミから心が離れたためだった。ヤエに見放されたマサミの言動はますますおかしくなり、ついには放火騒ぎをおこしたのだった。マサミの弟のサダトは騒動を聞いて駆けつけ、兄を抱きしめて男泣きに泣くが、マサミはどこを見ているかわからない目付きで妻の名を呼びつづけるばかりだった。

集落では戸主が集まって、フレムンになったマサミをどうするかの話合いが持たれた。フレムンとは気がふれた人を意味する奄美の言葉である。マサミの幼友達は、マサミは神経衰弱になっているだけで、養生すれば治ると主張した。だが、皆が顔見知りのこの集落では放火など前代未聞のことで、それも日中は火を使うことが禁忌である日に起きたのだ。茅葺き屋根がつらなっている集落でまた火をつけられたら大変なことになるという年寄りたちの意見が通り、マサミを閉じこめるための牢《ろう》部屋が海端の草原に造られることになった。

マサミが牢に入る日、身内が集まって送別の宴がひらかれた。酒宴が果てた夜更《よふ》け、マサミは伯父に抱えられ背中をまるめながら牢部屋の潜《くぐ》り戸をくぐった。そこは頑丈な格子に囲まれた八畳ほどの畳牢で、外から閂《かんぬき》をおろすようになっていた。弟のサダトが閂に南京錠をかけると、妹のタヨは格子に取りすがって泣きくずれた。

マサミは格子につかまり、悲しみをこらえた表情でじっと妹を見ていました。肩を落とし帯のない着物の前を左手で押えて立っているその侘しい姿は、縁先の雨戸を閉めていたサダトの目に焼きつき、無性にいきどおろしい気持ちに誘いました。そして「シマジョイチヌ《島中で一番の》　ディケムン《出来ぶっ》」ともてはやされた兄をこんな姿にしてしまったヤエが、むらむらと憎くなって来て、そのうちにきっと仕返しをしてやるぞという気分をサダトに起こさせたのです。

（「潮の満ち干」より）

マサミはヤエが神戸の小学校から転校してきたときから彼女のことが好きだった。本土生まれのヤエは色が白く、島では見たことのないおかっぱ髪をしていて、衿《えり》すじのあたりでふさふさと揺れる様子がマサミにはとても可愛《かわい》く思えた。

マサミは早くに父親を亡《な》くしていた。母親は成績がよく顔立ちも美しい長男のマサミを溺愛《できあい》して育てた。マサミは東京の無線通信学校へ官費で通えることになって島を出る。郵便局に勤めながら大学を卒業し、朝鮮総督府の官吏に採用された。

朝鮮に赴任する前に島に戻ったマサミは、弟のサダトもヤエに恋していることに気づく。「何かに追いかけられるような気持ち」になったマサミは、抜け駆けを自覚しつつ、ヤエの家に結婚の申し入れをしてくれるよう母親に頼んだ。ヤエの家はマサミの家より裕福だったが、真面目《まじめ》な性格で島の若者の中でも出世頭のマサミをヤエの親は気に入り、縁談は成立する。こうしてマサミとヤエは結婚し、朝鮮で生活を始めたのだった。

長男と長女が生まれ、順調な日々を送っていたが、あるときヤエが急性肺炎にかかる。一時は死線をさまよい、命はとりとめたものの肺浸潤に移行して入院生活を送ることになった。マサミは子供たちを女中にまかせきりにして看病に明け暮れる。そのため仕事がおろそかになって上役に叱責され、ヤエのために貯金も使い果たした。ヤエを失うかもしれないという恐怖に、仕事と金銭上の不安が加わり、マサミの精神状態は不安定になっていく。

病後のヤエのことも考え、マサミは休職して家族で島に帰ることを決める。帰郷する夫妻の姿は「……憔悴したマサミと肉の削げ落ちたヤエは、まつわりつく二人の幼い子供を伴ない、都落ちのようなうらぶれた気分で島に帰って来たのでした」と描写されている。妻の病気の世話で夫が神経をすり減らし、仕事をあきらめて島へ帰るという筋立てには、島尾とミホの人生が反映されている。

島の温暖な気候のおかげでヤエは次第に健康を取り戻すが、逆にマサミは家に閉じこもるようになり、深い鬱におちこんでいく。これも、島の生活の中で気鬱に悩まされるようになった島尾を思わせる。

島尾の鬱がはっきりした形をとってあらわれてきたのは、昭和四十四年の自転車事故がきっかけだった。しかし島尾はのちに、事故によって鬱になったというのは因果が逆だったのではないかとして、「あの事故こそ実は気鬱のせいで起こったにちがいないと思うことがしばしばである。つまり事故が起きたのは、私が気鬱にとらえられていたからではなかったろうか」と書いている（昭和五十二年「文学的近況」）。

島尾の鬱は、実質的には移住の直後から始まっていたと思われる。たびたび発作を起こすミホの顔色をうかがいながらの暮らしが、『死の棘』に描かれたような修羅場を経たあとの島尾の神経を圧迫したであろうことは想像に難くない。また、奄美への移住は築きかけていた文壇での地位を捨てることを意味した。刻苦勉励の末に得た官吏の職を手放して島に戻ってきたマサミと同様、不安も不満もあったはずだ。何かにつけてミホの親戚《しんせき》に世話にならなければならず、島の濃厚な人間関係のストレスもあったろう。移住の二年後に書かれ発表を見合わせられた「妻のふるさと」に、当時の島尾の心情の暗さが現われていることは前章で指摘した。「潮の満ち干」で、ヤエが健康になるにつれて力を失っていくマサミは、ミホが正気を取り戻していく一方で気鬱を深めていった島尾の姿を思わせる。

『死の棘』に描かれた時代のミホと島尾は、共狂いとでもいうべき状態だったが、ミホの狂気は爆発的に始まってやがておさまり、島尾のそれは気鬱となって長く続いた。『日の移ろい』を契機にようやく小説の執筆を再開したが、それ以後も気鬱は島尾を去ることがなかったようだ。

長く抑えていたものをある日爆発させたミホは、狂うことで島尾を支配し、家族に君臨した。そして本来の野性的でエネルギーにあふれた自分を取り戻していった。

「私が日記を見て気がおかしくなった日から、夫婦の関係は逆転しました」と生前のミホは言っていた。「それまで夫の言うことに従ってきた私ですが、それからは私の言うことに島尾がすべて従うことになったのです」と。意図して発作を起こしたわけではないだろうが、ミホ自身、狂うことが起死回生の道であることを、どこかでわかっていたのではないだろうか。結婚から四年半後の昭和二十五（一九五〇）年十一月三十日にミホがノートに綴《つづ》った文章が没後に発見されたが、そこには婚家の人々の仕打ちと夫の冷たさを嘆く言葉が並び、乱れた文字で「気も狂はんばかり。一そ気狂ひになれたら」とある。

ミホに日記を見られたころの島尾は自分の「業の浅さ」に小説家としてコンプレックスを抱き、生々しい手応《てごた》えのある悲劇を家庭内に求めていたが、ミホにとっても、自分が狂うことは状況を打開するほとんど唯一《ゆいいつ》の道だった。あのとき起きたのは、それぞれにとって必要な出来事だったのだ。

島尾が機会を提供し、ミホはそれを逃さなかった。二人は凹凸が嚙《か》み合うように、みごとに呼吸のあった夫婦だったといえる。そしてミホは何をしても許される生来の地位を取り戻し、島尾は家庭内にこれ以上ない小説の素材を手に入れた。

堤防が決壊するように、ある日狂気を発現させたミホに対し、島尾はゆっくりと鬱にからめとられていった。しかし〈書く―書かれる〉という関係においては、依然として島尾は上位にいた。ミホの意向をすべて受け容《い》れ、生活の全部を支配されても、書くというその一点でミホの世界を総覧する位置にいることができたのである。小説を書く人間でなければ、島尾はミホと暮らし続けることはできなかっただろう。ミホの存在は、何よりも作家・島尾敏雄にとって必要なものだった。

だが、やがて島尾の鬱は進み、ほとんど小説を書けない時期がやってくる。すると今度はミホが本格的に自分の作品を書き始め、「潮の満ち干」において島尾は書かれる立場となった。

ミホはこの小説で、島尾と負の部分において重なる人物を登場させている。『海辺の生と死』を刊行するとき、ミホは戦時中の島尾を回想した「その夜」と「特攻隊長のころ」を収録したが、これらは島尾がいかに思いやり深く立派な隊長であったかを描いたもので、実生活では世間体や体面を重んじたミホが、作家の妻として読者に提供した外向きの島尾の像といえる。

しかし書き手として歩を進めたミホは「潮の満ち干」において、世間との違和に敏感すぎ、みずから増幅させた苦痛に足をとられて暗い沼に沈んでいくような島尾の本質的な弱さを描き出した。それは小説という虚構の力をもちいて初めて可能なことだった。

「潮の満ち干」の後半では、そうした種類の弱さが引き起こす悲劇が描かれる。

島に戻って健康を取り戻したヤエは、気力を失い極端に人交わりを避けるようになったマサミの代わりに少しでも働こうと、野良に出て畑仕事に励んだ。子供たちの世話もしなければならず、病後の身体《からだ》にはこたえたが、マサミは雨戸を閉めて家に閉じこもるばかりで何もしようとしない。身体のどこかが悪いわけでもないのに毎日ぶらぶらと寝たり起きたりし、いつも苦虫をかみつぶしたように不機嫌な顔をしている夫から次第に心が離れていくのをどうすることもできなかった。

無理を続けたせいか、ヤエはある夜、吐いた痰《たん》に血が混じっているのを見る。肺浸潤の病歴があるヤエは結核を怖《おそ》れ、このままでは家族が共倒れになってしまうと、子供たちを連れて実家に帰ったのだった。夫を置き去りにしたヤエは、「キモゴハムン《情のこわい人間》」「ボンノキリャウナグ《薄情女》」として集落の人たちから非難される。

マサミが放火事件を起こしたのはヤエが家を出た三か月後のことだった。ヤエは心を痛めたが、夫のもとには戻らず、機織《はたお》りをしてひとりで子供たちを育てる決意をする。

それからまた三か月が経《た》ち、マサミは一日だけ牢から出ることを許された。海で泳ぎ、親類との酒宴に参加したが、日が暮れるとまた牢に戻らなければならない。内心では強く拒みながらも、マサミはまわりの言うことをきいて牢に入った。やりきれない思いで門をかけ錠をおろした弟のサダトは、改めてヤエへの激しい怒りに襲われる。

しばらくした日の黄昏《たそがれ》どき、檜林《ひのきばやし》で枝打ちをしていたサダトは、近くの畑にいるヤエを見かけた。ヤエは歌を歌いながら一心に野良仕事をしていた。

　高く澄んで少し震えを帯びた声がサダトの耳に聞こえてきました。赤いお腰の下から白いふくらはぎものぞいていました。あの女は兄の入牢の時も来なかった、とサダトは又恨みがましい思いになりました。一度も兄を見舞おうとはしないことに考え及ぶと、何やらむらむらしたものが腹の底の方から突き上がってきて、からだがふくれるように熱くなりました。そして自分でも何をしようとするのかわからぬままに木を降りると、物の怪に憑かれたように一目散に山を駈け降りて行ったのです。わらびやぜんまいや小さな白い花も踏みしだいていました。

今日のうちに里芋の土寄せをすませ、明日からはまた機織りに精を出そう、とヤエは鍬を持つ手を休めずに働いていました。口をついて出る歌を歌いながら、ちょっと自分の声もまんざらではないなどと思いつつ、ほかの物音には少しも気づきませんでした。息をはずませて駈け降りて来たサダトがすぐ目の前に立った時も、瞬時ヤエは何のことかわからなかったのでした。サダトにいきなり押し倒されてはじめて恐怖が突き上がってきました。

（「潮の満ち干」より）

この出来事のあと、ヤエは男の子を生む。父親の名前は口にしなかったが、人々は、薄情な女と言われながら、ヤエはやはりマサミにこっそり会いに行っていたに違いないと噂《うわさ》した。

一方、マサミは閉じこめられたまま年を重ね、弟妹も手をつけられないほどにその精神を荒廃させていく。差入れられた食べものをそこらじゅうになすりつけるため悪臭が漂う牢の中、布団《ふとん》も着物も引き裂いて真っ裸でうずくまる姿は、もはや全くの狂人になり果てていた。

『祭り裏』に収録された作品を見ると、随筆の要素の強い「柴挿祭り」を除く六篇のうち四篇に、結婚が生み出した悲劇が描かれている。それも単なる不和や不幸ではない。「祭り裏」とその後日談の「老人と兆」では、妻になれなかった女の怨念が正妻の子を自殺に追い込むし、「潮の満ち干」では座敷牢に閉じこめられた夫が狂人になり、妻は義弟に犯されてその子供を生む。また「家翳り」では、放蕩《ほうとう》をかさねる夫（ミホの実父がモデルと思われる）を恨みながら悲惨な死をとげた妻と、後妻に入って家を守る亡霊のように陰気な女性が、家制度のもとでの婚姻の暗さを読者に強く印象づける。いずれも、夫婦という結びつきがもたらした壮絶な不幸を冷徹に描き出している。

だが、私が直接話を聞いたときのミホは、夫婦であることの価値と幸福を繰り返し語っていた。

「幼いころから、父と母さえいてくれれば私には怖れるものはひとつもありませんでした。結婚前は両親ほど私を大事にしてくれるものはいないと思っていましたが、結婚してみたら、父の雄々しい頼り甲斐《がい》と母のやさしさの両方を与えてくれるのが夫というものなのだとしみじみ思いました」

同じ意味のことをミホはほかのインタビューでも語っている。また「親子は一世、夫婦は二世」という言葉もミホは口にした。親子は現世だけの縁だが、夫婦は前世から、あるいは来世にわたる縁で結ばれているという意味で、これも島尾没後のミホがしばしば用いた表現である。

島尾が没してから特に、ミホは自分たちが至上の愛で結ばれた理想的な夫婦であったことを強調するようになっていく。『死の棘』に書かれた内容についても、実際の島尾はあれほどひどいことはしておらず、誠実な夫であったと、何度も語っている。

小川国夫との対談では「小説『死の棘』の妻が言うほどひどいことをしたわけじゃないのです」(『新潮』平成十三年十月号)、岡崎満義のインタビューでは「小説の中ではよく島尾は夫が怒るところを書いていますが、実生活では結婚以来、島尾は私に怒るなんてことはめったにありませんでした」(『オール讀物』平成二年九月号)と話している。

平成三(一九九一)年の石牟礼道子との対談では「『死の棘』も含めて、小説作品はすべて、作家としての島尾の思考に基づいて作り出された物語の世界でございます」「「創作」という不思議な世界に感じ入ることが、しばしばございました。『死の棘』でも創作の妙を十分に堪能させてもらいました」(『ヤポネシアの海辺から』)と言っている。この「創作の妙」も、ミホが『死の棘』に言及するときにたびたび使った言葉だ。小説はあくまでも虚構であり、実生活が素材になっているものの、事実とは違うというのである。

私がミホにインタビューしたとき、島尾の浮気を天災か何かのように語ったことに違和を感じたと以前に書いたが、ほかのインタビュー記事や本人の文章を読んでもその印象は変わらない。島尾の不倫の事実はつねに、それに耐えることで夫婦の絆《きずな》を深めることになった「神の試練」として語られるのである。

平成十七年にミホの校訂によって刊行された『「死の棘」日記』の序文にミホはこう書いている。

顧みますと、『「死の棘」日記』の頃は、島尾にはもとより、家族にとりましても、人生に於ける最も大きな試練の時期でございました。その苦難に堪えて、夫婦共々に復活が叶いましたことは、まこと、親子の縁は一世、夫婦の縁は二世、と申す絆の深さ故と申せましょう。　（『「死の棘」日記』刊行に寄せて」より）

島尾にひどい仕打ちを受けたわけではないのなら、ミホはなぜ烈《はげ》しい発作を繰り返し起こし、島尾を責めつづけたのか。先に引いた対談やインタビューの中で彼女はそれを、自分は両親から一度も叱《しか》られた経験がないような特殊な環境で育ったため、憎悪《ぞうお》や嫉妬《しっと》といった感情をもった経験がなく、幼児のように純粋な心のまま成人したせいだとしている。国府台病院で精神分析を受けたときにそのことを指摘されたといい、島尾の日記を見て初めて嫉《そね》みの感情を知って精神のバランスをくずしたのだと説明している。普通の人にとっては大したことのないことでも、純粋培養された身には衝撃が大きすぎたというのだ。

だが実際には、東京で暮らした女学校時代、ミホは実父とその内縁の妻であった芸者が暮らす家に出入りし、花柳界のさまざまな男女関係を目にしていた。結婚後の神戸時代には島尾の女性関係に苦しめられており、雑誌『VIKING』の同人仲間で、島尾との仲が噂になった久坂葉子に嫉妬心をあらわにする様子が当時の島尾の日記に書きとめられている。

ミホの没後、結婚二年後にあたる昭和二十三（一九四八）年二月二十八日の日付のあるメモが見つかった。島尾との結婚生活の苦しみが綴られているが、そこにこんな一節がある。

島にゐた時以来心にしつこい迄にこびりついてゐた故しらぬ嫉妬、その人に対する物凄い憎悪、私はその人の事を思ふ時、炎の中にサカサにつるされてゐる様な狂はんばかりの物凄い形相になつてその人を憎んだ、道ですれ違ふ人でも少しでも似たタイプの人をみると打たゝき殺してしまいたいやうな狂暴な憎々しさに身体のすみゞゝ迄をふるわせた。そして家にある写真を一枚残らず焼きすてようか、その人のにほいのする物は全部風呂炊きにしようかと幾度全身をワナ〳〵ふるわせた事か。

戦時中の加計呂麻島時代からすでに、ミホはこのように烈しい嫉妬心にさいなまれていた。相手が誰かはわからないが、ミホと恋人関係になる前に島尾には島で親しくなった女性があったという話を、当時呑之浦に住んでいた人に聞いたことがあるので、その人なのかもしれない。

似た女性を見ることに耐えられない、女性にかかわる一切を捨てようとするなど、このメモにミホが記した自分自身の姿は、『死の棘』に描かれた時期のミホそのものだ。ミホは島尾の日記を見て初めて嫉妬という感情を知ったのではないことがあらためてわかる。

それにしても、「炎の中にサカサにつるされてゐる様な狂はんばかりの物凄い形相になつてその人を憎んだ」「打たゝき殺してしまいたいやうな狂暴な憎々しさに身体のすみ〴〵迄をふるわせた」など、負の感情をここまであからさまに表現していることに驚かされる。『死の棘』に描かれた時代のずっと前から、ミホの中には烈しい憎悪や嫉妬の感情があっただけでなく、それをごまかさず直視する目も存在していたのである。

では島尾の方は、自分がミホを狂わせてしまった理由をどうとらえていたのか。『「死の棘」日記』の昭和三十年九月二十四日（奄美に移住する三週間前）の項に以下の記述がある。

ぼくはミホを自分の体の一部のように思い込み、自分の事ばかり考えてミホの犠牲の上で自我を押し広げ、ミホはひたすら従順に身を捨ててぼくに尽くした。長い間忍従と緊張を続けた果てにミホは遂に精神を病み、ぼくとミホは位置が転倒した。親子の契は一世、夫婦は二世の頼みとかや、げにまこと夫婦とは……。

ミホへの信頼と一体感ゆえに、何をしても許してもらえると思い込み、好き勝手をしてしまったという。だが島尾の日記の原本を調べてみると、この記述は存在しないことがわかる。これはミホが書き、『「死の棘」日記』刊行の際に挿入した文章なのだ。

島尾は「私はそれまで多くのことに不思議なほど眼が覆われていた」（「妻への祈り」）、「私はあやまちに満ちていて妻を発病に導いた」（「妻への祈り・補遺」）など、自分の文章の中で懺悔《ざんげ》を繰り返しているが、ミホはそれでは不十分だと考えたのか、島尾の死後、自分の望む夫婦のストーリーを補強しようとしたのである。

ミホは自分と夫を、神の試練に耐えた理想的な夫婦として印象づけようとした。ミホも編者に加わった『島尾敏雄事典』に長女のマヤが寄せた手記によれば、通っていた教会の司祭から「模範的家族です、聖家族のようです」と言われたことがあったという。

だが一方で、小説においては〝夫婦であることの不幸〟を冷徹に描き出している。

童女のように純粋な妻と誠実な夫という夫婦像を世間に示しつづけたミホ。だがひとたびペンを持てば、真実を吐露せずにはいられなかった。「愛された妻」として文学史に残りたいという欲望と、本当のことを書きたいという欲望の両方をミホは持っていた。それは、妻から見た『死の棘』を書こうとしたときにミホを引き裂くことになるのだが、それはもう少しあとの話になる。

第十一章　死別

昭和六十一年十一月、敏雄の書斎に立つ喪服姿のミホ。

一

奄美時代、島尾は膨大な数の写真を撮影している。まだ艀《はしけ》が行き来していた名瀬港や、名瀬随一の繁華街である古見本通《こみほんどお》りの様子、奄美独特の年中行事、働く人々や子供たちの姿など、昭和三十年代から四十年代の奄美の生活がわかる貴重な記録である。家族の記念写真やスナップももちろんあるが、その中に一点、まったく異質な写真がある。

大雨で川のようになった道路を、画面の奥に向かって裸足《はだし》で歩いていく女性。その後ろ姿はブレていて、しかも肩から下しか写っていない。画面の中央にはフィルムの傷なのか、裂け目のような白い線が縦方向に走っている。長男の伸三によれば、これは昭和三十五（一九六〇）年ごろの写真で、写っているのはミホである。

前夜、宴会で深夜に帰宅した島尾を、不貞を疑ったミホが一晩中問いつめた。知事を招いての宴会だったと島尾が言ったことから、ミホは豪雨の中、知事に直接会って確認すると言って家を飛び出したのだという。写真の裏には島尾の文字で「一七日前八時／

知事の宿の／奄美寮」という走り書きがある。

この写真を見たとき、島尾は屋根のある場所に立ってシャッターを押したのだろうと思った。道路を流れる水の面に雨粒が当たって跳ね返っているが、レンズに水滴はついていないからだ。おそらくは玄関先で、手近にあったカメラを咄嗟《とっさ》に手に取って、道に飛び出したミホの後ろ姿を写したのだろう、と。だが伸三によればそうではないという。このとき伸三はその場にいて一部始終を見ていた。

ミホが出ていくと、島尾はカメラを取り出し、傘をさして外に出た。そして数メートル追いかけてシャッターを切ったというのである。写真がブレているのは、傘をさしていたため、片手でカメラを構えなければならなかったからだ。わざわざカメラを持って出たということは、写真を撮るためにミホを追いかけたということだろう。

『死の棘』の第二章に、ミホに見つかる危険を冒して愛人の写真を隠していた理由を、「資料、ということを考えていたのか」と「私」が自問する場面があるが、この朝の島尾も、「資料」という気持ちがどこかにあって写真を撮ったということなのか。首から上が切れ、白いふくらはぎだけがなまなましく見る者の目を射るモノクローム写真は、ミホというより島尾の狂気の記録のように見える。

記録することに対する島尾の執着は奄美に移住してからも変わらず、鬱《うつ》状態で作品を書けなかった時期も日記は欠かしていないし、見た夢も記録している。裸足で家を飛び出したミホを写真に収めるようなある種の冷徹さからは、眞鍋呉夫が「あいつは芯《しん》から作家なんだ」と言った、若いころから変わらない本質が見てとれる。だが実生活の上では、島尾はすべてをミホの支配下に置いて暮らしていた。

小川国夫との対談『夢と現実』で島尾が語っているところによれば、ミホの発作がほぼ収まったのは昭和三十六（一九六一）年から四十（一九六五）年ごろのことだという。だがそれ以後も、島尾は徹底してミホの束縛に応《こた》え続けた。昭和三十六年は、奄美に居を移してから初めて島尾とミホが上京した年である。その数年前から言語に障害が見られるようになったマヤに東京の病院で検査を受けさせるためだったが、これをひとつのきっかけとして、ミホは島尾が図書館の仕事や講演などのためにひとりで旅をすることを許すようになった。

旅に出ると、島尾はミホに頻繁に便りを書いた。ミホの遺品の中からは、島尾が書き送ったおびただしい数の葉書が見つかっている。その日の出来事や会った人のことが事細かに書かれており、消印を確認すると、島尾が毎日欠かさず投函《とうかん》していたことがわかる。ごくたまに一日空いていることがあるが、そんなときはかならず翌日に速達で投函している。神経質にも思えるこの律儀さから見てとれるのは、自分の行動がミホにわずかでも疑念を持たれることへの恐怖心である。

中央公論社の編集者だった宮田毬栄が、著書『追憶の作家たち』（平成十六年刊）で、この時期の島尾の印象的なエピソードを紹介している。宮田は入社三年目に文芸誌に配属されたとき「何を措いても島尾さんの原稿を欲しい」と思い、依頼の手紙を書いた。昭和三十七（一九六二）年のことである。何度かの手紙のやりとりを経て、翌年、「流棄」を受け取る。『小説中央公論』に掲載されたこの小説は、長篇『死の棘』の第五章に当たる部分である。以後、宮田は島尾を担当し、島尾が上京するとしばしば会って打ち合わせをした。

あるときマヤが入院して検査を受けていた東大病院の小石川分院で島尾と待ち合わせ、神田に出かけたことがあった。マヤの世話のため島尾とともに上京していたミホは、病院の門まで二人を見送り、別れ際《ぎわ》に財布から金を出して島尾に手渡した。

通りを曲ったところで、島尾さんは右手を開けて、しっかり握られていた紙幣を私に見せた。てのひらには四つに折ったお札がのっていた。

「これ、往復の電車代です。ミホがきっかり電車代だけ渡してくれるんです。落としたらひと騒動だ」

島尾さんは唇の片端に薄い笑いを浮かべた。

（『追憶の作家たち』より）

最低限の金しか渡さないことで、ミホは島尾の行動を制限していたのだ。島尾は黙ってそれに従っている。

昭和五十（一九七五）年四月、島尾とミホは二十年間暮らした奄美を離れた。その理由について島尾は、「いつのころからだったか、島の生活を脱け出したいと考えはじめたのは、均衡をとりもどしたいという深層の辺の意識からかもしれなかった。その考えは次第に太ってきて、島での生活が息苦しくなるところまで追いこまれてきた」「選択に当たっては、子どもの将来も考えたが、何よりも妻の意向を考慮したことは言うまでもない」（昭和五十年「二月田《にがつでん》での思い」）と述べている。

この年はミホが『海辺の生と死』で田村俊子賞を受けた年で、もう発作を起こすこともなく、穏やかな日常を取り戻していたが、以後もミホの束縛と島尾の忍従は続いた。

転居先は鹿児島県指宿市で、島尾は十七年にわたって館長として勤務した鹿児島県立図書館奄美分館を辞し、以前から非常勤講師を務めていた鹿児島純心女子短期大学教授および学園の図書館長に就任した。純心女子学園の卒業生である長女のマヤも同じく学園の図書館に勤め始めている。ここで二年間を過ごしたあと、三人は神奈川県茅ヶ崎《ちがさき》市に転居し、昭和五十八（一九八三）年まで暮らした。

茅ヶ崎時代の島尾は打ち合わせや会合などで都内に赴くことが多かったが、そんなとき、行く先々から一日に何度もミホに電話を入れた。

「いまどこにいて、どのくらいの時間に次の場所に移動するのかをいちいち知らせてくるんです。ほんとうに細かく……」

生前のミホにインタビューしたとき、彼女はそう言っていた。家から茅ヶ崎駅まではタクシーで五分ほどだが、島尾は駅に着くとすぐに電話で「○時○分の東京行きに乗ります」と知らせてくる。電車が東京駅に着くとまた電話があり、これからどこへ行き、何時間くらいで用事が終わるかを言ってよこす。帰りにも東京駅から「○時○分の電車に乗ります」と電話があり、さらに茅ヶ崎駅に着くと、「タクシー乗り場に○人並んでいますから、だいたい○分くらいで乗れます」と電話をよこしたという。『死の棘』に描かれた時期から二十年以上が経《た》っても、島尾はここまでミホに気を遣っていた。インタビューのときミホはそれを自分への愛情の証《あかし》として語った。それは一面では事実だったろう。しかしこうした生活の中で島尾が疲弊しないはずはない。

島尾とミホの没後の平成二十二（二〇一〇）年、島尾にゆかりのある人たちが回想記や評論を寄せた『検証　島尾敏雄の世界』（島尾伸三・志村有弘編）が刊行された。その中に「珈琲《コーヒー》がビールになって」という回想エッセイがある。筆者は、島尾が神戸時代に非常勤講師を務めた神戸山手女子専門学校で教え子だった遠藤秀子で、島尾の最晩年まで交流があった人である。このエッセイには島尾が語った言葉がいくつか記されている。中でも印象的なのが、腕時計のバンドの跡を見ながら言ったという言葉だ。

腕時計の皮バンドの跡が紫斑になっている。「ああこれは手枷だね。夫婦ってどうしてこうも束縛するのか、どうしてそんな資格があるのか不思議なものだね。束縛するのは社会の秩序ってものだろうがもう沢山だ。一日でも早く死にたいよ」。泣き虫センセイの目からぽたぽた涙が零れる。「奥様より数分でも後にして下さい」「ああ、ミホは僕が死ねば生きてはいまいからね」。

（「珈琲がビールになって」より）

島尾の読者なら、「手枷」という語で、『死の棘』の中のある場面を思い起こすのではないだろうか。第四章「日は日に」で、ミホからの詰問《きつもん》の最中、「私」が玄関の壁に「啄木鳥みたいに」頭をたたきつける場面である。止めにかかったミホに手首を摑まれ、畳の上に引き据えられた「私」は、「手錠をしないでください！　手錠をしないでください！」と言って泣く。そして、手を離さないまま追及を続けるミホに「こわいよう、こわいよう、手錠をはめられるう！　助けてください、手錠をはめられるう！」と叫ぶのである。

この場面は島尾の日記にも出てくる。昭和二十九（一九五四）年十二月二十四日の項には「テジョウヲシナイデクレ、テジョウヲシナイデクレ」、同三十（一九五五）年一月三日の項には「サワルナ、サワルナ、手錠ヲハメルナ、コワイ、コワイ、ハナシテクダサイ」という言葉が書き留められている。ミホに両手を縛られているというイメージは、このころから島尾の中にあったものと思われる。

遠藤の文章によれば、時計のバンドの跡を手枷と言って涙を流したのは、島尾が芸術院会員になることを受諾した昭和五十六（一九八一）年十一月のことだったというから、死の五年前である。長年にわたりミホの束縛を律儀すぎるほど律儀に受け容《い》れてきた島尾が、晩年には疲れ切っていたことがわかる。

ただしこれは、相手がかつての教え子だからこそ心安だてに口にした言葉だったとも思われる。中央公論社の宮田毬栄にミホの独占欲をあえて垣間見《かいまみ》せ、自嘲《じちょう》してみせたときもそうだが、自分を敬愛してくれる年下の女性への甘えのようなものが島尾にはあった。ミホの束縛に疲れ切り、死にたいとまで思っていたというのは、島尾の本音の一部ではあっても全部ではなかったろう。だがそれでも、遠藤が「珈琲がビールになって」で描いた姿には、敬虔《けいけん》なクリスチャンとなり後半生を妻への愛に生きたとして聖人のように語られてきた島尾の人間的な部分が見え隠れし、リアリティがあるのも確かだ。

遠藤はたとえばこんな島尾も描いている。昭和五十三（一九七八）年、神戸で山手女子専門学校のクラス会が催されたときの話だ。会が終わり、幹事が用意したホテルに行くと、部屋には小さな洗面台があるだけで風呂もトイレもなかった。島尾は遠藤に「外国では洗面台に腰掛けて用足しするんだよ、やってごらん」と言って部屋を出て行き、翌朝、「どうだい、うまくやれたろう」と言ったそうだ。女性を相手に性的なからかいを含んだ軽口をたたく島尾の姿は意外だが、息詰まるようなミホとの生活を思えば、こうした面が島尾にあったことに救われる思いがしないでもない。

それにしても、島尾がこんな一面を見せるほど心を許していたこの女性はどんな人なのだろうか。また、島尾からミホへの決定的な批判といえる「手枷」発言をあえて書いたのはなぜなのか。「珈琲がビールになって」は原稿用紙にして十枚に満たない回想エッセイだが、ほかにも芸術院賞の受賞に際して「何のためにあの人から貰わなければいけないんだろう。それがイヤなんだ」と言ったこと（「あの人」とは言うまでもなく天皇である）や、芸術院会員になったことを「泥をかぶった」と表現したことなど、穏当とはいえない島尾の言葉が記されている。

興味を抱いた私は遠藤に連絡し、直接話を聞かせてほしいと頼んだ。承知してくれた彼女を北海道千歳《ちとせ》市の自宅に訪ねたのは、平成二十三（二〇一一）年一月のことである。

遠藤は島尾より十二歳下の昭和四（一九二九）年三月生まれで、私が会ったときは八十一歳だった。静かなたたずまいの上品な老婦人だが、語る言葉に迷いがなく、声も凛《りん》としている。短歌を詠《よ》む人だとあとで知った。山手女子専門学校の国文科に入学したのは昭和二十四（一九四九）年で、東洋史の講師だった島尾とは特に親しく言葉を交わしたわけではなかったが、遠藤を除くクラス全員が島尾の授業をボイコットしたことがあり、そのときは一対一で授業を受けた。島尾は昭和五十七（一九八二）年に刊行された遠藤の第二歌集『冥王星《めいおうせい》』に序文を寄せているが、そこでこんな回想をしている。

一度クラス全員が私の授業をボイコットして裏山に遊びに出かけたときも、彼女ひとり当惑の面持ちで教室に残り、「みんな山に行ってしまいました」と泣きべそをかいて報告していたのです。彼女ひとりが二期生だったので、どうしてよいかわからずに居残ったのでしょう。私はたったひとりの生徒を相手に授業をしました。

（『冥王星』序「歌の出会い」より）

遠藤は国文科の二期生だったが、彼女が入学した年の新入生は一人だけで、一期生と一緒に授業を受けていたのだ。遠藤によれば、生徒たちが授業をボイコットしたのは島尾を嫌っていたからではなく、むしろ人気のある教師だったという。

「年齢も近いので親しみの気持ちがあって、ちょっとからかってやろう、というような気分だったのだと思います」

遠藤が山手女子専門学校に通ったのは一年間だけで、その後結婚して千歳市に住むようになった。島尾とは長く交流がなかったが、昭和四十三（一九六八）年、島尾と同時期に同校で国文学の講師をしていた小島清から、「今度島尾がそちらへ行くので、ぜひ案内してやってほしい」と連絡を受ける。小島は歌誌『ポトナム』の歌人で、ミホの短歌の師だったが、遠藤もまた山手女子専門学校で教えを受けて以来、小島に師事していた。

このとき島尾は鹿児島県立図書館奄美分館長をつとめており、札幌で開催される全国図書館館長会議に出席するために渡道することになっていた。小島から頼まれた遠藤は千歳空港まで迎えに行き、島尾の仕事が終わったあとは、観光地に案内したり自宅に招くなどしてもてなした。島尾は遠藤の夫や子供たちともすぐにうちとけたという。

「うちでお風呂に入られたとき、茶の間の前の廊下まで素裸のまま出てきて、髭剃《ひげそ》りちょうだい、とにこやかにおっしゃって、そのおおらかな様子と、まるで骸骨《がいこつ》のようにやせていらしたことに家族一同驚きました」

その後、遠藤は千歳市の高校から創立記念日に島尾を講演に呼びたいと相談され、小島清を介して依頼したところ快諾を得た。遠藤の家族も島尾との再会を喜び、ドライブや食事をともにした。島尾は近所に奄美出身の人が住んでいると聞いて気軽に会いに出かけたりと、終始くつろいだ様子だったという。

山手女子専門学校のクラス会に島尾が初めて顔を出したのは昭和四十九（一九七四）年のことで、翌年に奄美を出て本土で暮らすようになってからは出席が容易になり、小島清や教え子たちと会う機会がふえた。遠藤とも親しさが増し、電話で長話をするようになる。「こちらが宴会の最中だったりすると家族ばかりか酔客まで受話器に向かって歌う。みんな島尾敏雄が好きだった」と遠藤は「珈琲がビールになって」に書いている。島尾にとって、遠藤や彼女の家族と接することは、ひとつの息抜きになっていたのだろう。

ところで遠藤のこのエッセイのタイトルは、あるとき島尾から珈琲でも飲みにこないかと電話がかかってきたエピソードからとられている。そのとき島尾は東京の新潮社クラブ（執筆のための部屋を備えた新潮社の施設）にこもって小説を書いていた。遠藤が「珈琲を飲むために東京まで行くのですか」と言うと「ではビールでもどうだ」と言ったという。こうして遠藤は、ときおり島尾と会って話をするようになった。島尾に会いに行くというと、夫も子供たちもこころよく送り出してくれたが、もちろん島尾の側はそうはいかない。ミホは島尾の昔の教え子として遠藤の存在を知っていたが、二人で会うことを許すはずがない。連絡を取っていると知られることさえ島尾は怖《おそ》れた。

島尾は自分の著書を遠藤に送ることがあったが、「手紙はすべてミホが見るから、疑われないよう礼状などもくれぐれも気をつけてほしい」と言っていた。沖縄に滞在中の島尾から本が送られてきたことがあり、遠藤があえて礼状を出さないでいたら、「あれを送ったことはミホも知っているから、礼状が来ないと怪しまれる。すぐ出してくれ」

と電話で言われたこともある。ミホに対する島尾の気の遣いようは、遠藤にはほとんど怯《おび》えているように見えたという。

「そうやって島尾先生がご自分をしめつけるようにしてミホさんと一緒にいたのは、それが快楽のようになっていたからかもしれないと思いました。そういう状態のほうが小説が書けるのではないか、と」

遠藤は島尾と会うたびに文学の話を聞き、作品についても質問した。歌人である遠藤にとって、島尾は文学上の師としての側面もあった。『死の棘』はあくまでも小説であり、誇張や虚構が含まれていると思っていた遠藤が、作中で愛人の女性が佐倉の家を訪ねてきてミホと乱闘になる場面について「あれは事実ではないですよね」と言うと、「いや、全部本当のことだ」という答えが返ってきた。驚いた遠藤は、愛人から電報が届いたり、脅迫の紙片が郵便受けにあるのを見つけたりする場面についても訊《き》いてみた。事実とはとても思えなかったからだ。電報や紙片は本当に存在したのか、実際にそれを見たのかと尋ねると、島尾は小説に書いたことはすべて事実だと答えたという。島尾の日記原本にはこれらの電報や紙片の内容が書きとめられており、その文言は小説と同一なので、島尾がこのとき言った通り、それらは実在したと考えていいだろう。

ただ、この電報と紙片については別の見方もある。虚構ではないにしても、島尾の自作自演ではないか、あるいはミホが島尾を責めるため（あるいは女を悪者にするため）

に書いたのではないかとする説である。前者の説については、たとえば磯田光一がこう書いている。

……主人公は、妻の嫉妬心に悩まされていながら、その悩まされること自体を、ひそかに求めているようなところさえある。あえて極端な見方をお許し願うとすれば、狂者に責められる自罰の祭儀のためには、家庭外の女の手紙を架空につくり出してでも、家庭の地獄をますます悪化させ、地獄に耐えぬくことで浄福の端緒をつかみたいという潜在的な希求を、私はふとこの小説に嗅ぎつけるのである。

(『カイエ』昭和五十三年十二月臨時増刊号「隊長の贖罪」より)

後者の説をとるのは比嘉加津夫で、『死の棘』の本文中で島尾が電報やメモを目にする場面とその前後の夫婦のやりとりを詳細に検討し、電文も紙片の文言も、愛人からの通信文はすべてミホが書いたと結論づけている。

「私」が愛人からの通信文を最初に見たのは大晦日《おおみそか》に散髪して家に戻ったときで、微笑しながら寄ってきたミホが、「へんな電報がきたのよ」と言って、たんすの引き出しから取り出した電報を「私」に渡す。その次は電報ではなく紙に書かれたメモで、元日に家族で外出から帰ってくると、郵便受けに白い紙片が入っているのである。以後も紙片の投げ込みが続くが、いずれも家族が留守のときで、「私」が「どうしてこっちの留守のときにばっかり来るんだろう」と疑問を口にすると、ミホは「そりゃあ、逃げまわっているからでしょ、あたしたちが」と意地の悪い声で答える。

比嘉は著書『島尾敏雄』(昭和六十二年刊)の中で、「通信は「女」が出しているように描かれているが、これは「妻ミホ」が「女」になって手紙を書き、郵便箱に入れ、夫「私」を角度をかえて責めているのである」としている。しかし作中の「私」は、妻のそうした粗雑な仕掛けをあえて見抜こうとせず、作品はそのまま流れていく。これは、「作者島尾敏雄が自己を閉ざし、深く沈黙している」からだという。

この比嘉の指摘を「卓見である」としたのは岩谷征捷である。岩谷は「『死の棘』考――創作意図の固有性について――」(平成四年刊『島尾敏雄私記』所収)の中で、島尾は通信文がミホによるものだと見抜いていたはずだが、ミホの意に逆らう位相で作品を書くことはできなかったのだろうとしている。

確かに、作中の「私」は「……それにしてもいきなり、このような内容の電文を打ってよこすときの女のすがたは考えられない」「感覚に残っている女は妻と子をかえりみずに愛欲に落ちた男の居場所を認めることができた女で、妻を追いだせ、話をつけに行くと書いてよこす女とは結びつかない」と電文や紙片の文言に違和を感じながらも、本当に女が書いたものなのかをつきつめて明らかにしようとはしない。

実は、この電報と紙片についてミホ自身が言及している資料がある。千葉県佐倉市在住の作家、高比良直美に宛《あ》てた手紙である。高比良は『死の棘』の第十章「日を繋けて」の舞台が自身の住む町であることを知って、佐倉での夫妻の足跡を入念にたどり、『椿咲く丘の町──島尾敏雄『死の棘』と佐倉』（平成五年刊）という著作にまとめている。当時の島尾一家が住んでいた家のあった場所を突き止め、家主の女性を探し当てて話を聞くなどした労作である。この家主の女性は「あいつ」が訪ねてきて騒ぎになったとき、玄関前の杉の木の下でそれを見ていて、「あたしは事情を知りませんから、どちらのかたが正しいのかわかりません。でもそんな野蛮な行為はだれにもゆるされません。どうぞお願いですからやめてください」と言う「はなれの娘」として作中に登場する。

彼女は高比良の取材に応えて、その日のことを「凄かったですよ。真っ暗で目を凝らさないと見えないのですが、女の人とミホさんが土の上に転がって取っ組み合いしているんですから。女の人もやり返していましたが、ミホさんのほうが凄かったですよ。馬乗りになりましてねえ、凄い形相でしたよ」「ミホさんの方が大きくて、女の人は痩せてはいませんでしたが小柄でしたね。島尾さんはそのそばで、ただ突っ立っていましたよ」などと詳細に証言している。

この本にはミホが序文を書いている。あとがきによれば、高比良がミホに連絡し、佐倉の思い出を文章にしてもらえないか、あるいは会って話を聞かせてもらえないだろうかと頼んだところ、序文の形で文章を寄せてくれたのだという。送られてきた序文の原稿には高比良への手紙が同封されており、そこに例の電報と紙片のことが書かれていた。ミホが手紙の中でこの件に言及したのは、この本の本文に、高比良と友人の次のような会話があるからだ。


「……女が脅迫的な手紙を郵便受けに入れて行ったり、おどしに来たりするでしょ、あれどう思う」

「奥さんの狂言でしょ。誰も実際には見ていないんだもの。あの奥さんならやりかねないわ」

「でもトシオは本気で心配するでしょ。女のイメージに合わないと不審に思いながらも結局奥さんの言うことを信じるのよね」

「そうね、狂言だと気が付きそうなものだけど」

（『椿咲く丘の町――島尾敏雄『死の棘』と佐倉』より）


手紙の中でミホはこの部分に異を唱えているのだ。その手紙を高比良はあとがきの中で引用しているが、そこでミホは「気にかかる個所」としてこの会話を挙げ、「或る批評では、トシオの狂言では、とかいてあるのを読んだこともあります。作品をお読みになった方に、そのような想像を与えるとしたら、それは作品の筆の至らなさの為なのでしょう」と書いている。自分の狂言でもなく島尾の狂言でもないと言っているわけで、つまり紙片は女が書いたものだということである。

では島尾はどう言っているのか。遠藤の質問に対し、電報と紙片のことは虚構でなく事実だと答えた島尾だが、それらが本当に愛人の女性によるものなのかと重ねて尋ねると、「わからない」と言ったという。いったい誰が書いたのかは、永遠にこの作品の謎《なぞ》として残ることになるのだろう。

遠藤には、電報や紙片のことも、愛人と妻の乱闘のことも、とても事実とは信じられなかった。思わず「そんなことがほんとうにあるんでしょうか」と口にすると、島尾は「そうか、お前さんにはそう思えるのか」と言い、しみじみとした声で「いいなあ」と言った。それを聞いた遠藤は、島尾とミホは外の常識の及ばない世界で生きているのだと思ったという。

遠藤に対して島尾が一度だけ声を荒らげたことがある。ミホのことで島尾が愚痴をこぼしたとき、遠藤が「でも先生はミホさんとのことがあったからこそ『死の棘』のような作品をお書きになれたのではないですか」と言うと、色をなして怒ったというのだ。「そして、こうおっしゃったんです。あれはくだらないものだ、なぜあんなものを書いてしまったのか、あれを書いたために仲間たちからも島尾は堕落したと言われたんだ、と」

もちろんこれも、相手が自分の崇拝者であればこその言葉であり、百パーセント本音だと決めつけるのは早計だろう。しかし、だからといって島尾の中にこうした思いがなかったとも言えない。『死の棘』が当初、文学仲間の間で評判がよくなかったのは事実で、たとえば島尾の盟友であり最大の理解者であった奥野健男は、「夢の中での日常」のようなシュールレアリズム風の作品を強く支持し、『死の棘』を私小説への後退と見ていた。昭和三十九（一九六四）年に行われた奥野、島尾、吉行淳之介の鼎談《ていだん》で、奥野は「島尾の病妻ものは、むしろ本質的な仕事ではない」と本人の前で発言している（「南日本新聞」昭和三十九年五月二十日）。また吉行淳之介も、島尾が死去した際の追悼コメントで「社会的には病妻もので認められたが、僕としては「夢の中での日常」など初期の前衛的な作品が好きで、僕の作品の中にもその影響があるかもしれない」と語っている（「南日本新聞」昭和六十一年十一月十四日）。

精神を病んだ妻を、いわば〝ネタ〟にして延々と描き続けることに不快感を示した作家もいた。梅崎春生は、山本健吉、小島信夫との鼎談で「題材そのものが、奥さんをしかるべく治療させればなおるというか、そうすべき状態でしょう。実生活で解決すべきことを解決しないで、自分の家に置いといて小説に書いているという感じがするんですがね」と言い、山本健吉はそれを受けて「いくつ読んでも同じことの繰り返しで、あの奥さんの狂態でしょう」と発言している（『群像』昭和三十九年三月号）。

『死の棘』は昭和五十一（一九七六）年に完結し、翌年に単行本として刊行されるとベストセラーになって受賞が相次ぐのだが、島尾の中には複雑な気持ちもあったのだろう。遠藤に「おれの青春はぜんぶ『死の棘』だった」と何度か言ったという。戦時中に出会って以降、ミホという圧倒的な存在に自分の文学を乗っ取られたという思いが島尾の中にあったのかもしれない。

島尾からさまざまな話を聞くうちに、遠藤は、よそで口にすれば差支えがあるであろう話をなぜ自分にするのだろうかと思うようになった。こうした話をこれ以上聞いてもいいのだろうかと不安になり、あるとき「どうして私にそんな話をなさるのですか」と訊いてみた。すると島尾は「だってお前さんは、いつか僕のことを書くだろう？」と言ったという。

「最近、島尾論を書きたいという人がときどき来るんだよ、君もいつか島尾論を書くんじゃないかと思ってね、とおっしゃいました。ミホがいるために書けないことがたくさんあって、日記にも本当のことをすべて書くわけにはいかないから、それをお前さんにしゃべっておく、僕が言うことをいつか書きなさい、と」

遠藤が「珈琲がビールになって」で、あのように思い切ったことを書いたのは、生前の島尾のこの言葉があったからだったのだ。「でも私にはあれが精いっぱい。あれ以上はもう書けません。だからあなたにお話しできてよかった」と遠藤は言った。

会って話を聞くたびに、遠藤は島尾の言葉をノートに書き留めていたという。私がそのノートを見せてもらえないかと頼むと、後日、布張りの美しいノートが送られてきた。島尾とのやりとりが端正な文字で詳しく記されている。通読してみて、「珈琲がビールになって」の中の島尾の言葉も、私に話してくれた内容も、このノートに正確にもとづいていることがわかった。

「珈琲がビールになって」には、昭和五十六年十一月、島尾が芸術院会員に決まったことが発表された直後に島尾と会って話したことが書かれている。

「今度の受賞のことでは泥をかぶった。この挫折感からどう立ち直るかだよ。僕は芸術院賞のときは仕方なく貰った。しかし芸術院は断るからねと家内に話し、家内も納得していたんだ。なのに頼むから受けてくれと言う。それにとても喜んでね。芸術院賞のときもそうだったけれど大変な喜びようなんだ。家内のキゲンのいい顔を見ているとこれが崩れる怖さが浮かぶし、もう二度とごたごたするのはイヤだから諦めて受けることにしたのだよ。イヤなら断ればいいと誰も言うだろうから人には話せないしね、全く暗い思いだ」。幽鬼のようなお顔を見ながら、先生はもう長くは生きておられまいと確信めいた予感がした。（「珈琲がビールになって」より）

遠藤のノートには、この島尾の言葉に加え、「そろそろ小説を書くのもつらいから止めようと思っていたんだよ、それなのにこういうことになってしまっては止めるわけにいかない」との言葉も書き留められている。その半年ほど前には、「これからは生活のために書き続けなければいけないけれど、もう今まで以上には良いものは書けない」と言っている。

島尾が亡《な》くなったのはこの五年後のことである。取材の最後に遠藤は私に言った。

「島尾先生は、あのときあのように亡くなってよかったのだと思います。晩年は苦しそうで、愚痴ばかりでした。もう書くことがないともおっしゃっていた。『死の棘』は、先生の体にくっついて取れない癌《がん》のようなものだったのではないでしょうか」

二

島尾が芸術院会員になった翌年の昭和五十七年一月二日、埴谷雄高の自宅で開かれた新年の宴会の席で、井上光晴が島尾に詰め寄った。

「おい、島尾、お前はどうして芸術院会員になどなったのだ！　おい、はっきり言ってみろ！」

埴谷が『群像』の島尾敏雄追悼特集（昭和六十二年一月号）に寄せた「島尾敏雄とマヤちゃん」の中で明かしているエピソードである。このとき島尾はすぐには答えられず、しばらく黙り続けたあとで「ミホがもらえといったから……」と弱々しく答えた。もちろん井上は納得せず、埴谷は、「いや、井上君、島尾には、マヤちゃんがいるんだよ、金はいくらでも要るさ」となだめたという。

芸術院会員には終身年金がつく。島尾の一家と長く交流があり、マヤから「東京のお父さん」と慕われていた埴谷は、島尾がマヤの将来を思って会員の話を受けたのではないかと、その心中を推し量ったのだ。だが埴谷は、島尾が芸術院に入ったこと自体を肯《うべな》っているわけではない。島尾が中央の文壇とは無縁の生活を送り、生涯借家暮らしだったことや、口のきけなくなった娘という十字架を背負っていたことに同情を示しつつも、島尾を罵倒《ばとう》した井上の言葉については「内容は極めて当たり前なこと」であると文中で述べている。

芸術院（日本芸術院）はすぐれた芸術家を優遇することを目的とする国の栄誉機関である。国家から認められ、顕彰されることをよしとするのは文学者とはいえないという考え方が島尾の文学仲間の一部にはあった。たとえば島尾の敬愛する先輩作家で、家族ぐるみの交流があった武田泰淳は、入院を辞退している。そうした考えは島尾も基本的に共有しており、そのため会員になったことへのわだかまりを生涯抱えることになった。

それにしても、文学者としての姿勢を糾《ただ》されて、妻に言われたからと言い訳するのは、すでに確固たる地位を築いていた六十代の作家のすることとは思えない。この新年会には、埴谷、井上のほかに、橋川文三、中薗《なかぞの》英助、柘植光彦《つげてるひこ》、立石伯、白川正芳などが出席していた。そうした場で「ミホがもらえといったから……」とつぶやく島尾の姿を想像すると、『死の棘』の世界が現実にはみ出してきたようで、どこか異様な気分にさせられる。

この日の出来事は島尾の日記にも書かれており、埴谷の文章を裏付けている。

話のついでにぼくの入院事件のことになる　井上は、どうして君は会員になったかとなげき追求する　その件皆も反対という（他の者はいいとして君はなぜはいったか？）井上は転向という。埴谷、中薗はしかし、と弁護的立場で井上と言い合う。

（昭和五十七年一月二日）

「他の者」とあるのは、同時に芸術院会員になった五人のうち、島尾の友人で、ともに第三の新人と呼ばれることのある遠藤周作、吉行淳之介のことだろう。この日の日記の最後には、「ミホに埴谷邸でのことをきかせる」と書かれているが、井上に罵倒されて「ミホがもらえといったから……」と言い訳をしたことも話したのだろうか。

この新年会の件は島尾の中でしばらく尾を引いたようで、二日後の日記には「挫折は内で処理すること」「荒廃は心の底深く」（一月四日）といった文言がある。前年十一月に芸術院への入院を受諾して以降、島尾の日記にはこの「挫折」「荒廃」という語や「絶望的」といった語がたびたびあらわれるが、彼の鬱屈は、その八か月前に芸術院賞に内定したときからすでに始まっていた。

芸術院への入院は、芸術院賞を受賞していることが前提である。芸術院には定員があるので受賞者がみな会員になれるわけではないが、そのための条件は満たされたことになる。

島尾の芸術院賞受賞から芸術院入院までの流れを整理すれば、

●昭和五十六年三月　芸術院賞に内定し、新聞・テレビ等で報道
●同年六月　芸術院賞授賞式
●同年十一月　芸術院から本人に入院の打診があり受諾、新聞・テレビ等で報道
●同年十二月　正式に芸術院会員に任命される

となるのだが、実はこの前年度にも島尾は芸術院賞の打診を受けていた。だがそのときは固辞している。私がそれを知ったのは、奄美の島尾家でミホの遺稿や遺品を調べていたときだ。ミホが沖縄に滞在していた島尾に宛てて書いた昭和五十五（一九八〇）年三月五日付の手紙が見つかり、そこに「芸術院賞受賞の事、貴方の御意向通りに、はず

して貰えて、さぞほっとなされた事でしょう」と書かれていたのである（この前日が芸術院賞の発表の日だった）。

発表があった三月四日の島尾の日記を見ると、「7時のニュースをかけると芸術院賞内定（というのもへんな表現也）の発表あり、はいっていない。実にほっとした」とある。授賞の打診があったことは直接的には書かれていないが、ミホの手紙とあわせて読めば事情がわかる。ニュースを見たあと島尾はミホと電話で話しており、日記には「ミホはちょっとがっかりと言っている」「その方がいいんだよと言っておく」などとある。

翌年の芸術院賞の発表日（三月三日）も島尾は沖縄にいた。日記には、前年と同様、七時のニュースで発表を見たとあり、「ふと自分の名前出る　しかも島尾敏夫となっている　逃走中の犯人が自分の名を見たかんじ　ややあんたん」と書かれている。

受賞を知った遠藤秀子は、三月七日、引き続き沖縄に滞在していた島尾に祝いの電話をかけた。遠藤のノートには、そのときの島尾の「単純な文学賞と違って国家権力の匂いがするだろう。だからほんとに嬉しくないのだよ」という言葉が書き留められている。以下、ノートに記された遠藤と島尾の会話である。

「天皇陛下から頂くのでしょう。いいじゃありませんか。モーニング着て行かれるのですか」

「モーニングなんか持っていないから着るわけないよ。だけどねえ、何のためにあの人から貰わなければいけないんだろう。それがイヤなんだ」

「先生は終戦処理が出来ていないのですね。未帰還兵ですか」

「ああ未帰還兵ね。どこかで喋ったね」

「ええ読みました」

「そうなんだよ、僕の戦後は終っていないんだ。だからこの賞を受けるのはどうもね……」


六月一日の授賞式の日、夕刊を見た遠藤は驚いた。天皇を迎えて芸術院賞授賞式が行われたという記事に、島尾敏雄氏は交通事故で入院中のため欠席でミホ夫人が代理出席、と書かれていたのだ。すぐにミホ宛てに見舞い状を出したところ、折り返しミホから、交通事故というのは誤報で欠席は病気のためだったという電報が来た。芸術院にも島尾は「病気で欠席」と届け出たのだが、実はこれは〝仮病〟だった。島尾の日記を読むと、病気と偽ってミホが代理出席することを事前に決めていたことがわかる。天皇の前に進み出て賞を貰うことに、やはり島尾は相当抵抗があったようだ。授賞式当日は家にこもり、講演原稿の推敲《すいこう》をしたり、庭で草取りをしたりして過ごしている。

一方、代理出席したミホは、高揚した様子で帰宅する。島尾の日記にはこうある。

代理人には天皇のお言葉はないからときかされていたのに、〈夫の病気の具合はどうですか〉ときかれたという。ミホがこんな大切な時に出席できず残念ですと申し上げると〈大事にして早くよくなるように云々〉と仰言ったという。

（昭和五十六年六月一日）

この日ミホに付き添っていた島尾の義妹は、「お姉さんが一番堂々としていた」と言ったという。ミホは島尾とは対照的に人前に出ても動じないタイプで、慶事であっても弔事であっても、何かことが起これば、それが重大事であるほど高揚するところがあった。この日のミホも生き生きとエネルギーにあふれた様子だったようで、島尾の日記には「ミホとても喜んでいる故ほっとする」「ミホはずんでいて安堵也」などの記述がある。こんな日でも島尾はミホの機嫌を何より気にしていた。

ところで、この日の島尾の仮病を見破った人物がいる。九大時代に参加していた同人誌『こをろ』のころからの友人、阿川弘之である。昭和五十四（一九七九）年から芸術院会員になっていた阿川は、島尾の授賞式にはぜひ出たいと、地方での講演をキャンセルして出席した。だが行ってみると、島尾はおらずミホが代理として来ている。「病気というのは嘘《うそ》だとすぐわかった。なぜならそのほんの数日前、五月二十七日に、

「文人海軍の会」で僕は島尾と会っているんです」

　私がこの話を阿川から聞いたのは、平成二十（二〇〇八）年九月、『こをろ』と「現在の会」について教えてもらうために自宅を訪ねたときである。阿川の言う「文人海軍の会」とは、池島信平と十返肇が始めた海軍出身の作家や編集者の会で、かつての海軍記念日にあたる五月二十七日に集まるのが恒例になっていた。阿川はそれまでこの会で島尾の姿を見たことがなかったが、この年はめずらしく参加していたという（島尾の日記にも出席したことが書かれている）。

「僕は芸術院賞のお祝いを言ったんですが。そのとき島尾はまったく元気な様子だった。なのに病気で欠席なんておかしいと思い、授賞式のあと、島尾と親しい庄野潤三と安岡章太郎に、これはどういうことだと詰め寄りました」

　庄野と安岡も、このときすでに芸術院会員になっていた。彼らは島尾に同情的だったという。

「病気は嘘だろうとぼくが言うと、二人は、いや心の病気なんだと言う。僕は納得できませんでした」

　阿川が納得できなかったことはもうひとつある。その後、島尾が芸術院会員になったときのことだ。

「新しく芸術院の会員になると、東宮御所で皇太子殿下にお話し申し上げるのが慣例になっています。ところが島尾はそれを断った。芸術院の第二部というのが文芸部門なんですが、その部長である丹羽文雄さんが「行ってくれませんか」と言っても、頑として首を縦に振らないんです。賞は貰うし芸術院にも入るが、天皇にお辞儀はしないし皇太子のところに話をしに行くのも嫌だというのは筋が通らないんじゃないか――僕はそう思いました」

皇室に尊崇と敬愛の念を抱いていた阿川だが、島尾が皇室をないがしろにしたといって怒ったわけではない。栄誉も年金も欲しいが権威に屈するのは嫌だという姿勢に納得がいかなかったのだ。

「いやなら断わればいいでしょう。それでも島尾がいい作家であることに変わりはないし、そのことはみんなちゃんと認めていた。なのに、作家としての生涯の終わりに、島尾は自分で泥を塗ってしまったんじゃないか。僕にはそう思えてならんのです」

島尾の情事によってミホが狂乱し生活が立ち行かなくなったころ、阿川は庄野や安岡らとともに物心両面で島尾を助けた。国府台病院の精神科病棟に入院中だったミホが、武田泰淳の妻・百合子に書き送った手紙には、親から離れて先に奄美に行くことになった子供たちのために、阿川が靴を贈ってくれ、伸三とマヤはそれを履いて旅立ったことが書かれている。退院したミホと島尾が奄美に発ったときは、庄野や吉行らとともに横浜港で見送った。その後は深い交際はなかったが、青春時代からの仲間であるだけに、島尾の芸術院がらみの筋の通らないふるまいが、阿川には残念でもあり腹立たしくもあったのだろう。以後阿川は島尾と交渉を持つことなく、五年後に突然の訃報《ふほう》を聞くことになる。

島尾が会員となった顚末《てんまつ》は、芸術院に否定的だった埴谷や井上らのグループとの間にも、またすでに会員だった阿川や庄野、安岡ら昔からの文学仲間たちとの間にも、わだかまりを生じさせることになった。かつてミホのために「現在の会」の人々と絶縁し、それ以外の文学仲間たちからも離れて中央文壇を去ったときと同じように、この件でも島尾はミホの意向を全面的に受け入れた。文学者として筋を通すことや、仲間たちの評判よりも、妻を選んだのだ。

ではミホは、島尾の芸術院への入院に、具体的にどのようにかかわったのだろうか。それをミホ自身が語っている資料がある。島尾が没した翌年に行われた、比嘉加津夫によるインタビューである。

芸術院会員になる時でございますね。芸術院のほうから伝達の方がおみえになりました。島尾は丁度病気で寝ていたのですが、その方が「皆さんで芸術院会員のことを決めたんですけど受けていただけますか」とおっしゃいましてみえたのです。その時、島尾は受けたくないというような表情をしていましたので、私はあわてて

「お父さま、即答はちょっとお待ちいただいて、もう少し考慮させて戴きましょう」と申しまして、家に電話はございましたのですが、ないことになっていましたので、その方には近くの喫茶店で待って戴きまして私が島尾を説得しました。その方は、何回も「お決まりになりましたでしょうか」と家にいらっしゃることを繰り返してくださいました。「いや、それがまだで、私が今説得している所でございます」(笑)と申しまして、それであとは「お父さま、お願い！　お父さまお願い！　マヤと私のためにお受けになってください」と申しましたらかすかにうなずきました。

それで私は、喜んでその喫茶店に駈けて参りまして、その方に、「お受けさせて戴きます」(笑)と申しあげましたのです。そのあと島尾は「ミホのお父さまお願い！にはどうしても負けてしまいます。僕は明日にでも沖縄に引っ越しします」と申しました。

(『脈』昭和六十二年五月号「島尾敏雄の文学と生活」より)

島尾の日記によれば、芸術院会員となることを受諾したこの日は、芸術院賞の授賞式から五か月あまりがたった十一月十七日である。同じ日のことを島尾の視点から見ると次のようになる(日記より抜粋)。

まだすっかりは風邪抜けぬ。何となく気だるいので朝食のあとひと寝入り。

11時頃突然芸術院の職員（若い人）来て、会員に当選したから受けるかどうかと言って来る。昼頃迄に芸術院に来ている丹羽第二部長に返事をしてほしいという。ちょっと考えたい旨伝えると、近くの喫茶店で連絡とったらしく丹羽さんは返事を待っているからなるべく早目にと言って来る（二度目に来て）。はじめミホに予定通りことわるよと言うとミホそのつもりになっていたが、すぐの返事でなく、しばらく猶予を置いてもらっているあいだ、受けてほしいと熱心に説得をはじめ出す。オネガイ、オネガイ、ミホノタメニ、ミホヘノツグナイノタメニ。終身年金200万という。コーハイしてしまうというが。ミホ涙ぐんでくる。受ケマスト丹羽サンニ返事スルカラネと迫る。ぼくは遂に諾す。

（昭和五十六年十一月十七日）

ミホは丹羽文雄の名を出していないが、受諾に至った経緯について二人の話は一致している。ただしトーンはだいぶ異なる。目を引くのは、島尾の日記にある「ミホヘノツグナイノタメニ」という言葉である。ミホにこう言われて島尾は折れたのだ。償いとは言うまでもなく、『死の棘』の発端となった出来事に対するものだ。ミホが島尾の日記にあった十七文字を見て狂乱した日から、このとき二十七年が経《た》っていた。だが夫は妻にまだ負債を支払い終えていないという認識が、夫婦双方にあったことになる。島尾が埴谷宅の新年会で「ミホがもらえといったから……」と言ったのは、嘘偽りのない事実だった。井上の詰問に、島尾は精いっぱい誠実に答えたのである。

島尾の日記には、このあと夕食時まで布団《ふとん》をかぶっていたとある。ミホが二百万円の年金に「大安堵」と言ったことや、自分も終身年金につい心が動いてしまったことなどが書かれ、「挫折のような気がする」「とてもくらい気持　夕方ウツ的気分になる」「時々ふっと悪夢を見たような気持になる」などの言葉が並ぶ。

この日の夜七時のニュースで、早くも芸術院の新会員決定が報じられている。文芸部門では島尾のほかに、遠藤周作、吉行淳之介、司馬遼太郎、福田恆存《つねあり》、田中千禾夫《ちかお》の五人が選出されていた。この日の島尾の日記は「シマオトシオは死んだと思う。はね返すバネは？」という言葉で終わっている。翌日の日記は「今日も午前中はフトンをひっかぶっていた」と書き出され、「武田百合子さんが、シマオさんも入院《いい》しちゃったのね。みんな入院しちゃったのねと言ったという、鋭く心にしみる」という文章もある。入院を拒んだ武田泰淳は、この五年前に亡くなっていた。

また、この日の日記には、ミホが言った「ミホのために終身年金がつくと思ってカンネンして」という言葉が記されている。だが実際には芸術院会員の年金は会員自身が生きている間だけで、遺族には引きつがれない。それを島尾が知ったのは、入院を受諾したあとのことだった。遠藤秀子は十一月十九日に島尾と会っているが、彼女のノートには、年金について、「(芸術院会員に) 決まってから、僕が死んだらおしまいだと分った。それを早く知っていたら何とか家内を説得して断ったのに」という島尾の言葉が書き留められている。

この日、遠藤は話題を転じようとして、「芸術院って建物があるのですか」と「オロカな質問」をした。以下、遠藤のノートに記されている会話である。

「ああ、上野にけっこういい建物がある。行ってみたらオジンの集まりサ。まるで養老院だよ。芸術院の会員の平均年齢が七十七歳なんだって。ああオレも、第三のオジンだ」

〝第三の新人〟をもじって〝第三のオジン〟と言われたので吹き出した。

「先生、もう割り切りましょうよ。吉行淳之介さんだって〝有り難く頂きます〟ってテレビでおっしゃっていましたよ」

「ああ吉行は〝頂けるものなら何でも頂きます〟と言ってしまえる男だけどオレはそうはいかないんだ。この間、芸術院で司馬さんに〝困りましたねェ〟と言ったら司馬さんも〝困ったことになったネ〟って言ってる。お互いにほんとに困った顔してたんだよ。貰ってる以上は何も言えないしね」

「司馬さん」とは、同時に芸術院会員になった司馬遼太郎である。遠藤によれば、この日の島尾は愚痴と自嘲を繰り返し、最後まで元気がなかったという。

以後も鬱屈した気分は続く。十二月二十二日の日記には、「なんだか気がめいる」「(芸術院)入院した事仲々ナットクできぬ。へんに力抜ける。自分の先祖はアイヌ、自分はエミシと思うこと。芸術院など無化する仕事に向かわねばならぬ。それにしても終身入院とは！　荒廃した気分になる。世間のマイナスが自分のマイナスと共鳴してしまう。やりきれない」などとある。原稿についても、なかなか筆が進まない日が続いていたようで、「午前中〈日の移ろい〉にかかる。6枚目迄書く。絶望的」(十二月二十三日)など、「絶望的」「夜又〈日の移ろい〉1枚弱書き足す。一行がつかえて書けぬ。絶望的」(十二月二十三日)など、「絶望」という語が頻出する(この時期に書いていた〈日の移ろい〉は、昭和五十二(一九七七)年一月から『海』に連載していた第二部である)。

こうして昭和五十六年は、島尾にとって芸術院がらみでひどく疲弊させられた年となった。明けて昭和五十七年の正月には埴谷雄高宅での出来事があり、またしばらく鬱々とする日が続く。昭和五十七年に島尾が発表したのは、連載中の「日の移ろい」第二部(昭和六十一年に『続　日の移ろい』として刊行)を除けば、「湾内の入江で」(『新潮』三月号)と「震洋の横穴」(『別冊潮』一号)の短篇小説二篇のみである。

だが、孤独と自己嫌悪《けんお》の底で綴《つづ》ったこの二篇はどちらも島尾にとって重要な作品となった。ともにテーマは戦争である。「芸術院など無化する仕事に向かわねばならぬ」と自分に言い聞かせた島尾が取り組んだのは、人生の総決算として、自身の戦争体験をあらためて対象化し、その意味を問い直すことだった。

それまで島尾の戦争小説のほとんどにはミホをモデルとする女性が登場した。しかし、島尾文学の最後のピークを形作ることになるこれらの作品群にミホは一切登場しない。

「湾内の入江で」は、昭和五十四年発表の「誘導振」（『新潮』一月号）から始まった、海軍魚雷艇学生として訓練を受けていた時期を描いた連作のうちの一篇である。昭和六十（一九八五）年に『魚雷艇学生』として刊行されることになるこの連作は七篇から成るが、「湾内の入江で」は特に評価が高く、発表の翌年、すぐれた短篇小説に与えられる川端康成賞を受賞している。

「震洋の横穴」は、敗戦から三十年あまりを経て、かつて震洋隊の隊長だった「私」が高知県の震洋隊基地跡を訪ねる話で、没後に『震洋発進』として刊行されることになる連作の最初の作品である。その後、沖縄の金武《きん》湾にあった第二十二震洋隊を取り上げた「震洋発進」、石垣島の震洋隊が関係した捕虜殺害事件を追った「震洋隊幻想」、その続篇である「「石垣島事件」補遺」と書き継がれることになる。いずれも記録的側面が強く、ドキュメンタリーとして読むこともできる作品群である。最後にフィリピンのコレヒドール島にあった震洋隊基地跡を訪ねてもう一篇書く予定だったが、直前に健康を損ね、フィリピンへの旅はかなわなかった。

加計呂麻島に赴任する前の軍隊生活を描いた『魚雷艇学生』はミホと出会う前の話であり、『震洋発進』は老齢にさしかかった島尾が同世代の海軍士官たちの足跡をたどる話である。その中間にあったミホとの生活は、十七年をかけて完結させた『死の棘』やその他の作品ですでに書ききったという思いがあったのだろうか。

昭和五十九（一九八四）年まで連載が続いた「日の移ろい」第二部でも、正篇にくらべてミホの存在感は薄くなっている。相変わらず主要な登場人物ではあるものの、狂気の名残りが独特の官能性を醸《かも》し出す、あの圧倒的な魅力は感じられない。その一方で、新たな戦争小説群はどれも完成度が高く、特に『魚雷艇学生』に収録された作品は、複雑な感情を緊迫した表現に織り込んでいく文体の美しさが際立っている。

芸術院会員になったとき、遠藤に「もう今まで以上には良いものは書けない」と言った島尾だが、鬱屈を乗り越えて新しい境地に踏み出そうとしていたのである。ここに至って、ミホは「書かれる妻」ではなくなった。島尾とミホの〈書く―書かれる〉という関係は、二人が知り合ってから初めて、後景に退くことになる。

だが、〈書く―書かれる〉という闘い（それは愛の形でもあった）を欠いた二人の関係は長くは続かない。『魚雷艇学生』が刊行された翌年の昭和六十一（一九八六）年、島尾は急逝《きゅうせい》する。

死の三年前の昭和五十八年十月に、島尾とミホ、マヤの三人は、茅ヶ崎市から鹿児島県に居を移していた。最初は姶良郡加治木町《あいらかじき》（現在の姶良市）に住んだが、翌年十二月に鹿児島市吉野町《よしの》に転居、その一年後の昭和六十年十二月には同市宇宿町《うすき》に移った。ここが島尾の最後の住まいとなった。

心臓を患《わずら》っていた島尾が体調を崩し、鹿児島市内の病院に検査入院したのは、昭和六十一年九月のことである。異常なしと診断されたが念のため上京し、十月二十四日から十一月四日まで東京の駒込病院で精密検査を受けた。ここでも異常は見られず自宅に戻ったが、十日朝、書庫の整理中に突然倒れ、鹿児島市立病院に運ばれた。当初は意識があったものの夕刻になって昏睡《こんすい》状態に陥り、出血性脳梗塞《のうこうそく》と診断されて開頭手術が行われる。しかし意識は戻らず、十二日夜十時三十九分に死去した。六十九歳だった。

そのころ妻と香港《ホンコン》に旅行していた長男の伸三は知らせを受けて帰国し、宇宿の家にかけつけた。伸三がミホから聞いた島尾の最後の言葉は「ミホ、もういやだよ」だったという。

伸三は、父の遺体が家に帰ってきた夜のことを、のちに次のように回想している。

お客さんがみんな帰った深夜、おかあさんが棺桶の蓋を開けろというので、開けると、一人にしてくれというので、隣の台所でお茶を飲んで次の命令を待つことに

しました。(中略)

もういい、というような声がしたので、居間へ入って木箱の細長い大きな蓋を閉めようとすると、別れを惜しんで、おかあさんはもう一度、と言って、おとうさんをなで回し、顔を両手で包みました。

この二人がこうやって、私や妹が生まれたんだなあ、と、思いました。それは夫婦や家族という制度や表向きの仕草というよりはもっと動物的で、土を捏ねて肉を生み出した神様の仕業を真似ているようでもあり、肉が肉を生み出そうとする虚しい快楽の真似事のようでもありました。

おかあさんは、ずっと孤独の恐ろしい海を生きて来た人だと感じました。そして、「伸三、ごめんね、わたしは、おまえのおとうさんを殺してしまった」

と言いました。

(『小高へ　父　島尾敏雄への旅』より)


葬儀ミサと告別式は、十一月十四日、鹿児島市内の谷山カトリック教会で行われた。教会から火葬場へ行く車中で、ミホは棺の中の島尾に歌をうたって聞かせていたという。十五日には純心女子短期大学と島尾家による合同の葬儀ミサが行われ、二〇〇〇人を超す友人、知人、関係者が列席した。『島尾敏雄事典』にはミホが作成した島尾の年譜が掲載されているが、そこに「十五日、天皇陛下の勅使によって「祭粢料《さいしりょう》」を賜る」の一行がある。祭粢料とは香典のようなもので、下賜《かし》されたのは芸術院会員であったためだろう。この日島尾家を弔問に訪れていた遠藤秀子は、そのときのことをこう書いている。

先生が亡くなられたとき、ミホ夫人を案じて駆けつけたが「私はこれから天皇陛下のお使いの方にお目にかかるために家を空けます。私が戻って来るまでしっかり島尾を見守っていてくださいね」と張りのあるお声で手を取って座敷に通して下さった。かつて島尾敏雄が《あの人》と呼んだ天皇の使者を迎えるため、凛と背筋を伸ばしたミホ夫人の後姿を見送ったあとの、ちぐはぐな時間を私はご長女のマヤちゃんと二人きりで、ずるずると祭壇の前に座り続けた。

（「珈琲がビールになって」より）

伸三によれば、ミホは島尾の骨をふたつに分けたという。まず形の良いものだけを選んできれいな壺《つぼ》に入れ、そのほかの骨を白い壺に入れた。そして白い壺を、福島県の島尾家の墓に入れるように言って伸三に渡した。私がインタビューしたとき、ミホは「私、島尾の骨を毎晩抱いて寝ていますのよ」と言って婉然《えんぜん》と微笑《ほほえ》んだが、一緒に布団に入ると話していたそれが、きれいな壺に入れた方の骨だったのだろう。

家族三人で島尾の骨を分けたのは、昭和六十一年十二月四日のことである。宇宿の家の居間のテーブルの上に新聞紙を敷き、骨壺から骨を出して広げた。そのときのことを、直後にミホが記したノートが残っている。

ミホ、伸三、マヤ三人、
敏雄さまの骨つぼ二個をビニールのシートの上にあけて、骨をえりわける。

先ず歯と指の骨をさがす。

歯六本がまずでてきた。奥歯の冠歯の一つが出て来た。

せきついの骨、足の関節のまるみをおびた骨。足のすねの骨の10センチ位の骨の中はまるで、めのあらいスポンジのように、又はめのこまかなヘチマのすのようになっている。せきずいの神経の通っていたところがこれだと伸三はいう。白い、まっ白い足の骨はずしりと重みがある。

まるでウルのように白く、さわるとウルのようなかさかさとした音がする半円型の形のせきついの骨。


見ることにタブーを設けない彼女は、夫の骨を前にしても、細密な「目」を失っていない。脛骨《けいこつ》の断面は目の粗いスポンジ、または内部に鬆《す》のあるへちまのようだという。そして脊椎《せきつい》は、奄美の言葉でいうところのウルにたとえられている。ウルとは珊瑚《さんご》のことで、おもに乾いて石灰化したものを指す。ミホはこの語に傍線を引き、その横に小さな字で「サンゴ」と記している。
骨の描写は続く。次は頭蓋骨《ずがいこつ》である。

頭の骨、手術の跡らしく血がついていたのか小豆色とオレンジ色が骨の内側にはきれいな模様になっている。ごくうすいみどりからクリーム色へと変っていく。もう一つの頭の骨の方は表側に細長く丸みをおびた血こんがついている。

昏睡に陥った島尾への開頭手術を望んだのはミホだったという。「きれいな模様」となって白い頭蓋骨に残る血の跡。グラデーションを描いて変化していくその色をミホは見つめている。
この文章が書かれたのは、骨を分けた日の深夜である。島尾は生前、自分が死んだらミホも生きてはいないだろうと遠藤に語ったが、悲しみのさなかにあってもミホの「目」は働くことをやめず、骨となった島尾の細部を凝視している。幼い日、屠《ほふ》られる牛と目を見かわしたときも、昭和二十（一九四五）年八月十三日の夜、島尾の乗った震洋艇が出撃するのを見届けて死のうと暗い海に目を凝らしたときも、また島尾の日記を見て十七文字に我を失ったときも、ミホにとって、見ること、見おおせることが、すなわち愛だった。

そしてミホは、すべてを記録せずにはいられない島尾の痼疾《こしつ》が乗り移ったかのように、見たものを念入りに記述している。見逃すことができないのは、島尾にとってそうだったように、このときのミホにとっても、記録するという行為が、いずれ作品にするための「資料」という側面をもっていたであろうことだ。

もしもミホがこの文章を、あふれる感情のまま、自分のためだけに綴ったのであれば、たとえば「ウル」の横に「サンゴ」と注釈を書き入れる必要はなかったはずだ。この文章は大学ノートに走り書きされており、推敲などもされていないが、書きながら、ミホの意識の中には「読み手」が存在していたと思われる。

ミホはこのときすでに作家であった。夫の骨、そしてそれと対面している自分は書くに値するという判断を、どこかでしていたに違いない。

ノートの文章はさらに続く。

呆然として何をかいてよいやら。
くらくらと目まい《ママ》ようなかんじ。
マヤがひとつひとつひろいあげてはみせてつぼの中に入れる。
伸三は、洗骨をしてあげたかったという。

仲三は歯とあごの骨を集めている。

仲三「おやの骨をこんなにさわれていいですね」という。

しっかりした骨の処に耳の穴がはっきりとわかる形で残っている。

呆然として目まいがするようだとしながらも、頭蓋骨にあいた耳の穴のことまで記述している。肉親や配偶者の遺骨をこのように見つめ、描写した文章を、私はほかに読んだことがない。

私がインタビューしたとき、ミホは秘密を打ち明けるような口調で、「私ね、島尾の骨を食べましたのよ」と言った。反応を確かめるように大きく見開いてこちらを見つめる目に、どう答えていいのかわからず、それ以上のことは聞きそびれた。

骨上げのあとに故人の骨を嚙《か》む、あるいは食するという風習が、かつて西日本の一部にあった。戦後になってもそれが残っている地域があり、文献あるいは小説などにも登場する。北九州地方では「骨嚙み」と呼ばれ、五木寛之の小説『青春の門』に出てくるほか、長く炭坑夫として働き、多くの炭坑画を書き残した山本作兵衛の作品に、坑内で亡くなった仲間の骨を嚙む場面を描いた画がある。橋川文三の『昭和維新試論』には、北一輝が国家反逆罪に問われて刑死した際、遺骨を食べて追悼した人々がいたことが書かれているし、近くは俳優の勝新太郎が、平成八（一九九六）年に父の杵屋《きねや》勝東治が亡くなったとき、その遺骨を食べたと語っている。

骨を食べる行為には、故人の能力や人徳、あるいは志を受け継ぐ意味があったとされる。だが島尾の骨を食べたと言ったミホの言葉には、もっと生々しい、官能的な響きがあり、私がとっさに質問を返せなかったのはそのせいもある。この話をミホから聞いたとき、私はいかにも『死の棘』の夫婦らしいエピソードだと感じ、強い印象を受けた。狂うほど夫を愛した妻にふさわしい別れの儀式のように思ったのである。

先に引いた伸三の著書『小高へ　父 島尾敏雄への旅』の中に、ミホが島尾の骨を食べる場面を見つけたのは、ミホが死去して一年半がたったころである。そこにはこう書かれていた。


おかあさんの顔を見つめながら、私は悲しいふりをして、大きな骨をガリガリと食べてみせました。妹は、迷わずに泣いて食べだしました。ギクッとした表情を慌てて吹き消すと、おかあさんは嫌そうに、小さな骨を捜しだし、それを食べました。

(『小高へ　父 島尾敏雄への旅』より)


骨を分けた日から一か月あまりがたった昭和六十二（一九八七）年一月十三日、ミホは同じノートに、ふたたび長い文章を書きつけている。この日は朝から雪で、鹿児島にはめずらしく一面の雪景色となった。伸三らはすでに東京に戻り、自宅に一人でいたミホは、夜、雪の積もった庭に出た。

私は素足になり、夫の遺骨を抱いて雪の上を歩く。凍てた雪はかたく足裏にじーんとひゞく。

庭を毎日散歩していた夫の足跡で芝生にはまるで細道のような跡が出来ていた。その足跡を辿って夫の足の跡を身にしみさせたく、私は雪の上を歩く。胸に抱えた遺骨をしっかり抱きしめながら、私は夫の足跡の上を歩く。涙を溢れさせながら。むつきの真夜の雪の上をゆく。

晴れた空に時折雲がゆく。

北から南へと早走りに雲がかけぬけ、その時、月を覆う。月の光がかげると雪の色もかげる。

夫の遺骨を抱き、雪の上を素足で歩いたという。どこか芝居がかった感じがしないでもないが、これは、島尾の部隊に特攻命令が下された夜をなぞった行為だったのかもしれない。昭和二十年八月十三日の夜、浜辺で短い逢瀬《おうせ》を持ったあと、ミホは部隊に戻っていった島尾が砂に残した足跡に頰を押しつけて泣き、着物の衿《えり》を押し開いてその砂を胸の中に入れたと「その夜」（『海辺の生と死』所収）に書かれている。着物は養母の形見の喪服で、最期《さいご》のときに両足を結ぶ晒《さらし》の細帯も持参していた。島尾の出撃を見届けたのち、あとを追って自決するつもりだったのだ。

しかし、戦争末期の極限状況にあった日からこのときすでに四十年以上の月日が流れ、ミホはあの砂浜から遠く離れた場所にいた。夫婦して戦後の長い日常を生きてしまったあとでは、島尾を追って死ぬわけにもいかず、ミホは島尾のいない世界を生きざるを得なかった。

ミホが視力に変調をきたしたのは、島尾が没して間もなくのことである。

「急に周囲が薄暗くなって、ものがよく見えなくなるんです。そんなことがしばしば起こりましてね。しばらくすると治るんですが……」

私が取材したときにはそう説明していたが、講談社文芸文庫から刊行された『その夏の今は・夢の中での日常』（昭和六十三年刊）の「著者に代わって読者へ」では次のように書いている。島尾の死の二年後に書かれた文章である。

夫の没後私は時折奇妙な状態に陥るようになりました。脳の機能に変調が兆し始めたのか、視覚神経の一過性異状なのか何れにしろ真昼の太陽が突然明るさを失い、あたりが深い青味を帯びた薄闇に暮れて、眼に写るものはすべて暮色に染まり、庭の樹木や、濃緑の照り葉を覆い隠す程に咲き盛る深紅の椿の花々でさえ薄墨色に色褪せ、物音も消え果てた深々の静寂の底に引きこまれる心地で立ち尽くすことを繰り返すようになったのです。

（『その夏の今は・夢の中での日常』所収「著者に代わって読者へ」より）

島尾の没後四年目にあたる平成二（一九九〇）年のインタビューでも、ミホは「……目に映るすべてのものが、ときどき色が全部なくなってしまうのです。形はあるのですが、ちょうど墨絵のように見えます。夕方のたそがれ時にものを見るような、たよりない感じでございました。離人症とでも申しますのでしょうか、ものがピタッと心にうつらない。ベールを隔ててものを見たり聞いたりしてるような感じで、何かスッと気持の中に入らないのですね」と語っている（『オール讀物』平成二年九月号「回想の島尾敏雄」）。

島尾がこの世からいなくなったとき、ミホの見る能力もまた失われたことは興味深い。ミホは幼時から養母に「心をこめて見れば、見たものが自分の中に入ってくる」と教えられてきた。この世界にはもう、目に焼き付けるべきもの、自身の中に取り込んで一体となるべきものは残されていなかったのだろう。彼女にとって、「心をこめて見る」ことに値した最後のものは、島尾の遺骨であった。

第十二章 最期

平成八年、かつて敏雄の出撃を見届けて自決しようとした呑之浦で。
敏雄の没後、ミホは毎年八月十三日が来ると、この海岸に座って夜を明かした。

見る能力を手放したミホは、自分の作品を書くことからも遠ざかる。

一

島尾の生前、ミホは文芸誌『海』に、初の長篇小説「海嘯」を連載していた。昭和五十九（一九八四）年の同誌の休刊によって中断したこの作品は、それまでのミホの作品にはなかった性描写も取り入れた意欲作だったが、書き継がれることなく終わった（未完のまま平成二十七年に幻戯書房より刊行）。

「海嘯」は加計呂麻島を思わせる南島を舞台にした島の娘と本土から来た青年の恋物語だが、主人公の娘は七つのときに「ムレヌタハベグトゥ」（「祭り裏」に出てくる「癩者《らいしゃ》の呪文《じゅもん》」）を受けてハンセン病に感染しているという設定である。「祭り裏」に続き、ミホはタブーとされているテーマをまたしても選んだことになる。

身につけたものすべてを脱ぎ捨て素裸で泉の前に立っていたスヨの肌は、明るい南島の月明りを受けて、白蝶貝から取り出したばかりの大粒の真珠の肌のように青白く濡れ光っていました。それに乳房を覆おうと両手で胸を抱きかかえるようにして立ったうしろ姿には、肩から腰のあたりにかけて十七歳とも思えぬ程ふくよかな肉付きが見えました。

長いためらいの後にやっと心を決めたスヨは、かすかにふるえる足を恐る恐る前に出し泉にはいろうとして、思わずぎょっと立ちすくみました。すぐかたわらの木でミャーティコホー（猫のように啼く梟）の不気味な啼き声がしたからです。

するとと、今自分がしようとしていたことの空恐ろしさが噴き上がってきました。スヨは大きな吐息をつき、胸をかかえていた腕の力も抜け、両手をだらんと落として、じっと泉の面をみつめました。

（「海嘯」より）

「海嘯」の書き出しである。主人公のスヨは、初期のうちに誰かにうつせばこの病は治るとの言い伝えがあることから、集落の人々が飲み水にしている泉に浸ろうと決意してここへやってきたのだった。

集落の人々の尊崇を受ける家に生まれ、養父母に慈《いつく》しまれて育ったミホだが、それらをもってしても退けることのかなわない厄災として、この病への恐怖心が幼時から胸に刻まれていたのだろう。楽園のようだった島での暮らしをミホは生涯にわたって心のよりどころとしたが、それと隣り合わせのところにおそろしく不条理な不幸があり、特権的な地位にいた自分にもそれはいつ襲ってくるかわからないものだったことを知っていた。このテーマに対する切実なリアリティは、島尾も同時代のほかの作家も持ちえないものであること、そして、タブーを恐れない姿勢が書き手としての自分の強みであることを、ミホは自覚していたに違いない。

「海嘯」のヒントになったと思われる体験がミホにはあった。子供のころ、島の駐在所で土の上にじかに座らされて尋問を受ける女を見た話が、昭和五十（一九七五）年に発表したエッセイ「島蔭《しまかげ》の人生」（『潮』九月号）に書かれている。玉露という名のその女は、内地から来た男と一緒になったがその夫に死なれ、自分はハンセン病に感染するなど不幸が続いて幼子を絞め殺したのである。それは、「大和人《ヤマトッチュー》と縁結ぶなよ、零《こぼ》さぬ筈の涙を零す破目になるぞよ」と両親に反対されながら貫いた結婚の結果だった。

女はその後、木の根方にくびれて死ぬ。この女の話は、島尾が奄美移住後、ミホをともなって初めて加計呂麻島へ行き、呑之浦の基地跡や押角の集落を訪ねた経験をもとに書いた小説「発址」にも出てくる。呑之浦（作中ではN浦）の近くの谷あいを通ったとき、「私」の妻でミホがモデルのケサナが「ここにヤマトッチュと一緒になった島の女が住んでいたのによ」と言うのだ。

「あのアッチュバッケはこのガジマルの木にくびれて死んでいたのによ」

「癩病《ムレ》になって、ここにかくれて住んでいたのに、突然《アタダン》、子供を紐でしめ殺したのに」

これらの言葉の背景が作中で説明されることはないが、「ヤマトッチュ」と一緒になった島の女の悲惨な運命は、不吉な靄《もや》となって二人の行く手を覆うのである。ミホにとって、幼いころにその目で見た女の姿は、長く心を離れなかったに違いない。「島蔭の人生」には、例によって細密な描写で、そのときの女の様子が再現されている。

翌日村の駐在所に呼ばれた彼女が、庭の土の上にじかに正坐している姿を私は見ました。その左脇にはテル籠と杖と、人前ではめったに取ったことのない手拭をきちんと畳んで置き、指の曲がった両手を前について深く顔を伏せてかしこまっておりました。大きく髷に結った黒髪の根が緩みほつれ毛が彼女が噎び泣く度に瘡のできた頬にかかってひとしお哀れを誘いました。鹿児島の本署から赴任したばかりの年若い巡査が両手を腰にあてて縁側に突っ立ち、如何にも汚らわしいものを見る目付で、それでいて逃げ出したい恐ろしさを振り払えない様子もかくせずに、声だけは居丈高に固い訊問の言葉を口にする度に、玉露は地面にうつ伏したまま消え入るばかりの泣き声でそれに答えていました。巡査は一刻も早く切り上げたかったらしく、型通りの取り調べだけで釈放したのですが、彼女の坐っていた場所や通った跡には気でも狂ったかのようなしつこさでいつまでも薬を撒き散らしていました。

（「島蔭の人生」より）

この文章が書かれた昭和五十年、『海辺の生と死』はすでに刊行されていたが、のちに『祭り裏』に収録されることになる作品はまだ一篇も書かれていなかった。ミホが小説の中でハンセン病を取り上げるのは、このあとのことである。幼い日にその哀れな姿をまのあたりにした女の運命に、同じくヤマトンチュウである島尾と結ばれた自分を重ね、そこに虚構をほどこしてドラマを作り上げようと試みたのが「海嘯」だった。「海嘯」はおよそ三百枚まで書いたところで中断している。後半の構想のメモも見つかっているが、島尾が没したあと、ミホがこの作品に再び手をつけることはなかった。

自分の作品を書くことをやめたミホが力を注いだのは、島尾の文名を後世に残すことだった。まずは死の翌年に刊行された『震洋発進』の巻末に文章を寄せ、執筆の経緯や、突然の死によってコレヒドール島の震洋隊基地跡への旅がかなわなかったこと、また戦後になって加計呂麻島の基地の跡を夫婦で訪ねた際の島尾の様子などを綴《つづ》った。

その後、『その夏の今は・夢の中での日常』（講談社文芸文庫　昭和六十三年刊）、『硝子《ガラス》障子のシルエット』（同　平成元年刊）、『贋《にせ》学生』（同　平成二年刊）、『はまべのうた／ロング・ロング・アゴウ』（同　平成四年刊）の四冊で「著者に代わって読者へ」

を執筆し、作品の背景や成立の過程などを解説している。そのほかにも新聞・雑誌の島尾敏雄特集や島尾に関する研究書に多数寄稿し、またインタビューや対談などにも応じている。特に、平成二（一九九〇）年に小栗康平の手で『死の棘』が映画化され、カンヌ映画祭で審査員グランプリを受賞するなど高い評価を受けたときは、数多くの取材を受け、島尾文学のミューズとしてあらためて注目されることになった。

島尾亡《な》きあとのミホは自身の表現活動を封印し、あくまでも作家・島尾敏雄の妻として生きた。一人になってからミホが書いた文章の量は、島尾が生きていたころよりずっと多いが、文中に島尾のことが出てこないものは、小学校の同窓会誌に寄せたものくらいである。

島尾の妻としてのミホの最大の仕事は、『死の棘』に描かれた時期の島尾の日記を公開したことだ。日記は『新潮』に連載されたあと、『「死の棘」日記』として刊行された。『「死の棘」日記』の書誌を記せば、次のようになる。

●昭和二十九（一九五四）年九月三十日〜十二月三十一日分の日記／『新潮』平成十四（二〇〇二）年四月号に掲載

●昭和三十（一九五五）年一月一日〜十二月三十一日分の日記／『新潮』平成十一（一九九九）年一〜十二月号に掲載

●平成十七（二〇〇五）年三月／新潮社より刊行

『新潮』の連載は、まずは日記の後半にあたる昭和三十年分が平成十一年に掲載され、前半にあたる昭和二十九年九月三十日からの分は平成十四年に掲載されている。時期的に逆になっているが、これは、島尾の日記を見たことをきっかけにもっとも激しくミホが荒れ狂った昭和二十九年の日記を公開することをミホが逡巡《しゅんじゅん》したためではないかと思われる。

『「死の棘」日記』の単行本に寄せた序文の中で、ミホはこう述べている。

あの「死の棘」に心も身も刺されていた試練の日毎夜毎のことを、島尾は「日記」に書き残していますが、あの修羅のさなかの昼夜に、如何にして「日記」を書く時間と心の余裕を持ち得たのか、亦机に向う姿を、当時私は全く見かけることがありませんでした。私は精神異常による不眠症で、昼も夜も殆ど眠れず目覚めていましたから、何時書いていたのかと、不思議にさえ思えて参ります。その「日記」を「『死の棘』日記」として、新潮社の「新潮」に一年間連載のお話を戴いた時、私は思い悩みました。

亡夫が生前、毎晩机に向って、己と対峙しつつ書き綴った心懐の秘め事の証しともいえる「日記」を、遺された妻が公開致しますことに、私は思案にくれて決め兼ねました。殊に私達家族にとりましての、最も苦渋に満ちた日夜の記述の公開には、かなりの強い逡巡が先立ちました。
然し島尾文学の解明と御理解に幾分なりとも役立ち、又島尾文学に心をお寄せ下さる方々への報恩にもなりますならばと、夫婦共々の羞恥は忍んでも発表に思いを定めました。

（「『死の棘』日記」刊行に寄せて」より）

日記の公開にあたって、本文の整理・校訂を行ったのはミホである。単行本では、本文に入る前のページに次のような注釈がある。

本作品は発表を予定しない私的な日記であるために、意味の通りにくい部分や判読のむずかしい箇所、明らかな誤りなどが散見する。そのため、ミホ夫人が本文の整理・校訂を行った。
また、人名、地名、奄美の言葉など、分かりにくいと思われるものについては、夫人が［ ］で註を加えた。

（編集部）

「校訂」だけでなく「整理」という語が使われているのは、日記の文章を原稿用紙に書き写し、入稿用の原稿を作る作業をミホがみずから行ったからである。
『「死の棘」日記』は原稿用紙にして千枚近い分量があるが、そのすべてを、ミホは手書きで日記原本から書き写している。それだけでも気の遠くなるような作業だが、さらにその後、印刷所から上がってくるゲラ（校正刷り）をチェックする作業もある。印刷された文章を日記本文と一語一語照らし合わせて確認していかなければならない。もちろん編集者やプロの校正者が精密にチェックするが、ミホ本人も全文を再度熟読したはずである。単行本が刊行されたとき、ミホはすでに八十五歳になっており、これだけの仕事を成し遂げたエネルギーには感嘆するしかない。長男の島尾伸三は、この作業が結果的にミホの命を縮めたのではないかと話している。

膨大な時間と手間をかけて、ミホは当時の島尾、そして島尾に書かれた自分自身と対峙することになった。それは、「修羅のさなかの昼夜」をもう一度生き直すことにほかならなかったろう。ミホは小説『死の棘』の清書を行ったが、当時の日記を一字一字書き写すことは、それよりもさらに生々しい体験だったはずである。

日記の公開に踏み切ったのは、島尾文学の解明と理解に役立ててほしいとの思いからであり、その目的のために恥を忍ぶことにしたという序文の言葉は本心からのものだろう。しかしその作業の過程においては、さまざまな思いが去来したに違いない。

おそらくミホは、書かれた当時もこの日記を読んでいたと思われるが、島尾の目から見た自分の姿とあらためて対峙したとき、異議申し立てをしたくなる部分をいくつも見出しただろう。また、島尾によって書かれていない事実があることに気づきもしたはずだ。このときのミホはすでに作家になっていたのだから。

ミホの没後に発見された、『死の棘』の妻の場合」と題された草稿。あの作品を彼女が書こうとしたきっかけは、当時の島尾の日記を書き写したこの経験にあったのではないだろうか。ミホが草稿を書き始めた時期からもそれが推測できる。

死の一年九か月前まで断続的に書き続けられた「『死の棘』の妻の場合」の草稿には、すべて日付が記されているが、そのうちもっとも早いもの（表紙に「死の棘メモ」とあるノートに書かれている）は「二〇〇二年一月二十四日」となっている。

二〇〇二年は平成十四年で、『新潮』四月号に、昭和二十九年九月三十日から十二月三十一日までの島尾の日記が掲載された年だ。四月号は三月上旬の発売なので、入稿用の原稿の締め切りは二月上旬〜中旬ごろになる。ミホが「死の棘メモ」ノートに最初の草稿を書いた「一月二十四日」は、日記を原稿用紙に書き写し終えたころだったと思われる。

自分がもっとも烈《はげ》しく荒れ狂った時期の日記を書き写す中で、ミホは当時のことを詳細に思い起こし、それが自分自身の『死の棘』を書きたい衝動につながったのではないか。「死の棘メモ」ノートの草稿のうち、「二〇〇二年一月三十一日」の日付がある文章は、こう書き出されている。

その晩私は野獣に戻った。夫の日記に書かれたたった一行の十七文字を目にした時、突然ウォーウォーとライオンのほう吼が喉の奥からほとばしり、体じゅうに炎に焼かれるような熱気が走り、毛髪は逆立ち、四つ這いになって、私は部屋の中を駈け巡った。

島尾の日記にも『死の棘』にも描かれていない、日記を見た瞬間の自分の姿を、ミホはここで描いているのである。

このように、ミホが「『死の棘』の妻の場合」を書き始めた直接的な契機は当時の島尾の日記を書き写したことだったと思われる。だがそれはあくまでもきっかけで、ミホにはもともと自分自身の『死の棘』を書く必然性があった。

島尾はたびたび、「病院記」(国府台病院に入院中の出来事を綴った作品群)や『死の棘』の清書がミホの治癒につながったことを書いたり語ったりしている。それはたとえば次のようなものである。

病気になるまではちょっとなかったんですけどね、病気のあとは、もう自分で清書して手伝うという気が強く出て来たんですね。ですからぼくの書いたものを清書しながらね、やっぱり発作を起こしましてね。で、そういうことをくりかえしながら、どういうんですかね、だんだんその発作が静まってきたんです。（中略）結果としてね、そういうことで一種の治癒能力といった働きがね、あったような気がしてしかたないんですね。

（昭和四十八年刊『現代日本キリスト教文学全集』月報4に収録された上総英郎との対談より）

ぼくが小説を書くと、妻がそれを非常に喜んで清書し、発作を起し、また清書するというかたちをくり返しているうちに、妻の病気がだんだん快方に向かって行ったわけです。（中略）こんなわけで、ぼくは文学というものが病気を治す力を持っているならば、それを道具にしても良い、という考えを持っています。

（昭和五十二年十月三十一日『週刊読書人』掲載のインタビュー「〈撤退作戦〉の中の視界」より）

島尾はここで「（清書の）治癒能力」と言い、「（文学が）病気を治す力」と言っている。自分が書いたものを清書したこと、ひいては自分の文学そのものに、ミホを「治癒」させる力があったということだ。島尾本人のこうした言葉がもとになり、ミホは自分の姿が描かれた作品を清書することで治癒していったという説が、読者や研究者の間で確立していった。だがここで島尾の言っている「治癒」とは何だろうか。それは「発作を起こさなくなること」を指しているのではないか。

　確かにミホは少しずつ発作を起こさなくなっていった。だがそのきっかけは、（島尾とミホがそれぞれそう書いていたように）奄美に移住した翌々年に加計呂麻島へ渡り、生まれ育った屋敷が跡形もなくなっていたのを見たことだった。自分がそこへ帰りたかった世界はもう存在しないことに気づき、両親も「島尾隊長」もいない世界を生きていかなければならないと自覚したとき、戦後という時代と、（ミホから見れば）その時代にゆがめられた島尾への抵抗としての発作は収まっていったのである。

　その後、島尾の作品の清書をしながらミホの精神状態は落ち着いていったが、それは、島尾の作品がミホだけを見つめ、ミホのために書かれたものだったからだ。島尾が自分の知らない世界を持ち、自分のいない世界で自己実現することに耐えられなかったミホは、清書によって島尾の世界を共有することで心の安定を得た。その共有が、しばしば検閲になり支配になったことはこれまで見てきたとおりである。だがそれによってミホが得たものは、あくまでも安定であり順応であって、「治癒」ではなかったのではないだろうか。

　島尾の言うように、文学には治癒力があるのかもしれない。だがその治癒が、他人の作品に清書という形で参加し介入することでもたらされるとは思えない。たとえそれが最愛の夫であり、自身の病の原因になった相手の作品であってもだ。

本当の治癒――単に発作を起こさないことではなく、心の深いところに負った傷を回復すること――のためには、ミホは自分の体験を、自分の視点から、自分の手で書かなければならなかった。すでに『海辺の生と死』と『祭り裏』を書いていたミホは、作家の本能ともいうべき部分でそれがわかっていたはずだ。ミホが自分自身の『死の棘』を書く必然性はそこにあった。

島尾の没後、みずからの表現を封印していたミホは、こうして再度小説に取り組み始めた。畢生《ひっせい》の作品になるはずだったそれは、しかし発表するレベルに達しないまま、打ち捨てられて終わることになる。

二

生前のミホが所蔵し、『「死の棘」日記』の刊行に際しても出版社に渡そうとしなかった島尾の日記原本。それを子細に読むと、『「死の棘」日記』には、ミホが手を加えた部分があることがわかる。彼女が島尾の日記のどの部分を削除し、何を書き加えたかをあきらかにしていくことによって、最晩年のミホの、妻として作家としての葛藤《かっとう》が浮かびあがってくる。同時に、ミホがなぜ「『死の棘』の妻の場合」を完成させることができなかったのかも見えてくるのである。

まずはミホが削除した部分について見ていくことにする。

島尾は、ミホが発した言葉を日記に書き留め、その多くを『死の棘』の中でほぼそのまま使っている。だが『「死の棘」日記』では、それらはしばしばミホによって削除されている。

以下にいくつか例を挙げてみる。

▼『死の棘』
「女に会わぬことを誓え、ちかえ、ちかえ」（第二章）

▼島尾の日記（刊行時にミホが削除）
「女と会わぬことを誓え。誓い　誓い」（昭和二十九年十月十五日）

▼『死の棘』
「あなたのノートに、妻、不具と書いてあったが、あれ、どういうことなの」（第二章）

▼島尾の日記（刊行時にミホが削除）
「妻・不具というメモの文字についての trouble」（昭和二十九年十月十八日）

▼『死の棘』
「あなたは、ほんとうはあたしに不満なくせに、表面猫撫で声をして、今いそがしいから、あとでね、と言って手を振って拒否してきたじゃないの。あたしも女ですからね。二年も三年もひとりぼっちにして置かれて、だまっている妻がどこの世間にあるでしょう。あたしだって、あなたから満足を与えられたことはないのよ」（第二章）

▼島尾の日記（刊行時にミホが削除）
「10年間の寂しい生活、本心は不満のくせにぼくは表面猫なで声で、そのくせ、今いそがしいから、あとで、ネ。満足させられたことがない。アイツに必ず復讐する」

（昭和二十九年十月二十七日）

▼『死の棘』
「……片道のおかねをくれてやるから今すぐあいつのところに行ったらどう？ 行ってもいいわよ。そしてもう一度助けてくれって言ってごらんなさいよ。あいつは、げらげらげらっと笑うにきまっているから」（第三章）

▼島尾の日記（刊行時にミホが削除）
「片道の銭をやるからあいつの所に行け」
（昭和二十九年十一月十四日）
「助けてくれと言ってごらん、げらげらッと笑うだろう」
（同年十一月五日）

▼『死の棘』
「……ほんとうは、あたしのからだに興味がないのでしょう？」（第三章）
▼島尾の日記（刊行時にミホが削除）
「私のからだに興味がないのだろうと思うと悲しみに沈んで行き、いろいろのことが思い出される」（昭和二十九年十一月五日）
▼『死の棘』
「あなたはあたしたちをとっくに戸籍から抜いてしまっているのにちがいない」（第三章）
▼島尾の日記（刊行時にミホが削除）
「私を戸籍から出しているのではないか」（昭和二十九年十二月二十四日）

小説に対応する言葉が日記に出てこなければ、読み手はそれが島尾の創作だと考えるだろう。ミホにはそれを意図した面があったと思われる。島尾の没後、ミホはエッセイやインタビューの中で、次に引くように、『死の棘』はあくまでも創作であると繰り返しているのだ。

島尾は家庭のなかでは、私に対する愛情は、最初から終りまで変わりませんでしたと言ってさしつかえないと思います。

ただ小説では、フィクションも多いですね。自分の家庭のことを小説に書いても、小説はフィクションですから、私は島尾をそういうふうには見ないのです。

（『脈』昭和六十二年五月号「島尾敏雄の文学と生活」より）


「『死の棘』日記」は、小説「死の棘」の拠り所とも言えるものですが、其処に記された事実の上に、小説作品としての文章を、島尾は如何に運び綴って参りましたかを、伺い見る時、創作の妙に感じ入る思いが致します。

（『新潮』平成十一年一月号「公開に寄せて」より）


平成三（一九九一）年の石牟礼道子との対談でも、ミホはこの「創作の妙」という言葉を使っている。一貫してミホが語っているのは、『死の棘』に書かれているほど島尾はひどい夫ではなく、自分もあれほど嫉妬《しっと》深い妻ではなかったということだ。

たとえば小川国夫との対談「死を生きる」（『新潮』平成十三年十月号）では、日記と小説の関係について、「『死の棘』の小説と日記では、全然違いますでしょう」「日記では、小説みたいに妻をあんなにないがしろにしていたわけじゃないですね。ずっと気にしていますでしょ」「奥さんが喋っているようなひどいことを夫は妻にしたわけじゃないのです」などと語っている。

島尾の生前、ミホは世間に対して理想の夫婦像を示す一方で、『祭り裏』に収録された「潮の満ち干」などの小説では、島尾と負の部分において重なる人物を登場させ、結婚がもたらす悲劇を冷徹に描き出した。表向きの顔はどうあれ、ひとたびペンを持てば、自分にとっての真実を書いたのだ。だが島尾が逝《い》って一人になったミホは、島尾は最初から最後まで絶対的な愛情を自分に注いでくれた理想的な夫であり、夫婦愛は一度も揺るがなかったというストーリーに固執するようになる。自分たち夫婦の歴史を、いわば再編集するのである。

私が長男の伸三をみごもったとき、島尾は毎晩背中をさすって祈ってくれました。聖母マリアさまがイエズスさまを抱いている御絵《ごえ》を求めて「胎教というのはあるそうですよ」と言って部屋に飾ってくれました。私はほんとに幼くて、出産が怖かったのです。「ミホは特別な人ですから。お産はちっとも怖くないですよ。ほんとに楽ですからね」と、毎晩背中をなでてくれた後、神様に祈ってくれました。

そしたらほんとうに楽で、あらあら、と笑っている間に生まれました。初産は痛いと聞いていましたが、ぜんぜん痛くありません。「こんなに楽だったら、毎日お産をしてもいいわ」と言って、先生に笑われてしまい、ずっと手を持ってくれていた島尾は「それではぼくは心配でたまりません」といいました。

こんなことも島尾は言っていました。「もし、無人島に流れついて、親子四人、何も食べるものがなくなったら、ミホはぼくたちに分からないように、毎日、自分の肉を削いで食べさせてくれるのだろうなあ。分からせないところがミホなんだなあ」と言っていました。（『オール讀物』平成二年九月号「回想の島尾敏雄」より）

島尾は遠くへ出かけるときも、よほどのことがないと飛行機には乗らなかったのです。「汽車だとぶつかっても、怪我をすることはあっても生きてはいられそうだけれど、飛行機は絶望的ですからね。ぼくが死んだらミホが困るから、がんばって汽車に乗りますよ」とよく言っておりました。東京から沖縄に行くときでも、新幹線で神戸まで行って、そこから船で一晩かかって行っていました。「飛行機だと二時間ぐらいで沖縄に着くのに、楽になさったら」と言っても「いや、ぼくが生きていないと、ミホが大変ですから」って。書いたものを読みましてもあちこちで、妻は幼くて、人づきあいもぼくがちゃんと見ていないと分からない、と書いてありまして涙がこぼれます。（同前）

私がまだ若かった時に、島尾が「ミホがしたいことは何でもさせたい」と申しますので、「じゃ、もし私に好きな人ができて、その人のところへ行くって申しましたらどうなさる？」って聞きました。そうしたら「ミホがそうしたいんならそうなさいって僕は言いますけど、僕みたいに何でもミホの言う通りにしていいという人はそうはいないと思うから」って。（笑い）（中略）

「三年ぐらいたったら『やっぱりトシオが良かった』と言ってきっと帰ってくるにちがいないから、寂しいけど、僕、それまで待っています」って申していました。

（『論座』平成十六年一月号　吉増剛造との対談「死者と生者　幽明のあわいに」より）

こうした談話は枚挙にいとまがなく、ここでは私自身がミホから聞いたことのあるエピソードが語られているものから引用した。ひとつひとつの内容は嘘《うそ》ではないだろうが、この夫婦の長年の葛藤を知った上で読めば、ミホが「愛される妻」の物語の枠組みの中に、生前の島尾を閉じ込めてしまった感は否《いな》めない。

芸術院会員の話が来たとき、しぶる島尾を説得して受諾させたことを、ミホ自身が語っているインタビューを前章で紹介した。会員になったことで島尾が自己嫌悪《けんお》にさいなまれ、また文学仲間の一部から孤立したことを彼女が知らないはずはないが、インタビューでは屈託なく、むしろ嬉《うれ》しげに話している。島尾が信念を曲げ仲間を失ってまで自分の願いを聞いてくれた事実は、ミホにとって「愛される妻」の物語に組み入れられるべきエピソードなのだ。

絶対的な夫婦愛は、ミホが作り上げようとした神話だった。それは世間に対してだけではない。島尾のために養父を捨てたという負い目を抱えたミホは、島尾がそれに値する男であったこと、自分たちが至上の愛で結ばれた幸福な夫婦だったことを、誰よりもまず、死んだ養父母に対して示さなければならなかった。

生前、そんなミホに付き合わざるを得なかった島尾だが、晩年には元教え子の遠藤秀子にさまざまな打ち明け話をし、なぜそこまで話すのかと訊《き》かれて「だってお前さんは、いつか僕のことを書くだろう?」と言っている。島尾は自分の死後に向けて神話崩しの布石を打ったのかもしれない。

ミホによる物語の中で、島尾の情事は抽象化され、天災、あるいは神の試練のように語られる。そのとき邪魔になるのは、生身の女性としての「あいつ」である。

先に挙げた、ミホが『「死の棘」日記』から削除した自分自身の言葉は、その多くが「あいつ」に言及しているものだ。ミホは、『「死の棘」日記』が刊行された平成十七年に朝日新聞の記者・白石明彦から受けたインタビューの中で、島尾の日記について「客観的に読みますと、夫婦の葛藤というより、夫がひたすら妻にかしずいている感じですね。愛妻日記のようですし、きずなの深さを感じます」と語っている（平成十七年五月二十一日夕刊）。島尾の日記を「愛妻日記」にするには、その中から「あいつ」すなわち川瀬千佳子の存在を消さなければならなかった。

日記の中での千佳子の影は小説よりさらに薄い。夫婦の諍《いさか》いの原因である以上まったく登場しないわけではないが、それはことの経緯が説明されるときに限られる。おそらくミホに読まれることを意識してのことだろう、島尾は千佳子についての記述を日記でも最小限にとどめている。

たとえば『死の棘』の第二章に、島尾が「あいつ」の家に行って別れを告げる長い場面があるが、そのことは日記には一切書かれていない。同じように、佐倉に引っ越したあと、「あいつ」が島尾家にやってきてミホと乱闘になる場面も、日記では「そこに事件起る」の一文のみで、千佳子がやってきた事実は省かれている。つまり日記では、島尾の目から見た千佳子の像は一切書かれていないのだ。

そうした中で頻繁に千佳子に言及しているのは、ほかでもないミホである。島尾の目線で書かれた日記の地の文では記号のように扱われている千佳子が、ミホが発する恨みと嫌悪の言葉の中でだけ、生身の人間として生きている。ミホはそうした自分の言葉を日記から消すことで、千佳子の存在を抹殺《まっさつ》した。逆に言えば、当時の自分の心底からの声を殺さなければ、千佳子を消すことはできなかったのだ。

ミホによって日記から削除されたのは、先に挙げた例のほかにも、たとえば以下のような文章がある。

▼「あいつと行ったのだろう。映画に行くという時は大ていあいつの所に行ったろう」
(昭和二十九年十月二十九日)

▼「あいつを殺してから死ぬ」
(同年十一月十四日)

▼「朝今気持がいい時だから、ひとつだけ気になっていることをきいてもいゝかと前置きして、女がミホの顔を知っているかどうかということを、ミホが床の中できく」
(同年十二月二日)

▼「電報が来たという。ミホ宛でオマエニハナシアリ、二ヒ七ジスイドウバシニコイ*カワセとあったという。半時間おくれて男とつれ立って笑いながら来た、男の名前をミホは言わない」
(同年十二月三日)

▼「籍をぬいていないか、通帳を女の方に移していたのではないか？（ぼくはすぐ死ぬ故売れた印税はこっちでとると女が言っていた。ミホの協力者が言ったという）」
(同年十二月十一日)

▼「ミホ、かくしていることひとつある、二度目の電報が来た　又呼出し也、シマオ*チカと書いてあった（又状態が悪化した昨今の原因なりと云う）私を戸籍から出し

ているのではないか」　（同年十二月二十四日）

▼「夕食の用意をさせる。突然やって来て、川瀬の外の男は安部と眞鍋だとはじめていう。案内者はヒナコだという。死ぬつもりで死ぬ前に言ったという」*

（昭和三十年一月二十四日）

＊原文には実際の名が書かれている（以下同）

こうした、自分自身の生身の女としての嫉妬の言葉を消せば、嫉妬の対象である千佳子も生々しさを失うとミホは思っていたのだろうか。だとすれば、ミホにとって千佳子は、みずからを映す鏡のような存在だったことになる。

島尾の日記の中のミホは、しばしば電報について言及している。『死の棘』には「あいつ」からの電報やメモの文面が出てくるが、それはすべて島尾の日記から引かれている。「ミホイツダスカハナシツケニ一ヒユク」「ヒキョウモノ、アスカナラズハナシツケル、マツテオレ」「マイニチニゲルノカ、ヒキョウモノメ、オモイシラセル」「アクマデヒキヨウデオクビヨウモノ、ニゲマワルカ、ジブンノヤツタコトニセキニンヲモテ、サイゴマデタタカツテヤル、カクゴシロ」といった文面である。

一方で、日記に書かれているが『死の棘』には使われなかった文面もあって、ミホはそれらを日記から削除している。たとえば次のようなものである。

▼「ゲレツデウスノロノシマオ、オマヘノサイアイノ　チカヨリ」*
（昭和三十年一月六日）

▼「ケツコンスルトヤクソクシタノハドウダ」「不具ノシマオ、カタワデモオトコダロ、オマエノツマチカ」*
（同年一月七日）

ただし、『死の棘』に使われた文面がそうであるように、これらもまたほんとうに千佳子が書いたものかどうかは分らない（千佳子が書いた、ミホが書いた、島尾が書いた、という三つの可能性が指摘されていることは以前に述べた）。島尾の日記の原本を子細に読んでも判断がつかないのだ。おそらく島尾は意図的にあいまいな書き方をしたのだろう。

そうした島尾の文章に、ミホは何か所か手を入れている。わずかな改変だが、電報やメモは千佳子が書いたものだと読める方向に誘導しているように見える。

▼（日記原文）「帰宅すると電報が来たという。ミホイツダスカハナシツケニ一ヒユクシマオチカ*、というような電文也」
（昭和二十九年十二月三十一日）

▼（ミホによる改変後）「帰宅すると又女から電報が来た」

――はミホが削除した部分、==はミホが付け加えた部分である。原文にない「文女から」を挿入し、「という」の語、および電報の文面を削除している。電報が来たことを島尾はミホからの伝聞として書いているのだが、ミホによる改変後は、島尾が直接受け取ったと読める。

ただミホがこうした改変をしたからといって、電報がミホの自作自演だったとは断定できない。『死の棘』は、女からの電報やメモについて、本当はミホが書いているのではないかと読者が疑いを持つ余地を残した書き方がなされている。身に覚えのなかったミホがそうした疑いを払拭《ふっしょく》しようとして、あえて手を入れたと考えられなくもないのだ。

ともあれ、『「死の棘」日記』における千佳子の存在感は、ミホの手によって原本よりずいぶん薄くなった。さらにミホは島尾の自分に対する愛情を強調するため、「ミホの身代りなら命もいらない」（昭和三十年九月二十六日）など、原文にはない文章を付け加えてもいる。

絶対的な夫婦愛の神話を作るために、ミホは千佳子の存在を消そうとしたと先に書いたが、あるいはそれは逆で、「あいつ」の存在を抹殺するために、神話作りにいそしんだのかもしれない。「あいつ」がもたらしたミホの心の傷はそれほど深かったということかもしれない。プライドの高いミホが、「アイツノヨウニナルカラシンセツニシテ」

（国府台病院に入院中の昭和三十年七月七日の島尾の日記に書きとめられた言葉）と言い出すほどだったのだ。

入院中は千佳子に似た顔立ちの看護婦を見ただけで症状がぶり返した。東京を離れたのは、千佳子に似た顔にどこかで出会うことを島尾が怖れたせいもあった。その後、症状が治まってからも、千佳子による傷は長く尾を引いたのではないだろうか。

思い出されるのは、島尾が亡くなって間もないころ、ミホが「現在の会」の同人だった眞鍋呉夫に電話をかけてきて千佳子の墓の場所を尋ね、唐突に「私は川瀬さんにやきもちを焼いたことは一度もなかったんですよ」と言ったという話だ。このとき島尾と千佳子の情事が発覚してから三十年以上が経《た》っていた。だがミホの千佳子に対するこだわりは消えていなかったのだ。

ミホが妻の目から見た『死の棘』を書くならば、千佳子による傷をこそ書かなければならなかったはずだ。だがそれは、ミホが作り上げようとした夫婦の神話と矛盾する。自分たちの愛の物語を完全なものにするためには、千佳子は二人に与えられた神の試練であり、単なる記号的存在であるべきだった。生身の女の顔を持っていてはならなかったのだ。

愛された妻でありたい自分と、傷を傷として描く作家でありたい自分。「書かれる女」と「書く女」。その間で引き裂かれた姿が、ミホの没後に見つかった「『死の棘』の妻の場合」の草稿からは見えてくる。「死の棘メモ」と題されたノートに書かれた草稿は、何度も書き出されては途絶し、少しずつ表現を変えて同じ場面ばかりが描かれている。それは、島尾の日記を見たミホが狂乱する場面で、その先には進んでいない。先を書けば、千佳子を登場させないわけにはいかない。それができずにミホは毎回立ち止まったのではないだろうか。

千佳子を排除したままでは、島尾とミホの夫婦の歴史は完結せず、真のドラマも成立しない。晩年のミホが千佳子を描かなかったことは、作家である自分よりも妻である自分を、書く女よりも書かれる女であることを、結局は選んだということだ。ミホが最晩年まで『「死の棘」の妻の場合』に執着しながら、完成には程遠い状態で断念せざるを得なかったのは当然のことだった。

昭和三十六（一九六一）年に『婦人公論』に寄稿した「『死の棘』から脱れて」でミホは、「その女こそ私たちの生活をこんな状態におとしいれた当の女です」「私は対手を組み伏せ、顔を泥の中におしこみながら、この女を真実に殺してしまおうと思いました」と、千佳子への怒りをあらわに表現している。そして、腕を組んだまま傍観している夫や、「あなたは二人の女を見殺しにするのか」という千佳子の叫びも冷徹に記述している。

だが、島尾亡きあとのミホは違った。千佳子に対するかつての自分の心底からの声を殺し、修羅の日記を「愛妻日記」と呼ぶミホに、自分自身の『死の棘』を書くことができるはずはなかった。

島尾の『死の棘』において、ミホの狂気の美しさは、影のように作品世界を覆う「あいつ」の存在があってのものだった。相手の女が描けていないという批判もあったが、それは「私」がとらえる現実の女の像の話である。それよりも、嫉妬し、呪詛《じゅそ》し、ときに妄想を口走るミホの言葉の中に、そして、泥の中に組み伏せる暴力の発露の中に、「あいつ」はなまなましく息づいている。「あいつ」の存在に支えられて、ミホの狂気は輝かしいものになっていたのだ。

『死の棘』の妻の場合」の執筆に挫折《ざせつ》したあと、ミホは一篇だけ小説を書いて発表した。『新潮』平成十八（二〇〇六）年九月号に掲載された「御跡慕いて――嵐の海へ」。終戦の年、復員した「島尾隊長さま」を追って本土へ行くため、島尾隊が残していった震洋艇で、加計呂麻島と奄美大島本島をへだてる大島海峡を渡ろうとする話である。

ミホの生前最後の小説となったこの作品には、『祭り裏』や『海嘯』において、息を飲むあざやかさで定着された暴力もなければ性愛や狂気もない。『海辺の生と死』の、幼児かあるいは神のように対象を無心に見つめる目もない。戦中から戦後にかけての時代の変転の中で自分たちが貫いた愛を、ひたすら謳《うた》いあげているだけである。

「御跡慕いて」はミホの実体験をもとに書かれている。その体験とは以下のようなものだ。

三

終戦後、押角や呑之浦の人たちは、島尾の部隊が炸薬《さくやく》を外して置いていった震洋艇を乗り回していた。島尾の待つ神戸に行くために内地への便船を探していたミホは、鹿児島行きの闇船が古仁屋港（奄美大島の南端にあり、大島海峡をはさんで加計呂麻島の対岸に位置する）から出港するとの情報を得る。船主に渡りをつけるためには一度古仁屋に行く必要があった。そこで震洋艇の操縦ができる男性を手配し、古仁屋に用事があるというもうひとりの男性と三人で出発したのだ。

海峡を渡る途中で艇は嵐に遭遇し、エンジンが停止してしまう。やがて島影が見え、艇は切り立った崖《がけ》の方へと流されていった。このまま岩礁《がんしょう》に打ちつけられれば、ベニヤ製の艇は木《こ》っ端《ぱ》みじんになってしまう。岩と岩の間にわずかな砂浜があるのに気づいたミホは、そこに向かって泳ぐしかないと思い、ためらう男二人を残して荒れる海に飛び込んだ。そして、波にもまれて浮き沈みを繰り返しながら、砂浜にたどりついた。

そこは加計呂麻島の海岸だった。艇は海峡を越えることができず、もとの島に押し戻されていたのだ。近隣の人に助けられて家に戻ったミホは、別の日にあらためて古仁屋に行き、鹿児島に向かう闇船を見つけて乗船の手配を整えた。以上はミホ本人から聞いた話である。

「御跡慕いて」が事実と異なっているのは、震洋艇の操縦をミホが行い、一人で海に出たことになっている点だ。若い女性がみずから特攻艇を操って海峡を渡るというのは現実的ではないが、小説としてはそのほうがドラマチックだと考えたのだろう。あるいは自分なら、やろうと思えばそのくらいのことはできたはずだとミホは思っていたのかもしれない。東京時代に馬賊に憧《あこが》れて乗馬を習ったことや、自動車の運転に挑んで車ごと目黒川に突っ込んだこと、また帰郷の途中で朝鮮まで行ったことを前に書いたが、ミホはもともと怖いもの知らずで、無謀ともいえる大胆さを持っていた。

「御跡慕いて」は次のように始まる。

寒い！　寒い！　おおさむーい！
痛い！　痛い！　嗚呼いたーい！　萬本の銀の針で全身を突かれるが如くに肌を刺す寒気。上下の歯がガチガチガチガチと音をたてて嚙み合い、頭の頂点から足先迄震えが止まらず、呼吸が苦しい。
激しき雨と風に天も海も暗く、山なす荒い浪は哮り狂う。「然れど吾行かむ御跡慕いて」と私は己を叱咤する。

暴風に吹き上がる波浪は、高く高く上り、低く降りた雲の中に入るかと錯覚する程に、私が運転する震洋艇を持ち上げ、次の瞬間は奈落の海底へ急転直下に落ちてゆき、海底に突き当たるかと思え、私は目を閉じて体を竦める。

（「御跡慕いて」より）

続いて艇内になだれこんでくる海水を汲《く》み出す自分の姿が描写される。島尾の名が出てくるのはそのあとである。

全身凍て付くのではないかと思える程に、強風にあおられた寒気は激しく、手と足は痺れて自由がきかなくなってきた。「進退維《こ》れ谷《きわま》れり」と諦めが胸の奥でちらりと動く。私は島尾隊長様の在《おわ》します方角の空に向って、「島尾特攻隊長さま――」と大きな声で御名を呼んだ。忽然と希望と力が湧き、再び海水を汲み出す手に力が籠った。

生死《しょうじ》の狭間に在って、光明が私の胸に光りを燈す。生きて島尾隊長さまにお目にかかりたい。

（同前）

地の文においても、島尾のことは一貫して「島尾隊長様」「隊長さま」と表記される。ここまで読んだだけでも、型にはまった大時代的な表現が目につき、以前のミホの作品とはかけ離れた印象だが、小説は最後までこの調子で続く。

「『死の棘』の妻の場合」の最後の草稿の日付は平成十七年六月六日、「御跡慕いて」の発表は翌十八年の『新潮』九月号である。修羅の日々を書くことを断念したミホが、それから約一年ののちに書いたのは、島尾が「隊長さま」であった最後の時期――千佳子もほかの女たちも登場しない終戦直後――のことだった。

「御跡慕いて」はこのあと、出会いから特攻戦の下令と終戦、島尾が結婚の申し込みをして島を出てゆくまでの経緯が急ぎ足で回想され、闇船に乗るために震洋艇で加計呂麻島を出たことが説明される。そして場面は冒頭の嵐の海に戻る。

そのうちに浪の寄せ引きの様子で引き潮の兆候がはっきり見えてきて、私は意を決し、岩場でなく砂浜に近いと思しき場所で、ゆっくり立ち上った。「侍の子は如何なる場合も常にさむらいの子らしくあれ」と幼い頃から躾けてくれた母の教えを思い出した。風浪で乱れた髪を整え元結を結び直し、身繕いをしてから両の掌を合わせた。
和多都美神《わたつみのかみ》よ　わが魂が肉体を離れた時ニライカナイの国へ導き給へ

倭建命《やまとたけるのみこと》　弟橘比賣命《おとたちばなひめのみこと》　みそなはせ給へ

と心のうちに念じ、隊長さまの御姿をお偲びしつゝ、畝の如くに重なり寄せ来る

白浪の上へ飛び込んだ。（同前）

大平家の先祖が琉球士族であったこと、またミホが大平家を継ぐ者として男の子のように育てられたことを示す言葉をあえて入れたのは、遺作となることを意識した作品で、自身の出自をあらためて示しておきたかったからだろう。「御跡慕いて」では、島尾との運命的な結びつきに加えて父母との絆《きずな》が強調されており、荒れ狂う波と暴風雨に耐えているとき、父と母の声が聴こえてくる場面もある。

由緒《ゆいしょ》ある家系に生まれ、両親から絶対的な愛を受けて育ったことはミホの誇りであった。同時にそれは、ミホが作り上げようとした夫婦愛の神話の重要な部分をなす。神話のヒロインであるためには、ミホはただの女ではなく、選ばれた特別な存在でなければならなかった。

小説は、海に飛び込んだ「私」が砂浜に打ち上げられ、万難をこえて「島尾隊長様」のもとへ行き生涯を捧《ささ》げたいと思う場面で終わる。そして最後に、自作の短歌が五首添えられている。

古《いにしへ》も今もあらざり人恋ふる
　深き想ひは代々に変らじ

恋故に十七代続く家系捨て
　独り子のわれ嵐の海洋《うみ》へ

親を捨て古き家系も捨て去りて
　御跡慕いて和多都美の国へ

海原を大鏡へと見立てつゝ
　加那《カナ》（君という意）が俤偲び奉らむ

琉球南山王の血筋引く
　古き我家も此処に絶えなむ

まるで戦時中のミホに逆戻りしたような相聞歌である。当時のミホの歌も少なからず仰々しいものではあったが、そこには死を前提とした恋のさなかにある女性の若々しい高揚感があった。だがこれらの歌は類型的かつ説明的で、あの個性的な小説を書いた人が一体どうしたのかと思わせられる。

「御跡慕いて」を書いた晩年のミホには、おそらく自分の作品の文学性よりもっと大切なものがあった。「十七代続く家系」「古き家系」「琉球南山王の血筋」――これらの短歌で強調されているのは、みずからの出自である。自分が〝貴種〟であること、それを捨てて島尾との愛を選んだこと。それがこの作品でミホが書き残そうとしたことなのだ。

実は「御跡慕いて」より前に、ミホは震洋艇で大島海峡を渡ろうとした経験を一度小説にしている。平成元（一九八九）年四月一日、「読売新聞」西部本社版の土曜夕刊の「掌編小説」という欄に掲載された「震洋搭乗」である。

この小説でも「御跡慕いて」と同様に自分で震洋艇を操縦したことになっており、ストーリーも描かれる場面もほとんど同じだが、文体は大きく異なっている。こちらには「御跡慕いて」のような大げさで常套《じょうとう》的な表現はなく、以前のミホの作品に近い筆致である。

冒頭部分は、「御跡慕いて」の冒頭と同じ場面を描いており、比べてみるとその違いがわかる。

「寒い、寒い、とても寒い」

頭の中も身体も凍えて他のことは何も感じられず、寒気だけが全身を襲ってくる。石礫のように身体を叩く大粒の雨、魔妖の悲鳴かと身の縮む唸りを上げつゝ体温を奪っていく暴風、荒れ狂う怒濤。辺りは漆黒の闇ばかり。生への望みもなく死の恐怖も覚えず、肌を刺す寒気、と言うより万本の棘が全身の肌を突くような痛みに耐えながら、私は特攻艇内に絶え間なく降り込む雨水と、舷側から入る海水を汲み出すことに必死だった。

（「震洋搭乗」より）

島尾についても、「御跡慕いて」のような高い調子で語られることはなく、「戦争中に心を捧げた人」「第二次世界大戦も終戦に近い頃、学徒動員で出陣した海軍士官に私はえにしを得た」と簡潔に書かれている。

「御跡慕いて」では、「私」が海に飛び込む場面で、和多都美神から倭建命、弟橘比賣命までが持ち出されるが、同じ場面を「震洋搭乗」は次のように書く。

島に近づくにつれて波のうねりは激しさを増し、満ち潮の足は早く、艇も島に近づいて行く。これも運命と心を定めて目を凝らすと、岩塊の連なりの間に小さな白い砂浜が見えた、と突然、青白く光る銀の波が砂浜の渚と思しい辺りの両端から中心に向かって走り、合体したかと思うと、銀の柱となって天空に上がり、やがて夜空に吸い込まれた。何とあやしい美しさに満ちた光景。あれは私の黄泉路の燔火か。神が下した運命をはっきり悟った私は、舷に立ち手を合わせ「この身は砂浜にこそ寄せ給え」と海神に祈りつつ波濤に身を投げた。（同前）

ミホにインタビューしたとき、海に飛び込む前に砂浜の方向に雷のような光が見え、そこに向って泳いだことを聞いた。その光は、上から落ちてくるというより、火柱のようなものが上がったように見えたと語っていたが、その情景がここで描写されている。対して「御跡慕いて」には全篇を通して描写らしい描写はほとんどなく、ひたすら「隊長さま」への愛が語られるだけである。

もっとも大きな違いは、「震洋搭乗」には自身の出自についての記述がまったくないことだ。両親についても、終わり近くに「母亡き後のたった一人の父を思い、涙が降る降る零れた」とあるだけである。これは「震洋搭乗」に限ったことではなく、ミホは「御跡慕いて」よりも前の小説やエッセイでは、ことさら出自について書くことをしていない。生活の豊かさや、両親が集落の人々から敬愛されていたことは日々の暮らしの描写からわかるが、家系や血筋、家柄といったことに直接的には言及していないのである。

インタビューなどでも、島尾が亡くなる前のミホはそうしたことについて語っていない。大平家がユカリッチュ（琉球士族にルーツを持つ、かつての奄美の支配階級）であることは島尾のエッセイなどで知られていたが、ミホがみずからの筆で「十七代続く家系」「琉球南山王の血筋」といったことを明かしたのは、島尾の没後しばらくたってからのことだ。私が確認した限りでは、平成三年の『脈』第四十三号に寄稿した「沖縄への思い」が最初である。

島尾に伴われて私が初めて沖縄に参りました時、島尾は私を先ず糸満市の南山城址へ連れて行き、此処が私の父の先祖の城址であること、南山城は島尾城（しまじりじょう）とも書き残されていることを教えてくれました。学問としては文学よりも歴史を専攻した島尾は厳しく、余程の確証と裏付けがない限りは、言葉に致しませんでしたので、私は彼の言葉をしっかりと胸に納めましたが、その後で南島史の研究家にもこのことを問い合わせてみましたところ、中山王に滅ぼされた南山王の王弟の後裔が父の家系に繋がることを、くわしく教えて貰うことができました。

（「沖縄への思い」より）

ミホがここに記した大平家のルーツは、奄美で私が取材した限りでは信憑性《しんぴょうせい》が高い。ミホが父と呼ぶ文一郎が大平家の十七代目であることも、古仁屋の瀬戸内町立図書館で閲覧した『奄美大島諸家系譜集』（昭和五十五年刊）で確認できた。だがすでに見たように、ミホは実父の姉夫婦に貰われた養女であり、大平家と血のつながりはない。ミホの実父の家系も大平家同様、古い家柄のユカリッチュであり、ミホは名家の出であると思われたくて養女であることを隠したわけではない。だが、彼女が晩年に強調した出自に虚構が含まれているのは事実である。

「震洋搭乗」は島尾の没後三年目、「御跡慕いて」は二十年目の作品で、この間、ミホは一作も小説を発表していない。十七年間のブランクののちに世に出した作品で、なぜミホはここまで出自にこだわったのか。

それは、晩年に近づくにつれて、自分たちの夫婦愛を絶対的なものとするためにはみずからの出自が重要であると考えるようになったからではないだろうか。千佳子とも他の女たちとも違う、島尾の運命の相手であることの正当性を担保するのが血筋であり家系であるという思いを、「御跡慕いて」を書いたときのミホはおそらく持っていた。

ここで、島尾の作品を評してきた人々が、この夫婦をどのように定義づけてきたかを改めて振り返ってみる。ミホの出自へのこだわりは、彼らの言説に端を発しているのではないかと思えるからだ。

妻は夫が奄美の加計呂麻島に、特攻基地の隊長であったときの島の少女だった。その位相はニライ神をむかえる巫女のようだ。また島に君臨する最高支配者をむかえる島の上層の神女のようだった。

（昭和五十年『吉本隆明全著作集9――作家論Ⅲ』所収「〈家族〉」より）

夫は故郷の島を守るために海の彼方ヤマトから渡って来た荒ぶる神であり、稀人《マレビト》である。それ故にユカリッチュの家に生まれ、老いた両親のもと珠のように可愛がられ、島人から唯ひとり「カナ」とまぶしく呼ばれ、ノロ信仰の島を治める巫女の血を引く、この誇り高い島の長の娘が、島人の心を代表して、ニカラカナイの神、稀人の妻として仕えた。

（『群像』昭和五十二年一月号　奥野健男「『死の棘』論――極限状況と持続の文学――」より）

吉本隆明と奥野健男がミホに負わせた、高貴な血を引く南島の少女というイメージ（ミホがすでに少女と呼ばれる年齢でなかったことはすでに述べた）は、彼女の存在を神秘的なものにした。隊長の特権を使って夜ごと部隊を抜け出す将校と、父親を疎開《そかい》小屋に追いやって彼を待つ小学校教師の恋は、外来の神とそれを迎える巫女の神聖な結びつきに格上げされたのである。

吉本は、『海辺の生と死』の刊行直後の昭和四十九（一九七四）年に文芸誌『海』に寄稿した「聖と俗――焼くや藻塩の」の中で、特攻戦が下令された昭和二十（一九四五）年八月十三日夜の島尾とミホの浜辺での逢瀬《おうせ》を、「これが、到来した守護神と村落の人々、わけてもゆかりある少女との〈聖〉なる劇《ドラマ》のクライマックスである」と書いている。その翌年に書いたのが、ここに引いた「〈家族〉」である。

同じくここに引用した奥野の『死の棘』論――極限状況と持続の文学――」は、足かけ十七年にわたって断続的に文芸誌に掲載されてきた『死の棘』の完結を受け、昭和五十二（一九七七）年に『群像』に発表されたものだ。島尾文学の最大の理解者とされ、支持者でもあった二人が、同時代の批評の中で揃《そろ》ってミホの出自を重視していることがわかる。当のミホが、自分と島尾との関係が文学作品として書かれるに値する特別なものであるのは、みずからの出自によるところが大きいと受け止めたとしても無理はないだろう。

彼らが定義づけたミホ像は、ミホ自身にとっても受け入れやすいものだった。自分が演じた狂態を聖性の証しと読み替えることが可能になるからだ。吉本と奥野がともに強調している「巫女」という語は、ミホの狂気がどこにでもいる世俗の女の嫉妬からくるものではなく、古代、神、信仰といったものに源泉を持つことを暗示している（奥野は同じ評論の中でミホを「古代人」「霊能者」と表現している）。

奥野による評論が発表された翌年、ミホの狂気を聖なるものと捉《とら》える決定的な論があらわれる。『新潮』昭和五十三（一九七八）年四月号に山本健吉が寄稿した「『メディア』と『死の棘』と」である。

山本は、エウリピデス作の『王女メディア』の舞台を見た話から筆を起こす。この劇は、コルキスの王女メディアが夫イアーソーンの不貞に怒って相手の女性を殺し、さらに自分とイアーソーンとの間に生まれた二人の子供も手にかける物語である。最後の場面でメディアは死児を抱え、竜車に乗って天に駆け上がっていく。山本はこのメディアに『死の棘』のミホをなぞらえる。

幕切れに近く、イアーソーンが地上でみじめったらしく嘆き憤り、メディアが意気昂然と天空を去って行くさまを見ながら、私はふと、島尾敏雄氏の『死の棘』のミホとトシオとを思い浮べていた。私は、あからさまにこの作品を下敷にしたはずの三島の『愛の渇き』は、まったく思い浮ばなかった。そして、あの異常な経験をもとにして書かれた『死の棘』の夫婦間のおそるべき葛藤絵巻の原型は、『メディア』にあったのだ、と思い当った。（中略）気も狂わんばかりにねたみ怒るミホは天上の神話的存在となり、ひたすら身を低くして贖罪するトシオは飽くまで地上の娑婆的存在だった。そういう見方の証しを、私は『メディア』に見た。

（『新潮』昭和五十三年四月号「『メディア』と『死の棘』と」より）

山本はさらに話を進め、『死の棘』のミホに匹敵する女性は、大雀命《おおささぎのみこと》（仁徳天皇）の后である磐之媛《いわのひめ》くらいのものだと書く。磐之媛は夫の色好みに対して「足もあがかに」（足ずりをして、あるいは地団太を踏んで）嫉んだと『古事記』にある。山本は磐之媛の「その憤怒をこらえ性もなく童心のように、純粋に現したさま」の中に、ミホと共通するものを見るのだ。

この磐之媛の大いなる嫉妬は、裏をかえせば、その大いなる愛の証しでもあった。万葉集巻二の冒頭で彼女の作と伝える歌は、離れていての堪えがたいまでの恋慕の歌であった。『死の棘』にも、彼女に見られるような強烈な怒りと、愛と、無心とがあった。（同前）

山本がこれを書いたのは、島尾が『死の棘』で読売文学賞の小説賞を受賞した直後である。山本はこの年の同賞の選考委員の一人で、小説賞の選評を担当し、授賞式では祝辞を述べている。

「『メディア』と『死の棘』と」が書かれた三年後に『死の棘』は文庫化された。このとき解説を担当したのは山本である。その冒頭で、山本は解説を引き受けることになった経緯を説明している。

近ごろ解説というものをほとんど書かなくなった私は、やはりここでもいわゆる解説という枠を外してしまうかも知れない。だが、わざわざ作者からの名指しで私が解説者に選ばれた理由を、いろいろ考えてみると、思い当る節がないわけでもない。それはこの作品の読売文学賞授賞式の時の祝辞に、この作品について言った私の言葉がきっかけではなかったかと思う。その時同時に、この小説の推薦の言葉を、新聞に書いた。そしてその後、蜷川幸雄氏演出、平幹二朗氏主演のギリシャ悲劇『王女メディア』を見た時、「新潮」誌上に、「『メディア』と『死の棘』と」という随筆を私は書いた。この三回を通して、私の言ったことは一貫していた。

そのことを島尾氏が心にとめていて、私を名指ししたのだろうと、私は思った。

（新潮文庫版『死の棘』解説より）

山本に解説を頼んだのは島尾本人だったという。これはすなわち、山本の論を島尾が気に入っていて、読者にもその方向でこの作品を受け止めてほしいと考えたということだ。言うまでもなくそこにはミホの意志が働いていたはずである。

こうした経緯で書かれたことから、解説文は「『メディア』と『死の棘』と」を踏襲した内容になっている。

山本はまずミホをメディアになぞらえて「嫉み妻であるメディアもミホも、嫉妬の情念の極限を示しながら、天上の神話的存在にまで昇華している」とし、次に「私はさらに、日本の古代の神話的世界における理想的男女の愛の葛藤に思い到った」として、大《おお》国主命《くにぬしのみこと》と須勢理毘売《すせりひめ》、大雀命（仁徳天皇）と磐之媛のカップルを挙げている。

山本は、メディアの良人イアーソーンは誇り高い王女メディアの妬心に値しない俗物であったが、それに対して須勢理毘売や磐之媛は「真にその激情に価する対象を、良人として持」ったと書く。大国主命と大雀命は、イアーソーンよりも格上だというのである。二人は「多くの女をめとった「色好み」の代表者」であり、「偏りなく、思いくまなく異性に対し、一人でも彼女たちを棄てたり、不幸に陥れたりすることのない男性」である。これは「古代君主の徳目の一つ」で、だからこそ彼らの「諸向《もろむ》き心」に対する女たちの嫉妬は、「童心に近い明るさ」を見せるのだという。『死の棘』に描き出されたミホの肖像はそれに近いというのが山本の見立てである。

ミホをメディアになぞらえれば、夫の島尾は俗物ということになってしまうが、日本の神話を持ち出せば、島尾とミホのすさまじい修羅の日々も「理想的男女」の聖なるドラマとして読むことができるというわけだ。

ここまでの山本の解説文は、「『メディア』と『死の棘』と」をより丁寧に述べたものだが、結び近くに新たな要素が付け加えられている。

……ミホの妬心には、不思議に古代の神話的な女たちに通う純真さがある。彼女が南島の女であり、神話的＝巫女的な面影をどこかに残しているからだろうか。

（同前）

おそらく吉本と奥野の論を踏まえたのだろう、「『メディア』と『死の棘』と」では触れていなかったミホの出自についての記述を加えている。須勢理毘売や磐之媛に通じるミホの古代的な純真さの根拠として、例の「南島」「巫女」というキーワードを登場させているのだ。

『死の棘』の文庫版には、現在までずっと山本のこの解説が使われており、彼の論は『死の棘』の読まれ方にひとつの道筋をつけた。そしてそれはミホ自身にも長期にわたって影響を与えることになる。

島尾の死によって夫婦の物語をみずからの手で編集できるようになったとき、ミホは吉本、奥野、山本らが言葉によって作り上げたミホ像に、すでに蚕食されていたのではないだろうか。あるいは自分からそれを取り込み、神話化に利用したのかもしれないが。

「『死の棘』の妻の場合」を書きおおせることのできなかったミホが、傷も恨みも嫉妬も封印して書いた最後の作品は、出自へのこだわりが突出したいびつなものとなった。私はそこに、絶対的な夫婦愛を世間だけではなく自分自身にも信じ込ませようとしたミホの、切実で痛みに満ちた欲望を見る。ミホがこの世を去るのは、「御跡慕いて」を発表した半年後のことである。

四

「島尾に逝かれたあとしばらく、私、ここで自殺しようと思っていたんです」

古仁屋にある瀬戸内町立図書館の元館長・澤佳男は、呑之浦の海岸でミホからそう言われた。島尾が亡くなって六年後の平成四（一九九二）年七月にミホは鹿児島市から奄美大島に居を移したが、ちょうどそのころのことだ。

名瀬市（現在の奄美市）で暮らすようになったミホは、ときおり加計呂麻島に渡り、島尾の部隊があった呑之浦を訪れた。その際付き添ったのが、島尾の生前から一家と交流のあった澤である。澤はミホが「死んだら島尾の骨と一緒にここで眠りたい」と言うのも聞いている。

ミホの没後に改めて取材を再開し、奄美を訪れた私を呑之浦に案内してくれたのも澤だった。平成二十二（二〇一〇）年夏のことである。

呑之浦には島尾の没後二年目に建立《こんりゅう》された島尾敏雄文学碑がある。ちょうど島尾隊の本部があった場所だ。ミホが亡くなると、生前の希望を容《い》れて文学碑の奥に墓が建てられた。島尾家の墓は南相馬市小高区にあるが、分骨がなされ、島尾とミホ、そして娘マヤの三人がここに眠っている。

生前のミホは毎年八月十三日になると呑之浦を訪れた。出撃する島尾を見届けて自決しようとした浜辺で、かつての日と同じように正座して過ごしたという。三人の墓に参ったあと、澤が「その場所まで行ってみますか？」と言った。満潮にはまだ時間があり、海岸を歩いて行くことができるという。

澤のあとをついて、汀線《みぎわせん》に沿って歩いた。途中、大きな岩が海にせり出しているところが何か所かあった。戦時中、島尾と岩の上に並んで座り、海を見た話をミホがしてくれたことがある。「大きな岩の上からポーンと飛び降りましたら、島尾がびっくり仰天いたしましてねえ。子供のころから海で遊んでいましたので、私には何でもないことだったんですが」と言って楽しそうに笑っていたが、それはこんな岩だったのだろうか。やがてミホが出撃を待って座り続けた砂浜が見えてきた。砂は粗く、周囲の岩と同じく赤みがかった色をしている。島尾の「出発は遂に訪れず」やミホの「その夜」を読んで想像していたよりも荒涼とした場所だった。

あと数十メートルというところまでたどりついたが、手前にある大きな岩を越えるのに難渋しているうちに潮位が上がってきた。岩場がすべて波に隠れてしまえば、あとは切り立った崖だ。帰り道が心配になり、あきらめて引き返すことにした。

文学碑からこの場所まで歩いてくる途中に、震洋艇の格納壕《ごう》があった。少し奥まったところにある低い崖に、人の背丈ほどの高さの穴が数個、海に向かって黒々と口を開けている。そのうちのひとつは、中に緑色に塗られた木製のボートが置かれていた。震洋艇のレプリカである。実物は日本国内には存在せず、澤によればこれは、平成二年の映画『死の棘』の撮影のために作られたものだそうだ。

往路では気が急いてそのまま通り過ぎたが、引き返す途中で壕のひとつに入ってみることにした。海岸から少し離れた位置にあり、潮が満ちても中まで水が入ってくることはないはずだ。

コンクリートで馬蹄型《ばていけい》に固められた入り口をくぐると、それまで聞こえていた潮騒が遠くなった。壕は先へ行くほど細く狭まり、奥の方は半ば崩れ落ちている。もともとはひとつの壕につき三、四艇を縦に格納していたというから奥行きはかなりあるはずだが、低い天井がのしかかってくるようで怖《おそ》ろしく、突き当りまで行く気にはなれなかった。出撃前に艇体が腐食することを戦時中の島尾は怖れていたというが、確かに湿気が多く、コンクリートの壁はじっとりと湿っていた。

呑之浦での自殺を考えていたと澤に話したミホだが、私がインタビューしたときは、この格納壕の中で命を終えることができれば本望だと言っていた。小川国夫との対談でも同じ話をしている。

小川さん、私、呑之浦の島尾部隊の「第一艇隊第一番壕」、そこは隊長艇が入っていた壕ですけど、そこで短剣を身に当てて死ねたら、私の人生の愛の成就のように思えます。

(『新潮』平成十三年十月号「死を生きる」より)

隊長艇の壕での自決が愛の成就だという語りには悲愴感が漂うが、長男の伸三は「母は父が死んだあとの方が明るくなった」と話す。

「あの二人は、知力も体力もある二人が総力戦をやっていたような夫婦だった。父が死んだことでやっと、母は父を完全にコントロールできるようになったんです」

「総力戦」は実生活上の闘争であったと同時に〈書く─書かれる〉の闘いでもあった。二人は共通の経験を互いに際限なく上書きしていったようなところがある。島尾の日記にミホが手を入れて『「死の棘」日記』を世に出したことはまさに上書きであるし、島尾の「出発は遂に訪れず」と、その十二年後に書かれたミホの「その夜」、また島尾の『死の棘』とミホの「『死の棘』の妻の場合」もそうした関係にある。こうしてみると島尾の作品をミホが上書きしているようだが、すでに指摘したように、『死の棘』の中でもとりわけ重要な場面である、佐倉の家でのミホと「あいつ」の乱闘場面は、島尾よりも先にミホが書いている。

もっともそれ以前に、ミホは自分の人生そのものを島尾によって上書きされていると言えなくもない。書かれる前とあとでは体験そのものが変質し、書かれたことで生身の自分が侵食されるような経験をミホは長くしてきたのである。

島尾の没後、ミホの書くものが力を失ったのは、もう闘う必要がなくなったこともあるのだろう。二人の人生の物語を自由に編集できる立場になってからのミホの文章は、あきらかに張りを失っている。だが伸三が言うように、心は安らかだったのかもしれない。

しかし、そんな晩年のミホを打ちのめす出来事が起こる。長女マヤが癌《がん》で亡くなったのである。島尾の死から十六年後の平成十四年八月三日のことだ。マヤは五十二歳だった。翌年の吉増剛造との対談で、ミホはマヤの死を次のように語っている。

昨年の四月頃でした。マヤがおなかが痛いというので、県立病院やあちこちの病院に連れて行って検査してもらいましたが、どの病院も「どうもないですよ」ということだったんです。ところが再検査をしてもらうために六月四日に県立病院へ参りましたら、今度は「がんであと一カ月ぐらいの命かもしれない」と言われて。（中略）それでもマヤは、もうとても穏やかな人でしたから、入院中はずうっとニコニコして顔を曇らせませんでした。胃液を取るのでゴム管をのどから入れた時のことでした。看護婦さんがうまくできなくて、ゴム管がマヤののどにひっかかってとぐろを巻いてしまって、呼吸がかすかにしかできない。マヤはそれで四日も五日も苦しいのに黙っていました。看護婦さんがゴム管を取り換えようとした時にそのことがわかったんです。マヤはその間、一言も「苦しい」とは言わなかったのです。（中略）マヤが亡くなる時、人間の臨終というものはあんなに美しいのかとつくづく思いました。島尾の場合は書庫の整理中に突然昏睡状態になりましたが、マヤはずうっと記憶がはっきりしていまして、なんでもわかっていて、いつもニコニコしていました。ただ、臨終の時は視力が少し衰えかけてきていまして、受け持ちの先生が「僕が見えますか」とおっしゃいましたら「見えない、もう見えません」ってマヤが申し上げました。でも、「お母さまですよ」と言ったらうなずいて。そして「お母さまがわかりますか」って申しましたら、にっこり笑ってうなずきました。その時、マヤの呼吸が止まったように思えて、「あら、先生、マヤの呼吸がいま止まりましたけど」って申し上げましたら、先生がすぐに聴診器をマヤの胸に当てて聴いていらっしゃいまして、「あっ、いま心臓が止まりました」とおっしゃいました。マヤはにっこりほほえんだままでございました。本当に穏やかとはこういう表情かと思うような顔で。

（『論座』平成十六年一月号「死者と生者　幽明のあわいに」より）

ほほえんだままマヤは臨終を迎えたという。この対談でミホはごく穏やかな調子でマヤの最期《さいご》を回想しているが、同じころミホと会った遠藤秀子は、娘の死を受け止めきれていない様子だったミホを覚えている。

「何かの会合のとき、エレベーターでミホさんと乗り合わせたんです。挨拶《あいさつ》を交わしたあとに、マヤさんのことは残念でした……と私がお悔やみを言いかけたら、それまでにこやかだったミホさんが急に黙り込んで横を向いてしまわれて。それきり私の方を見ず、一言も口を利《き》かないまま降りていってしまわれました」

態度を一変させたミホの、かたくなな沈黙と石のような表情に戸惑ったという。

島尾と死別したときのミホは、自殺を考えるほど落ち込んではいても、知人との会話や手紙で島尾との思い出や、急死したときの様子などを何度も言葉にしている。エッセイや解説文でも同様である。だがマヤについて、特にその死については、語ることも書くこともほとんどなかった。その数少ない例外が、ここに引いた詩人の吉増剛造との対談である。吉増はミホの文学を高く評価し、生前のミホに深い敬意と愛情をもって接した人で、ミホもまた吉増を尊敬し心を許していた。だからこそマヤの死の話をしたのだろう。だが饒舌《じょうぜつ》に語られているにもかかわらずこの回想にはリアリティが薄く、ミホの強調する「美しい」臨終は、まるでおとぎ話のようだ。

この饒舌とリアリティの薄さも、遠藤に見せたかたくなさも、内心の葛藤を押し隠すある種の防衛のように思える。マヤの死がミホにもたらした悲しみには、他人の理解を拒む複雑なものがあるように感じられるのである。

ではミホとマヤはどのような母娘だったのだろうか。『太陽』『ファウスト』などの作品で知られるロシアの映画監督アレクサンドル・ソクーロフがミホを主演に制作し、ヴェネチア国際映画祭の招待作品となった『ドルチェ　優しく』(平成十二年)には、ミホが次のように独白するシーンがある。

何て辛いのでしょう!

私に何か罪があるのでしょうか?

一〇歳のときマヤは病気をして、言葉を失った。

神様! 私はどんな悪いことをしたのでしょう? 思い、言葉と行いにあやまちがあるのでしょうか? どうして、あなたはマヤに、あのような試練をお与えになったのですか?

可愛そうなマヤ！　沈黙にマヤはもう慣れてしまった。彼女の悲しみを私は十分理解しているだろうか？（中略）

マヤの試練は、生涯の十字架。でも、マヤは強い、とても強い。彼女の顔には決して怒りや痛みが見られない。マヤは強い、では私は？

この映画に台本はなく、ミホがこれまでの人生について即興で語る姿を、静止したカメラが映し出す。ソクーロフはミホに、いったん自分自身を離れ、演技者として島尾ミホという女性の内面を思い描いて語ることを求めたといい、ここでのミホの語りには自己演出の要素が入っている。だがミホは、真実を語るために演出や虚構を必要とするタイプの人だった。生まれ育った土地の上に虚構の網をはりめぐらせて描いた「祭り裏」「潮の満ち干」といった小説の中で、もっとも生々しい心情を吐露したように。

ソクーロフはそんなミホのカメラの前での語りを音楽に例え、「突然、音楽が耳に入る。／声。／彼女の……／日本の女性だけが、このように歌う。歌が呻吟と境界を接し、音符を歌うのではなく、メロディが聞こえるのでもなく、女性——人間の、他の誰よりも、罪とは、死とはなにかをよく知っている人の声帯が震え響きわたる」と書いている（『ドルチェ　優しく』所収「撮影日記」）。

ミホはここで、マヤが言葉を失ったことを「生涯の十字架」と言っているが、それはおそらく心底からの思いだったろう。『死の棘』に描かれた時期のマヤは四歳、兄の伸三は六歳である。兄妹が置かれた環境は過酷なものだった。島尾の日記には、家庭に巻き起こった嵐にもみくちゃにされながらも、親たちを気づかう二人の言葉が書き留められている。

伸三は、「お父さんお母さんはシュミーズがぼろばっかりだからあたらしいのを買ってあげなさい」「カテイノジジョーヲシナイデネ、スコヤカニネ」「オトウサン、オカアサンどこへ行くの？　心配、心配。ひとりではだめ二人で行くと安心」と、懸命に家族の崩壊を食い止めようとする。仕事部屋にしている四畳半で島尾が首を吊《つ》ろうとするのを目撃してからは、島尾がその部屋に行こうとすると、「オトウサン、コッチニイラッシャイ、アブナイ、デンキガトンデクルカラ、アブナイヨ」と言って引きとめる。だがやがて疲れ果て、「オ父サン又キチガイニナルノカナ、イヤダナ」「モウ　クヘイ（堪えきれないという意の奄美の言葉）」とつぶやくようになるのである。「モウ見テシマッタカラ仕方ガナイ、生キテイタッテ仕様ガナイカラ、オカアサンノ言ウ通リニナル、オ母サンガ死ノウト言エバ一緒ニ死ヌヨ」――入学前の子供とは思えないそんな言葉を口にしたこともある。

幼いマヤも夫婦の壮絶な諍いを目の当たりにしなければならなかった。ひとりで人形遊びをしながら「おとうちゃんは、ばかだから、おうちがいやくなって、よしょのおうちに行っちゃったの」とつぶやき、ミホが一人で出かけようとするのを見つけると、そのたびに「母ちゃん、どっかに行っちゃうよ、いいの？」と島尾に知らせにくる。そして、ご飯を食べながら「オカーサン、ニゲナイトイインダケドナア」「シマナイノ？（死ナナイノ？）ソウシタラニャンコ（マヤ）も死んじゃう」と、回らぬ舌で大人びた言葉を発する。

ここに記した伸三とマヤの言葉は、すべて島尾の日記から引用したものだ。こうした二人の言葉はのちに『死の棘』にほぼそのまま使われることになる。登場人物が極端に少ないこの作品の中で、子供たちはその無垢《むく》な視線によって夫婦を相対化するだけでなく、何とも言えない哀切さ、そして悲惨の果てのユーモアをにじませる役割も担《にな》うことになる。

マヤに異変があらわれたのは、奄美に移住したあとの小学校三年生のころだった。それまでのマヤは、伸三によれば、元気で頭もよく、何でも自分でする子供だったという。島尾も「マヤと一緒に」という作品の中で、「小学校にあがるまえは東京にいたが、きかん気で歯ぎれのいい東京弁をしゃべり、ひとりでどこにでも出かけ、喧嘩にまけた兄の仕返しもしようとした」と書いている。それが次第に発音がもつれて他人には聞き取りにくくなっていき、ついに言葉を発することができなくなった。相手の言うことは理解でき、本も読めるし文字も書ける。だが話すことができないのだ。

その症状について、島尾は吉本隆明との対談で、「……単純な構音障害です。つまり言葉にならないのです。言葉を構成しないのです。たとえば、「お父さん」というのを「アアア……」という音は出せるわけですが、音を構成しないのです。「ア・イ・ウ・エ・オ」というふうにはっきり言えないのです」と説明している（『どこに思想の根拠をおくか　吉本隆明対談集』所収「島尾文学の鍵《かぎ》」）。

言葉が出なくなるにつれて、身体の動きもぎこちなくなっていった。島尾とミホはマヤを連れ、神経科、小児科、神経内科、耳鼻咽喉《いんこう》科、心療内科のすべてを回ったが原因はわからなかったという。

島尾　マヤで一番心配だったことは小児ノイローゼ。それでやはり加藤先生に相談したのです。紹介してもらって東大の神経科、小石川の分院のほうです。上出弘之という小児神経専門の教授です。

吉本　そこが主たる……。

島尾　そこに二度入院させ、延べ一年ぐらいになりますかね。そして原因探しをやってもらったのです。なぜそうなったかということでね。結局わからずじまいです。

家内はどうしても原因がわからないでは納得できないというので、「あっちに行ってみたら」とひとに教えられるまま、九大に行ったのです。九大では神経内科でした。そこで半年ぐらい検査してもらったがわからない。神経内科だけでなく、池見西次郎さんという人の心療内科というのがありますが、そこでも結局わからない。現代の医学では原因を摑み出すことができない。
つまり器質的なものもあるし、なんというか、ノイローゼ的なものも全然ないわけではない。しかし、それは決定的な原因ではない。そういういろいろなものの谷間にあるということです。（同前）

島尾の言う「加藤先生」とは、国府台病院でミホの主治医だった加藤正明医師のことである。いくつもの医療機関で長期にわたってマヤに検査を受けさせたのは、何としても原因を突き止めたいというミホの思いからだった。自分たち夫婦の修羅の日々がマヤを損なったのではないかという思いがミホの中には当然あったはずだ。一方で、至上のものと信じてきた夫婦愛がこのような犠牲を生んだとは思いたくない気持ちもあったろう。その葛藤が、ミホを原因探しに執着させたのではないだろうか。

伸三は、平成十八年刊行の『魚は泳ぐ』の中で、マヤのことを「生きているだけで周囲を清楚な気持にさせる人でした」と言っている。出会う人はみなマヤのやさしさに打たれ、その沈黙に癒された。その一人が、島尾と同じ福島県相馬郡小高町に本籍があり、ミホや子供たちとも親交のあった埴谷雄高である。埴谷はある年、高校生の伸三、中学生のマヤと一緒に相馬に旅をし、野馬追《のまお》い見物をした。そのときマヤの「ものいわぬ無垢な魂」に深く感銘を受けたことを、次のように綴《つづ》っている。

中学生である「マヤちゃん」が唖でもないのに話せない原因は現在の医学ではまだ解らないので、従つて、まだ療法はないのである。しかし、話せないけれども、私達が話しかける内容は彼女によく理解され、そして、よく理解されていることは、その自然な行動にも、その眼の穏やかな動きにも確然と示されているのである。そして、深い理解力をもつて黙つている「マヤちゃん」が、ひととひととのあいだの暗い壁に汚されていないところのすべてを信ずる美しい魂の所有者であることは、トランジスターラジオのスウィッチをいれてこちらへ差し出す手つきや、お菓子の箱を開いてまずこちらへわけてよこすときの親しい眼付をみている裡に、次第に深い感銘にうたれてくることで明らかである。(中略)生の悲哀がかくも美しい静謐を内包していることを教えられたのは、この無言旅行の貴重な贈物といわなければならない。

(『風景』昭和四十一年十月号「無言旅行」より)

マヤは鹿児島市にある純心女子学園の中学・高校を卒業し、昭和五十年から同短大の図書館職員となった。昭和六十一(一九八六)年に島尾が没したあとは病気がちになり、ミホと暮らしていた鹿児島市内の家から治療のため単身で上京、伸三の家の近くに住む。やがて健康を取り戻し、ワープロを学んで自立への道を踏み出したが、三年が過ぎたころミホに呼び戻され、ふたたび母娘二人で暮らすようになった。伸三によれば、ミホはその後もマヤの障害の原因を知ろうとして、さまざまな検査を受けさせたという。ミホとともに移り住んだ奄美で、マヤは生涯を終えた。そして、それから五年ののち、ミホも没するのである。

ミホは誰にも看取《みと》られることなくひとりで死んだ。平成十九（二〇〇七）年三月のことである。自宅の寝室で倒れているのを見つけたのは孫の真帆（漫画家・作家のしまおまほ）だった。

マヤが亡くなってから一人で暮らしていたミホを気づかい、伸三の一家はしばしば奄美を訪れていた。真帆が『新潮』に寄稿した「奄美のマンマーの家で」によれば、このときは真帆が様子を見に行くことになり、事前にミホに電話をすると、「今回は来なくていい、来なさんな」と言われたという。それでも行って顔を見せれば喜ぶと思い、三月二十五日の飛行機で東京を発《た》った。

奄美に着いて電話をしたが、何度かけても出ない。前年くらいから耳が遠くなり、また気分が乗らないときは電話に出ないこともあるので、そのときはそれほど心配せず、翌朝に家を訪ねた。だがミホは出てこず、家の中からは物音ひとつしない。夜にもう一度行ってみたが同じだった。

さすがに心配になって、翌朝、専門の業者に鍵を開けてもらって中に入ると、寝室の鏡台の前に寝間着姿のミホが倒れていた。

右手をまっすぐ伸ばして、おろした長く黒い髪が綺麗に寝間着や腕や、畳の上にウェーブを描いて這っていた。顔は髪に隠れてまったく表情はわからない。ただ、白雪姫のような、きれいな姿だと見た瞬間に思った。

(『新潮』平成二十二年二月号「奄美のマンマーの家で」より)

死因は脳内出血で、真帆が奄美に着いた日の午後十時ごろに亡くなったと思われた。寝間着に着換えて寝る支度を整えたところで倒れたらしい。享年《きょうねん》八十七。島尾のいない人生を二十年四か月生きたのちの死だった。

葬儀は同月二十九日に名瀬の聖心《みこころ》教会で行われた。遺影に使われたのは島尾と初めて出会ったころの写真である。髪につけたリボン、少しはにかんだような若々しい笑顔——ミホがもっとも気に入っていた写真だという。棺には、島尾が没してから人前ではつねに身につけていた黒い帽子とベールが納められた。

私が奄美の島尾家を訪れ、ミホの草稿やノートを読ませてもらったのは、没後三年が経った平成二十二年夏のことである。遺品の数は膨大で、客間と寝室以外の部屋はほぼ物に占拠された状態だった。何日目のことだったか、島尾家の人たちや新潮社のスタッフが、家の中の思い思いの場所で遺品や日記、原稿などを整理する中、客間の隅で段ボール箱からミホのノート類を取り出していると、寝室でミホの遺品を整理していた伸三の夫人で写真家の潮田登久子から声をかけられた。押し入れの中にあった箱から、ミホのメモが付された品物が出てきたという。潮田は、「お義母《かあ》さん、こうやって大事にとっておいたのねえ」と言いながら、ひとつひとつを写真に収めていく。

小ぶりの菓子箱に入った軍手があった。蓋《ふた》には「昭和六十一年十一月十日　お父さまが書庫の整理をなさっている時使用なさった最後の手袋です」と書いてある。ビニールに包まれた椿油の瓶には、「昭和六十一年十一月八日午前十時敏雄様の髪につけてからマッサージした椿油」というメモが添えられていた。どちらも亡くなる直前のものだ。

木製の大きな薬箱もあった。蓋の裏に「お父さまがご使用になったお薬です」とマジックペンで書かれ、中に入っている市販薬の紙箱の表面にも、それぞれいつどんなときに使用したのかが書かれていた。

こうしたものたちを時折取り出して、ミホは島尾との日々を偲《しの》んでいたのだろうか。これらは島尾の遺品であると同時に、そこに自分の言葉を付して保管してきたミホの遺品でもある。インタビューのとき「夫婦は一心同体です」と私に言ったミホの声が聞こえてくるような気がした。

驚いたのは、白い紙に包まれた一枚のフィルムが出てきたときだ。ブローニーフィルムと呼ばれる中判サイズのネガである。紙の内側にはミホの文字でこう書かれていた。

昭和二十九年一月
石神井公園にて
島尾敏雄
川瀬さん写す

ネガを光に透かして見ると、写っているのは確かに島尾である。島尾のカメラでお互いを撮り合ったことがあったのだろうか。『死の棘』の第二章と六章に、「あいつ」の写真を隠していたことを白状させられる場面があるが、そのときミホに取り上げられた写真の中の一枚なのかもしれない。石神井公園は、ミホが探偵社から受け取った報告書の中で、二人がしばしば遊びに行っていたと書かれていた場所である。島尾の遺品であり、かつミホの遺品でもあるものがこの家には数多くあるが、千佳子が島尾を写し、五十年以上にわたってミホが持ち続けてきたこの写真は、かれら三人の遺品ということになる。

わずかにピントの合っていない島尾の顔を眺めていると、『死の棘』の世界があらためて現前してくるようで、ネガを持つ手が汗ばんだ。

「死の棘」あらすじ

第一章 離脱

夏の終わりのある日、小説家の私（トシオ）が外泊から家に帰ってくると、木戸にも玄関にも鍵《かぎ》がかかっていた。胸騒ぎがして、仕事部屋にしている四畳半のガラス窓の破れ目から中を見ると、机の上にインキ壺《つぼ》がひっくりかえっている。台所のガラス窓を叩《たた》き割り、流しに食器が投げ出されているのを見た私は、遂《つい》にその日が来たのだと思う。仕事部屋に入ると、机と畳と壁にインキが浴びせかけられ、その中に私の日記帳が捨てられていた。

間もなく妻（ミホ）が帰ってきた。私の留守中に日記を読んだ妻は、家庭を顧みない夫に懸命に尽くしていた前日までとは別人のようになっていた。その日から、妻による尋問の明け暮れが始まる。

「あなた、あたしが好きだったの」「じゃ、どうしてあなたはあんなことをしたんでしょう」「このことだけじゃないんでしょ。もっともっとあるんでしょ」。ひたすら詰問《きつもん》を繰り返し、結婚してからの十年間、自分が妻として扱われてこなかったと言って責めたてる妻。問答は昼も夜もなく続き、二人の子供（六歳の伸一と四歳のマヤ）は放っておかれた。

次第に妻の言動は常軌を逸していく。目を吊《つ》り上げて怒ったかと思うと、台所の板の間に座って「水道の水をぶっかけてちょうだい」と言い、私がバケツに汲《く》んだ水を繰り返し頭からかけると、今度は「あたしのあたまをほんきでぶって」と命じる。私はそうした妻の糾問と惑乱を「発作」と呼ぶようになった。

私は週に二回、非常勤講師として夜間高校で授業を受け持っていたが、妻から目を離すことができず、無断で欠勤していた。ある日、情事の相手から手紙が届く。妻が封を切ると、火曜日に待ち合わせをしていた水道橋に私が来なかったことを心配する内容だった。夜学の授業のある火曜日、私はその女と会っていたのだ。

秋が深まっても、妻の暗い顔つきは消えなかった。だが、「すみません、すみません、ゆるしてください。こんなすがたをみせて、はずかしい」と言ったり、幼いマヤの言葉に笑い出したりすることもあり、私は妻の状態は少しずつ良いほうに向かっていくのだろうと思っていた。

（初出：『群像』昭和三十五年四月号）

第二章　死の棘《とげ》

原稿を書く仕事を再開しないと生活が立ち行かず、それには編集者や文学仲間に会うことも必要だと思った私は、妻と子供たちを残して外出する。何人かの仲間と会って家に戻ると、子供たちだけがおり、妻がいない。ひとりで出かけて行ったと聞いて不安になり、私はもう一度家を出て電車に乗る。出刃包丁を持って私の愛人のところに行ったのではないかという想像にとらわれたのだ。

女の家に妻は来ていなかった。何かあったのかと女に問われ、私は「もうぼくはここに来ませんから。妻があなたを殺しにくるかもわからない」と言う。やりとりの末に、女から「あたしのこと、きらいになったのね」と言われ、「きらいになったのじゃない」と答えた私は、重ねて「すき？」と問われ、「うん、すきだ」と言ってしまう。会えないなら手紙が欲しいという女に、私は「これだけは約束できる。ぼくがどこかに小説を書いたらその度にその雑誌だけをあなたに送ろう」と言い、駅まで送ってきた女の手をしばらく握ってから別れた。

夜中に家に戻って来た妻は「あいつのところに行ったのでしょう？」と烈《はげ》しく怒り、

二人は夜を徹して諍《いさか》う。妻は、女がトシオとのことを仲間に吹聴《ふいちょう》し、贈りものにたばこ一箱しか持ってこないと言って笑いものにしていると言う。一万円を通帳からおろして女を渋谷の産婦人科に入れたことをなじられ、平手打ちを受ける私。反射的に頬を打ち返すと、妻は目をつりあげて摑《つか》みかかってきた。

玄関に逃げた私は、国電の鉄路の方に向かって走ろうと思い、たたきに降りて裸足《はだし》で靴を探す。髪を振り乱し、上衣《うわぎ》のポケットを引き裂いて玄関で摑みあう親たちを見た子供たちはおびえて泣き出す。

その後も夫婦の修羅の日々は続き、長男の伸一は、両親の諍いを「カテイノジジョウ」と呼ぶようになる。妻がしつこく詰問すると、私はそれに耐えられず、たんすや障子に突進して頭をぶつけるようになった。妻は、探偵社を利用し、また自分でも夫と女を尾行したり二人が属しているグループの仲間に尋ねて歩くなどして、女の正体を探ったことを話す。それを聞いた私は異様な気分になるのだった。

（初出：『群像』昭和三十五年九月号）

第三章　崖《がけ》のふち

妻が発作を起こすと、私は気が違ったふりをするようになった。たんすや障子に頭をぶつけて騒いだとき妻にひるみが見え、そうした行為をもう少し進めれば休戦の態度に出てくるかもしれないと思ったのだ。

私がもっとも耐え難いのは、女との交渉の細部を説明させられることだ。二人でパンを買いに出たとき、道を歩きながら、「あなたにききたいことができちゃった」と妻が言い出した。いつもの尋問が始まる前触れである。

「あなた、あいつを喜ばせていたの？」「ねえ、喜ばせることができた？　あたしはちっともたのしくないわ」。わからなかったと答えると、妻は「うそつき！」とののしった。「お言いなさいよ」「あたしはあなたから、どんなことでも、かくされたくないの」「あなたのそのうそつきが直るまで、あたしはぜったいにあなたをゆるさない」——しつこく責められた私は「うわあー」と大声で叫び、電車が警笛を鳴らして通り過ぎようとしている線路に向かって駆け出した。

「そっちに行っちゃいけない！」と叫ぶ妻。泣き出した妻をかわいそうだと思いながら、私は死んでもいいような気になり、デキルカ、デキルカと自分をけしかける。だが電車はやってこない。安堵《あんど》と気抜けに襲われ、線路わきに積み上げられた砂利に足をすくわれるようにして倒れると、妻は一緒に倒れ込み、しがみついて両足に抱きついてきた。「おとうさん、おねがい、死なないで、あたしが悪かった、もう、いろんなことを言って責めたりしない」

狂言に気づかない妻は気高く見え、上気して汗ばんだ顔が美しい。私は、ふと自分は幸福なのだと思う。

妻は通りかかった青年に「このひとは電車にとびこもうとするんです。助けてください」と哀願し、「あたしがあんまりいじめたもんだから気がちがったんです」と繰り返し助けを求める。私は「もうとびこまない」と言い、二人して立ち上がって帰途についた。

妻は私の腕をしっかり押さえながら歩く。途中で私は声を出して泣き出した。妻は子供をあやす口調で「泣かなくてもいいのよ」と繰り返し言うが、私は嗚咽《おえつ》を止めることができない。

（初出：『文學界』昭和三十五年十二月号）

第四章　日は日に

私は電気スタンドのコードを首に巻いて絞めることを覚えた。すると妻はとびかかってきて手の甲にかみつき、二人はもつれあう。仕事部屋の襖《ふすま》の取っ手の穴から長男の伸一が覗《のぞ》いているのを知っていて、おびえたその目にむごい気持ちになり、壁の釘《くぎ》にコードを引っかけて首をくくろうとしたこともある。伸一は次第に父親に白い目を向けるようになった。

正月が近づいたある日、妻が前夜に見た夢の話をする。故郷の島に帰ると、死んだはずの両親が、たくさんの人たちと一緒に蛆《うじ》の這《は》いまわる大きな穴の中にいる。驚いて助け出そうとすると、母に制止され、疎開《そかい》小屋へ行くように言われる。戦時中、海軍基地にいた私を待つため、妻は年老いた父を疎開小屋に追いやっていたのだ。

夢の話は続く。妻が疎開小屋へ行くと、下半身が腐ってきた。そこに「あいつ」がやってきて、「ぼろぎれにくるんだ何か犬の子みたいな生きもの」を土間にたたきつけた。それは生まれて間もない赤ん坊だった。──妻はそこまで話すと、私の顔をじっと覗き込んで「あなたの子でしょう、それ」とつぶやいた。私は青ざめ、返事ができない。

大晦日《おおみそか》、伸一と理髪店に行って帰ってくると、妻がたんすの引き出しから電報を取り出した。そこには「ミホイツダスカハナシツケニ一ヒユク」とあった。私は女がいきなりこんな電報を打ってくるとは思えなかったが、妻は「わかったでしょう。これがあいつの本心なのよ」と言う。

元日、一家で成田山に初詣《はつもうで》に行き、家に帰ると、郵便受けに今度は「ヒキョウモノ、アスカナラズハナシツケル、マッテオレ」と書かれた紙片が入っていた。妻は発作を起こし、「あいつがやってくる」とおびえる。その後も紙片の投げ込みは続き、私は両親の郷里である福島県の相馬に一家で行くことにした。

上野駅から乗った常磐線の車内で発作を起こした妻は、私の過去の行為をまた追及し、誓書を書けと言い出す。妻の言うまま、手帳に「変わらぬ情熱と愛情とサービスを以てミホにトシオの生涯を捧げます。この約束は一時のこころでなく生涯を貫きます」と書き、私は暗澹《あんたん》となった。

（初出：『新潮』昭和三十六年三月号）

第五章　流棄

相馬に滞在中、妻は「あたし、あいつがうらやましくて仕方がないから、これからあいつの名前で呼んでください」と言い出し、ミホと呼びかけても返事をしなくなった。私は心中を決意し、妻と二人でおじの家を出る。母方の墓地の近くで、私は首を吊るための木を探し、ポケットから細引きを出したが、いざとなると輪を作る方法がわからない。

妻なら知っていると思い、細引きを見せながら振り返ると、妻は「ほんとうに死ぬつもりですか」「伸一やマヤはどうなるんです」と訊《き》く。本当は死にたくないが、おまえがいつまでもしつこく責めるから首でもくくらなければいられない、親は死んでも子は育つ、と答えると、妻は私を止めにかかる。

それでもきかない私に、妻は、もう発作を起こさないから死なないでと懇願して泣きじゃくる。「古いことはほじくりかえさないね」と私が勝ちほこったように言うと、妻はだまってうなずいた。

私は、「ミホさえその気になってくれたら、ぼくはとてもうれしい。もりもりキバッテはたらくぞ」「もう今までのようなうじうじした生活はやめよう。過去と縁を切るんだ」と言い、当分は相馬で暮らすことを提案した。

その夜、ひとりで散歩に出るという妻に私は無理についてゆく。妻の冷たい態度を見てまた発作が始まったと思った私は、どす黒いものが胸に突きあげ、大声を出して駆け出した。

川の方へ向かい、つまずいて土手の斜面を転がり落ちると、追いかけてきた妻も、斜面に尻《しり》をついてすべり落ちてきた。

私は「おまえが好きこのんでこのおれにくっついてきたんじゃないか」「おれのやったことは、おれのやったことだ。それがどうしたと言うんだい」と、たんかを切るような心持ちになって言いつのる。すると妻は憎悪《ぞうお》に燃えた目つきで私をにらんだ。

東京に帰る日の明け方にも妻が一時いなくなる騒ぎがあったが、一家は何とか上り列車に乗り、十日ぶりに小岩の家に戻った。

（初出：『小説中央公論』昭和三十八年四月号）

第六章　日々の例

私は妻と子供たちをつれて金の工面に出かける。その帰り、地下鉄駅のホームで、妻はドアが閉まって走り出そうとする電車を追って駆け出し、「あいつが乗っている」と口走る。その夜、妻は「まだかくしている写真があるでしょ。それをみんなだしてくださいな」と言い出した。

私は、女をその部屋で写した写真と、妻の最初の発作があったあと男名前を使ってよこした手紙、そして女との細かな動作を書きしるした手帳を隠していた。「ほんとうはあなたがその写真をどこにかくしたか、あたしはちゃんと知っています。でもそれをあなたから言ってもらいたいんです」と妻は言う。

それらが入った古封筒を取り出して渡すと、妻は写真や手帳を広げて点検を始めた。私がつい眠り込んで目を覚ますと、妻は「あなたはあんなきたないことをどうしてあんなにくわしく書いて置いたの」「ノートは便所に捨てたけど、書いてあったことは一生忘れませんからね」と言う。

別の日、まだ隠していることがあるはずだと言って追及してくる妻に、私は、嘘《うそ》ではない証拠に指を切ると言い出す。二人で鉈《なた》を買いに行き、そのあと誓書の文案を妻が考えた。

「……トロヲキカヌコト、マタ手紙ヲ出サヌコト」「特定ノ女ト特別ノ関係ニハイラヌコト、例エバ映画、行楽、肉体的交渉ナドヲ共ニセヌコト」「不道徳ナウソヲツカヌコト」「不道徳ナカクシゴトヲセヌコト」「外泊ノ場合ハソノ内容ヲイツワリナク明ラカニスルコト」「家庭ノ幸福ヲ築クタメ努力シ、破壊シナイコト」などと書き、私が左手の小指を俎板《まないた》の上にあてがうと、妻は私の目をつぶらせ、切る真似《まね》をして包帯を巻いた。

別の日、妻は私が女に金をいくらやったかと詮索《せんさく》し、「あたしもニンシンしたらしいわ。一万円ちょうだいよ」と言う。それを聞いた私はズボンからバンドをはずして自分の首に巻きつけた。力を入れて引っぱると、妻はしがみついて必死に止める。そうした騒ぎのあと、妻は「クヘサ、クヘサ、アンマー」と、郷里の言葉で死んだ母親に訴え、声を絞って泣き続けた。私は妻を医者に見せねばならないことをさとった。

（初出：『新潮』昭和三十八年五月号）

第七章　日のちぢまり

私は妻をK病院神経科に連れて行く。不眠で悩んでいたいとこの妻がこの病院の注射ですっかりよくなったと聞いていたのだ。診察室の前で待っているとき、妻は私を責め、あいつの顔が見える、自分はあいつに殺されると言って泣く。連れてきた子供たちの様子も荒れ、伸一とマヤは騒ぎまわって言うことをきかない。

診察室に入ると、私は医師に妻が不眠であることを告げ、自分が外に女を作ったことが原因で妻が以前とはすっかり変わってしまったと説明する。私がさらに、妻が自分の行動の一部始終を調べ上げ、女との間の細かいことまで知っていた話を始めると、妻は「恥しらず！」と叫んで私の頬を平手打ちした。医師は「いくらなんでも自分のだんなさんを叩いちゃいかんな。これはどうもひどい」「これは錯乱だな。早く病院に入れた方がいいよ」と言う。

次に、多数の実習生が見ている中で部長の診察が行われた。妻は途中で興奮し、看護婦に診察室から連れ出される。医師は入院を勧め、分裂症の疑いがあると告げる。その後、いやがる妻に電気ショックがほどこされた。

控室で待っていた私のところに、電気ショックで気を失った妻が運ばれてきた。異相の出るのを心配したが、皮膚が濡《ぬ》れたようにつやを増して若返って見える。私は妻が口の端にこしらえる蟹《かに》のようなあぶくをふき取ることを繰り返しながら、このまま妻が目覚めなければ、かたわらで介抱しながら穏やかな気持ちでいられるだろうと思う。

看護婦からここは開放病棟なのであばれる患者を入院させるのはむずかしいと言われ、家に帰ることになった。病院で目覚めたときの妻は落ち着きを取り戻しているように見えたのに、家に着いてしばらく眠ったあとではっきり目を覚ますと、以前よりいっそうひどい状態になっていた。自分が所望して作らせた味噌汁《みそしる》を私にぶっかけ、茶碗《ちゃわん》も箸《はし》も投げつけて布団《ふとん》の上で牢《ろう》名主のように下知をくだし、目はあらぬあたりに据え、髪もざんばら、たて続けに抑揚のない声音でしゃべり続ける。私はブロバリンを買いに薬局に走り、やっと妻を眠らせた。

（初出：『文學界』昭和三十九年二月号）

第八章　子と共に

妻は結局、K病院神経科の開放病棟に入院した。妻は、もし愛情があるなら毎日でも会いに来るはずだし、毎日でも手紙を寄こすはずだと思い込んでゆずらない。私は中一日と間を置かず、ときには毎日続けて病院に通った。

入院中の妻は当初、電気ショックで躁鬱《そううつ》の根が折れてしまったのか、すっかり自信を失い、しおれていた。幼く頼りないその姿は、私の目にこれまで見たことのない美しさとして映る。

妻のいない家で、私は子供たちと三人で生活するが、伸一は日に日に反抗的になる。マヤはいくらいやがられても伸一にくっついて歩き、父親のほうには寄ってこない。ある日、伸一が、マヤがオーバーを捨ててしまったと言いに来る。私は外で遊んでいたマヤを問い質《ただ》すが、何を聞いても「ワカラナイ」と答える。捨てた場所に連れて行くように言うと、「アッチ」と言って歩き出し、「ココ」と言って立ち止まるが、そこには何もない。そのうちに私はマヤの姿を見失う。見まわすと、思わぬ先のほうを前かがみになって夢中で逃げていく小さな姿が見えた。駆け足で近づくとマヤはおびえ、災厄から逃れる顔つきをして足を早めようとする。ようやく手をつかまえると、他人をながめる目で私を見た。私は子供たちに与えてしまった歪みをどう直していけばいいかを考えて暗澹となる。

入院して十日ほどたったころ、私は主治医から、分裂症の疑いは一応晴れたこと、強いて名づけるなら心因性反応だと聞かされる。だが友人の旧師で、前にK病院の医局にいたY教授に駅前の公衆電話から電話すると、やはり分裂症の可能性が高いと言われ、暗に離別を勧められる。

それを聞いた私は、もしかしたら自分はいま解放の門口に立っているのではないかと思う。妻を外から鍵のかかる専門の病院に隔離すれば、もうひとつの人生が自分の前にひらけるかもしれない、と。だが、帰り道で家が視界に入ってきたとき、この家の中で起こった出来事の重さを痛感し、その結果を見ないではどんな人生も自分にあるはずがないと思い直す。

（初出：『世界』昭和三十九年九月号）

第九章　過ぎ越し

主治医から面会も文通も禁じられていたある日、妻から病院を抜け出したと電話がかかってきた。私はすぐに病院に戻るよう説得し、自分も駆けつける。病院に着き、廊下を歩いていると、後ろの階段のところから「こらー」と叫ぶ声がした。振り向くと妻が踊り場に立って私をにらんでいる。その頰のあたりには笑いをこらえかねたやさしさがあった。おさげ髪に袖《そで》の短いブラウス、ひだスカートの姿は、女学生が通りがかりの教師にいたずらしているようだった。

面会した医師は不機嫌で、私が許可を得ずに病院にきたことに不満をあらわし、「奥さんはあなたの考えを先へ先へと読みとって、あなたを困らせようとかかっている」と言う。

しばらくたったある日、妻が病院を脱走してきた。白い病衣の上にオーバーをはおり、足もとはスリッパという姿でタクシーで家に戻ってきたのだ。もう決して発作を起こさないから病院に帰さないでと懇願する妻だったが、翌朝にはもう以前のような糾問が始まった。私は妻を病院に連れ戻すが、医師は治療計画が完全にくずれたと言い、私は退院を宣告された気持ちがする。

私は仲間の一人から精神病理学者のI教授を紹介され、その場で電話をかけると診察してくれるという。まずは一人でI教授に会いに行き、状況を話すと、教授はサイコセラピイが適当かもしれないと言った。

K病院を退院することが決まり、外に慣れるために外泊が許された。私は妻をI教授の家に連れて行くことにする。気の進まない妻は、国電に乗るとすぐに、そばにいる女があいつに似ていると言ってからんできた。以前は人前では遠慮を示していたのに、今はまわりの好奇のまなざしも目に入らない様子だ。声が次第に高くなり、私が車内を歩いてそばを離れようとすると、しつこくあとをついてくる。発作は前より悪性になったように思われ、ふた月に及んだ入院は何のためだったのかと私は思う。

ようやくI教授の家にたどりつき、私が教授にこれまでのいきさつを話していると、妻は突然平手で私を打ちすえ、たけり狂ってとどまらなくなった。サイコセラピイの医師を紹介してもらうことにして、二人はそうそうにI教授の家を辞去する。

（初出：『新潮』昭和四十年五月号）

第十章　日を繋《か》けて

売りに出していた小岩の家に買い手がつき、一家で千葉県佐倉市の貸家に移ることになった。引っ越し後、私は妻をD病院に連れていく。I教授が紹介してくれたL教授との面接のためである。L教授は受診に至ったいきさつについてくわしく尋ねることはせず、妻もK病院のときのように興奮することはなかった。

数日後、L教授からサイコセラピイを受けるため、私と妻はまたD病院に出かけて行く。治療室の寝台に横になり、教授に向かって語り続ける妻のかぼそい声が、廊下をへだてた私の耳に聞こえてきた。治療が終わった妻は、胸のつかえをはき出したあとのさわやかな顔つきのようにも見え、私は治療に期待を持つ。

だがその翌日の夜遅く、「あいつ」が家にやってくる。子供たちは妻のいとこのK子に預かってもらっていて、家には夫婦二人だけだった。妻が何をしに来たのかと女を問い詰めると、文学仲間が集めた見舞金を持ってきたという。妻は自分を脅迫しに来たと決めつけ、女をつかまえるよう私に命じる。

「トシオ、ほんとにあたしが好きか」と出し抜けに妻に問われ、「好きだ」と答えると、

「その女は、好きかきらいか」と追及してくる。「きらいだ」と答えると、「そんならあたしの目のまえで、そいつをぶんなぐれるでしょ。そうしてみせて」と妻は言う。女の頬を叩くと、「力が弱い。もういっぺん」と命じられ、私はさからえずに大げさな身振りでもう一度平手打ちをした。女はさげすんだ目で私を見る。

逃げようとする女を妻はつかまえ、髪の毛をつかんで地面に顔をこすりつけた。黙って突っ立ち、腕を組んで見ているだけの私に、女が「Sさんがこうしたのよ。よく見てちょうだい。あなたはふたりの女を見殺しにするつもりなのね」と叫ぶと、妻は狂ったように何度も女の頭を地面に叩きつけた。

妻は女のスカートと下ばきを脱がせるよう私に命じた。女の腰に手を伸ばした私は、思いきり蹴飛《けと》ばされる。女は大声で助けを求め、騒ぎを聞いて人が集まってきた。まもなく警察がやってきて女を保護し、私と妻に、いずれ署に出頭してもらうかもしれないと言い残して帰っていった。

（初出：『新潮』昭和四十二年六月号）

第十一章　引っ越し

私はゆうべの出来事の衝撃をきっかけに妻が元に戻ってくれることを願うが、そんなことはありえないと思い直す。

「なんだかこわい」と妻は言い、私は「何がこわいものか。見ないうちこそこわくてたまらないけれど、見てしまえばどうということはないものさ。殊《こと》にあんなにあいつをやっつけたじゃないか」と励ました。すると妻は「あたしなんだかおこりが落ちたみたい。きょうからもとのようにどんどんはたらく」と言って掃除を始めるが、どことなく頼りなげだ。

私も手伝って掃除にかかると、警察から出頭するようにとの連絡がきた。警察署ではまず、私だけが話を聞かれた。女はまだ署内にいるらしい。昨日家に来た刑事は女に同情的で「あの可哀相《かわいそう》なひとに一度会ってやってほしい」と言う。私は断るが、「奥さんのほうは私が見ていてやるから心配をしなくてもいい」「何か伝えたいことがあるらしいよ。だから会ってやんなさい」と重ねて言われる。私は、ほんの僅か会うだけなら妻にはわからないかもしれないと思う気持ちを抑え、会うことを拒否した。

刑事は二千円で示談にすることを提案してくる。女もそれで了承すると言っているという。妻は反発したが、私は二千円でけりがつけばむしろ有利な話だと説得する。佐倉の家は女との騒ぎが原因で家主から解約を言い渡され、引っ越さなくてはならなくなった。私は、妻をD病院に入院させてもらい、その先は家族で妻の郷里の島に帰るより仕方ないと考える。子供たちを先に島に行かせ、K子の母親であるおばに預かってもらうことにして、私は引っ越しの準備に取りかかる。だが途中で女からの手紙の束が出てきたりなどして、荷造りはなかなか進まない。
数日後、K子たちにも手伝ってもらってようやく荷造りが終わり、運送会社のトラックに積み込んだ。子供たちが島に出発し、妻がD病院に入院できるまで、池袋のK子の下宿に親子四人で世話になることにし、私たちはトランクやリュック、風呂敷《ふろしき》包みなどをかかえて電車に乗った。

（初出：『新潮』昭和四十七年四月号）

第十二章　入院まで

K子の下宿は三畳一間で、そこに親子四人とK子が雑魚寝《ざこね》する。また転校を余儀なくされた伸一は、遠足が雨で中止になった日、ビニールの雨衣を着て登校したくないとぐずり、私は横抱きにして尻を平手で叩く。

あばれる伸一の体をつかんでいるうちにわけのわからぬ憎しみがわき、私は板の切れはしを使って続けざまに打ちすえた。一日おいた日の夜中に伸一は高熱を出し、妻は「あの女のためにあなたは家を失い、こどもを病気に突き落としたのですよ」となじる。

D病院に治療に行くと、入院の日取りを来週にも決められるだろうと言われて安堵する。付き添いとして私も一緒に病院に入るのが望ましいとL医師は判断していた。

K子の妹であるU子が島から上京してきた。彼女は伸一とマヤを島に連れて帰ってくれる予定だったが、伸一ははしかと診断され、さらに肺炎を併発していた。回復はいつになるかわからず、見通しが立たない。

次の治療の日、L医師は、入院したらすぐにでも睡眠療法にとりかかる予定だと説明する。私はその療法を受けた患者の、一月あまりも眠らされたのに、たった一日ほどのこととしか感じられなかったという体験記を読んだことがあり、妻がその療法に入れば長期間にわたって詰問から免れられると期待する。

また次の治療日、私はL医師から、私が女に書いた手紙をすべて取り戻したいと妻が思っていることを聞かされる。そのことがどうしても気にかかり、私に相談してほしいとL医師に頼んだというのだ。なんと困難なことを言い出したのかと私は目の前が暗くなる。

入院の日がやってきた。伸一とマヤを残して私と妻はK子の下宿を出る。子供たちは遠くない時期にK子が島に連れ帰ってくれることになっていた。

妻と私が入ることになった精神科は、病棟の扉に外から鍵がかかり、病室の窓には逃亡を防ぐため縦横に格子《こうし》が打ちつけてあった。私は、このように世間と遮断された病棟の中でなら、もしかしたら新しい生活に出発できるのではないかという気持ちになるのだった。

（初出：『新潮』昭和五十一年十月号）

島尾ミホ・敏雄　年譜

大正六（一九一七）年

《敏雄》四月十八日、神奈川県横浜市戸部町三丁目八一番地で、父・四郎、母・トシの長男として出生。本籍地は福島県相馬郡小高町大井字松崎二〇三番地。妹二人、弟二人、異母弟一人がのちに生まれる。父母とも相馬の人で、父は輸出絹織物商を経営。

大正八（一九一九）年

《ミホ》十月二十四日、鹿児島県鹿児島市山下町一〇九番地で、父・長田實之、母・マスの長女として出生。生後一週間で鹿児島市内のザビエル教会にて幼児洗礼を受ける。本籍地は鹿児島県大島郡大和村大和浜一〇六番地。一歳違いの兄・暢之がいた。母の旧姓は谷村で、大島郡龍郷町瀬留の出身である。母の一族は奄美にカトリックが入ってきた明治中期からの熱心な信徒で、瀬留の教会が最初に建てられたのはマスの実家の敷地内だったとされる。明治九年の「勝手世騒動」の指導者・丸田南里、西郷隆盛の島妻で二児を設けた龍愛子（愛加那）は母の家系の人である。生後一か月のころ、母が暢之とミホを連れ、鹿児島市から奄美大島の実家へ帰る。まもなく母は肺炎で死去、兄の暢之とともに母の妹である林ハルのもとで養育された。

大正十（一九二一）年　敏雄四歳、ミホ二歳

《ミホ》奄美大島の南に位置する加計呂麻島の鎮西村押角に住む大平文一郎・吉鶴（実父の姉）夫妻に引き取られる。

大正十三（一九二四）年　敏雄七歳、ミホ五歳

《敏雄》四月、横浜尋常小学校に入学。

大正十四（一九二五）年　敏雄八歳、ミホ六歳

《敏雄》関東大震災の影響で、十一月下旬に兵庫県武庫郡西灘村稗田に転居し、西灘第二尋常

小学校に転校。

大正十五（一九二六）年　敏雄九歳、ミホ七歳

《ミホ》四月、押角尋常小学校に入学。

昭和四（一九二九）年　敏雄十二歳、ミホ十歳

《敏雄》神戸市葺合区八幡通五丁目一〇番地に転居し、神戸尋常小学校に転校。同校教師の若杉慧に綴方の指導を受ける。

昭和五（一九三〇）年　敏雄十三歳、ミホ十一歳

《敏雄》四月、兵庫県立第一神戸商業学校に入学。

昭和七（一九三二）年　敏雄十五歳、ミホ十三歳

《ミホ》四月、東京・目黒の日出高等女学校に入学。実父の長田實之が共同経営していた万世橋近くの大衆料理店「萬世軒」の二階で、先に上京し旧制高輪中学校に通っていた兄とともに暮らす。

昭和九（一九三四）年　敏雄十七歳、ミホ十五歳

《敏雄》十一月十一日、母・トシが三十七歳で死去。

昭和十（一九三五）年　敏雄十八歳、ミホ十六歳

《敏雄》三月、兵庫県立第一神戸商業学校を卒業。

昭和十一（一九三六）年　敏雄十九歳、ミホ十七歳

《敏雄》四月、長崎高等商業学校に入学。

昭和十二（一九三七）年　敏雄二十歳、ミホ十八歳

《ミホ》三月、日出高等女学校を卒業。植物学

者・北島君三博士の研究所で働き始める。

昭和十三（一九三八）年　敏雄二十一歳、ミホ十九歳

《ミホ》病気をきっかけに研究所を辞め、加計呂麻島の養父母のもとに帰る。その途中、婚約者のいた朝鮮に渡り、しばらく滞在した。

昭和十四（一九三九）年　敏雄二十二歳、ミホ二十歳

《敏雄》三月、長崎高等商業学校を卒業。四月、一年課程の長崎高等商業学校海外貿易科に残り、十月、矢山哲治を中心に創刊された福岡の同人雑誌『こをろ』（三号まで『こおろ』と表記。十九年に終刊）に参加。他の同人に眞鍋呉夫、阿川弘之、那珂太郎らがいた。

昭和十五（一九四〇）年　敏雄二十三歳、ミホ二十一歳

《敏雄》四月、九州帝国大学法文学部経済科に入学。

昭和十六（一九四一）年　敏雄二十四歳、ミホ二十二歳

《敏雄》四月、九州帝国大学法文学部文科に再入学、東洋史を専攻。一級下の庄野潤三と交友を持つ。

昭和十八（一九四三）年　敏雄二十六歳、ミホ二十四歳

《敏雄》一月、『こをろ』の矢山哲治が電車に轢かれ死亡。八月、庄野潤三に連れられて詩人の伊東静雄を訪ねる。九月、『幼年記』（自家版）を刊行。同月末、九州帝国大学を繰上卒業。十月、海軍予備学生を志願し一般兵科に採用、旅順海軍予備学生教育部に入る。

昭和十九（一九四四）年　敏雄二十七歳、ミホ二十五歳

《ミホ》七月、養母・大平吉鶴が海で貝採りをしていたとき心臓発作を起こし死去。この年、押角郵便局に短期間勤めたあと、十一月に押角国民学校の代用教員となる。十二月、学校にやってきた敏雄と初めて会う。

《敏雄》二月、第一期魚雷艇学生となる。五月、少尉に任官し特攻艇「震洋」配置が決まる。十月、第十八震洋隊（隊員一八三名）の指揮官に任ぜられる（隊長と第一艇隊長を兼務）。十一月、加計呂麻島の呑之浦に赴任し基地を設営。十二月、ミホと知り合う。同月、中尉任官。

昭和二十（一九四五）年　敏雄二十八歳、ミホ二十六歳

二月、特攻隊慰問のための演芸会をきっかけに二人は親しくなり、手紙を交わすようになる。四月、浜辺に呼び出す手紙を敏雄がミホに送り、以後、部隊近くの浜辺やミホの家で逢瀬を重ねるようになる。八月十三日夕刻、特攻戦が下令され、敏雄は隊長として出撃の準備をするが、最終的な発進命令のないまま十五日の終戦を迎える。同月末、敏雄はミホの養父に結婚の許可を得る。九月一日、敏雄は特攻兵二〇名を漁船四隻に分乗させ輸送指揮官として呑之浦の基地を出発。同月四日佐世保に着き、五日付で大尉任官、六日付で召集解除となり神戸市灘区の父の家に帰る。ミホは十一月下旬、闇船で奄美を出発、十二月下旬に鹿児島港に着き、川内市の親戚のもとに身を寄せた。

昭和二十一（一九四六）年　敏雄二十九歳、ミホ二十七歳

ミホは敏雄と連絡がつかないまま川内市の親戚宅で年を越す。一月九日、再婚して奄美大島で暮らしていた実父・實之が死去。同月十七日、迎えに来た敏雄と再会し二人で神戸に向かう。ミホはとりあえず尼崎、その後は京都の親戚宅に身を寄せ、同月二十七日、島尾の父と面会。三月十日、神戸市の料亭・六甲花壇で結婚式を挙げる。両家の親戚以外では、庄野潤三、伊東静雄、第十八震洋隊の部下（艇隊長）であった藤井茂の三人が参列した。結婚後は、二十七年に上京するまで島尾の父の家の二階で生活する。五月、敏雄は庄野潤三、林富士馬、大垣国司、三島由紀夫と同人雑誌『光耀』を創刊した(二十二年八月発行の第三号をもって解散)。
＊五月「はまべのうた」(光耀)、十月「孤島夢」(光耀)

昭和二十二(一九四七)年　敏雄三十歳、ミホ二十八歳
四月、敏雄は富士正晴の紹介で大阪の日本デモクラシー協会に就職するが一か月ほどで退職。五月、ミホの短歌の師である小島清の紹介で神戸山手女子専門学校(のちの山手女子短期大学)の非常勤講師となり東洋史を担当。九月には神戸市立外事専門学校(のちの神戸市外国語大学)でも助教授の職を得て史学概論と中国文化史を担当する。同月、富士正晴編集の『VIKING』の創刊同人となる(二十六年末に脱退)。

昭和二十三(一九四八)年　敏雄三十一歳、ミホ二十九歳
七月、長男・伸三誕生。十月、敏雄が第一短篇集『単独旅行者』を真善美社より刊行。この年、『近代文学』同人となる
＊一月「島の果て」(VIKING)、五月「夢の中での日常」(綜合文化)

昭和二十五(一九五〇)年　敏雄三十三歳、ミホ三十一歳
二月、ミホの養父・大平文一郎が加計呂麻島の押角で死去。二月、敏雄が「出孤島記」により第一回戦後文学賞を受賞。文一郎死去の電報をミホが受け取ったのは、受賞の知らせが届いた日の夜だった。四月、長女・マヤ誕生。十二月から翌年一月にかけて、敏雄が療養のため蔵王山麓の峩々温泉に滞在。

昭和二十七(一九五二)年　敏雄三十五歳、ミ

ホ三十三歳

三月、一家で上京。敏雄の父が費用を出して買った東京都江戸川区小岩町四丁目一八一九番地の一軒家に住む。敏雄は東京都立向丘高等学校定時制の非常勤講師となる。同月、安部公房が中心となって結成された「現在の会」に参加。この会で、『死の棘』の「あいつ」のモデルとなった女性と出会う。ミホは上京以後、家計を支えるため造花作りなどの内職をしていたが、十一月、敏雄の恩師である若杉慧の夫人が経営する銀座のバー「ルビコン」に女給として勤め始めた（三か月で退職）。この年、敏雄は積極的に作家・評論家と交流し、「新日本文学会」（三十九年十二月脱退）および『文學界』主催の「一二会」にも参加した。

＊四月「夜の匂い」（群像）、八月「朝影」（現在）

昭和二十八（一九五三）年　敏雄三十六歳、ミホ三十四歳

敏雄は『死の棘』の「あいつ」のモデルとなった女性との仲を深め、外泊を繰り返すようになる。

＊一月「月暈」（近代文学）、四月「死人の訪れ」（新潮）、十月「子之吉の舌」（文學界）

昭和二十九（一九五四）年　敏雄三十七歳、ミホ三十五歳

九月二十九日早暁、ミホが敏雄の情事が書かれた日記を読む。衝撃を受けたミホは、以後、家事・育児を放棄して昼夜を問わず敏雄を詰問するようになる。十月九日、敏雄は女性の家へ行き、関係を絶つことを告げる。

＊四月「帰巣者の憂鬱」（文學界）、十一月「むかで」（群像）

昭和三十（一九五五）年　敏雄三十八歳、ミホ三十六歳

一月十日、一家で島尾の両親の故郷である福島県相馬郡小高町へ行き、二十日まで滞在する。

同月二十八日、ミホは敏雄に連れられて慶應大学病院神経科を受診し、同三十一日に入院。「心因性反応」と診断される。脱走騒ぎなどを起こし、治療効果のないまま三月三十日退院。同月、小岩の家を売却、敏雄は向丘高等学校を退職した。四月七日、千葉県佐倉市の貸家に一家で転居。同月十七日、見舞金を持って家を訪ねてきた女性をミホが地面に引き倒して暴力をふるう。この事件でミホの症状は悪化。子供たちを奄美大島の親戚に預け、六月六日、千葉県市川市の国立国府台病院精神科に入院する。敏雄も付き添い、ともに閉鎖病棟で暮らしながら、持続睡眠治療、冬眠治療を受けるミホを敏雄が世話した。この間、敏雄は病棟内の出来事を題材にした「われ深きふちより」「或る精神病者」「のがれ行くこころ」を執筆。十月十七日に退院し、そのまま横浜港から沖縄航路の船で奄美に向けて出航。六日後に子供たちの待つ奄美大島の名瀬市（現在の奄美市）に到着し、ミホの母方の叔母・林ハルのもと家族四人が身を寄せて暮らし始めた。

＊十月「われ深きふちより」（文學界）、十二月「のがれ行くこころ」（知性）

昭和三十一（一九五六）年　敏雄三十九歳、ミホ三十七歳

四月、敏雄は鹿児島県立大島高等学校、鹿児島県立大島実業高等学校定時制の非常勤講師となり、日本史・国語を担当。十二月二十三日、敏雄、伸三、マヤが名瀬市の聖心教会でカトリックの洗礼を受ける。

昭和三十二（一九五七）年　敏雄四十歳、ミホ三十八歳

一月、敏雄とミホ、奄美移住以来初めて加計呂麻島に渡り、呑之浦と押角を訪れる。押角の大平家の屋敷は跡形もなかった。この年、ミホが初めての小説「妻よ再びわれに」を執筆する（未発表）。十二月、敏雄が鹿児島県職員となり、奄美日米文化会館に館長として勤務。

昭和三十三（一九五八）年　敏雄四十一歳、ミホ三十九歳

三月、敏雄が大島高等学校を退職。四月に設置された鹿児島県立図書館奄美分館の分館長に就任する（奄美日米文化会館館長兼務）。

昭和三十四（一九五九）年　敏雄四十二歳、ミホ四十歳

三月、敏雄が大島実業高等学校定時制を退職。ミホ、『婦人公論』二月号に手記「錯乱の魂から蘇えって」を発表。

昭和三十五（一九六〇）年　敏雄四十三歳、ミホ四十一歳

十月、敏雄が講談社より短篇集『死の棘』を刊行。

＊一月「廃址」（人間専科）、四月「離脱」（群像）、九月「死の棘」（群像）、十二月「崖のふち」（文學界）

昭和三十六（一九六一）年　敏雄四十四歳、ミホ四十二歳

三月、敏雄が短篇集『死の棘』により第十一回芸術選奨（文芸部門）を受賞。ミホ、『婦人公論』五月号に手記「「死の棘」から脱れて」を発表。

＊三月「日は日に」（新潮）

昭和三十七（一九六二）年　敏雄四十五歳、ミホ四十三歳

＊九月「出発は遂に訪れず」（群像）

昭和三十八（一九六三）年　敏雄四十六歳、ミホ四十四歳

四月から六月にかけて、敏雄がアメリカ国務省による招待旅行で、アメリカ本土のほかプエルトリコ、ハワイを廻る。

＊四月「流棄」（小説中央公論）、五月「日々の例」（新潮）

昭和三十九（一九六四）年　敏雄四十七歳、ミホ四十五歳

＊二月「日のちぢまり」（文學界）、九月「子と共に」（世界）

昭和四十（一九六五）年　敏雄四十八歳、ミホ四十六歳

十月、名瀬市小俣町二〇番八号（移転した県立図書館奄美分館の敷地内に新築された分館長官舎）に転居。

＊五月「過越し」（新潮）

昭和四十二（一九六七）年　敏雄五十歳、ミホ四十八歳

十月末から十二月にかけて、敏雄がソヴィエト、ポーランド、チェコスロヴァキア、ユーゴスラヴィア、オーストリアを単独旅行。

＊六月「日を繋けて」（新潮）、八月「その夏の今は」（群像）

昭和四十四（一九六九）年　敏雄五十二歳、ミホ五十歳

二月、敏雄が自転車事故に遭い、名瀬市の病院に五か月、国立東京第二病院に一か月入院。その後心身の不調が続き、数年間にわたって鬱症状に苦しめられる。五月、父・四郎が京都にて死去。この年、ミホは渡辺外喜三郎が発行する鹿児島市の同人誌『カンナ』第五十三号に、加計呂麻島での幼少期の思い出を綴った「鳥九題」を発表。以後、四十八年の「洗骨」まで計十篇を発表する。

昭和四十七（一九七二）年　敏雄五十五歳、ミホ五十三歳

六月より敏雄が「日の移ろい」を『海』に連載（五十一年九月完結）。この年、敏雄が『カンナ』の同人になり、「兄といもうと」、「遠足」の二篇を発表。

＊四月「引越し」（新潮）

昭和四十八（一九七三）年　敏雄五十六歳、ミホ五十四歳

九月、敏雄が『カンナ』に「夢日記」の連載を開始。十一月、敏雄が出征前に自家版で刊行した『幼年記』が、敏雄とミホの戦中往復書簡その他を新たに収録して弓立社より刊行される。

昭和四十九（一九七四）年　敏雄五十七歳、ミホ五十五歳

七月、ミホが『海辺の生と死』を創樹社より刊行。

昭和五十（一九七五）年　敏雄五十八歳、ミホ五十六歳

二月、ミホが『海辺の生と死』で南日本文学賞（南日本新聞社主催）を、三月には同作で第十五回田村俊子賞を受賞。四月、二十年暮らした奄美を去り、指宿市西方一四〇八番地に転居。敏雄は鹿児島市の純心女子短期大学教授兼学園図書館館長に就任。長女マヤも同図書館に勤務する。十一月、ミホが「柴挿祭り」を『伝統と現代』に発表。

昭和五十一（一九七六）年　敏雄五十九歳、ミホ五十七歳

二月、ミホは『海』の編集者・安原顕に依頼され、「潮鳴り」を発表。続いて同誌に「あらがい」（五月）、「祭り裏」（八月）を発表した。十月、敏雄が『死の棘』の最終章となる「入院まで」を『新潮』に発表、十一月には『日の移ろい』を中央公論社より刊行した。

昭和五十二（一九七七）年　敏雄六十歳、ミホ五十八歳

一月、ミホが「家翳り」を『海』に発表。敏雄が「日の移ろい第二部」を『海』で連載開始。九月、神奈川県茅ヶ崎市東海岸北五丁目一四番二〇号に転居。『死の棘』を新潮社より刊行。十月、『日の移ろい』が谷崎潤一郎賞を受賞。

昭和五十三（一九七八）年　敏雄六十一歳、ミホ五十九歳
二月、敏雄が『死の棘』で読売文学賞を受賞。六月、同作で日本文学大賞を受賞。九月、ミホが「老人と兆」を『海』に発表。
昭和五十四（一九七九）年　敏雄六十二歳、ミホ六十歳
三月、ミホが「潮の満ち干」を『海』に発表。
昭和五十六（一九八一）年　敏雄六十四歳、ミホ六十二歳
六月、敏雄が日本芸術院賞を受賞。十二月、日本芸術院会員となる。
昭和五十八（一九八三）年　敏雄六十六歳、ミホ六十四歳
一月、ミホが長篇小説「海嘯」の第一回を『海』に発表。以後、七月まで断続的に計四回発表する。四月、敏雄が前年三月に『新潮』に発表した「湾内の入江で」で川端康成文学賞を受賞。十月、鹿児島県姶良郡加治木町反土札立一九七七番地に転居。
昭和五十九（一九八四）年　敏雄六十七歳、ミホ六十五歳
五月、ミホが「海嘯」第五回を『海』に発表。この月、『海』が終刊となり、「海嘯」は途絶。十二月、鹿児島市吉野町八七四五番地に転居。
昭和六十（一九八五）年　敏雄六十八歳、ミホ六十六歳
十二月、鹿児島市宇宿町二五五三番地に転居。同月、敏雄が『魚雷艇学生』で野間文芸賞を受賞。
昭和六十一（一九八六）年　敏雄六十九歳、ミホ六十七歳
十一月十日、敏雄が自宅書庫で倒れ、同月十二

日、出血性脳梗塞のため死去。同月十四日、鹿児島市の谷山カトリック教会で葬儀ミサ、告別式。同月十五日、鹿児島純心学園で合同葬儀。十二月十六日、福島県相馬市小高町大井の墓地へ納骨。

昭和六十二（一九八七）年　ミホ六十八歳

一月、敏雄の遺稿「（復員）国破れて」が『群像』に掲載される。三月、『海辺の生と死』が吉本隆明による「聖と俗——焼くや藻塩の」を付して文庫化（中公文庫）。八月、中央公論社より『祭り裏』を刊行。

昭和六十三（一九八八）年　ミホ六十九歳

十二月、加計呂麻島呑之浦の第十八震洋隊基地跡に島尾敏雄文学碑が建立される。この年、『祭り裏』が女流文学賞の候補となった。

平成二（一九九〇）年　ミホ七十一歳

この年、『死の棘』が小栗康平の脚本・監督で映画化。カンヌ国際映画祭で審査員グランプリを獲得する。

平成四（一九九二）年　ミホ七十三歳

七月、敏雄の七回忌を機に、長女マヤとともに奄美に転居。名瀬市真名津町の林和子（母方の従妹）のもとに身を寄せる。

平成五（一九九三）年　ミホ七十四歳

十一月、かつて敏雄が館長として勤務した名瀬市小俣町の鹿児島県立図書館奄美分館の構内に島尾敏雄文学碑が建立される。

平成八（一九九六）年　ミホ七十七歳

十一月、名瀬市浦上町四七番地に敏雄の蔵書や資料を収納する書庫兼自宅を新築し転居。同月、南海文化賞出版文化部門（南海日日新聞社主催）を受賞。

平成十一（一九九九）年　ミホ八十歳
一月から十二月まで、『新潮』に敏雄の日記（昭和三十年一月一日〜十二月三十一日）が「『死の棘』日記」として掲載される。本文の整理・校訂はミホが行った。九〜十月、ミホを主役とする日本・ロシアの合作映画「ドルチェ　優しく」（監督／アレクサンドル・ソクーロフ）の撮影が奄美大島および加計呂麻島で行われた。この作品は二〇〇〇年のヴェネチア国際映画祭の招待作品となり、日本国内では平成十三年四月から上映された。

平成十三（二〇〇一）年　ミホ八十二歳
五月、『ドルチェ　優しく』（アレクサンドル・ソクーロフ、吉増剛造との共著）を岩波書店より刊行。

平成十四（二〇〇二）年　ミホ八十三歳
四月、『新潮』に敏雄の日記（昭和二十九年九月三十日〜十二月三十一日）が「『死の棘』日記」として掲載される。八月三日、長女マヤが五十二歳で死去。

平成十五（二〇〇三）年　ミホ八十四歳
五月、『ヤポネシアの海辺から』（石牟礼道子との対談）を弦書房より刊行。

平成十七（二〇〇五）年　ミホ八十六歳
三月、『「死の棘」日記』を新潮社より刊行。

平成十九（二〇〇七）年　ミホ八十七歳
三月二十五日、脳内出血により自宅で死去。同月二十九日、名瀬市の聖心教会にて告別式が行われた。

平成二十七（二〇一五）年　ミホ没後八年
八月、未完の長篇小説『海嘯』が幻戯書房より刊行される。

平成二十八（二〇一六）年　ミホ没後九年

七月、エッセイ集『愛の棘』が幻戯書房より刊行される。

平成三十一（二〇一九）年　ミホ没後十二年

四月、『祭り裏』が新資料を加え幻戯書房より復刊される。

（梯久美子作成）

※島尾敏雄の著作は主要作品および本書で言及したものを掲載した。

謝辞

初めて島尾ミホさんにお会いした日から十一年になる。評伝を書くために奄美に通い、長時間のインタビューに応じてもらったが、途中で取材を打ち切られた話は本書の序章に書いた通りである。それから一年後にミホさんは逝去された。

一度はあきらめた評伝の取材を再開したいと思うようになった私は、翌年、島尾敏雄・ミホ夫妻の長男である島尾伸三氏に会いに行った。本人から取材を断られた経緯を正直に話し、それでも書きたいのですと言うと、伸三氏は「わかりました」と言った。

「わかりました、では書いてください。ただ、きれいごとにはしないでくださいね」

これまでさまざまな人物に関する取材を行ってきたが、遺族にこう言ってもらったのは初めてのことである。身内にすれば書かれたくないこともあるだろうし、一人の書き手によって描かれた像が固定してしまうことへの懸念《けねん》もあるはずだ。また、書かれる側にとって、ペンはときに暴力になる。だが伸三氏は、遠慮する必要はまったくない、あなたの見た通り、考えた通りに書いてくださいと言い、あらゆる資料を提供してくださった。

本書は、敏雄・ミホ夫妻それぞれの日記や手紙から、草稿やノート、メモのたぐいまで、膨大な資料をもとに執筆しており、その中には本書で初めて公開されるものが多くある。それまで遺族と新潮社によって行われていた奄美の島尾家での遺稿・遺品整理に参加することを許され、貴重な資料をすべて手に取って読むことができたのは本当に幸せなことだった。とりわけミホさんの直筆資料は、古びた便箋やノートから抑えきれない思いがあふれ出してくるようで、その時々の彼女と歳月をこえて出会った気持ちになった。伸三氏の協力がなければ本書が生まれることはなく、ここに最大限の感謝を捧げたい。

伸三氏と夫人の潮田登久子氏とは、奄美以外の場所にも一緒に旅をした。佐世保市の親戚宅に同行させてもらったこともあるし、福島第一原発の事故によって南相馬市小高区に出されていた避難指示が解除になったときは、島尾家の墓参りに行きたいと言った私をお二人が案内してくださった。ご自宅にも何度もお邪魔しており、折々にうかがった話や励ましの言葉は執筆の大きな糧となった。

取材では敏雄・ミホ夫妻を知る多くの方に話を聞かせていただいた。ここでひとりひとりのお名前を挙げることはしないが、貴重な時間を割いて取材に応じてくださった皆様に深くお礼を申し上げる。本書は『新潮』誌上での三年半にわたる連載がもとになっているが、取材に協力してくださった方の中には、完結の前に故人となられた方もある。

眞鍋呉夫氏、松原一枝氏、阿川弘之氏、そして、ミホさんに会いにいくことを最初に勧めてくださった吉本隆明氏もすでにこの世にない。ここに改めて感謝申し上げるとともに、心からご冥福をお祈りする。

取材開始から十一年の間、お世話になった方は数えきれない。最初に訪れたときからその自然と風物に魅せられた奄美には、これまで二十回近く訪れている。島尾敏雄顕彰会の方々をはじめ、奄美で出会った方たちには多くのことを教えていただいた。また、奄美の島尾家に資料整理に来られていたかごしま近代文学館の皆さんには、その後も資料閲覧等でお世話になり、度重なる問い合わせに丁寧に対応していただいた。

三十九年前に『死の棘』の装幀を担当された司修氏に、本書の装幀を引き受けていただいたことは望外の喜びだった。原稿を読んだ上で、島尾隊長と出会ったころのミホさんの顔写真をカバーに使いたいと言われたのは司氏である。この写真をもっとも気に入っていたというミホさんも、喜んでくれているのではないだろうか。

刊行に至るまでの長い期間、取材・執筆をあらゆる面で支えてくれたのは、新潮社の編集者の皆さんである。最初の担当者だった阿部正孝さん、『新潮』の連載を担当してくれた平出三和子さん、取材再開後からずっと伴走し、本書を世に出してくれた桜井京子さん、本当にお世話になりました。また、新潮社校閲部の方たちの緻密で誠実な仕事にも何度も助けていただいた。

鮮烈に生き、素晴らしい小説を残したミホさんに心からの感謝を捧げるとともに、その作品を一人でも多くの読者が手にすることを願って筆を擱《お》く。

平成二十八年九月

梯　久美子

主要参考文献

●書籍

『海辺の生と死』島尾ミホ（創樹社　昭和四十九年）
『海辺の生と死』島尾ミホ（中公文庫　昭和六十二年）
『祭り裏』島尾ミホ（中央公論社　昭和六十二年）
『海嘯』島尾ミホ（幻戯書房　平成二十七年）
『対談　ヤポネシアの海辺から』島尾ミホ・石牟礼道子（弦書房　平成十五年）
『日本の伝説23　奄美の伝説』島尾敏雄・島尾ミホ・田畑英勝（角川書店　昭和五十二年）
『ドルチェ　優しく』アレクサンドル・ソクーロフ・島尾ミホ・吉増剛造（岩波書店　平成十三年）

＊

『島尾敏雄全集　第一巻〜第十七巻』島尾敏雄（晶文社　昭和五十五年〜五十八年）
『死の棘』島尾敏雄（新潮社　昭和五十二年）
『「死の棘」日記』島尾敏雄（新潮社　平成十七年）
『島尾敏雄日記——『死の棘』までの日々』島尾敏雄（新潮社　平成二十二年）
『幼年記　島尾敏雄初期作品集』島尾敏雄（弓立社　昭和四十八年）
『日の移ろい』島尾敏雄（中央公論社　昭和五十一年）
『続　日の移ろい』島尾敏雄（中央公論社　昭和六十一年）
『魚雷艇学生』島尾敏雄（新潮社　昭和六十年）

『震洋発進』島尾敏雄（潮出版社　昭和六十二年）
『島尾敏雄詩集』島尾敏雄（深夜叢書社　昭和六十二年）
『夢と現実——六日間の対話——』島尾敏雄・小川国夫（筑摩書房　昭和五十一年）
『内にむかう旅　島尾敏雄対談集』島尾敏雄（泰流社　昭和五十一年）
『ヤポネシア考　島尾敏雄対談集』島尾敏雄（葦書房　昭和五十二年）
『対談　特攻体験と戦後』島尾敏雄・吉田満（中央公論社　昭和五十三年）

＊

『月の家族』島尾伸三（晶文社　平成九年）
『星の棲む島』島尾伸三（岩波書店　平成十年）
『ケンムンの島』島尾伸三（角川書店　平成十二年）
『東京～奄美　損なわれた時を求めて』島尾伸三（河出書房新社　平成十六年）
『魚は泳ぐ　愛は悪』島尾伸三（言叢社　平成十八年）
『小高へ　父　島尾敏雄への旅』島尾伸三（河出書房新社　平成二十年）

＊

『露のきらめき　昭和期の文人たち』眞鍋呉夫（ＫＳＳ出版　平成十年）
『夢みる力　わが詞華感愛抄』眞鍋呉夫（ふらんす堂　平成十年）
『「こをろ」の時代　矢山哲治と戦時下の文学』田中艸太郎（葦書房　平成元年）
『戦中文学青春譜　「こをろ」の文学者たち』多田茂治（海鳥社　平成十八年）
『前途』庄野潤三（講談社　昭和四十三年）
『お前よ美しくあれと声がする』松原一枝（集英社　昭和四十五年）

『伊東静雄詩集』杉本秀太郎編（岩波文庫　平成元年）
『苛烈な夢　伊東静雄の詩の世界と生涯』林富士馬・富士正晴（現代教養文庫　昭和四十七年）
『富士正晴作品集　一〜五』杉本秀太郎ほか編（岩波書店　昭和六十三年）
『仮想ＶＩＫＩＮＧ50号記念祝賀講演会に於ける演説（富士正晴資料整理報告書第20集）』富士正晴（茨木市立中央図書館併設富士正晴記念館　平成二十七年）
『人とこの世界』開高健（河出書房新社　昭和四十五年）
『回想　開高健』谷沢永一（新潮社　平成四年）
『詩人たち　ユリイカ抄』伊達得夫（平凡社ライブラリー　平成十七年）
『われ発見せり　書肆ユリイカ・伊達得夫』長谷川郁夫（書肆山田　平成四年）
『追憶の作家たち』宮田毬栄（文春新書　平成十六年）
『センチメンタルジャーニー　ある詩人の生涯』北村太郎（草思社　平成五年）
『半眼抄』若杉慧（木耳社　昭和四十七年）
『椿咲く丘の町――島尾敏雄『死の棘』と佐倉――』高比良直美（私家版　平成五年）
『西郷隆盛紀行』橋川文三（朝日選書　昭和六十年）
『魔の系譜』谷川健一（紀伊國屋書店　昭和四十六年）
『妣の国への旅　私の履歴書』谷川健一（日本経済新聞出版社　平成二十一年）
『食物と心臓』柳田國男（講談社学術文庫　昭和五十二年）
『現代文学の無視できない10人』つかこうへい（集英社文庫　平成元年）

＊

『島尾敏雄』吉本隆明（筑摩書房　平成二年）

『どこに思想の根拠をおくか　吉本隆明対談集』吉本隆明（筑摩書房　昭和四十七年）
『島尾敏雄』奥野健男（泰流社　昭和五十二年）
『島尾敏雄論』松岡俊吉（泰流社　昭和五十二年）
『島尾敏雄――ミホの世界を中心として』佐藤順次郎（沖積舎　昭和五十八年）
『島尾敏雄』比嘉加津夫（脈発行所　昭和六十二年）
『島尾敏雄　還相の文学』岡田啓（国文社　平成二年）
『島尾敏雄』岩谷征捷（鳥影社　平成二十四年）
『島尾紀　島尾敏雄文学の一背景』寺内邦夫（和泉書院　平成十九年）
『南島へ南島から――島尾敏雄研究――』髙阪薫・西尾宣明編（和泉書院　平成十七年）
『追想　島尾敏雄――奄美　沖縄　鹿児島』奄美・島尾敏雄研究会編（南方新社　平成十七年）
『検証　島尾敏雄の世界』島尾伸三・志村有弘編（勉誠出版　平成二十二年）
『島尾敏雄とミホ　沖縄・九州』島尾伸三・志村有弘編（鼎書房　平成二十七年）
『島尾敏雄事典』島尾ミホ・志村有弘編（勉誠出版　平成十二年）
『島尾敏雄研究』饗庭孝男編（冬樹社　昭和五十一年）
『島尾敏雄『死の棘』作品論集』志村有弘編（クレス出版　平成十四年）

＊

『奄美大島諸家系譜集』亀井勝信編（国書刊行会　昭和五十五年）
『奄美の島　かけろまの民俗』鹿児島民俗学会編（第一法規出版　昭和四十五年）
『奄美に生きる日本古代文化　増補版』金久正（至言社　昭和五十三年）
『奄美の歴史入門――奄美子たちに贈る――』麓純雄（南方新社　平成二十三年）

『生活史　押角《うしきゃく》ばなし』押井彬（私家版　昭和六十二年）
『奄美女性誌』長田須磨（農山漁村文化協会　昭和五十三年）
『奄美随想　わが奄美』長田須磨（海風社　平成十六年）
『奄美民俗雑話』登山修（春苑堂出版　平成十二年）
『奄美の債務奴隷ヤンチュ』名越護（南方新社　平成十八年）
『近世奄美の支配と社会』松下志朗（第一書房　昭和五十八年）
『軍政下奄美の密航・密貿易』佐竹京子編著（南方新社　平成十五年）
『聖堂の日の丸　奄美カトリック迫害と天皇教』宮下正昭（南方新社　平成十一年）
『瀬留カトリック教会献堂100周年記念誌』瀬留カトリック教会記念誌編集委員会編（瀬留カトリック教会記念誌編集委員会　平成二十一年）
『新薩摩学　薩摩・奄美・琉球』鹿児島純心女子大学国際文化研究センター編（南方新社　平成十六年）
『奄美ほこらしゃ』和眞一郎（南方新社　平成十七年）
『わが町の戦中戦後を語る（思い出の体験記録集）』（瀬戸内町中央公民館　平成元年）
『昭和戦争文学全集10　青年士官の戦史』昭和戦争文学全集編集委員会編（集英社　昭和四十年）
『日本特攻艇戦史　震洋・四式肉薄攻撃艇の開発と戦歴』木俣滋郎（光人社　平成十年）
『証言記録　兵士たちの戦争4』NHK「戦争証言」プロジェクト（日本放送出版協会　平成二十二年）

●雑誌（島尾敏雄特集号）
『國文學　解釈と教材の研究〈特集　島尾敏雄――宿命としての文学〉』（學燈社　昭和四十八年十月号）
『カイエ〈総特集　島尾敏雄〉』（冬樹社　昭和五十三年十二月臨時増刊号）

『ユリイカ〈特集　島尾敏雄〉』（青土社　平成十年八月号）
『脈〈特集　島尾敏雄の文学〉』（脈発行所　昭和六十二年五月　第三十号）
『脈〈特集　島尾敏雄〉』（脈発行所　平成三年五月　第四十三号）
『脈〈特集　中尾務の島尾敏雄・富士正晴〉』（脈発行所　平成二十七年五月　第八十四号）
『Ｍｙａｋｕ〈島尾敏雄と写真〉』（脈発行所　平成二十五年二月　Ｖｏｌ．15）
『現点〈特集　島尾敏雄〉』（「現点」の会　昭和五十八年十月　第二号）

対談

奪っても、なお

沢木耕太郎
梯久美子

沢木耕太郎

一九四七年東京生れ。横浜国立大学経済学部卒業。ほどなくルポライターとして出発し、鮮烈な感性と斬新な文体で注目を集める。一九七九年『テロルの決算』で大宅壮一ノンフィクション賞、一九八二年に『一瞬の夏』で新田次郎文学賞。その後も『深夜特急』や『檀』など今も読み継がれる名作を次々に発表し、二〇〇六年『凍』で講談社ノンフィクション賞を、二〇一四年に『キャパの十字架』で司馬遼太郎賞を受賞している。近年は長編小説『波の音が消えるまで』『春に散る』を刊行。その他にも『旅する力』『あなたがいる場所』『流星ひとつ』「沢木耕太郎ノンフィクション」シリーズ（全九巻）などがあり、二〇一八年九月には、二十五年分のエッセイを収録した『銀河を渡る　全エッセイ』を刊行した。

「愛の物語」への違和

沢木　『狂うひと』は昨年読んだ本の中で、もっともスリリングな一冊でした。

梯　ありがとうございます。

沢木　そのスリリングさには三つの位相がありましてね。第一に素朴な読者としての僕の「驚き」、第二に同じノンフィクションの書き手としての僕への「刺激」、そして第三に『檀』という作品を書いた者としての僕にとっての「共感」とほんの少しの「疑問」という具合に複雑なものでした。

まず、梯さんはこの作品で何を書こうとしたんだろう。難しいだろうけど、この対談の読者に向かってひとことで言い切ってしまえばどうなります？

梯　夫・島尾敏雄によって『死の棘』で描かれた「嫉妬《しっと》に狂う妻」の範疇《はんちゅう》に収まらない島尾ミホの実像、ということになるでしょうか。ミホさんは私とのインタビューで、愛人との情事が綴《つづ》られた夫の日記を見た瞬間のことを「そのとき私は、けものになりました」と語りました。そこには彼女を狂乱させる内容が書かれていたわけですが、それはたった十七文字だったそうです。その日から彼女は精神の均衡を失い、執拗《しつよう》に夫を問いつめる。次第に敏雄も正気を失ってゆき、夫婦で精神科の病棟で暮らすことになる——。そうした『死の棘』に刻まれた出来事としての狂気から少し視野を広げ、島尾敏雄とミホの人間として作家としての狂気、さらにはその周囲にある奇妙な人間関係に充満する狂気を、ノンフィクションで書いてみたかったんです。

沢木　なるほど。『死の棘』における狂気をはらんださまざまな関係性が、梯さんの「仮説」のもとに整理されていくプロセスは『狂うひと』の読者としての大きな驚きのひとつですね。

そもそもこの『死の棘』は、島尾敏雄の作品を同時代的に読んできた読者を混乱に陥れることになる作品でもあるんですよね。まず短編連作が十六年間に渡って書き続けられてきましたけど、折々に短編集として刊行されている。その中には、精神を病んだ妻と一緒に入院するというような凄《すさ》まじいものもある。ところが長編としての『死の棘』が刊行されると、夫婦で精神病院に入院する直前でぷっつりと終わっている。そこで、あれっ？と思う。長編の『死の棘』には肝心なところが書かれていないのではないかとね。その後、『「死の棘」日記』が刊行されますけど、それを読むと混乱はさらに深まるような気がしてくる。『死の棘』は、世間との隔絶こそが、その世界の悲劇性を支えているように思えるんですよね。『死の棘』における島尾家は、まるで暗闇《くらやみ》の海に漂うただ一艘《そう》の小舟のような存在に見えてくる。小舟の上で起こることが彼らのすべてであり、外部からの助けはなく、ただただ漂流する運命にあることが読む側を何度も不安や絶望に陥《おとしい》れていく。

ところが島尾さんの死後、『「死の棘」日記』が刊行されると、島尾一家は小舟に乗った漂流者ではなく、当然のことながら世間と繋《つな》がっていることが明らかになる。たとえば島尾家には、彼らの親戚《しんせき》縁者とのむしろ濃密な関わりがありますし、吉本隆明や奥野健男といった文学者たちが訪ねてきたり、泊まったりしている。そこでもやはり、あれっ？　となるんですね。

梯さんの「仮説」は、長編としての『死の棘』に、その前後に書かれた短編や日記を突き合わせることで、そうした読者の「あれっ？」という思いに応《こた》えてくれるものになっているんですね。

その「仮説」の最も重要なもののひとつが、吉本隆明や奥野健男が論じてきた、島尾ミホの少女性・巫女《みこ》性に対する「ノー」ですよね。たとえば、「島尾と出会ったときのミホは満年齢で二十五歳である。もとより少女といえる歳《とし》ではなく、あの時代では婚期を過ぎた女性とみなされる年齢だろう」と。これは吉本さんや奥野さん以後の多くの人が踏襲してきた島尾ミホ像に異を唱えるというだけでなく、『死の棘』の見方を根本的に変える指摘となっています。

梯　吉本さんや奥野さんの著作を読み直すと、彼らはミホさんが本来持つ人間性とは別の文脈で、彼女の少女性や巫女性を強調してきたのではないかと思えてきます。彼らはまず、特攻隊長としての島尾敏雄を「島を守りにきた神」と定義します。そして、守られる存在である島の人々の代表あるいは象徴として、ノロ（沖縄・奄美地方でかつて祭祀《さいし》をつかさどった巫女）の家系に生まれたミホさんを規定する。この構造の中では、ミホさんは守られる者にふさわしい属性を備えていなくてはなりません。つまり、か弱く、無垢《むく》・無謬《むびゅう》で、素朴でなければならない。そこで、少女性・巫女性を強調することになったのではないかと思います。吉本さんも奥野さんも、二人の結びつきにある種の聖性を与えようとしましたから、「外来の神と南島の巫女」という組み合わせは重要だったんです。でも、ミホさんが育った時代にはノロの制度はすたれていましたし、本人も、『死の棘』の騒ぎが終わって故郷の島に帰るまで、自分が巫女の家系だとは知らなかったと言っていました。それに、ミホさんは幼児洗礼を受けたカトリックなんですよ。

沢木　確かに梯さんがおっしゃる通り、島尾ミホの「巫女性」については後づけかもしれない。でも、「少女性」についてはどうだろう？　吉本さんも奥野さんも実際のミホさんと何度も会っていますよね。にもかかわらず、ミホさんの少女性にこだわったのにはそれなりの理由があったのではないかと思うんですよね。もしかしたら、ミホさんの少女性を強く印象づけられた経験がまず最初にあったのではないでしょうかね。事実、島尾敏雄も日記の中で、ミホさんの少女性についてたびたび言及しているくらいですし。

梯　確かにミホさんにはそういうところがあって、私がお会いしたときは、もう八十六歳でしたが、相対していると、ふと背後に少女だったころのミホさんが見えてくるような感覚に襲われることがありました。島で育った幼少期を回想した著作『海辺の生と死』を読んでいた影響もあるかもしれませんが、ちょっと恐ろしくなるほど鋭くて世故に長《た》けた部分と、子どものように無邪気な部分が同居している女性なんです。身のこなしにしても、たとえば立ち上がって台所からビールを持ってきてくれるときなど、高齢なのに野性的な敏捷《びんしょう》さとでもいうようなものがあって驚かされました。

沢木さんのおっしゃるように、彼らは実際にミホさんに接して彼女の少女性にひかれた、つまり机上の空論でなかったからこそ、二人が提示した論は魅力的だったのかもしれません。でも、彼らの論が検証されることもなく、何十年もそのまま受け入れられてきたのは、やっぱり変ですよね。後に続く論者たちも皆ミホさんを「少女」と呼び、彼女が二十五歳だったことにふれようとしない。調べようとさえしなかったのかもしれません。そして敏雄とミホを相変わらず「外来の神と南島の巫女」と定義している。私はもっと身も蓋《ふた》もない場所から、二人のリアルな関係を探り、神話化されたヒロインではない生身のミホさんに出会いたかったんです。

沢木　『死の棘』を「美しい愛の物語」と捉《とら》えて疑わないという文学的な見方があって、そのことをまず疑う。それはノンフィクションのライターとしては至極まっとうな考え方ですよね。

梯 文学という言葉に惑《まど》わされたくないというのはありましたね。事実をゼロから積み上げて、ミホさんの実像を明らかにするとともに、彼女が本来持っている人間としての少女性とは異なる文脈で、彼女を少女にし、巫女にしたものは何だったのかを解明したいという思いもありました。

読まなかった『檀』

沢木 そもそも、梯さんがミホさんを取材するために会ってみようと思ったのは、どんなきっかけからだったんですか？

梯 作家としてのミホさんとの出会いがまずありました。あるとき彼女の著作『海辺の生と死』と『祭り裏』を読んで、もうびっくりしたんですね。『死の棘』の、あの狂った奥さんが、こんなにすごい作家だったなんて、と。ご存命と知って、これは会いにいくしかないと思いました。「取材」という名目で会いたい人に会いにいけるというのが、ノンフィクションライターの唯一《ゆいいつ》の特権ですから。もしいい話が聞けたら、当時よく仕事をしていた雑誌にインタビュー記事を載せてもらおうと思っていました。

ミホさんへの最初のインタビューは、二〇〇五年十一月十三日に奄美大島の名瀬市

(現在の奄美市)にあるミホさんの自宅で行いました。その翌日、せっかくなので加計呂麻島に行ってみることにしたんです。ミホさんが島尾さんと戦争末期に出会って恋におちた場所ですね。

沢木　それはひとりで?

梯　ひとりで行き、一泊二日滞在しました。奄美大島と加計呂麻島の間には大島海峡という海峡があります。島を見て回った翌日、奄美大島に戻るフェリーを待っているとき、実はある出会いがありました。フェリーの待合室は、トイレと飲み物の自動販売機があるだけの殺風景なところなんですが、隅のほうに小さな本棚があって、十数冊の本が並んでいました。そこに沢木さんの『檀』があったんです。

沢木　そいつは劇的だ(笑)。それは文庫版でしたか?

梯　単行本でした。さっそく手にとって読み始めました。作家の妻にインタビューを重ねて書かれたノンフィクションですから、今まさに自分がやろうとしていることと同じだったわけです。でもすぐにそうしたことは忘れて、没頭して読みました。待ち時間は一時間くらいあったでしょうか。四分の一くらい読んだところでフェリーが到着したので、本棚に戻して乗船しました。東京に戻ってから本を買って続きを読もうと思っていたのですが、結局私はこの本を読まないという決断をするんです。

沢木　今は読まないほうがいい、と思ったのね。

梯　そうです。『檀』は最初から最後まで、檀一雄の妻であるヨソ子さんの一人称で書かれていますよね。フェリーの待合室で読んでいるとき、ヨソ子さんの声が聞こえてくるような気がしました。ご本人の声を私は聞いたことがないわけですから、それは『檀』の文体がもつ「声」なんですが、その声に影響を受けてしまうのを恐れたのだと思います。

そのときの私は、一回目のインタビューで手ごたえがあって、これはもしかして長いものが書けるかもしれない、と感じていたんですね。その場合は基本的にミホさんの一人称で書くことになるだろうと思っていた。そうなったとき、『檀』の文体が体に入っていて、同じような呼吸の文章を書いてしまってはまずいわけです。そういう警戒心を起こさせるような、何か強い力が『檀』のヨソ子さんの語りにはありました。だから『狂うひと』を書き終わるまで読まなかったんですよ。

沢木　それは正しい判断だったかもしれないですね。

梯　結局、十年越しの読書になってしまいました。

逃れられない書く人の「業《ごう》」

梯　取材を進めていくと、長いものになりそうだったので、雑誌のインタビュー記事にすることはいったん見送りました。すると私のデビュー作である『散るぞ悲しき　硫黄島総指揮官・栗林忠道』の担当だった新潮社の編集者から「『新潮』に書いてみたらどうだろう？」と提案があったんです。『新潮』は島尾敏雄にゆかりのある雑誌で、『「死の棘」日記』も、もとはといえばミホさんの校訂で『新潮』に掲載されたものです。まず十五枚程度の原稿を書いてみたところ、編集長からゴーサインが出て、ミホさんに「『新潮』で連載を行うので、本格的にあなたの評伝を書きたい」と伝えました。

沢木　そうして四回の取材を重ねられたわけだけれど、その四回目の取材の後にミホさんから突然に取材の中止を求められ、彼女はその一年後に亡《な》くなってしまう。

梯　そうなんです。

沢木　仮定の話なのだけれど、もしも断られなかったら……つまり、そのままミホさんが生き続け、取材も順調に進み、「十分に話を聞けた」という状態でこの本を書いていたとすれば、どんなものになっていたと思います？

梯　もちろん、いまと同じものにはならなかったでしょうね。ミホさんの「愛の神話」づくりに荷担していたかもしれない。

沢木　あるいはそうかもしれませんね。梯さんの「仮説」のもうひとつすばらしいところは、ミホさんが後年には「究極の愛の物語」を守るために、それ以外のものを捨象して、「演じていた」のではないかというところにまで到達する箇所です。それが可能だったのも、ミホさんのひとり語りではなく、評伝的な三人称の文体を採用したことも大きかったように思います。

梯　実はミホさんに断られたとき、一度、書くことを諦《あきら》めたんです。私は、実在する人物を書くのは本質的に暴力的なことだと思っています。だから嫌だと言っている人を説得する気持にはなれなかったし、ミホさんのことが好きでしたから、しつこくして嫌われたくないというのもありました。そうしたらその一年後に、ミホさんは亡くなってしまうんです。

　すると、追悼の意味も込めて、ミホさんのことを書かないかという話が『新潮』からきた。そのとき、一度は「書きます」と返事をしたんです。でも、いざ執筆を始めようとすると、どうしても筆が進まない。ミホさんが私を見ている気がするんですね。生前に取材を断られているのに、相手が死んだからといって書いていいものかという葛藤《かっとう》が振り切れない。結果的に、人生で初めて、締切直前に「やっぱり書けません」とお断りすることになりました。

沢木　そんな梯さんを「やっぱり書きたい」と思わせ、あらためて『狂うひと』に向かわせたものは何だったんだろう。

梯　ものを書く人には、非情さがありますよね。暴力的なことだとわかっていても、「どうしても書きたい」という思いに突き動かされる瞬間があります。それを自覚したのは、島尾さんの愛人だった、「あいつ」と呼ばれた女性……。

沢木　あなたが「川瀬千佳子」という仮名を与えた方ですね。

梯　ええ。その川瀬千佳子さんの存在がわかったときでした。インタビューの際、ミホさんは夫の浮気を、一貫して、まるで天災のように語りました。クリスチャンだった彼女にとって、『死の棘』で描かれた出来事は、「神の試練を夫婦で乗り越えた」という物語なんです。そこにもうひとりの生身の人間がいたという感じがまったくしない。川瀬さんは、島尾敏雄に「書かれた」女性であるということでは、ミホさんと同じです。すべての発端になった存在であるにもかかわらず、『死の棘』では影のように扱われていて、どんな人だったかまったく見えてこない。『「死の棘」日記』を読んでもわかりません。彼女のことがわかれば、ミホさんも、神話めいた物語のヒロインとしてではなく、生身の女性として像を結ぶかもしれないと思ったんです。ミホさんの死後、『死の棘』の愛人が誰だったかがわかったとき、書き手としての私は興奮を抑えられなかった。そして、やっぱり書こうと決めたんです。

沢木　どなたかとの対談かエッセイで、天上かどこかでミホさんに会ったらなんと言われるだろう、というようなニュアンスのことを話されていたか書いていらしたという記憶があるんですけど……。

梯　ミホさんは私のことを許さないでしょう。それを覚悟しないと書けない本でした。

ミホさんが途中で私の取材を断ったのは、書かれたくないことがあったからです。島尾さんの存命中に彼女が書いた小説には、多くの人がこの夫婦に付与した神話性を打ち砕きかねない、彼女にとっての真実が表現されている。書かれる者が書く者を見返す目をもっていたことをそれらの作品は表していて、そのまま書き続ければ、夫の作品世界と拮抗《きっこう》するものになりえたと思います。でも、島尾さんが亡くなると、彼女は書くエネルギーを失ってしまう。その後は逆に、自分たち夫婦の愛の物語を神話化することに力を注いでいきます。ミホさんは、私が取材を続けていけば、神話に反する事実があらわになると思ったんじゃないでしょうか。ノンフィクションライターの取材はしつこいですから（笑）。

沢木　一方、島尾さんと会ったら、彼はなんて言うだろう？

梯　島尾さんは許してくれるのではないでしょうか。島尾さんは、ものを書くことが人生の価値の最上位にあった人ですから。私は今回、島尾さんのことを書いていて、作家というのはなんて非情な生き物だろうと思ったのですが、考えてみると私のしたことも同じくらい、いやもっと非情なことかもしれません。そういう、書く人の「業」のようなものを、島尾さんは誰よりもわかっていたと思います。それに、島尾さんは、自分たちを神話化してほしくなかったと思うんです。でもミホさんがそうするのを止めることができなかった。だから晩年、昔の教え子の女性に、ミホさんの束縛に疲れ切っているという話をしていたりする。

沢木　それはとても印象的な挿話ですよね。いずれ君は僕のことを書くことになるだろうかと言って自分のことを話したという……。

梯　はい、自分はミホの目があるので日記にも本当のことを書けない、それを君に話しておくから、いつか書きなさいと……。この教え子の方の話を聞いたとき、もしかすると島尾さんは自分の死後に向けて、「神話崩し」の布石を打ったのではないかとさえ思いました。島尾さんは、人間は書くものだ、まして作家である自分は何を書かれても仕方がないと考えていたのではないでしょうか。……そう思うことで、私が自分自身を納得させようとしているのかもしれませんが。ただ、もうこの世にいない人のことをノンフィクションとして書くことの是非は、執筆時に本当に考えさせられました。

沢木　そうでしたか、と僕が納得しちゃうと対談にならないので（笑）、あえて訊《たず》ねると、どんな風に考えさせられたんですか？

梯　生きている相手であれば、私の書いたことに対して「そうじゃない」と抗議することもできる。怒られたり訴訟を起こされたりしたとしても、そのほうがいいんです。同じ土俵でがっぷり四つに組めるでしょう。でも、死者は何も言ってくれない。こちらは書き放題です。そのことのほうがずっと怖いですよね。死者のことを書くときは、絶対者と対峙《たいじ》するような感覚になってしまいます。

しかも私は、ミホさんに「書くな」と言われたことも書いている。するとミホさんがいつも私を見ていると思ってしまうんです。もちろん、霊的な意味ではなくて……。

沢木 ミホさんの、見えざる視線を意識せずには書けないものだったということですね。

梯 そのとおりです。そうした死者の視線は、デビュー作の『散るぞ悲しき 硫黄島総指揮官・栗林忠道』の執筆時にも感じましたが、そのとき以来ですね。あの本に登場するのは皆、非業の死を遂げた人々です。取材で硫黄島に行き、一万人を超える人たちの骨が埋まったままになっている土の上を歩く経験をしたときから、死者の視線を意識せざるをえなくなった。それは、励みになったとともに、一生背負っていかなくてはならない重荷にもなりました。ノンフィクションとは、取材相手をいわばネタにして自分の作品を作ることです。それを自覚し、書くことの暴力性について深く考えるようになったのは、硫黄島の本の取材と執筆を通してでした。あれを書いていたときもやはり、死者たちに見られているという感覚がありました。

島尾夫妻はお互いすらもネタにして生きていた夫婦です。川瀬千佳子さんも、島尾夫妻に一方的に書かれ、ネタにされた。それは暴力的なことで、川瀬さんはそれに深く傷つき、人生が変わってしまったことがわかったのですが、私もそれと同じことをやっているわけです。もう死んでいなくなった、『死の棘』をめぐる人たち全員をネタにして、『狂うひと』を書いた。「ミホさん、怒ってるだろうなあ」「あの世で会ったら、きっと許してくれないだろうなあ」と思いつつ、それでも書いてしまう私がいる。自分がここまで非情な書き手になれるとは思っていませんでした。

『火宅の人』の妻

沢木　『狂うひと』を読みながら、やはり僕の書いた『檀』のことを考えないわけにはいかなかったんですけど、『死の棘』と『火宅の人』はつくづく共通点の多い小説だと思わされました。『火宅の人』は檀一雄が十四年間、『死の棘』は島尾敏雄が十六年間、どちらも短編連作を書き続けたことで生まれている。そしてどちらの作品も、主人公の作家が愛人と「事をおこす」ことによって物語が始まる。

檀一雄がなかなか書けなかった最終章を死の床で書き上げて『火宅の人』を刊行したのが一九七五年で、その翌年の一九七六年に日本文学大賞と読売文学賞を受賞します。島尾敏雄もやはりなかなか書けなかった最終章を一九七六年に書き上げると、『死の棘』で同じく日本文学大賞と読売文学賞を受賞する。これは僕の「仮説」ですけど、島尾敏雄が『死の棘』の最終章を書き上げるにあたっては、ある種のブームを引き起こした『火宅の人』の存在が大きかったのではないかという気がします。島尾さんは若いときからの檀さんの知り合いでしたしね。

でも、大きな違いもあります。小説の中に描かれている世界において「世間」がどういう位置を占めるかということです。さっきも言ったように『死の棘』にはほとんど世間がありません。島尾敏雄は世間を捨象したところに『死の棘』の世界を成立させている。一方、『火宅の人』には濃厚に世間が存在する。主人公は、ずっと世間を引き連れながら歩んでいくんですね。

梯　それは本当に、面白いほど対照的です。檀さんと島尾さんの、男性として、そして作家としての個性が表れている気がします。

沢木　その二つの、似て非なる作品に対して、僕は『檀』で、梯さんは『狂うひと』で、「作中の主人公に描かれる妻とは」という共通の視点を持つ作品を書くことになった。

梯　きっと沢木さんは檀一雄の奥様のヨソ子さんと終始いい関係でいらっしゃったと思うのですが。

沢木　僕は、ヨソ子さんの自宅で週に一度話を聞くということを一年間続けたんですね。最初は毎週月曜日にお訪ねしていたんです。午後一時ごろから取材を始めて、三時ごろになるとお茶とケーキで小休止をして、食べ終わると取材を再開し、五時ごろまで続けます。四時半頃になると、ヨソ子さんが「おなかが空《す》いたでしょ」と言って、ちょっとした食事を出してくれる。

あるときに鯖寿司《さばずし》を作って出してくださった。僕は鯖寿司がとても好きということもあるし、本当においしかったので、あっという間に食べちゃった。すると、それから毎週鯖寿司を出してくださるようになったんです。

そんな日々が続いたある日、「いらっしゃるのを火曜日にしてくださいませんか?」とヨソ子さんから言われたんです。稽古事《けいこごと》か何かで月曜日に用事ができたのだろうと思ったんで了解して、その翌週から取材日を火曜日にしました。

それからしばらくして「どうして火曜日になさったんですか?」と訊《き》くと、こんな答えが返ってきた。「日曜日は魚屋さんがお休みなのでいい鯖が手に入らないんですよ」って。つまり、月曜日だとおいしい鯖寿司を出せないからということだったんです(笑)。こうした関係の中で、『檀』の取材は続けられていましたね。

梯　そもそも『檀』の執筆はどんなきっかけから始まったのでしょう?

沢木　僕がヨソ子さんに話を聞こうと思ったきっかけは、彼女の娘である檀ふみさんとの会話でした。何度か共にした酒席で彼女からよく聞いた話が、ヨソ子さんのことだったんです。意外にも、ふみさんは「母は父のことがずっと好きだった」と言うんです。

梯　檀ふみさんが、ヨソ子さんは今でも檀さんのことを好きみたいだと話されていたのを、私もどこかで見聞きしたことがあります。

沢木　僕は彼女の口から語られるヨソ子さんの実像に強く魅《ひ》かれたんですね。それは

『火宅の人』で描かれている、どこか冷たい妻の像とは大きく異なっていた。誰かがきちんと話を聞いて、『火宅の人』を、妻の視点から照射する作品を書くべきではないかと思うようになったんですけど、その誰かがいつしか自分になってしまった（笑）。

それを僕がやることにしたもうひとつの理由に、ひとりの人間の内面をノンフィクションで本当に描くことはできるのだろうか、描いてみたいという思いを永く抱きつづけていたということがあります。ヨソ子さんを描くことで、その永年の夢が達成できるかもしれないと、ちょっとした興奮を覚えていたかもしれません。

梯 その「ちょっとした興奮」からノンフィクションはスタートするんですよね。

沢木 ヨソ子さんと会って話すうちに、彼女が「檀はこういう人でした」と話すことに気がついたんですね。「檀は」、「檀は」と。それを聞いているうちに、自然に『檀』というタイトルが決まってきた。タイトルが決まったというよりも、「ああ、これは『檀』という物語なんだ」と気がついた、と言った方が正しいかもしれません。

書くことは、奪うこと

梯 『檀』は、とても丹念に取材を重ねられて、言ってみれば沢木さんがヨソ子さんに成り代わって書かれたものですが、事実の裏を取るなどして加筆されたところはあったのですか？

沢木　それはしなくていいだろう、と思ったんです。ヨソ子さんの語ったことを書くということが僕のやったすべてのことだった。仮に彼女が言ったことが嘘《うそ》だったとしても、彼女が話したという事実があるのだからそれはそれでいい、という思い切りはありましたね。もしかしたら、さまざまな人に取材をして、『火宅の人』という作品と、檀一雄と、その妻のヨソ子さん、愛人の入江杏子さんとの関係性をきちんと三人称の評伝で書くという方向性もあり得たかもしれません。でも、梯さんの『狂うひと』を読んで、あらためてそれは書く必要がなかったと気がついたんです。なぜなら『死の棘』には無数の謎《なぞ》があるけど、『火宅の人』には謎が何もない。

梯　なるほど。それは檀一雄という人の個性も関係していますね。

沢木　明らかにされるべき謎があったとしたら、それはやはりヨソ子さんの内面にしかなかったのかもしれません。

『檀』を書き終わって、僕はヨソ子さんに原稿をお見せしたんですけど、彼女は僕の書いたものにいっさい手を入れなかった。ただ一箇所だけ、名前が違っていたことを教えてくれただけでした。ただこんなことをおっしゃった。「これを読んで、今まで私の中に生きていた檀は、もういなくなりました」と。それまでヨソ子さんの心の中には、さまざまな思いを喚起する檀一雄が蠢《うごめ》いていたのに、僕の『檀』によってそれが整理され、それを読むことで消えてしまった。書き手としてはとても複雑な感慨でした。

梯　人間の気持ちや思いを文章にすることは、形のないものに形を与えることなので しょうね。それを整理して言葉にしてしまうと……。

沢木　失われるものがあるんでしょうね。

梯　そうなんですよね。それはものすごく怖いことだけれど、書き手としては、それを覚悟しないと何も始められない。文章を書いていて、「あ、これはこういうことなんだ」「こう書けばいいんだ」と、ぱっと閃《ひらめ》く瞬間がありますよね。そういうとき、私、ぱたっとパソコンを閉じてしまうことがあるんです。書くのが怖くなるんですね。閃きをそのまま文章に定着することなどできないと、経験的に知っているから。文章を書くことは、流れている小川の水を容器に掬《すく》い取るようなことだと思うんです。そこにはさっきまで小川だったものが確かにあるけれど、もう流れることのないものとして、固定されてしまう。

沢木　現実はもっと豊かだったかもしれないわけですよね。書くということは、ある意味でその豊かなものを、乏しくさせて固定するということになるのかもしれない。

梯　ヨソ子さんが原稿をいっさい直さなかったのは、沢木さんの文章が正確だったからだと思うんです。でも、形のないものが形を得たことによって、もやもやしたものが消えて、何かがしぼんでしまった……。

沢木　しぼんでしまって、失われる……あるいは、僕が奪ってしまったんでしょうね。ヨソ子さんが『檀』を何度お読みになったかはわからないけれど、読んでいるうちに「そうか、そうだったのか」という風に思ってしまったのかもしれない。それは島尾ミホさんとのことでいうと、ミホさんもやっぱり自分について書かれたもの、島尾さんのものだけじゃなくてもいろんな人の評論などを読んでいるうちに「そうかもしれない」と思って自分を……。

梯　ええ、きっと影響されて、何かを失っていったのだと思います。

沢木　強く影響されて、そこから梯さんの言葉を借りるなら、「演じる」ということに近くなっていったのかもしれない。

『死の棘』にない、俯瞰《ふかん》の目

梯　島尾さんは、非情ではあるけれど、嘘はつかない人だった。『死の棘』に書かれていることにも嘘はないと思うんです。

沢木　僕も嘘は書いていないような気がしますね。

梯　文章を書くということについては、ものすごく誠実な人だったんですよね。

沢木　でも、島尾さんは、無限に「省略」はしたはずですよね。それが島尾一家を暗い海を漂う小舟のように見せ、そこにだけスポットライトが当たっているように見せている。

梯　あえて書かないことがたくさんあったということですね。

沢木　そうです。しかし、フィクションだけでなくノンフィクションも省略はします。だから、省略をするという一点で、ノンフィクションもまたフィクションに近接すると言えるんだと思います。

梯　沢木さんにとって、ノンフィクションとフィクションを分かつものは何なのでしょう？

沢木　ノンフィクションを成立させる定義は僕の中ではただひとつです。自分が「事実ではない」と知っていることを「事実である」として提出しないということ。仮に「事実ではない」ことを知らずに、間違えて「事実である」として提出したとしても、それはノンフィクションとして成立していると考えています。でも、自分で「事実ではない」と知っていながら「事実である」として提出したら、それはノンフィクションとは言えないということです。

逆に、フィクションは「事実ではない」ということを知っていながら事実であるかのように提出することが許されます。

梯　でも、その前提に立って『死の棘』について考えると、あの本にはフィクションの要素は入っていなさそうなんですよね……。

沢木　そう、『死の棘』は事実だけを書いてノンフィクションではなく、フィクションになっている。それは、もしかしたら、『死の棘』に「俯瞰する目」が存在していないからかもしれませんね。

梯　確かに『死の棘』は近景ばかりで、クローズアップが続く映画のようです。

沢木　顕微鏡で見たような微視的な描写が連続していきますよね。島尾家に起こる出来事をどこまでも微視的に観察して、克明に見たものを並べていく。すると、その顕微鏡の視野以外のものはぼやけて、何もわからなくなる。それが島尾家を、「暗闇の海に漂う小舟」のような存在にしているんだと思います。

梯　島尾さんは俯瞰して見る目を敢《あ》えて封じていたのかもしれませんね。そのときどきの行動や思考をあるがままに書いているので、語り手である主人公の思考や行動に整合性がない。それが逆にこの小説にリアリティをもたらしています。

沢木　島尾さんの『死の棘』はその俯瞰の目を一切使っていないからすごいんでしょうね。

梯　そう思います。ミホという女性も、何を考えているか読者にはまったくわかりません。それは主人公の「私」がミホのことをわかっていないからで、理解できない他者として、ものすごく新鮮なかたちで妻が立ち現れてくる。これはなかなかすごいことで、この小説の大きな魅力だと思います。

ノンフィクションライターは、仕事としては長くできない

沢木　『死の棘』は私小説の極北にあるというような言い方をされることがありますけど、間違いなく島尾さんは書く対象であるミホさんの人生をまるごと受け止める立場に身を置いていますよね。作家が書かれる対象の人生を引き受ける関係性にあるときに、本来書いてはならないことなのかもしれないことまで書いてしまう私小説というものが成立すると言えるような気がするんです。

梯　私小説だから、書く対象はごく近くにいる人ですよね。

沢木　基本的には妻だったり、子どもだったり、親だったり、愛人だったりするけれど、私小説の作家は、書く対象の人生を引き受けざるを得ない関係性にあるから書くことが許されている。しかしノンフィクションの書き手は、書く対象の人生を丸ごと引き受けることはできない。生きている人間を書くのだけれど、取材し、書き終わったら、人間関係はそこで終わる。そこにおいて、対象の人生をどこまで書くことが許されるのか、という問題が出てきますよね。

梯　私もそれについて考えることがあります。

沢木　僕がノンフィクションを書こうとするときに怯《ひる》むのは、ノンフィクションであるにもかかわらず、深い関係性を構築してしまったがために、その書く対象の人生を引き受けざるを得ない状況に立たされるかもしれないと思うからです。

梯　怯むんですか、沢木さんが？

沢木　怯むんです（笑）。

梯　それはすごいことを聞きました（笑）。いや、私も怯みますね。書かれたことでその人の人生が変わるかもしれないですから。

沢木　変わりますからね、現実に。そのときにもし、相手が望むのならばその人生を引き受けなきゃならないとすると、それは本当に大変なことですよね。

梯　死んだ人を書くのも大変だけど、生きている人を書くのも大変ですよね。「その後も関係性が続くと思うと書けない」ということはありませんか？

沢木　それはないんですよ。「関係性が続くからここまで」という風には思わなくて、まずは書きたいものを書けばいいと思っている。たとえば僕の『敗れざる者たち』の中に「クレイになれなかった男」という……。

梯　『敗れざる者たち』！　あの作品は私にとって原点とも言えるものなんです。そもそも私は沢木さんの作品を通してノンフィクションライターという仕事を知ったんですよ。私は「たち三部作」と勝手に呼んでいるんですが、学生時代に読んだ『若き実力者たち』『敗れざる者たち』『地の漂流者たち』は、間違いなく書き手としての私の一部を作っていると思います。

沢木　それは嬉《うれ》しいような、怖いような話ですね（笑）。その「クレイになれなかった男」と『一瞬の夏』という作品で、僕はカシアス内藤君というボクサーのことを書いたわけですよね。僕たちはその作品の中で、強い関係性で結ばれている。カシアス内藤君に言わせれば、『一瞬の夏』は俺たちの本だ。お前の本でもないし、俺の本でもないし、俺たちの本だ」ということになるらしい（笑）。仮に僕が他人の目から見ると相当ひどいと思えるようなことを書いたとしても、理由があれば必ず彼はそれを理解してくれると僕は信じているんですね。僕たちの関係性が、あの作品をどこか強くしてくれている。その代わり、僕は彼に恣意的《しい》に「さよなら」は言えない。その関係性はお互いの人生に深く絡《から》み合い、死ぬまでずっと続いていくような気がするんです。

梯　カシアス内藤さんのような人が十人いたら、それこそ大変ですよね（笑）。

沢木　大変です（笑）。そういうことなんかを考えて、怯んでしまうんでしょうね。

梯　すごくわかります。私はある人から「あなたの仕事はダイバーみたいですね」と言われたことがあるんです。スキューバダイビングは浮上する保証があるから深いところまで潜って、深海の世界を覗《のぞ》くことができる。ノンフィクションライターもそれと同じで、浮上して、もとの人生に戻ることが決まっているから、他人の心の奥深くまで潜ることができる。ときには、親きょうだいや配偶者にも言っていないことを私に語ってくれるチャンスに恵まれるかもしれない。「そんなことができるのは、以後の人生でお互いにかかわらないことが決まっている関係だからなのではないか」と、その人に言われて。それは一理あるなと思ったんです。

沢木　それは一理というか何理もありますね。その「ダイバー」という比喩《ひゆ》がとっても面白いのだけれど、僕がノンフィクションライターとして仕事をしている、そのある種の楽しさの根源にあるものは、まさにある世界に深く分け入っていって、再び外に出ることができるというところにあるんだろうなと思うんです。ダイバーが浮上するように抜け出ていく。どんなにつらい場所でも、「出て行ける」とわかっていたら耐えられるし、楽しむことさえできる。

梯　そうですね。

沢木　『死の棘』は、島尾さんが島尾家という檻《おり》から外に出られないから大変なんですよね。たとえば、僕が島尾さんのように誰かと精神病棟で暮らすことになったとしても、「五カ月で出ていっていい」という前提があったら、それはノンフィクションのライターとしてとても興味深いひとつの経験ということになります。これが「ノンフィクションを書く」ということの醍醐味《だいごみ》でもあると同時に疚《やま》しさでもあるんですよね。

梯　ネタをとりにいっているという意識が浮かんで、罪悪感のようなものを感じることがあります。
沢木　僕が子どものころに、東映の映画で『七つの顔の男』シリーズというのがありましてね。
梯　ああ、知っています。
沢木　片岡千恵蔵扮する多羅尾伴内という私立探偵が「あるときは片目の運転手、またあるときは……」といろんな変装をしながら事件を解決していくという映画なんですけど、僕はそれがなんとなく好きだったんですね。彼は何者にでもなれる。だけど、何者でもない。そして何者かになってどこへでも行くけど、必ず帰ってくることができる。この多羅尾伴内の在り方にこそ、僕にとってのノンフィクションの書き手の「悦楽」の秘密があったわけなんですね。だけど、そうやってさまざまな世界への出入りを繰り返していくうちに否応《いやおう》なく人間の関係性が蓄積されていってしまう。すると、やっぱりそれは悦楽だけではすまなくなっていく。
梯　この仕事を長くやるのは本当に大変なことです。そうした取材対象との関係性の問題だけでなく、テーマとの遭遇に関しても、偶然を待つようなところがあるでしょう。多くのものを犠牲にしても書きたいと思うほどの対象との出会いがなければ、続けることはできない。いくらスキルがあっても、テーマがなければノンフィクションの仕事は廃業するしかないわけです。そういうのって、はたして仕事と言えるのだろうか……と思うことがあります。

沢木　もしかしたら、ノンフィクションを書くというのは、本来、仕事としては長くはできないものなのかもしれませんね。

梯　明日なき世界を生きているわけです（笑）。だからこそ、いま目の前にあるテーマを、必死で追いかけるしかないのでしょうね。

初出　「kotoba」２０１７年春号、集英社

写真提供
かごしま近代文学館
第一章扉（島尾敏雄の写真）、第七章扉、第八章扉、第十章扉、第十一章扉、
第十二章扉
島尾伸三氏
第一章扉（ミホの写真）、第二章扉、第四章扉、第五章扉、第九章扉
新潮社写真部撮影
序章扉、第三章扉、第六章扉

地図製作
アトリエ・プラン

初出

「島尾ミホ伝『死の棘』の謎」として、『新潮』二〇一二年十一月号〜二〇一六年六月号に掲載されました（二〇一三年二月、五月、六月号、二〇一四年一月、六月号、二〇一五年一月、七月号、二〇一六年一月号は休載）。なお、単行本化にあたり大幅に加筆修正しました。

表記について

●本書で引用した資料は基本的に原文通りとしましたが、発表を予定しないで書かれた草稿や日記、手紙やメモ等については、文意を損なわない範囲で句読点等を補ったり、文字遣いを改めた部分があります。また明らかな誤字については訂正しました。

●小説作品を含む引用資料には、差別的表現等、現在の観点からすると不適切な箇所が見られますが、作者が既に故人であること、作者に差別を助長する意図はないこと、また作者が既に故人であること、および発表当時の社会背景に鑑み、原文通りとしました。

●島尾敏雄『死の棘』からの引用は、全集を底本としました。

この作品は平成二十八年十月新潮社より刊行された。

梯　久美子著

散るぞ悲しき

―硫黄島総指揮官・栗林忠道―

大宅壮一ノンフィクション賞受賞

地獄の硫黄島で、玉砕を禁じ、生きて一人でも多くの敵を倒せと命じた指揮官の姿を、妻子に宛てた手紙41通を通して描く感涙の記録。

島尾敏雄著

出発は遂に訪れず

自殺艇と蔑まれた特攻兵器「震洋」。出撃指令が下り、発進命令を待つ狂気の時間を描く表題作他、島尾文学の精髄を集めた傑作九編。

島尾敏雄著

死の棘

日本文学大賞・読売文学賞

芸術選奨受賞

思いやり深かった妻が夫の〈情事〉のために神経に異常を来たした。ぎりぎりの状況下に夫婦の絆とは何かを見据えた凄絶な人間記録。

島尾敏雄著

「死の棘」日記

狂気に苛まれた妻に責め続けられる夫――。極限状態での夫婦の絆を描いた小説『死の棘』。その背景を記録した日記文学の傑作。

原　民喜著

夏の花・心願の国

水上滝太郎賞受賞

被爆直後の終末的世界をとらえた表題作等、美しい散文で人類最初の原爆体験を描き、朝鮮戦争勃発のさなかに自殺した著者の作品集。

竹山道雄著

ビルマの竪琴

毎日出版文化賞・芸術選奨受賞

ビルマの戦線で捕虜になっていた日本兵たちが帰国する日、僧衣に身を包んだ水島上等兵の鳴らす竪琴が……大きな感動を呼んだ名作。

狂《くる》うひと

「死の棘」の妻・島尾ミホ

新潮文庫　か－50－2

令和元年九月一日発行

著者　梯《かけはし》久《く》美《み》子《こ》

発行者　佐藤隆信

発行所　株式会社新潮社

郵便番号　一六二―八七一一
東京都新宿区矢来町七一
電話　編集部(〇三)三二六六―五四四〇
読者係(〇三)三二六六―五一一一
https://www.shinchosha.co.jp

価格はカバーに表示してあります。

乱丁・落丁本は、ご面倒ですが小社読者係宛ご送付ください。送料小社負担にてお取替えいたします。

印刷・大日本印刷株式会社　製本・加藤製本株式会社

ISBN978-4-10-135282-4 C0195